대지의 아들

식민주의와 문화 총서 25

대지의 아들

이 기 영 저
이 상 경 편

역락

일러두기

1. 이 책은 이기영이 조선일보에 1939년 10월 12일부터 1940년 6월 1일까지 총 157회 연재 (신문지상에는 연재 마지막 회가 155회로 되어 있지만 중간에 연재 횟수를 표시하면서 생긴 착오를 바로 잡고 보면 157회 연재한 것으로 된다.)한 장편소설 『대지의 아들』을 저본으로 했다. 이 소설은 연재 후에 단행본으로 나온 적이 없으므로 이 책이 최초의 단행본이 된다.

2. 맞춤법이 아직 보편화 되지 않았거나 현행 맞춤법과는 다를 때 쓰인 글들을 현대의 독자들에게 내보낼 때 편자는 항상 고민이 크다. '원문 그대로'라고 하는 것은 전문 연구자에게 의미가 있을 뿐이고 게다가 요즘은 기술이 좋아져서 웬만한 신문이나 잡지는 발표 당시보다 더 선명한 모습의 영인본이나 스캔본을 만날 수 있을 정도이다. 그러므로 편자는 현대에 과거의 작품을 활자화시킨다고 한다면 일반 독자들이 그 시대의 문장과 정신을 가장 효과적이고 효율적으로 만날 수 있는 방법으로 이루어져야 한다고 생각했다.

3. 바탕글의 경우는 현재의 어문 규정에 따르는 것을 원칙으로 하되 작가 이기영만의 특이한 말이나 사투리 속어는 살려두고자 했다. 대화의 경우는 방언이나 특수한 어휘와 발음은 인물의 특별한 성격을 나타내는 것으로 간주하여 가능하면 살리는 쪽으로 했다.

4. 현재 우리의 출판물이 기준으로 삼고 있는 『표준국어대사전』 뿐만 아니라, 『우리말 큰사전』, 『조선말 대사전』 세 곳을 모두 살펴, 어느 한 곳에서라도 표제어로 올라 있으면 그대로 살렸다. 우리말을 좀 더 풍부하게 만난다는 의미에서 지금은 '옛말'이나 '방언'이라고 되어 있는 경우도 고치지 않고 그대로 둔 경우가 많다. 낱말 풀이도 마찬가지이다. 이 세 가지 사전 어디에도 올라 있지 않은 말은 편자가 문맥을 살펴서 풀이하되 '~뜻인 듯'이라고 붙여 구별했다.

5. 문장 부호는 현재 사용되고 있는 것을 원칙으로 하고 당시 남용된 불필요한 생략부호나 이음부호는 읽기에 편하도록 조절했으며 덧붙은 여러 부호는 뺐다. 필요한 경우에는 편자가 문장부호를 부기하기도 했다.

6. 출판과정에서의 오식, 오류가 분명한 것은 특별한 주석 없이 바로잡았고, 원본 상태가 좋지 않아서 정확하게 판독하기 어려운 부분은 □표시로 처리했다.

7. 본문의 괄호 ( ) 속에 있는 설명은 작가 이기영이 붙인 것이다. 편자의 주석은 각주로 처리했다. 번잡해 보일 수 있지만 가능하면 독자의 이해를 돕고 앞서 살았던 사람들의 생각에 좀 더 쉽게 다가갈 수 있도록 한다는 차원에서, 각주 방식이 독자들이 읽기에 더 편하다고 생각했기 때문이다.

8. 간혹 나오는 일본어나 중국어의 경우 가능하면 그 뜻을 주석란에서 밝혔다.

9. 屯(지명에 쓰이는 마을의 단위), 租子(지세 또는 소작료), 晌(농지의 넓이를 표시하는 단위)은 작가가 경우에 따라 둔/툰, 조자/주자, 상/쌍을 혼용하고 있는데 여기서는 툰, 주자, 쌍으로 통일했다.

10. 주석란에서 '원문대로'라고 한 것은 의미가 분명하지 않아서 원문대로 둔 것이다.

11. 이 소설을 쓰기 위해 작가 이기영이 만주 지역을 답사한 후 발표한 기행문 세 편도 교열하여 부록으로 실었다.

차 례

대지의 아들

1
초추(初秋)

지평선과 하늘이 맞붙은 들 가운데 느릅나무 한 주가 우뚝 섰다. 나무 밑에는 조그맣게 검은 벽돌로 지은 당집이 있다. 만인(滿人)의 신사(神社)다.

넓은 농장 안에는 길찬¹⁾ 벼가 쭉 고르게 들어섰다. 바람이 지나칠 때마다 벼 이랑이 굼실거린다.

저편 강기슭 일면으로는 푸른 물감을 칠해 놓은 것 같은 버들 밭이 우거졌다. 거기에 연달아서 갈대꽃이 뿌옇게 피었다. 그것은 마치 유록장²⁾ 옆에 백포장을 친 것 같아서 이 고장이 아니고는 볼 수 없는 일대 장관을 이루었다. 그 밖에는 붉은 이삭이 팬 고량 밭이 둘러있다. 만국 지도와 같은 그 위에 팔월의 태양이 내리 비친다.

황건오(黃建吾)는 행길 옆 저습지에서 낫으로 새(柴草)³⁾를 후리고 있었다. 논두렁 풀은 벌써 다 깎아 버렸으나 황지에는 잡초가 무성한 그대로 있다.

행길 위로 짐마차가 뚤뚤 굴러간다. 그 위에 긴 채찍을 든 만인(滿人)이 따라간다. 농립 밑에 푸른 빛 아래 윗옷을 입었다. 잿가루 같은 흙먼

---

1) 길차다 : 아주 미끈하게 길다.
2) 유록장(柳綠帳) : 휘늘어진 수양버들의 가지를 녹색의 휘장으로 비유하는 말.
3) 새 : 풀, 섶나무 같은 땔나무.

지가 길 위로 풀풀 날린다. 구수한 흙냄새가 풍긴다.

"쯧! 쯧!"

만인은 채찍을 높이 들어 말 궁둥이를 갈긴다. 그러나 비루먹은 회색 말은 매를 맞을 그때뿐이었지 다시 느럭느럭한 걸음으로 울퉁불퉁한 행길 위를 비척거리며 끌고 간다.

풀밭에서는 여치가 찌르르 운다. 어느덧 오후의 태양은 구름과 싸우기에 지친 듯이 서천에 넌지시 걸렸다. 한낮은 아직도 몹시 더웠으나 그것은 불과 서너 시간이다. 대륙적 기후라 그런지 아침저녁으로는 복중에도 제법 시원하였다.

건오는 낮질을 하다가 구부렸던 허리를 편다. 풀섶에 기대 세운 낫이 일광에 번쩍인다. 그는 멀리 지평선 저쪽을 바라보고 있었다.

망망한 광야가 끝없이 내다보인다. 그것은 언제 보아도 싫지 않은 희망과 동경을 자아내게 한다. 참으로 아득한 저 하늘 밖에는 알지 못할 무엇이 있는 것 같다. 그만큼 끝없는 벌판을 내쳐서 걷고 싶게 한다. 지금도 건오는 그런 충동을 일으켰다.

논도랑에서는 아이들의 재잘거리는 소리가 들린다. 그러나 그들은 행길 너머 볏논 속에 있기 때문에 잘 보이지 않았다. 덕성(德成)은 학교에 갔다 와서 지금 아이들과 물고기를 잡는 중이었다. 그들 총중(叢中)에는 귀순(貴順)이도 따라 나왔다. 그는 덕성이가 꼬인 것이다.

귀순네는 덕성이와 한 마을에 산다. 올해 열네 살을 먹은 귀순이는 차차 몸태가 나기 시작한다. 길동근 얼굴이 워낙 살결이 희어서 그런지 만주의 거친 바람에 그을려도[4] 유난히 해맑아 보인다. 약간 커 보이는 두 눈은 언제나 실안개가 도는 호숫물 같았다. 그렇다면 그의 긴 속눈썹은

---

4) 원문은 '꺼려도'.

호숫가에 둘러선 창포라 할까. 그는 커날수록 낫자라서[5] 차차 뭇사람의 귀염을 받게 된다.

귀순네는 덕성의 부친 황건오의 발련[6]으로 만주에 들어왔다. ××도 일대에 홍수가 터지던 바로 작년 일이다. 전장을[7] 몽땅 떠나보내고 일조에 적신[8]이 된 귀순네는 할 수 없이 정든 고향을 떠나지 않을 수 없었다. 그래 그들은 남부여대의 네 식구가 한 동리에서 살던 건오를 멀리 개양툰(開陽屯)까지 찾아 들어온 것이다. 건오는 종종 소식을 고향에 전했기 때문에 귀순네도 들어갈 뜻을 미리 알려 두었던 것이다.

인제는 일 년이 가까워 오지만 작년 가을에 귀순네가 들어온단 말을 듣고 은근히 좋아하기는 누구보다도 덕성이었다. 한 살을 더 먹은 덕성이는 그때 얼굴도 모르는 귀순이를 남몰래 가슴속으로 그려보고 있었다. 이 고장 사람들은 색시가 있는 집이 들어오는 것을 제일 환영하였다. 그것은 물을 것도 없이 결혼의 대상이 되기 때문이다. 덕성이도 그런 마음을 품고 있었다. 그래 귀순이가 온다는 날 그도 정거장으로 마중을 나갔었다.

"넌 뭘 하러 나간다니? 집에서 공부나 하지 않구."

그때, 어머니가 이렇게 제지하는 것을 덕성이는,

"혹시 짐이 많을는지 누가 알우? 그럼 나두 지구 올 테야."

하고 그럴듯하게 대답하였더니, 할머니가 무슨 생각을 하였는지 두 눈을 깜짝이며 마주 보다가,

"뭘, 네 속을 다 안다. 귀순이가 보고파서 그러지."

하고 별안간 깔깔 웃는 바람에 모두 웃었다. 덕성이는 어쩔 줄을 모르고

---

5) 낫자라다 : 더 잘 자라다.
6) '발련(絆緣)'의 뜻인 듯 : 얽히어 맺어지는 인연.
7) 전장(田莊) : 개인이 소유하는 논밭.
8) 적신(赤身) : 벌거벗은 알몸뚱이.

머리를 푹 숙였지만. 조모는 일상 우스운 소리를 잘하였다.

"할머니는 참…… 누가."

그러나 그때 덕성이는 속으로 여간 좋지 않았다. 아닌 게 아니라 조모는 그의 말을 잘 알았다.

더욱 그것은 궁금하던 귀순이의 얼굴을 대해 보매 그립던 바와 같이 그리 틀리지 않기 때문이다. 덕성은 지금도 그때 일을 생각하면 저절로 가슴이 울렁거려진다.

논도랑 속에는 개흙 같은 검은 진창이 수렁처럼 발이 빠진다. 거기에 흙탕물이 흥건히 괴었다. 진한 뜨물같이 걸직해9) 보이는 물이다. 어떤 데는 짜직짜직 물이 잦은 데도 있다. 그런 데는 물고기가 떼로 몰켜서10) 아래위로 쑤알거린다. 큰 놈은 푸드득거리며 꼬리를 휘젓는다.

덕성이는 물속에 들어서서 지금 한참 고기를 움키기에 정신없었다. 그가 고기를 움켜서 논둑으로 내던지면 귀순이는 쫓아다니며 그것을 고기 그릇에 주워 담았다.

조금 전까지도 귀순이는 제 몫으로 따로 잡았었다. 그러나 덕성이가 고기를 많이 잡는 바람에 그것을 주워 담기도 한 사람의 일거리가 된다. 그래 그들은 한데 잡기로 한 것이다. 그들은 윗물을 미리 막아놓았기 때문에 물이 차차 빠져 갈수록 고기떼는 아래로 내려몰린다. 그러는 대로 덕성이는 연신 흙탕물 속에서 붕어를 잡아내 던졌다.

"아이 저기, 저기? 저리루 큰 놈이 올라가네."

하고 귀순이는 신이 나서 고기가 파묻힌 곳을 손가락질한다.

"응 어디? 가만 두라구. 제가 올라가면 얼마나 가겠니?"

덕성이는 알았다는 듯이 두 눈을 찌긋하며 차곡차곡 앞에서부터 잡아

---

9) 걸직하다 : 걸쭉하다.
10) 몰키다 : 한곳에 빽빽하게 모이다.

나간다.

"오래 있으면 어디 가 숨지 뭐."

귀순이는 그놈을 놓칠까봐 초조해 한다.

"내가 들어가 잡을까?"

부드러운 목소리가 또 한 번 덕성이의 귓가에서 울리었다.

"가만 두래두 그래. 자, 이것 보아라."

별안간 덕성이는 메기[11]새끼를 잡아내 던진다.

"아니, 며기야!"

귀순이는 그대로 좋아한다. 조무래기 아이들은 큰 도랑을 덕성이한테 뺏기고 나서 저쪽 논꼬를 더듬어 올라간다. 논 속에도 물이 있는 곳에는 붕어가 없지 않았다.

"아어 따워! 따워!"(큰 고기! 큰 고기!)

만인의 아이들도 그들 틈에 섞여서 허풍을 치며 고기를 움킨다.

큰 봇돌[12]의 것은 오전에 어른들이 물을 빼놓고 말끔 잡았다. 해마다 거기서는 물고기를 수백 통씩 잡아낸다. 메기, 가물치, 붕어가 많고, 잉어도 큰 강에서 들어온다.

논에는 벼가 잘 되는 만큼 물고기도 새끼를 잘 치는지 모른다. 논배미 속에도 붕어 새끼가 송사리 들끓듯 한다. 이 고장의 봇도랑에는 어디나 물고기가 흔해서 농가에서는 여름 한철의 천렵이 성풍[13]한다. 도회지에 비해서 아무런 오락기관이 없는 그들에게는 물고기를 잡아서 풋고추에 지져놓고 값싼 '짠주'를 마시는 것이 한철의 재미였다. 그들은 여름내 잡아먹고도 논에 물을 겅굴[14] 때에는 큰 봇물을 막아놓고 대량으로 천

---

11) 원문은 '며기'.
12) 봇돌 : '봇도랑'의 준말.
13) 성풍(成風) : 풍속을 이룸.

어(川漁)를 잡는다. 그것은 어디나 연중행사로 되어 있다. 그런 때는 고기를 수태15) 잡아서 집집마다 몇 섬씩 나누었다. 큰 고기는 말리고 붕어는 골라서 젓을 담는다. 덕성이와 귀순네도 네댓 섬씩 잡아서 더러는 말리고 더러는 붕어젓을 담았다. 새우젓이 귀한 이 고장에서는 그것을 대용품으로 그 이듬해 봄까지 두고 먹는다는 것이다.

해가 어슬핏하자 건오는 마지막으로 베어 깐 새를 묶어 세우고 집에 갈 차비를 차렸다. 그는 행길 위로 올라와서 볏논을 건너다보다가 덕성이와 귀순이가 고기를 잡으며 도란거리는 목소리를 듣고 그리로 슬슬 가보았다.

"고만들 가자. 얼마나들 잡았니?"

그는 귀여운 듯이 먼저 귀순이를 바라보고 그 앞에 놓인 고기 그릇으로 눈을 돌린다.

"아이구, 많이 잡았구나. 그만하면 저녁 반찬은 훌륭하겠다."

"네!"

덕성이는 손을 씻고 논둑으로 나왔다. 그들은 지금 무슨 이야기를 속삭였는지 잠깐 당황한 모양이 눈치채인다. 그것은 귀순이의 귀밑이 빨개진 것으로 보아 알 수 있었다.

그런 생각이 들자, 건오는 더욱 그들이 귀여워 보였고 그만큼 귀순이를 장래의 며느릿감으로 금을 놓고 있었다.

'약혼을 하다시피 하였은즉 염려할 건 없겠지만…… 그래두 사람의 일이란 모르는 법야. 그네들 말투로 여기가 어디라구. 내후년쯤은 성례를 갖춰야 할 텐데…….'

건오는 이렇게 저 혼자 마음속으로 꿍꿍이 셈속을 따져보며 그들을

14) 겅구다 : 논에서 물을 뺀다는 뜻인 듯.
15) 수태 : 아주 많이, 숱하게.

앞세우고 행길 위로 걸어나갔다. 마을에서는 개 짖는 소리가 콩콩 들린다. 어느덧 저녁 연기가 이집 저집의 높은 굴뚝에서 떠오른다. 바람에 불리는 연기는 쉴 새 없이 공중으로 올라가다 사라진다.

"아버지 그릇 하나만 내 보내주시우. 우린 고길 아주 씻어가지고 들어갈게."

마을 앞 우물께를 당도하자 덕성은 이런 말을 소리치며 눈으로는 귀순에게 동의를 구하는 것처럼 끔쩍한다.

건오는 앞서가던 몸을 주춤하며 반사적으로 홱 돌이켜보다가,

"그럼 그래라. 얼른들 씻어가지구 들어온."

하고, 다시 걸음을 내걷는다. 그는 큰 기침을 두어 번 한다. 샘가에는 아무도 없다. 귀순이는 잠깐 어리둥절하다가 샘 둑으로 덕성이 뒤를 따라 들어가며,

"집으로 들어가지 뭘 하러 그릇은 내오래여?"

덕성이의 등 뒤에다 가만히 소근거린다.

"어머니한테 야단 만나게."

"야단은 무슨 야단?"

귀순이는 눈웃음을 치며 덕성이를 옆눈질16)로 본다.

"저두 잘 알면서 괜히 또 말 시킨다. 그까짓 것을 비린내 나는데 뭘 하러 잡어왔느냐구 구박할 테니 말야."

"오, 참 늬 어머니는 물고기를 좋아하지 않는다지."

귀순이는 그제야 덕성이 말을 알았다는 듯이 얼굴에 생기를 띠우며 생글생글 웃는다. 그들은 물고기를 헹구었다. 귀순이가 두레박으로 물을 퍼서 붓는데 덕성이는 꾸부려서 다래끼를 두 손으로 들고 추석인다. 진

---

16) 옆눈질 : 곁눈질.

흙물이 빠지는 대로 깨끗한 고기들만 눈이 부시게 펄떡거린다.

"그런 게 아니라 고기를 노나야지[17]."

덕성이는 소담스런 고기를 주무르며 옆에 선 귀순이를 돌아본다.

"그까짓 걸 뭘 노누니? 그냥 가지구 가지!"

"그럼 네가 다 가지구 갈래?"

덕성이는 고기 다래끼를 얼른 쳐들어서 귀순이 앞으로 내민다.

"건 왜? 제가 잡지 않았남."

귀순이는 잠깐 몸을 비꼬며 살짝 돌아선다.

"그게야 상관 있니? 너두 같이 잡았는데."

"그래두 난 싫어!"

"그렇지만 너두 빈손으로 들어가긴 안되지 않았니? 계집애가 뭘 하러 여적 싸다녔느냐구 늬 어머니가 야단칠 거 아냐!"

그 말에는 귀순이도 풀이 죽어 보인다. 그는 별안간 머리를 숙이면서 누가 들을까봐 가는 목소리로,

"그렇지만…… 나두 건 싫어…… 늬 아버지가 보셨는데……."

"뭘. 그게야…… 내가 다 너를 주었다면 아버지두 잘했다 하실 텐데 ……."

"어째서? 기애는……."

하다가 귀순이는 별안간 얼굴이 새빨개진다. 그래 그는 어쩔 줄을 모르고 사방을 휘, 둘러보다가,

"그럼 내가 노눌게?"

하고 덕성이 옆으로 앉으며 고기 그릇을 뺏으려 든다. 두 사람은 마주 웃으며 다래끼를 놓지 않았다. 그럴수록 귀순이는 부끄럼을 탔다.

---

17) 노누다 : 나누다.

"내가 노눌 테니 넌 가만히 있어!"

"왜 난 노눌 줄 모른다더냐 뭐!"

귀순이는 종시 제 고집을 피우려든다.

"그런 게 아니라 이 고기는 내가 잡았으니까 권리가 내게 있거든."

"아이그, 장한 것 가지구 권리 부리려 든다."

귀순이는 입술을 삐죽거렸다.

"그래두 이건 내 손으로 잡은 게야!"

덕성이는 물고기를 두 몫으로 나누기 시작했다. 그는 말로는 똑같이 나눈다고 하면서도 실상은 한쪽에 모은 놈은 작은 놈뿐이었다.

그런데 무슨 생각으로 그러는지 다래끼 속에는 큰 놈으로 골라놓고 샘 전으로 내놓는 놈은 작은 놈들뿐이었다. 귀순이는 반신반의하면서 이제는 덕성이가 하는 양만 우두커니 볼 뿐이었다.

나중에 알고 보니 그것은 귀순이가 참견을 못하도록 속임수를 쓴 것이다.

귀순이 동생 귀남이가 빈 그릇을 가지고 나오자 덕성이는 다래끼 속에 담은 것을 귀남이에게 쏟아준다. 그제야 귀순이는 비로소 덕성이의 의뭉스런 속을 알아채고 다시금 놀라지 않을 수 없었다.

"아니야, 이걸 가져갈 테야!"

귀순이는 덕성이의 다래끼를 뺏으려 했다.

"그만 두구 어서 고기 배나 따가지구 들어가자구."

덕성이는 빙그레 웃으며 그러지 말라구 눈으로 군호를 한다. 귀순이는 그대로 마주 눈을 할기었다.[18] 그러나 그는 덤덤한 덕성이의 성미가 언제 보아도 듬직하고 구수하였다.

---

18) 할기다 : 작은 눈을 옆으로 깜찍하게 살짝 굴려 노려보다.

"귀남아! 너두 배 좀 따라!"

그들은 부랴부랴 고기 배를 서둘러 땄다. 귀남이는 자기 집 몫이 큰 것을 보고 내심으로 좋아했다. 어느덧 해는 져서 어슬핏한데 낙일의 후광이 훤하게 지평 끝으로 틔어있다. 대지 위로는 황혼이 기어든다.

귀남이 모친은 지금 한참 저녁을 짓기에 분주하였다. 무엇 때문에 그랬는지 가뜩이나 저녁이 저물어서 화가 나는데 보릿짚을 때는 불까지 내서[19] 그는 또 한바탕 푸념이 나왔다.

"염병할 놈들이 이걸 집이라구 지었나 뭐라구 지었나? 어쩐 놈의 집이 방 한가운데다 신작로를 내구…… 내 그놈의 깡인지 지랄인지 보기 싫어! 정지[20]와 방안을 구별 못할 놈의 집이 세상 천지에 어디 있더람! 제일 사람이 매워서 살 수가 있어야지! 아이 지겨워…… 이년의 간난년은 또 왜 안 올까? 누가 저보고 고기 잡아 오랬나! 이런 때에 불을 좀 때주면 몸살 날까봐서……."

귀남이네는 올 봄까지도 남의 곁방살이를 하다가 만인의 집을 사서 여름에 이사를 하였다.

당초에는 새 집을 지어볼 생각이었으나 농번기라 그럴 틈도 없었거니와 암만 예산을 쳐보아도 돈이 많이 들 것 같아서 그냥 미루어왔는데 마침 만인이 이 집을 판다고 내놓은 것을 사서 든 것이었다.

그런데 쓸데없는 부엌만 커다랗고 깡(방)이라는 것은 명색 둘이 있으나 한가운데를 부엌에서부터[21] 길을 내놓았기 때문에 갈자리[22]를 한 닢씩밖에 못 깔게 되었다. 그러니 세간은 어디다 놓고 발은 어디로 뻗고 자라는지 도무지[23] 모르겠다. 게다가 방문은 없고 보니 마치 허영벌지[24]와 같아서 허전하고, 어설퍼서 도무지 방속 같은 생각이 안 난다.

그래 그는 이사를 오던 날부터 집이라고 맞갖지가[25] 않아서 급한 성

---

19) 내다 : 연기나 불길이 아궁이로 되돌아 나오다.
20) 정지 : 부엌.
21) 원문은 '한가어케를 부운데서부터' 오식으로 보인다.
22) 갈자리 : 삿자리. 갈대를 엮어서 만든 자리.
23) 원문은 '모두지'. 오식으로 보인다.
24) 허영벌지 : 허허벌판과 같은 뜻인 듯.
25) 맞갖다 : 마음이나 입맛에 꼭 맞다.

미대로 하면 불이나 싸지르고 싶었다. 그는 고향에서도 역시 초가집일망정 온돌 위에 살던 생각을 하면 더욱 정이 떨어져서 못 살 거만 같다.

그보다도 문이라고는 부엌문밖에 없으니 대낮에도 굴속같이 어두침침하다. 그것은 그대로 참는다 할지라도 제일 매워서 못살겠다. 그것은 오늘같이 불이 내지 않는 때에도 연기가 빠질 곳이 없으니 방안과 부엌 안이 온통 연기 속이다. 지금은 날이 더우니까 그래도 부엌문이나 열어 놓을 수 있지마는 장차 겨울이 오는 때는 어떻게 할 셈인가? 부엌문마저 닫아 걸고 이 속에서 조석을 해먹다가 너구리는 누가 잡고 눈은 누가 머느냐 말이다.

그런 생각을 한다면 하루바삐 방을 고쳐야 하겠는데 흘게 빠진[26] 남편은 벌써 언제부터 말만 앞세우고 여적 꿈도 안 꾸는 것이 속상해 죽겠다.

"남이 당하는 거니까 그저 만사태평이지! 요새야 뭐 그리 바빠서 그까짓 걸 못 고친담."

"아니 불이 대단히 내나? 애들은 다 어디로 갔어!"

밖에서 무엇을 치우던 석룡이가 부엌으로 들어오며 아내의 눈치를 본다.

"보다 모르겠소! 이런 데서 밥을 어떻게 해 먹겠소?"

아내는 모래불[27]을 후후 불다가 불길이 확 내미는 바람에 부지깽이를 내던지고 벌떡 일어선다.

"경칠 놈의 바람! 난 저녁은 굶어두 불 못 때겠소."

"일간[28]으로 고쳐야지! 웬 바람이 이리 불까."

---

26) 흘게 빠지다 : 정신이 똑똑하지 못하고 흐릿하거나 느릿느릿하다. '흘게'는 매듭·사개·고동·사북 따위를 단단하게 조인 정도나, 어떤 것을 맞추어 짠 자리.
27) 모래불 : '모닥불'의 뜻인 듯. 검불이나 잎나무 같은 것을 모아놓고 피우는 불.
28) 일간 : 가까운 며칠 안.

석룡이는 어설픈 동작으로 아내 대신 엎드려서 무서리는[29] 불을 입으로 분다.

"저리 비켜요! 수염 태우지 말구. 밤낮 일간이지……."

"밤낮은 누가. 품을 사자니까 그렇지."

"고만두고 저리 가요."

아내가 대들어서 다시 불을 붙이는데 귀순이 남매는 그제야 고기 배를 따가지고 들어온다.

"이놈의 새끼들, 누가 니 보구 고기잡아 오라던! 다시 들어오지 말구 아주 나가거라! 이 쌍놈의 새끼들!"

모친은 이제껏 치받치던 화를 일시에 폭발시켰다.

"이 간나새끼! 커드란 계집애년이 뭘 하러 해가 다 빠지도록 싸다니노? 머슴애들과 부끄러운 줄도 모르구…… 냉큼 와서 불 못 때겠니!"

그는 아래윗니를 앙당그려 물고 주먹을 겨누며 대드는 바람에 귀순이는 찔끔을 해서 부친의 등 뒤로 돌아가 숨는다.

"누구랑 고기 잡으러 갔었니? 어서 불 때라!"

"덕성이랑 갔었대요."

귀남이도 모친에게 얻어 맞을까봐 비슥하다가 부친을 똑바로 쳐다보며 얼른 대답한다.

"응 그럼……."

석룡이는 귀남이를 데리고 깡으로 들어간다.

"뭬 그럼야! 커드란 년이……."

모친은 그들이 들어가자 귀순이를 다시 옆눈질로 무섭게 흘겨본다. 그는 귀순이가 덕성이와 가까워 하는 것을 내심을 좋지 않게 생각하고 있

---

29) 무서리는 : 하얗게 불길이 사그라지는 모습을 가리키는 듯.

었다. 귀순이도 그 눈치를 채었다.

귀순네 집에서는 저녁이 저물어서 이렇게 한참 짝짜꿍을 치는 한편 덕성이네는 벌써 설거지까지 다 해치우고 고부와 내외의 세 사람이 솥발처럼 마주앉았다. 희미한 등잔불이 불똥이 앉아서 이따금 깜빡깜빡 불춤을 춘다.

저편 방에서는 덕성이 남매의 도란거리는 소리가 들린다.

"그런데 참, 여보."

아내 순복이는 별안간 무슨 생각이 들었는지 깜작 정신이 난 것처럼 남편에게로 얼굴을 돌리면서,

"저, 귀순네 방은 언제 뜯기로 했수?"

"건 왜?"

건오는 아내의 심각한 표정이 의심스러워서 대답을 하기 전에 됩다[30] 물었다.

"글쎄 말야. 고칠라면 가슬 바슴[31] 하기 전에 어서 해야 되지 않겠소?"

반짓 그릇을 뒤지던 아내는 다시 손을 멈추고 근심스런 얼굴빛을 짓는다.

"왜 누가 뭐라고 하던가?"

"좀 수상한 소리가 들리기 말야……."

"무슨 수상한 소리?"

건오의 두 눈이 빛난다.

"귀남 어머니가 아래[32]도 와서 방 고칠 걱정을 합디다그려. 제일 연

---

30) 됩다 : 도리어.
31) 가슬 바슴 : 가을 타작. 가을 바심.
32) 아래 : 그저께.

기가 찌고 매워서 못 살겠다구요…… 그런데 그 뒤에 들리는 말이 툰장 집에서 돈 때문에 고칠 수 없겠거든 가슬 후에 갚아도 좋으니 꾸어다 쓰라고 그랬다나요…….”

“뭐? 툰장 집에서……”

여태까지 장죽을 피우며 며느리의 말을 듣고 앉았던 시어머니는 두 눈이 휘둥그레지며 시선을 쏜다. 그는 과부가 된 뒤에 담배를 배웠지만 고향에서는 곰방대로 피우던 것이 만주에 와서는 담뱃대로 길어졌다. 만주는 담배가 흔하기 때문이다.

그러나 건오는 아내의 말을 듣자 더 물을 것이 없었다. 그는 저녁때 들에서 집으로 돌아올 적에도 자기 혼자 그런 염려를 했기 때문이다. 다만 그것이 자기 생각보다는 너무 일찍 아귀가 텄다는 점에 은근히 놀랐을 뿐이었다. 그리고 인제는 더 의심할 여지가 없게 되었다 할 뿐이었다.

‘예가 어딘 줄 아니? 여긴 만주다!’

그는 이 말투가 자기한테도 예외로 빼놓지 않고 습격해 올 줄을 몰랐다는 것이 도리어 자기의 어리석음을 깨닫게 하였다.

“그렇대요.”

“아니, 툰장 집은 충청도 양반이라구 우리 같은 사람하구는 혼인을 않는다며?”

“그러기에 큰아들은 고향에서 양반 혼인을 했다지 않아요? 그렇지만 작은 아들은 공부두 더 안 시키고 농사를 짓게 한다니까 장가나 일찍 들 일려구 그러는지 누가 아나요? 그리구 고향에 가서 혼인을 하자면 돈이 많이 들 뿐 아니라 누가 보든지 귀순이는 탐나게 되지 않았어요? 그러니까 살그머니 그 구렁이가 욕심을 낸 게지요!”

따는 며느리의 말을 들어보니, 그렇겠다.

"아이구 야야, 그럼 저 일을 어쩐단 말인가. 일껏 데려다가 남 좋은 일을 시키다니."

시어머니는 생각할수록 금시에 파혼이나 되는가 싶어서 가슴을 조인다.

"그렇지만 자기네두 염치가 있겠지…… 약혼을 해놓고서 아무 까닭도 없는데 파혼하자겠소?"

건오도 속으로는 염려가 되었으나 겉으로는 그들의 약한 마음을 누르려고 안간힘을 썼다.

"당신두 그렇게만 알았다가는 큰 코 다치리다. 지금이 어느 세상이라구…… 하긴 귀남어머니가 사람은 좋지요! 그 대신 변덕이 좀 많지 않아요? 어머니…… 그런 사람은 열이면 일야덟33)은 남의 말에 잘 쏠리는 법이에요. 그런데 자기네에게 유익한 말로 누가 꾀어봐요. 열 번 찍어 안 넘어가는 남기 없다고 왜 안 넘어가겠어요? 깨고리가 올창이 적을 생각한답디까?"

"하."

건오는 답답한 듯이 숨을 크게 내쉰다. 그는 한참 만에,

"그 애들의 사이는 괜찮은 모양 아냐?"

"저희들끼리는 싫지 않아 하는가 봅디다마는……."

"오늘두 고기를 잡으러 갔었다며?"

모친의 안타깝게 묻는 말이다.

"그렇지만 그것들이야 뭘 알겠어요, 부모가 꼬득이면 좋다가도 싫어질 수 있는 게지요."

"그야 그렇지!"

건오는 석룡이만 꿋꿋한 마음을 가졌으면 아무 염려할 것이 없었으나

---

33) 일야덟 : 일여덟. 일고여덟의 준말.

사실 그는 그렇지 못한 것이 탈이었다. 그는 남한테는 둘째로 제 아내도 휘어잡지 못하는 용해빠진 사람이었다.

2
황소

정대감네 냉면집에는 벌써 저녁 마실꾼들이 한 패 와서 떠들어댄다. 이 부락에 하나밖에 없는 음식점이라 언제든지 이 집에는 사람들이 동리 사랑처럼 잘 꾀었다.

"황소, 저녁 먹었는가?"

건오가 들어가니까 정대감이 희영수[34]를 먼저 건다. 그들은 건오가 황가 성을 가진 데다가 일을 잘하고 일상 말이 없이 입이 뜸하기 때문에 언제부터인지 모르되 '황소'라는 별명으로 부르게 되었다. 정대감의 말에 여러 사람은 일시에 건오를 쳐다보며 빙그레 웃는다.

"미친 놈 같으니. 진지들 자셨습니까?"

건오는 그 말은 들은 척도 않고 부락장과 강주사에게 인사를 한다. 그는 석룡(尹錫龍)이 앞으로 자리를 잡고 앉았다. 램프불을 켜놓은 방안은 도배장판을 새로 한 조선식 온돌이다.

"건온 오늘 뭘 했는가?"

부락장은 담배를 피우다가 태우는 꽁지를 재떨이에 비벼 버린다. 고향이 충청도라는 홍승구(洪承九)는 약간 손님티[35]가 있는 얼굴에 구레나룻[36]이 한데 연한 수염을 점잖게 쓰다듬고 있다.

---

34) 희영수 : 다른 사람과 더불어 실없는 말이나 행동을 함.
35) 손님티 : 마마를 앓은 흔적.

"새를 좀 베었지요."

홍승구는 강노인과 함께 이 동리에서 유력인물이다. 더욱 그는 자기의 농장을 가진 만큼 세력은 강노인보다도 더 있는 편이었다.

"병호는 오늘도 안 온 모양인가?"

이제껏 잠자코 있으면서 담배만 피우던 강주사가 화제를 바꾼다. 그는 산호 물부리에 스피아37)를 피워 물었다. 머리에는 서릿발이 내렸으나 오히려 근력은 정정해 보인다.

"아마 안 왔나 봅지요."

정대감이 대답하였다.

"그 사람이 뭘 하러 오래 가 묵을까?"

"글쎄요, 선태(고리대금)를 내러 갔다던가……."

"의원을 보러 갔다기두 하던데……."

"또 탈난 사람 아닐까? 요새 선태는 왜 내느냐 말야! 벼가 익기도 전에……."

부락장이 별안간 역정을 낸 사람처럼 언성을 높인다.

"남의 말 할 건 없지마는 난 그, 선태를 쓰는 놈들은 미친놈으로 아는 걸. 글쎄 가을이면 벼 한 단에 이십 원도 넘는 것을 왜 미리 빚을 내 쓰고 십여 원씩이나 손해를 보느냐 말야. 불과시 한 두 달만인데. 영감 그렇지 않습니까?"

"그야 그렇지. 선태를 쓰는 놈은 미친 놈이구 선태를 주는 놈은 악한 놈이구."

부락장은 강주사에게 동의를 구하려다가 의외의 주먹을 맞은 셈이다. 왜 그러냐 하면 그도 부락장이 되기 전에는 동리 간에서 변놀이38)를 했

---

36) 원문은 '나렛나룻'. 오식으로 보인다.
37) 스피아 : 당시 조선에서 생산되던 양절 담배 이름. 양절 담배란 필터가 없는 담배.

기 때문이다. 방 중의 다른 사람들도 그 속을 잘 아는 만큼 부락장의 얼굴이 뻘게지는 것을 간지럽게 쳐다보고 있었다.

"그렇지만 주는 사람이야 나쁠 것 뭐 있습니까? 그런 줄 알면서 쓰는 사람이 나쁘지요."

정대감이 부락장의 비위를 맞추려는 듯이 어색해진 좌석을 꿰매려 든다.

"쓰는 사람이 나쁘다면 주는 사람두 나쁘겠지."

"하하하……."

부락장과 강주사는 동리 일을 맞손잡고 하는 터이나 속으로는 늘 서로 응수39)였다. 그것은 하나는 곧이곧대로 하려는데, 하나는 협사40)를 하려들기 때문이다. 그래서 강주사는 너무 고지식하다는 평판을 듣고 부락장은 먹구렁이라는 손가락질을 뒤통수로 받는다.

사실 부락장은 뱃속이 검기 때문에 돈을 모았고 강주사는 청렴하기 때문에 모은 것이 없다.

그러나 그들 둘이 서로 겯고트는41) 바람에 동리 일은 도리어 바로 잡힌 것이 많게 되었다. 그것은 첫째 강주사 같은 청렴한 이가 없었으면 안 되었겠지마는 부락장같이 떡심이 질긴 사람이 없었어도 곤란한 일을 끝까지 끌어나가지는 못했을는지 모른다.

그는 뱃심이 좋고 어질지 못한 대신에, 탁탁 끊어버리는 결단심이 강하였다. 말하자면 무단적이요, 음험하고 권모술수를 부리는 책사였다. 그와 반대로 강주사는 인자하고 강직하고 결백하여, 의가 아니면 천하를 주어도 안 받는 대설때주의42)였다. 그러나 이 두 사람의 극단적인 성격

---

38) 변놀이 : 돈놀이.
39) 응수 : 바둑이나 장기 따위에서, 상대편이 놓는 수에 대응하는 수를 둠. 또는 그 수.
40) 협사(挾私) : 사사로운 정을 둠.
41) 겯고틀다 : 시비나 승부를 다툴 때에, 서로 지지 않으려고 버티어 겨루다.

이 맞부딪치고 조화되는 가운데 도리어 어려운 문제를 무난히 해결짓는 수가 많았다. 이야말로 모순의 발전이라 할까?

정대감은 그전에는 한참 부락장과 의가 좋아 지냈다. 아니 그들은 지금도 심정이 걸맞았다. 사실 이 동네의 흥와조사43)는 모두 그들 둘이 부리고 꾸미고 하는 셈이었다.

정대감은 위인이 능갈쳐서44) 간에 가 붙고 씨레45)에 가 붙고 한다. 그래 그는 강주사와 부락장 사이를 물고기가 자맥질하듯 능란히 오면가면 했다.

그러나 강주사는 워낙 대범하고 정직하기 때문에 감히 그 앞에서는 불의한 일을 하자고는 못하였다.

정대감은 이 고장에 들어와서도 농사보다는 음식점을 본업으로 하였다.

그것은 더욱 부락장과 음모를 꾸미기에 좋은 점을 주게 되었다. 그러나 그들은 제각각 이해타산을 가지고 사교적 친분을 교란했을 뿐이었다. 속으로는 서로들 저편의 흠을 잡아냈다. 그들의 교분이란 마치 비 오는 날 개구렁46)에 빠진 사람을 쳐다보고 웃어주는 폭밖에 안 되는 셈이었다. 정대감은 술꾼과 노름꾼을 붙여먹고 부락장은 그 뒤에서 변놀이를 하기 위하여.

약삭빠른 부락장은 취리를 한 그 돈으로 전장을 사곤 했다. 그것을 비싼 주자로 소작을 주고 자기도 머슴을 두고 농사를 지었다. 친한 만인의

---

42) 대설때주의 : 원문대로.
43) 흥와조사(興訛造詐) : 있는 말 없는 말을 지어내어 남을 비방하는 것. 보통 흥와주산(興訛做訕) 또는 흥와조산(興訛造訕)이라고도 함.
44) 능갈치다 : 교묘하게 잘 둘러대는 재주가 있다.
45) 씨레 : 쓸개.
46) 개구렁 : 개고랑, 개울.

땅을 싸게 얻어서 없는 사람에게 방천을 주기도 하였다.

방천제도란 이 고장 농가의 크나큰 폐풍[47]이었다. 그것은 제 손으로는 농사를 짓지 않고 가만히 앉아서 짓는 사발농사[48]다. 농사가 무엇인지도 모르는 도회지에 있는 사람들이 자기 권리대로 만인의 땅을 얻어서 작인들에게 최소한도의 농량(소금, 좁쌀)을 대주고 경작을 시켜서는 주자(소작료)와 종자대와 농량의 선대[49]한 것을 모두 제한 뒤에 남는 것을 가지고 작인과 반분하는 것이다.

가령 방천살이(半作農民)를 하는 한 사람이 두 쌍 내지 세 쌍을 경작할 수 있으면 평균을 두 쌍 반으로 잡고 한 쌍에 17단씩 수확을 할 수 있는 수전이라면 총 수확이 42단(일 단은 266근 넉 냥쭝[50] - 길림 부근 조사)이 된다. 그중에서 한 쌍의 주자를 보통 4단으로 쳐서 10단을 제하고 기타 잡비로 종자대금, 농량대금(좁쌀, 소금)으로 일단 제하고 나면 32단이 떨어지니 이것을 반분을 다 하더라도 15단 반의 소득을 가만히 앉아서 먹는 셈이다. 반작도 한 사람 앞에 이러하니 만일 열 사람을 경작시킨다면 155단일 것이요, 쉰 사람을 시킨다면 775단이 되니 그것을 조선 석수로 치면 거의 천석 추수를 당년에 할 수 있게 되는 셈이 아닌가?

그들은 이렇게 도시에 가만히 앉아서 투기적 금광 하듯이 중간 농사를 지었다 한다. 농촌 브로커들이 이렇게 어부의 이를 좌수하는[51] 숨은 속에는 애매한 농민들만 헐벗고 못 먹으며 피땀을 짜내게 된 것이다. 그러나 정대감은 그때 한참 이럭저럭 잘 번 돈을 술로 다 마시었다.

---

47) 폐풍(弊風) : 폐해가 많은 풍습.
48) 사발농사(沙鉢農事) : 사발로 짓는 농사라는 뜻으로, 일을 하지 아니하고 밥을 빌어먹는 일을 비유적으로 이르는 말.
49) 선대(先貸) : 미리 꾸어줌.
50) 냥쭝(兩重) : 귀금속이나 한약재 따위의 무게를 재는 단위.
51) 어부의 이를 좌수하다 : 가만히 앉아서 漁父之利를 얻다.

만일 그도 부락장처럼 제 실속을 차려서 알뜰히만 하였다면 지금 그와 마주 어깨를 견주고 이 동네에서 부명(富名)을 들었을 것이다.

그는 하루도 술을 먹지 않고는 못 견디어낸다.

당초에는 그도 농사를 지어보려고 서간도로 들어왔던 것이다. 더구나 제 손으로 못 짓는 농사를 지어보면 일 년 술값이 부족된다. 그래서 가는 곳마다 그는 음식점을 시작하고 농사는 부업으로 짓는 둥 마는 둥 하였다.

미상불 그러고 보니 가는 곳마다 술장사도 해롭지 않았고 술 먹을 기회는 날마다 생기었다. 누가 안 사주면 제 술을 맘대로 먹을 수 있고 남을 사주기는 제 집 것이니 수월하였다.

그래도 그는 술을 사줄 만한 사람이 안 사주면 성내고 시비를 걸었다. 그것은 그의 말을 빌어 한다면 다만 남의 술을 얻어먹기만 위한 치사한 생각으로가 아니라 한다. 그보다도 그는 주붕(酒朋)으로서의 정의를 계속하자는 것이었다. 그는 저 사람이 술을 내면 자기도 술을 내는 건 물론이요, 술을 더 내도 그것을 도리어 만족하게 안다는 것이었다.

그의 '대감'이란 별명도 실상은 여기서 나왔다. 그는 마치 대감마마처럼 술을 자주 안 사주면 노염이 잘 붓고 그랬다가도 술을 사주면 고사를 받은 귀신처럼 그 즉시로 도로 풀어지기 때문이라던가. 그는 그전에 아편중독이 되기까지 하였다 한다.

병호가 돌아오기는 그 뒤에 이틀이 지난, 마을에서 동리의 우물을 치던 전날 밤이었다. 우물을 치던 날엔 그도 역군[52]으로 나왔다.

황건오는 이날 식전에도 들논을 한 바퀴 돌고 와서 일 나갈 차비를 차리었다. 인제는 논꼬[53]까지 파놓은 바에야 별로 가볼 일이 없건마는

---

52) 역군(役軍) : 부역꾼. 부역에 동원된 일꾼.
53) 논꼬 : 논의 물꼬.

그는 날마다 한 차례씩 들 안을 돌고 와야만 마음이 놓이었다.

"굿복54)은 어디 있나…… 어머니 못 보셨수?"

건오는 혼잣말처럼 중얼거리다가 모친에게 물어본다.

"굿복은 왜? 물속에 들어갈라우?"

어느 틈에 아내가 들어와서 그들이 궤짝 속과 선반을 뒤지는데 참견하는 말이었다.

"그럼 누가 들어갈 사람이 따루 있는 줄 아나?"

건오는 언제와 같이 무뚝뚝한 말투로 내부친다. 본래 태생이 그런 데다가 만주로 오더니만 성미가 더 무디어진 것 같다. 아내는 그것이 늘 조그만 불만이었다.

"아이구, 당신두 인제…… 그런 일엔 좀 나서지 말우! 젊은 사람이 수두룩한데 뭣 하러 낫살 먹은 이가 번번이 그럴 것 뭐 있소? 왜 그 사람들 좀 못 시킨다우!"

아내의 어조에는 약간 역정이 섞이었다. 그의 두드러진 아랫입술이 뾰족해진다.

"그게야 누구나 마찬가지 아냐. 궂은 일 좋아 할 사람이 누가 있는가."

"그러기에 말이지요. 당신만 맡아 놓고 그럴 건 또 무엇 있소."

아내는 비위가 틀려서 더 말하기 싫은지 돌아서 나가버린다. 그는 부엌으로 들어가서 아침상을 보았다.

건오는 아내의 말을 등 뒤로 잠잠히 들었을 뿐, 모친이 찾아주는 굿복을 바꾸어 입기 시작했다.

옷을 입으며 생각하니 따는 아내의 말이 귀에 남는다. 그는 이제껏 심

---

54) 굿복 : 광부가 갱내에서 일할 때 입는 옷. 늑굿옷.

상했던 나이가 또렷해진다. 서른다섯이라면 스물 안팎의 소년이 이 동리에도 많지 않은가.

그러나 그들은 서로들 꾀만 피웠지 하나도 진심으로 제 일처럼 일하는 사람은 없었다. 그럴 때에도 건오는 힘드는 일을 자진해서 대들어 한다. 그는 그들이 서로,

"네가 해라! 나는 싫다."

하고 떠미는 것을 보면 그 꼴이 당장 보기 싫어서,

"이 사람들아 그렇게 다툴 것 뭐 있는가! 아무나 손 가까이 있는 사람이 했으면 고만이지."

하고 그 일을 숫제 뺏아가 버린다. 그러면 싸우던 사람들은 제 풀에 멀쑥해져서 물러서고, 다른 사람들도 내심으로는 건오의 건장한 체력과 희생심을 부러워하며 칭찬했다.

그래서 이제는 그게 아주 관례가 되다시피 힘드는 일에는 으레 건오를 불러대게 된다. 건오는 그것을 어찌 알지 않았었다.

그런데 아내는 건오의 그런 짓을 못난 편으로 돌리려 들었다. 그가 보기에는 세상에서 잘난 사람은 힘든 일을 않는 것 같았고 같은 일꾼이라도 약둥이[55]는 일자리를 살살 빠지며 남을 시키는 것 같았기 때문이다.

물론 그렇다! 건오는 여적 한 번도 자기를 잘났다고 자긍해본 적이 없었다. 그렇다고 그는 자기를 못났다고도 생각하고 싶지는 않았다. 왜 그러냐 하면, 제 왈 잘났다고 하는 사람도 별수 없어 보이기 때문이다. 아니 그보다도 그는 고향에서 보통학교를 겨우 졸업한 것뿐 아닌가. 그러면 그런 자신이나 그나마도 못 배운 무식한 농군들이 죽으면 썩을 몸을 아껴서 저 할 일을 남한테만 미루고 안 하려 드는 것이야말로 옳지 못하

---

55) 약둥이 : 약고 똑똑한 아이.

고, 못난 짓이라 할 것이다. 이런 고지식한 성미를 가진 건오는 그래서 언제나 묵묵히 자기의 맡은 일을 꾸준히 하여왔고 또한 남들이 싫다고 차 내던지는 일까지 가로맡아서 하기를 좋아하였다.

그래서 입빠른 사람들은 그를 일복을 많이 탄 사람이라고 조소하였지마는 그가 듣는 데서는 감히 그런 말을 누구도 못하였다.

그것은 그가 그런 말을 들으면 성을 낼까 무서워서만 아니었다. 워낙 매사에 점잖게 구는 그의 인품을 누구나 감히 누를 수가 없었기 때문이었다.

아내는 그동안에 아침상을 차려다 놓았다. 그는 남편이 기어코 굿복을 입은 것을 보고,

"저러니까 황소 소리를 듣지 당신두 참······."

하고 숫제 웃어 버렸다. 덕성이 남매와 모친이 밥을 먹다가 그 말을 듣고 따라 웃는다.

"황소가 왜 어떻기에, 정말로 황소만 같았으면 좋겠다."

"황소가 기운은 세지만 미련하지 뭐······."

아내는 밥숟갈을 떠 넣다 말고 또 호호 웃는다.

"홍, 무슨 소리야. 지고로 장한 사람은 인간의 황소라네!"

밥상을 물리기 전에 남매는 학교로 뛰어가고 건오는 일터로 쫓아갔다.

우물을 치던 일꾼들은 한나절까지 일을 마치고 제각기 집으로 흩어졌으나 한 패는 정대감네 냉면집으로 몰리었다. 건오도 병호에게 끌리어서 집으로 가던 길을 그리로 돌아섰다.

"냉면은 무얼 ······ 집에 가서 밥 먹지."

건오는 이렇게 말하였으나 그도 한나절 동안 힘찬 일에 지친 만큼 짠주 한 잔이 생각나지 않는 것은 아니었다.

그들이 뜰 안에 들어가자 정대감은 병호를 마주보며,

"어서 들어오게. 그래 캐성 가서 재미 많이 보았나?"

하고 의미 있게 웃는다.

"재미는 무슨 재미? 약 지러 갔었는걸!"

병호는 빙글빙글 마주 웃으며 대꾸한다.

"약은 무슨 약! 수박씨 많이 깠지?"

"수박씨는커녕 호박씨도 못 깠다."

"호박씬 똥구멍으로 까지 않나! 하하하!"

"예끼! 인제 보니까 어룬보구 욕하랴구……."

병호는 주먹을 둘러댄다.

"하하! 그래 개판스(開盤子)도 못했어? 술 한 잔 사주게!"

"약 지러 갔대두 그래! 그게야 어렵쟎지! 아주머니!"

병호는 여전히 기분이 좋아서 부엌을 내다보며 쾌활한 목청을 지른다. 부엌은 만인의 가옥처럼 되었으나 방안은 조선 온돌로 꾸민 집이다. 저편 구석방에서도 한 패가 얼려서 떠든다.

"그래 정말로 약을 지러 갔었나? 들리는 말에는 선태를 내러 갔다던데."

주인은 그제야 들어와 앉으며 담뱃갑을 조끼에서 꺼낸다.

"속병으로 의원을 보러 갔었대두 그래. 그러나 돈이 있어야지. 할 수 없이 빚을 좀 얻었지!"

병호는 시뻘건 눈알을 두리두리하며 큰 입으로 여전히 느물거린다. 무릎 밑까지 걷어 올린 장딴지에는 산돼지 털 같은 굵은 털이 시커멓게 내리났다. 그는 다시 두 팔을 쭉 뻗치고 하품을 친다.

"네 병은 속병이 아니라 술병이다. 술 좀 작작 먹어라."

"아이구, 남 말 말구 네나 좀 그러렴!"

병호는 기가 막히듯이 껄껄 웃으며 정대감의 유난히 빨간 콧잔등을 노려본다.

"그래두 대감은 아직 병은 안 났거든 에헴!"

"장담 말어! 저게 터질 날이 며칠 안 남았어…… 허허허 ……."

병호는 정대감의 코를 손가락질한다.

"어, 망할 자식. 재수 없게……."

정대감은 다시 투덜거린다. 여태 말이 없이 그들의 대화를 듣고 빙글빙글하던 건오가 정색을 하며,

"그래 약은 지어왔는가?"

"지어 왔어! 뭐 위장이 상하구 속이 냉해서 그렇다던가……."

"그런데, 약을 먹으며 술을 먹으면 무슨 효험이 있겠는가?"

"아니, 아직 시작은 안 했거든. 복약할 동안은 물론 술을 금해야지."

"그럼 오늘만 마음껏 먹어보세."

"이 사람들 괜한 소리 말구 어서 냉면이나 한 그릇씩 먹구 나가세."

건오는 그들의 술자리가 길어질까 봐 염려가 되어서 벌써부터 마음이 쓰인다.

"가만 있어. 나가면 무슨 할 일이 있거디! 그리 서둘 것 뭐 있는가?"

"그래, 우리 오늘만 실컷 먹고 나 병 나을 동안까지 안 먹기로 해볼까? 사실 술 먹는 놈은 매사에 낭패가 많으니……."

"그렇지만 여보게 황소! 만주 벌판까지 뒤불려[56] 와서 그래 술두 안 먹으면 무슨 재미로 산다던가!"

정대감이 언제와 같이 호기 있는 질문을 한다. 그러자 술상이 들어오자 그의 의기는 더한층 충천해졌다. 그들은 우선 술을 따라서 한 잔씩을 쭉 돌리었다. 안주로는 돼지고기와 닭의 찜을 한 접시씩 들여왔다. 붕어

---

56) 원문대로.

를 호고추로 지진 것도 있다.

"대감 말이 옳긴 옳아! 하지만 너 같은 놈 때문에 만주 들을 버려놓는 단 말야!"

"왜 내가 어째서?"

"너 같이 술 농사와 피 농사만 짓고 돌아다니면 말야!"

"이놈아, 늬가 돌피 농사만 짓고 다녔지. 아따 그놈 뻔뻔한 소리두 한다."

"나두 그랬지만 너두 그랬지 뭐야. 하하하."

정대감과 병호는 술잔이 거듭할수록 차차 취기가 돌며 허튼 소리가 비틀걸음을 친다.

대감은 자기 차례의 술을 마시고 나서,

"그렇지만 걱정할 거 뭐 있니 여기 황소가 있는데! 돌피밭이 묵은 것은 황소가 갈면 되지 않나? 허허허!"

"하하하, 참 황소가 여기 앉았네 그려. 조선 황소가 인제는 만주 황소 노릇을 한단 말이지, 하하하."

그들은 여전히 허튼소리를 하며 유쾌하게 웃어드킨다.[57]

"이 사람아 고만 가세! 고만 가."

건오는 그런 말은 타내지도 않고 병호를 가자고 한 손을 잡아 일으켜 보았으나,

"가만 있어, 대감의 이야기 좀 더 듣고…… 집에 가면 뭘 하나. 한 잔만 더 먹구 가세."

하고 병호는 팔꿈치를 뿌리치며 도로 주저앉는다.

"이야긴 무슨 이야기야? 어서 고만 가자구."

---

57) 웃어드킨다 : 웃어제낀다.

"아니 잠깐만…… 자넨 아마 못 들었을 거야. 대감이 피 농사 짓던……."

건오는 할 수 없이 병호의 옆으로 다시 앉았다.

"이 자식아 피 농사는 왜, 난 술 농사 지었지 피 농산 안 지었다."

"넌 별 농사를 다 짓지 않았니. 아편 농사두 짓구, 갈보 농사두 짓구……."

"하, 그 자식 큰일날 소리 마라. 네야 말로 두만강에서 밀수단에 끼어 다녔다더구나."

"그래 나두 했다마는 너두 했단 말야. 여보게 건오! 대감이 서간도서 처음 농사짓던 이야기 좀 들어보라나."

병호는 말끝을 되채지도 못하며 별안간 무슨 생각이 들었던지 "파!" 하고 홍소를 터치더니 들입다 웃기만 한다.

"무슨 이야긴데?"

건오는 영문을 알 수 없어서 두 사람의 얼굴을 번갈아 보았었다.

"아니, 저 자식이 공연한 미친 소리야! 자 우리는 술이나 먹자구."

대감은 창피한 생각이 들었던지 건오에게 말을 못 듣게 헤살을 부렸다. 사실 그는 그 말이 나면 창피하였다. 어느 때 술김에 단 둘이 한 말인데 병호는 지금까지 그 이야기를 잊지 않고 있는 것이 놀랄 만한 일이었다.

그가 서간도에서 처음으로 만인의 논을 얻어서 농사를 지었는데 만인 지주가 술을 좋아하므로 자연 술친구로 친해졌었다. 그래서 주자도 싸게 시리 4, 5 쌍 수전을 지어서 해마다 농사가 잘 되었으나 그전부터 술은 물론이요, 아편에까지 중독이 되어가는 그는 생기는 대로 털어먹었다. 그 바람에 신용을 잃고 지주에게 소작료도 내지 않기 때문에 필경은 그 논이 떨어지게 되었다 한다.

그제서야 대감도 정신이 펄쩍 났다. 6, 70 석씩 농사를 잘 질 때도 못 살았었는데 일조에 땅까지 떨어지고 보니 그는 당장 살아갈 일이 난감하였다.

이에 느낀 바 있어 하루는 술병을 사들고 만인 지주를 찾아가서 잘못된 사과를 하였다. 처음에는 만인도 대감의 외교적 사과를 그리 달게 받지 않았으나 그 역시 차차 술잔이 들어갈수록 마음이 호활하게 되었다. 그래서 제 술을 다시 내서 먹고 또 먹고 하는 바람에 두 사람이 대취했는데 어떻게 된 셈인지 그들은 같이 자살하기로 약조하고 산으로 올라갔다는 것이다. 그것은 대감이 취중에 더욱 눈물을 흘리며 잘못했다고 백배 사죄를 한 연후에,

"정말로 귀하에게는 만사무석[58]의 죄를 지었습니다. 나는 지금 참으로 회개하였습니다. 나는 그 잘못은 죽음으로써 대속할 수밖에 없사오니 지금 귀하 앞에서 나는 죽어야 하겠습니다."

하고 대감은 그때 정말로 미리 준비했던 명주수건으로 목을 매어 죽는 시늉을 하였다. 만인이 이 거동을 보자 대단 감격하였다. 그래 하는 말이,

"당신의 뜻이 참 장합니다. 만일 당신이 그렇게 죽는다면 나로서 살기가 미안한즉 그럼 우리 같이 죽읍시다."

하고 정사(情死)를 하자 해서 그렇게 산으로 올라간 것이었다. 산으로 올라간 그들은 즉시 목을 매기로 하였는데 대감이 명주 수건을 가진 만큼 자살집행인이 되었다 한다. 그래 그는 먼저 만인 지주의 목을 매고 다른 한 곳으로는 자기의 목을 맨 연후에 서로 버티면서 목을 조르게 되었다. 그런데 만인의 목은 뒤로 졸라매고 대감은 앞으로 졸라매 가지고 서로 당기게 되었으니 누가 먼저 다급할 것은 뻔히 알 노릇이었다. 만인이 먼

---

58) 만사무석(萬死無惜) : 만 번 죽어도 아까울 것이 없음.

저 숨을 통치 못하고 쩔쩔매는 중 일각을 참을 수 없어서 그는 목을 늦추자고 우선 청한 후에 논을 도로 줄 테니 우리 죽지 말자고 강화를 청하였다는 것이다.

대감은 그래도 죽어야 한다고 한참 동안 강경히 버티었다던가. 그러다가 못 이기는 체하고 나중에는 물러났다지. 그러니 만인은 감쪽같이 속고 말았다. 그는 대감을 도리어 고맙게 생각하고 논을 다시 주었는데 그 뒤에 그는 또 주자(소작료)를 떼먹고 그때는 아주 달아났다는 것이다.

건오는 병호의 입으로 그 이야기를 다 듣고 나자 비록 지난 일일망정 가슴이 질리고 대감의 얼굴이 다시 쳐다보았다.

'참으로 대감이구나!'

건오는 무심코 이렇게 마음속으로 부르짖었다.

병호가 이야기를 끝막고 한바탕 웃으며 물러나자 대감은 얼굴이 벌게서 앉았다가,

"이놈아, 그래도 난 너처럼 밀수는 안 했단다. 너는 나라의 법률을 위반하는 큰 죄를 진 놈이 남의 말을 수월하게 잘한다."

하고 눈을 흘기며 쳐다본다. 그의 두 눈에서는 벌써 지게미59)가 꼬약꼬약 나온다.

"흥! 그래두 밀수단 때문에 먹구 산 사람이 얼마나 많은데!"

"야, 넌 지금이라도 알기만 하면 당장 때갈60) 놈이야!"

정대감은 복수심이 불끈 치바쳤다.

"때가긴 왜 때가? 저건 공연히 속도 모르고 저러겠다. 네 말대로 한때는 밀수쟁이 노릇을 하긴 했다. 그러나 너 정말 밀수쟁이가 누군 줄 알기나 아니? 아니, 도문(圖們)이나 남양(南陽)에서 큰 장사 쳐놓고 밀수를

---

59) 지게미 : 술을 많이 마시거나 또는 열기가 있을 때 눈 가장자리에 끼는 눈곱.
60) 때가다 : 죄지은 사람이 잡혀가다.

안 한 사람이 내외국인 간에 몇이나 된다든? 그리고 사변 후의 도문시가 너 무엇 때문에 번창한 줄 아니? 그게 다 밀수바람야!"

"그러니 어떻단 말이냐."

"허니까 말야. 나 같은 말째[61]가 그런 밀수단 밑에서 심부름 해주고 짐짝을 져다준 것쯤이야, 뭐 그리 큰 죄 될 게 있겠는가! 흥 참! 그때 한창 세월이 좋을 때는 밀수단의 인부가 도문과 남양에 천여 명씩 들썩대었거든. 여관에는 신경(新京) 봉천(奉天)의 대상들이 몇 달씩 와서 북적거리구…… 왜 그랬느냐구? 밀수품을 사 가려구 그랬지. 참 그때 한창은 세월 좋았느니. 막벌이꾼들도 십 원짜리만 척척 꺼내구. 그들이 술값을 치를 때 어디 세어 준다던가. 그저 잡히는 대로 꺼내 던졌지…… 여북했어야 유곽이나 요릿집에서는 양복장이보다도 노동자를 더 환영했다나! 참 돈들 잘 썼느니……."

하고 병호는 그때의 황금시절이 동경되는 것처럼 군침을 꿀떡 삼킨다.

"너두 그래 희떱게 써 보았니?"

"그럼 쓰지 않구? 워낙 그런 판국에 있으면 돈을 안 쓸 수 없겠데. 생명을 내놓고 하던 장사인걸. 돈 두구 안 쓰면 뭘 하겠나. 한 시간 뒤라도 여차즉하면 죽을 판인데. 그런가가 뭐야? 여보게 자네들! 밀수를 어떻게 하는 줄 알기나 아는가? 두만강이란 원래 수심이 얕아서 여름에는 발을 빼고 건널 수 있고 겨울에는 빙판으로 통래할 수 있거든. 그러니까 밀수를 하기가 용이하단 말야. 가령 광목이나 피륙 같은 것을 남양의 상인과 연락해서 옮긴다구 하세. 새벽에 그것을 강으로 내다가 배에 싣는단 말야. 그 배는 낮에는 배 밑구멍을 뚫어서 물속에 가라앉혔다가 소용될 때 살짝 건져내도록 한 것인데, 강 양편으로는 수십 명씩 파수꾼을 세워놓

---

61) 말째 : 순서에서 맨 끝. 첫째의 반대말.

고 회중전등으로 암호를 해가며 세관의 감시대를 경계하도록 아주 빈틈없이 짜구 한단 말일세. 그렇게 감쪽같이 건너온 물건을 미리 등대했던 수십 명 인부가 어둠을 타서 등으로 져 나르는데 그것을 저 도문 시가지의 남쪽 높은 지대로 옮겨 놓고 상인과 직접 거래를 한단 말야. 만일 그게 위험할 것 같으면 저 남구(南區)의 세 갈래 진 잔 골목 뒤 어떤 으슥한 집에다 잠시 숨겨 두어두 좋겠지. 그랬다가 여인네를 고용해서 가만히 상점으로 옮겨가면 고만일세그려. 그러면 그담부터는 벌써 밀수품이 아니거든. 버젓하게 짐을 풀어가지고 자동차나 우마차에 실어서 저 훈춘이나 용정, 국자가, 왕청 등지로 보내고, 멀리는 돈화까지 기차로 실어 보내거든! 여보게 밀수가 한창 대규모로 범행될 때에는 밤마다 수십 거씩 생기는데 아까도 말했지만 그 물건이 나중에는 신경, 봉천, 길림 등지로 막 들어갔다네! 그래서 이 밀수상의 싼 건, 이 물건 때문에 정당한 장사들이 장사를 할 수 없다고 영사관에 진정서를 제출했다면 더 말할 것 없지 않아! 그 뒤로 국경 경찰대가 생겨가지고 밀수 취체가 엄중한 바람에 필경은 밀수단과 경관대가 접전을 해서 사람이 상하기까지 했다데만. 그들의 폭력행위는 필경 비적으로 몰렸다네. 그 뒤로는 워낙 취체가 대단하니까 차차 줄어들었지. 그런데 그 대신 밀수경기가 없어진 뒤로는 도문이 아주 쓸쓸해져서 모두들 그런 시절이 다시 오기를 은근히 바랐다네. 지금도 크게 장사를 하는 대상들은 모두 그때 밀수통에 수를 본 사람들이래! 그렇다면 말일세, 도문 시가를 크게 발전시킨 것은 정작 생명을 내걸고 밀수단 밑에서 직접 물건을 져 나른 인부들이 아니겠나? 그런데 나두 그런 밀수단 밑에서 일을 좀 보았기로 그게 뭐 그리 큰 죄를 졌단 말인가. 허허허."

하고 병호는 술김에 풍을 친다.

　"그래서 네가 만주로 다시 들어왔구나!"

정대감은 무엇을 짐작함이 있는 듯이 두어 번 고개를 끄덕인다.

"그럼 죽을 고비도 여러 번 겪었겠구나."

정대감은 다시 술 한 잔을 따라서 병호에게 잔을 들어 권하며 호기심에 잠긴 미소를 보낸다.

"암, 그야 물론."

병호는 지난 시절의 통쾌미를 씹어보려는 새 기억을 가지가지 느끼며 잔을 받아든다.

"하마터면 내가 참척[62]을 볼 뻔했구나 …… 그런데 애비를 찾아서 이렇게 멀리 왔으니 기특하다! 인제 다 키웠거든 허허허……."

정대감은 너털웃음을 또 한 번 치며 희영수를 부친다.

"에 이 자식! 버릇없이 까불지 마라."

병호는 술을 마신 뒤에,

"참 밀수 말이 났으니 말인데……."

하고 다시 무슨 이야기를 꺼내려는 모양으로 입을 뻥긋뻥긋 한다.

"또 남은 얘기가 있니?"

"응 있어!"

병호는 닭의 다리를 집어서 질겅질겅 씹으며 새로운 이야기를 꺼낸다.

"아까 한 밀수 얘기는 어른들의 얘기지만 지금 말하려는 것은 아이들 얘긴데……."

"아니, 애들도 밀수를 하나?"

건오가 놀래며 묻는 말이었다.

"그럼 하구 말구. 남녀노소 간 않는 사람이 몇이 안 된대두 그래. 남양서는 도문으로 학교를 다니는 애들이 많은데 두만강 다리를 건너면

---

62) 참척(慘慽) : 자손이 부모나 조부모보다 먼저 죽는 일.

바로 도문이니까, 이건 바로 나 아는 선생에게 들은 얘기야."

"그래서?"

대감이 입맛을 다시며 시선을 쏜다.

"나두 그 얘기를 듣고 보니 미상불 가엾은 생각이 들데. 요놈이 밀수를 어떻게 하는고 하니."

병호는 좌중에 근청하자 자기도 신을 내서 말한다.

"하루는 세관 관리가 보니까 어떤 학생이 변또63)를 두 개씩 가졌더라나. 그래두 처음에는 심상히 보고 내버려 두었다지. 혹시 같은 동무의 변또를 대신 들고 오나 해서…… 그런데 그 애를 눈여겨본즉 날마다 그러더라거든. 하두 이상해서 하루는 변또 그릇을 조사해보니까 하나는 빈 변또에다 소금을 가득 넣었더라지. 그래서 고만 그 애를 잡아다가 닦달을 해보니까 이놈이 들어올 적에는 소금을 담아다 팔고 나갈 적에는 두 변또에다 쌀을 사서 가득 담아 가지고 안팎 밀수를 해먹은 게 드러났단 말야. 그 선생 말이 그 애가 며칠째 안 와서 수상히 알던 중에 하루는 세관에서 호출이 나왔더라지. 웬일인지 몰라서 쫓아가보니까 대뜸 하는 말이, "당신이 학생들에게 글을 가르쳤소? 밀수를 가르쳤소?" 하더라나. 선생은 크게 놀라서 그게 무슨 말이냐고 다급하게 물었더니 그제야 그 애의 전후 사실을 쭉 말하며 당신이 책임을 지면 그 애를 내보낼 테니 데려가라구 하더라나."

"아니 저런 놈 보았나. 그건 또 웬 일야?"

"그놈 참 맹랑한 놈인걸!"

대감과 건오는 일제히 부르짖는다.

"그래 어째 그러냐고 선생이 물어보니까, '전 밀수를 안 하면 내일부

---

63) 변또 : '도시락'의 일본말.

터 학교를 못 댕기게 됩니다.' 그러더래! 그제서야 알아본즉 그 애 집은 몹시 가난해서 그 애가 밀수로 벌어먹고 살아가는 모양이라거든. 하루에 두 행보씩 그렇게 하면 날마다 30 전 이상을 벌수가 있다네 그려. 그래서 그 애는 그 돈으로 월사금도 낼 수 있고 밥을 굶지 않는다구. 선생이 그 말을 듣고 난 뒤에는, '다시 그 짓을 말아라!' 소리가 잘 안 나오더라네. 그 뒤에 그 선생이 그 애 집을 가본즉 과연 형편이 말 아닌데 그 애 부친은 중병이 들어서 위석[64]해 드러누웠고 어미가 겨우 이웃집으로 돌아다니며 빨래가지와 일을 해주고 쌀 됫박과 한술 밥을 얻어다 먹더라나. 정작 그 애의 벌이가 큰 수입이요, 그 힘으로 살아온 것이 뻔한 일 아니겠나?"

"그럼 그 애는 그 뒤에 어떻게 되었다던가?"

건오는 궁금해서 뒷일을 채근하였다.

"무얼 어떻게 되어! 그 선생이 가본 것도 그 애가 그 이튿날부터 안 오기에 가봤다는데 나무하러 갔다고 해서 그 애는 보지도 못하구 그냥 왔다네."

"흥! 가엾은 일이로군."

그들은 취중에도 감개무량한 표정을 짓고 한동안 서로들 멍 하니 앉았었다.

그러나 짜장 그 애가 지금 이 동리에서 사는 원일여의 아들 복술인 줄을 알았다면 그들은 얼마나 더 놀랐고 감격했을는지 모를 일이나 그 속을 아는 사람은 아무도 없었다.

---

64) 위석(委席) : 몸져누워서 일어나지 못함.

3
회고담(懷古談)

건오는 병호의 소학생 밀수 얘기를 들어보니 마치 자기의 어린 시절을 보내던 기억이 떠올라서 그것이 남의 일처럼 생각되지 않았다.

하긴 밀수 같은 것을 해볼 기회도 못 가져본 건오였으나 그도 턱없는 공부를 해보려고 학교의 규칙을 위반하다가 선생한테 매를 맞기까지 하지 않았는가. 그것은 학교법을 어기나 나라법을 어기나 마찬가지가 아니겠느냐는 점에서 더욱 동감하기를 마지않았던 것이다.

그는 어려서 부친을 여읜 뒤로 편모슬하에서 기구한 초년고생을 겪었다. 원래 가난한 농가였던 그의 집은 일조에 주인마저 세상을 떠나고 보니 그날부터 조석을 걱정하는 가련한 신세로 될 수밖에 없었다. 비록 젊은 모친이 있다한들 그때나 지금이나, 산골의 간구한 지어미의 한 품으로 어찌 두 식군들 제대로 호구해 갈 수 있었으랴. 연중에 장례 빚과 약값으로 집 한 채 남은 것마저 팔아버리게 되었으니 그들의 절박한 사정은 더 말할 것 없지 않은가.

이렇게 몰락된 건오는 연골적[65]부터 남의 집으로 고용살이를 가게 되었다. 겨우 아홉 살 때다. 그의 모친 역시 마을에서 더부살이로 돌아다니는 처량한 신세가 되었다.

그러나 건오 같은 어린 것이 고용을 살면 몇 푼어치나 일을 할 수 있

---

65) 연골적 : '아직 뼈가 굳지 아니한 나이 어린 때'를 이르는 말.

었으랴. 그는 한껏해야 송아지에게 풀을 뜯기고 쇠꼴을 베어오는 게 고작이었다. 따라서 그는 사경돈66)을 받을 수 없었고 겨우 그날 그날의 의식을 주인집에 얹어놓고 있을 뿐이었다.

모진 목숨들은 그럭저럭 몇 해를 견디었다. 그동안에 건오는 차차 사람도 커지고 농사일도 배우게 되자 그의 사경돈도 올라가기 시작했다. 사경은 받는 대로 모친에게 꼭꼭 전했다. 모친은 그 돈으로 장리를 늘이었다.

이리하여 건오가 열다섯 살 먹던 해 봄에는 다시 오막살이를 사서 모자가 살림을 시작하였다.

그러나 그는 결코 그것으로 만족하지 않았다. 그는 제일 공부하는 동무 애들이 부러웠다. 한 동네에서 같이 자라난 다른 애들은 어려서부터 모두들 학교에 다니는데 자기 혼자 나무꾼이 되어서 한세상을 눈뜬 소경으로 보낸다는 것은 얼마나 애달픈 신세인가. 그는 차차 철이 들수록 그런 생각을 더하게 하였고 그럴수록 공부는 더하고 싶게 하였다.

"어찌하면 나두 공부를 해 볼 수 있을까?"

주사야탁.67) 그는 이런 궁리뿐이었다. 그러나 그는 차마 그 말을 입 밖으로 내지는 못하였다. 그것은 아무한테도 말할 자국68)이 없었고 따라서 속으로 읊는 말이었다. 그보다도 그런 말을 모친이 들으시면 얼마나 슬퍼하실는지 모르기 때문이다. 그는 부질없는 말을 해서 가뜩이나 불쌍한 모친을 속상하게 하고 싶진 않았던 것이다.

그렇다고 단념할 수도 없는 일이었다. 이렇게 열중한 건오는 자기도 모르는 중에 학교에를 가보기 시작했다. 그의 처음 생각에는 구경차로

---

66) 사경돈 : 머슴이 일을 해준 값으로 받는 품삯. 새경돈. 새경. 원문은 '삭영돈'.
67) 주사야탁(晝思夜度) : 밤낮으로 생각함.
68) 자국 : 처지나 형편.

가보자는 것이었다. 학교란 도대체 어떠한 곳이며 학생들은 무엇을 어떻게 배우는 것인가. 공부에 골몰한 건오는 그렇게라도 한번 보고 싶었던 것이다. (보통학교는 바로 한 동네에 있었기 때문에)

그런데 그는 며칠 동안 틈틈이 학교구경을 가보니 그들의 공부하는 양이 더욱 부러워 못 견디겠다. 그런 충동을 일으킬 줄은 건오 자신도 몰랐다 한다. 마침내 그는 구경하던 것을 한 걸음 내쳐서 어깨 너머 글을 배우기로 결심하였다.

하루는 읍내 장보러 가는 길에 책사를 찾아가서 가만히 일 학년 책을 사다두었다.

그 이튿날부터 건오는 날마다 그 시간에 학교로 갔다. 그는 염치를 불고하고 일 학년 교실의 맨 윗목으로 들어가 서서 그들이 배우는 것을 명심하여 듣고 있었다.

어언간 그렇게 십여 일을 다녔다. 그동안에 그는 가나와 언문을 깨치고 산술도 쉬운 것은 운산[69]을 할 줄 알았다. 그는 그날 배운 것을 다시 책을 펴놓고 밤중까지 읽고 쓰고 하였다. 그는 들일을 할 때에도 쉴 참마다 복습을 부지런히 하였다. 사람의 근공[70]이란 참으로 무서운 것이어서 아무것도 모르던 문맹이 차차 학문의 세계를 깨쳐나가는 것은 마치 황무지를 개간해서 옥토를 만드는 것과 같다 할까. 건오는 그럴수록 공부에 열중하여서 어려운 한문자는 팔뚝에다 먹으로 써 가지고 그것을 외기까지 하였던 것이다.

그렇게 근 20일을 다니던 어느 공일날이었다. 하루는 선생님이 부르신다고 상급생 — 병호가 들로 찾아나왔다.

웬일인지 몰라서 불리어 간 건오는,

---

69) 운산(運算) : 식을 다루어서 답을 내는 계산. 연산.
70) 근공(勤工) : 부지런히 힘써 공부하다.

"선생님! 저 부르셨나요!"

말이 채 끝나기도 전에 선생은 대답 대신 건오의 따귀를 연거푸 서너 번 후려친다.

"아, 선생님."

건오는 어마지두[71]에 웬 영문인지 몰라서 한 손으로 아픈 뺨을 어루만지며 있었다.

남을 불러다가 아무 말 없이 구타만 하는 것이 대체 무슨 일일까. 참으로 건오는 그때까지도 웬 영문을 몰라서 맞은 뺨이 아픈 것보다도 궁금한 사정을 다시금 묻지 않을 수 없었다.

"선생님! 대관절 무슨 일이오니까?"

그제서야 선생은 붙었던 입을 거만스레 연다.

"이 간나 새끼, 학교에는 왜 자꾸 오는 게야? 다시 오지말랬는데두."

건오는 비로소 그 선생의 심중을 알 수 있었다. 그러나 그만 일로 손찌검을 할 건 무엇인가. 그 선생은 어디인지 뒤대[72] 방언을 쓰고 있었다. 다른 데보다도 목자[73]가 불량해 보인다. 건오는 두 손을 맞잡고 애원할 수밖에 없었다.

"그렇지만 제가 언제 뭐라고 했습니까? 한 귀퉁이에 서서 구경만 했습지요."

"구경두 못하는 법야. 다시 또 왔다간 봐라. 그때는 다리를 분질러 놀 줄 알어! 이 자식아 인젠 알겠나? 다신 오진 말어!"

선생은 두 눈을 부릅뜨고 무섭게 호령한다. 그는 조금도 용서할 기색이 안 보인다.

---

71) 어마지두 : 무섭고 놀라서 정신이 얼떨떨한 판.
72) 뒤대 : 어느 지방을 기준으로 하여 그 북쪽 지방을 이르는 말.
73) 목자 : '눈깔'이라는 뜻.

"선생님, 그러실 것 뭐 있어요. 여북 공부가 하구퍼야 그렇게 하겠습니까? …… 그저 맨 구석에서 듣기만 하겠어요…… 선생님 그것만 용서해주십시오."

건오는 또 한 번 빌어 보았다.

"이 자식아, 안 된대두 여러 말 하는구나, 네깐 놈이 공부가 무슨 공부야, 상일꾼놈이……. 주제넘은 소리 마라!"

그는 어디까지 모욕하는 언사였다.

"네……."

건오는 분한 생각으로 하면 말마디를 톡톡히 들이대고 싶었으나 어렸어도 묵중한 편이라 꾹 눌러 참고 그 자리를 물러섰다. 참으로 그 설움을 받고서야 다시 또 학교에 갈 사람이 누구이랴!

그것은 공부보다 더 훌륭한 것을 한대도 누구나 고만둘 것이다. 그러나 건오는 그날 밤새도록 생각해 보아야, 다른 도리로는 그나마라도 배울 길은 막연하였다. 그는 일편단심이 오직 공부 하나에 있었다. 오냐! 그렇다면 어떤 모욕을 당해도 좋다. 공부만 할 수 있다면, 무슨 일이 있어도 상관할 것 없다. 그래 그는 또다시 결심한 후에 그 이튿날도 여전히 학교에 찾아갔다.

그렇게 또 몇 날을 지나갔다.

한동안 그 선생은 아무 말이 없었다. 그는 무서운 눈으로 흘겨보기만 하였다.

선생의 그런 눈치에 인제는 아마 묵인을 하나부다고 그는 은근히 좋아하였다.

그 달 그믐께였다. 선생이 또 부른다고, 아이가 찾아왔다. 건오는 역시 무슨 일인지 몰라서 따라가 보았다. 설마 또 그러랴 싶었다.

그런데 선생은 이번에도 건오가 방으로 들어서자 별안간 달려들어 두 손으로 양쪽 뺨을 번갯불 치듯 후려갈기지 않는가! 그것은 조금도 사정을 두지 않는 독한 매다. 건오는 한동안 멍하니 서서, 정신을 못 차리고 있다가, 부어오르는 양쪽 뺨을 어루만지면서,

"선생님! 무슨 일로 또 때리기만 하십니까?"

그 말이 떨어지자 선생은 다시 노기가 등등해지며,

"이 자식아, 여태 맞고 그것두 몰랐더냐? 학교에 오지 말랬는데 왜 자꾸 오는 게냐 말야."

재차 그는 이쪽 저쪽 뺨을 번갈아 붙인다. 눈에서는 불이 날 지경이다.

"아이구, 선생님……."

연거푸 두 차례나 뺨을 맞고 나니 그때는 자기도 모르게 눈물이 막 쏟아져 흐른다. 아, 참으로 이렇게까지 때릴 일이 무엇인가.

"선생님! 왜 자꾸 때리십니까? 그 …… 그러기에 여러 번 사정을 드리지 않았나요. 그렇지만 선생님이…… 정히 못 오게 하신다면 하…… 할 수 없습지요. 다시는 안 갈 테니 때리시진 마십시오! 제가 무슨 도적질을 했습니까?"

이제껏 복받치는 설움을 받고 있다가, 이렇게 말대꾸를 하고 나니, 그는 명문[74]이 터지는 것 같다. 그때 그는 눈물을 주체할 수 없었다. 선생도 건오의 부어오른 두 뺨을 보고, 그가 우는 양을 보더니만 자기 깐에는 안되었던지, 그제야 부드러운 말을 끄집어낸다.

"그래, 다시는 오지 마라! 낸들 너를 때리고 싶어서 때렸겠느냐. 말로 타일러서 안 들으니까 할 수 없이 때린 게지. 누구나 학생이 아닌 이상 절대로 교실에는 들이지 못하는 법이니까. 할 수 없단 말야."

---

74) 명문 : 명치.

"……."

건오는 그때 집으로 돌아오는 길에 아버지를 부르며 속으로 울었다. 참으로 자기는 왜 일찍 부친을 여의고 세상에서 이런 설움을 참게 되는가. 그의 생각에 아버지가 살아 계시다면 자기도 남과 같이 공부를 할 수 있을 것 같았다. 그 뒤로는 다시 학교에 가지 않았다. 아니 가지 않은 게 아니라 가고 싶어도 가지 못한 것이었다.

건오가 학교규칙에 위반되는 일을 무릅쓰고 뒷전공부를 계속해 보려다가 일 학년 담임 선생에게 두 번이나 매를 되우 맞았다는 소문은 온 동네가 다 아는 만큼 자연 그 학교의 교장선생의 귀에도 들어가게 되었다. 교장선생은 그 말을 듣고 놀랐다. 놀라는 동시에 사실을 조사했다. 그것은 다른 일과 달라서 그렇게까지 배우려들었다는 것은 얼마나 엉뚱한 생각이요, 가엾은 일이냐? 누구나 목석이 아닌 바에야 자식을 기르는 사람이나 가르치는 사람으로서는 한 줄기 뜨거운 눈물이 없을 수 없는 일이었다.

오월 초생의 어느 날, 교장선생은 건오를 자기 집으로 불러다가 학교의 사정을 말한 후에,

"그러나 네가 그렇게까지 진정으로 공부를 하고 싶어 하는 정성이야말로 가상하다. 그만큼 나도 너를 입학을 못 시키는 것은 매우 유감으로 안다마는 학교 규칙상 학령이 훨씬 지나친 너를 아까 말한 바와 같이 정식으로 채용할 수는 없는 터이니 일이 매우 딱하구나 …… 그렇지만 어떻게 무슨 도리가 있을 것도 같다마는……."

하고 교장선생은 다시 무엇을 생각하는 모양으로 머리를 좌우로 끄덕여 보인다.

"네, 교장선생님! 그저 공부만 할 수 있다면, 저는 무슨 짓이라도 하겠습니다."

건오의 생각에 교장이 부른다는 말을 듣고 처음에는 또 가슴이 섬뜩했었다. 두 번째 데인 가슴은 교장마저 불러다가 주릿대를 안기든지 그렇지 않으면 유치장에라도 잡아넣을 줄 알았는데 뜻밖에 자기를 위해서 염려를 해준다니 세상에 이런 일도 있나 싶다. 그는 참으로 감사 무지하여 눈물이 나오도록 그 말이 고마울 뿐이었다. 동시에 그는 교장선생한테 대롱대롱 매달릴 수밖에 없었다. 그것은 교장선생이 힘만 써주면 무슨 방법으로든지 공부를 할 수 있을 것 같기 때문에……

"응! 너의 열성은 나두 잘 안다. 어떻게든지 너를 공부시키고 싶다마는……. 자, 그럼 이렇게 할 수 있겠니? 이건 참 너의 딱한 사정을 위해서 사사로 하는 말이고, 남이 알아서는 절대로 안 될 일이니까, 극히 조심해라마는 …… 너의 장래를 위해서 하는 말야."

하고 교장선생은 건오에게 주의를 시키려는 것처럼, 또 한 번 시선을 쏘다가, 가만히 귓가에 입을 대고, 소곤거린다.

"너, 그럼 면장한테 가서 네 나이를 줄여 올 수 없겠니. 형식적이지마는, 그런 증명이 있다면 너를 우리 학교의 이 학년 보결생으로 입학시킬 수 있을 것 같아서 하는 말이다."

교장선생의 이 말에는 정말로 귀가 번쩍 뜨인다. 그래 건오는,

"네! 그럼, 면장님께 잘 청해보겠습니다."

하고 거침없이 자신 있게 대답을 하였다.

"음…… 그런데 그건, 네가 청하는 말로 해야지 내가 시키는 말로 해서는 안 된다. 알아듣겠니?"

교장 선생은 만일을 염려하여 다시 뒤를 다졌다.

"네, 잘 알겠습니다. 제 말로 지성껏 졸라보겠습니다."

"그래, 그럼 그래 보아라."

건오는 그 길로 면장을 찾아갔다. 그는 참으로 진정에서 우러나는 말

로 전후사정을 세세히 말한 후에 그저 나이만 몇 살을 줄여주면 평생소원인 공부를 정식으로 할 수 있다는 점을 쳐들어서 간곡히 청해보았다. 면장도 처음에는 법에 위반되는 일이기 때문에 안 되겠다고 거절하였다. 그러나 건오의 순진한 태도와 지극한 정성에 감동되었는지 마침내 그는 소청을 들어주기로 응낙하였다. 그 역시 건오의 꾸준한 열성에 감심함이었다. 웬만한 아이 같을진대 건오의 처지로서는 애당초 공부를 할 생의도 못하였을 것이지마는 설령 그런 생각이 있다 하더라도 제 의견으로 학교를 찾아가서 당돌하게 어린 학생들의 뒷전에 붙어 서 가지고 어깨너머 글을 배워보자는 열은 내지도 못했을 것이다. 더구나 오지 말라는 것을 자꾸 가서 두 번씩이나 선생한테 따귀를 맞아가며 한 달 동안이나 그런 공부를 계속했다는 데는 미상불 경탄하지 않을 수 없는 비범한 일이었다. 그는 한 동네간인 만큼 건오의 일상생활을 잘 안다. 그래도 하도 의외의 일이라 처음에는 미심한 생각이 없지 않았다. 그래 교과서를 꺼내놓고 시험 삼아 물어 보니, 건오는 묻는 대로 척척 대답하고 읽어보라는 대문을 거침없이 읽어 넘기는 것이었다.

"나리님! 제가 조금인들 무엇을 속이겠습니까? 전 낮에도 들에 나가서, 이렇게 복습을 하고 있었사와요."
하고는 면장이 농사지으며 어느 틈에 공부를 그렇게 했느냐고 물었을 때 두 팔을 걷어 올리면서 거기에 먹으로 써 놓은 글자가 땀에 흐려진 것을 증거로 내보이었다.

이에 면장은 더욱 감심하여 마지않아서 그 즉시로 민적계원을 불러가지고 사정말을 하여 합법적으로 나이를 줄여주었다. 하긴 그것이 비법인줄 아나, 이런 경우에는 임기응변을 하는 것이 도리어 정당하다고, 그는 그것을 떳떳하게 생각할 수 있었다. 정사란 첫째 인민의 복리증진을 위해야 된다는 점에서.

건오가 정식으로 학교에 입학하던 날 그는 어떻게도 기쁜지 춤이라도 추고 싶었다. 그의 모친도 건오만 못지 않게 기뻐하였다. 그는 아들의 뜨거운 정성에 감동되어 도리어 남모르는 눈물을 흘리었다. 여북 공부가 하고 싶어야 남한테 그런 천대를 받게 되나. 그런 생각을 하면 자다가도 사지가 떨린다.

사실 그것은 억지로 된 일이다. 지성이면 감천이라고 안 될 일을 되게 만드는 것은 그만한 열성이 있어야 될 것이다.

그러나 건오는 열다섯이나 된 것이 조무래기들과 한 반에서 공부할 일이 한편으로 부끄럽기도 하다마는 그전에 그들의 뒷전에서 도적글을 배우려다가 선생한테 두 번씩 매 맞던 생각을 하면 아무렇지도 않았다. 그래서 그는 다른 애들이 놀려도 못 들은 척하고 오직 일심으로 공부에만 열중하였다. 그는 날마다 학교에 다녀와서 저녁때에만 농사를 살피었다. 그렇게 짓는 농사라도 워낙 부지런히 놀지 않고 서둘러 하기 때문에 조금도 낭패될 것은 없었다. 하긴 농사라야 불과 반날갈이 밖에 안 되는 것이지만······.

그 뒤로 이를 빼물고 불철주야 공부를 열심히 한 건오는 해마다 우등 성적을 내어서 선생들에게 칭찬을 받았다. 그리하여 그는 스무 살 먹던 해 봄에 무난하게 보통학교를 졸업할 수 있었던 것이다.

그러나 불타는 그의 향학열은 물론 공부를 좀 더 하고 싶었다. 전문대학은 바랄 수 없지만 중학만이라도 마치고 싶었다.

하긴 교장선생이 그의 열성을 미뻐하여[75] 동경으로 고학을 가보라고 소개장을 써준다 하였으나 속병으로 몸이 늘 건강치 못한 홀어머니를 떼놓고 멀리 갈 수가 없어서 그것은 사절하지 않을 수 없었다.

---

75) 미뻐하다 : 믿음성 있게 여기다.

이에 할 수 없이 건오는 다시 농군으로 돌아가지 않으면 안 되었다. 그럴 바에는 장가를 들어서 어서 손자를 보게 해 달라고 모친은 조른다. 그가 장가를 든다면 조르는 사람은 동리 간에는 없지 않았다. 이웃사람들도 건오의 건실한 위인을 탐냈기 때문이다.

건오 역시 생각해보니 그냥 집에 있을 말로면 성취76)를 하는 것도 무방하다 싶었다. 그가 장가를 들기는 아직 이르게 생각되었으나 골골하는 어머니를 언제까지 조석을 시키기는 민망스러웠다. 그에게 손자를 보게 하는 것은 몇 해 뒤에라도 늦지 않다. 그보다도 제일 손수 조석을 짓는 것이 불안스러워서 못 보겠다. 이에 그는 모친의 소원을 청종하기로 하였다.

그는 그해 가을에 한 동네에서 사는 처녀와 결혼하였다. 처갓집 역시 넉넉지 못한 농가였다. 그러나 그는 어려서부터 피차에 잘 알고 지내던 김 서방의 딸 순복이와 정혼을 하였다. 순복이는 그때 열일곱 살이었다.

건오는 그 이듬해에 첫 아들을 낳았다. 그 아들이 바로 지금의 덕성이다. 그때 모친은 어떻게 좋아하던지 인제는 죽어도 한이 없다고 야단이었다. 두 이레도 지나기 전에 갓난것을 손수 안고 온 동네로 돌아다녔다. 그는 아들이 못 들어갈 학교에 들어간 때보다도 손자 본 것이 더 기쁜 모양이었다. 건오는 그것이 서글퍼 보였다.

그는 남들까지 옥동자를 잘 낳았다고 칭찬 받는 것이 조금도 좋을 것이 없었다. 그 대신 가정의 짐이 무거운데 그는 도리어 책임감이 들 뿐이다. 인제는 영영 공부는 더 못해보겠다는 생각이 들고 그것이 한없이 서러웠다.

여북했어야 그해 겨울에 앞산 장군봉에 백일 지성을 드렸을까.

---

76) 성취(成娶) : 장가들어 아내를 얻음.

그것은 장군봉의 망군대로 올라가서 밤마다 백일 지성을 드리면 누구나 소원성취를 한다고, 그래서 영험을 본 사람이 근동에도 많다는 말을 그도 어려서부터 들어오던 터이었다.

그렇게 백일 정성을 들이는 마지막 날 밤에는 으레 하얀 노인이 현몽을 해서 제가끔 소원을 이루어 준다 한다. 무슨 일이고 심각하게 생각하는 건오는 그때 한술을 더 떠보았다.

이왕 정성을 보이기로 말하면 추운 겨울이 더 정성이 극진할 것 같다고. 그래서 그는 음력으로 동짓달 초하룻날부터 밤마다 정성을 드리러 갔다. 10리나 되는 장군봉은 대낮에 올라가기도 힘들었다. 더구나 눈 쌓인 장군봉을 한 손에다 정한수[77]를 떠들고 겨울밤에 눈길을 찾아 올라가자니 여간 고생이 아니었다. 그래도 그는 추운 줄을 모르고 천신만고 올라가서 꽁꽁 얼어붙은 청수 그릇을 바위 앞에 올려놓고 꿇어앉아서 한 시간 이상 묵도를 드렸다. 그것은 오직 공부를 더 하게 해달라는 것뿐이었다.

그렇게 그는 백날 동안을 하루같이 계속하였다. 그러나 마지막 날 밤에 갔다가 자는데도 하얀 노인은커녕 꿈 한 자루를 못 꾸어 보았다고. 그는 그런 말을 하는 사람을 볼 때마다 치성이란 헛일이란 것을 주장하였다. 다만 한 가지 이상한 것은 그렇게 추운 밤에도 몸이 얼지 않고, 산꼭대기에 올라앉았건만 앉은 자리가 녹아서 오히려 수족이 훈훈한 점이었다. 그는 사람의 열성이란 이만큼 크다는 것을 그때에 깨달은 것만이 오직 치성 드린 보람이었다고, 그것은 누구에게나 두고두고 말하였다.

치성에 실패한 건오는 언제나 제 힘을 믿을 수밖에 없다는 신념이 더욱 굳어졌다. 그는 인제 공부를 더 못할 바에는 살림이나 근간히 해보자

---

77) 정한수 : 정화수. 이른 새벽에 길은 우물물. 조왕에게 가족들의 평안을 빌면서 정성을 들이거나 약을 달이는 데 쓴다.

하였다. 그러나 좁은 산속에서 남의 밭갈이나 부치고 나뭇짐을 해 판대야 그것으로는 겨우 연명이나 해갈까? 그것도 풍년이 들어야 말이다. 아무리 생각해 보아도 그대로 있다가는 식구만 늘어가고 점점 생활은 곤란할 것 같다.

그러자 보통학교를 같이 다니던 김병호가 살림을 때려엎고 간도로 들어간다는 말을 듣고 건오도 같이 가볼 생각이 있었다. 병호는 저만 잘했으면 살기는 그리 걱정 없을 처지였다. 그는 어렵지 않은 살림을 가지고도 학교를 졸업한 후 그대로 놀다가 부친상을 당하자 난봉을 피우기 시작했다. 그는 읍내 출입이 잦아지며 거기 따라 주색에 눈을 떴다.

그 바람에 불과 몇 해 안 가서 살림은 빚으로 집행을 당하고 식구들은 풍비박산하게 되었다. 아내는 친정으로, 모친은 외가로.

급기야에 병호는 혈혈단신으로 고향을 떠나게 되었다.

그때 건오는 가족관계로 같이 떠나 못했으나, 들어가서 자리를 잡는 대로 통지해 달라는 부탁을 신신히 해두었다.

그런데, 병호는 들어간 지 수 삼년 되도록 일자 소식이 없었다. 따라서 그의 생사까지도 모르고 있었는데, 뜻밖에 만주에서 잘 있다는 편지가 왔다. 그것을 증명하기에 족한 부탁까지 하기를, 이번에 가족을 데려가려고 모친에게 여비를 부쳤는데 농사를 짓고 싶거든 그 편에 같이 들어오면 피차간 형편이 좋겠다는 것이었다.

그 편지를 받아보고 건오는 좋은 기회를 놓치지 말자 하였다. 그 이튿날 그는 ○○으로 병호의 모친을 쫓아갔다.

과연 거기도 그런 편지가 와서 부랴부랴 지금 길 떠날 준비를 한다는 것이었다.

그때 건오는 자기한테도 편지가 왔다고 같이 갈 뜻을 말하니 그렇지 않아도 여자들만 먼 길을 가기가 염려되는 차에 작히나 좋으랴고 반가

위한다.

건오는 그들과 ○○정거장에서 그 달 그믐날 첫차로 떠나기를 약속하였다.

건오는 돌아오는 길로 풋바심[78]을 서둘러했다. 하루라도 더 늦기 전에 들어가야 한다 해서 날짜를 밭게[79] 작정했기 때문이다.

그러나 그때 그 말을 듣고 모친은 마치 다시 못 볼 사람처럼 낙심을 하며 슬퍼했다. 그들은 한사하고 못 가게 한다.

"좌우간 가보아서 인차 나올 테니 염려치 마셔요. 남들이라 들어갔을라구요. 돈 몇십 원 술 사먹은 셈치고 구경삼아 가 보구 오겠소."

건오는 이렇게 그들을 위로하였다.

"그래두 근 100리를 찻길에서 더 들어간다는 걸. 날은 차차 추워지는데 어떻게 간다구 그러나……."

"뭐 괜찮아요. 그까짓 100리쯤이야. 여자들두 가는데요."

건오의 결심이 굳은 것을 알자 고부는 더 만류하지 못하였다. 하긴 건오의 생각에도 이번에는 우선 구경으로 가보고 싶었다. 그래서 내년 농사를 지을 수가 있다면 집안을 정리해 가지고 봄에 다시 들어갈 작정이었다.

그런데 막상 그때 들어가 보니 일은 예상대로 되지 않았다.

병호가 있는 곳은 ○○에서 오지로 더 들어가는, 송화강 지류로 연한 강펄이었다.

강 좌우 일대에 있는 황무지가 질펀하게 온통 묵어 자빠졌다.

건오는 병호의 가족을 인솔하고 들어가면서 차 속으로만 내다보아도 망망한 광야가 끝없이 연한 것이 엄청나 보이었다. 그렇게 들 속으로만

---

78) 풋바심 : 채 익기 전의 벼나 보리를 미리 베어 떨거나 훑는 일.
79) 밭다 : 시간이나 공간이 다붙어 몹시 가깝다.

차를 타고 왔건마는 ○○역에서 내려 가지고 병호 있는 고장을 물어 가는 곳이 역시 무변대해와 같은 벌판이다. 그는 만주 벌판이 넓단 말은 들었지만, 이렇게까지 굉장한 줄은 몰랐다.

그것은 더구나 산속에서만 자라난 건오로서는 상상치도 못할 일이었다. 그는 동해바다의 넓은 것은 보았으나 평지가 이렇게 넓은 것은 못 보았다. 더구나 눈이 하얗게 덮인 평원 광야는 온통 그것이 전장(田庄)으로 연한 것만 같았다.

그때 본 만주의 넓은 들은 땅에 주린 건오의 마음을 우선 푸근하게 해주었다. 그것만도 구경 온 보람이 있을 것 같았다. 그것은 마치 부잣집 큰집에 온 것처럼 저절로 배가 불러진다. 이런 것을 일러, 농민의 본능이라 할는지 모르나, 그때 건오는 여비를 써가며 온 것도 아까운 줄을 모르고 오직 앞날의 희망과 동경에 가슴이 기껏 벅찼을 뿐이었다.

4
도시의 유혹

그러나 그 뒤에 건오가 만주에 발을 붙이고 정착 소원대로 농사를 지어본 결과는 어찌 되었는가? 지난 일을 지금 생각하면 그는 모든 것이 아득한 꿈이었다. 자칫했으면 정말 좋은 꿈이 현실로 나타났을 뻔하였다. 어느 때는 그 꿈이 이루어졌다가 경각간에 다시 연기 같이 자취를 감추게 된 것이야말로 이 고장이 아니고는 도저히 있을 수 없는 것 같기도 하였다.

그때 건오는 병호의 가족을 영거하고 들어와서 인해 눌러 있다가 이듬해 봄부터 농사를 시작했다.

그것은 물론 병호의 주선이었다.

그가 병호의 주선으로 만인의 황지판을 얻어서 신풀이80)를 하게 되었는데 그때만 해도 송화강 연안을 끼고 있는 벌판에는 처녀 지대의 비옥한 진펄이 얼마든지 하고 남도록 많이 묵어 나자빠졌었다.

병호는 수 년째 농사를 잘 지었다고 그 해에 집까지 새로 지었다 한다. 그래서 가족을 들어오게 한 것이라는데, 그날 그는 돼지를 잡고 술을 통으로 사다가 십여 호 사는 동포를 안팎 없이 청해서 진종일 잔치를 베풀고 즐기었다.

손님들이 흩어져 간 뒤에 병호는 술상을 새로 차려 가지고 잘 자리로

---

80) 신풀이 : 논을 새로 푸는 일 또는 그 논.

들어와서 단 둘이 정배를 나누게 되었을 때,

"그래 자네는 이번에 어떻게 하기로 들어왔나? 자, 한잔 들면서 얘기도 하세."

하고 의미 깊은 질문을 꺼내었다. 건오는 잔을 받아 마시고 그 잔에다 다시 따라서 주인을 권한 후에,

"글쎄, 우선 자네를 만나보고 형편을 알아볼 겸 구경 삼아 들어왔네."

하고 건오의 그때 마음먹은 대로 이실직고하였다.

"구경을 왔으면 바로 나가겠단 말인가?"

"그럼 나가야 할 것 아닌가?"

건오는 병호의 재차 묻는 말이 도리어 의아하게 들리었다.

"내 말은 내년 농사를 안 짓고 그냥 나가겠는가 그 말이야?"

"내년 농사를 짓더라도 한번은 갔다 와야 할 것 아닌가! 식구들을 데려 오자면……."

"식구는 나중에 데려와도 좋단 말일세."

"그럼 나 혼자 여기서 농사를 지으란 말인가?"

건오는 종시 병호의 하는 말이 수긍되지 않았다.

"못 지을 건 뭐야…… 자네 혼자 한 해 농사를 지어놓고 내년이나 후년 가을 쯤 식구를 불러들이는 게 제일 좋을 것 같아서 말야."

"대관절 농사치는 구할 수 있는가?"

건오는 반신반의하는 표정을 지으며 병호의 정중을 떠보았다.

"그야 농사를 짓겠다면야 내가 어떻게든 변통을 해보지. 자, 어서 들게!"

"글쎄…… 이건 너무 취하는 걸!"

독한 짠주가 들어갈수록 창자가 짜르르 하며 벌써 취기가 돌아온다.

"취하긴 뭐가 …… 여기 술은 암만 먹어도 뒤탈은 없느니. 후 골치두

안 아프구."

"그런가! 후 입맛이 향취가 도는 게 조선서 먹어본 배갈과는 술맛이 아주 다른데?"

건오는 술을 마시고 나서 안주를 집은 후에 주인에게 또 한 잔을 권하였다. 한동안 술잔이 왔다갔다하며, 술 얘기가 계속되었다.

"그거와는 다르지, 조선 배갈이야 어디 진짜인가, 그건 조선서 만드는 조선 배갈이지, 허허허."

"그럼 어떻게 할까…… 한 해 농사를 우선 지어볼까?"

건오는 자기의 사정으로 생각이 옮기자 어느 편이 나을는지 몰라서 잠시 난처한 빛을 보이었다.

"그건 자네 생각대로 하게마는 고향에 안 나가두 상관없거들랑 기왕 들어온 길이니 내년 농사나 한번 지어보게 …… 어디 시험조로 …….."

건오는 한참 생각해보다가,

"그럼 자네 말대로 그래볼까. 원체 내 생각에두 고향에를 갔다 오자면 사실 안팎 노자가 적잖게 들 터인데 그것두 어렵구한즉 어디 그대로 있어보겠네. 그렇지만 모든 것을 자네만 믿고 해야 될 터인데 그럼 자네 댁에 폐가 매우 될 것 같아서. 아까두 선뜻 대답 못한 건 그래 미안해서…… 어디 한 겨울 동안 벌이할 곳이 없겠는가?"

건오는 진정으로 병호에게 청하는 말이었다.

"원 천만의 소리를 다하네그려. 그런 일자리도 없거니와 있더라두 그건 그만둬야 하네!"

"왜?"

"왜라니. 남의 집 고용을 살기로 말하면 내년 농사를 어떻게 짓느냐 말야. 그런 염려는 말구 우리 집에 그냥 있다가 해동이 되걸랑 일을 시작해보세."

그리하여 건오는 그 이튿날 집으로는 편지를 써 부치고 머슴처럼 집 안일을 거드처주고[81] 있었다.

그럭저럭 고대하던 새 봄이 돌아왔다. 음력으로 춘분 전후가 지나면서 부터 눈 속에 얼어붙었던 땅은 차차 풀리기 시작한다. 그러면서 지둥치 듯[82] 연일 부는 봄바람은 유명한 이 고장의 흙먼지를 날리었다. 그것은 토우(土雨)와 같이 천지가 자욱하여 지척을 분별할 수 없게 하고 눈코를 못 뜨게 했다.

그러나 시커먼 흙 속에서는 어느 틈에 새싹이 일제히 움터 오른다. 푸 슬푸슬한 흙덩이가 떡 조각처럼 갈라진다.

건오는 농사철이 되자 겨우내 가두었던 정력을 일시에 해방하여 신풀 이를 시작했다. 거기는 바로 병호가 개척한 논으로 연접한 저습지다. 이 땅 역시 병호가 얻어 짓는 만인 지주의 소유인데 그는 건오가 안 들어왔 다면 자기가 더 짓든지 누구에게나 방천을 주려고 연풀이(年限附)로 얻으 려던 것이었다.

병호는 그동안의 경험으로 이 고장의 사정을 통하게 되었다. 첫째 그 는 만주말을 할 줄 알고 거기 따라서 그들의 생활풍속을 짐작하게 되자 차차 그들과 접근할 기회를 지었었다. 그래서 만인의 지둥(地東)—지주— 와도 알게 되었는데 그도 처음에 이곳에 들어왔을 때는 한 해 동안 방천 살이를 살아보았었다. 그것은 병호뿐 아니라 남만주나 간도로 들어왔던 이주민들 중에 인종이 많아질수록 거기서도 땅이 귀해서 주접할 수 없 는 사람들은 차차 북만의 오지로 밀려들어 왔었고 그런 사람들은 대개 방천살이를 할 수밖에 없었다.

그래 이때쯤 해동이 될 무렵에는 방천살이를 구하러 들어오는 사람들

---

81) 거드처주고 : '거들어주고'의 뜻인 듯.
82) 지둥치다 : 지진이 일어나다. 바람이나 눈비 따위가 세차게 불거나 내리다.

이 여기저기서 적지 않았다 한다.

그런데 건오는 다행히 병호의 발련으로 초대로 들어왔으면서도 수월하게 싼 땅을 얻을 수 있었다. 그는 여섯 쌍을 주자는 한 단씩 주기로 얻었기 때문이다.

그때 이웃사람들은 혼자 손포에 그렇게 짓기는 너무 과하다고들 하였다. 그러나 건오의 생각에는 남의 곱절만 부지런하면 될 듯싶었다. 그보다도 제일 땅에 주리던 그때 생각으로서는 어디 한번 기껏 농사를 지어보자는 욕심이 치받쳤다.

과연 여기 땅은 정말로 농군의 비위를 있는 대로 동하게 한다. 건오가 처음 그 땅을 얻은 뒤에 해동이 되기 전부터 틈틈이 나가보면 저절로 군침이 삼켜졌다. 그리고 그는 어서 농사를 시작했으면 좋겠다 싶었다.

그가 병호와 같이 괭이를 둘러메고 첫날 들일을 나갔을 때 얼마나 큰 희망에 가슴을 불태우고 있었던지 모른다.

이 넓은 들 안을 논을 죄다 풀어서 만일 풍년이 들 수 있다면 당장 올해 안으로 한 밑천을 잡을 수 있을 것 아닌가. 그런 생각을 하니 그는 금시에 들 안의 마른 풀들이 황금 같은 벼이삭으로 들어선 것처럼 황홀하게 보이었다.

사실 그것은 조금도 몽상이 아니었다.

여기 농사는 조선 같이 못자리를 하도 않고 더구나 신풀이는 거름도 안 준다니 힘들 것이 별로 없지 않은가. 그래 처음에는 거짓말같이 들렸으나 먼저 해 본 사람들이 그렇다고 우기니 믿을 수밖에 없었고 그들이 하라는 대로 배울 수밖에 없었다.

황지판의 신풀이는 논바닥을 쪼을 것도 없다 한다. 그것은 대충 지면을 골라서 물을 가둘 때에 수평이 되도록 해 놓으면 고만이었다. 그리고 논배미를 구분해서 논둑을 만들어 놓고 그 안에 물을 대도록 만들면 우선 개간된 수전으로 볼 수 있다는 것이었다.

하긴 건오가 얻은 황지에는 약간의 포자(泡子 — 天然水溜地)83)가 끼어 있었다. 그러나 거기는 그리 깊지 않아서 근처의 높은 데를 까뭉개다가 메꾸기만 하면 이공보공84)이 될 수 있었다. 돌멩이는커녕 모래 한 알도 없는 흙 땅이라 그것을 파내기도 수월하였다.

그리하여 그는 병호가 시키는 대로 풀밭에다 물을 가두어 넣고 볍씨를 뿌려두었다.

그 볍씨가 아□85)를 틀 무렵에 하루는 낫을 들고 들어가서 마른 풀의 우둥지86)를 쳐내었다. 그랬더니 물 밑에 든 풀뿌리는 썩어버리고 그 위로 새파란 벼 싹이 커 오른다. 그것은 참으로 신기한 일이었다. 풀뿌리는 제물로 거름이 된 것이다.

만주의 토질은 이상하다. 시커먼 땅이 푸석해 보이어서, 비가 오면 곤죽같이 개개 풀어지는 게 끈기라고는 조금도 없다. 그렇다가도 마르기만 하면 그놈이 돌덩이처럼 딴딴하게 굳어진다. 그런데 이런 땅이 걸기는 무척 걸다 한다. 이와 같은 토질은 대륙적 기후와 보조를 맞추어 나갔다. 해동이 되면서부터 기온은 갑자기 올라가서 인제 봄인가 했는데, 어느덧 더워진다. 그러는 대로 벼는 한 달 동안에 와짝 커버린다. 그것은 벼 키가 크는 것이 눈으로 뵈는 것처럼 빠르게 된다. 날마다 가 보면 키가 달라진 것 같다. 건오는 듣던 말과 역시 틀리지 않는 이 광경을 보고 다시금 놀라기를 마지않았다. 그와 동시에 매일 새벽부터 나가서 한여름 동안을 물속에서만 살았다.

그리하여 그는 불과 서너 달 동안에 한 해 농사를 푸짐하게 잘하였다.

---

83) 포자 : 파오즈. '작은 호수'라는 뜻의 중국어.
84) 이공보공(以空補空) : 제자리에 있는 것으로 제자리를 메운다는 뜻.
85) 원문에는 활자가 뒤집혀 있다. '지'자가 아닐까 한다. '아지' : 새싹. 어린 싹
86) 우둥지 : 우듬지. 나무의 꼭대기 줄기. 말초(末梢).

그 해는 도처에 풍년이 들어서 누구나 수전을 지은 사람으로는 낭패를 보지 않았다.

병호도 농사를 잘 지어서 그들은 추석 전후에 추수를 해 들였다.

그해 가을에 병호가 목돈을 해 쓰려고 한몫 벼를 판다는 바람에 건오도 계량87)할 것만 넉넉히 남겨놓고 두 집 추수한 것을 몽땅 하얼빈역으로 실어냈다. ○○정거장까지는 당일 우마차로 실어 날랐다.

그때 건오의 생각에는 그 벼를 팔아 가지고 고향으로 나갈 작정이었다. 그것은 식구들을 데려올 생각으로 그랬던 것이다.

대도회를 처음 가보는 건오는 정신이 얼떨떨해졌다. 그는 차에서 내리자, 도무지 어디가 어딘지 어수선해서 향방을 차릴 수가 없었다. 더구나 꼬부랑 글자밖에 안 보이는 데는 금시로 눈뜬장님이 된 것 같았다. 다행히 병호는 다소간 발길이 익은 모양이었다. 하긴 건오는 병호가 아니라면 이런 데로 벼를 팔러올 염도 못 냈을 것이다마는.

그들은 우선 근 백 석 되는 벼를 짐을 풀어서 조선인 정미소에 맡기도록 하였다. 역에는 정미소 사람들이 나와 있었다.

건오는 지금 생각해도 그때 하얼빈으로 간 것이 잘못이었다. 그것은 설령 돈푼이나 더 받는다 할지라도 안팎 부비88)와 객돈89)이 부서지니 앉아서 밑지고 파는 것이 도리어 실속 있는 장사로 볼 수 있기 때문이다.

그것은 병호도 그런 생각이 없진 않았다. 그러나 그도 아직 하얼빈 같은 번화한 대도시에는 지나는 길에 잠깐 겉으로 둘러보았을 뿐! 한 번도 속 구경을 못하였다. 그는 이런 기회에 구경도 하게 되면 그야말로 일거

---

87) 계량(繼糧) : 한 해에 추수한 곡식으로 다음 해 추수할 때까지 양식을 이어감.
88) 부비(浮費) : 일을 하는 데 써서 없어지는 돈.
89) 객돈 : 객쩍은 돈.

양득이 아니냐고 건오한테도 같이 가자고 꾀인 것이었다.

그러나 그들은 이 속 구경이 탈이었던 것을 나중에 알고 후회했다. 하얼빈이란 어떤 곳인지 그들은 뜨거운 국 맛을 잘 몰랐다. 그것은 마치 무성한 풀 속에 숨어서 개구리가 뛰어 들기를 기다리는 뱀처럼 화려한 도시 속에 앉아서 농민의 주머니를 노리는 불한당이 있는 줄을 어찌 알았으랴!

정미소에서 벼 시세가 아직 눅으니 좀 더 기다려 보고 팔자는 것이다. 그들에게는 그 말이 당연 이상으로 당연하게 들리었다. 가령 벼 한 근에 일 전씩만 더 받는다 해도 한 섬에 이 원 각수의 이해가 붙지 않았는가. 그만 해도 백 섬이면 이백여 원의 손해를 보게 된다.

그래 그들은 차일피일 시세가 오르기만 고대하고 있었다. 시세는 곧 오른다는 바람에.

처음 며칠 동안 그들은 구경바람에 팔리었다.

승가리(송화강)는 배를 타고 구경했다. 그들은 송화강의 거친 파도를 헤치고 내려가 보기도 하였다. 여관 뽀이의 설명으로, 그들은 태양도의 해수욕장 이야기를 흥미 있게 듣고, 연안의 풍경을 놀라운 눈으로 둘러보았다. 여름 한철에는 태양도 일대에 수만 명의 남녀 나체군이 들끓는다고 한다. 그것은 참으로 진풍경을 이루는 것이 장관이라 한다. 그러나 지금은 쓸쓸한 강변에 배 한 척 볼 수 없고 오직 성난 파도가 대지를 물어뜯고 있었다.

하얼빈도 역시 들 가운데 벌어진 도시였다. 수많은 양옥집이 근감하게 공중으로 솟은 옆으로 송화강의 도도한 탁류가 한 구비를 돌아 나갔다. 넓은 벌판은 소슬한 가을 바람에 불리어 더욱 막막히 보이는데 몸부림치는 낙엽들만 이리저리 뒹굴다가 다시 공중으로 떠 올라간다.

까마귀 한 떼가 송화강 저편으로 날고 있다.

거기서 그들은 시가지로 다시 발길을 돌리었다. 꽃밭 같은 노인(露
人)[90] 묘지와 극락사를 구경하고 제일 번화하다는 키타이스카야 거리를
가보았다. 유명하다는 주린 백화점에도 올라가 보았다. 학교나 공원이나
관청, 회사 할 것 없이 모두 다 근감한 설비와 굉장한 규모를 가진 건물
들이었다. 그들은 모든 것이 처음 보는 광경이요, 가는 곳마다 놀라운
눈을 크게 떴다.

밤에는 역시 여관 사람의 안내로 밤거리를 구경 나섰다. 로스케의 댄
스홀과 카바레를 들여다보기도 하였다.

그들이 처음 보는 서양여자들이 전등불 밑에서 찬란한 의상을 나부끼
며 나비처럼 춤추는 광경은, 참으로 말만 듣던 서양에나 온 것 같이 호
기심을 자아냈다.

그들은 저녁마다 밤거리로 구경을 나섰다. 중국인의 유곽을 배회하며
꾸냥들을 놀려먹었다. 거기가 제일 만만하기 때문이다. 여관에서는 그들
이 벼를 싣고 온 줄을 알자 청하기가 무섭게 여율령 시행이다. 그들 역
시 현재 주머니는 비었어도 마음은 푸근하였다.

정미소에 맡겨둔 벼를 팔면 내일이라도 당장 큰돈이 들어온다. 그들은
제가끔 이런 웅산을 할 때마다 하얼빈 바닥이 오히려 어줍잖게[91] 깔보
이는 것이었다.

그러나 건오는 병호를 은근히 경계하였다. 그것은 병호의 과거를 잘
알기 때문이다. 그래서 그는 병호가 객쩍은 돈을 쓰고 싶어 하는 눈치를
볼 때마다 낭비를 못 하도록 간섭하였다.

어언간 그러는 중에 덧없는 객지의 세월은 흘러서 삼사 일이 훌쩍 지
나고 오륙 일이 닥쳐왔다. 그들은 구경을 다니기도 인제는 시들해지고

---

90) 노인: 러시아인
91) 어줍잖게 : 원문은 '여적잖게'.

그 대신 집 생각이 자주 난다. 첫째는 주머니에 돈이 없으니 구경을 다닐 멋도 없다. 이래저래 그들은 초조해서 날마다 한차례씩 정미소를 가보았다.

그러나 정미소에서는 여전히 그런 말을 진정처럼 되풀이 한다. 마침내 그들은 객지의 옹색을 참을 길이 없어서 하루 아침에는 일찍이 정미소의 주인영감을 만나보러 전차를 타고 도외 남마로(道外南馬路)에 있는 ○○정미소로 찾아갔다. 모본단 조끼 위로 털배자를 입은 주인영감은 그들을 방으로 맞아들이면서,

"웬일들이여! 이렇게 일찍이?"

눈망울을 굴리며 거만스런 목소리를 꺼낸다.

"영감님! 오늘 시세는 어떻겠습니까?"

병호는 다짜고짜로 볏금92)부터 물어보았다. 그들은 시세가 엔간하다면 오늘 안으로 당장 팔아 달랄 심산이었다.

그러나 이무기가 다 된 정미소 영감은 벌써 그 눈치를 모르지 않았다. 그는 대뜸 한손을 넘겨짚고 태연하게,

"글쎄, 아직 모르겠네마는, 아마 오늘도 시세가 무시할 것 같은데."

영감은 돋보기 너머로 훑어보며 우선 끙짜93)를 놓는다.

"오늘두 못 팔면 그럼 탈인데요. 어서 속히 좀 넘겨주셔야겠습니다."

건오도 한 마디를 졸라보았다.

"탈은 무슨 탈?"

영감은 연신 그들의 눈치만 살피었다.

"아, 어서 팔고 내려가야지요. 물, 밥, 사 먹구 공연히 객지에서 묵을 수 있나요."

---

92) 볏금 : 팔고 사는 벼의 시가.
93) 끙짜 : 끙짜(를) 놓다. (어떤 요구조건이 아름차거나 부당하여) 선뜻 응하지 않다.

"허허, 그야 그렇지만 시세가 워낙 죽은 걸 어떡하나! 그래두 볏금이 오르기만 하면 그게 다 게 있는 걸 그래! 이왕이면 구경두 할 겸 며칠간 더들 두고 보소."

"그렇지만 어디 한만히 묵을 수가 있어얍지요. 집안 일두 궁금하구……."

"그럼 이렇게들 하지. 둘이 다 묵고 있자면 비발[94]이 더 날 테니 하나만 떨어졌다가 팔구 갔으면 되지 않나. 한 동네에 산다면 그래도 좋지 않아?"

영감의 생각에는 두 사람보다는 한 사람을 다루기가 홀가분해서 계속 셈만 따지고 하는 말이었다. 그러나 건오는 그 말을 반대했다.

"어디 그럴수야 있습니까! 제가끔 쓸 소용이 따루 있어서 온 건데요."

"그럼 더 기다릴 수밖에 없지, 일껏 여기까지 처싣고 와서 헐하게 넘길래면 뭘 하러 왔어. 앉은 자리에서 팔아 버리지. 그러니까 두말할 거 없이 좀 더 참아보라구. 그래야만 손해를 안 볼테니까……."

"그럼 그러세. 별수 없지 않은가?"

병호는 건오를 돌아보며 의논조로 말한다.

"글쎄 원……."

건오 역시 어찌 했으면 좋을는지 모르겠다. 그밖에 별 도리가 없어 보인다.

"그럼 영감 말씀대로 합지요. 그런데 영감님, 나중에 회계해 드릴 테니 돈 오십 원만 취해주실 수 없겠습니까?"

병호는 제 돈을 쓰면서도 머리 위로 손이 올라가며 미안한 태도를 보이었다.

---

94) 비발 : 비용.

"돈은 뭘 하게? 그렇게 많이."

주인영감은 펄쩍 뛰며 짐짓 놀라는 척한다.

"잔돈두 떨어지구요, 어디 옹색해서 견딜 수가 있어얍지요."

"그럼 조금씩만 갖다 쓰지 오십 원 턱이나 뭐 할랴구…… 젊은 사람들이 돈을 가지면 못쓰는 법야. 더구나 하얼빈 같은 이런 데서는…… 허지만 옹색하다니 자, 우선 이십 원씩만 갖다 쓰소! 공연히 객쩍은 돈은 아여 쓸 생각을 말구!"

영감은 이렇게 숭을 떨며 지갑을 꺼내더니만 십 원 지폐 넉 장을 세어준다.

"고맙습니다. 그렇게까지 생각해주시니……."

병호는 사실 그의 진정이 고마워서 두 손으로 방바닥을 짚고 공손히 절을 했다.

"그럼 심심한데 구경들이나 슬슬 다니소. 자고로 늙은이의 말 들어서 하나두 낭패 본 일이 없는 게야 허허허."

"네 지당하신 말씀이올시다."

그들은 활기가 나서 그 길로 여관으로 돌아왔다.

여관으로 돌아와 앉았으니 역시 심심해서 견딜 수 없었다.

"여기 조선 음식점이 있나요?"

"그럼 있구 말구요 색시 있는 술집두 있지요."

여관집 주인은 묻지도 않는 말을 한 술을 더 떠서 대답한다.

"우리 조선집을 한번 가보세, 이런 데 오니까 고향 생각이 더 나는데!"

"글쎄……."

그날 밤에 그들은 여관 뽀이에게 물어가지고 색시 있는 조선 술집을 가만히 찾아갔다.

그들이 찾아간 음식점은 요릿집을 겸한 얼치기 음식점이었다. 건오는 병호가 가자는 바람에 술이나 한 잔 먹어보려고 따라나섰다. 촌티가 질질 흐르는 그들이 찾아온 것을 보고 술집에서는 벌써 어떤 사람들인 줄을 짐작할 수 있었다.

만주의 도시는 비단 하얼빈뿐 아니라, 거의 농촌 속에 둘러싸여 있다. 넓은 들 안에 있기 때문이다. 그만큼 가을의 수확기가 돌아오면 해마다 한 번씩 추수 때의 대목장을 보려고 누구보다도 노골적으로 덤비기는 요릿집이었다.

그들은 추수기가 임박하면 다투어가며 색시들을 사온다. 그리고 농군들을 낚으려고 고대한다.

촌사람들이 일년 내 농사를 지은 것을 가을이면 소바리로 실어낸다. 그들은 하얼빈 같은 도회지로 팔러 나온다.

그들이 처음에 들어올 때에는 도시의 유혹성을 경계한다. 그래 그들은, 제가끔 마음을 도슬러 먹고 주머니끈을 웅뚱그려 맬 것부터 작정한다.

"어림없지! 어떤 놈들이 내 돈을 먹으러 들어? 이 벼가 어떻게 된 곡식인데……."

이런 굳센 맹세를 누구나 다 하고 오기는 일반이리라. 그러나 그들은 정미소에서 우선 병호와 같이 발목을 잡히게 된다. 그러면 벌써 요릿집에서는 누가 벼를 팔러왔다는 기별을 듣게 되고 미구에 그 고기떼가 몰려든다. 그것은 병호와 같이 제풀에 들어오기도 하고 여관의 조방구니[95]가 몰고 오기도 한다. 그러면 고만이다. 그들은 여자의 홀림때에 넘어가서 어느 귀신이 잡아가는지도 모르게 주머니를 몽땅 털리고 만다.

이런 속을 모르고 병호가 제 발로 찾아갔으니, 그 집사람들이 여북할

---

95) 조방구니 : 주색잡기판에서 놀음일을 주선하거나 노는 여자를 소개하는 자.

리가 있느냐. 그야말로 칙사대접 이상이다. 건오는 슬그머니 겁이 났다.

"어서 들어오십시오! 두 분이십니까?"

꽃 같은 색시가 일변 맞아들이는 품이 마치 구면이거나 같이 있는 정을 담뿍 쏟는다.

병호는 여자가 예상한 이상으로 단정할 뿐 아니라, 인물이 해사한 게 우선 마음에 솔깃해진다. 그리고 제 딴에는 시골 난봉으로 자처도 해보고 만주에 들어와서는 여러 곳을 방탕해 본 터이었다.

술집 계집을 더러 다루어 본 경험이 있는 그는 설마 저희들한테 바가지를 쓰랴고, 그래 계집들의 대우가 깍듯한 것을 도리어 사람을 알아보나 보다 하고 자만하였던 것이다. 이에 그는 서슴지 않고 술을 청했다. 둘이 먹을 바에야 기껏해야 십 원 이내밖에 더 되랴고.

"술 한 잔 먹을 수 있겠소!"

구석진 방으로 끌려 들어간 그들은 방석 위로 잡고 앉자 우선 병호가 이렇게 말을 붙였다.

"그럼, 있구 말구요. 뭐 정종으로 들여올까요?"

여자는 생글생글 웃으며 교태를 있는 대로 보인다.

"아니 짠주로 들여요!"

"네!"

여자가 나가더니 조금 있다가 다시 들어오는데 그의 꼬리를 물고 다른 색시들이 두서넛 따라온다.

"영감, 못 본 새 안녕합시오! 영감, 안녕합시오!"

평생 처음 듣는 영감 소리가 어색하다.

그러나 그때 병호의 마음은, 마치 남원부사를 새로 부임한 변학도가 된 것 같고 첫 공사로 기생점고를 받을 때처럼 어깨가 우쭐해진다. 그는 큰 기침이 저절로 나왔다. 그와 동시에 그는 속으로 감심하였다. 과연 큰 도시라 다르구나! 하얼빈이 국제도시라더니 그만큼 개명한 도회가 되어서 이런 요릿집도 다른 데보다는 더 친절하고 계집들까지 다정한가 보다 하였다.

거무하에 간단한 술상이 들어왔다. 여자들은 서로 다투어가며 술잔을 권하고 '불로초'를 부른다.

한잔 두잔 술이 들어갈수록 그들은 차차 취기가 돌았다. 술이 취하고 보니 건오도 마음이 쾌활해졌다. 어찌 됐든지 먹고 보자! 술값이 몇십 원 갈 것이냐? 이왕이니 한번 잘 먹어보자! 하고 더욱 병호는 만사태평으로 허리끈을 늦구었다.[96]

그러는 대로 계집들은 서로들 그들의 비위를 맞추려고 애를 쓴다.

그들은 연해 연신 두 사내를 추어올리고 비행기를 태웠다. 처음에는 그들이 피새[97]를 부리는 줄만 알고,

"색시들이 우리 같은 촌사람들은 싫으면서두 공연히 건성으로 그러겠다."

하고 한번 퉁기어 보았다. 그러니까 한 색시가 정색을 하며,

"아니야요, 나는 진정으로 농사짓는 촌양반이 좋아요."

한다.

"나두!"

또 한 여자가 맞장구를 치며, 추파를 보낸다.

"어째서?"

"그것은 순박하니까, 난 정말로 영감 같은 촌양반이 제일 좋아요!"

하고 먼저 병호를 안내하던 옥화가 눈웃음을 생글생글 친다. 그 바람에 병호는 더욱 혼이 빠져서 권하는 대로 연신 술을 들이켰다.

---

96) 늦구다 : 바짝 조여 매었던 것을 좀 헐겁게 풀어놓다.
97) 피새 : 알랑거리며 늘어놓는 말.

얼마를 먹었던지 술이 매우 취한 줄을 깨달은 건오는 정신이 펄쩍 나서 고만 가자고 병호의 어깨를 흔들며 지갑을 꺼내 들었다.

"얼마야? 술값이……."

"왜 고만들 잡수시게요?"

어느 틈에 다른 여자들은 다 나가고 방안에는 옥화와 계향이만 단 둘이 남아 있다.

"고만 가야지, 술값이 얼마야?"

병호는 게슴츠레한 눈으로 옥화를 쳐다보며 고개를 가누지 못하고 건드렁거린다.

"뭘 얼마나 잡수셨나요. 오 원만 내십시오."

"오 원! 아니 여태 그밖에 안 먹었어?"

사실 건오의 생각에는 적어도 십 원은 달아날 줄 알았는데 겨우 오원을 내라는 데는 놀랄 만큼 술값이 싸다.

"그럼요, 그밖에 더 안 됩니다."

"거, 대단히 술값이 싼데, 촌 술집보다도 싸니 웬 일야?"

건오는 병호가 낸다는 것을 고만두라고 오 원짜리 한 장을 골라서 꺼내주었다. 십 원짜리는 안 거슬러 올까 무서워서.

"아니 정말로 가실래요? 약주가 취하셨는데 어떻게들 가신다구 그래……."

취중에 들리는 여자의 목소리가 더 한층 아리땁다.

옥화는 뽀이를 불러서 돈을 내주고 그들의 눈치를 번갈아 본다. 계향이도 그의 말을 부추긴다.

"못 가십니다. 지금이 어느 때라구……."

"왜 못 가. 여기서 여관이 그리 멀지 않지?"

"쓸쓸한 여관에 가 주무실 것 뭐 있나요. 아무 데서나 한숨 주무시지.”

“그럼…… 옥화! 나 좀 …… 재워주려나, 아이 취한다.”

“그러셔요. 정말로 주무시고들 가셔요.”

병호는 취안이 몽롱한 눈으로 옥화를 홀린 듯이 다시 본다. 그는 자고 싶은 생각이 없지 않았다.

“정말루 못 가십니다. 여기는 밤중에 통행하기가 위험하답니다!”

계집들은 쳐 놓았던 그물을 인제야 바짝 줄을 채기 시작했다.

“자기는 어디서 잔다구 그러나. 늦어두 가야지.”

“이 영감은 왜 그러신대여! 못 주무실 건 또 뭐 있어요.”

계향이는 더한층 애교를 부리며 건오의 손목을 잡는다. 건오는 생각할수록 사정이 맹랑하다.

“아니 그럼 옥화. 우리가 잘 수 있는 빈 방이 있겠소?”

“그러셔요. 제 방으로 가셔요. 정말이어요!”

옥화는 병호의 한 팔을 잡아당긴다.

“하하하, 말은 고맙네마는…… 자네 같은 사람하구는 무서워 못 자겠데. 고만 두소.”

병호는 당길 셈이 없지 않았으나 그 역시 뒷일이 켕기어서 다시 정신을 차리었다.

“무섭긴, 누가 잡아먹나 뭐.”

“아니 그런 게 아니라. 내 같은 사람이야 어디 도…… 돈이 있어야지 말야!”

병호는 취중에도 이렇게 우엉을 까보았다.

“아따 누가 영감을 돈 바라구 그러던가요! 이런 데 있는 사람이라구 돈만 아는 화냥년으로만 보지 마십시오.”

옥화는 금시로 실쭉해서 입술을 내밀며 능청을 떨었다. 그 말은 더한층 병호의 가슴을 찌른다.

"하하하. 옥환 그렇지 않은가. 그럼 잘…… 잘못했으니 허물치 말구려!"

"그럼 여기서 주무셔요! 네? …… 난 영감들을 처음 뵈와도 참 어쩐지 마음에 끌려서 진정으로 하는 말인데 우리가 무슨 돈이나 바라는 줄 알구…… 겁을 내시구……. 아이구 참, 영감들두 졸장부이십니다? 숙박료는 안 받을 테니 안심하시구 주무시구들 가셔요."

"우리가 정말루 당신들 맘에 그렇게 들어?"

"그럼 들구 말구요! 난 영감한테 정말루 반해서 그런대두. 호호호…… 인제 자구 가시지요?"

옥화는 이 말이 떨어지자 무작정하고 병호를 제 방으로 끌고 들어간다. 건오도 할 수 없이 계향에게 끌려갔다.

병호는 옥화의 말이 진심으로 곧이 들리자 살그머니 어떤 충동이 불일듯 했다.

건오 역시 혼자는 갈 용기가 없었다.

하얼빈서는 대낮에도 자동차를 타기가 위험하다니 더구나 밤중이랴? 운전수는 초행객인 줄 알면 교외로 태워가지고 가서 재물을 뺏고 사람도 죽이기를 예사로 한다는 것이다.

그들이 다른 방으로 끌려 들어가자,

"그럼 곤하실 테니 어서들 주무셔요."

하고 여자들은 자리를 깔아주고 나간다. 어쨌든 기왕 일이 이렇게 되었으니 숙박료를 물 셈 잡더라도 잘 수밖에 없었다.

그들은 웃옷을 벗고 요 위로 드러누웠다.

×   ×   ×   ×

얼마쯤을 잤는지 모르겠다. 방안은 전등불을 꺼서 캄캄한데 보드라운 알살[98]이 드러난 이성의 팔이 건오의 가슴 위에 척, 얹혀있다. 꿈인가 생시인가? 잘 자리는 분명히 병호와 단 둘뿐이었다. 여자들은 나가고 없었는데 그런데 윗도리를 벗은 여자가 포근히 이불속으로 들어와 안긴 것은 웬일일까? 그래 깜짝 놀라서 고만,

"누구여?"

하고 얼결에 소리를 쳤다.

"저예요. 그렇게 곤하셔요!"

그때 계향이는 옆으로 돌아누우며 건오의 귀에다 가만히 소곤거리고는 다시 그의 목을 구렁이 몸뚱이 같은 팔로 끌어안는다…….

그 이튿날 식전에 깨어보니 그들은 서로들 한 사람의 여자와 같이 잔 것이 알려졌다. 병호는 옥화와 같이, 건오는 계향이와 같이 잔 것이다.

여자들은 병호와 건오가 곯아떨어진 것을 보고 다시 들어와 거사를 한 것이다. 더욱 정신을 모르는 병호는 옥화가 아랫방으로 끌어가고 건오만 그 방에 두었다가 계향이가 살그머니 들어와 잔 것이다. 이런 줄은 모르고 그들이 잠을 깨서 생각하니 참으로 간밤 일이 꿈결 같다. 미쳐도 분수가 있지 이게 무슨 도무지 무슨 짝들인가!

그러나 일은 이미 저질러 놓았다. 인제는 아무리 후회해야 쓸데없었다. 그들은 오직 여자들의 처분만 바랄 뿐! 두 놈이 퀭한 눈을 멀뚱멀뚱하니 뜨고 앉았었다. 여자들이 안 보이는 게 더욱 수상하다.

"이 사람아 어서 가야할 터인데…… 어떻게 한단 말인가?"

---

98) 알살 : 아무것도 걸치거나 가리지 않은 채로 드러난 몸의 살.

"글쎄…… 좌우간 무슨 말이 있겠지."

그들은 마치 재판장의 선고를 기다리는 죄수와 같이 불안한 공포에 쌓여 있었다.

기다리던 두 여자가 들어왔다. 무슨 선고가 내릴는지 또 겁이 난다. 그들은 화장을 다시 했다.

"퍽들 곤하셨지요? 세수를 하셔요."

하고 여전히 여자들은 아양을 떤다.

"세수는 뭘. 여관에 가서 하지."

건오는 퉁명스럽게 대꾸했다. 그는 어서 달아나고만 싶었다.

"아니에요! 세수하시구 해정99) 좀 하시구 가셔요."

하고 계향이는 건오의 팔을 잡는다. 그는 사실 간밤에 겪어본 건오의 건강에 놀라서 지금도 얼굴이 다시 쳐다보인다.

"해정은 뭘…… 세수나 좀 하구 갈까! 입안이 텁텁하니."

병호가 세수를 하고파 하는 눈치를 보고 건오는 더 우기지 않았다.

"그러셔요! 저 영감도 세수하셔요."

옥화는 건오를 쳐다보며 의미 모를 미소를 보낸다.

"세수하긴 어렵지 않지만 대관절 얼마야? ……."

병호는 묻기가 좀 거북한 말을 꺼내보며 옷소매를 걷어 올린다.

"뭬 얼마여요?"

옥화가 눈을 똑바로 뜨고 묻는 말을 되묻는다.

"숙박료가 말야!"

"왜 여기가 여관인가요?"

옥화는 눈 흰자위가 외려 돌아가며 한 마디로 톡 쏜다.

---

99) 해정(解酲) : 해장.

"여관이 아니라도 남의 집에서 잤으니까 말이지."

"그런 말씀은 마시래두. 어젯밤에두 말씀드리지 않았어요! 돈은 안 받을 테니 제 방에서 주무시구 그냥 가시라구요…… 언제 영감들이 주무시자구 해서 주무셨어야 말이지 그렇지 않아? 계향아!"

"그럼 그렇구 말구! 난 정말이지 이 영감한테 반해서…… 입은 뚱 하셔두 그 속은 퍽 살가우셔…… 호호호."

별안간 계향이는 치마끈으로 입을 가리고 간드러지게 웃으며 머리를 수그린다.

사실 건오는 이때까지 방외색[100]은 해본 일이 없었다. 더구나 이런 요릿집에서 명색 기생으로 있는 여자들과는 육체적 접촉은 물론이요, 그들 앞에서 술 한 잔을 먹어본 일도 없었다.

그런데 천만 뜻밖에 난생 처음으로 계향이와 같은 아리따운 여자와 비록 하룻밤일망정 애정을 느낄 수 있었다는 것은 다시없는 행복으로 돌릴 수밖에 없었다. 그것도 그들이 괄시를 하였다면 또 모른다. 그들은 언어행동에 농군이라고 조금도 차별을 두지 않는다. 여자들의 그런 태도에 반한 것이었다.

"너두 그러냐? 나두 이 영감한테 아주 반했단다. 호호호."
하고 옥화도 병호를 쳐다보며 눈웃음을 살살 친다. 건오의 생각이 이쯤 들었다면야 병호는 더 말할 것도 없었다. 그는 옥화에게 진정 미칠 지경이었다. 그리고 그 전에 고향에서 외입했다는 것은 공연히 헛돈만 내버린 것 같았다.

그들이 세수를 하고 나자 일변 해장국이 들어왔다. 곰국이다!

"이것은 저희가 드리는 술이니 한 잔씩 잡숫구 가셔요! 그리고 틈 있

---

100) 방외색(房外色) : 자기 아내 이외의 여자와 육체관계를 맺음. 오입질.

는 대로 떠나시기 전에 또 놀러 오셔요! 네?"

하고 두 여자는 아양을 떨며 한 사람씩 사내의 얼굴을 뚫어지게 쳐다본다. 그리고 따끈따끈한 정종을 들어 권한다. 이야말로 또한 꿈인가 싶었다. 그들의 하는 꼴은 점점 도수가 더하여 한입에 꿀딱 삼키고 싶도록 알미워 죽겠다.

"그렇지만 이건 미안한데……."

"뭬 미안하셔요! …… 또 오시지요. 언제 오실래요?"

여자들은 한 사람씩 붙들고 조른다. 건오는 병호를 쳐다보아야 도무지 아무 눈치를 안 보인다. 그래 그는 십 원짜리 한 장을 꺼내서 계향이 손에 쥐어주며 자리를 일어섰다.

"아이 영감두 망령이야 …… 도루 느셔요 이 돈일랑!"

병호도 옥화에게 돈을 주려다가 안 받아서 그들은 해정만 또 다시 하고 그냥 나올 수밖에 없었다.

여자들은 중문까지 쫓아 나오며 흔연히 그들을 배웅하였다.

요릿집에서는 정미소와 내약이 있는지라 그들에게 한손을 늦추어 준 것이다.

그들의 다년간 경험으로 본다면 농군이란 의심이 많고 좀스럽고 뜬뜬하기[101] 짝이 없다. 그들은 조금이라도 수상한 점을 보면 곧 겁을 먹고 꽁무니를 빼려든다. 그들은 그만큼 담이 적고 파겁을 못하여서 매사에 조심조심 한다. 그래서 같은 돈을 쓰게 한대도 목돈을 쓰라면 겁을 낸다. 가령 일 원씩 열 번을 쓴 것이면 아까운 줄 몰라도 십 원을 한몫 쓰자면 십 리만큼 달아난다.

이런 기미를 잘 아는 도회 사람들은 우선 순진한 태도를 보여서 그들

---

101) 뜬뜬하다 : 어떤 것에 대한 믿음으로 마음이 허전하거나 두렵지 않고 굳세다.

에게 의심을 사지 않도록 마음을 녹여준다. 그렇게 꼼짝 두수없이[102] 속아 넘어가게 만든 연후에 비로소 본색을 탄로내서 그들을 함정으로 빠져버리는 것이다.

그런데 그때 병호와 건오는 그런 속은 전연 모르고 다시 감심하기를 마지않았다. 그것은 무엇보다도 계집들의 너무도 순진한 태도였다.

자, 그리고 보니 그들은 그냥 있을 수가 없었다. 정이 들었어도 갈 수밖에 없었고 안 들었으면 인사성으로라도 불가불 또 한 번 안 가볼 수 없는 형편이었다. 가자니 빈손으로 갈 수 없었고 여자가 반했다는 바에야 그들도 모양을 내고 싶었다.

그런 생각이 들며 그들도 제가끔 제 몰골을 훑어보니 너무도 촌티가 흘러 보인다. 우선 더벙한 머리가 그렇고 텁수룩한 수염이 그렇다. 목욕을 오래 못한 몸뚱이가 불결해 보인다. 동정이 새까매진 조선옷이 그렇다. 발에 꿴 고무신이 그렇다. 그래 그들은 머리를 깎고 그 길로 목욕탕을 갔다.

그러나 정작 옷을 사 입고 구두를 사 신자니 이십 원씩 타 가지고 축낸 그 돈으로는 부족이다.

이에 그들은 다시 의논한 결과 정미소로 가서 돈을 더 취해 올 수밖에 같은 도리는 없었다.

"영감님! 아주 백 원 턱으로 육십 원만 더 줍시오!"

병호가 쫓아가서 이렇게 청하였을 때 정미소 주인은 그를 힐끗 쳐다보더니 한 번 빙긋 웃으면서,

"돈으로 뭘 하게?"

능구렁이가 벌써 다 속을 알면서 건성으로 묻는 말이었다.

---

102) 두수없다 : 달리 어떻게 할 여지가 없다.

"저, 옷 주제도 시커멓구…… 신발두 하나씩 사 신어야겠어요 ……
창피해서 어디 나다닐 수가 있어얍지요."

병호는 요전처럼 한 손으로 뒤통수를 긁으며 하소연하듯 말한다. 주인
영감은 우선 병호가 하이칼라 머리를 깎아서 기름을 반지르하게 재워
바른 것을 보고 속으로,

'흥! 너두 기어이 옮혔구나!'

하고 코웃음을 쳤지마는,

"그러게, 그럼 갖다 써야지. 옷 사 입는다는 거야 못한달 수 있나. 하
지만 아예 객돈을랑 쓰지 마소!"

하고 겉으로는 가장 점잖게 훈계를 하여 그럴듯한 외면치레를 하였다.

"네! 그 다 이를 말씀이오니까. 벼나 속히 좀 팔아주십시오."

영감은 마지 못하는 모양으로 돈 육십 원을 꺼내준다. 병호는 그때 그
돈 육십 원이 어찌도 고마운지 몰랐다. 한편으로는 양심의 가책을 느끼
면서.

그러나 그는 오늘밤에 옥화를 다시 만날 일을 생각하니 그 위에 더
큰 행복이 없을 것 같았다.

그는 한 달음에 여관 사람을 데리고 구두 가게로 갔다. 우선 구두를
한 켤레씩 사 신은 후에 그 길로 양복점에 가서는 쯔메에리[103]를 한 벌
씩 사 입었다. 신사복을 사 입자니 부속품도 많이 들 뿐더러 넥타이를
매기가 갑갑하고 거북하기 때문이었다.

그러고 나니 자기네도 금시로 양복쟁이 신사가 된 것 같다.

여관 사람들은 안팎 없이 연신 그들의 인물을 추어주었다.

그날 저녁에 그들은 약조나 한 것처럼 그 집을 다시 찾아갔다. 옥화와

---

103) 쯔메에리(つめえり) : 선 깃. 일제시대 남학생 교복에 사용되던 깃을 세운 양복.

계향이는 예기했던 것보다도 더욱 반갑게 그들을 영접한다.

한데 그보다도 또 한 가지 놀라운 일은 그들이 똑같이 두 사람의 옷 한 벌씩과 모자를 사 두고 기다렸다고 내오면서 어디 맞는가 입어보라는 것이었다.

"아니 이건 웬 일들이야?"

두 사람은 너무나 의외이다. 정말로 어인 영문을 모르게 했다. 그때 옥화와 계향이는 조금도 안색을 변치 않고 친절한 자세로 입을 연다.

"뭐 웬 일이여? 품이 맞나 입어들 보셔요! 어젯밤에 옷을 보고 치소곰104)을 대강 재서 했지마는. 모자두 겨냥을 내구…… 그렇지만 안 맞으시면 고쳐야지요."

"아니 그런데 이게 무슨 짓들야. 그러지 않아도 우리가 미안한데……."

"원 천만의 말씀두 다 하시지. 아니 정든 양반의 옷 한 벌쯤 못 해 드릴 것 뭐 있어요. 우리가 아무리 이런 데는 있을망정 그만 돈에 부자유하진 않답니다. 자, 들어서 입어보셔요!"

두 사람은 할 수 없이 제가끔 양복을 벗고 새 옷을 입어보고 모자도 써보았다.

모자 바지 저고리에 법단105) 조끼를 입고 털양말에 대님 허리띠까지 일신하게 맨 연후에 그 위에다 모직 두루마기를 입고 나서니 그들은 한다는 일류신사같이 보인다. 그러나 값진 것은 아니요, 모두가 눈가림이었다. 더구나 그들은 머리를 새로 깎고 목욕을 깨끗이 한 데다가 의복이 날개라고 새 옷을 입었으니 미상불 딴 인물이 튀어나온 것 같았다.

"아이구 어쩌면 이렇게들 꼭 맞으실까. 아주 옥골 선비님 같으신

---

104) 치소곰 : 치수금. (무엇을 마를 때) 자로 치수를 재서 그은 금.
105) 법단(法緞) : 비단의 하나. 모본단보다 무늬가 잘고 두꺼우며 감촉이 매우 부드럽다.

데…… 호호호…….”

여자들은 새 옷을 입은 사내들의 앞뒤를 훑어보며 입에 침이 마르게 추어댄다. 그들은 한바탕 짝짜꿍을 놓았다.

병호와 건오는 여자들이 이렇게까지 할 줄은 모르고 처음에 들어올 때 생각에는 술이나 돈 십 원어치쯤 먹고 돌아갈 작정이었던 것이 또한 낭패를 보았다.

여자들은 참으로 자기네에게 반해서 그런 것인가? 그렇다면 너무도 시간이 빠르고 과분한 대접이다. 이런 도회지에서 자기네와 같은 남자를 처음 만났다는 것도 안 될 말이고 그렇지 않다면 돈을 많이 쓴 것도 아닌데 어째서 한 번 보고 나서 당장에 그렇게 반할 수 있을 것인가? 아니라면 그들의 말쪽으로 과연 자기네의 순진한 농군들의 마음씨를 취한 때문일까?

그런즉 술만 먹고 그냥 갈 수도 없는 사정이요, 그렇다고 또 다시 자고 갈 수도 없는 사정이다. 일이 이쯤 된 바에는 역시 여자들의 처분만 바랄 수 없다고 그들은 제가끔 내심으로 불안한 생각에 쪼들릴 뿐이었다.

술상이 들어오자 여자들은 또 한 패가 들어와서 한 잔씩을 따라 올리며 권주가를 부른다. 그들은 주는 대로 받아 마셨다. 술이 얼근해지니 아까까지 근심되는 것도 차차 없어진다. 장차야 어찌 되었든 간에 지금은 누구도 부럽지 않다. 옥화와 계향이는 제가끔 사내의 무릎 앞에 앉고 그 외의 여자들은 마치 둘러싼 시녀처럼 좌우로 옹위해서 나란히 앉았다.

그리하여 그들은 그날 밤에도 취토록 마신 후에 한 사람씩 여자의 방으로 끌려가서 자고 말았다.

이틀 밤을 자고 났다. 그들의 사이는 아주 무관해져서 여자는 그들을 정말로 제 사내나 된 것처럼 매사에 참견을 하려 든다. 따라서 남자들도 그들이 하자는 대로 할 수밖에 없었다. 절에 간 색시가 아니라 이건 요릿집에 붙들린 쑥이었다.

그러나 그들은 부가비[106]를 잡혔다는 생각보담도 일이 이쯤 된 바에는 될 대로 되라고 방심하였다. 그들은 어언간 여자와의 정이 들었다. 그뿐 아니라 벼는 안 팔린다. 여관에서 매칼없이[107] 앉았기도 무료하다. 이래저래 자연히 생각나는 것은 여자들과 술이었다. 병호는 더 말할 것도 없고 건오까지도 차차 그런 생각이 들어갔다.

그는 한편 자기를 반성하기도 하였다. 그러나 당초에 그런 데를 간 것이 불찰이지 이미 관계가 깊어진 바에야 자기 혼자 발을 뺄 수도 없는 일이었다. 그리고 무슨 그리 큰일 날 것도 없을 것 같다. 내일이라도 볏금이 올라서 팔리게 되고 그래서 떠나게 될 때에는 그들이 섭섭지 않도록 무슨 패물이나 사주든지 돈 백 원이나 주면 될 것 아니냐고. 이렇게 그 역시도 마음이 커졌다. 왜 그러냐 하면 여자들도 그들을 단순하게 생각하고 거기에 반했다 하기 때문이다.

그런데 사정은 다시 제3기로 발전해서 그들은 생각지도 못한 딴 국면이 새로 벌어질 줄을 누가 뜻이나 하였으랴!

그들이 세 번째 그 여자들 있는 집을 찾아갔던 날 밤이다.

여자들은 전과 같이 그들을 흔연히 맞아들여서 술자리를 벌이게 되었는데 옆방에 친한 손님들이 와서 논다고 인사를 붙이는 것이었다.

병호와 건오는 그러거니 하고 무심히 저편과 인사를 통하였다. 그 좌석에는 ○○정미소에 사무원으로 있는 정모도 끼어 있음을 보고 그들은 도리어 안심하였다. 혹시 수가 빠지더라도 그가 있으면 눌러보리라 싶어서.

그럴 바에는 피차간 합석을 하자고 정가가 발론을 해서 사잇문의 장지를 떼놓고 두 자리를 합하였다. 마침 저편에서는 지금 화투를 하다 말

---

106) 부가비 : 부개비. 부개비를 잡히다: 하도 졸라서 본의 아니게 억지로 하게 되다.
107) 매칼없다 : 맥없다.

왔다고 모이쪼108)의 투전판을 다시 벌이는 모양이었다.

그것을 보자, 여자들이 우리 편에서도 같이 해보자고 조르기 시작한다. 그들은 심심풀이로 장난 삼아 하자는 것이었다.

병호와 건오는 술김에 역시 무심히 듣고 그들이 하자는 대로 화투판으로 쫓아갔다.

이리하여 술판은 필경 화투판으로 벌어지고 말았다.

건오는 취중에도 노름을 하는 것은 잘못이란 생각이 들었다. 뿐더러 그는 화투를 할 줄 모른다. 더구나 투전식의 모이쪼는 숫자풀이도 어떻게 하는지 모른다.

"난 할 줄 몰라 못하겠네."

그래 건오는 퇴침을 베고 핑계김에 벌렁 드러누웠다.

"정말로 할 줄 모르셔요? 그럼 내가 대패109)로 해드릴게!"

"싫어! 대패는 무슨 대패."

건오는 계향이가 조르는 것을 이렇게 두말을 못 붙이게 뚝 잡아떼었다. 이 거동을 엿보고 있던 옥화가 계향이에게 눈을 끔적끔적 한다. 그는 병호를 붙들고 화투판으로 가서 아기패110)를 보고 있었다.

계향이111)는 건오가 쑥스럽게 구는 바람에 어찌 할 줄을 모르고 무렴하니 앉았다가 옥화의 군호를 눈치 채고 별안간 요염한 웃음을 머금으며 건오 앞으로 달려든다.

"그럼 우린 얘기나 하구 놉시다. 나두 화투는 잘 할 줄 몰라."

건오는 넌지시 계향의 손목을 잡는다. 그 말이 은근히 고마웠다.

---

108) 모이쪼 : 일본 화투에서 쓰는, 8을 뜻하는 '오이쪼'의 와전.
109) 대패(代牌) : 대신 패를 봐주는 것. 패는 화투나 투전에서 각 장. 또는 그것이 나타내는 끗수 따위의 내용.
110) 아기패 : 노름판에서, 물주를 상대로 승부를 다투는 사람이나 패거리.
111) 원문에는 '금향이'로 되어 있다. 오식일 것이다.

"옹! 거 좋지…… 어디 당신 집 내력이나 들어봅시다. 대관절 어떻게 되어서 이런 데는 오게 되었소?"

건오는 진심으로 계향이를 동정하고 싶었던 것이다.

"아이그 그까짓 말씀은 들어서 뭘 하실려구…… 내남없이 팔자가 기박해서 그렇지 뭐."

계향이는 한숨을 나직이 쉬며 금시에 실심한 모양을 지어보인다.

"암, 그야 그렇지. 당신이 이런 데로 몸을 팔러온 것이나 나 같은 농사군이 만주로 땅을 파러 온 것이나 피차간 고향에서 살 수 없어 떠났겠지. 그렇지만 우연히 당신을 이렇게 알고 보니 어쩐지 남의 일 같지가 않아서 하는 말이오. 그래 정말로 부모 동기간두 없수?"

건오는 취중인지라 더욱 강개한 기색을 띠우며 목소리를 떨었다. 눈에는 자기도 모르게 눈물이 글썽인다.

"없어요!"

"아니, 돌아가시진 않았다면서?"

"죽었는지 살았는지 그것조차 모른답니다."

여자는 또 한 번 한숨을 내쉬며, 시름없는 소리를 한다.

건오가 계향이를 졸라서 들은 이야기는 아래와 같다.

그의 부모는 계향이가 일곱 살 때에 고향을 떠나서 간도로 들어왔다 한다. 그들은 만인의 땅을 얻어서 농사를 짓기 시작했는데, 가던 날이 장날이더라고, 그 해에 흉년이 들어서 빚을 지게 되었다 한다. 그 이듬해는 연로한 할머니가 마저 돌아가시기 때문에 이래저래 묵은 빚을 갚지 못한 것이 달마다 새끼를 치는 데다가 만인의 박해는 갈수록 무상하였다. 그 다음해는 거듭 비적의 약탈을 만나서 농사한 곡식을 몽땅 뺏기게 되었다. 그것은 더욱 만인 지주에게 빚을 더 지게 하였다. 그런데 그 해에 만인 지주는 무슨 심사로인지 당장에 빚을 다 갚든지 그렇지 않으면 계향이를 달라고 족치는 바람에 그들은 할 수 없이 열 살 먹은 계향이를 뺏기고 말았다는 것이다.

그때 계향이는 부모와 갈린 후로 인해 소식을 모르는 것이 오늘날까지 묘연하다는 것이다.

만인 지주는 계향이를 키워서 며느리를 삼으려 한 것이라는데 그 집도 식구들이 아편중독이 되고 몇 해 못가서 집안이 망하는 바람에 계향이는 마침내 국자가의 어느 유곽으로 팔려간 것이 하얼빈까지 이렇게 굴러오게 되었다 한다.

아랫방에서는 화투들을 하느라고 여전히 떠들썩하였다. 그들은 성냥개비를 나누어 가지고 돈 대신 격112)을 치렀다. 그러나 그것은 한 개비에 오전씩 작정한 것이라 백 개비를 잃는대야 불과 오 원밖에 안되기 때문에 병호도 안심하고 할 수 있었다.

건오는 계향이의 신상담을 듣고나니 더욱 측은한 생각이 들 뿐이었다. 그는 불현듯 자기의 어릴적 시절이 회상된다. 그만큼 힘이 있으면 이 당장이라도 그를 자유의 몸으로 만들어주고 싶었다.

"그런데 당신은 왜 한 푼이라두 모아서 이 굴레를 속히 벗어날 생각은 않고 함부로 돈을 쓰는 게요?"

"그까짓 푼돈을 모으면 뭘 하나요?"

"몸 값이 얼마랬지? 칠 백 원⋯⋯."

"칠 백 원이면 뭘 하구 팔 백 원이면 뭘 하겠소? 그까짓 소린 고만두고 술이나 잡숩시다."

계향이는 몹시 화가 나는 듯이 교자상 앞으로 다가 앉으며, 정종병을 흔들어보다가 술이 찬 병을 빈 잔에 기울인다.

---

112) 격(格) : 끗. 화투나 투전과 같은 노름 따위에서, 셈을 치는 점수를 나타내는 단위.

"그야 그렇지만……."

건오는 사실 마음이 아팠다. 이래저래 그는 속이 달떠서 계향이와 마주 술만 들이키고 있었다.

그날 밤에 건오는 계향이 방에서 곯아떨어져 자고 병호는 밤새도록 그들과 노름을 하였다.

이튿날 아침에 병호와 건오가 해정을 하고 요전번처럼 여관으로 돌아간 뒤에 여자들은 안주인 — 어머니 — 앞에서 간밤에 그들을 곯려먹던 얘기를 해가며 서로들 웃었다.

"그런데 놈팽이들이 오늘밤에두 올까?"

주인 여자는 다소 염려하는 마음으로 두 여자를 번갈아 본다.

"그럼, 오구말구요…… 황가는 이 애한테 아주 반했는데요 뭘!"

하고 옥화가 계향이의 어깨를 툭 친다.

"아이구, 기애는 남말 하네. 김가야말루 너한테 사족을 못 쓰더라, 호호호."

"그럼 더 좋지 않으냐? 뭣들 그리 시샘할 것 있니."

주인 여자는 남자들이 반했다는 말을 듣자, 금방 기분이 좋아서 야살113)을 한다.

"그렇지만 정말 이편두 반해야 말이지요, 이건 건성으로 반한 척하자니 사람이 아주 죽겠어요. 든적스러워서114)……."

"얘들아 별소리 말어라 …… 늬가 정말루 사내한테 반해 봐라. 그때는 정말로 신세를 조질테니 …… 손님한테 울궈낼 것도 못 울궈내고 도리어 늬 것을 바쳐야 되거든!"

산전수전을 다 겪고 앙큼스러운 주인 여자는 농담으로라도 그들의 비

---

113) 야살 : 얄망궂고 되바라진 말씨나 태도.
114) 든적스럽다 : 하는 짓 따위가 치사하고 더러운 데가 있다.

뚤어진 사상을 이렇게 교정해줄 만큼 영리한 위인이다. 그는 여자란 남자를 빨아먹는 기생충으로밖에 생각지 않았다.

"그래두 황가는 내 신세를 진정으로 동정하는가 부지! 내년 농사를 잘 지으면 또 한 번 찾아올 테니 기다리라구. 호호호……."

계향이가 소리를 내뿜고 얄미웁게 웃는다.

"그 사람은 보매두 그렇지 않던. 어머니 저 애가 아마 놈팽이의 관상을 보구 불알을 살살 긁었나봐요. 해해해……."

"호호호……."

"아이구 저는 쇠퉁 안 그랬을 것이. 남 말을 작작해라!"

계향이는 무안을 타서 귀밑을 붉히며 옥화를 할기죽 흘겨본다.

"건 나두 그랬어…… 누가 안 그랬다니? 그렇지만 김가는 애 …… 헐랭이라 싱거워서 그렇게 탐탁한 얘기는 못해봤단다!"

옥화는 계향이가 자기 말에 오해한 줄 알고 사실대로 변명을 부옇게 한다.

"그려! 김가는 사람이 좀 싱거워 보이더라만…… 그래 넌 무슨 얘길 했길래 궐자가 오장을 쏟아놓던?"

하고 안주인은 요지[115]로 아랫니를 쑤시며 감칠맛 있게 계향이에게로 시선을 옮긴다. 원래 기생 출신이라는 그는 삼십이 넘었건만 아직도 분때가 곱게 먹어서 이십칠팔 안쪽밖에 더 안 보인다. 눈귀가 쭉 째지고 청기가 돈는 것이 여간 색골로 안 생겼다.

"김가두 너한테 그런 말 묻데?"

계향이는 옥화를 돌아보며 이렇게 슬쩍 물어놓고는 그가 미처 대답도 할 틈 없이 말을 잇대인다.

---

115) 요지 : 이쑤시개의 일본말.

"어머니! 그이가 아마 정말로 나를 동정하구픈 모양이야! 자꾸만 우리 집 내력을 캐서 묻겠지."

"그래 뭐라구 대답했니!"

옥화와 안주인은 계향의 말에 점점 흥미를 느끼었다.

"꾸며서 대답했지 뭐. 우리 아버지가 간도로 농사를 지으러 왔었는데, 되놈의 지주한테 빚을 져서 내가 열 살 먹었을 때 나를 빚 대신 빼앗기고 헤어진 뒤로는 여적 소식을 모른다구…… 호호호 그랬더니만 이 궐자가 아주 대단 언짢아하면서 정말이냐구 자꾸 미주알 고주알 캐겠지."

"너두 인제 보니까 사람 여럿 굳히겠다."

하고 안주인은, 별안간 호들갑스럽게 낄낄거리며 웃는다.

"왜 그런 거짓말은 했니?"

"안 하면 어쩌게! 부모가 살아 있으면서 나를 팔아먹었다면 우리집 망신만 더 되지 않니? …… 난 그래 바른말 하기가 싫더라 얘! 그런 얘기가 수두룩하길래, 한 마디 따다가 했더니만 궐자는 아주 정말인 줄 아는 모양이야! 호호호."

"너두 못쓰겠다. 남을 그렇게 속여먹고. 그래 뭐라던?"

"글쎄 내년 농사를 잘 지으면 또 찾아온다는 거야!"

"아하…… 저 년이 아마 무슨 꿍꿍이 셈속을 따졌나 봐요, 어머니. 그렇지 않아?"

"미친년 같으니…… 꿍꿍이 속은 무슨 꿍꿍이 속. 그런 사람이 더 의뭉스러워서 그러는 게야. 그까짓 말을 누가 곧이 듣겠다구."

"글쎄 그런지두 또 몰라. 우리가 그들을 속이거나 그들이 우리를 속이거나 속이기는 피차 마찬가지니까……."

사실 그들은 사내의 주머니에 돈 있는 싹수를 보았다면 있는 대로 털어먹고, 주인을 속여넘겼겠지만 그렇지가 못하기 때문에 지금도 이런 말을 털어놓고 하였던 것이다.

병호와 건오가 여관으로 돌아와 생각하니, 한편으로 방탕한 짓이 후회가 되면서도 다시 한편으로는 흐뭇한 향락적 기분에 몸과 마음이 들뜨게 하였다. 그런데 여관에서 무료히 앉았자니 좀이 쑤셔서 견딜 수 없고 볏금은 아직도 안 올랐다 한다. 그럴수록 여자의 얼굴이 눈에 선하고, 유흥하던 장면이 그리워진다.

더욱 건오는 계향이에게 초련의 애틋한 연정을 느끼었다.

그는 아직 장년의 왕성한 피가 분류처럼 혈관에 벅차게 흘렀다. 그런데 이미 그림자처럼 지나가 버렸던 청춘이 뜻밖에 계향이로 하여 다시 소생한 것은 마치 오랜 가뭄에 타 죽었던 잔디가 한 줄금 소낙비에 다시 살아난 것과 같다 할까? 과연 그는 천만 뜻밖에 청춘의 소낙비를 맞은 셈이다.

병호는 또한 병호대로 행복을 느끼었다.

그는 여자들이 화투를 하자고 대드는 바람에 처음에는 속을 모르고 여간 겁을 먹지 않았었다. 혹시 이것들이 노름으로 박을 씌우려 들지 않는가 싶어서…… 그랬더니 의외에도 한 격에 겨우 오 전 내기를 해서 밤새도록 논 것이 불과 사 원을 잃고 옥화는 도리어 삼 원 각수[116]를 따고 보니, 별반 손해가 없는 셈이었다. 음식을 먹은 것을 따진다면 도리어 소득이라 할 수 있다. 세상에 이런 재미스런 노름이 어디 또 있는가.

그래서 그들은 해가 지기를 고대했다가 저녁 숟갈을 놓기가 무섭게 요릿집으로 다시 쫓아갔다.

으레 그럴 줄 알고 여자들은 그들을 환영하였다.

미구에 어젯밤에 놀던 한 패가 대들어서 인제 시스러울[117] 것도 없이

---

116) 각수 (角數) : 돈을 '원'이나 '환' 단위로 셀 때, 그 단위 아래에 남는 몇 전이나 몇십 전을 이르는 말.
117) 시스럽다 : 스스럽다.

그들과 한 좌석으로 합석하였다.

그러자 누가 내는지도 모르는 술상이 떡 벌어지게 한 상 들어왔다. 그들은 여러 사람이 돌려가며 권하는 술을, 기생들이 권주가를 부르며 따라주는 대로 들이마셨다.

한바탕을 푸짐하게 잘 먹고 잘 놀고 잘 뛰었다. 정미소의 정가는 곱사춤을 추어서 여러 사람을 웃기고, 요릿집 주인은 장타령을 해서 또한 좌석을 엄불렸다.[118] 그들은 토막돌림[119]으로 노래를 부르자고 해서 필경 병호와 건오도 아리랑타령과 난봉가를 불렀다. 그것은 정말로 제가끔 규격이 맞았다. 한 사람은 쭙박[120]을 차고 들어왔고 한 사람은 난봉이 나서 들어왔기 때문이다.

모두들 술이 얼근하게 취하였다. 이 틈을 타서 요릿집 주인과 정미소 정가는 노름판을 또 벌리었다. 그것은 어젯밤 노름의 연장이었다.

"나두 해요! 나두 해요!"

하고 계집들이 와 덤비었다. 옥화는 병호를 끌고 갔다.

그러나 계향이만은 건오와 단 둘이 남아서 어젯밤처럼 정담을 주고받았다.

건오는 워낙 술도 취하였지만 간밤의 노름판 속을 잘 알았기 때문에 오늘밤도 또 그러려니 하고 방심하였다. 계향이 역시 노름판에 못 끼이는 것을 조금도 섭섭히 생각할 것은 없었다.

그는 오늘밤의 노름판이야 말로 모든 계획이 끝장나는 대마루판[121]인 줄을 잘 알고 있었기 때문이다. 그것은 자기가 덤벼서 설령 돈을 많이

---

118) 엄불렸다 : 어울렸다의 뜻인 듯.
119) 토막돌림 : 여럿이 모인 자리에서 토막을 돌려, 차례가 된 사람이 옛이야기나 노래를 하며 즐김. 목침돌림.
120) 쭙박 : 쪽박.
121) 대마루판 : 일이 되고 못 되는 것, 또는 이기고 지는 것이 결정되는 마지막 끝판.

딴다 하더라도 아무 소용이 없는 일이었다. 그들은 병호를 올가미를 씌워서 정미소의 맡겨둔 벼를 들어 먹자는 수작인데, 자기는 이러나 저러나 한몫을 끼워놓고 돌아오는 상급을 타먹기는 일반이었다. 오히려 그것은 지금 건오를 붙잡고 이렇게 있는 것이 더욱 중대한 역할일지 모른다. 왜 그러냐 하면, 만일 건오가 정말로 그들이 노름을 하는 줄을 알면 병호를 못하도록 끌고 나갈는지도 모르기 때문이다. 그들은 건오가 병호보다 의지가 굳센 줄을 잘 알았다. 그만큼 건오는 그들의 음모에 장애물로 금을 치게 되고, 그래서 계향이로 하여금 그를 꼭 붙잡아 놓도록 앞뒤를 짜놓은 것이었다.

노름판이 차차 어울리자 요릿집 주인은 계향이에게 가만히 눈짓을 하였다. 그들은 처음에는 요전처럼 음식 내기를 하다가, 그것이 싱거우니 돈 내기를 하재서 성냥 한 개비에 오 전씩 하던 것을 오십 전으로, 격을 올리었다. 옥화의 뒷돈은 물론 병호가 대게 되고 병호도 그와 함께 아기패를 보고 있었다. 그런데 그 동안에 병호는 서투른 솜씨로도 돈을 수십 원 따고 있었다. 그것은 그들이 서로 짜 놓고 일부러 먹인 것이지만. 요릿집 주인이 눈짓을 하니까 계향이는 건오를 끌고 제 방으로 들어갔다. 그 뒤에 노름판은 본격적으로 얼리었다. 병호를 믿게 하기 위하여 그들은 지갑을 꺼내서 지전 뭉치를 서로들 내보이었다.

병호는 취한 중에도 돈을 따는 데 재미를 붙여서 그들이 내기를 돋구자는 대로 그리하자고 승낙하였다. 이렇게 숭어 뜀뛰듯 올라간 것이 마침내는 성냥 한 개비가 일 원이 되고 이 원 삼 원 하다가 오 원이 되었다. 그러나 오 원을 할 때까지도 병호는 여전히 따기만 하였다.

돈을 잃은 사람들은 병호의 앞에 성냥골[122]이 수북하게 쌓인 것을 보

---

122) 성냥골 : 성냥개비의, 인으로 씌운 대가리.

고 피새[123]를 놓았다. 한편에서는 심사를 피우는 척하고 골을 낸다. 그런가하면 다른 한편에서는 병호 보고 화투를 잘한다고 연신 치살리고[124] 있었다. 그것은 옥화도 그리하였다. 병호는 그들의 패에 넘어가 속기만 했다.

그러던 중에 돈을 잃는 패가 다시 성냥 격수[125]를 돋구자고 하였다. 이에 성냥 한 개비는 다시 또 뜀을 뛰기 시작했다. 육 원으로 하던 것이 칠 원으로 뛰고 칠 원으로 뛰었던 것이 금방 팔 원으로 올라 뛰었다가 급기야에는 계산하기가 편리하다는 구실로 아주 십 원짜리로 정해버렸다. 그런 즉 결국 성냥 한 개비가 십 원짜리 지폐 한 장과 똑 같은 값이 되었다.

따라서 화투 석 장을 빼는 데 적어도 한 판에 십 원을 부쳐야 된다. 그것은 십 원짜리만 가지고 하는 노름판과 일반이었다. 십 원이라는 없는 큰판이었다. 그러므로 성냥 한 개비만 잃어도 십 원을 순간에 잃게 된다.

그들은 당초에 성냥을 백 개씩 나누어 가지고 시작했다. 어젯밤에는 한 개비에 오 전씩 정하였기 때문에 백 개를 잃는대야 오 원밖에 안 되었건마는 오늘밤에는 그것이 근 백 배나 올라 뛰고 보니 만일 백 개를 다 잃는다면 실로 천 원을 잃게 되는 셈이었다. 오 원과 천 원! 이 얼마나 왕청 뛴 차이냐?

그런데 웬 셈인지 한 개비가 십 원으로 올라 뛴 뒤로부터는 차차 병호의 손속[126]이 줄기 시작했다. 그가 물주를 잡아보면 아기패들이 영락없이 돌려가며 먹게 되고 그래서 아기패로 내려앉으면 역시 손속이 일

---

123) 피새 : 알랑거리며 늘어놓는 말.
124) 치살리다 : 지나치게 살살 추어주다.
125) 격수 : 끗수.
126) 손속 : 노름할 때에 힘들이지 아니하여도 손대는 대로 잘 맞아 나오는 운수.

지 않는다.

그러는 대로 그의 앞에 수북하게 쌓였던 성냥은 꼬리를 물고 연신 나갔다.

땄던 것이 순식간에 나가버리고 인제는 자기 몫에서 살전[127]이 헐려 나가기 시작한다. 큰일 났다.

아까까지는 1자 패를 가지고 있다가 뽑아보면 8자가 나와서 갑오를 곧잘 되더니만 지금은 9자가 아니면 장자가 나오기만 하니 웬일이냐? 그렇다고 다시 들어가면 잘해야 따라지를 면하는 고작 두 끗, 세 끗밖에 안 되었다.

이런 경칠 놈의 노름을 해먹을 수가 있나. 병호는 차차 애성이[128]가 터져 올랐다.

그렇다고 노름을 그만둘 수도 없다. 올렸던 내기를 내릴 수도 없었다. 그것은 당초에 노름을 시작할 때에 격수는 올릴 순 있으나 내리지는 못하기로 하였고 또한 누구를 물론하고 노나 가진 백 개를 다 잃기 전에는 자리를 물러나지도 못한다는 피차간 약조를 단단히 하였기 때문이다.

병호가 거진 노나 가진 성냥개비를 절반쯤 잃을 때였다. 그는 자꾸 잃기만 하므로 켕기는 마음에서 취중이라도 정신을 차려서 약은 꾀를 써 보았다.

"여러분들 이게 정말로 돈내긴가요?"

"그 다 이를 말이오. 그 양반 딴소리 하네."

정미소의 정가가 퉁명스럽게 대꾸한다.

"그럼 난 못 하겠소"

---

127) 살전 : ① 어떤 일에서 이익이 없이 도리어 밑졌을 때 "본래의 그 밑천이 되었던 돈"을 살을 더 붙이려던 돈이라 하여 이르는 말. (=) 살돈. ② 노름할 때의 밑천으로 한 돈.
128) 애성이 : 속이 상하거나 성이 나서 몹시 안달하고 애가 탐. 또는 그런 감정.

병호는 노름을 하다말고 뒤로 물러나 앉았다.

"이건 여태 하다가 별안간 무슨 수작이야?"

요릿집 주인도 못마땅해서 한 마디를 건다.

"정말 돈내기라면, 난 돈이 있어야 합지요."

"돈이 없으면 왜 여태 하구 있었어?"

"난 장난으로 알구 했지요."

"뭐 장난? 점잖은 사람들이 그래 밤새도록 성냥개비로 장난 노름을 해! 이건 다 무슨 어림없는 소리야!"

정미소 정가가 콩보꾸니 튀듯 한다.

"아따 그럼 김 주사, 별말할 것 없이 더 놀기가 싫거든 잃은 거나 돈을 내구 사 가시우."

"그럼 되지 않우."

"아니 뭣이야? 성냥개비 한 개에 십 원씩을 내구 사가란 말야?"

병호는 마치 경풍한 아이처럼 두 눈을 흡뜬다.

"허허 그 양반 별안간 이거 왜 딴청이오. 아까 당신도 그렇게 작정하자 하지 않았소."

"아이 영감! 왜 이러셔요. 어서 그냥 하시지 않구. 앞으로 또 따시면 되지 않아요."

그들은 옥신각신 승강을 하는데 옥화가 대들어서 중재를 하는 바람에 병호는 노름을 또 시작했다. 그러나 그는 얼마 안 가서 쉰 개를 마저 다 잃고 보니 돈으로도 환산해 보면 그것은 꼼짝없이 천 원을 걸어지고 만 것이었다.

병호가 성냥 백 개비를 다 잃고 나서 생각하니 장난이라면 너무도 싱겁고 정말이라면 참으로 두 눈이 홱 돌아갈 지경이었다.

그러나 병호는 별로, 걱정되지는 않아서 돈 딴 사람이 외상으로 성냥을 팔 터이니 다시 사서 하라는 것을 거절하였다. 그는 돈이 없어 자기를 설마 제까짓 것들이 어찌하랴고 아주 배포를 유하게 먹었던 것이다.

그런데 저편 사람들은 서로들 잃고 딴 것을 일일이 따져서 현금으로 격을 치르느라고 부산하였다. 그것은 지금까지 한 노름이 장난이 아니라는 것을 보이기 위함이다. 옥화도 성냥 스무 개비를 잃었다고 이백 원의 부담을 지웠다. 그것은 물론 병호가 치러줄 돈이었다.

그들은 자기네끼리의 셈속을 다 따진 뒤에 병호에게로 달려들며 다짜고짜로

"어떻게 할 테요, 당신 셈은? …… 옥화가 잃은 것 할너 일천이백 원이요."

한다.

"무에요 일천이백 원……."

병호는 너무도 기가 막혀서 얼빠진 웃음이 허허 나왔다.

"아니 점잖은 양반들이 농담을 너무 하시는군! 난 돈두 없소이다마는 대체 그런 일이 어디 있소."

"아니 뭣이 어째? 농담은 누가 농담이야. 번연이 지금 돈들을 치르는 것 못 봐!"

요릿집 주인이 모시통129)에 핏대를 세우며 강경히 쇠인다.

"그러니까 장난으로 치고 서로들 물러주면 되지 않소?"

"무르긴 누가 물러줘…… 그럼 내가 잃은 돈 삼백 원을 당신이 물러주소!"

하고 정미소의 정가가 자기 집에 손님으로 있는 본정130)도 없이 병호를 우겨댄다.

---

129) 모시통 : 목젖.
130) 본정 : 본래의 참된 마음이나 심정.

"내가 어떻게 물러줘요? 나두 돈을 잃었는 걸요."

병호는 술이 금방 깨이며 정신이 펄쩍 난다.

"그러니까 당신 잃은 돈을 내면 되지 않소. 남의 몫은 참견할 것 없이 이런 제기."

요릿집 주인 역시 칼끝같이 선뜩한 말로 찌른다.

"아니 그럼 나보구 일천이백 원을 정말루 내라는 말씀인가요? 허허 허……."

"그럼 뭐야?"

"허허허허……."

병호는 금방 미친 사람처럼 실없이 웃기만 하였다.

"이 친구가 허파에 바람이 들었나. 누구를 놀리는 게야 응?"

요릿집 주인은 두 눈을 부릅뜨고 주먹으로 옆에 놓은 술상을 탕! 친다.

"허허허…… 아니 그래 그런 큰 내기를 누가 정말로…… 하기로 했던 가요?"

병호는 저편의 서슬이 너무나 강경하게 나오므로 차차 겁이 나고 오장이 떨리었다. 그는 기가 질려서 혈색이 하나도 없이 핼쑥해졌다. 가슴만 널뛰듯 한다.

"이 자식이 왜 이 모양이야! 늬가 짜장 뜨거운 거동을 보구야 내놓겠니? 이눔아, 여기가 어딘 줄 알구 그리는 게야! 그러기를……."

"아니 누가…… 뭐…… 응!"

병호는 그제서야 어떤 예감이 꽉 찔리며 정가의 말이 칼같이 가슴에 박힌다.

"어디 늬가 그 돈을 안 내놓고 배기나 보자! 촌놈들이란 이래서 숭칙하다는 게야! 흥……."

정가는 역정이 있는 대로 나서 아래턱을 까불거리며 중얼거린다. 그는 궐련 한 개를 집어서 분주히 불을 붙여 문다.

"안 내면 어쩔 테요! 당신네가…… 인제 보니까 나 하나를 짜먹을라구 사기도박을 하잖었소? 난 그런 돈 못 내겠소."

병호는 죽기를 한사하고 그들의 말에 뻗대었다.

"이놈아, 사기도박을 누가 했어? 그놈 생사람 굳히겠네 …… 네 눈깔루 지금 당장 돈 치루는 걸 보지 않았니?"

요릿집 주인이 상앗대질을 하며 병호의 앞으로 달려든다.

"흥! 그만 두게 …… 이 자식이 돈은 돈대로 물구 때가려구[131] 그리는가 버. 우리야 걱정할 것 뭐 있는가. 정미소에 벼가 있는 걸!"

정가의 이 말은 일 순간 병호의 머리 위에 생벼락을 쳤다. 아니 그것은 벼락 이상이었다.

"아…… 뭐에요? 지금 뭐라구 했소. 아니 그 벼를 …… 그 벼는 …… 내 벼만두 아닙니다 …… 정주사 …… 그게야 어디 될 말입니까 …… 차라리 내 …… 모가지를 자르시오!"

병호는 두 손을 쳐들며 애원하듯이 울음 섞인 말을 흉중이 억색해서[132] 토막토막 내뱉었다.

"뭘 내년 농사를 잘 지으면 되지 않소. 장부일언이 중천금인데 점잖지 못하게 이건 다 무슨 못생긴 말씀이셔요."

인제는 볼장을 다 보았는가 부다. 아까까지도 말공대가 깍듯하던 옥화까지 까짜를 올리지[133] 않는가.

"이 멀쩡한 도적년놈들아!"

병호는 별안간 고함을 치며 맥주병을 들고 일어섰다.

---

131) 때가다 : (속되게) 죄지은 사람이 잡혀가다.
132) 억색하다 : 몹시 원통하거나 슬퍼서 가슴이 눌리고 숨이 막히는 것 같은 느낌이 있다.
133) 까짜를 올리다 : 추어주는 말로 남을 놀리다.

땡그렁 땡그렁 그릇이 깨지고 우지끈 뚝딱 술상을 치는 바람에 안팎 방에서 자던 사람들까지 무슨 일인지 모르고 쫓아 들어왔다. 건오도 계향이 방에 누워 있다가 계향이가 놀라서 부르짖는 바람에 그와 같이 쫓아나왔다.

건오가 들어가 본 즉 방안은 수라장이 되고 여러 사람은 미친 사람처럼 날뛰매 병호를 한가운데 몰아놓고 뭇매질을 한다.

건오는 그 광경을 보자 불문곡직하고 한달음에 뛰어들어서 군중을 헤치고 병호를 떼어 놓았다.

"대관절 이게 무슨 일이오?"

건오는 좌중을 돌아보며 묻는다.

"퉤, 무슨 일야! 당신은 상관할 것 없소"

요릿집 주인이 건오의 말을 가로채 막는다.

"건오, 그런 게 아니라……."

병호는 힐금씨금하며 마치 사지에서 구원의 손을 붙든 것처럼 건오의 옷자락을 잡는데 숨이 차서 미처 말을 못한다.

"그런 게 아니라 …… 우리는 여태 화투를 했는데 …… 난 장난으로 하는 줄 알았더니 성냥 한 개비에 십 원씩 쳐서 …… 백 개를 잃었다구 날 보구 천 원을 내 놓으라니 세상에 이런 법이 어디 있는가?"

하고 그제야 노름한 사정을 대강만 따서 설명한다.

그 말이 채 끝나기도 전에 요릿집 주인이 썩 나서며,

"여봐, 말을 분명히 좀 해요! 그런 게 아니라 돈내기를 하자구 서로들 약조하구 했다구."

"약존 누가 약줄 했어……."

"저 자식이 왜 자꾸만 딴청야!"

"아니 그럼 어떻게 하려는 게요? 이 사람 보구."

"그러니까 저 친구가 잃은 천 원과 옥화[134]가 잃은 이백 원. 합계 일천이백 원을 내놓으면 아무 문제가 없단 말이지."

"뭣이 어째야. 에이 멀쩡한 날불한당 놈들 같으니!"

건오는 그 말을 듣자 고만 사지가 떨려서 주먹을 둘러메고[135] 나섰다. 그는 사실 주먹다짐으로 한다면 생쥐 같은 그 두 놈쯤은 자기 혼자라도 당장에 태기를 칠 수가 있었다.

"오냐! 손찌검만 해봐라. 뒷일이 어떻게 되나……."

그때 계향이가 달려들어서 건오의 허리를 껴안고 뒷걸음을 치며 끄당겼다.

"영감! 고만 진정하셔요! 여기가 정말로 어딘 줄 알고……. 시비를 하실 테면 나하구 하셔요! 저 양반들은 우리가 소개를 했으니."

건오는 과연 어찌했으면 좋을는지 모르겠다. 분한 생각대로 한다면 그들을 대매[136]에 쳐 누이고 싶었으나 사실 뒷일이 켕기어서 손을 댈 수가 없다. 만일 손찌검을 했다가 법에 걸리게 된다면 도리어 자기네에게만 화가 미칠 것이 아닌가!

그는 비로소 그들의 패 속에 떨어진 줄 알게 되고 그만큼 더욱 분할 뿐이었다. 당초에 술값이 싼 것부터 이상했고, 노름채를 안 받는 게라든지 새 옷을 해준다는 것부터 괴상하지 않았던가……. 그들은 이렇게 미인계를 써서 발목을 옭아놓고 결국 노름을 하게 해서 정미소에 맡겨둔 벼를 통으로 먹자는 노릇이다. 아! 그렇다면 여적 볏금이 안 올랐다는 것도 멀쩡한 거짓말이었구나! 이런 생각은 일순간 그들의 음모를 확연 대각할 수 있게 하는 동시에 생각할수록 그들에게 속은 것이 분통할 일

---

134) 원문은 '계향이'로 되어 있으나 문맥에 따라 바로 잡았다.
135) 둘러메다 : 들어올려서 어깨에 메거나 내둘러서 어깨 위로 쳐들다.
136) 대매 : 단 한 번 때리는 매.

이었다. 그런데 멍텅구리들이 그런 줄은 모르고 도리어 그들을 고맙게 알고 어리석게 계집한테 덤벼든 것을 생각하면 남이 부끄러워서 얼굴을 못 들게 되었다.

그러나 매사에 두고두고 속을 썩이지 않은 건오는 이런 때에도 대범한 기상을 내보였다. 그는 더 길게 말하지 않고 병호를 잡아 일으켰다.

"이 사람, 고만 가세. 그러기에 자네 보구 누가 노름을 하랬던가. 멀쩡한 불한당 놈들하구!"

"이놈아 누구 보구 불한당이라니. 저런 참 멀쩡한 놈 보게."

요릿집 주인과 정미소 정가가 펄쩍 뛰며 부르짖는다.

그러나 건오의 생각에는 병호가 노름을 안 했으면 아무 문제가 없을 줄 알았으나 그것은 아직도 이 고장을 모르는 단순한 말이었다. 왜 그러냐하면 그들이 여자를 관계한 이상 어떤 턱으로 울궈내든지 정미소에 맡긴 벼는 무난히 울궈낼 수 있기 때문이다. 가뜩이나 사변 전의, 형사들과 밀접한 관계가 있는 그들로서는 약차한 경우에는 한두 사람쯤 죽여버려도 문제가 없을 그때 통에, 더구나 병호나 건오와 같은 농사꾼이 그들의 손아귀로 들어왔는데 잡은 토끼를 그대로 돌려보낼 리는 만무한 일이었다.

그러나 병호는 자기가 노름한 책임이 있는 만큼 정미소의 벼를 정말로 그들에게 뺏길까 무서워서,

"아이구 여보시오! 사람 살려주시오…… 제발 좀…… 아니 여기는 경찰서두 없나!"

하고 그는 참으로 실성한 사람처럼 목을 놓고 울부짖었다.

건오는 그 길로 병호를 끌고 여관으로 돌아왔다. 곰곰이 생각하니 이 며칠 동안 지난 일이 참으로 허황하기 짝이 없었다.

과연 그들은 너무도 자기네의 분수를 못 지키고 방탕한 생활로 뛰어

든 것이 새삼스레 뉘우쳐진다.

그러나 그들은 설마 정미소에 맡겨둔 벼야 정가가 아무리 사무원이라 할지라도 제 맘대로 처분할 수는 없겠지 하고 강의히[137] 안심해 보았다. 하나 그들은 서로 말로만 흰목[138]을 쓴 것 뿐이지 각각 마음 속 안침에서는 불안이 점점 커졌다. 결국 그들은 이 불안을 누르고 용을 쓰며 그런 말을 한 것이었다.

"에…… 공연히 그눔의 집에를 갔다가 큰 봉변할 뻔했지! 설마 제깐 놈들이 누굴 어쩔라구."

병호는 제가 먼저 술집을 가자던 것은 잊었는지 마치 남의 말하듯 한다. 만일 자리를 바꾸어서 건오의 초사[139]로 이번 일이 벌어졌다면 그는 얼마나 건오를 책망을 했는지 모를 것이다.

"봉변은 그밖에 더 어떻게 하나? …… 모르면 몰라도 뒤탈이 있을 걸세."

건오는 별로이 걱정하는 빛도 없이 무심히 대꾸했다.

"뒤탈은 무슨 뒤탈?"

병호는 건오의 버성긴 태도가 조그마한 불만을 갖게 한다.

"뻔한 일 아닌가! 그놈의 집에서 여태 대접을 받은 것이 동티가 안 날 겐가? 나두 인제야 깨달았네마는 그 사람들이 무엇 때문에 우리를 그저 재우고 잘 멕이고 계집들이 옷까지 해주었겠나? …… 그게 다 까닭이 있는 줄을 모르구 지금까지 속기만 하던 우리가 어리석은 놈들이지."

"……."

병호는 대답할 말이 없었다. 딴은 건오의 말을 듣고 보니 그들이 음흉

---

137) 강의히(剛毅) : 뜻이나 기질이 굳세게.
138) 흰목 : 희떱게 으시대며 잔뜩 빼 휘두르는 목.
139) 초사 : '입초사', '입초시'의 뜻으로 쓰인 듯하다. '입초시는 '입길', '입방정'의 뜻이다.

한 계책을 쓴 전후의 맥락이 환해진다. 이런 생각이 든 병호는 별안간 새로운 전율이 등허리로 선뜩하게 기어간다.

"그런 우리가 미인계에 빠졌단 말인가?"

"아니면 뭐라게…… 자 여러 말 할 것 없이 정미소나 일찍 가서 오늘은 세상없어도 벼를 팔아 달라구 졸라보세. 그러면 좌우간 탁방[140]이 날 게니까."

"그러세. 인제는 밑지더라두 속히 팔구 가는 것이 장사겠네. 엥이 진즉 그럴 것을 공연히…… 그것 참…… 고놈의 도깨비들한테 홀려서 기어이…… 하하하…… 뭐 외입한 셈 치구보면 몇 백원 주어두 아깝진 않겠네만. 아니 입맛이 깔깔해서 밥을 먹을 수나 있어야지!"

그들은 사실 구미도 바짝 제쳐서 밥을 한 숟갈 떠넣어 보는 것이 왕모래알 같이 되씹히고 되씹힌다. 공연히 목만 타서 그들은 냉수만 한 그릇씩 벌컥벌컥 켜고 일어섰다.

"영감님 계십니까?"

그들이 정미소로 영감을 찾아가 만나본 즉 영감은 우선,

"어째서?"

하고 실그러진 입술 위로 음흉한 웃음을 내뱉는다.

"달리 온 게 아니오라 오늘은 좌우간 벼를 팔구 떠나야겠어서요."

병호가 일시가 급한 듯이 서둘면서 긴장한 태도를 보인다.

"오늘은 떠나겠다구?"

"네!"

영감의 말은 전보다도 더욱더 거만스럽다. 여전히 빙그레 한 웃음을 머금고 쳐다보는 것이 어쩐지 떨쩍지근해 보인다.

---

140) 탁방(坼榜) : 어떤 일의 결말을 비유적으로 이르는 말.

"볏금이 그저 신통치 못한 걸!"

"그래두 저희는 더 기다릴 수 없습니다. 오늘 시세대로 그냥 넘겨 주십시오."

"네! 그래 주셔야겠어요."

건오도 강경한 태도를 보이기 위해서 병호와 함께 졸라댔다.

"정히 팔아갈라면 그리함세. 그러나 벼를 판대야 자네들 차지는 어디 몇 푼씩 돌아가겠는가…… 잘해야 돈 백원씩이나 떨어질라는지 원……."

영감의 말 시세도 그들의 벼 시세를 따라서 아주 폭락이다. 그는 거침없이 허소를 한다.

"네?…… 아니 그것 어떻게 하시는 말씀입니까?"

병호는 그러지 않아도 같이 노름한 정가[141]로 하여 뒷일이 어찌될까 켕기던 터인데 뜻밖에 영감의 이 말은 그야말로 청천벽력이었다.

"뭬 어떻단말야…… 에이 천하에 고연 손들 같으니……."

영감은 별안간 정말로 천둥 같은 호령을 한다. 그 바람에 두 사람은 고만 넋 잃은 사람처럼 한동안 어리둥절해서 어쩔 줄을 모르고 사지를 떨기만 하였다.

그들은 주인 영감의 호령에 질겁을 해서,

"아니 왜 그러십니까?"

하고 다시금 얼없이 영감의 얼굴을 쳐다보았다.

영감은 한참만에야,

"그래 자네들이 나한테 몰라서 묻는 말야? 이 사람들아! 자네들 요새 뭘 했는가!"

"네…… 저……."

---

141) 정가 : 지나간 허물을 들추어 흉봄. 또는 그런 흉.

영감이 이렇게 족치는 말에는 그들도 냉큼 대답이 안 나왔다. 그것은 벌써 이쪽의 기세를 한풀 꺾이게 하고도 남았다. 주인 영감은 태우다 놓았던 여송연을 재떨이에서 집어들고 다시 불을 붙이면서 기승스럽게,

"그렇기에 내가 요전에 자네들 보고 뭐라든가? 젊은 사람들이 돈을 많이 가지면 못 쓴다구 달라는 것도 덜 주었지! 자네들이 적으나 소견이 있을 말루면 그동안 구경이나 슬슬 다니다가 벳금이 오르거든 팔아가지고 떠나야 옳지 않은가? 자네들두 물론 부모나 처자가 있겠지. 그런 사람들이 대체 어쩌자구 요릿집에다 발을 들여놓는가? 황차, 자네들과 같은 농사짓는 사람들 하구 요릿집이 그래 무슨 상관있다구? 사람들이 지각이 없어두 원 분수가 있지. 더구나 이 하얼빈 같은 대처에서…… 아니 여기가 어디라구…… 그리고 설령 백보를 양보하여서 어쩌다가 속을 모르고 그런 데로 술을 먹으러 갔다 하세. 나는 이 나이가 되도록 술도 먹을 줄 모르네마는 그렇걸랑 술이나 몇 잔씩 먹구 나올 게지 그래 거기서 밤을 새워 노름을 해야 옳단 말인가? 예끼, 철없는 사람들 같으니!"

영감은 또다시 노발대발하며 자여질[142]을 꾸짖듯 점잖게 나무란다.

"어디 저희가 노름을 했습니까? 술김에 장난삼아 그랬습지요."

형세가 위급함을 보자 병호가 변명할 겸 한 마디를 대꾸했다.

"뭣이 어째여? 장난삼아 한 게라구."

"네…… 장난삼아 했습지요…… 그럼 누가……."

"아니 성냥 한 개비에 십 원 내기를 했다는 건 어떤 놈들야? 그게 겨우 장난삼아 한 노름야? 허허 참!"

"건 그런 것이 아니라 화투는 이 사람이 했습니다마는."

하고 건오가 나서서 영감의 오해를 풀어보려 하였다.

---

142) 자여질(子與姪) : 아들과 조카를 통틀어 이르는 말.

"그래 무슨 말야?"

"노름은 이 사람이 했나 봅니다마는 술김에 처음에는 음식내기를 했다는데 이 사람을 꾀어서 같이 노름을 한 사람들이 그런 것이지 이 사람이야 정말 노름을 하겠을 리가 있겠습니까? 그것은 댁에 있는 정씨두 같이 했다니까 벌써 자세한 말씀을 들으셨을 줄을 압니다마는 돈이 어디 있다구 그런 큰 내기를 정말루야 했겠습니까?"

"그러니까 말야! 자네들이 당초에 그런 데를 가기가 불찰이구 갔더라두 노름을 시작하기가 잘못이란 말야! 아니! 여보게들, 그런데 있는 사람들이 다 뭘 먹구 사는데! 허허허………."

"네! 그럼?"

병호와 건오는 들을수록 영감의 말이 무서웠다. 그들은 제가끔 자기의 귀를 의심하지 않을 수 없었다.

"웅! 정가 말이지 그 사람은 벌써 내보냈네! 난 노름하는 놈들은 천하에 사람으로 안 치기 때문에. 그 자식이 노름을 하는 줄 누가 알았나! 허허 원."

정가는 지금 안에 가서 숨었다. 그는 이런 욕을 주인 영감의 대리로 먹는 만큼 그 벌충을 돈으로 때우기 때문에 지금도 못 들은 척하고 있었던 것이다.

"영감님! 그럼 이 일을 어찌해야 옳습니까!"

병호는 자기가 저지른 일이라 건오보다도 책임감을 더 느껴서 몸이 다는 모양이었다.

"원 어떻게 해여! 노름빚은 꼼짝없이 물어야 되지. 이 사람들아! 글쎄 여기가 어디라구 더구나 요릿집에 앉아서 노름을 하나? 여기는 삼십여 개 국의 서양 각국 사람이 모여 사는 국제도시야! 환락장으로 세계 중에도 유명한 곳이란 말야! 그러기에 우리 동포끼리두 농사를 지랴면 간도요, 돈을 쓰랴면 하얼빈이랬거든! 화류계 속으로도 별별 해괴망칙한 짓을 버젓하게 허가를 맡아 가지고 공개를 하는데 그까짓 노름 쯤야 더 말할 것두 없지. 여기는 도박을 허가하는 곳이니까 말야."

"네? 도박을 허가해요!"

"암! 그러니 자네가 어디 가서 호소를 하겠나? 응! 생각들 좀 해보게!"

"아이구 이 일을 어찌 하나! 흐."

병호는 별안간 주먹으로 앞가슴을 치며 탄식한다.

"그렇지만 제가 언제 돈을 가지구 했어얍지요……."

병호의 목소리는 울음 속에 떨리었다.

"흥! 그건 마찬가지야! 같이한 사람들은 현금을 가지구 했다니까. 우선 정가두 삼백 원을 잃었다지? 만일 자네들이 그 돈을 안 갚았다가는 생명을 못 부지할 걸세."

병호와 건오는 정미소 영감의 한 마디 한 마디가 마치 쇠뭉치로 정수리를 내려 패는 것처럼 맞히어서 그들의 고개는 점점 더 숙여질 뿐이었다. 그 대신 영감은 더욱 기고만장해서 거드름을 부리고 자기도 모르게 부라질[143]을 하기 시작한다.

그는 여전히 실그러진[144] 입술 위로 음흉스러운 미소를 머금고 앉아서 좌우로 상체를 끄덕거리는 것이었다.

그러나 만일 병호와 건오가 그들의 맡긴 벼를 짜장 돌려먹은 장본인은 요릿집 주인보다도 누구보다도 이 늙은 영감탱인 줄을 안다면 그들은 당장 이 늙은 거미를 박살을 내 놓든지 무슨 요정을 내었을 것이요 따라서 맡긴 벼도 통째로는 뺏기지 않았을는지 모르나, 그들은 그 속을 모르는지라 도리어 지금 영감의 하는 말이 모두가 정말처럼 들리는 동

---

143) 부라질 : 몸을 좌우로 흔드는 일.
144) 실그러지다 : 한쪽으로 비뚤어지거나 기울어지다.

시에 자기네가 참으로 큰 잘못을 하였다고 후회하기를 마지않았다.

당초에 영감은 그들이 요릿집으로 처음 들 기맥을 알자 요릿집 주인과 언제나 같이 밀약을 한 것이다. 그래서 정가로 하여금 그들과 한 자리에 놀게 하고 요릿집 주인과 그들이 노름판을 벌이게 하였는데 정가의 노름 밑천을 현금으로 대준 것도 모두 이 영감의 주선이었다.

그들은 다년간의 많은 경험이 있기 때문에 이런 일은 아주 능숙하게 분업적으로 진행시킬 수 있었다. 이번 일에도 그래서 그들은 제가끔 분업적으로 순서를 밟아 왔다.

"그렇지만 그건 사…… 사기도박을 한 것 아닙니까? 제가 현금이 없는 줄을 알구서도 그런 돈내기를 하자구 한 것이…… 그렇다면 경찰서에 고발하면 되지 않겠어요."

병호는 더욱 몸이 달아서 손에 땀을 쥐고 애를 바짝바짝 태우는 것이 옆에서 보기도 민망할 만큼 사정이 딱해 보인다.

"허허, 자네 참 똑똑한 소리 하는데…… 그건 다 조선에서나 통용되는 말야…… 사기 도박을 했든지 무슨 도박을 했든지 간에 하여간 자네가 도박을 했으니까 말야. 그 결과는 마찬가지거든. 만일 그 돈을 안 물려다가는 자네들뿐 아니라 나까지 경을 칠 터인데 공연히 큰일 날 소리 하네!"

영감의 말은 들을수록 더욱 맹랑한 소리만 하는 것이 괴이하지 않은가.

"네? ……."

병호와 건오는 도무지 그의 말을 대항할 거리가 없었다.

"허! 그 사람들…… 그래두 못 알아 듣겠나? 만일 내가 자네들 말만 듣고 볏값 속에서 노름빚을 안 갚고 보면 저 사람들이 나를 함험해[145] 가지고 무슨 일을 낼는지 모르니 내가 그 속을 안 이상에야 어떻게 할 수가 없단 말야. 그러니 자네들 사정은 딱하지만 할 수 없이 그 돈은 볏 값에서 제할밖에 없단 말야. 자 이렇게 요릿집에서 회계끼146)가 자네들 앞으로 넘어왔는데 내가 어떻게 모르쇠를 한단 말인가?"

하자 영감은 벼루집147)을 뒤지더니 무슨 적발148)을 내놓는다.

"네? 회계끼라니요?"

병호는 다시금 놀라며 방바닥에 놓인 종잇조각을 얼른 집어 들고 펴보았다. 과연 거기에는 아래와 같은 물목이 조목조목 적혀있다.

병호와 옥화의 노름빚이 일천이백 원, 요리 값이 삼백 원. 노름빚이 일천이백 원이라는 것도 놀라운 숫자였지마는 요리 값이 삼백 원이라는 데도 눈이 홱 돌아갔다.

"요리 값이 삼백 원이라니요? 네?"

그들은 금시로 눈앞이 캄캄해졌다.

"저희가 언제 외상 요리를 먹었어야지요. 한 푼도 외상은 먹은 일 없는데요."

병호는 더욱 기가 막혀서 어쩔 줄을 모른다.

"허, 그거야 내가 알 수 있나? 요릿집에서 그렇게 적어왔지. 사흘 밤이나 거기서 잤다는 건 무엔가?"

"그랬지만 숙박료를 이렇게……."

병호는 입이 붙어서 말이 잘 안 나올 지경이었다.

"그러니까 그게 다 그 속이 아니겠나! 엥이 사람들두."

"그렇지만 이건 따져야지…… 우리 요릿집으로 가보세."

하고 병호는 쪽지를 들고 쩔쩔매며 건오를 다시 쳐다본다.

---

145) 함혐(含嫌)하다 : 싫어하거나 미워하는 마음을 가지다.
146) 회계끼 : '會計記'인듯. 계산서.
147) 벼루집 : 벼루, 붓, 먹 등을 넣어두는 납작하게 만든 함.
148) 적발 : 적바림. 나중에 참고하기 위하여 글로 간단히 적어 둠. 또는 그런 기록.

"이 사람아! 가긴 뭘 간다구 그러나! 영감 그대로 회계해 주십시오! 일이 다 틀렸는 걸!"

사실 그들은 아무리 생각해야 꼼짝없이 함정에 든 범이었다. 그들은 용을 쓰면 쓸수록 저만 다치게 될 것 같다.

그리하여 그들은 정미소의 빚까지 그동안 고리를 쳐서 모든 빚—노름빚, 요릿집빚, 밥값을 갚고 나니 주먹 안에 떨어지는 돈은 실상 백 원도 미만 되는 것이었다. 그때 낭패를 본 건오는 한 해 동안 헛농사 지은 것을 그 이듬해에 다시 벌충을 해가지고 기어이 가족들을 끌어들인 것이다.

5
개양툰(開陽屯)

　○○강 연안인 저습지 일대에는 지금도 길이 찬 갯버들이 꽉 들어섰지마는 그전에는 그런 버들밭이 수십 리를 연하여서 강펄은 온통 버들 숲이 둘러싸고 있었다. 이 버들밭과 늪 사이를 꿰매고 나가면 남쪽으로 마치 바다의 물결이 거슬리듯 얕은 구릉이 펼쳐나가고 그 주위에 군데군데 한전[149]이 있는데 그 밭 기슭으로 수십 호의 부락이 있는 것을 자고로 개양툰이라 불러왔다.

　그러나 이 동네에 농장이 개척되기는 거금 이십 년 전에 김시중이라는 노인이 십여 호의 동포를 데리고 들어온 이후였다 한다.

　지금은 김노인도 작고한 지 오래되고 그때 그와 함께 살던 사람들은 만주사변 이외에도 여러 차례의 환란을 겪는 통에 몇 집 안 남고 뿔뿔이 흩어져서 어디 가 사는지도 모르는 터이나 그래서 일설에는 이 개양툰이 그때 김노인의 손으로 건설되었다기도 한다. 그것은 김노인이 남쪽으로부터 들어와서 다양한[150] 언덕 위에 집을 짓고 저습한 들 안에 가 농장을 개척하는 동시에 개양툰이란 마을 이름도 그가 지어냈다는 것이다.

　그것이 사실인지 아닌지는 모르나 개양툰의 오늘날 발전이 있게 한 것은 확실히 김노인의 필생의 사업에 틀림없었고 그만큼 그의 공적을

---

149) 한전(旱田) : 논을 수전(水田)이라 하는 것에 대응해서 밭을 가리키는 말.
150) 다양(多陽)하다 : 볕이 많이 쪼여 따뜻하다.

이 근처에서는 모르는 사람이 별로 없었다. 그의 무덤 앞에는 지금도 개양툰 농장의 개척공로비가 서 있다 한다.

그때 김노인은 이 무인지경으로 들어와서 버들밭을 농장으로 푸는 데 여간 큰 위험과 곤란에 부닥치지 않았었다.

그것은 강 위에부터 여기까지 거진 오 리나 되는 데를 버들밭 사이로 봇돌을 내기도 큰일이었지만 그보다도 근방에 한전을 가진 만인들이 쫓아와서 수로를 못 내도록 방해를 놓는 바람에 이 농장은 여러 번 절망에 빠졌었다 한다.

당초에 김노인은 만인의 황무지를 주자로 얻어서 수전을 풀기로 약속한 것이다.

만인들은 저의 전장에 수해가 미칠까 염려해서 덤비어 든 것인데 만일 홍수가 터지기로 말하면 봇돌은 유무간에 수침을 면할 수 없는 지형이다. 그것은 그들의 한전이란 것이 불과 몇십 쌍 안 되는 것으로만 보아도 이곳이 얼마나 저습한지 알 수 있을 것이다. 그것도 봇돌을 내는 데가 바로 그들의 소유지를 침범했다면 또 모르겠다. 김노인은 당초부터 만인과 시비를 피하려고 거리를 멀게 해서 수로를 냈는데도 그들이 기어이 트집을 잡을 줄을 누가 알았으랴.

어쩔 줄 모르고 김노인은 며칠 전부터 봇돌을 파기 시작한 때였다.

어느 날 하루는 별안간 만인들이 한 떼가 달려와서,

"꺼우리! 꺼우리방즈[151]!"

하며 몽둥이로 일꾼들을 막 패었다. 그 바람에 두 편은 싸움이 벌어져서 일대 난투극을 이루었다. 김노인은 그들에게 사정을 설명해 보려 하였으나 열광한 만인들은 불문곡직하고 폭행을 계속할 뿐이었다. 다행히 김노

---

151) 꺼우리방즈 : 중국인이 한국사람을 비하하여 부르는 말. 高麗棒子.

인은 그전부터 호신용의 권총을 휴대하였다. 그래 그는 사태가 점차 험악함을 보고 할 수 없이 헛총 한 방을 공중으로 터치었다.

별안간 총소리에 놀란 만인들은 겁이 나서 일제히 달아났다. 그러나 김노인은 그 뒷일을 염려하지 않을 수 없었다.

총소리를 듣고 달아난 만인들은 또 무슨 음모를 꾸밀는지 모르기 때문이다. 그들은 관가에 무고를 할는지도 모른다.

그래 김노인은 그 이튿날부터 공사를 중지하고 후환을 방비하기 위하여 동서분주하였다.

그는 우선 현으로 들어가서 저저이 진상을 호소하고 당국의 보호를 청하였다. 그러나 김노인도 탐관오리의 행악이 무쌍한 그때의 중국관헌을 믿을 수가 없기 때문에 하는 수 없이 뇌물을 먹이고야 다소의 효력을 낼 수 있었다.

그 뒤에도 만인들은 남녀노소가 작당을 해서 여러 차례로 습격을 왔었다. 만인들은 자기에게 이해관계가 없는 사람들까지 쫓아와서 마치 불공대천의 원수나 된 것처럼 극성을 피웠다.

이렇게 무수한 박해를 겪는 중에 급기야 몇 사람의 희생자까지 내고도 낮에는 그들이 무서워서 밤저녁으로만 공사를 계속하다가 그 이듬해 늦은 봄에야 겨우 수로를 뚫게 되었다. 수전의 개척사, 그것은 만주의 어디나 공통되다시피 이 개양툰 농장도 전례에 빼놓지 않은 피로 물들인 기록이었다.

그때, 비참하게 죽은 동포의 무덤 옆에 김노인의 유골도 파묻혔다. 그것은 김노인이 죽을 때 자기도 한 자리에 묻어 달라는 유언을 했기 때문이었다 한다.

건오가 이 고장으로 들어오기는 김노인이 작고한 지 사오 년이 지나고 만주사변이 터지던 바로 그 직후였다.

그러나 그때도 조선 사람의 농호는 겨우 이십 호나 되었을까.

더구나 김노인이 세상을 떠난 뒤로 지도인물이 없기 때문에 동네는 도리어 피폐해지고 퇴락의 길을 밟았었다. 그들은 해마다 농사를 지어서는 술과 아편과 노름으로 없애버린다. 그렇지 않으면 몇 해 간 농사를 짓다가 돌피밭을 만들어놓고 다른 곳으로 떠나 버리는 건달 농군들이 드나들게 되었다.

더욱 만주사변 이전의 치안이 유지되지 못하였을 때는 사실 그들이 안심하고 농사를 지을 수도 없었다. 풍년이 드는 해는 비적이 대들어서 털어가고 그렇지 않으면 한 해씩 걸러서 물난리를 겪는다. 이래저래 그들은 앞날의 희망이 없게 된다. 그런데 관리의 학대는 자심하여 비적이 관리인지 관리가 비적인지 모르게 했다. 그들은 다만 조선인이 된 까닭으로 그런 압제를 받고 살자니 참으로 누구를 믿고 살아야 할는지 호소무처152)다. 그들은 오직 하늘을 우러러 탄식할 뿐이었다. 그들은 심지어 만인의 걸인에게까지 압제를 받아왔다. 만일 걸인이라고 조금만 괄시를 했다가는 그 당장 트집을 잡고 달려든다. 그런 때에 요구를 수응해야 망정이지 끝끝내 뻗대었다가는 큰일 난다. 그 다음날 그는 수십명의 거지떼를 몰고와서 온 동네를 도륙을 내려 드는 통에 누구나 섣불리 건드릴 순 없었다.

지금도 새가 뜬 만인부락에는 아편굴이 있다. 근처의 만인들은 이 부락을 저희들의 근거지로 삼고, 조선사람들을 박해하는 모든 음모를 그 시절에 꾸며내고 있었다.

그래서 개양툰 농장이 개척된 연조는 비교적 오래인데도 그때까지 별로 보잘 것이 없었다. 그것은 첫째로 이주민이 많지 못하니 기경지가 얼

---

152) 호소무처(呼訴無處) : 원통한 사정을 호소할 곳이 없음.

마 안 되고 이주민이 적은 원인은 이 농장의 수리설비가 아직도 불완전한 데다가 치안 상태가 또한 불안하였기 때문이다.

김노인은 자수로 이 농장을 개척하기에 심력을 다 허비하였다. 그러나 원래 자본이 넉넉지 못하였던 그는 소규모의 농장을 개척할 수밖에 없었다.

따라서 제방공사는 물론이요, 수문을 내는 것조차 완전하지 못하였고 봇돌을 깊이 파지 못하여서 가무는 해에는 물을 대기가 어렵고 홍수가 터지는 때에는 수해를 겪게 되었다.

그것은 건오가 들어왔을 때에만 해도 이 농장의 기경지보다 미경지가 더 많았고 기경지 중에도 들판으로 묵히는 묵밭이 적지 않았다.

누구나 황무지를 개간하는 것보다는 기경지로 묵히던 논을 재경(再耕)하기가 수월한 줄 알는지 모른다.

그러나 그것은 만주의 돌피판이 아직 어떤 줄을 모르는 사람의 말이다.

그 속을 아는 사람은 차라리 황무지를 신간은 할지언정 돌피판은 안 부친다. 왜 그러냐하면 황무지를 신풀이하기는 무척 수월하기 때문이다. 그런데 몇 해를 심어먹던 돌피판은 피 못자리를 해놓은 셈이라 그것을 여간 힘으로는 도저히 멸종할 수가 없다. 따라서 몇 해를 두고 피사리를 하는 공력으로 황무지를 새로 풀면 그만큼 소출도 더 나고 농사짓기도 힘이 덜 들게 된다고. 건달 농군들은 이렇게 신풀이만 몇 해씩 해먹다가 피가 나면 내버리고 마치 화전민처럼 오지로 깊이 들어갔다. 그러나 그 것도 예전 말이지 지금은 미간지가 그렇게 무진장은 아니다. 개양툰은 그전에는 미간지가 많았으나 더욱 만주사변이 터진 뒤로는 각처에서 피난민이 모여들어서 일시는 수백 명이 웅성거리다가 그대로 처진 사람들이 적지 않았다. 건오도 그때 통에 들어왔다. 하긴 난리가 간정되자 건오는 전에 살던 ○○로 다시 돌아갈 작정으로 동정을 살피러 얼마 뒤에 혼자 가보았다.

그러나 급기야 가본 결과는 눈물과 한숨밖에 나올 것이 없었다. 거기는 동포가 살던 수십 호 촌락이 송두리째 없어지고 불탄 빈터만 처참하게 남았을 뿐이었다.

그래 할 수 없이 건오는 만주로 들어와서 그때 세 번째 자리를 옮겨 앉게 되었는데 그 통에도 뜻밖에도 큰 손해를 보았지만 언제든지 비판을 할 줄 모르는 건오는 일가족의 생명이 부지한 것은 오히려 다행으로 알고 이곳에다 다시 뿌리를 박고 앉았다.

김노인이 작고한 지 이삼 년 뒤에 강주사가 이 마을로 들어왔다. 강주사는 한말지사로서 만주벌판을 수십 년 방황하다보니 어느덧 남은 것은 자기도 모르게 터럭이 희어진 것뿐이었다. 그제야 번연히 시세가 그른 줄을 깨달았는지 그는 젊었던 시절의 큰 뜻을 단념한 후에 이리저리 앉을 자리를 구하다가 어찌어찌 굴러온 것이 개양툰이었다 한다.

그러나 그가 이 고장에 들어올 때 당초부터 영주할 생각이 있었던 것은 아니었다. 그는 형편을 보아서 살 재미가 없으면 바로 떠날 작정으로 들어왔다. 그런데 김노인의 사정을 듣고 그들의 묘지와 농장을 둘러본 결과 그는 불현듯 어떤 자극을 받게 되었다.

그것은 김노인의 사업을 자기가 계승해보겠다는 공분(公憤)으로였다. 아니 그보다도 자기는 여태 육십 평생을 침식이 불안하게 떠돌아 다녔으나 결국은 이 김노인만큼도 이루어진 사업이 없었다는 가엾은 생각이 들게 했다. 김노인은 비록 일개 무명한 사람이나 이 개양툰 농장에 한해서는 명예로운 개척자의 공로를 끼치지 않았는가? 따라서 그의 공적은 영구히 만주의 개척사 위에 빛날 것이다.

그런데 여생을 바쳐서 진력한 농장이 그가 세상을 떠난 지 불과 몇 해가 못 되어서 도리어 황폐해진다는 것은 고인의 사업을 위해서나 현재의 부락을 위해서나 얼마나 애달픈 일인지 모른다. 또한 후생이 그의 유지를 본받지 못함이 얼마나 가석한 일인지 모른다.

이렇게 감동된 강주사는 그날로 영주하기를 결심한 후에 약간의 자본을 주선해서 농장을 새로 개척하기에 노력하였다.

그러므로 당초의 그의 생각은 자기 일가족의 안락한 생활을 위한다는 것보다도 개양툰의 전체를 위하고 그럼으로써 김노인의 유지를 받들자 함이었다.

그래 그는 자기가 개간한 땅이라도 건실한 작인이 들어오면 헐한 주자로 빌려주기도 하였고 농량이 부족한 농호에게는 이자도 없이 돈을 꾸어주기도 하였는데 그때나 이때나 무지한 작인들은 도리어 그의 인자한 마음씨를 약점으로 보고 배은망덕하는 사람이 많았지 하나도 강주사의 진심을 알아주는 사람은 없었다.

그러나 강주사는 그들에게 배신을 당할 때마다,

"오냐, 그저 참아라. 설마 뒤끝이 있겠지."

이렇게 자위하다가는 탄식하고 탄식하다가는 자위하였다.

그러자 사변이 툭 터지매 홍승구가 들어왔다.

사람을 만나지 못해서 은근히 갈구하던 강주사는 첫째 홍승구의 위인이 똑똑한 데 내심으로 흠앙하였다.

홍승구는 대처에서 마약장사를 하다가 사변통에 쫓기어 이곳으로 들어온 인물이었다.

그 역시 정처 없이 일시 피난으로 들어온 터이나, 아무리 생각해도 사변이 속히 간정될 것 같지 않고 그렇다면 약장사도 인제는 전과 같이 해먹을 수 없을 것이 뻔한 일이었다.

그는 그런 생각이 들수록 방향을 전환하지 않으면 안 될 것 같았다. 기위 방향을 전환키로 말하면 촌으로 들어가서 농사짓는 것이 상책일까 싶었다.

그런데 개양툰으로 들어와서 며칠 동안을 두고 강노인의 말을 들어보니 이 농장을 그와 협력해서 개척할 것 같으면 여러 가지로 유익할 포수[153]가 많을 것 같았다.

그리하여 강주사는 홍승구를 붙들게 되고 홍승구는 강주사를 의지하게 되었는데 원래 돈푼이나 가지고 있던 그는 사변이 간정되자 그도 자력으로 농장을 풀게 되었다.

그러나 그는 강주사와는 반대로 어디까지 자기 본위를 삼고 매사를 경영했다. 급기야에 그는 은고[154]를 입은 강주사까지도 속이려 들었다.

강주사는 그런 줄 모르고 처음에는 그를 여간 신임하지 않았다. 동네 일을 온통 그에게 맡겨 버렸었다. 그런데 그의 본심을 정작 알고 보니 강주사는 또다시 실망이 크지 않을 수 없었다.

그러나 강주사는 이욕에는 담박한 터이라 구구한 이해를 그와 더불어 따지고 싶지는 않았다. 그는 자기의 이해관계에는 차차 대범해지는 반면에 동네일을 위해서는 정의를 내걸고 맹렬히 싸워나갔다.

홍승구도 강주사의 고결한 인격에는 머리를 숙이지 않을 수 없었다. 강주사는 그런 눈치를 채자, 그가 자기를 사적으로 이용하려는 만큼 자기는 그를 공적으로 이용하였다. 그것은 홍승구를 부락장으로 시킨 것만 해도 강주사의 심산이 역력하였던 것이다.

사변이 간정되자 건오도 강주사의 주선으로 다시 농사를 시작하게 되었다.

그러나 그들은 농사보다도 집을 짓기에 전력하지 않을 수 없었다. 그들 중에는 건오와 같이 일시 피난민으로 싸여 들어왔다가 그전에 살던

---

153) 포수 : 구멍수나 수.
154) 은고(恩顧) : 은혜를 베풀어 보살펴 줌.

곳으로 다시 돌아가지 못하게 된 농호들은 그대로 주저앉게 되었다. 그런 농호가 수십 호가 되었다.

따라서 그들은 우선 주접할 집이 선결문제였다. 그래 그들은 제각기 역량대로 우선 주택 건축을 시작했다.

그것은 강주사와 홍승구가 의논한 결과 그들을 붙잡아 앉힌 것이다. 개양툰 농장을 확장하자면 불가불 개척민을 외지에서 데려와야 할 형편이다. 그렇다면 잡아두는 것이 피차간에 좋은 일이라고 이 마을에서 살고 싶어하는 농호들만 그대로 있게 한 것이었다.

하긴 그때 홍승구는 강주사의 의견을 반대했다. 이런 피난민 통에 섞여 온 사람들을 어떻게 믿을 수가 있느냐고. 만일 부실한 농호들을 입식시켰다가 나농[155]을 하든지 돈을 쓰고 달아나면 어찌하느냐는 것이었다.

그러나 그 말은 제 얼굴에 침을 뱉는 속 보이는 수작밖에 안되었다. 자기야말로 언제부터 알았다고 그런 소리를 감히 하려 드는가? 강주사는 그때부터 홍승구를 다소간 의심하는 마음이 없지 않았으나 그만 일로 남의 인격을 무시하는 것이 옳지 못할 것 같아서 입 바른 말을 하지 않고 절박한 사정으로 우기었다.

만일 홍승구의 말대로 농호를 고향에서 데려오기로 말하면, 첫째는 시기가 늦어서 그해 농사를 지을 수 없었기 때문이다.

그리고 그는 홍승구의 반대하는 이유를 눈치로 짐작할 수 있었다. 그것은 그가 진심으로 피난민의 신분을 보증하지 못하는 염려보다도 우렁속 같은 딴 배짱이 들여다 보인다.

외처에서 농호를 데려오기는 말하면 피차간 친소대로 불러오게 될 것이다. 그러자면 홍승구도 자기와 잘 아는 사람들을 고향에서 데려오자는

---

155) 나농(懶農) : 농사일을 게을리 함.

심산이 아닐까?

만일 그리 된다면 가뜩이나 지방열이 대단한 이 고장에서 서로 네 패, 내 패로 당파를 짓게 될 것 아닌가!

그것은 우선 이 동리의 황폐한 내력을 들어보아도 은감156)이 소소157)하다.

김노인의 생전에 그는 이 마을의 자여질을 위하여 사재로 소학교를 세웠다 한다.

그들 학부형 중에는 불행히 각도 사람이 섞였던 관계로 김노인이 생존했을 때도 그들의 암투가 끊일 새가 없었다 한다. 그래도 그때에는 김노인의 인격에 눌리고 포용력에 싸여서 표면으로 내홍이 드러나지는 않았지만 그 학교의 권위인 김노인이 작고한 뒤로는 그 이튿날부터 학교가 수라장으로 변하였다 한다.

그때 학교의 종수158)로 있던 양서방은 지금도 그 이야기가 나면 게거품을 뿜으며 신이 나서 옮기었다.

그들은 당파를 꾸미다 못하여 나중에는 별별 비열한 파쟁에 매두몰신159)하였다 한다.

농장별파, 동고향파, 청년파, 종교별파, 의형제파, 음주당파. 그들은 각자 영웅으로 제 파의 세력을 펴려 들었다. 그 결과는 학교도 비운에 빠져서 일시는 휴교를 하게 되었는데 그것은 그들의 분쟁 통에 선생이 부지를 못하게 자주 갈리기 때문이었다 한다.

강주사는 이 당파 싸움에는 과거 수십년 동안 내외지에서 머리가 세도록 쓰라린 경험을 겪어왔다. 그것만 생각해도 몸서리가 쳐지는데 이런

---

156) 은감(殷鑑) : 은나라가 교훈으로 삼는 거울이란 뜻으로 '거울삼아 경계를 삼는 전례'를 이르는 말.
157) 소소(昭昭)하다 : 사리가 밝고 또렷하다.
158) 종수(鐘手) : 종치기.
159) 매두몰신(埋頭沒身) : 머리와 몸이 파묻혔다는 뜻으로, 일에 파묻혀 헤어나지 못함을 이르는 말.

농촌에까지 들어와서 또다시 당파씨를 뿌리다니! 그것은 돌피판을 만드는 만주의 부동농민보다도 농촌에는 더 큰 해독과 죄악을 끼치는 것이었다.

그래 그런 의미에서는 그는 홍승구의 의견과 달리하여 피난민 중에서 농민을 붙잡아두기로 하였는데 강주사는 과거에 있어 당파싸움에 가슴을 데인 만큼 그래도 만일을 염려해서 한두 지방 사람을 편벽되이 쓰지 않고 되도록 각도 사람을 섞어서 뽑았었다.

이렇게 주의를 면밀히 하여서 작인을 고른 결과는 건오와 같은 착실한 농호도 끼어 있어서 강주사의 기대는 과히 어그러지지 않게 되고 새해부터 농장을 확장하게 되었던 것이다.

근년의 개양툰은 철도연선에서 불과 시오리 남짓한 넓은 들판인데 원래 빈약한 일개 소촌이었던 관계로 사변 통에도 그리 큰 피해는 입지 않았다. 그것은 외처의 피난민들이 그 당시 이 마을로 모여들었던 것만 보아도 짐작할 수 있었다.

그래서 그 이듬해 봄부터는 인심이 차차 간정되자 마을사람들은 한편으로는 집을 짓고 한편으로는 농사를 시작하게 되었다.

그러니 마을은 전체가 부흥 기분에 벅차 있었다.

농장은 제방을 쌓아 올리고 봇돌을 새로 깊이 쳤다. 한편으로 새로 들어온 입식민은 제비를 뽑아서 떼어 맡은 다섯 쌍씩의 신풀이를 개척하기에 열중하였다.

그 무렵에 정대감도 들어왔다. 그는 물론 농사를 짓고 싶어서 온 것은 아니었다. 개양툰 농장이 앞으로 커질 것을 짐작한 그는 이 동네에다 생활의 근거를 잡고 싶었던 것이다.

그러나 사변이 툭 터지자 병호는 그만 겁이 나서 고향으로 가족을 데리고 나갔었다. 그는 지금도 그때 일을 생각하면 앵하기가 짝이 없었다.

그는 지금도 건오를 보기가 면구스러웠다. 그때 하얼빈으로 벼 팔러 둘이 갔다가 낭패 본 것은 자기의 실수가 컸기 때문이다. 병호도 그 일로 물론 골탕을 먹었지만 그래도 그는 그 전의 저축이 있었기 때문에 그리 큰 타격은 받지 않았다. 건오야 말로 그때 큰 손해를 보고 모든 것을 새잡이160)로 시작하게 되었다. 그러나 그는 언제나 뱃속이 유해서 지난 일을 가지고 점두록 되씹는 성미는 아니었다. 도리어 그는 병호의 주선으로 농사를 지었던 것이라고 조금도 남을 원망할 생각은 없었다. 병호도 자기와 똑같이 손해를 본 바에야 피차간 그 해의 재수가 없는 까닭이라 돌려 생각하였고 생전 처음으로—그것은 아마 장래에도 두 번 없을 일이다— 귀중한 경험을 겪어보았다 싶었다.

그때 일을 말한다면 그는 여자에게 속은 것이 제일 분했었다. 계향이는 정말로 자기에게 정이 들어서 그런 줄만 알았는데 나중에 알고 보니 그게 다 일시의 환심을 사기 위한 속임수의 상투수단인 줄 누가 알았으랴? 그러나 그것도 그 뒤에 생각해 보면 속인 그 자들보다도 속으러 들어간 자기네의 어리석음이 더 큰 것을 깨닫고는 인해 그 일은 단념해버리고 말았다.

그래서 그들 말마따나 한 해 농사를 다시 지으면 그만이라고, 그 이듬해에 그는 언제 그런 일이 있었더냐 싶게 만사태평으로 농사를 짓지 않았는가! 병호는 건오의 이런 둔감을 흉보면서도 한편으로는 보짱161) 큰 그가 우러러 보이었다. 만일 그때 병호가 건오의 초사로 술집에도 가고 그래서 볏값을 올려 보냈다면 그는 그 당장 건오와 시비를 걸고 배상을 해달라고 덤비었을 것이다.

따라서 병호는 한 해의 실농으로 형세가 꺾이지도 않을 처지였고 또

---

160) 새잡이 : 어떤 일을 새로 다시 시작하는 것.
161) 보짱 : 마음속에 꿋꿋하게 품은 생각.

한 계량할 양식은 유념했던 터이라, 그 이듬해 농사를 지어서 그 역시 손해를 메꿀 수 있었다. 그야말로 외입 한 번을 한 셈 치면 그만이었다.

그런데 그는 그 뒤로 다시 돈 천 원이나 모였던 것을 사변 통에 고향으로 나가기 때문에 이래저래 죄다 없애고 도루아미타불이 되었다.

그는 만주사변이 그리 속히 진정될 줄 알았으면 공연히 나갔다고 후회하였다. 조선에서 살 재미가 없어 다시 만주로 들어올 생각뿐이었다. 그래 그는 혼자 간도로 들어서는 길에 그때 한참 신흥도시로 밀수경기를 띠고 일어나는 도문에서 주저 앉아보았다.

그러나 그것도 잿불같이 잠깐 반짝하다가 말았고 계속이 된대야 자기의 처지로는 목돈을 붙잡을 수 없었기 때문에 그는 다시 농사를 지을 생각이 간절해졌다. 공연히 혼자 방랑자로 뒹굴다가는 사람만 버리기 쉽겠다는 ― 뒤늦게나마 인제야 철이 나는 가도 싶었다.

그런 생각이 든 병호는 건오에게 편지를 하고 다시 들어갈 뜻을 부탁하였다. 그래 그는 건오가 만주로 처음 들어올 때같이 모든 것이 새잡이로 되는 동시에 마치 그때의 앙갚음을 하려는 것처럼 건오의 신세를 다시 입게 되었던 것이다.

그래 봄에 그는 건오의 답장을 보고 고향에 나간 식구들을 개양툰으로 끌고 들어왔다.

6
생명선(生命線)

귀순네 집 '깡'을 온돌로 뜯어고치던 날이었다

아침부터 일기가 청명해서 일꾼들의 기분을 좋게 했다. 건오는 마치 자기 집 일을 보살피듯 주인을 제쳐놓고 서둘렀다. 그는 원래 대소사를 물론하고 열심히 덤비는 성미였지만, 이 집 주인 석룡이가 흘게 빠진[162] 사람인 줄을 잘 아는 만큼 안팎일을 지휘하지 않으면 안 되었다. 미리 품을 맞추어 두었던 원일여도 아침을 일찍 먹고 와서 세 사람이 일 채비를 차리었다. 복술이도 그의 부친을 따라와서 그들의 일을 거들어 주었다.

귀순네는 아침을 일찍 챙겨먹고 세간을 말끔 집 밖으로 내놓았다. 그러나 살림살이라야 몇 푼어치 안 된다. 궤짝 한 개와 이불보와 그릇 나부랑뿐이다. 귀남이는 학교에 가고 귀순이와 세 식구가 들어내 놓았다.

흙벽을 바르지도 않은 토담은 갈자리를 걷어내니 먼지가 한 삼태기나 쌓였다. 그것을 쓸어낼 것도 없이 일꾼들은 그냥 구들을 뜯기 시작했다.

방이나 부엌이나 할 것 없이 온통 먼지와 검정 투성이다. 건오는 뒤로도 창문을 내야겠다고 괭이로 중간 벽을 헐어냈다. 사실 부엌문 하나밖에 없는 방안은 대낮에도 굴왕신 같아서[163] 귀남 어머니는 그 때문에도

---

162) 흘게 빠지다 : 정신이 똑똑치 못하고 흐리마리하거나 늘쩡하다. 흘게는 무엇을 맞추어서 짠 자리나 사개, 사북 같은 것의 죈 정도.
163) 굴왕신(屈枉神) 같다 : 찌들고 낡아 몹시 더럽고 보기 흉하다. 굴왕신은 무덤을 지키는 귀신. 몸치레를 하지 않아 모습이 매우 남루한 귀신이다.

늘 성화를 대고 되놈을 욕하였다. 만주의 가난한 집들은 거의 다 이와 같이 집을 지었다. 그것은 겨울에 추위를 막기 위한 까닭도 있겠지만 도적을 방비하기 위해서도 그렇게 지은 것 같다.

"아이구, 참 고맙습니다. 아재 덕분에 이제는 깡 웬수도 갚고 밝은 방에서 살아보나부외다."

귀순이 모친은 뒷 창문을 내준단 말에 입이 함박만큼 벌어져서 좋아한다. 그는 베수건을 써 머리 위로 먼지가 까맣게 앉은 것을 연해 행주치마를 휘둘러 털면서 방문 앞으로 가까이 와 본다.

"먼지 꾸러기를 뭘 하러 들어와 섰어. 밖으로 나가지 않구."

석룡이는 일여가 긁어내는 흙을 삼태기로 담아내며 아내를 핀잔 준다.

"먼지 속에서 일하는 양반두 있을라구. 아따 오래간만에 일을 좀 하나 보오."

복술이도 흙 채롱을 장대기에 꿰어 메다 내버렸다. 그것은 나뭇가지로 성글게 만든 동구미 같은 것이었다.

귀순이 모친은 한동안 실쭉해서 덕성이집 식구들을 보면 공연히 입을 삐쭉거렸는데 지금은 변덕이 나 가지고 야단이다. 그는 건오가 서둘러서 오늘 방을 뜯어 놓게 된 것이 어찌도 좋은지 몰라서 그런 심술이 확 풀어진 것이다.

"되놈들이란 참 음충맞기도…… 이런 속에서 어떻게 몇 해씩 살구 있었담."

"남보구 욕할 거 뭐 있어…… 그래두 그 사람은 돈을 많이 모았대여!"

일상 아내한테 몰려 지내는 석룡이는 이런 때에나 가장의 위엄을 남한테 보이려고 말참견을 하였다.

"돈이 아니라 금을 모았어두 난 그까짓 것 부럽지 않아! 사람이 하루를 살다 죽더라도 좀 깔끔하게 살아봐야지. 이게 그래 사람 사는 집인감 돼지우리지!"

언제와 같이 쨍쨍한 목소리로 다부지게 넘겨치는 바람에 석룡이는 다시 말대꾸 할 용기가 나지 않았다. 그래 그는 지금도,

"저년의 주둥이는 도무지 막아낼 장사가 없어!"

하고 속으로만 중얼거리며 체통을 지켰다.

"암 그렇지라우. 되럼이란 더럽고 말구요."

홀아비 냄새까지 나는 일여가 안주인의 비위를 맞추려고 맞장구를 친다.

"그런데 우리집 잘난 양반은 말만 나면 되놈 편을 들지…… 되놈이 자기 조상과 어떻게 되는지…… 내 참 호호호……."

귀순이 모친은 별안간 치맛자락으로 입을 가리며 까투리 웃음을 웃는다.

"저건 알지두 못하구…… 저 집 조상은 여기서 안 산 줄 아남! 조선 사람의 씨가 만주에서 퍼졌다지 않아?"

석룡이는 불뚝해서 그전에 얻어들은 말을 얼른 옮기었다. 이런 때야말로 아는 체를 한번 해 볼 판이라고.

"미쳤던가…… 조선 사람이 되땅에서 나게!"

"그럼 이녁164)은 왜 만주로 빌어먹으러 왔던가."

"그야 살 수 없어 왔지."

"그러니 말야."

"뭬 그러니 말야…… 임자는 그럼 조상 찾으러 왔던가!"

"하하하…… 고만들 두시우. 내외분이 또 싸우리다."

여태까지 그들의 트적대는 것을 잠자코 듣기만 하던 건오가 한 마디로 그들의 트각을 중재시켰다.

석룡이는 지금뿐 아니라 일상 그 아내로 하여금 속이 상할 때가 많았

---

164) 이녁 : 듣는 이를 조금 낮추어 이르는 이인칭 대명사. 원문은 '이년'이지만 문맥에 맞게 바로잡았다.

다. 계집이란 언제나 다소곳하고 얌전해야 할 것인데 이건 어떻게 생겨 먹은 위인이 속알찌가 나면[165] 물불을 헤아리지 않고 왜장 독장을 친다.[166] 그가 어려서부터 들어온 말에 의하면 여자의 목소리는 추녀 밖을 나가면 못 쓴다는데, 이건 추녀 밖은 고사하고 동네방네가 다 알게 떠들어댄다.

아내의 이런 성미를 잘 아는 이웃사람들은 모두 바꿔 되었으면 좋겠다구들 한다. 미상불 그것은 석룡이 생각에도 그러하다. 자기가 아내와 같은 괄괄한 성미를 가졌다면 제법 똑똑한 남자가 되었을 것이요, 그대신 아내가 자기와 같은 성미를 닮았다면 천하에 그렇게 얌전한 계집이 없을 것 아닌가.

그러나 한편으로는 그는 아내를 존경하는 마음도 없지 않다. 그것은 아내가 어떤 남자만 못지 않게 영악하기 때문이다. 만일 아내마저 자기와 같이 순해 빠지기만 했으면 첫째로 남한테 돌려서 못 살 것 같다. 지금은 용하기만 해도 못 사는 세상이다. 억지가 사촌보다 낫다고 억지손[167]이 세여야만 악착한 세상을 비비대고 살아나갈 수 있기 때문이다.

그러나 남이 있거나 없거나 말을 함부로 하는 아내는 가장의 위신을 꺾는 것 같아서, 어떤 때는 남이 부끄러워 못 견디게 한다. 지금도 그는 면괴해서[168] 어쩔 줄을 몰랐으나 만일 대거리를 했다가는 불똥이 어디로 튈는지 몰라서 꿀꺽 참고 말았다.

아내도 남편의 이런 눈치를 채었는지 더 들이대지 않고 금방 풀려서 시시거린다.

---

165) 속알찌가 나다 : 성이 나다. 속알찌는 소가지. '심성(心性)'을 속되게 이르는 말.
166) 왜장 독장을 치다 : "제 위에 아무도 없는 듯이 저 혼자 마구 큰소리로 떠들어댐"을 비겨 이르던 말. 큰소리로 마구 떠들어대다.
167) 억지손 : 억지스러운 수단이나 솜씨.
168) 면괴(面愧)하다 : 남을 대하여 보기가 부끄럽다. 면구하다.

그는 금시로 골이 풀리면 참배[169]같이 싹싹한 맛이 돈다. 하긴 그 바람에 자기도 훗훗한 애정을 느끼지만…….

더 있으면 일하는 데 방해가 될까 봐서 아내는 비로소 퇴각을 준비하는 모양이다.

"귀순아 어디 갔니?"

밖으로 싸게 나가며 윤나는 목청을 지른다.

"예? 여깄어요."

"아저씨들 시장하시겠다…… 어서 점심을 지어야지."

"어느 새 점심을 지어요."

귀순이가 먼지를 피해갔다가 모친의 목소리를 듣고 쫓아온다. 그는 복슬이와 수작을 하고 있었다.

"어느 새가 뭐냐? 지금부터 시작해야지."

그들은 자루에서 쌀을 떠가지고 덕성이 집으로 점심을 지으러 갔다.

"성님 뭘 하시유?"

귀순이 모친은 유난히도 명랑한 목소리를 지르는 게 우선 덕성이 모친의 귀에 색달리 들린다. 그래,

"건 뭐야?"

하고 방문을 마주 열며 내다보았다.

"점심 지을 쌀이라우."

"쌀은 뭘 가지구 와요. 아무 쌀로나 지으면 되지."

사람 좋은 안주인은 해죽이 웃으며 밖으로 따라 나오는데,

"아니 귀남이넨가? 어서 들어라!"

하고 덕성이 조모가 문턱 위로 고개를 내밀어 본다.

---

169) 참배 : 먹을 수 있는 보통 배를 똘배나 문배에 상대하여 이르는 말.

"예, 일꾼들 점심 지으러 왔어요."

"어느 새 점심을…… 좀 들어와 앉으라구."

노인은 담뱃대를 찾아들고 한 대를 담으며 심심한데 말벗이 온 것을 다행으로 아는 듯이 웃음을 머금는다.

"귀순이두 왔구나…… 좀 들어들 와요."

"예, 더운데 들어가 뭘 해요. 여기두 좋은데요."

"그럼 거기라두 좀 앉았다가…… 방석이 있지, 깔구 앉게 찾아주지."

노인은 마치 귀한 손님이나 온 것처럼 안심찮게 군다.

"예, 여기 있어요……."

귀순이는 뜰팡170) 옆 기둥에 가 붙어 섰다. 이 집 노인은 나날이 볼수록 탐스러워 가는 귀순이가 맘에 든다. 그런데 저 아이를 남한테 뺏기다니.

"성님, 인제는 깡 웬수를 갚겠어요……. 그런데 아재가 뒷벽에다 창문까지 내 주신다는구먼."

귀순이 모친은 또 한바탕 좋아라고 그것을 자랑한다.

"그럼 방이 퍽 밝겠구먼."

순복이도 그 말을 받아서 좋아하는 빛을 보이었다.

"그렇지만 바쁘신데 창문까지 언제 짜 주실라구?"

"원 요새야 바쁠 것 있나베."

"그래두…… 미안해서……."

창문까지 거저 짜준다면 그것은 더욱 고마운 일이다 그래서 그는 지금 슬그머니 귀순이를 이 집으로 그냥 줄까 하는 생각이 일어났다.

그들은 이런 이야기를 주고받으며 속으로는 제가끔 딴 생각을 하다가,

---

170) 뜰팡 : '토방'을 달리 이르는 말.

"아이구, 점심이 늦었나베! 깜빡 잊었군!"

하고 일어서는 바람에 덕성이 모친도 마주 일어섰다.

덕성이 집에서는 그들이 점심을 짓기에 세 사람이 분주하게 나덤비는 데 일꾼들은 점심 전의 한 참을 쉬느라고 마당으로 둘러앉아서 담배를 피우고 있었다.

귀순이 모친은 쌀을 일어서 솥에 안쳐주고 귀순이더러 불을 때라고 맡겼다. 그리고 그는 남새밭으로 가서 겉절이를 무쳐 놓을 열무와 배추를 뽑아다가 다듬는다. 덕성이네도 그것을 거들어 주었다.

그들은 지금, 몇 해 전에 건오가 마적에게 붙들려 가던 이야기를 하느라고 꽃이 피었다.

그것은 귀순네가 귀에 젖도록 들은 이야기다. 그러나 그는 지금도 그 이야기를 하라고 덕성이 모친을 졸라댔다. 그는 언제나 이 집과 사이가 좋을 때는 그런 이야기를 하고 고부를 졸라대서 그들은 돌려가며 한 이야기를 또 하고 또 하곤 하였다.

어느 해 겨울에 ― 거기는 건오가 먼저 살던 곳이었다. 그것은 바로 건오가 하얼빈으로 병호와 함께 벼를 팔러갔다가 정미소에 속아서 큰 손해를 보던, 바로 그 이듬해라는 것이 더 알기 쉽겠다.

그해 겨울에 대낮에 비적이 쳐들어왔다. 그들은 닭과 돼지를 때려잡아 먹은 뒤에 마을 집을 낱낱이 뒤져서 값진 물건을 한 짐 뭉뚱그려 놓았다. 그런데 그들은 어떻게 보았던지 건오를 잡아내서 짐을 지고 가자는 것이었다. 그들도 건오의 장골을 알아본 것이다. 그러니 어느 영이라고 거절할 수가 있으랴. 건오는 할 수 없이 짐을 걸머지고 그들의 앞장을 서서 갔다.

그때 집안 식구들은 건오가 다시 살아오려니 생각은 못하였다. 사실 과거의 경험으로 본다면 그들에게 붙들려 간 사람으로 살아서 돌아온 사람은 백에 하나나 될까 말까 하였다. 그래 식구들은 울며불며 동구 밖까지 쫓아나갔다. 그 중에도 소년 과수로 외아들을 키워낸 건오의 모친은 나를 대신 잡아가라고, 몸부림을 하며 쫓아 나왔다.

그러나 그들은 눈도 깜짝 않고 돌려대고 총을 놓았다. 그 바람에 함벗하면[171] 노인마저 죽을 뻔 다는 것이다.

"그때는 참 다시 못 볼 줄 알았더니 천행으로 살아왔지. 그 사람이기에 그렇게 몰래 도망질을 쳐 왔지, 약질이었으면 꼼짝없이 죽었을 걸 뭐."

하고 노인은 지금도 눈물이 글썽글썽해서 며느리의 이야기를 보충한다.

비적은 부잣집 식구들 볼모(인질)로 잡아다가 죽이기도 하지마는 아무 까닭 없는 짐꾼들도 목적지까지 가서는 죽여버린다. 그것은 만일 그들을 살려놓았다가는 자기의 소굴이 알려질까 겁이 나서 후환을 없이 하기 위한 때문이라 한다.

"그래 그이두 며칠을 끌려서 산속으로 들어갔는데…… 저, 자무쓰(佳木斯)라던가 어디로 가는 아주 첩첩 산중이더라나…… 거기는 강에서도 근 백리나 들어가는 안침인데 눈이 덮인 산 속에는 아름드리 나무가 꽉 들어서서 대낮에도 하늘이 잘 안 뵈더래. 그런데 그 속을 헤치고 자꾸만 들어가는데 그 산중턱에 웬 움막 집이 있더라지?"

"저를 어째여? 아이구 참!"

귀순네는 말마디마다 놀라운 눈을 크게 뜨고 호들갑스럽게 대기를 지었다.

"그것두 도적놈의 집이지 뭐…… 산속에는 중간 중간 그런 집이 있더래여! 거기는 날이 저물면 자고 가는 데라거든!"

---

171) 함벗하면 : '하마터면'의 뜻인 듯.

"옳지 참! 그렇겠구만."

"그때두 날이 저물어서 자구 가자더라지. 그런데 그놈들은 중간에서 더러 헤어지고 네 놈에게 끌려갔는데 그놈들도 지친 모양이더래, 날마다 길을 걷기에. 그래 거기를 당도하더니만 한 놈만 파수를 보고는 세 놈은 방에 가 자빠지더라지. 그때 생각에 오늘밤에 꼭 죽었다 싶더라나. 그건 내일에는 그놈들 소굴까지 다 가구 만다더래."

"아이구 저를 어째!"

귀순네는 또 한 번 혀를 찼다.

"그런데, 조석은 꼭꼭 그이를 시켜서 해 먹었대. 그래서 그때도 쌀자루에 저녁쌀을 꺼내서 일어 가지고 광솔불에 밥을 짓는데 가만히 생각할수록 내일은 꼭 죽었더래!"

"저런 죽일 놈들 좀 보았나! 그래 밥까지 시켜 먹으면서."

귀순이 모친은 더욱 긴장된 표정으로 부르짖는데 귀순이도 불을 때면서 그들의 이야기를 흥미 있게 듣고 있었다.

"그래서 어떻게 하셨다나요?"

귀순 어머니는 하회가 궁금해서 다듬던 나물도 내버려두고 안주인의 턱살만 넋 놓고 쳐다본다.

"그래 참 저녁을 지으며 곰곰이 생각해보아야 도무지 방도가 안 나서는데 암만 궁리를 해본대야 별수가 없겠더래! 그래 이래 죽으나 저래 죽으나 죽기는 일반인즉 어찌 되든지 한번 해보리라고 지금 잔뜩 뼈무는172) 판인데…… 그런 중에 밤이 다 되었더라나."

"나 같으면 밥 지을 경황두 없겠구먼! 하하하!"

"그러기에 남정네는 다른가 봐. 지금 잔뜩 마음속으로는 무슨 일을 벌

---

172) 뼈물다 : (무엇을 하리라고) 단단히 마음속에 벼르다.

일 작정이라면서도 겉으로는 천연한 척하며 시키는 대로 고분고분 했다지. 방으로 밥을 퍼다 주고 반찬과 밥을 해낸 불 위에는 언제나 물을 끓여서 더운 물을 퍼다 주었는데 그때도 솥에다 물을 끓이느라고 혼자 쭈그리고 앉아서 보자니까 이눔들이 시장한 판에 밥을 퍼먹느라고 아주 정신이 없더라나. 그 꼴을 보고 물을 가져오라는 것도 좀 덜 더웠다고 가장 위하는 척하면서 다른 때보다도 더 뜨겁게 아주 펄펄 끓기를 기다리고 있는데 일이 잘 되느라고 그 집에 큰 바가지가 있더래! 그래 가만히 끓는 물을 한 바가지 떠서 갖다주는 체 하다가 냅다 그눔들의 낯짝에다 쫙, 끼얹고는 고만 화닥닥 뛰었다지…….”

“아이구 저런! 하하하…….”

“그랬더니만 이눔들이 밥을 먹다가 끓는 물벼락을 맞고 펄펄 뛰더래! 모두 쩔쩔매면서 아우성을 치는데 이 이는 밖으로 내뛰는 길에 엉겁결에 장작개비를 들고 나오다가 파수보는 놈의 대갈통을 또 냅다 치니까 이눔이 끽 소리를 치며 나가 자빠지더라지.”

“아이구 참 날래기두 하시지. 어쩌면 혼자 그렇게 여러 놈을 해내셨을까?”

귀순이 모친은 언제와 같이 감심하기를 마지 않으며 혀를 내두른다.

“그때는 그러나 도무지 정신을 모르구 한 일이래! 나중에 생각해보니까 그렇지. 아주 악에 바쳐서 죽을둥 살둥 모르구 한 일이니까 그렇지 않겠어. 그래 그제부터는 고만 천방지축 달아나는데 이눔들이 쫓아나오며 고함을 지르고 사방으로 찾느라구 아주 야단이더라지. 그러나 밤은 캄캄한데 눈 쌓인 산중 숲속에서 어디 가 숨은 줄 알고 찾을 수 있겠어. 한참 동안 그러더니만 더 찾을 생각을 못하고 도로들 들어가는 모양이더래! 그래 숨었던 자리에서 가만히 기어 나와서는 그날 밤새도록 눈 속을 헤매었다는구면!”

"그러니 칩기는 오작하며 고생이 얼마나 되었을까?…… 아이구 가엾어라!"

"그래두 그때는 치운 줄두 모르겠고 발바닥이 째진 데가 아픈 줄두 모르겠더래…… 그런데 얼마를 걸었는지 새벽녘이 훤하게 동이 트는데 가만히 방향을 집어보니까 이거 봐요! 밤새도록 걸은 것이 도루 그놈들 소굴로 갔더라는구만! 도적놈의 적굴로……."

"아뿔사! 저게 또 웬 일야? 그래 정말로?"

"그럼! 워낙 캄캄한 밤중이라 향방을 모르고 헤매었으니까 그 근처에서만 빙빙 돌았지 뭐. 길두 없는 산중에 눈이 하얗게 덮여 있으니 거기가 거기 같지 않을 게야! 그래서 밤새도록 그 근방에서만 뺑뺑 헤맸다는구면……."

"아이구 참! 저 일을 또 어쩐담 하하하……."

"날이 밝아오니까 도적놈들두 잠이 깨서 두세두세 하더라나. 만일 이번에 붙들리기만 하면 정말로 죽을 생각을 하니 참 기가 막히더래여…… 그래 고만 어메 뜨거워라구 두 주먹을 부르쥐고는 골짜기 속으로 줄달음질을 쳐서 그 산속을 빠져 간신히 빠져 나왔다는구면. 그러니 꼭 죽을 사람이 살지 않았어!"

안주인은 여기까지 이야기를 그치고 지금도 오히려 놀라운 듯이 눈알을 굴린다.

"그럼요! 죽을 걸 살지 않고? 참 천행으로 살으셨지 뭐!"

"난 지금두 그때 일을 생각하면 끔찍해서 참…… 그런 줄 모르고 집에서는 꼭 죽은 줄 알구 오죽이나 했겠어…… 아무 경황이 없었지. 어머니는 식음을 전폐하시구 들입다 울기만 하시구……."

"그런데 뜻밖에 살아오신 것을 보구 얼마나들 기뻐하셨을까?"

"그럼 이게 꿈인가 생신가 뭐 아주 눈이 번해서들 야단이었지. 그래두 그이는 멀쩡하겠지!"

일꾼들은 한나절 안에 방바닥을 다 뜯어 놓고 고래를 쌓아올리기 시작했다. 귀순네 집 방을 고친다는 말을 듣고 병호와 정대감이 전후하여 어슬렁어슬렁 왔다.

"너두 일 왔느냐? 저놈은 밤낮 아범만 따라다니는가."

정대감은 복술이를 보고 농담을 건다.

"오지 말래두 기어이 따라왔다우. 그 자식이!"

강주사 집에서는 방천살이를 하는 일여는 홀애비 부자가 단 두 식구만 사는 터이었다. 복술이는 빈 방속에 혼자 있기가 싫었다. 그것도 어머니가 없으면 동생이나 있다든지 다른 누가 있다면 모르지만 아무도 없는 방을 혼자 무슨 재미로 지키고 있으랴.

복술이 모친은 그가 세 살 먹었을 때 달아났다. 원일여는 아홉 번 장가를 들었다는데 번번이 마누라는 사내를 떼놓고 달아났다. 그것은 참으로 웬 일인지 모른다. 자식을 잘 낳고 몇 해씩 살던 계집도 하룻밤 새에 부지거처가 된다. 복술이 다음으로 낳은 남술이 어미가 역시 그랬다. 남술이가 다섯 살까지 먹도록 그는 곧잘 살았는데 어느 날, 일여가 일 나간 틈에 온데간데없이 없어졌다. 나중에 소문을 들으니 황해도 어디로 금점꾼을 따라갔다 한다. 그래 그는 자식이나 찾는다고 들도부[173] 행상으로 찾아 나섰다. 그러나 방방곡곡을 헤매보아야 계집의 종적은 알 수 없었다.

"천하에 죽일 년 같으니…… 달어나면 제 년이나 갈 것이지 왜 남의 자식까지 데불구 갔담."

그때, 일여는 한숨을 길게 쉬며 단념하였다. 동시에 자식까지 업고 달

---

173) 들도부 : 적은 양의 상품을 들고 다니면서 파는 것.

아난 계집을 저주하기 마지않았다.

"잘 업고 갔지 뭐유. 남술이를 두고 갔으면 어떻게 키우실라우."

부친의 말을 듣고 있던 복술이는 이렇게 핀둥174)을 주었다. 그는 사실 제 동생이라도 조금도 애정이 없었다. 그만큼 남술이가 있으면 도리어 귀찮기만 할 것 같았다.

"저런 빌어먹을 자식! 이눔아 동생 하나 있는 게 그렇게두 보기 싫으 냐?"

일여는 그때 아들에게 주먹질을 하여 역정을 냈다.

"누가 보기 싫댔수…… 형편이 그렇단 말이지."

복술이는 여전히 느물거리지 않는가.

"이 자식아 시퉁맞게 형편이 다 무에야?"

하고 일여는 더욱 화가 나서 대꼬바리175)로 기어코 아들의 뒤통수를 후 려 갈겼다.

"엥, 아버진 공연히…… 왜 때려! 엥."

"이눔의 자식을 고만 죽여버릴라?"

재차 방망이를 들고 일어서는 바람에 복술이는 밖으로 울며 달아났다.

그러나 지금은 그것도 옛 일같이 기억에서 없어지고 말았다. 남술이가 지금까지 있었으면 열나문176) 살이나 되었을 것인데 그는 죽었는지 살 았는지 도무지 소식을 모른다.

몇 해 전에 남양에서 살았을 때 아홉 번째 얻었던 계집이 마저 달아 난 뒤로는 일여는 계집이라면 아주 진저리가 났다.

그때는 신병으로 여러 달을 앓고 누웠던 만큼 고생을 시켰고 자식까

---

174) 핀둥 : '핀잔'의 뜻인 듯.
175) 대꼬바리 : 담뱃대의 대통이 구부러진 부분.
176) 열나문 : 열 남짓한 수.

지 없는 터이니 그 계집은 달아날 만도 했겠지만 남술 어미가 달아난 것은 지금도 어쩌다 생각이 날 때는 분통이 터질 것 같았다. 그는 오십 평생에 계집을 얻다가 볼일을 못 보았다. 팔도강산을 안 돌아다닌 곳 없이 별별 장사를 다 해보고 막벌이 일도 못해 본 것이 없이 세차게 벌어서는 홀아비 신세를 면하려고 계집을 얻어보면은 번번이 실패를 당하였다. 계집을 잃은 날에는 살림까지 망치게 된다. 그러면 또 홀아비로 외자식을 끌고 돌아다니며 숱하게 고생을 하다가 돈냥이나 모아서, 다시 얻게 되면 또 그 꼴을 보게 된다. 세상에 이런 놈의 팔자도 있는가. 일여는 남양에서 아홉 번째의 계집이 달아난 뒤로는 병후의 심화가 치받쳐서 아주 고향을 떠나버린 것이다. 그래 그는 복술이를 끌고 간도로 들어와서 머슴을 살다가, 농사를 짓기는 북만이 좋단 말을 듣고 이곳까지 작년에 들어왔다. 그 속을 아는 친구들이 간혹 농담 삼아서,

"일여! 장가 안 들라는가? 아주 열 명을 채워 보지."

할라치면 그는 노랑 수염이 다북하게 난 입을 헤! 벌리고 웃으며,

"그런 말은 두 번두 말게."

하고 머리를 송충이 대가리 내돌리듯 하는 것이었다.

그러나 그는 지금도 쓸쓸한 자기의 생활을 들여다 보면 계집 생각이 불현듯 난다. 제일 귀찮은 것은 자기 손으로 조석을 끓여먹는 것이었다. 지금은 주인집에 부쳐 먹지마는. 그러니 모든 것이 불편하다. 옷 한 가지를 빨아 입재도 제 살림으로 손쉽지가 못하다. 그것도 혼자라면 또 모르나 자식까지 데리고 다니자니 여간 주책덩어리가 아니었다.

그런 생각은 복술이나 장가를 어서 들여서 며느리 손에 조석을 얻어먹었으면 싶었다. 그러나 복술이는 아직 나이가 어리다. 그뿐 아니라, 제 부모 눈으로 보아도 도무지 싹수가 없어 보인다.

생각하면 그 자식도 불쌍하다. 어려서 생어미를 여읜 후로 오늘날까지

십여 년을 고독하게 여덟 번이나 드나드는 계모의 손에 키워났다.

일여는 자기가 무식한 대신, 더구나 남술이까지 제 어미가 업고 달아 난 뒤로부터는 오직 모든 희망이 복술이밖에 없었다. 저 하나나 공부를 잘 시켜보자고 단단히 결심하였다.

그래 그가 서울 살 때에는 낮에는 셋방살이의 홀아비 살림을 하고 저녁 에는 구루마로 야시를 보아가며 복술이를 사립학교에 입학을 시켰었다.

그런데 복술이는 공부를 제쳐놓고 단성사 깍정이패의 괴수가 되었다. 날마다 싸움질만 하며 돌아다녔다. 일여가 셋방을 살던 곳은 바로 단성 사 부근이었다.

자식이 이런 줄은 전혀 모르고 부친은 아침마다 변또를 싸서 보낸다. 그러면 복술이는 깍정이패와 종일 돌아다니다가, 저녁 때는 학교에 갔다 오는 것처럼 책보를 끼고 돌아온다. 까막눈이 일여는 무엇을 어디까지 배웠는지 모른다. 그런 부친은 얼마든지 속여 먹을 수 있었다. 어디 오 늘 배운 데를 좀 읽어보라면 그는 아무데나 책 한 권을 펴놓고 제 마음 대로 흥얼거린다. 그러면 상담177)에 개 끌어가는 소리를 하더라도 그런 가 부다 할 뿐! 일여는 그 아들을 믿고 있었다.

그래도 그것은 둘째였다. 월사금이 밀려서 간신히 한두 달치를 해주어 보내면 복술이는 그 돈을 가지고 동무들과 우미관으로 쫓아간다.

저녁 때까지 활동사진을 구경하고 나와서는 남은 돈으로 고구마와 호 콩을 사먹는다. 그 뒤에 시치미를 딱 떼고 얼마 있다가 복술이는,

"아버지, 선생님이 월사금 가져오래요."

한다.

"뭐? 월사금은 저거번에 가져가지 않았니?"

---

177) 상담(常談) : 상스러운 말.

"그건 그전 거래요."

"그렇던가, 오냐 쉬 해다 드린다고 선생님께 여쭈어라."

그는 이렇게 또 속는 것이었다. 그는 곁쇠질[178]을 해서 돈을 훔쳐내기도 일쑤였다. 그보다도 한번은 동무 학생이 여러 달치가 밀린 월사금을 가지고 가는 눈치를 채자 그 애를 살살 꾀어서 우미관으로 갔다. 두 놈이 사진을 보고 나왔다. 남은 돈으로는 사탕을 사먹으며 온종일 진고개를 돌아다니는 중에 사 원 돈을 죄다 까먹어 버렸다. 그 이튿날 그것이 발각 나서 그 애는 제집에서 매를 잔뜩 맞고 쫓겨났는데 선생이 조사한 결과 복술이가 수범(首犯)으로 드러나서 일여까지 불려가게 되었다. 그때에 비로소 일여는 복술이의 놀라운 악행을 알았을 뿐 아니라, 자기가 푼푼이 모아준 월사금도 반 년치나 미납이 된 것도 알게 되었다. 그 돈이 우미관 관람료로 들어간 것까지.

그때 복술이는 퇴학처분을 당하였다. 일여는 그날 복술이를 데리고 돌아와서 야시에서 팔다 남은 빨래 방치로 능지가 되도록 두드려 팼다. 그리고 자기도 실컷 울었으나 그게 또한 무슨 보람이 있을 것이냐?

그 뒤에 화가 나서 에라 계집이나 또 얻어 본다고 일여는 이웃간에서 아는 사십 줄에 든 식모를 얻었었다. 그 여자가 처음에는 백년해로나 할 것처럼 덤비더니 불과 한 달이 못되어서 알진 세간을 몽땅 훔쳐가지고 뺑소니를 쳤다.

일여는 그 꼴을 보고 서울을 하직하였다. 그는 멀리 탄광으로 간다고 원산으로 내려갔었고 원산서 다시 남양으로 굴러갔었다. 거기에서 친구의 권고로 살림을 다시 시작하고 복술이는 도문 있는 국민우급학교에 입학을 시켰는데 불행히 일여는 우연히 담종이 들어서 몇 달을 앓고 누

---

178) 원문은 '젓쇠질'.

윘는 바람에 벌이를 못하게 되었다. 가난과 병시중에 멀미가 난 계집은 또 살그머니 달아나고, 복술이는 밀수입을 하다가 붙들린 뒤에 학교도 못 다니게 되고 만 것이었다.

저녁 때 학교 이상렬(李相烈) 선생은 웬 낯모르는 대학생을 데리고 귀순네 집 앞으로 온다. 일꾼들은 일을 하다말고 동네 개가 자지러지게 짖는 바람에 웬일인지 몰라서 문 앞을 내다보았다.

대학생은 금단추를 단 검정 세루 제복을 성큼하게 입었다. 키가 후리후리하니 크고 얼굴이 기다랗다. 그러나 석대한 몸집을 가진 데 비하여 행동은 매우 공손해 보인다.

그는 ○○신학교에서 온 신학생이었다.

"선생님 오십니까?"

일꾼들은 일손을 떼고 마당으로 나오며 상렬이를 향하여 일제히 인사를 드린다.

"네, 얼마나 수고들 하십니까?"

일상 생글생글 웃는 표정을 가진 학교 선생은 허리를 굽히며 마주 답례한다.

"아무 데나 좀 앉으십시오. 방을 고치느라구."

건오는 주인을 대신해서 그들을 갈자리를 펴놓은 그늘 위로 권하였다.

"네, 좋습니다. 자, 인사하시지요."

이상렬은 먼저 한 손을 펴서 내밀며 신학생을 그들 앞에 소개한다.

"이 선생은 ○○신학교에 계신 분인데 이번 하기 휴가 동안에 여러 곳으로 전도하러 다니시는 길에 우리 동리에도 들르셨답니다."

그 말이 떨어지자 신학생은 세 사람 앞으로 공손히 상반신을 숙이며 차례로 돌려가며 인사를 하는 것이었다.

"저는 서치달이올시다 못 뵌 새에 안녕하십니까?"

"네, 더운데 멀리 오시느라구 수고하셨겠습니다. 저는 이 마을에 사는 황건오올시다."

건오가 먼저 머리에 동인 수건을 벗고 성명을 통하자 석룡이와 일여도 그와 같이 따라하였다. 미구에 정대감과 병호도 와서 갈자리 위에 앉은 진객에게 그들도 성명을 통하였다.

"일하시는 자리에 이렇게 와서 방해가 적지 않습니다."

신학생들은 일꾼들에게 다시들 안쓰러워하며 고개를 숙인다.

"뭐 천만의 말씀을 다하십니다. 이런 누추한 곳을 일부러 찾아주시니 감사한 말씀은 참 무어라구 여쭐 수 없습니다."

본시 번잡스러운 정대감은 이런 자욱[179]에는 행여나 남에 뒤질세라 언제든지 앞잡이를 서는 축이었다. 그는 지금도 일꾼들이 대답할 말을 가로채 가지고 이렇게 이여죽거린다.

"나쁜 것이올시다만 담배 피우시지요."

"전 피울 줄 모릅니다."

신학생은 잠깐 고개를 흔들어 보이며, 담배를 사양한다.

"네, 그러십니까. 실례했습니다."

정대감은 신학생 앞으로 내밀었던 담뱃갑을 도로 잡아당겨서 자기 앞으로 놓는다.

"교인이신데 담배를 잡술 리 있는가, 이 사람아. 내놓은 담배를 끌어 갈 건 뭐 있는가? 자, 선생님 한 개 피우십시유. 자네들두 한 개씩 피우구!"

병호는 담뱃갑을 채서 들고 한 개씩을 돌려가며 빼준다. 자기도 한 개를 타려문다.

---

179) 자욱 : '기회, 자리 또는 무엇이 이루어진바'라는 뜻을 이르는 말.

"아따, 그 자식 뻔뻔스럽기는. 남의 담배 가지구 인심 잘 쓰는군."

"그럼 원님 덕분에 나발두 분다는데 하하하."

원일여도 궐연 한 개를 얻어서 뻐끔뻐끔 피우고 있다.

"그럼 우리 동리에서도 전도를 해주시겠습니까?"

정대감은 대표격으로 신학생과 마주 수작을 부친다.

"네! 그러지 않아두 이 선생님을 학교로 찾아뵈옵고 말씀을 드렸더니 너그러이 찬성을 해주셔서 우선 이렇게 동리 어른들에게 인사를 여쭙자구 선생님을 모시고 나섰습니다. 지금 부락장 어룬과 강 선생님을 찾어 뵈옵고 오는 길이올시다."

정대감은 이런 때에나 손님대접을 해보려고 동중을 대표해서 뽐내었다.

"네! 거 잘하셨습니다. 그러나 시장하실텐데 어디서 점심 진지나 잡수셨나요 원…… 저희 집이 누추합니다마는 잠깐 가실까요!"

"네, 점심 요기는 했습니다마는 그러지 않아도 지금 댁으로도 찾아가 뵈올까 했었는데 마침 이렇게 만나 뵈었습니다."

"네, 그러셔요! 좌우간 다리두 쉬실 겸 가보시지요! 병호 자네두 가세."

하고 그는 무슨 굉장한 대접이나 할 것처럼 희떱게 그들을 끌고 갔다.

7

동심(童心)

그 이튿날도 계속하여 일기는 청명하였다.

귀순이는 아침나절에 돼지를 몰고 들판으로 나가서 풀을 뜯기고 있었다.

걸귀[180]는 꿀꿀거리면서 기다란 주둥이로 땅을 쑤시고 지척지척 돌아 다닌다. 돼지도 자유로 나다니는 게 좋은 모양이다. 배가 땅에 끌리고 그 위에 젖이 매달렸다.

새끼들은 떼로 몰켜서 어미를 쫓아간다. 젖을 빨려고 애를 쓰기도 한다.

귀순이도 돼지를 몰고 어느덧 만인 부락이 가까운 언덕 위로 올라섰 다. 따뜻한 햇볕은 한낮의 더위를 앞두고 타오르기 시작한다. 고개가 숙 은 벼들은 나날이 누레 간다. 들 안은 요전에 덕성이와 고기를 잡으러 갔을 때보다도 더 누런 빛을 띠었다.

넓은 들 안에 가득한 오곡백곡은 무두라[181] 고개를 숙이고 익어간다. 다만 키가 큰 고량밭만 뻘건 모개겨[182]를 공중으로 쳐들고 근감하게 둘 러섰다.

벌써 만인들은 일찍 된 곡식을 거두고 밭을 간다.

두 필 말을 세운 뒤로는 말을 모는 사람이 따로 있고 그 뒤에 쟁기질

---

180) 걸귀(乞鬼) : 새끼를 낳은 뒤의 암퇘지.
181) 무두라 : 원문대로.
182) 모개겨 : 원문대로. '모개'는 곡식의 이삭이 달린 부분.

하는 사람이 느럭느럭 따라간다. 이렇게 밭 가는 것을 처음 보는 귀순이는 그것이 볼수록 신기하다. 저편 큰길 옆에서는 만인의 말몰이꾼이 기다란 채찍을 들고 한가운데 한가로이 서 있다. 여러 바리의 말들은 그속에서 이리 뛰고 저리 뛰고 한다.

다시 서쪽을 바라보니 언제와 같이 아득히 보이는 대지가 펼쳐져 있다. 땅이 넓어서 그런지 만주의 하늘은 변으로 얕은 것 같다. 참으로 그것은 하늘과 땅이 맞붙은 것처럼 멀리 지평선이 끝간 줄을 모르게 한다.

아! 광막한 이 넓은 들은 들 가운데 홀로 서서 바라볼 때 텅빈 마음속도 이들과 같이 넓은 것 같다. 그러나 공허한 마음은 공연히 슬픈 것도 같고 까닭 없이 기쁜 것도 같아서 야릇한 심정은 어쨌으면 좋을는지 모르겠다. …… 날개나 돋혔으면 그저 훌훌 날고 싶다. 그는 넓은 공중을 멀리 저 하늘 끝까지 둥실둥실 떠가고 싶었다.

더 높은 지대에 올라서 보니 ××강 줄기가 허옇게 드러났다. 그 위에 태양이 뻔쩍인다.

정면으로 둘러선 무성한 버들 숲과 부옇게 꽃이 핀 갈대밭은 마치 차일을 쳐 놓은 것 같은 딴 세계를 이루어 있는 것이 신기하구나.

귀순이는 무뚝 황식의 생각이 떠오른다. 그것은 또한 별일이었다. 부락장의 둘째 아들 황식이는 저의 부친을 닮아서 해맑은 얼굴을 가졌다. 그러나 그는 몸이 약하다. 사근사근한 맛이 있는 대신 사내로서는 좀스러운 구석이 있다. 덕성이가 황식이와 나란히 보인다. 덕성이는 무뚝뚝하나 틀진 데가 있다.

요즈막 모친의 눈치를 보면 덕성이네집 식구를 좋아하는 것 같다. 요전처럼 공연히 비쭉대지 않는다.

그러나 그것도 믿을 수 없다. 며칠 지나면 또 변할는지 모른다. 황식이네 집에서 쨈을 넣으면 모친은 그리로 쏠릴 것 아닌가! 그는 가만히 생각할수록 모친의 그런 태도가 괴이쩍다. 자기 한 몸을 마치 무슨 물건 값을 튀기도록[183] 이 사람에게 알랑거리고 저 사람에게 손짓할 건 뭐 있는가?

부락장 집은 덕성이네보다는 부자인 셈이다. 누구나 그 집으로 시집을 가면 살기 걱정은 없겠지만 그러나 그 집 사람들은 어쩐지 마땅치가 못하더라. 돼지가 아닌 바에야 뭐, 잘 먹기만 하면 제일인가! 그 집 시어머니는 며느리를 달달 볶을 거야! 게다가 양반이라구 점잔만 빼려 들구…… 아이구, 그러면 그 성화를 누가 받게! 꼴 같지 않게 양반을 내세우고, 남의 집 근본을 들추어내면. 거기 대면 덕성이네 집안은 얼마나 수더분한지 모르겠다. 그 집에를 가보면 언제든지 훈훈한 맛이 들겠지. 첫째는 덕성이 아버지의 점잖은 인품과 덕성이 어머니두 사람 좋구…… 우리 어머니처럼 딱정쇠가 아니거든. 그런 이는 며느리를 거느려두 시집살이는 안 시킬거야! 덕성이 할머니가 잔소리가 좀 심하지마는 그렇지만 그 늙은이야 뭐 몇 해나 더 살라구! 얼레, 내가 미쳤는가. 왜 남의 집안 식구는 시비할까?

귀순이는 이런 생각이 들자 자기도 모르게 얼굴을 붉히었다.

그러나 그는 다시 공상을 잇대었다. 아무래도 덕성이 집으로 마음이 기울어진다.

"그런데 황식이는 남의 속도 모르구…… 우리 집 아니면 장가를 안 가겠다던가? 그 애가 그렇게 친친히 구니까 저의 부모들두 아마 마음이 달뜰까봐 우리 집으로 혼인 말을 들여보낸 모양이지! 공연히 저 혼자만 건몸[184]을 달구……."

귀순이가 이렇게 언덕 위에 앉아서 돼지는 어디로 가는지도 모르고

---

183) 튀기다 : 팅기다. (수판 알을) 팅기다.
184) 건몸 : 공연히 혼자서만 애쓰며 안달하는 일.

공상의 날개를 허공으로 펴고 있는데, 별안간 어디서인지 만인이 부르는 노래가 가까이 들려온다. 그래 그는 깜짝 놀라서 몸을 움츠리며 사방을 둘러보았다.

그러나 귀순이가 놀란 눈으로 자세히 살펴본 결과 노래를 부르며 오는 사람은 만인이 아니라 복술이가 분명하였다.

1.
쓰싸이아 땅승아 따야파 ─ 이
휴팅먼왜 차이량라이
쌍슈 파먼카이.
아이 아이야!
쌍슈 파먼카이!
[소저가 방안에서 야파이를 놀고 있자니
홀연 문밖에서 남자의 발자취가 들린다.
쌍수로 문을 열었다.
아이 아이야!
쌍수로 문을 열었다]
註) 야파이는 서른 두 짝의 골패인데 마작과 같은 것이다.]

복술이는 이 노래의 첫 절을 멀리서 부르고 뛰어오다가 쉬어서는 또 다시 제2절을 부르며 가까이 온다.

2.
텐파이아 띠파이아 로뿌아이
즈아이린파이 포우차이훼이

파우씽 쾌팡라이

(천패도 싫고 지패도 싫다.

다만 인패만 끌어 안고 싶다.

뛰어가서 방안으로 불러들였다. 아이 아이야!

뛰어가서 방안으로 불러들였다.)

복술이는 여기까지 노래를 뚝 그치자 귀순이 옆으로 와 서며 빙긋이
웃는다.

"너 그게 무슨 노래냐?"

귀순은 복술이를 보고 마주 웃으며 물어본다.

"몰라!"

"모르는 노래를 어디서 배웠어?"

"저, 도문에서 배웠다."

"너두 도문에서 살았냐?"

"아니 남양에서 살았어 …… 내 돼지 몰아줄까."

"몰긴 뭐. 그냥 놔둬…… 남양은 조선 땅 아닌가?"

"조선 땅이지만 도문은 바로 두만강 다리 하나만 건너가면 거긴데
뭐……."

"남양선 너 뭐 했니?"

"학교에 다니다 고만 두었지!"

"어째서 그만 두었니?"

"그런 일이 있었어……."

"그런 일이 무슨 일야?"

"글쎄 그런 일이 있어서말야……."

"그 말 좀 못할 건 뭐냐?"

"그래두 싫어!"

"학교를 그만 두군 뭘 했니?"

"아버지 대신 품팔었단다."

"니 아버진 뭘 하구?"

"병 나서 여러 달 앓었단다."

"그래서 학교두 못 다녔구나."

"그래!"

"그럼 진작 그렇다구 하지 속일 건 뭐야! 난 무슨 별일이나 된다구! 호호호⋯⋯."

귀순이가 복술이가 싱겁다구 소문이 났더니만, 참으로 지금 말하는 것도 그렇게 보여서 부지중 실소한 것이었다.

"그때 도문 가서 품을 판 게로구나."

"그래, 철도판에 가서 흙을 파냈단다. 그때 쿠리한테 되노래185)두 배우구⋯⋯."

"너두 고생을 많이 했구나. 하루 얼마씩 벌었니?"

귀순이는 동정심이 우러나서 복술이의 외로운 신세를 속으로 가엾게 생각하였다.

"잘 버는 날은 한 오십 전 벌었지."

복술이는 이렇게 대답하고 나서 또 한 번 싱긋 웃더니,

"그렇지만, 도문서 학교를 그만둔 것은 그 때문이 아니란다."

하고 그는 그제야 밀수하던 이야기를 꺼내었다. 밀수가 무엇인지 모르는 귀순이는 복술이의 이야기에 점점 흥미를 느꼈다. 복술이는 소금과 쌀을 벤또 그릇으로 밀수하다가 들켜서 유치장으로 붙들려 가던 이야기까지,

---

185) 되노래 : 중국 노래.

저의 집안 내용을 묻지도 않는데 다 털어놓았다.

　귀순이는 복술이의 이야기를 끝까지 듣고 나서 더욱 측은한 감동을 받을 수 있었다.

　"그렇게 고생을 했다면서 왜 지금두 공부를 하지 않고 노는 거냐?"

　"인제 공부하면 뭘 하겠니."

　"왜, 지금은 못할 거 뭐 있니."

　"난 공부도 하기 싫다."

　"그럼 뭘 할래."

　"이리 저리로 사방 쏘다니는 게 제일 좋더라."

　"그렇지만 늙어가는 늬 아버지가 불쌍하지 않으냐?"

　"불쌍하긴 뭬 불쌍해! 허허허 너두 어른 같은 소릴 다하는구나."

　복술이는 그 말이 대단 우습던지 한바탕 껄껄 웃어댄다.

　"아니면 뭐냐? 늙어가는 늬 아버지를 위해서라두 늬가 공부를 해가지구 어서 살림을 차려야 하지 않니?"

　귀순이는 두 눈을 까막까막하며 타이르듯이 의젓하게 복술이를 쏘아본다.

　"난 이까짓 촌구석에서는 오래 살기두 싫단다. 대처 바닥에 가구 싶지."

　"너두 속에 바람이 들었구나! 전에두 곧잘 달아났다더니 또 달아나구 싶은 게로구나…… 호호호……."

　귀순이는 복술이가 넙죽넙죽 말하는 것이 우스워서 상기186)가 되도록 웃었다. 얼굴이 빨갛게 붉어오르니 더 한층 용모가 아리따워진다.

　"내년 봄에 날이 따뜻하거든 또 한 번 달아나 보고 싶다."

---

186) 상기 : 흥분하여 얼굴이 화끈 다는것.

"어디로 달아날래?"

"아무 데나 …… 저 길림이나 봉천으로……."

"그러지 말구 얘! 너두 인제 마음을 잡아라! 늬 아버지가 불쌍하지 않니?"

귀순이는 진정으로 권하던 말을 또 한 번 타일렀다.

"넌 그럼 지금 늬 부모를 위해서 생전 시집두 안 갈래?"

느닷없이 불쑥 이런 말을 묻는 바람에 귀순이는 얼을 먹고[187] 어쩔 줄을 모른다. 그는 무안을 타서 얼굴이 금방 새빨개진다.

"하하하…… 그 말은 대답 못하겠지? 그런데 뭘."

복술이는 싱글싱글하며 음흉스러운 눈알을 굴린다. 귀순이는 그를 천치로만 알았다가 도리어 한 다리를 들린 셈이다.

"누가 남의 말 하랬니…… 네 말만 하랬지."

"넌 그럼 왜 남의 말을 하니?"

"기 애는! 별꼴을 다 보겠네…… 듣기 싫으면 고만두려무나."

귀순이는 발끈 성이 나서 돌아앉았다. 가슴이 팔딱팔딱 뛴다.

"그 말 했다구 골 내는구나. 잘못했으니 고만두렴."

"누가 너더러 잘못하랬니."

귀순이는 좀처럼 풀리지 않았다.

"그래 그래 건 그렇다구. 너 덕성이가 좋으냐? 황식이가 좋으냐?"

"뭐? 기애는 별소릴 다 하네. 누가 너보구 그런 소리 하라데."

귀순이는 더욱 부끄럼을 타서 어쩔 줄을 모른다. 귀순이는 한 발을 탁 구르며 꾸짖었다.

"글쎄 말야, 너두 덕성이가 좋지?"

---

187) 얼(을) 먹다 : 놀라서 어리둥절하게 되다.

"기애는…… 애 그런 소리 할라면 고만두어. 너구 난 말 안 할테야."

귀순이는 발딱 일어서며 치맛자락을 턴다. 그는 웃어야 할는지 성내야 할는지 자기도 모르는 복잡한 감정에 사로잡혔다.

"아니 뭐 그렇게 성낼 건 없다. 황식이한테서 난 들은 말이 있길래 하는 말이지! 듣기 싫다면 나두 안 할 테니 그만 두어."

그 말을 듣자 귀순이는 궁금한 생각이 치밀었다. 갑자기 그는 웃는 낯으로 돌아섰다.

"황식이가 그래 널 보구 뭐라든?"

"그 말 했다가 또 골 낼라구."

"아니야, 내 골 안 낼게!"

귀순이는 골 안 낸다는 증거로 상냥하게 한번 웃어 보였다. 웃는 것을 보니 복술이도 마음이 기뻐진다.

"저…… 다른 게 아니라 황식이가 나를 살살 꼬이더라."

"어떻게?"

귀순이는 더욱 긴장한 태도로 달려든다.

"내가 제 편을 들어주면 뭐든지 해준다구…… 권연[188]두 사 주구 돈두 줄 테라구…… 그리면 너랑 덕성이랑 몰래 정탐을 해 달라구 그러더라!"

"정탐! …… 그래 뭐랬니."

"해 준다구 했지만…… 난 안 해주었다."

"어째서?"

"나두 덕성이가 좋아서…… 그 자식은 아주 깍정이야."

복술이는 공중으로 대고 두 눈을 흘긴다.

---

188) 권연(卷煙) : '궐련'의 원말. 얇은 종이로 가늘고 길게 말아 놓은 담배.

"정말?"

"그럼!"

귀순이는 복술이의 진심을 엿보자 은근히 그를 고마워하지 마지않았다.

귀순이는 황식의 말을 듣고 나니 더욱 분하였다. 그의 비루한 행동은 생각할수록 가증하지 않은가!

원래 그의 됨됨을 뜯어본다면 그런 짓을 넉넉히 할 위인일거다. 그러나 사내답지 못하게 중간에 정탐을 매수해 가지고 음모를 꾸미려 든다는 것은 커 나는 어린 사람으로서 얼마나 싹수없는 짓이냐? 크는 사람은 자라는 나뭇가지도 못 꺾게 한다는 것 아닌가?

"그래 너는 정말로 덕성이 편을 들겠니?"

"그럼 정말 아니구."

귀순이는 또 한 번 복술이를 다져본다.

"그랬다가 너 그 애한테 경치면 어쩔라구."

"경은 뭐…… 그까짓 거한테 쳐……."

복술이는 연신 흰목189)을 쓴다. 귀순이는 속으로 초조하기 마지않았다. 그는 한시 바삐 덕성이를 만나서 그런 말을 일러주고 싶었다.

그러나 만일 그랬다가 그들이 싸움을 하면 어찌 할 것인가? 물론 그들이 서로 싸운다면 황식이는 덕성이를 못 당할 줄 안다. 덕성이의 주먹 한 개면 황식이가 녹을 것이 뻔하다.

그러나 황식이에게는 뒤에 있는 세력이 무섭다. 그것을 겁내서 몸을 사리면 어찌할까? 그런 생각은 덕성이 역시 빙충맞은190) 사내가 되지 않을까 불안스럽다. 그는 나중에는 죽는 한이 있더라도 대장부의 기상을 가진 사내를 내심으로 좋아한다. 그것은 빙충맞은 아버지와 어머니의 관

---

189) 흰목 : 희떱게 으시대며 잔뜩 빼휘두르는 목. 흰목을 쓰다 : 터무니없이 자기 힘을 뽐내다.
190) 빙충맞다 : 똑똑하지 못하고 어리석으며 수줍음을 타는 데가 있다.

계를 두고 보면 알조[191])가 아니냐? 만일 자신도 빙충맞은 사내를 얻었다가 밤낮 싸우게 되면 어쩔까 싶다.

그런 의미에서 그는 아직 덕성이의 전적 인간은 잘 모른다. 지금까지의 본 바에 의하면 이 동리에서는 덕성이가 저의 또래 중 제일이다. 그러나 그는 단 둘이 대했을 뿐이었지 남하고 다투는 것은 못 보았다. 좀처럼 그는 다투는 성미가 아니었다.

그렇다면 지금이야말로 그의 숨은 인간의 인끔[192])을 달아볼 기회가 닥쳐왔다. 그것은 좌우간 궁금하던 숙제를 해결할 듯싶다. 만일 시험해 본 결과 그에게 부족을 느끼면 어찌하나 겁이 된다.

귀순이는 모친의 성미를 많이 닮았으나 또한 그와 다른 점이 없지 않다. 그는 전적으로 신뢰하지 못하는 사람과는 모친과 같이 싸워가며 맞붙어 살 수는 없을 것 같았다.

그래 그는 지금까지 덕성이를 좋아했더라도 만일 미구에 실망을 갖게 된다면 그는 그전 생각을 뜯어고치고 다른 사람을 물색하지 않고는 못 배길 것 같다, 차라리 영구히 독신으로는 살망정. 귀순이는 내심으로 이런 생각을 골똘히 하며 염두는 다시 황식에게로 옮기었다.

인제 생각하니 그 언제던가 우물에서 물을 혼자 깃는데 황식이가 쫓아와서,

"너 요전에 덕성이하구 단둘이 고기 잡으러 갔었지?"

하고 묻던가. 그때 물고기를 잡으러 가기는 단둘이만 가진 않았다. 다른 애들도 따라 갔었지만 묻는 말이 벌써 아니꼽기에 이편에서도 비꼬아 대답하였다.

"그래 갔으면 어때?"

---

191) 알조 : 미루어 알만한 낌새.
192) 인끔 : 인금. 사람의 가치나 인격적인 됨됨이.

"어떻지 않으면, 커다란 계집애가 머슴애와 단둘이 다니는 거 옳지 못하니 말이다."

"옳거나 말거나 네게 상관없지 않으냐 뭐!"

"넌 그럼 덕성이가 좋단 말이지?"

"좋긴 뭐, 누가 좋댔남!"

"좋지 않으면 같이 다닐려구. 애, 그러지 마라!"

"뭘 그라지 말어?"

"그만하면 알지 왜…… 넌 정말 내 속을 몰라주는구나, 난 너 따메193) 죽겠다."

"듣기 싫어! 누구에게 그따위 수작을 하는 거야."

그때 귀순이는 한 발을 탁 구르며 소리를 빽 질렀다.

"그래 죽어두 좋겠니?"

"죽든지 말든지 하렴!"

"넌 정말루 내가 싫으냐? 아니지? 남부끄러워 그러는 게지!"

"피! 엇따, 애!"

귀순이는 물동이를 이고 일어서며 입술을 삐죽 내밀었다.

그리고 빽 소리를 내었다. 그것은 방귀 같다는 조롱이었다.

그때 무안을 당한 황식이는,

"흥! 어디 두고 보자!"

하고 이를 웅뚱그려194) 물었다. 그런 일이 있자 지금 복술이의 말을 들으니, 그는 황식이의 행동이 의심스러우며 앞일이 염려된다.

황식은 그때도 말하는 것이 정떨어지게만 하는 것이었다. 그는 아직 사람이 덜되어 먹었다. 제 집에서 활갯짓한다고 남한테까지 그래서 될

---

193) 너 따메 : 너 때문에.
194) 웅뚱그리다 : 뭉뚱그리다.

것인가? 아무리 돈이 있다기로 돈 가진 자세만 하려 들고 남은 눈 아래로 깔보면서 제 말은 누구나 들으려니 하는 것이 아니꼽단 말이다.

그리고 일이란 순서가 있는 것인데 제가 언제부터 알았다고 누구를 만만히 보려 드느냐 말이다.

그렇기로 말하면 당초에 동이 안 닿는 걸 중간에서 저 혼자만 날뛰는 셈이다. 남의 약혼한 자리를 탐낼 것 같으면 그만큼 성의를 다하여야 할 것 아닌가? 그래도 이편에서 선심을 써주기만 바랄 뿐이어야 한다.

그와 비교하면 덕성이는 점잖은 편이다. 만일 처지를 바꾸어서 덕성이가 황식이의 자리를 넘겨 본다면 그는 당장 노상 살인을 냈을 것이다.

그런데 덕성이는 지금까지 자기를 의심하는 말을 한 번도 하지 않는다. 그것은 귀순이도 그런 말은 입 밖에 내지 않았다.

피차에 말이 없는 그 가운데 도리어 할 수 없는 무엇이 통하는 것 같았다.

덕성이는 단둘이 만났을 때에도 그런 추접스런 소리는 한 일이 없었다. 나는 너 때문에 죽겠다는 둥 못살겠다는 둥…… 대가리에 피도 안 마른 것이 그런 소리를 하니 깜찍스러워 우습지도 않았다. 그런 소리는 이십이 지난 청년의 입으로나 할 것이다. 아니 성장한 사람이라두 그런 말을 가벼이 해서는 안 된다. 왜 그런고 하면 그런 말은 인끔[195]을 떨어지게 하기 때문이다. 설사 그런 말을 하고 싶더라도 입 밖으로 내어서는 안 된다. 입이 가벼운 자는 속이 얕은 법이다.

덕성이는 그와 반대로 너무 입이 묵중하다. 그는 자기 아버지를 닮아서 그런 것 같다마는 어떤 때는 너무도 대범한 것이 마치 골낸 사람 같아서 우스워 보였다.

---

195) 인끔 : '인금'. 사람의 가치나 인격적 됨됨이.

그러나 그가 입이 무거운 대신 눈은 늘 열기 있게 움직이고 있었다. 과연 그는 입으로 침묵을 지키는 대신 눈으로 말을 하고 있는 것 같았다.

그의 시선에 한번 부딪치면 어쩐지 무엇이 누른 것 같고 든든한 믿음을 갖게 한다. 이만큼 매력을 끄는 눈은 여자에게서도 찾아볼 수 없는 것이 별일이었다.

그는 어쩌다 단둘이 만났을 때도 학교에서 배운 점잖은 말만 했다. 그래 자기는 좀 더 재미있는 이야기를 듣고 싶었는데…… 하긴 더 재미있는 이야기가 무엇인지 그것은 귀순이 자신도 알 수 없는 것이었지만.

한낮이 가까워지는 해는 머리 위로 쩔쩔 끓는다.

귀순이는 백일하의 긴 꿈을 깨어났다.

그는 호수 같은 두 눈을 현실로 돌렸다. 평원 광야는 여전히 눈앞에 깔렸다.

그는 불현듯 웬일인지 모르는 기쁨이 용솟음쳐 올라온다. 누가 보지만 않는다면 경중경중 춤이라도 추고 싶다.

그래 그는 한달음에 돼지를 쫓아가서 집으로 가는 길 안으로 몰아넣었다. 걸귀는 여전히 주둥이로 땅을 쑤시며 꿀꿀거리고 지척지척 달아난다. 몸집에 비해서 가는 꼬리를 휘휘 내두르면서…… 귀순이는 새삼스레 그것이 우스워서 맹랑한 웃음소리를 공중으로 터졌다.

"호호호…… 호호호……."

복술이는 벌써 저만치 앞서 뛰어간다. 그는 또 다시 만주 노래를 부르며 간다.

뚱싼씽 싼꿰이싼 쑹꿰이
챵호지 호싸이왜이
야로 하이쓰 조치라이

씨치삐듸 꾸냥한엔다아

(만주 괴물이 세 개 있다.

창문의 종이를 밖으로 바른다.

아이를 기르는데 달아맨다.

열 칠팔 세 된 처녀가 담배를 피운다.

註) 그네(요람)는 아래로 매고 흔드는 것을 만주에서는 대야 같은 것을 천정에다 달아맨다.)

귀순이가 점심을 먹으러 들어가 보니 덕성이는 아버지가 문 바르는 것을 조력해주는데 복술이의 노래 의미는 못 알았으나 종이를 문설주 밖으로 바르는 것이 이상해 보이었다.

덕성이 아버지는 뒤 창문을 짜고 있었다.

그날 저녁 때였다. 귀순이는 물을 길러 가다가 덕성이를 길가에서 만났다. 덕성이는 소제 당번을 치르고 지금 막 꾀뚜라비[196]로 돌아오는 길이었다.

"물 길러 가니?"

덕성이는 귀순이를 보자 빙그레 웃으며 알은체를 했다.

"응!"

귀순이는 가벼이 대꾸를 하면서 사방으로 한 번 눈을 휘둘렀다. 그는 한낮 전에 들에서 복술한테 들은 말이 생각났던 것이다. 만일 황식이가 지나다가 지금 단둘이 이야기를 하고 섰는 것을 보면 그는 또 무슨 소리를 지어낼는지 모르지 않는가. 그러나 귀순이는 어쩐지 덕성이를 만나면 반가웠다. 어쩐지 그는 덕성이가 거저 남과 같진 않다. 단지 약혼을 했

---

196) 원문대로.

다는 그것만이라도. 그는 그냥 지나려다가 황식이가 무슨 음모를 꾸밀는지 몰라서 복술이가 하던 말을 전해주려 하였다. 그러나 장황한 그 말을 이목이 번다한 길거리에서는 할 수 없었다.

"저, 있다가 우리 집에 좀 와……."

"왜?"

"그저…… 할 말이 있어."

"무슨 말이가?"

그러나 귀순이는 누가 볼까봐 덕성이가 묻는 말을 대답할 틈도 없이 획 지나가 버렸다.

덕성이는 귀순이의 태도가 수상쩍은 것을 이상히 알았으나 쫓아갈 일도 아니라 싶어서 집으로 돌아왔다. 책보를 방안에 들뜨리고 마당으로 돌쳐 나왔다. 아무리 생각해야 그것은 모를 일이다. 그는 한동안 멀리 물 건너 저쪽을 바라보고 있었다.

서천에 기운 해도 차차 엷은 볕을 보낸다. 마치 그것은 힘없는 눈동자처럼 멀거니 떠 있다. 멀리 끝없이 내뚫린 벌판은 일 면으로 풀바다와 같이 퍼렇게 보이는데 구비구비 울멍줄멍한 구릉은 바다의 파도가 굼실거리는 것 같다. 어디를 보나 넓은 들이다. 산 하나 안 보이는 광막한 벌판이 오직 하늘과 맞붙어서 질펀히 깔렸을 뿐이었다.

강기슭 저쪽으로 아직 농장을 풀지 않은 버들밭과 황무지에는 군데군데 검은 연기가 솟구쳐 오른다. 그것은 옛날 이야기에 나오는 마적떼가 웅거한 듯해서 어쩐지 처참한 광경을 보는 것 같다. 그런 생각은 공연히 가슴이 선뜩해진다.

'무슨 할 말이 있다는가?'

덕성이는 다시 또 생각해 보아야 알 수 없었다. 그래 그는 저녁을 먹기가 바쁘게 귀순이집 앞으로 슬슬 가 보았다.

이지러진 달이 중천에 떠 있다. 귀순이는 저의 집 마당가에서 무심히 달을 쳐다보고 있었다. 그는 덕성이를 기다리고 있었다.

"저녁 먹었니?"

"그래."

덕성이는 귀순이 눈치를 살피며 열쩍은[197] 태도를 지었다.

"이리 와!"

귀순이는 눈을 끔적이며 얼른 손짓을 한다. 달빛에 그의 눈동자가 반짝 빛난다. 덕성이는 그대로 귀순의 뒤를 따라갔다. 귀순이는 행주치마 속으로 두 손을 찌르고 제비같이 날쌔게 푸섶[198] 길을 걷는다. 벌써 이슬이 내려서 축축하다. 그는 덕성이를 집 뒤의 고량밭 언덕 위로 끌고 갔다.

"어디로 자꾸 가니?"

덕성이는 동리에서 안 들릴 만큼 거리가 멀어진 줄을 알자 미심해서 물어본다.

"인제 다 왔어! 달이 밝지?"

"뭐!"

"여기 고만 앉을까?"

귀순이는 고량밭 고랑으로 들어서자 그중 마른 땅을 골라서 사뿐 앉는다.

"무슨 일로 오랬니?"

덕성이도 귀순이 옆으로 앉으며 귀순이의 달빛에 비친 창백한 얼굴을 얼없이 쳐다본다.

"만주서는 왜 문을 밖으로 바른다니?"

---

197) 열쩍다 : 열없다. 좀 겸연쩍고 부끄럽다.
198) 푸섶 : 섶나무.

귀순이는 덕성이를 돌아보며 방그레 웃는다. 달빛에 빛나는 그의 얼굴은 낮에보다도 훨씬 더 돋보여서 아리땁다.

"그 말 할라구 오랬나?"

덕성이는 허망한 생각이 들었다.

"호호호…… 아냐!"

귀순이는 정찬 웃음을 또 한 번 웃는다. 손등으로 입을 가리며.

'이놈의 가시내가 누구를 홀리려 드나!'

덕성이는 무뚝 이런 생각이 들어갔다. 그러나 귀순이의 상냥히 구는 태도가 결코 얄미워 보이지는 않는다.

"너 어머니와 아버지는 이따금 싸우지 않니?"

"뭐야? 싸우긴 왜 싸워!"

"저…… 다른 말이 아니라 황식이가 너 보구 뭐라지 않든?"

하고 귀순이는 그제서야 낮에 들은 복술의 말을 고대로 옮기는 것이었다.

이날 저녁에 복술이는 그들과 같은 시각에 황식이를 꾀어냈다. 낮에 그는 귀순이한테 황식이가 저를 매수하려 들더라는 말을 고해바치고 그러나 약속한 것을 안 해주겠다는 말을 하였지만 가만히 다시 생각해 본즉 조금도 그럴 묘리가 없었다. 설사 황식이를 배신할 때는 하더라도 눈앞에 떨어진 개감[199]을 안 주워 먹을 필요는 없었던 것이다. 황식이를 속이려만 들면 지금도 얼마든지 짜먹을 수 있다. 그는 이런 좋은 기회를 놓치고 싶지 않다.

나중이야 어찌 되었든지 그래 그는 한번 울궈 내먹자는 배짱이 든 것이다.

그런 욕심이 생기자 복술이는 퍼뜩 좋은 꾀 하나를 생각 냈다. 그것을

---

199) 개감 : 개암.

지금 시험해 보려고 황식이를 밖으로 불러낸 것이다.

그는 황식이를 집모퉁이 후면진 데로 끌고 가서,

"너 요전에 나 보구 청한 일 있지?"

하고 넌지시 암시를 한다.

"그래!"

예기했던 바와 같이 황식이는 무슨 좋은 수가 있는가 싶어서 바짝 대든다.

복술이는 황식이의 눈치를 채자 시치미를 뚝 떼고 아주 순진한 척 우엉을 까면서,[200]

"나두 네 말을 듣구 가만히 생각해 보았는데, 이랬으면 귀순이가 너를 좋아할 것 같더라."

"어떻게?"

"계집애들이란 패물을 좋아하지 않니? 그러니까 네가 은반지나 노리개를 하나 사주면 무등 좋아할 것 아냐? 그것을 네가 주면 안 받을는지 몰라도 내가 주면 받을 거다…… 그 뒤로는 너를 차차 덕성이보다 좋아할 게거든……."

"참 그 수 됐다…… 그럼 어떻게 할까? 반지를 어디서 살 수가 있어야지."

"돈만 주면 내가 어련히 사다 줄까!"

하고 복술이가 슬쩍 웃었다.

"오! 참 그렇구나! 네가 낼이라두 정거장에 가보면 되놈 상점에 있을는지 모르지. 얼마나 줄까?"

"글쎄 그거야 물건대로 갈 테니까 알 수 없지."

---

200) 우엉을 까다 : 의뭉스럽게 시치미를 떼다.

"이 쾌첸이면 될까?"

"그건 있어두 나쁠 게야."

"그럼 얼 쾌첸?"

"얼 쾌첸이나 싼 쾌천이면 되겠지. 왜 민숭민숭한 것 말구 보석을 끼운 것 있지 않어, 반짝반짝 하는! 그런 것을 사다주면 좋아할 거다."

"오라, 내 그럼 내일 아침에 돈을 갖다줄 테니 바루 사와야 한다."

"응 그래! 얼마나 줄래?"

"이거."

하고 황식이는 손가락 셋을 쳐들어 보인다.

"응! 그래."

복술이는 고개를 끄덕였다. 그는 황식이와 헤어져 집으로 돌아오며 혼자 속으로 좋아했다. 그 꾀가 의수할201) 줄은 짐작하였으나 그렇게 속짜로 들어맞을 줄은 몰랐다.

'흥! 이 자식아 엿 먹어라!'

하고 복술이는 그 일이 발각 나서 경칠 생각은 차치하고 우선 내일 아침에는 돈 삼 원이 생길 것이 무둥 좋았다. 그와 동시에 약은 체하는 황식이를 말 한 마디로 골탕을 먹게 한 것이 다시 없이 유쾌하였다.

그는 그 돈으로 무엇을 할까 궁리해 본다. 요새는 용돈 한 푼도 생기지 않아서 권연 한 개를 못 사 피운다. 그래 담배밭 가로 돌아다니며 떡잎 조각이 떨어진 것을 몰래 주워다가 피우지 않으면 부친의 담배 쌈지 속에서 훔쳐내야 한다. 그것은 빤히 알기 때문에 많이는 훔쳐내지 못한다. 그런데 삼 원이란 큰 돈이 한몫 생길 것을 생각하니 그는 잠잘 마음도 없이 제풀에 좋아서 자연 벙글벙글하고 기분이 좋아진다.

---

201) 의수하다 : 거짓으로 꾸민 것이 그럴듯하다.

"저 자식이 뭬 좋아서 저 모양이야! 너 오늘 뭐 했니?"

하고 일여는 그 아들의 거동을 수상히 살피다가 핀둥이[202]를 준다.

"하긴 뭘 해유! 놀았지."

복술이는 언제와 같이 헤식은 대답을 한다. 갑갑한 석유등잔불이 두 식구의 쓸쓸한 운명처럼 어둠 속을 헤어나지 못하고 희미하게 깜빡인다.

"이 자식아! 커다란 것이 밤낮 쳐먹고 놀기만 하는 게냐! 왜 새두 좀 못 베는 거야?"

일여는 오늘도 들일을 나갔다가 해질 무렵 돌아와 보니 그 꼴이다. 그는 자기의 외로운 신세를 생각할수록 복술이의 빈둥거리는 것이 더욱 보기 싫었다.

그러나 복술이는 부친의 말은 들은 척 만 척하고 내일 그 돈을 받으면 한 번 잘 써보겠다는 생각이 간절할 뿐이었다.

그는 입은 채로 쓰러지더니 금방 코를 쿨쿨 곤다. 그 옆에서 일여는 애꿎은 담배만 피우고 앉았다.

이튿날 식전이었다. 황식이는 학교에 가기 전에 복술이를 불러내서 어제 약속한 돈 삼 원을 그의 손에 쥐어준다. 그리고 눈을 끔적끔적하며 달아난다. 복술이도 그대로 고개를 끄덕끄덕하였다.

복술이는 겸상으로 아침을 먹을 때에 오늘은 새를 베라고 신신당부하는 부친의 말을 건성으로 네네 하고 대답하였다. 그러나 부친이 밭걷이[203]를 나간 뒤에 그는 정거장으로 어슬렁어슬렁 걸어갔다.

개양툰서 시오 리쯤 상거되는 정거장은 역시 편한 들판으로 길이 내뚫렸다. 그 길은 개양툰 동구 앞을 지나서 ○○까지 가는 신작로다. 그러나 말이 신작로지 마을 밖서부터는 치도를 하지 않고, 더구나 여름철

---

202) 핀둥이 : 핀잔.
203) 밭걷이 : 밭에 심었던 야채, 곡식 따위를 거두어들이는 일.

에 비가 오기만 하면 진수렁 같다. 장마가 질 때는 진흙바다가 되어서 교통이 두절되는 때도 없지 않다. 그럴 때에는 차마는 고사하고 사람들도 통래를 못하였다.

요새는 비가 안 와서 길이 좋아졌다. 복술이는 동구 밖을 나서자 두 주먹을 부르쥐고 뛰어간다.

"쓰사이아 꽝숭아……."

하는 쿠리 노래를 부르면서.

풀섶에는 아직도 이슬이 덜 말라서 햇빛에 영롱히 빛난다. 차차 정거장이 가까워질수록 고량밭이 우거진 양쪽 밭 사이로 뚫린 길가로는 갯버들 숲이 우거졌다. 고량밭 저쪽 끝으로 버들 숲이 무성한 밭둑길 옆에는 송장을 묻은 흙 가리204)가 언뜻 보인다. 복술이는 언제나 여기를 지나다가 거기를 쳐다보고는 가슴을 내려 앉혔다. 굳이 안 보려고 애를 써도 눈은 자꾸 그리로만 돌아간다. 지금도 할 수 없이 바라다 본 것이다. 이곳 풍속은 어린애가 죽으면 서숙대205)로 짜서 그냥 내버린다. 아이들이 죽으면 그 부모는 매를 해 들고 죽은 놈을 때리기도 한다. 그것은 부모 앞에서 크도 않고 죽은 것이 죄인이요 불효래서 벌을 준다는 것이었다. 어른이라도 수명(가령 환갑이 명이라면 환갑을 다 살아야 한다)을 다 살기 전에는 죽어도 파묻지 않는다. 그래서 그가 죽은 뒤에 명한이 차게 된 뒤라야만 정식으로 땅속에 묻고 장사를 지낸다는 것이었다.

개양툰에도 만인의 아명에 젠쓰(栓子) 쩌씅(狗盛)이란 아이가 있다. '전자'란 수명에다 마개를 박아서 이 세상을 못 떠나게 하자는 뜻이요, '구성'이란 개가 남긴다는 뜻인데 아이가 죽어서 역시 개가 뜯어 먹지 말게 해달라는 것이라던가. 송장을 내버리면 개가 뜯어먹기 때문에. 길 한가

---

204) 가리 : 곡식단이나 땔나무단 같은 것을 차곡차곡 쌓은 더미.
205) 서숙대 : 서숙은 서속(黍粟), 조.

운데는 수렁같이 쑤셔진 발자국이 그냥 울퉁불퉁하게 굳었다. 발이 삐딱거려서 그 위로는 갈 수가 없었다. 마차가 지나간 곳은 더 한층, 움쑥움쑥 패었다. 그래서 성한 데만 골라 디딘 소로가 큰길가로 요리조리 자리를 바꾼다. 길 옆 버들 숲속으로 샛길이 나기도 하였다. 만인들은 하나둘씩 보퉁이를 메고 오며가며 한다. 처음 와서는 그들을 혼자 만났을 때 공연히 무섭더니 인제는 눈에 익어서 괜찮았다. 복술이가 지나가는 한 사람에게 말을 걸었다.

"늬 나벤칠라?"206)

"워듸 훠처잔."207)

밀대모자를 쓰고 아래위를 시퍼렇게 입은 만인은 어깨에 둘러멘 보퉁이를 추썩 하며 싱긋 웃고 쳐다본다. 그는 봇짐이 무거운 모양이었다.

복술이는 정거장에 당도하자 우선 담배 한 갑을 사서 한 개를 피워 물었다.

시오리나 뛰어오고 보니 아침 먹은 것이 쑥 내려갔다. 그는 무엇을 먹고 싶은 생각이 든다. 청요릿집으로 들어갔다.

그래 그는 군만두와 탕수육을 실컷 먹고 그 위에 빼주208)를 한 병 들이켰다.

배가 부르고 술이 취한 복술이는 돈을 치러주고 거리 위로 돌쳐 나갔다. 그랬어도 돈은 절반 이상이 남았다. 그는 황식이가 부탁한 반지를 어디서 파는지 알아볼 생각도 않고 무슨 구경거리가 없는가 싶어서 목을 길게 빼고 좌우의 집들을 기웃거렸다.

그러다가 만인의 아편굴을 찾아갔다. 그 안에는 아편장이가 즐비하니

---

206) 你哪邊去啦? : 너 어디 가니?
207) 我的火車站 : 나 정거장에 간다.
208) 빼주 : 배갈. 중국술의 한 종류.

드러누웠다. 봉놋방209) 같은 넓은 캉210) 위에 베개를 죽 늘어놓고 거기에 하나씩 쓰러졌다. 아편에 취했는지 어떤 사람은 죽은 듯이 늘어졌다. 기운 좋게 씨부렁거리는 축도 있다. 그들의 더럽고 참혹한 꼴과는 아주 딴판으로 마주 앉아 쾌활하게 담소하는 것이었다. 저편 구석으로는 웬 늙은 영감과 젊은 여자가 마주 누워서 연신 연관을 털고 담는다. 둘 사이에 초롱불을 놓고 여자는 연신 아편을 거기다 구워서 연관에 담아줄라치면 영감은 연기를 한 모금도 내보내지 않고, 꾸르륵꾸르륵 소리만 낸다. 그러면서 저쪽을 건너다보고 무엇을 씨부렁거린다.

복술이는 호기심이 나서 자기도 한 대를 청해 보았다. 그는 영감의 흉내를 낸다고 연기를 꿀닥 삼켰다 어지러워서 고만 담배통을 내던지고 그 자리에 늘어졌다.

황식이는 그날 저녁 때 몇 번이나 복술이 집 근처로 빙빙 돌며 은근히 기다렸는지 모른다. 그러나 정작 복술이는 아편굴에서 나와서도 이리저리 돌아다니며 놀다가 해가 질 무렵에야 돌아왔다. 그는 일찍 올래도 술이 취해서 올 수 없었다.

들에서 일을 하고 먼저 들어온 일여는 저녁을 먹을 때까지도 복술이가 없어진 것이 괴이쩍었다.

"이 자식이 어딜 또 갔을까?"

그는 기다리다 못해서 밥을 혼자 먹고 치웠다. 집안사람더러 물어보아도 아무도 모른다는 것이다.

일여는 그래도 저녁을 안 먹고 올는지 몰라서 상을 내가지 않고 윗목으로 밀어두었다. 그리고 담배 한 대를 타려물고 앉아서 거진 다 피울 무렵에 그제서야 복술이가 들어온다.

209) 봉놋방 : 주막집에서 여러 나그네가 함께 자며 머물도록 되어있는 큰 방.
210) 캉[炕] : 중국 북방 지대의 살림집에 놓는 방의 구들.

"너 어디 갔다 오니?"

일여는 복술이가 슬그머니 방안으로 들어와 앉는 것을 보자 담뱃대를 털며 묻는다.

"정거장에 갔다 왔어요."

"정거장에는 왜?"

"저, 귀순어머니가 심부름을 좀 갔다오래서요."

"심부름은 무슨 심부름?"

"귀순이가 뱃병이 나서 대단한데 약을 좀 사다 달래서요."

"그럼 왜 여적 있었어?"

"아까 저녁 때 갔었어요. 점심에 옥수수를 먹은 것이 체했다나요."

일여는 그런 줄만 알고 꼼짝없이 속았다. 만일 다른 심부름을 갔다면 곧이를 안 들었을터이나 약을 지으러 갔다는 데는 더 의심할 것이 없었다.

"저녁 안 먹었지, 어서 먹어라."

"그 집에서 먹구 왔어요."

복술이는 감쪽같이 부친을 속인 것이 속으로 유쾌했다. 정거장에서 중국요리를 실컷 먹었으니 밥 생각이 어디 있으랴. 그래 그는 또 만사태평으로 쓰러져 잤다.

자고 깨니 황식이가 일찍 찾아왔다. 그는 황식이가 묻기도 전에 보석 박힌 은반지를 사다 주었다고 거침없이 말하였다.

"하긴 삼 원 달라는 걸 깎아서 이 원 팔십 전에 샀다. 이십 전 남는 것은 배가 고파서 우동을 사 먹었지."

"응 건 잘했다. 그렇지 않아도 노자를 준다는 걸 깜빡 잊었다. 엣다 이걸로 담배나 사 피워라."

하고 황식이는 속도 모르고 저 혼자 좋아하며 오십 전 한 푼을 더 준다.

"건 뭘 또 주니?"

복술이는 못 이기는 척하고 왼손을 내밀어 받았다. 그러나 속으로는,

'이 자식아 엿 먹어라!'

하고 또 웃었다. 그 뒤에 황식이는 귀순이의 눈치만 슬슬 보았다. 복술이한테서 자기가 사 보내더라는 반지를 받았다면 그는 응당 태도가 달라질 것 같기 때문이다. 그래 복술이한테,

"그래 갖다 주니까 뭐라던?"

하고 물으니까,

"아주 좋아하더라."

"내가 사 주더란 말도 했지?"

"암! 정작 그 말을 안 해서야 되겠니."

이렇게까지 다짐을 받은 바에야 더 의심할 점도 없다. 만일 자기를 싫어했더라면 그는 당초에 반지를 받지도 않았을 것이니까.

그런데 오다가다 어떤 때 단둘이 만났을 때도 귀순이는 눈도 거들떠보지 않는다. 그는 여전히 쌀쌀하다. 알 수 없다. 그게 웬일일까? 그리고 아무 때 보아도 그는 반지는 안 꼈다. 그것이 더욱 괴이하였다.

황식이는 만단으로 궁리해 본다. 속으로는 저도 좋아하면서 남부끄러워 그러는 겐가? 계집애는 사내에게 속정이 들수록 겉으로는 새침한 태도를 보인다더니 정말로 그래 그런 것인가? 황식이는 이렇게 점두록211) 생각해 보아야 도무지 그 속을 알 수 없었다. 그러면 반지는 왜 안 끼고 다니느냐 말이다.

귀순이에게 대한 궁금한 속은 오직 복술이밖에 가슴을 헤칠 곳이 없었다. 그래 황식이는 더 참을 수가 없어 초조해서 하루는 복술이를 붙들고 캐어보았다.

---

211) 점두록 : 점도록. 시간이 꽤 지나도록 또는 늦게까지 오래오래. '저물도록'의 준말.

"너 정말로 반지를 사다 주었지?"

"그럼 사다 주구말구."

"반지를 받았으면 왜 안 끼구 다닌다니? 한 번두 난 제 손에 낀 것을 못 보았다."

복술이는 빤히 황식이를 쳐다보다가,

"너두 참 속 모르는 소리마라. 그걸 끼었다가 경은 누가 치게. 지 어머니가 알아봐라! 이건 누가 사 주더냐구 당장 야단칠 거 아냐?"

"아, 그래서 안 끼는구나!"

황식이는 복술이의 한 마디 말에 또 보기 좋게 넘어가고 말았다.

어느 공일날이었다. 황식은 아침을 먹고 밖으로 나왔다. 그는 귀순이의 태도를 몰라서 은근히 몸이 달았다. 복술이를 만나볼까 하는 생각으로 슬슬 내려가다가 다시 무슨 생각이 들었는지 그는 자기도 모르게 마을 뒤 언덕으로 올라갔다. 거기서보면 앞뒷뜰이 훤하게 내다보인다.

"두 두! 저놈의 돼지 나왔다! 귀순아 어서 들루 몰아내라. 남새밭 쑤신다구 남한테 욕 먹을라!"

그러자 조금 있자니까 귀순이와 귀남이가 돼지 떼를 몰고 나온다.

"옳다. 이제 되었다!"

황식이는 얼김에 부르짖었다. 그는 이 기회를 타서 궁금한 속을 알아볼 심산이었다.

귀순이 남매는 돼지 떼를 몰고 앞들로 나간다. 황식이는 그들이 가는 방향을 지켜보고 있다가 슬슬 마을로 내려왔다. 그는 이편 길로 향하여 천천히 그들의 뒤를 밟아갔다, 마치 혼자 산책을 하는 사람처럼. 돼지들은 꿀꿀거리며 한데로 모여 간다. 가다가 뒤떨어진 놈이 있으면 귀남이가 쫓아가서 채찍으로 몰아넣었다. 귀순이는 귀남이보다 떨어져서 저 혼자 따로 간다. 그는 무엇을 생각하는지 머리를 숙이며 걷는다. 황식은 그 틈에 바짝 쫓았다.

"귀순아, 돼지 몰이 나왔니?"

황식은 짐짓 인제야 본 척하며 이쪽으로 풀밭 속을 뛰어나온다.

"뭐?"

귀순이는 깜짝 놀라서 고개를 쳐들었다. 그는 잠시 당황한 빛으로 황식이를 바라본다. 황식이는 우선 귀순이의 두 손부터 훑어보았다. 반지는 또 안 꼈다.

'별일이다!'

그는 가슴을 울렁거리며 속으로 생각해 본다. 정말로 반지는 저의 모친이 무서워서 안 꼈을까?

귀순이는 그대로 섰다가 열없어서,

"어디 갔다 오니?"

하고 한 마디를 물어본다. 그리고 두 눈을 치떠서 힐끗 쳐다보는데 마주치는 순간의 시선이 여전히 쌀쌀하다.

"저기까지 나왔다가 네가 있는 걸 보구 이리 왔다."

귀순이는 더 할 말이 없어서 귀남이 있는 데로 돌아서 가려 한다. 그러나 황식이도 그 옆으로 붙어갔다.

'뭐라구 물어볼까?'

황식은 가슴이 울렁인다. 반지를 왜 안 꼈느냐구 물어볼까? 그랬다가 고게 성을 내면 어찌할까? 그래 황식은 잠깐 망설이다가 이렇게 운을 떼었다.

"너 복술이한테 받은 것 있지?"

"뭘 받아?"

귀순이는 고개를 홱 돌이키며 매정스럽게 톡 쏜다.

"받구서두 공연히…… 받았으면 어떨 것 뭐 있니?"

황식이는 싱그레 웃으며 귀순이의 눈치만 본다.

"받긴 뭘 받았다구 그러니? 그 애는 참 우스워 죽겠네."

귀순이도 더 한층 생파리212)같이 시침을 뚝 딴다.

"뭐? 정말루 안 받았어! 그럴 리가 있나……."

황식이는 진가를 알 수 없었다. 그러나 그는 종시 귀순이가 부러 그러는 줄로만 알았다.

"너 부끄러워 그러지? 그까짓 걸 부끄럽긴 뭐……."

"이 애가 미쳤나베! 받긴 뭘 받았다구 그러니?"

"반지말야! …… 복술이가 요전에 준 거말야……."

"저 애가 미쳤나 실성했나! 애, 그런 멀쩡한 거짓말은 하지두 마라……."

귀순이는 성이 나서 푸르르 하며 홱 돌아서 간다.

"아니 정말루 안 받았어?"

"저 애가 아마 허패213)에 바람이 들었나 봐!"

황식이는 한동안 멍 하니 그 자리에 붙어 섰다. 이게 도무지 웬일인가? 멀쩡한 사람을 미친놈으로 만들다니 복술이가 그럼 거짓말을 한 것인가? 그렇다면 요놈을!

그는 그 길로 복술이를 찾아갔다. 사방을 헤매야 복술이는 간 곳 없다.

"이 자식이 어디로 갔나, 정말 이 자식이 거짓말을 했단 말인가?"

황식이는 동리 아이들을 만나는 족족 물어본다. 그러나 모른다는 것이다. 나중에 여러 사람에게 조사한 결과 그는 만인 거리의 호떡집에 들어가 박힌 것을 찾아내었다.

---

212) 생파리 : 남이 조금도 가까이할 수 없을 정도로 성격이 쌀쌀하고 까다로운 사람을 놀림조로 이르는 말.

213) 허패 : 허파

"너 여기서 뭘 하니?"

황식이는 복술이를 이런 곳에서 찾아낸 것이 더욱 의외인 만큼 더욱 그에 대한 의심이 더하였다. 그러나 지금 복술이는 일전에 황식이가 준 돈으로 혼자 몰래 술을 먹고 있었다.

황식이는 복술이를 잡아내어 그를 밖으로 끌고 나와서 아까 귀순이가 하던 말을 낱낱이 들려주고 꼬투리를 캐 보았다. 그래도 복술이는 아니라고 잡아뗀다. 네가 직접 물으니까 그 애가 무안해서 그런가 하는 것이었다. 그럼 같이 가서 물어보자 한 즉, 지금은 얼굴이 붉어서 못 하겠다는 것이다.

둘 가운데 아무도 없는데 얼굴이 붉으면 상관이 무에냐 해도, 그렇지만 혹시 어른을 만날는지 누가 아느냐고 종시 못 가겠다 한다. 그러나 좌칭우탁[214]하는 그의 태도가 아무래도 수상하였다.

그래 황식은 한번 을러메었다.

"네가 나를 끝까지 속일 테냐? 정말이거든 어서 가자!"

황식은 별안간 그의 멱살을 잡고 잡아내 끌었다.

"놔라 애, 목 아프다!"

하고 복술이는 목이 졸려서 더욱 빨개지는 얼굴을 홱 돌이키며 버틴다.

"너 그래 정말 못 가겠니?"

"난 지금 못 가겠다."

"어째서 못 가겠니?"

"얼굴이 붉어 못 가겠다."

"이눔아! 뭣이 어째? 너 그 돈으로 지금 술 사먹었지! 아침부터. 그렇지 않으면 네가 무슨 돈이 있어서 이런 데 와 있어!"

---

214) 좌칭우탁(左稱右托) : 이리 저리 핑계를 댐.

"뭐, 누가 그 돈으로……."

"이 자식아 잔말 말구 어서 가자."

황식이는 다시 복술이의 멱살을 움켜쥐고 내끌었다.

"갈게. 아, 이걸 놔야 가지."

"놓으면 달아날려구!"

"달아나긴 누가 죄졌갔디? 이거 못 놔!"

복술이는 이를 옥물고 한번 뿌리쳐본다. 그러나 워낙 단단히 쥔 멱살은 뿌리쳐도 빠지질 않는다. 그 대신 겨드랑이가

"아 이거 못 놔! 잉 이 자식아!"

복술이는 황식의 볼퉁이215)를 주먹으로 쥐어지르며 운다.

"이 자식아 누굴 치니!"

황식이도 다른 손으로 복술이의 뺨을 사정없이 후려갈겼다. 보드라운 손길에 올바로 얻어맞은 뺨에서는 딱 소리가 나며 정신이 아찔하다!

"이 자식아 왜 때려! 왜 때려?"

복술이는 징징 울며 마주 달라붙었다. 그러나 워낙 기가 눌리는 복술이는 황식이를 당할 용기가 없었다.

그들은 그 뒤로 엎치락 뒤치락 하며 서로 줄을 당기듯 잡아끌며 뻣대며 하는 승강 중에 어느덧 동구 밖으로 나오게 되었다. 만인들이 옹기종기 나와서 구경을 하고 섰다. 그들은 무엇을 엿본 오리처럼 지껄여댄다.

"이 자식아, 가자. 귀순이한테 물어보러 가자!"

"가면 누굴 어쩔 테야 네까짓 게……."

"이 자식아! 왜 멀쩡하게 누굴 속이는 거야."

한참 이럴 판에 덕성이는 귀순이와 함께 들에 있었다. 그도 귀순이가

---

215) 볼퉁이 : 볼따구니.

들에 나간 줄을 알고 아침 후에 쫓아 나온 것이었다.

그는 귀순이한테 지금 황식의 말을 들었다. 생판 모른다는 반지 사건이 그렇지 않아도 덕성의 마음을 설레게 하던 차에 멀리 만인의 동구 앞에서 난데없이 울음소리가 나매 누군지 두 사람이 마주 붙잡고 승강이를 한다. 그들은 차차 이편으로 가까이 오는 것 같다.

"저게 복술이랑 황식이가 아녀?"

"글쎄!"

귀순이가 먼저 알아보고 소리친다. 공연히 그는 가슴이 조마조마해진다.

"아까 내가 생판 모른댔더니 황식이가 하는 말이 이 자식을 찾아가서 따져 본다구 그랬는데 아마 지금 복술이를 만나가지고 그 까닭으로 저러는 거겠지?"

귀순이는 은근히 가슴을 조이면서 긴장해 말한다.

"웅! 그런가 부다. 어디 쫓아가서 알아볼까?"

"난 싫어!"

"그럼 넌 예 있거라. 내 얼핏 갔다올게!"

"또 싸울라구?"

귀순이는 눈을 할기죽 흘겨본다.

"싸우긴 왜!"

덕성이는 대답을 던지자 한달음에 껑충껑충 뛰어간다.

'쟤들이 싸우면 어쩔까? 암만 해두 무슨 사단이 있는 거야!'

귀순이는 종시 불안한 마음을 진정할 수 없었다. 까닭모를 반지가 웬 반진가 싶어서……

한낮이 가까워 오는 들판의 추섭216)에서는 이곳저곳에서 여치가 찌르

---

216) 추섭 : 원문대로.

르 찌르르 운다. 만인의 부락 쪽에 담배밭이 무성하게 보인다. 이곳저곳
에서 번갈아 우는 여치들은 마치 제철이나 지나가는 것을 슬퍼하는 것
처럼 구슬프게 들린다.

"왜 늬들 이러니?"

덕성이는 한달음에 쫓아가서 가쁜 숨을 헐떡이다가 간신히 숨을 돌리
고 물어보는 말이었다.

그들은 덕성이가 오는 줄도 모르고 정신없이 드잡이를 하는 판이다.
먼저 복술이가 덕성이를 알아보고 얼굴을 쳐든다. 그는 덕성이를 보자
마치 사지에서 구원의 길을 얻은 사람처럼 반갑게 알은체를 한다.

"이 자식이 멀쩡하게 남을 속이고 돈을 떼먹었단다. 어서 돈 내놔라.
늬 아버지한테 이르기 전에……."

황식이는 뜻밖에 덕성이가 선 것을 보자 가슴이 뜨끔했다. 그는 반지
사건이 드러나면 제 모양부터 수통할217) 것이 창피해서 얼른 이렇게 임
기응변으로 둘러대었다.

그러나 복술이는 황식의 이런 꾀에 넘어가지는 않았다.

"속이긴 누가 속여? 그렇기로 말로면 네가 먼저 누구를 꾀라더냐?"
하고 그도 마주 역습을 하며 대든다.

"이 자식아 꾀긴 누가 뭘 꾀었어? 그러면 누가 곧이 들을 줄 알구."

"늬가 그래 접때 안 꾀었어? 내가 저녁 먹구 나오니까 늬 집 담 모퉁
이로 불러가지고 정탐해 달라구 날 꾀지 않았어? 그래두 안 꾀었대?"

복술이는 새 기운이 나서 이렇게 서둘며 종주먹을 댄다.

"이 자식아 정탐은 무슨 정탐이야! 그 자식 참 인제 보니께 사람 굳히
겠네."

---

217) 수통(羞痛)하다 : 창피하고 원통하다.

"너야말로 사람 굳히겠다. …… 제 입으로 그러구서 안 그랬다는 것만 보아. 네 말을 들어주면 돈두 주구 담배두 사준다구 한 건 그럼 어떤 개자식이 한 소린데."

"뭣이 어째? 이 자식아 돈을 언제 준댔어?"

"안 준댔어?"

황식이는 복술이를 그냥 두었다가는 점점 제 밑구멍이 드러날 것 같아서 주둥이를 못 놀리도록 주먹다짐을 시작했다. 그러나 그것은 마치 소리 나는 북을 치는 것같이 복술이 입에서는 그대로 말이 나온다.

"이 자식아! 왜 때려! 그럼 그게 거짓말인감?"

"거짓말이지 뭐냐. 너처럼 누가 거짓말 하는 줄 안다더냐?"

"아따 고만둬…… 왜 때려! 이 자식아."

그들이 마주 붙어서 다시 손찌검을 하는 것을 덕성이가 대들어서 뜯어 말렸다. 그는 벌써 귀순이한테 앞뒷말을 다 들은 만큼 황식이가 가증스러워서 한 대 갈기고 싶었으나, 아직 참고 동정을 보았다.

"애들아, 이렇게 손질할 게 아니라 잘잘못을 따져보면 되지 않니. 복술이 넌 그래 무얼 속였다는 거냐?"

"그까짓 자식한테 물어보면 바른 대로 말할 줄 알구. 밤낮 거짓말뿐인데."

황식이는 성이 나서 식식 하며 복술이에게 눈을 흘긴다. 그것은 네가 비밀을 말했다가는 이 담에 경칠 테니 알아차리라는 경고 같았다. 그러나 복술이는 그런 줄 알고도 마주 눈을 흘기며 힘써 똑똑한 발음을 한다.

"난 저 애를 속인 건 반지 사온다구 돈 쓴 것밖에 없다."

"이 자식아, 반지를 누가 사 오랬어? 네 입으로 사잔 게지."

황식이는 열이 치받쳐서 다시 주먹을 쥐고 대드는 것을 덕성이가 떠다밀었다.

"늬가 먼저 나를 꾀송꾀송하길래 나는 돈을 준다는 바람에 그런 것 아냐. 반지를 사다주면 귀순이가 좋아할 게라구……"

"아…… 그 말을 누가 그랬어. 네가 먼저 했지. 여러 말 말구 이 자식 아! 당장 돈 내놔."

"글쎄, 그 말은 내가 했지만 네가 먼저 꾀었으니까 했지. 내가 뭐, 공연히 먼저 그 말을 했어? 돈 삼 원 그까짓 거 갚으면 고만이지."

"어째 이 자식아 삼 원야! 삼 원 오십 전이지."

"오십 전은 너 심부름 삯으로 거저 준 거 아냐?"

"저런, 멀쩡한 도적놈의 자식!"

황식이는 분한 대로 하면 그를 늘씬하게 패주고 싶으나 덕성이가 옆에 있을 뿐 아니라 제 죄도 드러나기 때문에 켕겨서 못하였다. 덕성이는 그들의 대화를 듣고 보니 살그머니 부아가 나는 것이었다. 그들의 충돌은 까닭 없이 자기와 귀순이를 결국 끼워놓고 하지 않는가.

"에끼 더러운 새끼들, 할 일이 없거든 가서 낮잠이나 자라구."

덕성이는 두 사람을 양쪽 손으로 휘어잡고 저만침 떠다 꼰졌다.[218]

"뭣이 어째? 네가 무슨 상관이냐?"

황식이는 덕성이한테 견모[219]를 당한 것이 분하였다. 그는 얼굴이 새빨개져서 달려든다. 그러는 것을 덕성이는 고만 보기좋게 귀쌈[220]을 한 대 갈기었다.

"이 새끼야, 어째 상관 안 하냐…… 늬들이 지금 뭐 때문에 싸우는데!"

황식이는 한 살을 더 먹었으나 힘으로는 덕성이를 못 당한다. 그러나

---

218) 꼰지다 : 위에서 아래로 박히듯이 내려지거나 떨어지다.
219) 견모(見侮) : 모욕이나 업신여김을 당함.
220) 귀쌈 : 귀싸대기. 귀와 뺨의 어름을 낮잡아 이르는 말.

그보다도 그는 자기 깐221)에 기가 눌려서 다시 덤빌 용기가 없었다.

---

221) 깐 : 일의 형편 따위를 속으로 헤아려 보는 생각이나 가늠.

8

전도대회(傳道大會)

신학생 서치달이가 전도강연을 하던 날 정대감과 병호는 낮부터 술이 취하여 비틀거렸다. 서치달이가 이 동리에서도 일 주일 동안 전도를 하기로 결정되자, 그는 정대감 집에다 기숙을 청하였다. 사실 이 동리에서는 그 집밖에 손을 부칠 곳이 없었다. 정대감네 냉면집은 어쩌다 손님이 들면 숙박을 시키기도 하였다.

서치달은 이상렬과 한 고향에서 자라난 소학 동창이다. 그만큼 그들은 오래간만에 만난 것을 반기는 동시에 상렬은 치달의 희망을 들어주기로 한 것이다. 치달이도 그래서 상렬이를 믿고 찾아온 것은 물론이었다.

그러나 급기야 전도강연회를 열기로 결정되기까지는 다소의 마찰이 없지 않았다. 그것은 누구보다도 부락장이 반대하기 때문에.

부락장 홍승구는 유교를 숭상한다. 하긴 그것은 외면치레요, 실상은 한학에 열심하는 것도 아니다. 그는 어려서 한문을 배우다 말았고, 부여조[222]가 한학의 행세를 하던 소위 양반의 집 문벌을 내세우자는 것밖에 안 되었다. 그런 유교관념은 덮어놓고 다른 종교는 사교(邪敎)라고 배척하였다.

상렬은 벌써 부락장의 그런 완고를 알아채자 먼저 강주사의 동의를 얻도록 비밀공작을 하였다. 그것은 강주사만 찬성을 한다면 부락장도 중

---

222) 부여조(父與祖) : 아버지와 할아버지.

론을 무시할 수 없기 때문이다. 그 외에도 만만치 않은 심술꾼으로는 정대감이 있지만 그는 신학생을 자기집에 부쳤을 뿐외라 같은 서도 사람이라는 관점에서, 기 쓰고 방해를 놓을 리가 없었다. 지방열은 이런 데까지 미묘한 감정을 일으키게 한다. 서치달은 이상렬을 처음 찾아 오던 날 서로 그 일을 의논하였을 때 우선 이런 말을 듣고 은근히 그들의 영혼을 탄식하였다.

그 길로 그들은 먼저 강주사를 찾아갔다. 강주사는 추측한 바와 같이 반대하진 않았다. 그는 자기도 그 전에 예수를 믿었다 한다.

과거의 신자였던 만큼 예수교의 내력을 잘 알았다. 그가 예수를 믿다 말게 된 것은 교리보다도 교회 속이 부패하기 때문이었다. 그런데 상렬의 소개에 의하면 서치달이 다니는 교회는 조선과는 전혀 분리된 만주에서 새로 생긴 독립교회라 한다. 첫째 이 교회의 현저한 특색은 신학교에 농장을 건설하고 학생들로 하여금 전부 농사를 짓게 한다. 그것은 아무리 부자의 자질[223]이라도 이 학교에 입학하는 이상에는 일률로 농사를 짓지 않으면 안 되는 엄격한 제도로 되었다는 것이다.

본시 이 교회는 조선에서의 기독교가 너무도 선교사의 손에 지배되고, 내용은 없이 형식에만 기울어지기 때문에 정작 기독의 정신을 찾아 볼 수 없는 것을 분개한 나머지에 몇몇 동지가 만주로 들어와서 그런 취지로 새 교회를 세웠다 한다.

이 교회의 정신은 첫째 모든 교인으로 하여금 자작자급의 실력을 양성시키자는 것이 근본 목적으로 되었다 한다.

그런데 만주는 농업국이다. 따라서 전도의 대상은 누구보다도 농민층이다. 먼저 농민을 구해야 한다. 그러므로 농민을 구원하려면 우선 교역

---

223) 자질(子姪) : 아들과 조카.

자 자신부터 농민이 되지 않으면 안 된다는 입장에서 전도인은 누구를 물론하고 친히 농사를 지어가면서 교회일에 종사한다는 것이다. 따라서 전도인은 보수를 받지 않아도 생활을 해나갈 수 있게 되고, 그것은 또한 교도한테도 생활비의 부담을 지울 필요가 없게 된다. 교도들에게는 또한 같은 농민으로서 서로 친하게 될 수 있다. 아무 간격이 없다. 환경이 같고 생활이 같기 때문에 그가 하는 말이 잘 통할 수 있게 된다는 것이었다.

강주사는 서치달의 입에서 직접 이런 말을 들었을 때 실로 감심하였다. 정말로 사실이 그렇다면 세상에 이보다 더 좋은 종교가 어디 있을까? 서치달은 그것을 증명하기 위하여 자기의 농사짓던 (상일한) 두 손을 내보였다. 과연 그의 손은 머슴꾼의 손같이 억세 보이고 악마디[224]가 손마디마다 졌다.

그래 강주사는 두말없이 그들의 소청을 찬성하게 되었다. 이에 강주사의 의견을 덧붙여서 부락장을 삶아 넘기니 그는 내심에 싫지마는 어쩔 수 없이 응낙하였다. 만일 반대를 했다가는 결국 강주사와 의사충돌이 될 것이다. 그는 이해관계가 별로 없는 이런 일로서는 누구와 시비를 걸고 싶지 않았다. 그는 자기 집만 안 믿으면 그만이 아니냐 싶었다.

그리하여 결국 전도회는 순순히 열기로 하였다. 하느님께 서치달은 일이 여의하게 됨을 보고 그때 감사하였다. 그리고 그는 이 동리를 위해서도 정성껏 기도를 드렸다.

그날 저녁 때 치달이는 오늘밤에 강연할 재료를 초잡아 놓고 바람을 쏘일 겸 집 밖으로 거닐었다. 일이 순조로 잘 되니 마음이 가뿐하였다.

낮술에 취한 정대감과 병호는 그저 방안에서 단둘이 붙어가지고 노닥거린다.

---

224) 악마디 : 울툭불툭하게 된 마디.

"그래 하얼빈 가서 미인에게 녹던 이야기 너 또 좀 해보아라! 난 그 이야기를 들으면 언제구 좋더라, 허허허."

정대감이 병호의 넙적다리를 탁 치면서 한바탕 웃어댄다.

"이 자식아, 너두 사람이 될라면 심뽀나 고쳐요. 남 안 되는데 그리 좋을 게 뭐 있니?"

"하하하…… 그렇지만 이놈아, 너 같은 촌놈이 겁두 없이 요릿집이 다 뭐야. 물라는 쥐나 물지 요따위가 계집한테 걸렸으니 안 녹을 장비가 있느냔 말이야! 하하하."

"이 자식아! 정미소에 녹었지 계집한테 누가 녹었니."

병호는 그때 일을 생각하면 지금도 오히려 분통이 터질 것 같다. 그 년놈들한테 속아서 한 해 농사를 헛 지은 생각을 하면 참으로 눈이 나온다.

"그놈이 그놈이야! 정미소와 요릿집이 다 한통속인데 이건 그 속두 여적 모르구…… 하하."

"그렇지만 정미소 놈들이 더 멀쩡한 도적놈이지 뭐냐, 천하에 죽일 놈들……"

병호는 그때 일이 새 기억을 일으켜서 취중이라도 화가 치밀었다.

"하하, 왜 약 오르니? 그 대신 천 냥짜리 외입했으면 되지 않었나, 누구나 감히 못하는 천금을 하룻밤에 흩었으니! 거, 참 장하구나, 하하하."

"이 자식아! 주둥이 닥쳐라. 부애 난다."

병호는 몇해를 두고 그때 일로 조롱을 받는 것이 친구 간에도 면괴해 견딜 수 없었다.

"암! 사내 대장부가 그래야지! 하룻밤에 천금을 애끼지 않구…… 이눔아, 늬 아범도 자식을 잘못 낳았다. 아이구 저런 자식이 원……"

정대감은 여전히 입심을 부리고 앉았다.

"아닌 게 아니라 내가 생각해두 난봉은 난봉일세."

병호는 고개를 지루[225] 숙이고 무엇을 생각한다.

"흥, 난봉? 너 난봉 내력이 어떤 것인 줄 알기나 아니?"

정대감은 별안간 팔을 걷어 올리며 게목[226]을 지르고 대든다.

"이 자식이 못 먹을 걸 먹었나? 오늘은 왜 이 모양새야!"

"이놈아 모르겠거든 어른 말씀을 들어 봐! 난봉에는 대개 세 길이 있느니라."

"세 길이라니? 그래 말 좀 해보아라."

병호는 대감의 면상을 똑바로 쏘아본다.

"세 길이 뭐고 한 즉, 첫째는 남을 망치구 저두 못 사는 놈. 이놈은 난봉 중에두 그 중 말째거든!"

정대감은 손가락 하나를 꼽는다.

"또?"

"둘째는, 남을 망치는 대신 저는 잘 사는 놈. 이놈은 첫째 놈보다는 좀 나은 놈이고."

정대감은 손가락 둘을 꼽아 보인다.

"그 담엔?"

"그 담에 셋째로는 뭐고 하니, 남도 잘 살리고 저도 잘 사는 놈이 있거든. 하, 이놈이야말로 가위 협잡꾼으로는 아주 윗줄로 가는 왕도(王道)를 걷는 놈이거든. 이놈아, 기위 난봉이 되려거든 좀 이렇게 해먹어. 공연히 너두 못 살고 남두 망치는 째말이가 되지 말구! 하하하."

"이 자식아, 내가 누굴 망쳤단 말야! 너, 취했구나."

"너 그럼 하얼빈 가서 남까지 망쳤지 뭐야! 아니 그럼 그게 흥한 거냐?"

---

225) 지루 : 푹.
226) 게목 : 게사니의 목소리. 즉 듣기 싫은 목소리. 게사니는 거위.

"아따 그 자식 남 말 하네. 넌 이놈아, 서간도에서 되놈을 어떻게 골렸는데, 하하, 참."

"그래두 나는 너보다는 낫거든."

"옳지, 너는 잘 살았으니까 말이지?"

"그렇지, 그래두 난 둘째 가는 난봉인즉 너보다는 낫지 뭐냐? 하하하."

정대감은 별안간 다시 정색을 하고 나서,

"우리 한 잔 더 먹을까?"

"아니, 던 안 돼. 그런데 너무 떠들어서 안되었는데…… 먼 데 선생님이 계신데."

병호는 그제야 깜짝 잊었던 듯이 정신을 수습했다. 그는 두 손으로 얼굴을 문지른다.

"선생님! 참 손님이 방에 계신가?"

그들은 비쓸거리며227) 밖으로 나왔다. 병호는 마당에서 거니는 치달이를 보자,

"선생님, 실례 많이 했습니다."

"뭐 천만에 말씀을……"

"우린 술 먹으면 잘 떠든답니다. 그렇지만 이 사람, 상관 있나! 선생님은 우리 같은 사람을 구원하시기 위해서 일부러 수고를 하시는 겐데. 성한 사람은 의원이 쓸 데 없단 말야! 하하하 그렇지 않습니까? 선생님!"

정대감은 어디서 들었는지 모르는 성경의 한 구절을 끌어내고 그 말을 가장 잘한 것처럼 너털웃음을 한바탕 웃어댄다.

이날 이상렬은 하학시간이 되자, 학생들을 총동원시켜서 안팎을 대소

---

227) 비쓸거리다 : 힘없이 자꾸 비틀거리다.

제228) 하고 책상을 깨끗이 닦아놓았다. 틈틈이 학교일을 보아주는 양서방도 와서 마당을 말끔히 쓸어냈다. 마당가로는 뺑 돌려가며 화초를 심었는데 각색 꽃이 만발하였다. 황량한 이 벌판에 사는 사람들에게는 그것이 다시없는 위안을 준다.

어느덧 하루해가 넘어가고 검은 장막이 마을 안을 휩싸온다. 집집마다 반딧불 같은 등잔불이 어둠 속에서 차차 희망을 품으며 바다 속에 뜬 등대처럼 어렴풋이 반짝인다.

정각이 되자 양서방은 학교 마당에 서서 나팔을 불었다. 손종을 쳐가지고는 온 동리가 들을 수 없기 때문이었다.

별안간 나팔소리가 유량히 울리자 마을 사람들은 허둥거렸다. 상렬은 미리 아이들한테 오늘밤에 모조리 식구들을 데리고 오라고 일러 보냈었다.

그런데 그들 중에도 귀순이 모친은 오금이 떠서 설거지를 허둥지둥 건정거렸다.229) 그는 본시 쾌활한 성격을 가졌다. 고적한 것보다 언제나 번화한 것을 좋아하고 조용한 것보다 떠들썩한 것을 좋아한다. 그래서 그는 음침하고 늘어지고 우물쭈물하는 남편을 언제나 무골증 같다고 성화댄다. 그는 불을 끄면 잠이 잘 안 온다 한다. 캄캄한 데서 잠자면 도리어 공상만 생기고, 그래 답답해서 못 견디겠다는 것이다.

"성미두 빌어먹겠지, 어떤 놈의 잠이 불을 켜야만 잘 온담!"

아내와 모든 점이 반대인 석룡이는 어떤 때 어떤 말을 할라치면,

"난 그래두 밝은 것이 좋은 걸 어짜라구."

하고 아내는 마주 세운다.

"그 잠은 눈을 뜨구 자는 잠인감! 감고 자는데, 불을 켜는 게 뭣이 좋

---

228) 대소제 : 대청소.
229) 건정거리다 : 일을 빨리빨리 적당히 해치우다.

다는 거야."

"아이구 그만 좀 두어요! 당신은 성미가 음충스러니까 그저 언제든지 컴컴한 것이 좋지 뭐."

아내는 기어코 남편을 꺾고 말았다. 여기서 한 마디를 더 나가면 아내는 별안간 칼끝같이 새파래지며 독살이 나온다. 그런 줄을 잘 아는 석룡이는 다시 더 말을 않고 덮어두는 수밖에 없었다.

"귀순아 넌 안 갈래! 어디 구경 좀 가보자."

아내는 부엌에서 들어오더니 부랴부랴 행주치마를 벗어놓고 새 옷을 갈아입는다.

'되지 못하게 구경이라면 빽 하지!'

석룡이는 이런 말이 혀끝으로 떠오르는 것을 이내 참고 말았다. 그랬다가 또 지독스럽게 왕퉁이 벌한테 쏘일까봐 무서워서.

"아버지도 가, 선생님이 집안 식구를 모두 데불구 오랬어요."

"오냐, 가자."

석룡이는 곰방대를 피워 물고 일어선다.

"그럼 널랑 아버지하구 먼저 가거라. 난 뉘랑 덕용이네 집으로 다녀서 곧 갈게."

구경바람에 신이 난 아내는 어제보다도 칼칼한 목소리로 또랑또랑 말한다. 그가 요즈음 변으로 기분이 좋아진 것은 깡을 고쳐서 장판방으로 만들고 뒷벽에다 창문까지 내서 전보다 방안이 밝은 것 때문이었다. 인제야 말로 사람이 사는 집 같다. 그런데 그것을 모두 덕성이네 집에서 서둘러 해주었다는 생각에 요새는 입만 건뜻하면230) 그 집 식구들이 끌려나온다. 그래서 덕성이 모친과 어푸러졌는데231) 지금도 거기를 들러

---

230) 건뜻하면 : 걸핏하면.
231) 어푸러지다 : 발에 무엇이 채이거나 하여 갑자기 앞으로 넘어지다. 여기서는 사이가 좋아 서로 붙

가자는 것이었다.

그의 이런 변덕을 그 남편 석룡이는 물론이요, 귀순이까지도 내심으로 우습게 알았다.

"저 변덕이 또 며칠이나 갈라누. 암만해두 저러다가는 무슨 일을 내구야 말거다!"

석룡은 아내의 덤벙대는 꼴을 보고 은근히 장래를 염려했다. 아내가 귀순이를 사이에 끼고 농락하다가는 부락장과 건오의 사이에 어떠한 충돌을 일으키지 않을까?

"성님! 구경 안 가실 테야?"

오금에서 비파 소리가 나게232) 귀순이를 앞세우고 쫓아간 귀순네는 채 문안으로 들어서기도 전에 이렇게 큰 소리를 질렀다.

"무슨 구경?"

순복이는 마주 내다보며 어리둥절할 뿐이다.

"아따 학교당 말야!"

"오! 참 아까 나발을 불었지! 좀 들어와 앉았다가 가요."

"언제 들어앉고구 뭐 하구…… 지금두 늦었나 본데 …… 어머니두 가십시다!"

그는 연신 호들갑을 부리며 노인마저 꾀어본다.

"아이구, 이 주책덩이가 가서 뭘 하게. 젊은이들이나 어서 가라구."

"그럼 어머닌 집 보시지. 어서 옷 입어요."

건오와 덕성이 형제는 먼저 나갔다. 그들은 부리나케 학교로 쫓아갔다. 교실 안에는 벌써 사람들이 가득 모였다. 이집 저집에서 남녀노소가

어다니는 것을 비유했다.

232) 오금에서 비파 소리가 난다 : 오금에서 비파 소리가 나도록 급하게 오고 가고 한다는 뜻으로, 어떤 일을 당하여 어찌할 바를 모르고 쩔쩔매는 모양을 비유적으로 이르는 말.

꾸역꾸역 나온다. 마당 가운데서는 푸섶을 쌓아놓고 모깃불을 놓았다. 저녁은 선선한 편이나 사람들이 많이 들어앉게 되면 더워서 문을 열어 놓아야 하기 때문이다.

실내에는 대짜 남포등에 불을 켜 매달았다. 안내역인 양서방은 오는 대로 그들을 차례차례 앞쪽으로 앉힌다.

교실은 본래 흙바닥으로 되어있다. 학생들은 그 안에서 나무걸상을 깔고 앉게 하였는데 오늘밤은 걸상이 모자라므로 그것은 몇 개만 남기고 들어낸 후 동리 중의 멍석을 모아다가 깔아 놓았다. 그리고 연단 밑 좌우로만 걸상을 둘러놓고 동리의 어른들만 걸터앉게 하였다.

개양툰 학교는 이 동리 아이들만 수용해서 학생들이 그리 많지 못하다. 따라서 일 년에 한두 번씩 한다는 춘추의 운동회라는 것도 학생이 적고 보니 별로 보잘 것이 없게 된다. 그러나 이밖에 다른 집회가 없고 오락이 없는 그들에게는 무엇이나 구경이 있다면 너두 나두 덤비게 되었다. 그들은 오락에 주렸다. 그래서 오늘 저녁에도 전도 강연을 듣기보다도 일종의 호기심으로 구경거리로 알고 모이었다. 그것은 별 재미가 없다 할지라도 여러 사람이 한자리에 모여서 서로들 얼굴을 쳐다보는 것도 역시 한 구경이라 싶었다. 사실 그들은 한 동리에 여러 해를 같이 살지마는 이렇게 안팎으로 모여 보기는 처음이었다. 우선 그만해도 볼만한 구경거리다.

연단 위에는 오늘밤에 열변을 토할 강사와 강주사, 부락장, 이상렬이가 제가끔 큰 의자에 둘러앉았다. 그 밑으로는 긴 걸상에 정대감과 병호가, 그리고 또 한 걸상에 두셋씩 붙어 앉았다. 건오는 그 앞에 멍석 위로 책상다리를 하고 앉았다. 앞줄로는 학생들을 앉히고 그 뒤로 양편을 갈라서 부인석과 부형석을 갈라 놓았다.

"저이들은 죽을 때두 같이 죽을라나, 밤낮 붙어만 다니게!"

뒷줄에 앉은 여자들이 병호와 대감이 천연히 앉은 것을 보고 눈짓을 해가며 웃는다. 그들은 저녁때 한숨을 실컷 자고 나서야 술이 깨었다. 그러나 저녁 생각도 없어서 나발소리를 듣자 세수만 하고들 왔다.

들어오는 입구에서는 지금도 사람들이 들어 미느라고 참새떼같이 재재거린다. 덕성이와 황식이는 중간에 앉았다. 복술이도 의젓하게 그 뒷줄로 앉아서 두 눈을 꺼먹거린다. 서치달은 청중이 많이 모인 것을 보고 은근히 하나님의 은혜를 감사하였다. 그는 시계를 꺼내보자 이상렬에게 눈짓을 하여 우선 실내를 정돈시켰다.

"고만들 조용하십시다!"

이상렬은 개회를 선언한 후에 개회사를 강주사에게 청하였다. 강주사는 연탁 앞으로 버티어[233] 서자 점잖은 태도와 음성으로,

"우선 여러분께 오늘밤에 강연해 주실 선생을 소개해 드리겠습니다. 이 서선생은 현재 ○○신학교에서 공부를 하시는 분인데 요즈음 하기 방학의 휴가를 이용해서 사방으로 돌아다니시며 전도강연을 하시게 되었다 합니다. 에, 그런데 선생이 전도하시는 교회는 이 만주에서 새로 생겼을 뿐 외라, 교회의 취지가 전도인은 누구를 물론하고 자기가 농사를 짓는 아주 농민이래야만 한다는 것입니다. 그래서 이 서선생이 다니시는 학교에도 큰 농장을 설시해 가지고, 학생들로 하여금 농사꾼을 만들게 한다는데 그것은 만주는 농민이 대부분이고, 그들을 종교의 감화를 입게 하여 모두 잘살게 하려면 우선 전도인부터 농민이 되어 가지고 농민들을 지도하지 않으면 안 되겠다는 생각에 출발한 줄로 압니다. 그것은 여러분이 지금 자세히 보시면 아실 바와 같이 이 서선생의 농사하신 두 손을 보십시오! 농사꾼과 조금도 다름없이 거칠고 악마디가 졌습니

---

233) 버티다 : 받다. (시간이나 공간이) 다붙어 매우 가깝다.

다. 서선생! 어디 손을 한번 쳐들어 보시지요."

말이 떨어지자 서치달은 연탁 앞으로 나와 서서 두 손을 내밀어 보였다. 청중은 별안간 웃음통이 터진다. 강주사는 다시 말을 잇대어서,

"서선생은 이렇게 손수 농사를 지어가며 잠시 휴가를 이용해서 우리에게 귀중한 말씀을 전해주시려고 일부러 찾아 오셨은즉 여러분은 서선생의 지금 하시는 말씀을 헛되이 듣지 말고 아주 명심해서 많은 유익을 받도록 근청하시기를 특별히 부탁하는 바올시다."

강주사는 개회사를 그치자 두 팔을 벌려서 서치달을 연탁 앞으로 인도하고 나서 자기자리로 물러나와 앉았다. 잠시 실내는 긴장한 침묵에 잠겼다.

서치달은 탁자 앞으로 서서 우선 청중에게 고개를 숙여 정중한 인사를 한 연후에 손수건을 꺼내어 코를 풀어서 양복바지 포켓 속에 집어넣고는 기침을 한 번 크게 하여 목청을 굴려본다.

그러고 나서 다시 청중을 휘 둘러보고는,

"여러분, 그대로 앉으셔서 머리만 숙여주십시오. 잠깐 하나님 앞에 기도를 드리겠습니다."

그 말이 떨어지자 청중은 일제히 머리를 숙인다. 그러나 어떤 사람은 두 팔을 집고 앞으로 꾸부려 짐승 같이 앉기도 하고 어떤 이는 아래턱만 숙인 이도 있어서 그들은 각인각색의 자세를 취하였다.

"하나님 아버지, 감사 감사합니다. 저를 오늘 이곳으로 불러주시고 여기 한자리에 부복한 부모 형제 자매들과 같이 주의 말씀을 또 한 번 연구하게 된 것을 감사 감사하옵나이다. 그러하오나 저와 같이 무력한 자가 어찌 감히 하나님 말씀을 대언[234]할 수 있겠습니까? 다만 이 자리에

234) 대언(代言) : 남을 대신하여 말함.

성신이 강림하시와 거룩한 주님의 뜻을 잘못 해석함이 없이 인도해 주시기를 간절 간절히 비옵나이다. 우리 주 예수 그리스도의 이름으로 구하옵나이다. 아멘."

어린아이들은 여기저기서 웃음을 참느라고 킬킬거린다. 기도를 처음 해보는 사람들은 아멘 소리를 듣고도 그저 꾸부리고들 있었다.

"고만 머리를 드십시오."

서치달은 입가로 엷은 웃음을 띄며 장차 강연할 말의 내용을 공글리기[235] 위하여 일순간 청중을 응시했다.

"에, 저는 지금 강선생께서 소개하신 바와 같이 ○○신학에 있는 서치달이올시다. 올해 이 학년이온데 이태째 농사를 지어보았습니다. 제가 이번에 동만[236] 일대를 순회하고 왔사온데 거기도 올해는 풍년이 들어서 동포들이 매우 기뻐하는 모양을 보고서도 그것을 또한 감사하지 않을 수 없었습니다.

에, 저와 같은 일개 학생의 신분으로 또한 나이도 차지 않은 사람이 주제넘게 여러분을 모시고 이와 같이 연설을 한다는 것은 어느 편으로 보면 매우 당돌한 것 같기도 하고 또한 저부터도 그것은 외람하게 생각하는 바올시다마는 다만 저는 먼저 교인이 되었고 또한 장래에는 교역자가 되려는 때문에 여러분과 똑같은 농민이란 처지에서 한 말씀을 드리자는 것이올시다. 다만 언변이 부족한 저로서는 여러분 앞에 저의 먹은 마음을 충분히 이해하시도록 말씀하게 될는지 그것을 저어하며 먼저 인사의 말씀을 올립니다."

서치달은 오른손을 주먹으로 쥐어서는 입을 가리고 두어 번 기침을

235) 공글리다 : 바닥 따위를 단단하게 다지다. 일을 틀림없이 잘 마무리하다. 흩어져 있는 것을 가지런히 하다.
236) 동만(東滿) : 중국 동북지방의 길림성 동남부 지역. 연길현, 왕청현, 훈춘현, 화룡현, 안도현을 포괄하는 두만강 연안 일대이다.

하느라고 말을 잠깐 그쳤다가 다시 목청을 높이어서 본론으로 들어선다.

"여러분 중에는 혹시 그전부터 예수를 믿어 보신 이가 계신지는 모르나 대부분은 아직 예수를 모르시는 분이 많으신 줄로 생각합니다. 그래서 예수교라면 벌써 천주학쟁이라고 금을 쳐놓고 그것은 아무 소용없는 황당한 것인 줄로만 오해하실 분이 계신지도 모릅니다. 그러나 우리 예수 그리스도의 정신은 결코 그런 것이 아니올시다.

하긴 예수교도 근본은 한 곳에서 나왔으나 오늘날은 여러 갈래로 교파가 생겨서 각자가 자기네 교회를 으뜸이라고 선전합니다. 개중에는 정말로 황당한 소리로 성경을 해석하는 수가 없지도 않습니다. 그것이 옛날 같으면 모르지만 오늘날 이십 세기인 이 문명시대에 있어서 오히려 몇십 년 전에 서양 선교사들이 미개한 야만 민족에게 전도하던 그 식을 그냥 가지고 오히려 판에 박은 황당 맹랑한 소리들을 그들은 되풀이하고 있습니다. 여러분 중에 예수교라면 첫째 천당 지옥을 지목하시게 되겠지요! 그래서 예수쟁이는 천당에 갈려고 예수를 믿는 줄로만 아시는지 모르겠습니다. 즉 다시 말하면 이 세상에서는 고생을 하더라도 다음날 천당에 들어 갈 것을 오직 믿고 거기서 위안을 얻을 수 있다는 게 아니겠습니까? 그리고 천당은 저 요단강 건너에 이 세상과는 영원히 따로 떨어져 있다는 것이 아닙니까? 그러나 그것이야말로 너무도 황당한 소리가 아니겠습니까? 우리는 천당을 믿을 수는 없습니다. 더구나 죽은 뒤에 있다는 천당만은 믿을 수가 없습니다. 누구나 죽은 뒤의 일은 모릅니다. 이것은 전혀 예수교의 정신을 배반했거나, 그렇지 않으면 한 개의 미신으로 신앙을 붙들게 하자는 수단으로 그런 해석을 할 필요에서 나온 줄 압니다."

서치달은 차차 주먹에 힘을 주며 열변을 토하기 시작한다.

"에, 그러면 예수교의 정말 진정한 정신은 어디 있느냐? 그것이 지금부터 연구할 제목인가 합니다. 예수교의 천당은 결코 내세에만 있는 것이 아니올시다. 우리의 천당은 바로 이 세상에 있어야 합니다. 현재, 우리가 사는 이 땅 위에 있어야 합니다. 여러분은 천당이 이 세상에 있다고 실망하시겠습니까? 그렇지 않으면 깜짝 놀라시겠습니까? 그러면 천당은 어디 있느냐? 학생들, 천당이 어디 있을까? 그것은 우리 마음속에 있습니다. 에, 이렇게 말씀하면 또 제 말이 요령부득이라고 잘못 알아들어 질문이 계실지도 모르니까 한 가지 알기 쉬운 실 예를 들어서 말씀하겠습니다. 아까도 잠깐 말씀했지만 제가 이번 동만 일대를 순회하던 중에, 저 해림(海林)사건으로 유명한 남전자(南甸子)를 가보았습니다. 여러분 중에도 해림사건237)을 잘 아시는 분이 계신지 모르나 그때 사건에 무참히도 희생을 당한 동포 열아홉 명이 한 곳에 묻힌 무덤을 저는 눈물을 머금고 참배한 일이 있습니다. 무덤 아래는 아래와 같은 묘비가 서 있습니다.

남전자농장사변 조난 동포 십구인지묘
소화9년 7월 7일

이 사건을 잘 아는 형제의 말을 제가 직접으로 들었는데 그것은 참으로 얼마나 잔인한 참변이었던가 모릅니다. 남전자는 바로 목단강에서 갈려서 해림으로 가는 중간의 철도 연변으로 해림강을 끼고 있는 농촌이올시다. 싸호툰(沙虎屯), 남전자, 따툰(大屯)의 세 동네가 거의 5리씩 상거를 두고 띄엄띄엄 있는데 그날 — 소화9년 7월 7일 밤, 이 역사적 참극이 뜻밖에 생겼다 합니다. 이 사건의 두목인 임모는 십여 명의 동지와 의논한 결과 이 세 동네에 사는 조선 동포를 몰살시키자고 의논하였다

---

237) 해림사건 : 1934년 7월 7일 새벽 중국인 마적단이 조선인이 사는 남전자 마을을 습격하여 약탈 방화하고 19명을 죽인 사건. 「마적의 총부리에 동포 19명 참사」, 『동아일보』 1934년 7월 12일 참고.

합니다. 그러나 서로 의견이 일치하지 못한 데다가 그날 갑자기 천후가 험악해져서 폭풍우가 몰아치는 바람에 한 동네—싸호툰만 새벽 오전 세 시에 그 일을 결행하였다 합니다. 그때 싸호툰에는 동포가 20명이 살았는데 열아홉 명이 그들의 손에 죽고 단지 한 사람만 천행으로 살아나서 도망을 쳤다는데 범인들은 모두 만주인 자경단과 그 동네에 살던 주민이었다 합니다. 그러면 그들이 무슨 까닭으로 이런 끔찍스런 그 일을 저질렀습니까? 똑같은 경험은, 아니 그것은 먼 예를 쳐들 것 없이 이 개양툰에도 바로 그런 일이 있었다 하지 않습니까? 지금 여러분이 사시는 이 개양툰 농장의 역사가 바로 그렇습니다. 저 앞에 김노인의 기념비와 거기 묻힌 형제가 바로 그렇게 된 희생이 아닙니까? 여러분! 그러면 그들의 학대와 참극은 참으로 생각할수록 모골이 송연한 바가 있지 않습니까? 나는 이번에 가는 곳마다 동포를 만나보니 동포들이 거주하는 데는 반드시 수전이 개척된 것을 볼 때마다 한편으로는 그것이 무한한 기쁨을 주는 동시에 다시 한편으로는 뼈에 사무치는 눈물이 핑 돌아서 실로 감개무량한 때가 한 두 번이 아니었습니다. 아! 거기 농장을 참 잘 풀었구나. 우리 동포가 심은 벼가 이렇게 잘 되다니…… 그러나 이렇게 농장을 개척한 이면에는 얼마나 무참한 비극을 맛보았던가요? 그것은 여기서도 그때 동포들이 그런 일을 당하였습니다. 지금 여러분 가운데에는 그때 일을 목도하신 분이 계신지도 모릅니다. 그러면 저의 그런 생각이 간절하였다는 말씀에 동감되지 않습니까? 참으로 그들이 무슨 죄가 있습니까? 조선같이 땅이 좁아서 살 수 없어 너나 없이 건너온 백성이 아니겠습니까? 그들은 순진한 농민이었습니다. 그런데 의붓자식의 설움을 받아가며 바람 거친 만주 벌판에서 황무지를 옥토로 개척해 주었는데도 이 땅 사람들은 도리어 그들에게 보수는 주기는커녕 피를 흘리고 재산을 몰수당하고 처자를 빼앗기는 참으로 지옥생활을 시킨 것뿐 아니었습니까? 가는 곳마다 동포는 그들에게 학대를 받고 생명의 위협을 받았을 뿐! 우리 동포들의 생활 곤란은 참으로 일구난설[238]로 형용할 수 없지 않습니까? 그래서 오늘날 이주동포는 명예스런 개척민의 지위를 차지하게 되기는 되었습니다마는 이 명예는 실로 피로 물들이고 눈물로 아롱진, 수많은 귀중한 생명의 보혈로 바꾼 것이올시다. 여러분! 이 창양한[239] 벌판과 저 송화강 흐린 물 속에 동포의 탄식과 눈물이 얼마나 섞여 있는 줄을 모르십니까? 여러분은 첫째 그것을 아셔야 됩니다.

서치달은 주먹으로 탁자를 한 번 탕 치며 흥분에 떠는 목소리를 크게 질렀다.

청중은 차차 연사의 열변에 도취되어 간다. 전도 강연이란 바람에 그 속을 대강 짐작하는 사람 중에는, 점두록 하나님 은혜만 내세우며 천당이니 지옥이니만 찾을 줄 알았는데 뜻밖에 이 전도인은 자기네의 생활과 거리를 가깝게 한 다분히 현실미를 띄운 점에 흥미를 더욱 느끼게 하였다.

"그이 참 연설 잘하네!"

뒤켠으로 앉은 귀순어머니도 차츰 귀가 뚫어지며 감심한 듯이 옆에 앉은 병호의 아내와 덕성어머니를 돌아보며 소곤거렸다. 아이들은 책상을 치는 바람에 모두들 놀래서 눈을 홉뜨고 쳐다보기도 한다.

밤은 아주 어두워서 바깥이 인젠 캄캄하였다. 창문이 작은 방안은 공기가 혼탁해지고 사람의 운김에 덥고 답답하다. 모깃불 연기가 바람에 불려서 이따금 불똥이 날아오다가 꺼지고 연기가 삭어진[240] 매캐한 냄새가 코끝을 알싸하게 한다. 서치달은 잠깐 동안 숨을 돌리며 손수건을

---

238) 일구난설(一口難說) : 내용이 길거나 복잡하여 한 마디로 다 설명하기 어려움.
239) 창양(搶攘)하다 : 몹시 혼란하고 수선스럽다.
240) 삭어진 : '사위어진'의 뜻인 듯.

꺼내서 이마에 흐르는 땀을 씻고 나자,

"제가 작년 여름에는 남만주 일대와 서간도를 순회하였는데 거기서도 동포의 악전고투하던 실화와 애환을 많이 들었습니다. 논을 매다가 마적에게 붙들려 가서 죽은 사람! 만주 군인들에게 갖은 폭행을 당한 사람들. 그때 군인의 복색이 흙빛과 같아서 속칭 그들은 토군(土軍)이라 불렀다는데 그들은 한두 명이 지나가도 동리사람들을 잡아서 일이십 리씩 총을 메워 걸리고는 저희는 각기 집집마다 계란—달걀을 뒤지러 돌아다녔다 합니다. 그래서 동리 사람들은 어느 집이나 군인 미끼라고 방문을 척 들어서는 문턱 앞에다가 둥지를 매달고 그 안에다 두서너 개씩 달걀을 넣어 두었답니다. 왜 그랬냐 하면 군인은 언제 또 대들는지 모르기 때문에 그들이 와서 달걀을 달랄 때는 둥지 채 선뜻 내보이고 이밖에 없대야 망정이지 만일 다른 데 가서 달걀을 가져오는 걸 뵈었다가는 설사 그밖에 달걀이 없다 할지라도 그건 거짓말이라고 더 가져 오라하며, 없다는 말은 곧이를 안 듣고 때리고 강청한다 합니다. 한번 이렇게 경을 치고 그런 소문이 퍼진 뒤로는 아주 미리 여분은 감춰두고 군인 미끼로 이렇게들 해두는 게랍니다. 그러고 그들은 같은 민족인 만주인들한테도 그와 같은 행패를 했기 때문에 만인의 촌사람들도 그들을 지단병 즉 계란 병정이란 별명을 붙였다 합니다.(청중은 대소하였다.) 사변 전에는 우리 동포에게 한교 연표(韓僑捐票)라는 것을 만들어 가지고 은(銀) 이삼 원씩의 인두세(人頭稅)를 받아가고 농우(農牛)에도 세금을 바치는 표가 따로 있었다 합니다. 간도 방면에는 문패세가 있고 문턱세도 있었다 합니다. 그것은 누구나 동포가 문턱을 넘어서면 일 원씩 문턱세금을 받았다고 합니다. 그런 것은 여기 계신 여러분께서 더 잘 아시겠고, 또 이루 말하자면 한량이 없을 테니 고만두겠습니다만 다만 먼저 말씀한 남전자 사건을 생각해 볼 때 그들은 참으로 그곳 동포와 무슨 웬수가 졌기에 그런 참혹한 거조를 하였을까요? 환인현 부이강(富爾江)에는 고기표라고 — 낚시에는 낚시표, 그물에는 그물표로 세를 받고 표가 없는 사람은 '쌰'를 했다 합니다.('쌰'란 무리한 금전을 속여 뺏는 것) 그것은 다른 원인보다도 그들의 무지가 그렇게 한 것입니다. 일반으로 물을 무서워하는 만인들은 우리 동포들이 이민으로 들어와서 자기 동리 앞 들에다가 별안간 논을 풀고 밭 사이로 봇둑을 내서 바다와 같이 물을 대놓았으니 평생 논 구경을 못한 그들은 자기 동리가 금방 물로 망할 것 같이 겁이 나서 미련하게도 수전을 개척한 동포를 도리어 죽이기까지 한 것이올시다. 가만히 생각하면 세상에 이와 같은 무지가 어디 있겠습니까? 그러나 무지한 그 사람으로 볼 때는 도리어 그것을 정당히 생각하고 하였을 것입니다. 그러면 그것이 지옥이 아니고 무엇입니까? 무지와 편견과 모든 불의한 욕심은 이런 지옥을 이 세상에다 만들어 냅니다. 그것은 크게는 나라가 그러하고 적게는 사회와 개인이 그러합니다. 그래서 자고로 무지는 호랑이보다도 무섭다는 것이 아니겠습니까? 이 곧 무지가 지옥을 낳는다는 말씀이올시다."

하고 서치달은 잠시 숨을 돌리며 땀을 씻는다.

"그러면 우리 사람의 마음속에 지옥이 들어앉았다는 것은 지금까지 드린 저의 말씀으로도 넉넉히 아실 줄 압니다. 그 담에는 천당을 말해보겠습니다. 지옥은 그렇다고 하면 천당은 대체 무엇이겠습니까? 천당은 어디 있고 또 어디서 만들어질 수 있는 것일까? 그것을 지금은 생각해볼 순서인 줄 압니다. 에, 제가 작년에 처음으로 지금 다니는 신학교에 입학을 하였을 때는 물론 우리 교회가 농본주의로 나가는 줄을 잘 알았고 또한 그것을 공명해서 멀리 정든 고향을 떠나서 만주까지 들어왔습니다. 저는 그때 단단히 결심하기를 몸이 이만큼 건강하니 설마 남이라고 다하는 농사를 못 지을 게 무엇 있나? 비록 어려서부터 농사일은 못 해보았을지라도 힘을 들여서 배우면 되겠지, 남의 머리 속에 들어있는 글두 배웠는데 그까짓 농사쯤을 못할 게 무에냐고 아주 흰소리를 치구 대들었습니다. 그러나 첫날 괭이를 둘러메고 나가서 논바닥을 한 번 쪼아보니 그전에 생각하던 것과는 아주 팔팔결[241] 다르지 않습니까? 아이구 하나님! 저는 죽어두 이 노릇은 못하겠습니다, 소리가 당장 한나절이 못 되어서 자꾸만 나옵니다그려! 손바닥은 부릇고[242] 허리는 아프고 두 팔뚝은 뻐근하고 어깨는 척 절리고 가슴은 터지는 것 같이 벌떡이고 숨은 차서 황소 숨을 들이쉬는데, 땀은 왜 그렇게 비오는 듯하는지요! 그래서 허리를 한 번 펴고 괭이를 한 번 들었다가 놓을 때는 입이 딱딱 벌어지는데, 참으로 그건 정말 죽겠어요! 나중에는 입안이 바짝 타도록 목이 말라서 걸디건 쓴 침을 목구멍 안에서 넘겨다가 핥아보면, 쓰기는 왜 그리 쓰던지요. 그리고 두 눈은 현기증이 나고, 두 귀에서는 징, 깽매기를 치고, 팔다리는 맥이 없는 것이 도무지 제 몸을 가지고서는 꼼짝을 못하겠으니 별안간 이게 웬일입니까? 나는 그때야 비로소 농민의 고역을 진실로 깨달은 동시에 저의 경망한 그 전 생각을 하나님 앞에 사죄하였습니다. 여러분 그렇지 않습니까? 저는 그날 하루를 간신히 그렇게 넘기고 그 이튿날도 죽기를 기 쓰고 또 들로 나가기는 했습니다만 밤에는 팔다리와 전신이 아프고 쑤셔서 도무지 잠을 못 자고 앓기만 하였습니다. 그러나 사흘째부터는 전날보다 괴로움을 참을 수 있고 저도 모르게 차차 저항력이 생기는 것이 별일이었다 싶었습니다. 그렇게 한 달을 하고 나니 그 뒤로부터는 별로 어려운 것이 없이 되어서 인제는 논을 쪼든지 모를 심든지 제초를 하든지 그리 괴로운 줄을 모르게 되고 무슨 일이든지 해보고 싶게 농사에 대하여서는 아무런 겁이 없게쯤 되었습니다."

241) 팔팔결 : 엄청나게 어긋나는 모양.
242) 부릇고 : '부르트고'의 뜻인 듯.

"참! 그렇겠지. 어쩌면 저런 이가 그렇게 참을성이 있을까?"

잠시 말을 떼는 동안에 여자들은 끼리끼리 감심해서 수군거린다.

"여러분! 그럼 그것이 무엇입니까? 그것이 곧 천당이란 말씀이올시다. 거룩한 노동은 곧 천당을 낳는다는 말씀이외다. 그때는 그렇게 어렵고 고생되어서 죽여도 하기가 싫지마는 그것을 지긋지긋 참아가며 해낸 결과는 그와 반대로 아주 훌륭한 것을 나타내었습니다. 풀을 한 포기만 뽑아내도 그 옆에 있는 곡식이 잘 되지 않습니까? 그와 같이 자기를 괴롭게 하던 일은 반대로 좋은 결과를 가져오게 된단 말씀이올시다. 그것은 즉 생산의 기쁨이요, 창조의 기쁨이올시다. 인간은 본시 예술가올시다. 그는 어디서나 자기의 생활에 아름다운 것을 가져보려는 천성을 타고났습니다. 그러면 농민의 예술은 무엇이겠습니까? 농사짓는 것 아니겠습니까? 과연 여러분의 농사는 그와 같이 이 세상을 천당을 만들게 하는 것이올시다. 여러분은 이런 농촌에서, 도회지에 있는 사람들보다는 문명의 아무런 은혜도 받지 못하고 날마다 거친 바람과 황량한 들 속에서 흙먼지와 싸우는 고달픈 일을 계속하시고 있지마는 지금 이때와 같이 여름내 피땀을 흘리고 농사를 지은 공력이 저 곡식의 알알 속에 나타나는 것을 볼 때는, 비록 저 곡식이 이담에는 남의 소유가 되는 소작농이 되신 분이라도 우선 지금은 창조의 기쁨과 생산의 기쁨을 느끼시지 않겠습니까? 그것은 참으로 돈으로는 바꿀 수 없는 거룩하고 귀중한 것이올시다."

듣던 사람들은 별안간 정신이 번쩍 났다. 서로들 고개를 길게 빼며 어찌된 말인지를 몰라서 분간을 못하며 서로들 두리번 두리번 연사에게로 시선을 집중한다.

"여러분! 제가 지금까지 장황히 말씀드린 것은 이 결론을 짓기 위한 때문이올시다. 다시 말하면 우리 예수교인은 이와 같은 농민의 자주적 정신 밑에서 예수 그리스도의 박애주의를 몸소 실천하는 것을 물론 근본 목적으로 삼겠지만, 먼저 자기를 살린 연후에 타인도 살리자는 것입니다. 먼저 자기가 정신적으로나 물질적으로나 살아야만 타인도 구할 수가 있다는 말이올시다. 자기도 살지 못하면서 어떻게 남을 구하겠습니까? 그것은 무당이나 판수와 같은 미신이올시다. 또한 정신은 물질을 토대로 삼아서 우리의 육신이 사는 만큼, 물질적 실력이 없이는 정신을 구할 수가 없습니다. 우리의 물질적 생활은 의식주이므로 물질적 실력이란 즉 경제적 실력을 의미하는 것이올시다. 그러면 우리 농민들은 부지런히 열심히 농사를 지어서 먼저 생활의 안정을 얻는 동시에 또한 예수를 잘 믿어서 정신적으로도 영혼의 양식을 찾아 놓는다면 우리는 정신적으로나 물질적으로나 지금보다는 훨씬 넉넉한 생활을 할 수 있지 않겠습니까? 그럼 그게 즉 천당이 아니고 무엇이겠습니까? 농민의 천당이 그밖에 또 무엇이겠습니까? 만일 우리 농민 동포들이 모두 다 그렇게만 할 수 있다면 이 만주의 농촌은 당장 지금이라도 곳곳마다 천당을 건설할 수 있게 될 것이올시다. 그런데 지금까지 여러 곳의 농촌을 돌아다녀 보면 이상적 농촌은 하나도 볼 수 없었습니다. 물론 교인의 입장을 떠나서 단순한 물질적 토대로만 본다면 간혹 유족한 농촌도 없지 않습니다. 그러나 그런 농촌이라도 저마다 다 잘사는 편은 못 되어서 가난한 농민이 더 많은 반면에 정신적으로는 더 말할 수 없이 타락해서 일 년 내 그렇게 피땀을 흘리고 농사지은 것을 가을에 가서는 술과 도박으로 죄다 털어먹고 말게 됩니다. 농촌의 매호 통계를 보면 일 년에 술 담배 값이 사십 원씩 된다 합니다. 아무리 만주가 술 담배 흔타 하지만 이건 너무 과하지 않습니까? 이야말로 농촌의 지옥 건설비올시다. 여러분! 보십시오! 그들도 여러분과 같이 조선내지에서는 심각한 생활난에 부대끼어 이 넓은 만주벌판으로 고향을 떠나오지 않았습니까? 그런 생각을 한다면, 절치부심을 해서라도 어떻게든 생활의 근거를 잡아야 할 것 아닙니까? 더구나 그것은 아까도 말씀드린 바와 같이 만주사변 전까지 백 년이란 긴 역사를 두고 우리 이주동포가 이곳 토민에게 잦은 설움과 학대와 참살을 당해가며 수전을 개척했다는 그런 피눈물의 역사를 생각할 때는 어찌 쌀한 알 벼 한 톨인들 허술히 할 수 있겠습니까? 그것은 지하에 묻힌 여러 선구자의 은혜를 배반하는 것이요, 앞으로는 백만 동포의 장래를 그르치는 대 죄악이 아니고 무엇이겠습니까?

통틀어서 만주의 이주동포는 부동성이 많다는 평판이 있습니다. 그들은 만주를 제이의 고향으로 영주할 목적을 두지 않고 그저 어떻게 한 밑천을 잡아가지고 고향으로 도로 나가자는 일확천금을 몽상합니다. 그런 생각은 은연중 농민에게까지 물이 들어있습니다. 하기야 저마다 그렇게만 될 수 있다면 작히나 좋겠습니까마는 더구나 지금에 있어 어디 그런 요행이 쉽사리 굴러올 수 있습니까? 공연히 갈팡질팡하다가는 귀중한 세월만 허송할 것뿐입니다. 그러니 우리는 이곳을 제2의 고향으로 알고 대대손손 영주하는 가운데 아주 '대지의 아들'이 되어서 이 땅을 훌륭히 개척하는 동시에, 농촌마다 우리의 천당을 건설하면, 얼마나 그것이 좋겠습니까? 그리하자면 여러분은 우선 예수를 믿으셔서 물심 양 방면으로 분투 노력하시지 않으면 안 되실 줄 압니다. 아까 저는 무지가 호랑이보다 무섭단 말씀을 드린 것 같습니다.

그러나 그보다도 학정은 더 무서웁습니다. 만주사변 이전 — 동북정권의 학정 밑에서는 우리 이주동포의 생활이 그와 같이 비참하기 짝이 없어서 그때는 잘 살래야 잘 살 수도 없었지만 지금은 이른바 왕도낙토가 되었으니 여러분께서 노력하시면 이 동리에도 천당을 건설하기가 그리 어렵지 않으리라 믿습니다. 그러면 여러분께서는 오늘밤부터 그와 같은 준비를 가지시고, 우리 주 예수 그리스도를 믿어 주시기를 간절히 바랍니다."

서치달은 이것으로 첫날밤의 강연을 끝마쳤다.

서치달은 일 주일 동안 저녁마다 강연을 계속하였다. 차차 그는 성경 해석으로 들어가서 나중에는 복음을 한 권씩 골라주고 믿을 사람을 골라냈다.

맨 나중날 밤 강연을 마치고 나서 믿고자 하는 사람을 나서라고 하였을 때 여자 중에서 선등으로 나선 사람은 귀순어머니였다. 그는 끝날까지 하루도 안 빠졌다. 여자 중에서 제일 열심히 다닌 사람은 그밖에 없었다.

귀순어머니가 나서는 것을 보고 다른 여자들도 주춤주춤 하였다.

"성씨가 누구시지요?"

서치달은 수첩을 펴들고 원입인(願入人)을 적을 때 물어본다.

"이가예요."

"예, 이씨세요. 함자는?"

"전 이름이 없는데요…… 어려서 부르는 이름밖에……."

"아명이시군요. 어떻게 지었는데요?"

"언년이에요."

이 말을 듣고 좌중은 와그르 웃음통이 터졌다.

"예수 좀 믿다가 망신하겠네. 그럼 선생님이 새로 하나 지어주십시오."

귀순어머니도 그들을 따라서 웃었다.

"예, 그러겠습니다. 나중에 알으켜243) 드리지요. 에, 그담에 또 없으십니까?"

---

243) 알으키다 : 가르치다.

귀순어머니는 옆에 앉은 병호의 아내와 덕성어머니더러 일어나라고 눈짓을 하였다. 그러나 그들은 종시 유예 미결하고 있다. 그들은 여출일구로 바깥주인과 의논을 한 후에 허락을 얻으면 믿겠다고 나중으로 미루는 것이었다.

"내가 믿고프면 믿는 게지…… 의논은 무슨 의논이야!"

귀순네는 이렇게 그들의 갑갑한 태도를 핀잔주었다.

"그럼 다 귀순네와 같은 줄 아나베. 우리는 맘대로 할 수 없는 걸 어째여!"

이렇게 대꾸하는 말에는 은연중 우리 집은 내주장[244]이 아니라는 의미로 비꼬는 것 같았다. 귀순네는 그런 눈치를 채자 입을 비쭉거렸다.

"그럼 댁에들 돌아가셔서 의논은 제게나 이선생님한테로 기별해주십시오."

제 맘대로 못하겠다는 사람들은 이렇게 추후로 믿게 하고 이날 밤에 믿기를 완전 작정한 사람은 귀순이 모친 외에 원일여 부자와 이상렬이와 윤석룡이었다. 석룡이는 아내가 먼저 믿겠다고 나서는데 만일 안 믿는다면 남편의 위신으로 보아도 재미없을 것 같아서 마침내 믿기로 작정하고 원일여의 다음으로 일어선 것이다.

서치달이가 일주일 동안 전도한 결과는 겨우 이렇게 몇 사람한테만 씨를 뿌리게 되었다.

그 뒤로 그들은 귀순네 집으로 모이기 시작했다.

이상렬은 서치달의 부탁을 받아서 몇 사람의 신자를 틈틈이 인도하기로 하였다. 그러나 사오 인에 불과한 그들을 학교로 모이게 할 수도 없어서 장소를 걱정하자 귀순네는 자청해서 자기 집으로 모이기를 허락하

---

244) 내주장(內主張) : 집안일에 관하여 안내가 자신의 뜻을 내세움.

였다. 그는 워낙 번화한 것을 좋아하는 터에 더구나 선생의 일을 돕자는 의미에서 그리한 것이다.

그는 물론 언문도 잘 모른다. 그것을 귀순이한테 배워서 뜨덤 뜨덤 성경을 읽는 것이었다. 귀순네 집에서 기도회를 열게 되었다는 말을 듣고 하나 둘씩 구경 오는 사람이 있었다.

누구보다도 그 말을 듣고 먼저 다니고 싶어하기는 황식이었다. 그러나 그는 덕성이에게 봉변을 당한 뒤로는 언제든지 보복을 하고 싶었는데 그들과 한자리에 대하기가 창피하여서 못하고 있었다. 덕성이는 믿기를 작정하진 않았으되 모이는 첫날부터 구경을 다녔다. 건오는 그것을 내버려 두었다.

황식이는 복술이한테 속은 것이 더욱 분하였다. 그 깐으로 하면 그 일을 원일여한테 일러바치고 삼원 오십 전이나 뺏긴 것을 받아내고 싶었지만 그렇게 하면 소문이 자자하게 나서 제 낯짝에 똥칠을 하게 될까 봐 겁나서 그리할 수도 없었다.

이래저래 그는 몸이 달아서 견딜 수가 없이 되었다.

그래 그는 은근히 어느 기회를 엿보고 음모할 계책을 골똘히 궁리하고 있었다.

귀순어머니의 이름은 서치달이가 떠나기 전에 상렬이와 같이 공동으로 생각해 본 결과 신덕이란 두 글자를 택하였다.

그 뒤로 그는 이신덕이로 통용되었고, 나중에 그것은 '쉰떡'이란 별명이 생기게 되었다. 그것은 그가 변덕이 많아서 떡같이 쉬기를 잘한다는 의미였다 한다.

9

수확

한동안 좋던 일기가 자고 깨어보니 식전부터 흐려졌다. 넓은 하늘에 꽉 들어 덮인 거먹구름[245]은 언제까지나 그대로 있을 것처럼 꼼짝하지 않는다. 그렇다고 비가 금방 올 것도 같지 않고 또 그렇다고 개일 것 같지 않았다. 이런 날은 답답하기만 하다.

한나절까지 그렇게 잔뜩 웅숭그리고만[246] 있더니 저녁때부터 이슬비가 보슬보슬 내린다.

"에, 인제는 치워질라나부다!"

이곳의 철수를 잘 아는 마을 사람들은 이런 생각을 누구나 들게 했다. 구월 초생의 이번 비가 지나가면 미구에 서리를 몰아 오는 찬바람이 불 것이라는 예감을 주기 때문이다.

보슬보슬 내리던 비는 차차 굵어지기 시작한다. 그러더니 해가 질 무렵에는 소낙비가 퍼부으며 난데없는 바람이 지둥치듯 몰아온다.

넓은 들 안은 별안간 실안개가 자욱하게 둘러싸여 도무지 지척을 분별할 수 없는데, 무서운 바람에 휩쓸려서 살대[247] 같은 빗발이 내리 박힌다.

---

245) 거먹구름 : 비를 머금은 거무틱틱한 구름.
246) 웅숭그리다 : 춥거나 두려워 몸을 궁상맞게 몹시 웅그리다.
247) 살대 : 화살대.

"휘, 휘, 휘."

맹수처럼 날뛰는 풍세는 천지를 뒤흔들며 천만 병마를 몰아오는 듯이 고함을 치고 으르렁거리는데, 그러는 대로 고량밭이 와스스 와스스 몸부림치는 것도 사납게 쏟아지는 빗소리와 함께 처참히 들리었다.

이렇게 밤새도록 사납게 굴던 일기는 새벽녘부터 꺼끔하여248) 간다.

그러나 한 번 시작한 비는 좀처럼 개이려고 않는다. 개일 듯하다가 다시 쏟아지고 한 대중으로 쏟아지던 비가 어느 틈에 다시 멈추며 멀뚱멀뚱한 구름이 중천에 얕게 떠 있다.

그 모양으로 비는 한 일간249)을 계속하며 구월 중순을 잡아 들었다.

마지막으로 비가 개이던 날은 서쪽 하늘가가 구름 밖으로 한쪽이 훤하게 트이더니 그 언저리가 차차 넓어지면서 구름장이 밀려간다. 그러자 저녁때에는 씻은 듯 부신 듯 온 하늘은 말끔하게 개이고 서쪽 하늘가가 불그레하게 저녁놀에 물들어 간다.

해가 질 무렵에는 새빨간 불덩이를 토한 것 같이 홍염 속에서 이글이글 타는 태양은 금방 이 땅 위로 불비를 퍼부을 것 같다. 그것은 처참하고 장엄한 광경을 나타냈다.

그러나 지금은, 한 번 호령하여 천하를 진동하던 영웅의 기상이 어디로 가고, 마치 임종하는 위인이 최후로 눈을 감을 그때와 같이 떨어지는 해는 고요히 지평선 너머로 잠겨간다.

횡 하니 넓은 평원 광야의 저쪽 하늘가로 혈조(血潮)250)에 타는 저녁노을은 언제까지 안타까운 정염에 몸부림칠 것인가? 그것은 오직 이 황량한 들 가운데 사는, 아무런 생활미를 찾아낼 수 없는 들사람들에게 다시

---

248) 꺼끔하다 : 좀 뜨음하다.
249) 일간(日間) : 가까운 며칠 안. 며칠간
250) 혈조(血潮) : 얼굴에 도는 핏기. 치솟거나 쏟아져 나오는 피를 비유적으로 이르는 말.

없는 위안을 주는 천연적 예술이 아니었던가?

이, 참으로 광막한 벌판에 사철로 눈코를 뜰 수 없게 하는 강풍과 폭풍우와 눈보라의 아우성치는 자연과의 격투장. 영하 삼사십 도의 혹한과 일백이삼십 도의 폭서하에서 이 대륙적 자연과 싸우는 그들도 응당 맹수와 같이 날뛰는 야성과 사나운 습성을 길러내지 않았던가!

그러나 지금과 같이 적막한 넓은 들 위로 하루해가 고요히 넘어갈 때 황혼을 재촉하는 저녁놀이 연연한 핏빛으로 타는 혈조는 참으로 무엇이라 형용할 수 없는 피안의 동경과 멀리 향수에 젖은 안타까운 정서를 자아내기 마지않는 것이다.

그것은 또한 커다란 이상과 명일의 희망을 가져오게도 한다.

그리하여 그들은 거기에서 위안과 정열을 얻고 낙망과 실심 끝에 다시금 용맹심을 분발하여 주먹을 불끈 쥐고 일어서게 하지 않았던가? 과거의 역사적 영웅들은 모두 그렇게 이 땅에서 일어나고 이 땅에서 쓰러졌다. 극단을 걷는 대륙적 풍토! 그것은 한편으로 사람에게도 치우치기 쉬운 성정을 길러냈다.

그러나 이것을 좋아할 수 있는 사람, 그것은 정말로 사나운 용마를 길들일 때와 같지 않았던가?

그렇다! 이 벌판의 용마를 잡아 탈 자는 과연 누구냐?

오직 이 땅의 영광과 행복은 그들만이 누릴 수 있는 선물이었다. 그것은 그들만이 차지할 수 있는 자격이었다.

날이 번쩍 들자, 예상했던 바와 같이 일기는 좀 냉해졌다. 마을사람들은 밭걷이와 벼를 베기에 안팎으로 바쁘게 날뛰었다.

건오도 일꾼을 얻어서 벼를 베기 시작했다. 오늘 얻은 일꾼은 일여 부자와, 석룡이, 병호, 양서방, 또 하나는 정대감네 머슴으로 있는 학봉이었다.

황금같이 누렇게 붙은 벼이삭들은 일제히 고개를 숙였다. 그것은 장엄한 태양의 등극 앞에 만조백관이 부복하듯 근감하게 이날을 축복하는 것 같다. 서릿발을 머금은 아침 공기는 오히려 차다. 종아리를 걷어올린 다리가 벼 포기에 스치는 대로 산뜻거린다. 그 대신 깨끗한 정신은 마치 저 텅빈 하늘에 구름 한 점 없는 것처럼 맑았다.

육칠 쌍지기가 불과 몇 논 몇 배미 안 되게 한 자리에 심겨졌다. 벼는 서숙 모개미 같은 탐스러운 이삭을 달고 고밀개251)로 민듯이 쪽 고르게 잘 되었다. 초가집 일기가 좋아서 실념252)도 잘 되었다.

산종(散種)으로 삐운 볍씨는 한 알씩 떨어진 것이 포기가 벌어져 한 줌이 뿌듯하게 손아귀에 들었다.

"에, 나락 참 잘 되었다. 아마 스무 단은 나겠는 걸!"

일꾼들은 남의 벼라도 잘 된 것이 소담스러워 감탄한 나머지에 한 소리를 되하곤253) 한다.

"스무 단은 마치 몰라두 아마 열일곱 단 포수254)는 날 것일세."

"뭐, 그렇게야 못 나겠지만 아마 열댓 단은 나올 테지."

건오는 일꾼들의 풍을 치는 것이 속으로는 흐뭇하게 들렸으나 겉으로는 이렇게 겸사해서 대답한다.

"이 사람아, 열다섯 단이란 말이 되나! 줄잡아서255) 열일곱 단씩 안 나거든 내 손톱에다 장을 지지게."

병호가 역정을 내며 거센 목소리를 자른다.

---

251) 고밀개 : 고무래. 곡식을 그러모으고 펴거나, 밭의 흙을 고르거나 아궁이의 재를 긁어모으는 데 '丁' 자 모양의 기구.
252) 실념(實稔) : 곡식알이 여물고 익음.
253) 되하다 : 거듭하여 다시 하거나 도로 하다.
254) 포수 : 폭. '정도'.
255) 줄잡다 : 어느 표준보다 줄여서 헤아려 보다.

"허허, 그 사람…… 뭐 그럴 것까지는 없네마는……."

건오는 허리를 펴면서 껄껄 웃는다.

"그렇지만 자네가 턱두 없는 말을 하니까 말이지."

병호도 벼를 한 줌 베어서 옆으로 깔아놓고 허리를 다시 편다.

"암, 열일곱 단이야 나구 말구."

석룡이도 허리를 폈다가 낫자루에 침을 뱉어 쥐고 잡은 참 엎드린다. 사방에서 낫질하는 소리가 와작와작 하여 벼 이삭이 서로 스치느라고 사그락 사그락 한다. 물을 빼서 바짝 마른 논바닥은 벼를 깔아 뉘여도 허실될 것이 없었다.

"이 사람들아, 심심한데 이야기들이나 좀 하게. 아이구 허리야, 벌써 허리가 아프구나."

병호가 누구를 지목하는지 모르게 침묵을 깨치었다.

"이야긴 양서방이 잘하지. 그래 한마디 해보소."

"내가 뭘 잘해여! 에, 그 벼 참 끌차게 되었다."

양서방은 줌 안에 든 벼를 깔아놓고 잠시 허리를 폈다가 다시 엎드린다.

"왜, 서간도서 농사짓던 이야기가 많지 않아! 어디 승경이라던가……."

"승경이 아니라 홍경(興京)256) 말인감."

"옳지! 홍경이랬지."

병호가 한 마디를 뚱기었다.

"그런데 긴상은 어쩌다가 하얼빈으로 벼 사러(팔러)갔다가 골탕을 먹구 우리 집 주인한테 여적 놀림을 받수?"

학동이가 한마디를 던진다.

"이 사람, 그런 말은 입 밖에 내지두 말게. 생각만 해두 치가 떨리네!"

---

256) 흥경 : 싱징 Xingjing. 중국 랴오닝 성(遼寧省) 동쪽에 있던 옛 현(縣).

"하하하!"

일꾼들은 일제히 웃어댄다. 건오도 그들을 따라 웃으며 병호의 표정을 보았다.

"그렇다니 말인데 그때 우리 고장에도 그런 일이 있었다우. 지금은 금융회가 생겼지만 그 전에는 정미소에서 벼태나 쌀태를 내다 썼는데 소작한 주자는 전부 자기네 정미소로 가져갈 것을 선약하고 돈을 쓰는 거란 말이지."

양서방은 비로소 이야기의 실꾸리를 풀기 시작한다.

"그래서?"

양서방은 벼를 남과 같이 베어가며 이야기를 하자니 일신양역257)을 하는 셈이라, 숨이 차고, 힘들어서 동강동강 중간을 쉬지 않으면 안 되었다.

"아, 그래서 정미소의 세력이 참으로 굉장했거든. 그것두 자본금이 많을수록 세력이 더 많은가 보데. 어떻든지 작인들이 일 년 동안 쓰는 돈은 모조리 정미소를 거치지 않으면 안 되었으니까 그들의 이 셋줄258)란 더 말할 것 없지 뭐…… 그렇지 않겠어요?"

"암, 그렇구 말구."

"멀쩡한 도적놈들 같으니."

병호는 양서방의 말을 듣더니 또 배알이 꼬여서 가래침을 논바닥으로 콱 뱉으며 볼먹은 소리로 중얼거렸다. 그 꼴을 보고 여러 사람은 일제히 또 웃어댄다.

"아, 그러기 때문에 작인들이 봄에 돈을 얻으러 갈 때에는 여간 괄대를 안 받는단 말이지. 인사를 해두 본 척 만 척하구…… 무슨 말을 물어

---

257) 일신양역(一身兩役) : 한 사람이 두 가지 일을 동시에 맡음. 한몸두일.
258) 셋줄 : 세력이 있는 사람과 닿은 연줄.

볼라면 핀잔만 탕탕 주고…… 아주 참 그 자식들 아니꼬운 수작이란 말할 수 없었지요. 그러다가도 이맘 때쯤 되어서 벼차를 덩실하니 싣고 그 위에 올라앉아서 떨떨거리구 들어가 보지! '아이구, 형님 들어오셔요! 어서 들어오십시오.' 하며 권연을 태려다259) 준다, 차를 내다 준다, 대접이 아주 딴판이거든. 그래 여북해야 그때 이런 조명260)이 다 생겼다나. 우리 게에 김정태라는 소작인이 살았는데 — 그 사람 말이 참 명담이지 — 그런 꼴을 보구 와서 한다는 말이, '제길할 놈들 같으니. 흥! 봄 정태 갈 형님이라구나!'이라면서 정미소 놈들을 막 욕을 해붙였다지, 하하하……."

"그게 무슨 말인데?"

원일여는 말귀를 못 알아듣고 어리벙해서 양서방을 돌아본다.

"아따 그게 이런 뜻인 줄 몰라요? 봄에 돈을 얻으러 가면 김정태, 김정태! 하다가도 가을에 벼를 싣고 가면 성님! 성님! 한단 말이지."

"옳거니 참 그렇구면, 하하하."

원일여는 뒤늦게 또 한바탕 웃어댄다.

"어디나 정미소를 하는 놈들은 모두 다 그럴 터이지. 멀쩡한 도적놈들 같으니."

병호는 또 다시 뇌까리며 심사를 내었다.

"그야 뭐, 정미소뿐이겠수. 돈 가지구 장사하는 사람들은 거지반 다 그런 게지."

"암, 그 사람들만 나무랄 것두 없겠지."

건오가 학봉의 말을 대꾸한다.

---

259) 태리다 : 원문대로. '불을 붙이다'의 뜻인 듯.
260) 조명 : (남들이 비웃거나 깔보는 뜻에서) 조롱하여 놀림조로 부르는 이름. 개인에 대한 좋지 않은 소문.

"그렇지만 그눔들은 너무두 심하니까 말이지. 멀쩡한 도적놈들!"

"만주사변 전 만주란 원래 그런 곳 아니었어?…… 생으로도 뺏어가구 별별 일이 다 많았지. 우리 고장에서는 소작료라는 것을 □로첸이란 괭이값으로 따져서는[261] 그것을 식구마다 받아갔다우. 장정은 한 섬, 열일곱 살 이상부터는 닷 말씩. 다행히 여자는 빼놓았기에 망정이지 통틀어 그렇게 받아갔다면 뽕빠질 뻔했지만. 하참!"

"암! 그 뒤 봉표(奉表)로 하루갈이에 두 장씩 주었으니까 매 장 십이 원씩 쳐서 이십사 원에 수전 소작권을 산 셈이지요. 십 원짜리에다 따양(大洋)[262]이라고 좌우에 썼으면 십이 원 금을 치고 오 원이라도 따양이면 육 원으로 쓰게 되는데 그래 무식한 한 노인은 그저 따양만 달래서 별명이 '따양'이 되어버렸지 허허허……. 그런데 따양이 별안간 폭락하는 바람에 십이 원 하던 것이 이십 전밖에 안 되었구려. 그 소문을 들은 농군들은 그때 한참 제초를 하다말구 와 하니 현으로 몰려가서 너두 나두 물건들을 사내는데 나중에는 소용두 안 닿는 여자 양산까지 사들였다던가!"

"하하하, 그럼 그 따양 노인은 어떻게 되구!"

"허허, 그것 참!"

양서방이 말을 그치자 한동안 우뚝우뚝 벼 포기만 잘리는 소리가 잇대어 들리었다.

양서방은 다시 화제를 바꾸었다.

"한번은 되놈의 지주한테 무리하게 소작권을 떼웠는데 도무지 분해서 견딜 수가 있어야지……. 그래 볍씨를 뿌려놓은 그날 밤으로 돌피씨를 몰래 삐워[263] 놓았더니만 이놈이 그해 농사를 허탕치구는 제발 도루 해

---

261) 원문은 '따젓는'.
262) 따양(大洋) : 청말부터 중화민국 시기까지 사용된 은화의 단위.

먹으라구 사정을 하더라나. 하하.”

“야, 그건 너무 심하구나.”

“심하긴 뭬 심해유…… 그때는 그눔들한테 어떠한 압제를 받았는데
요. 어디 하룬들 지기를 펴구 살았다구요! 철모르는 아이들끼리 싸움만
해두 되눔들은 떼로 달려들어서 이편을 치구 갖은 욕설을 해서 어디 꿈
쩍이나 할 수 있었나요. 그렇지 않으면 수없이 병정들이 나와서 행악을
하구…… 저거 번에 신학생이 연설하던 말과 똑같았지! 그눔들 참 달걀
이라면 사족을 못 쓰더니…… 그나 그뿐인가 뭐? 걸핏하면 마적한테 잡
혀가구…….”

양서방은 차차 언성에 힘을 올린다.

“양서방두, 그래 마적한테 잡혀가 보았는가?”

병호가 호기심이 나서 한 마디를 물어본다.

“나는 안 잡혀갔어두 형님들이 둘이나 잡혀가서 죽었답니다.”

양서방은 이렇게 말하고 나직히 한숨을 내쉬었다.

“응, 형님이 둘이나?”

듣는 사람들은 모두가 이 끔찍한 사실에 놀라지 않을 수 없었다.

“그렇기에 오늘날 내 신세가 이렇게 되었지 뭘 하러 예까지 왔겠어요?
하두 기가 막히는 일이라 여태까지 남한테 얘기두 안했지만.”

“그거 참 큰 화를 입었구만. 어쩌다가 그리 되었던가?”

“차차 이야기 하지요. 기위 말이 났으니…….”

하고 양서방은 가래침을 곤두세워 뱉고는 굼뜬 입을 다시 놀리었다.

“난리 전만 해두 호자패들이 돈 있는 사람들의 자질을 볼모로 잡어갔
는데.”

---

263) 삐다 : 뿌리다.

"호자패라니?"

일여가 의미를 몰라서 또 묻는다.

"마적떼를 호자패라거든. 대도회(大刀會)라구 왜 한창 소문나지 않았어? 그 패들은 부적을 살라 먹고 붉은 줄을 단 장창과 식칼 같은 환도를 가졌는데, 부적을 살라 먹기 때문에 총칼도 몸에 안 받는다구 마구 덤비는 통에 그놈들이 대단히 강병이었지. 그런데 그놈들이 돈을 달라는 편지를 써서, 닭의 깃을 꽂아 보내면, 그것은 화신(火信)이란 건데, 아무 상관없는 사람두 잘 전해주어야 하구 비밀을 지켜야 망정이지 만일 그러지 않았다가는 큰 화를 입는구만! …… 그런데 잡아간 사람의 귀를 떼어서 편지 속에 넣고 돈을 달라기두 하구 별짓이 다 많았지."

"천하에 무지스런 놈들!"

"그때 홍경 방면에서는 모 심을 때 품이 째이기 때문에 품삯을 비싸게 주고 사서, 삼시로 쌀밥에다가 고깃국에 술을 주고 막 먹었거든. 그러고 되놈들을 품꾼으로 사기도 하였는데, 나중에 알고본 즉, 마적패에서 동리의 내정을 염탐하자는 꾀로 비밀히 모군을 선 줄을 누가 알기나 했어야지! 그놈들이 품꾼으로 팔려 와서 가만히 보니까 일꾼들을 이렇게 잘 먹일 수 있다면 아마 조선 사람들이 무척 잘 사는가부다구 꼭 그렇게만 알았던가봐! 그 뒤 어느 날 밤에 마적떼가 쳐들어와서 장정 열네 명을 묶어갔구려. 그 통에 우리 집 형님 둘이 한꺼번에 붙들려 가지 않았나베!……."

"아니 그럼 열네 사람이 모두 화를 입었어?"

병호가 놀라서 묻는 말에,

"그럼요. 하나두 못 살아왔지요!"

양서방은 옛일이 눈에 밟히어서 감개무량한 듯이 자못 두 눈을 끔벅인다.

"그것 참……."

여러 사람은 격분이 끓어오르는 감정에서 웃음소리도 나오지 않았다.

"그 뒤로 바로 거기가 싫어져서 우리 집은 대처로 나왔었지마는 그래두 어려서 지나던 일을 생각하면 지금두 몹시 그리운 때가 있겠지요."

"몇 살 때 그리로 갔었는데."

"내가 두 살 때요."

"그럼 뭐! 고향이나 진배 없겠지. 햄!"

하고 석룡이가 가래침을 뱉는다.

"아마 그래 그런가 봐! 겨울이면 형님들과 뒷산 너머로 티티 사냥을 다녔는데, 티티라구 저 콩새보담 조곰 큰 놈이지요. 그놈 고기가 참 맛있것다, 앞 벌판에다 덫을 놓고 몰이를 하면 잘두 잡히더니…… 봄이면 해가 지기가 무섭게 불들이 켜지거던. 차차 어두워질수록 불빛은 환해져서 강변의 좌우는 온통 꽃밭같이 참 황홀했더니……."

"그건 또 웬일인가!"

원일여가 놀라운 듯이 두 눈이 둥그레서 묻는다.

"깨구리 잡느라구!"

"깨구린 잡어서 뭘 하게! 하하하……."

석룡이와 일여는 의외의 대답에 일시에 홍소를 한다.

"되놈들은 깨구리가 귀한 반찬이거든! 그놈을 소금에 절였다가 손님이 와야만 상에 놓는단 건데 뭘 하다니?"

"깨구릴 다 먹어?"

석룡이가 의심스레 다시 듣는다.

"먹구 말구요. 나두 어려서 깨구릴 잡다가 어머니한테 매를 맞고 쫓겨났었지만. 그러나 마적이 심한 뒤로는 그런 건 그림자도 못 보게 없어지고 말었지."

하고 양서방은 다시 아득한 추억에 잠긴 것처럼 말을 끊고 무엇을 생각하는 표정이었다.

사이[264) 때가 되자 일꾼들은 한 참[265)을 쉬러 봇둑 위 풀밭으로 올라앉았다. 그들은 아침에 건오가 한 갑씩 돌려준 담배를 제가끔 피운다.

조금 있자니까 순복이가 참 술을 함지박에 이고 나왔다. 그전에는 아침 젓밥[266)도 일꾼들을 해먹였는데 근자에 개량이 되어서 오전에는 술만 한 차례를 먹이게 하였다. 건오는 며칠 전에 일참[267) 술로 막걸리를 담았던 것이다.

그들은 술을 한 사발씩 들이켜고 나니 목이 컬컬하던 차에 피로와 갈증을 일시에 잊게 한다.

태양이 빛나는 넓은 벌판은 언제 보아도 푸근하고 토지에 대한 동경을 크게 한다.

건오도 속으로 생각해 본다. 올에 만일 한 쌍에 열일곱 단씩 난다면 내년에는 그의 여력으로 여남은[268) 쌍을 지을 수 있을 것이다. 하긴 그는 제 욕심만 채우려 들었으면 벌써 백 석 추수쯤은 농사치를 얻었을 것이다.

그러나 그는 먼저 병호를 다시 불러들여서 농토를 별러주고[269) —그것은 그 전의 은혜를 갚는다는 점에서도— 올해는 귀순네에게 그것을 별러주기에 그만큼 자기의 역량을 줄이게 되었다.

그러나 건오는 조금도 것을 앵하게 알진 않았다. 어려서부터 고생에

---

264) 사이 : 곁두리. 농사꾼들이 힘드는 일을 할 적에 끼니 밖에 참참이 먹는 음식.
265) 참 : 일을 하다가 잠시 쉬는 동안이나 끼니때가 되었을 때에 먹는 음식.
266) 젓밥 : 곁두리로 먹는 밥. 곁밥.
267) 일참 : 일을 하다가 쉬는 참. 일을 하다가 쉬는 참에 먹는 음식.
268) 여남은 : 열 남짓. 열이 조금 넘는 수.
269) 별러주다 : 몫으로 나누어 주다.

찌들고 갖은 고초와 압제로 커난 그로서는 한때는 미상불 오냐! 나도 남과 같이 이를 악물고 지독히 모아서 뽐내고 살아보자 하는 생각이 없지도 않았으나 나이가 차 가는 대로 차차 혜지가 뚫리어서 그만큼 고난에 찬 경험은 도리어 남의 사정을 알게 되고 이웃 간에도 인정이 두터워서 딱한 일을 보면 그대로 있지 못하는 성미를 부지중 길러 왔다.

그래서 모친은 지금도 그 아들의 내 실속이 없이 털털한 소행을 성화한다.

"애 아범은 왜 그런지 모르지! 어려서 고생을 하던 생각을 해서라두 실속을 차리지 않구. 내 일보다 남의 일을 더 걱정하는 사람이 이 세상에 누가 있더냐? 저 부락장 집을 못 봐! 그 집은 저렇게 지독하니까 돈을 모았지!"

이렇게 아들을 책망할라치면 건오는 아무 말도 않고 앉았다가,

"그렇게 심악스레 모아선 뭘 할라우! 하루 밥 세 끼 먹구 살기는 일반인 걸!"

하고 웃어버린다.

"그렇지만 남과 같이 좀 살아보아야지! 밤낮 궂은 일만 하구 농군으로 한평생 보낼 텐가! 차차 아이들두 커나는데 식구는 많구……."

"농군이 왜 어때서요? 글쎄 어머니는 아무 걱정 마시구 가만히 앉아 계셔요. 어머니 생전에 설마 굶겨 드릴까봐 걱정이시유?"

"하하, 누가 내 걱정은 왜. 나는 인제 죽어두 원이 없지만, 저것들을 위해서 하는 말이지."

하고, 모친은 담배를 피우고 있던 담뱃대 물쭈리[270]를 빼면서 그것으로 둘러앉은 손자들을 가리킨다.

---

270) 물쭈리 : 물부리.

며느리도 시어머니의 말을 은근히 찬성하였으나 본시 그런 사람인 바에야 할 수 없는 일이라고 단념하였다.

건오는 천성이 그렇다고는 하지만 그런 천성을 더욱 이곳으로 들어와 키운 셈이었다. 그는 강주사의 영향을 많이 받았다.

인자하고 고결한 강주사의 마음은 그의 인격을 맑은 거울처럼 내다비쳤다.

그는 부지중 강주사를 숭배하게 되었고, 그래서 더구나 남한테 인심잃을 짓은 하기가 싫었다.

그 대신 그는 남보다 부지런해서 그 손해를 메꾸자[271] 하였다. 남에게 이악스레 해서 제 욕심을 채울 것 없이 남보다 부지런했으면 될 것 아니냐는 것이 그의 생활 철칙이었다.

그는 이즈음 그런 생각이 더한 것은 서치달의 전도강연을 들은 뒤부터였다.

그는 아직 예수를 믿기를 작정하지는 않았지만 천당과 지옥이 내 마음에 달렸다는 말에는 미상불 감동하였다. 그의 말과 같이 무지는 지옥을 낳고 선량한 지식은 천당을 낳는다.

농민의 기쁨은 농사를 짓는 데 있고 그들이 지은 곡식으로 다시 배불리 먹고 잘사는 데 있다. 그래서 자녀들을 가르치고 문화적으로 생활을 향상할 수 있는 탁락한[272] 동네를 만들어간다면 농촌의 천당이 과연 이 밖에 또 무엇이 있을까? 저 혼자만 잘살려고 애를 쓰다가 도리어 못사는 수가 많은 법이다. 말하자면 이것이 건오의 이상이었다. 그런데 건오의 이상은 엉뚱한 현실에 부딪혀서 조각조각 깨지는 환멸을 또 한 번 당할 줄 누가 알았으랴!

---

271) 메꾸다 : 메우다.
272) 탁락하다 : 으뜸이 되게 뛰어나거나 두드러지게 훌륭하다.

10
음모

약한 사람이 제 힘으로 저편을 강탈할 수 없을 때는 일상 남의 힘을 빌어서 보복을 하려드는 것은 분하면 분할수록 더욱 그런 것이다. 그런 때는 비록 제게 잘못이 있더라도 옳은 척하고 저편에게 허물을 둘러 씌워야한다.

황식이가 역시 그런 수단을 썼다. 그는 덕성이한테 따귀를 맞은 것이 두고두고 생각할수록 분했다. 누구한테 호소할 곳이 없는 그는 눈물을 머금고 그 길로 집으로 돌아가서 만만한 어머니한테 응석하듯 고자질을 했다.

복술이와 싸우는데 공연히 덕성이가 대들어서 따귀를 치고 복술이 편을 들어주었다고. 황식의 모친은 그 말을 들었을 때는 참으로 얼마나 놀랐던지 모른다. 그 아들이 어떤 아들이며 개양툰에서 자기 아들을 때릴 놈이 누구냐? 그런데 덕성이가 무엄하게 우리 황식이를 때리다니. 그는 금시에 무슨 큰일이나 난 것처럼 가슴을 벌떡이며 분통을 참지 못했다.

"공연히 상관두 없는데 덕성이란 놈이 와서 때려! 그래두 네가 먼저 싸움을 건 게지."

그는 위신상 처음에는 아들의 말이 곧이가 안 들려서 이렇게 다그쳐 물었다. 정말 그랬으면 오히려 듣기가 덜 분할 것 같다. 황식이가 먼저 손질을 하고 그래서 대거리로 맞았다면 그것은 자존심을 꺾이지 않는다.

그러나 덕성이가 먼저 자기 아들에게 손찌검을 하였다면 그것은 참을 수도 용서할 수도 없는 일이 아닌가.

"내가 먼저 뭘 하러 때려. 복술이가 거짓말을 하길래 그 애를 붙들고 따지는데 덕성이가 어디서 와가지구 주제넘게 참견을 하더니만 귀퉁이를 먼저 때렸는데⋯⋯."

"그래 그놈한테 실컷 뚜드려 맞았구나?"

모친은 노기가 충전해서 사지를 부르르 떤다.

"누가 실컷 맞어 ⋯⋯ 한 번밖에 안 맞았어⋯⋯."

"대관절 복술이가 속였다는 건 무슨 일이냐?"

황식이는 머뭇머뭇하고 대답을 않는다.

"속였다는 건 뭐야? 갑갑하다. 왜 말을 못하는 거냐."

"그까짓 건 알아서 뭣 할라우."

황식이는 그 말을 하기도 부끄럽고 안 할 수도 없어서 불안한 마음을 걷잡지 못하였다.

"알아서 뭘 하다니? 꼬투리를 자세히 알아야만 그놈한테 가서 시비를 따질 것 아냐! 그러니 말해. 어미한테 그럴 것 뭐 있니?"

모친은 한 걸음을 황식의 앞으로 다가 앉으며 달랜다.

황식이는 고개를 숙이고 앉아서 열없게 방바닥을 손톱으로 긁으면서,

"아버지한테 여쭐라구?"

"아니, 내 안 여쭈마. 여쭐 일이 따루 있지 아무 게나 다 여쭈어?"

"그럼 내 말할 테야."

"오냐!"

황식은 그제야 안심을 하고 복술한테 속았다는 유령반지 사건을 자초지종으로 이야기하였다.

모친은 아들의 말을 듣고 나서 생각하니 덕성이한테 뺨맞은 것보다도

복술이한테 속은 것이 더 분하다. 그런 숙맥 같은 것한테 속다니 똑똑한 줄 알았던 아들이 헛 약은 것 같았다. 그러나 다시 가만히 생각해보면 복술이의 그런 의뭉스런 거짓말에는 어른이라도 속아 넘어갈 것 같았다.

"그눔도 또 맹랑하구나. 미련한 놈이 의뭉은 하다더니…… 그렇지만 그런 것하구 왜 노는 거냐?…… 네가 귀순이를 좋아하는 눈치를 보구 그놈이 그런 꾀를 지어냈구나."

"누가 속을 줄 알았수."

모친은 일전에 그 아들이 학교 소용으로 급한 쓸 일이 있다고 돈 삼원을 달라더니만 인제 알고 본 즉 그 돈이 반지 사다주란 돈이었구나 하고 속으로 웃었다.

전후 일을 종합해 보니 덕성이도 귀순이한테나 복술이한테나 무슨 좋지 못한 말을 들었기에 자기 아들을 먼저 건드렸다는 것을 미루어 짐작할 수 있겠다. 그러나 그는 지금 냉정한 생각은 할 틈이 없었고 오직 내 아들을 때렸다는 분한 생각에서 황식이를 끌고 덕성이 집으로 쫓아갔다. 원래 자식 역성을 잘 들기로 유명한 그는 조그마한 일로 가만히 있지 못하는 성미인데 항차 이번 일은 여러 가지 의미로 커다란 트집거리를 만난 상 싶었다.

황식을 끌고 나선 그의 모친은 덕성이 집 앞에 가까이 가자 별안간 큰소리로 과따쳤다.[273]

"덕성아! 이놈! 어서 나오너라. 너 왜 우리 황식이를 때렸단 말이냐 응! 네가 기운이 얼마나 세기에 요새 세상에 사람을 땅땅 치는 거냐 응?"

난데없는 호령 소리에 덕성이 집에서는 웬 일인지 몰라서 식구들이

273) 과따치다 : 몹시 떠들며 소리치다. 뒤떠들다.

문밖으로 죄다 나왔다. 그러나 덕성이는 그저 집에 오지 않았다.

"아니 무슨 일루 그러셔요, 덕성이가 누구를 때렸다구요?"

순복이는 웬 영문을 모르고 쫓아나가서 시퍼렇게 성이 난 황식이 모친을 놀라웁게 마주볼 뿐이었다.

"아니 글쎄! 덕성이란 놈이 정말 없수? 있구서두 집에 숨었는 게유?"

"아이구 없어요. 숨기는 왜 숨어."

덕성이 조모가 어안이 벙벙해서 며느리 대신으로 대답한다.

"이눔을 만났으면 혼구멍을 냈렸더니…… 아니 그놈이 무슨 심정으로 우리 황식이를274) 저하구는 상관두 없는 일에 별안간 달려들어서 따귀를 갈겼다니…… 그 놈이 그게 무슨 못된 손버릇이야 말야……설령 동무끼리 트각이 났더라두275) 말루 타일러야 옳지 그래 엇다가 손찌검을 하는 게야…… 고런 싹수없는 발길 놈 같으니……."

"덕성이가 그래 너를 먼저 때리데? 그럴 리가 있나?"

덕성이 조모는 곧이가 안 들리는 듯이 황식이를 보고 유심히 묻는다.

"그럼요? 나하구 복술이와 무엇을 따지는데 제가 공연히 대들어서 따귀를 때렸으니까 말이지요. 누가 뭐……."

왁자지껄 하는 소리를 듣고 이웃집에서 여인들이 하나 둘씩 문 밖으로 나온다. 그들은 무슨 일인지 몰라서 서로들 수군거리는 눈치가 여기저기서 보이었다.

"그놈이 미쳤나, 그전에는 도무지 그런 일이 없었는데 그게 무슨 발광이여……."

순복이는 뜻밖에 남한테 욕을 먹는 것이 차차 분한 생각이 치밀어서

---

274) 원문은 '황식이가.

275) 트각이 나다 : 트각은 티각, 또는 티격. 서로 뜻이 맞지 않아 사이가 벌어져 이러니저러니 하는 말썽이 생기다.

혼잣말처럼 이렇게 뇌까렸다. 만일 정말로 덕성이가 그랬을 것만 같으면 쳐 죽이자고 그는 아들이 돌아오기를 기다렸다.

"우리 덕성이가 그랬을 리가 없는데…… 만일 그랬다면 지 아배한테 일러서 혼을 내 놓을 테니 그만 가거라. 동무끼리 가다가 싸우기도 예사니까……."

덕성이 조모는 황식이를 달래는 말이었다.

"그야 그렇지만 싸우는 것도 유만부득276)이지. 어린놈이 왜 벌써부터 남에게 손찌검을 한단 말이오. 지금 세상에 저한테 맞을 사람이 어디 있다구. 이놈 내 또 한 번만 우리 황식이를 때렸다 봐라! 그때는 참 가만두지 않을 테니! 그런 놈을 동네에다 붙여두었단 아이들두 못 키워 먹을 것 아녀!"

황식이 모친은 덕성이가 없는 줄을 알자 더 말해야 소용없을 줄 알고 고만 발길을 돌리었다. 그러나 집으로 가면서 연신 엄포를 놓으며 누구더러 들어보라는 듯이 연해 큰 소리로 을러대는 것이었다. 황식이는 등신같이 모친의 뒤를 어정어정 따라간다.

"자식 역성두 더럽게 한다. 자기네 자식만 제일이지 남의 자식은 사람이 아닌가베! 말끝마다 이놈 저놈이니."

덕성이 집 식구들은 그가 너무도 서슬이 푸른 바람에 아무 소리를 못하고 있었다. 정작 덕성이가 없고 보니 시비를 따질 수도 없는 일이었다.

"그 여편네도 주둥이가 무척 사납다. 남의 자식이라구 안 듣는 데 이눔 저눔 할 것까지야 뭐 있나? 바루 욕을 한다면 듣는 데서 하구 꾸짖어야지."

덕성이 조모는 심통이 틀려서 목줄띠277)를 벌쭉벌쭉하며 야속한 세상

---

276) 유만부득(類萬不得) : 여러 가지로 많다 하여도 그것을 얻거나 취할 수는 없음.
277) 목줄띠 : 목의 힘줄.

을 탄식한다. 그는 부지런히 담뱃대를 찾는다.

"이 녀석은 그래 어디로 돌아다니며 남한테 그런 욕을 먹는 거야. 들어오기만 해 봐라! 모가지를 짤러 놓지 않나!"

덕성의 모친은 생각할수록 치가 떨려서 눈물을 머금고 부르짖는다.

"너두 그런 소리 마라! 기 애 말을 들어봐야지. 한편 말만 듣고 알 수 있는 거냐?"

노인은 담배를 타려들고 시름없이 피우다가 며느리의 말을 이렇게 핀잔준다.

황식이 모친은 그 아들의 분풀이를 한다고 덕성이네 집으로 쫓아가서 한바탕 야료를 하고 돌아온 것을 자기 깐에는 무척 잘한 줄 알고 통쾌히 여기었다. 그러나 세상일이란 의외에도 시작보다는 결과가 뒤집히는 수가 많다. 그는 일껀278) 승리는 자기네에게로 돌아올 줄 알았는데 엉뚱하게 역효과를 낼 줄은 몰랐던 것이다. 그것은 때린 것이 도리어 맞은 셈이 되었고 이긴 줄 안 것이 안고 자빠진 셈이 되었다.

그날 밤에 건오가 들에서 돌아오자 아내는 그 말을 고하였다. 그도 아내만 못지 않게 덕성이가 들어오기를 별렀었다. 그러나 급기야 아들에게 문초를 받아본 결과는 의외에도 유령반지사건이 들쳐 나왔다. 그래서 복술이를 잡아오고 귀순이를 증인으로 불러다가 삼조대면279)을 해보니 결국 모든 죄의 꼬투리는 도리어 황식이 한 몸에 들써280) 씌우게 되었다.

복술이는 본시 거짓말에 길이 들어서 엉뚱하게 잘하긴 하지마는 자기가 한 거짓말이 불행히 탄로가 되는 때에는 그 거짓말을 꾸며대려 들지는 않았다. 그만큼 그는 영리하였다. 그것은 누구나 그럴 수밖에 없다.

---

278) 일껀 : 일껏
279) 삼조대면(三造對面) : 무릎맞춤.
280) 들쓰다 : 책임이나 허물 따위를 억지로 넘겨 맡다.

거짓말을 또 거짓말로 속일 수는 없으니까. 그러나 사람의 성질에 따라서는 일단 거짓말을 했다가 그것이 발각되는 때는 겁이 나서 이리저리 둘러대려 되게 되는 법이다.

한데 복술이는 그런 때는 아주 정직하였다. 그는 그러기 때문에 거짓말을 잘하는지도 모른다. 왜 그런고 하면 자기의 거짓말이 드러날 때는 그 자리에서 솔직하게 확 고백해 버려서 남는 것이 없으니까 그렇게 거짓말을 깨끗이 씻어버리는 것이었다. 그것은 그의 생각대로 해석해 본다면 과거는 백지로 돌아간 셈과 같다. 그러니까 새로 거짓말을 할지라도 그전에 했던 거짓말에 하등 양심의 가책을 받을 것이 없으니까 새로 하는 거짓말에 구애될 것이 없다는 것이다.

그날 밤에 건오는 무섭게 격노하였었다. 덕성이를 그 앞에 꿇어앉히고는 일변 덕룡이와 아내를 시켜서 복술이와 귀순이를 불러다가 차례로 대질을 시키는데 복술이는 자초지종 — 맨 처음에 황식이가 두 사람의 정탐을 해달라던 말부터 반지를 사다준다고 황식이를 꾀어내서 돈 삼원을 속여먹던 말까지 낱낱이 이실직고를 했다. 건오는 그제야 덕성이를 더 문초 받을 것 없어서 아들을 용서하였다.

별안간 건오가 부른다는 바람에 신덕이(귀순어머니)와 원일여도 웬일인지 몰라서 쫓아가 보니 그런 일이 벌어졌다. 귀순어머니는 복술이의 말을 듣자 자기 딸이 공연히 남의 입술에 오르내리는 것이 창피하였다. 짜장 시비를 할 사람은 자기인데 엉뚱한 딴 사람이 들고 일어나서 야단인 것 같다. 결국 싸움은 애매한 귀순이를 사이에 놓고, 찧고 까분 셈이 되고 말았다.

"이 계집애야! 넌 황식이한테 그런 말을 들었거든 왜 그때 어미한테 말하지 않고 여적 있었니. 원 별 일두 다 많지. 어린 것들이 그게 다 무슨 짓들이란 말이냐."

"그까짓 말을 뭘 하러 옮기우."

귀순이는 부끄러워하는 기색도 없이 의젓하게 말대꾸를 한다.

"그렇지, 그까짓 말을 뭘 하러 옮기겠니."

덕성이 조모가 신통한 듯이 귀순의 말을 후원한다.

"복술이 너두 이담에는 당초에 그러지 마라! 거짓말을 해두 네게 당한 말이나 할 게지 왜 가만히 있는 남까지 팔 게 뭐냐? 더구나 너와 동무도 아닌 커다란 계집앨 가지구…… 네가 불쌍하지만 않구 늬 어머니가 있다면 나두 한바탕 야단을 치겠다마는 보는 데가 있어서 고만두는 거야! 다시는 안 그러지?"

"네, 아주머니 잘못했어요. 다시는 안 할래요."

복술이는 미안한 모양으로 머리를 쳐들지 못한다.

"글쎄 이 자식아, 무슨 거짓말을 그 따위로 하는 거냐?"

일여는 그동안 잡아먹을 듯이 눈을 흘기고 있다가 기가 막혀서 떨리는 목소리를 꺼낸다.

"그래 반지 산다는 돈은 어쨌니?"

"그날 정거장에 가서 다 썼시유."

"뭣에 다 썼어? 이눔의 자식! 어디 견디어 봐라. 집에 가면 죽인다."

"하하, 참 아이들두…… 그래 그건 언제쯤 그런 거냐?"

"접때유!"

"접때가 언제야? …… 너 귀순이가 배 아파서 약 지으러 갔단 날이냐."

"네."

"참 귀순이가 곽란이 왜 나요?"

"그날 낮에 옥수수를 먹고 곽란이 났다며요? 그래!"

"그것두 거짓말…… 하하하!"

"원 저런 놈의 자식 봤나. 가자 이눔의 자식!"

일여는 더 참지 못하고 복술이를 잡아끌고 나갔다. 그 뒤로 복술이는 거짓말 대장이란 패호를 찼다.

그 이후에 반지사건은 소문이 짜그르하게 퍼져서 황식이는 동무들한 테도 놀림거리가 되었다. 그만큼 부락장과 건오와의 사이에는 서로 감정이 좋지 못하였다.

황식의 모친 박씨는 홍승구의 작은집으로 들어왔다. 아직 나이는 젊지마는 양반인 홍씨의 가문으로 들어온 것이 너무 과만해서 자기의 친정 근본은 어디로 떼어내 버렸는지 모르게 도도한 양반인 체한다. 더구나 이런 만주지방에서는 아무도 자기의 내력을 모르리라 싶어서 마음을 탁 놓고 그리할 수 있었다.

그는 지금 사십을 갓 넘었다. 그런데 웬일인지 황식이 남매를 낳고는 다시 소식이 없다. 욕심대로 하면 아들을 한두엇 더 두었으면 좋겠는데 그 역시 뜻과 같이 안 되는 게야 어찌하랴! 삼신할머니가 야속하다.

그의 양반 자세[281]와 자식 욕심은 살림이 차차 늘어갈수록 더해진다. 한참 고생을 할 무렵에는 그까짓 양반이 다 무엇이며 자식이 다 무엇이냐, 그는 있는 자식도 애물로 여기고 거지 짓을 해서라도 배가 부르게 먹었으면 하였다. 하긴 지금 남편인 홍승구가 여직껏[282] 그렇게 끌고 다니며 고생을 시켰다면 그도 벌써 휘뿌려[283] 세웠을는지 모른다. 조강지 처라도 그런 고생을 안 할 터인데 더구나 첩으로 들어온 자기가 무엇이 답답해서 그 고생을 할 것이냐. 자식이 있기는 하지마는 그까짓 건 제 애비한테 맡기든지 데리고 가면 고만이라 싶었다. 그런데 다행히 그 남편은 한약장사를 시작해서 그것을 밑천으로 오늘과 같이 생활의 근거를

281) 자세(藉勢) : 어떤 권력이나 세력 또는 특수한 조건을 믿고 세도를 부림.
282) 여직껏 : 여태껏
283) 휘뿌리다 : '훌뿌리다'. 업신여겨 함부로 냉정하게 뿌리치다. 원문은 '휙부러'.

잡게 되었다.

그러나 그의 고향에는 그의 큰집이 있다. 승구의 어머니와 큰아들 봉식이가 살림을 하고 있다. 봉식이도 해마다 한 번씩은 들어오지마는 남편도 그의 모친을 만나러 가끔 나간다.

다행히 큰 마누라는 죽어서 시앗의 강짜를 보게는 안 되었으나 큰아들이 어엿이 따로 있으니 이 집안의 느는 재산을 황식의 모가치로 다 할 수는 없었다. 지금 이렇게 남편과 같이 살 때에는 아무런 불만이 없게 내 살림처럼 쓰고 살지마는 일단 남편이 세상을 떠나는 때는 큰집 식구가 와, 달려들 것이 아닌가. 그래 그는 자기의 식구가 많이 있고 보면 이 다음날 재산을 분배할 때 한 몫이라도 더 많이 올 것이란 욕심에서 그래 아들을 한두엇 더 낳았으면 좋겠다고 은근히 바라고 있었던 것이다.

그러나 인제는 절망이었다. 홍승구는 그와 반대로 박씨를 사랑하지만 마음은 일상 큰집으로 쏠리었다. 그 역시 양반 관념으로 황식이는 첩의 자식이라는 생각이 들기 때문이다.

그래서 그는 큰아들 같으면 호령를 했을 것도 황식이므로 내버려 둔 것이다. 그가 귀순이를 사모해서 통혼해 달라는 말을 저의 모친한테 들었을 때도. 하지만 문제의 재산이라는 것도 몇 푼어치 안 되는데 공연히 그들은 피차간 안달이었다. 그야 척 푼 없이 들어와서 별별 고생을 다 하던 데다 비겨본다면 지금은 부자라 한대도 과언은 아니었다. 그런 것으로 따져본다면 더욱 큰집에서는 내놓으라고 말할 처지도 못 된다. 고향에서는 빚을 담뿍 지고 무여 도망하다시피[284] 단 세 식구가 이곳으로 들어와서 각처로 돌아다니며 갖은 고생을 다한 결과로 오늘날 이만큼 되었으니, 실로 남편만 혼자 번 돈이 아니다. 그야말로 내조의 힘으로

---

284) 무여 도망하다시피 : 도망하는 것이나 다름없이. '무여'는 무이(無異)와 같은 뜻.

자기도 같이 애를 쓴 보람으로 된 것이다.

과연 남편이 홀몸으로 떠돌아 다녔다면, 그는 지금 어떻게 되었을지도 모른다.

그런데 그의 둘도 없는 귀한 아들 황식이가 귀순이로 하여 골몰하는 모양을 볼 때, 애자지정이 유난스런 그로서는 얼마나 남모르는 걱정을 가졌겠느냐.

'상사병이 들어서 죽으면 어쩔까?' 그런 겁도 났다.

황식이는 덕성이한테 따귀를 맞은 것이 두고두고 생각할수록 분해서 한 노릇이나 그러나 복술이한테 속아 넘어가서 음모가 탄로되고 보니 더욱 제 모양만 수통하게 되었다. 그렇다고 귀순이를 단념할 수는 없었다.

그는 어떻게든지 귀순이만 제 손에 넣고 싶었다. 귀순이만 뺏아올 수 있다면 그는 덕성이와 복술이한테 창피한 봉변을 당한 일도 훌륭히 메꿀 수 있을 뿐더러 온전히 개선한 장군과 같이 승리감을 느낄 수 있었다.

그래서 그는 호소무처한 이 사정을 오직 그의 모친한테 고한 것이요, 또한 만일 귀순이에게 장가를 못 든다면 살 수 없다는 것을 은연중 강조해서 어린애처럼 응석을 부리며 눈물을 흘리기까지 연극을 꾸미었던 것인데 고만 모든 것이 수포로 돌아가지 않았는가. 그래 황식이는 요새 남 보기에도 민망하게 얼굴이 틀려졌다.

"오냐, 네가 진정으로 그렇다면 아버지를 졸라서라두 일이 되게 해 보마…… 그렇지만 사내자식이 못두 생겼다! 그까짓 계집애가 뭬 그리 잘났다구…… 가만히 있으면 어련히 더 잘생긴 색시한테 장가를 보내줄까봐!"

"암만 잘나면 뭘 하우. 서루 속을 잘 알지두 못하면……."

"그래, 네 원대루 잘 아는 색시한테 장가를 들람. 이를테면 그게 연애라는 거냐? 생병이 나구 자살들을 한다는…… 하하……."

"누가 알우 남의 일이야……."

황식은 부끄러워서 머리를 숙였다. 실상 박씨는 귀순이를 그리 대단히 알지 않았다. 더구나 그를 며느리로 맞고 싶지는 않았다.

그것은 귀순이가 인물이 부족해서가 아니다. 만일 양반의 집 규수로 그만큼 생겼다면 그도 물론 혹했을 것이다. 그러나 석룡이와는 한 이웃 간에서 살 뿐더러 아무 근거 없는 상놈이란 것이 당자의 점수까지 깎아 내렸다. 그런 사람과 사돈이 된다면 마치 자기네의 지체까지 떨어질 것 같기 때문에.

하긴 그도 이 동리에서 지금 양반 대우를 받고 사는 것은 아니다. 그 것은 양반보다도 재산이요, 부락장이란 세력이 있기 때문인 줄 안다.

그렇다면 반상이 없어진 지금 세상에서 더구나 이 만주벌판에서야 아 무와 혼인을 하기로 무슨 상관이 있을까. 제가 그렇게 골몰하니 소원대 로 배필을 삼아주잔 것뿐이다. 이담에 만일 그들 새에 의뜻이 맞지 않거 든 그때 다시 장가를 들여도 늦지 않다고 — 박씨는 자기가 소실로 들어 온 것처럼 여자는 아무렇게 치여도 상관없다는 남존여비의 사상을 잔뜩 가졌다.

따라서 그는 아들의 행복을 위해서는 무슨 짓이라도 해주고 싶었다. 그렇다면 그까짓 귀순쯤이야, 설사 누구와 약혼을 했더라도 꾀어낼 수만 있으면 얼마든지 꾀어내도 좋다. 그래서 그의 신세가 또한 가엾게 될지 라도 그런 것을 상지할 필요는 조금도 없었던 것이다.

그런데 장차 귀순이와 혼인을 안 하면, 귀한 자식에게 무슨 일이 생길 는지 모를 뿐더러 체면이 깎이도록 반지사건까지 소문이 났은 즉 인제 는 상담에 빼도 박도 못하게 되어서 그 혼인은 할 수밖에 없었다. 그만 큼 그는 오기가 나서, 적극적으로 덤비었다. 수단방법을 가리지 않고라 도 목적을 달하지 않을 수 없다.

그것은 비단 박씨뿐 아니라, 그의 가장인 홍승구도 그러하다. 부락장이 사리를 밝힐 줄 알고 또한 점잖은 사람이라면, 결코 아녀자의 분수없이 한 일을 가지고 상지할 리가 없겠지만, 이 동리에서는 자기 집이 제일이라는 자만심이 가득한 그로서는 우선 다른 무엇은 차치하고라도 덕성이란 놈이 자기 아들을 때렸다는 것과 복술이 같은 놈한테 속은 그 혼인을 하지 않으면 그런 우세가 다시없을 것 같다. 그것은 괘씸한 덕성이란 놈의 약혼을 훼방치기[285] 위해서도 기어이 귀순이를 떼어내자 한 것이다.

그들의 이런 생각은 만일 이번 일에 황식이만 잘못한 것이 없으면 억지로 심사를 부려서도 덕성이와의 약혼을 뻐개놓았을 것이요, 당장 건오의 부자를 불러다 앉히고 그 아들의 잘못을 준절히 책망했을 것이다.

그러나, 이번 일은 워낙 황식이가 잘못하였으니 그럴 수는 없었다. 그렇다고 또한 모든 허물을 자기네만 뒤어쓰고[286] 가만히 있을 수도 없는 일이다.

황식이는 귀순이한테 진정으로 반했다 한다. 그 자식이 원 벌써부터 그럴 줄은 몰랐다. 하나 그는 자기의 지난 일을 생각하면 그렇기도 쉬울 것 같다. 자기는 열다섯 살 때에 행랑것의 딸한테 반해서 미쳐 다니지 않았던가! …… 숙성한 사람 같으면 황식이 나이라면 외입 속이 환할 것 아니냐고.

그래 그는 찐덥지는 못하지만, 정당하게 교섭을 못하고 음흉한 계교를 쓸 수밖에 없었다. 우선 시비야 어찌 되었든지 간에 더구나 한 동리 간에서 아무리 제 자식이 반해 날뛴다고 — 남의 약혼한 여자한테 반한다는 놈도 덜되었지만 — 제 욕심만 채우기 위해서 그 혼인을 뻐개려 든다

285) 훼방치다 : 훼방놓다.
286) 뒤어쓰다 : 뒤집어쓰다. 들쓰다.

는 것은 웬만큼 상식이 있는 사람이거나 인정이 있는 사람은 차마 못할 일이었다.

그러나 물론 부락장에게는 그런 생각이 있을 리 없다. 그는 어떻게든지 자기 일이 성사되기만 바라고 그래서 그 길로만 매진할 뿐이었다.

자고로 옳지 못한 일을 하는 사람은 감언이설을 가지고 저편을 꾀인다. 옛날이나 지금이나 재물을 생명의 다음으로 치는 인간에서는 이런 향응수단이 대개 성공할 수 있고 또한 그러기 때문에 그런 수단을 쓰게도 된다.

부락장은 그 아내와 공모한 결과 안팎으로 하나씩 떼어 맡자 하였다. 즉 부락장은 석룡이를 꾀이기로 하고 박씨는 석룡의 처 신덕을 삶아보자는 것이었다.

어느 날 저녁에 박씨는 귀순의 모친을 가만히 청하였다. 그는 색다른 음식을 장만해 놓고, 술과 고기 안주까지 준비해서 우선 한 잔을 권하였다. 그럴듯하게 그는 먼저 자기 아들의 잘못한 짓을 좋은 언변으로 사과하면서,

"귀남어머니, 이렇게 일부러 오시래서…… 아무 것두 자실 것두 없는데…… 뭐 고사떡을 했다나 그래서요. 하긴 내가 가서 뵈어야 인사성으로는 옳겠지만 남이 알면 어떻게 볼는지두 모르고 해서 참 이렇게 오시랬지. 자 우선 추우신데 술 한 잔 드시지!"
하고 재차 술을 따라서 권하는 것이었다.

"어디, 제가 술을 먹을 줄 아나요."

신덕이는 허풍을 치며 입을 딱 벌리는 시늉을 하나 그래도 두 손으로 술잔을 덥석 받아든다.

"아따 괜찮어요. 우리 집 나리두 안 계시구! 밤인데 어떨 것 뭐 있어!"

"어디 가셨나요?"

"마실 가셨나 봐."

신덕이가 술을 홀짝홀짝 마시고 나서 잔을 놓자 주인은 자기도 한 잔을 따라마신다.

"술을 자셨거든 좀 따러주어야지!"

"참! 나 보게. 그런 격식을 누가 알아야지요."

하고 신덕이는 벌써 상기된 얼굴을 빨갛게 붉히며 웃는다.

'이런 위인과 사돈 간이 된담!'

박씨는 속으로 이렇게 생각하며 술 한 잔도 따를 줄 모르는 그를 조소하기 마지않았다. 자리가 벌어진 기회를 타서, 박씨는 넌지시 오늘 저녁의 공작을 시작한 것이다.

"참, 우리 애로 해서 공연히 댁에까지 그런 봉변이 어디 있었수? 하긴 저두 여간 몸이 달아서 그랬겠소마는, 그까짓 숙맥 같은 복술이란 놈을 꾀었다가 도리어 저만 꼴사납게 되고 남까지 우세를 시키지 않았어요? 글쎄…… 병신이 지랄한다구 복술이란 녀석이 반지를 사주자고 꾀인 줄을 누가 알았겠어요. 제 말을 들으니까 그것은 도무지 생각두 못했는데 복술이가 먼저 사주자구 살살 꾀이더라는군요……."

하고 주인은 귀순네의 눈치를 슬쩍 보며 웃는다.

"참, 아이들이 나중에는 별일이 다 많지요. 그런 짓은 여간 어른들두 숭내를 못 낼 짓인데요."

"그렇구 말구요. 요새 애들이란 참 어른 볼쥐어지르는 걸 뭐…… 우리네 자랄 적에야 어디 그런 생각을 꿈에나 할 수 있었겠어요, 호호호."

그는 신덕이가 떨쩍지근한 표정을 짓는 것을 보자 모든 것을 웃음으로 휩싸버릴 수단으로 얼른 마친다.

"그렇지만 귀순어머니! 지나간 일은 누가 잘했거나 잘못했거나 막설해버리고 우리 앞으로나 정이 변치 않고 잘 살아가십시다…… 또 내가 이렇게 하는 말을 아예 고깝게 듣지는 마십시오! 사과를 하라시면 나는 얼마든지 자식을 대신해서 사과를 할 게니까……."

"사과는 뭐…… 댁에서야 잘못하신 게 뭐 있다구요."

"그렇지요. 그러니 말인데…… 그 쯤 아시구…… 참 상담에 때리구두 때렸단 소리를 듣기나 안 때리구두 때렸단 소리를 듣기는 일반이라구 이왕 그런 일로 소문까지 나구 했으니…… 귀남어머니 생각에는 그래 어떠시오? 우리 애와 귀순이를 배필로 정하는 것이."

"글쎄 그거야 뭐……."

귀남어머니는 말하기가 좀 거북한 것처럼 주인을 쳐다보며 역시 떨쩍지근한 표정을 짓는다.

"내 말은 다른 게 아니라…… 귀남어머니 생각에 그 일이…… 되고 안 되는 것은 나중 문제로 치고라도 말이요 싫은지 어떠신지? 그것을 알아보자는 말이지요."

"싫을 게야 뭐 있겠어요! 그렇지만 사정이 그럴 수가 없어서 그렇지요."

신덕이는 주인의 속을 알고 여러 말 할 것 없이 아주 이렇게 잘라서 말하였다.

주인 여자는 앞으로 한 걸음을 다가앉으며 긴장해서,

"그렇지요! 다른 문제는 별로 없겠지?"

"네! 그야 뭐……."

문제가 구체적으로 들어가자 신덕이는 차차 대답이 궁해진다. 그는 아까 좀 더 강경하게 거절하지 못한 것을 후회하였으나 인제는 때가 늦었다. 건오가 깡만 안 고쳐주었더라도…… 이런 생각이 든다.

"그럼, 귀순어머니…… 우리 이렇게 하십시다. 이건 참 우리 단 둘이만 알구 해야겠지만, 귀순네도 사실 저 집한테 딱하게 되었으니, 지금 당장이야 파혼을 하잘 수도 없겠지요. 다른 건 말구라두 우선 체모상으로두."

"그럼은 그래서 참……."

신덕이는 좌석이 불안한 듯이 자리를 고쳐 앉는다.

"그러니까 우리두 지금 당장 약혼을 하잔다든가, 성례를 하자는 게 아니고, 피차간 서로 마음만 통하구 있다가, 어느 기회에 해버리면 되지 않어요! 제길, 지금 세상에는 조강지처와두 이혼을 턱턱 하는데 말로만 약혼한 것쯤이야…… 그까짓 게 무슨 문제가 있어요."

"그렇지만 한 번 허락해 준 것을 아무 핑계두 없이 고만 두자면 저 집에서는 시비를 안겠어요?"

"그야 저 집에서야 물론 싫어하겠지! 그건 우선 나부터라두 그렇겠지요. 그렇지만 내 맘에 덜 들어서 안 되겠다는거야 누가 목을 빼겠어요. 그보다 더한 것두 나 싫으면 않는 건데…… 그때는 그때였구 지금은 지금이라면 고만 아니어요."

"난 모르겠어요…… 나 혼자 작정할 수두 없는 일이구……."

신덕이는 옷고름을 만지며 거북한 대답을 피하려 든다. 주인은 그 눈치를 채자 이만했으면 칠분 성사는 되겠다는 자신을 얻었다. 그래서 더욱 간교하게 덮어씌우기를,

"글쎄 그러니 귀순어머니는 가만히 있으란 말야. 우리가 다 일을 꾸며 놀 테니까 그때까지 그런 줄만 아시고 있으면 되어요. 저 집에서 뭐라구 해두 모른 척하구……."

"글쎄요. 우리 집에 원망이 안 들어온다면 모르지만……."

"원망은 무슨 원망, 우선 우리 집에서 자청해서 논을 드리는 것처럼 내년에는 논 몇 쌍지기를 짓도록 얻어 드릴 테니까…… 그러면 논을 얻어 한다는 데야 누가 무슨 말을 할 리가 있나. 설령 남의 말 하기를 좋

아하는 것들이 쩷고 까분다기로 상관할 것 없지 않아요…… 그럼 내 우리 나리를 졸라서 우리는 못 짓더라도 썩 좋은 놈을 한 자리 드리도록 말씀할 게니까……."

논을 썩 좋은 놈을 준다는 말에는 미상불 혹할 수밖에 없었다. 신덕이는 그것을 거절할 용기는 없었다.

"그야 피차에 사돈 간이 되기로 말하면 그까짓 농사치뿐이겠어요…… 더구나 한 동리에 살면서 서로 형편을 잘 아는 바에야 무엇이든지 갈라 먹고 살 포수를 만들어 드려야지 설마 사돈댁네가 못사는 걸 거저 볼 사람이 누가 있겠어요. 그런즉 더 말할 것 없이 내 말만 믿고 그런 줄만 혼자 알구 계셔요!"

"네, 그럼 그러지요…… 어련하실 건 아니지만 난 그 일이 왁자할까 염려입지요. 그렇지 않다면야…… 뭐 그처럼까지 하신다는데……."

신덕이는 한편으로는 흐뭇하고 다시 한쪽으로는 무슨 죄를 짓는 것 같아서 마음이 키여[287] 견딜 수 없었다.

"그러면 왁자할 것두 없어요. 내 자식 가지구 내 맘대로 하는 겐데 뭘…… 그러구 그건 어디 귀순네가 자청해서 한 거야지…… 우리가 졸라서 졸리다 못해서 한 것처럼 일이 될 테니까 귀순네는 아무 상관없거든. 오히려 그 집에서 원망을 할랴면 우리 집을 원망해야 하겠지…… 그렇지만 우리 집으로 말하면 기위 우세를 당한 판인 즉 그야말로 벌어진 춤이 아닌가베. 내 자식 하나 살릴라구 안 할 말로 그렇게 떼를 썼다면 누가 어쩌겠어요. 뭐 그건 조곰도 염려 마셔요!"
라고 박씨는 기고만장해서 거드름을 부린다.

미상불 그의 말을 들어보면 앞뒤가 꼭 맞는 것이 자기에게는 조금도

---

287) 키이다 : 마음에 걸리다.

상관없을 것 같았다. 그래서 귀순이 모친은 결국 안심하게 되었고 그 이 틀날부터 부락장 집에서도 그 공작을 착착 진행할 수 있었던 것이다.

11
가배절(嘉俳節)

벼를 베기 시작하자 넓은 들안을 며칠 안 가서 일제히 다 베어 깔았다. 마을 사람들은 서로 품을 나눠서 그것을 다시 훑어 들이기에 열중하였다.

그러는 가운데 음력 명절인 한가위가 돌아왔다. 명절로서의 추석은 만주가 더 유명하고, 그것은 더욱 농촌에서 더한 것 같았다. 더구나 멀리 고향을 떠나온 동포로서는 이런 때에나 향수에 젖은 묵은 회포를 떨어 버리고 안팎으로 이웃 간에 즐길 기회를 짓는 것이다. 그것은 또한 만주 사람도 같은 명절을 난다는 점에서 더 한층 기분을 조장시켰다.

만주사람들도 추석을 새해의 버금가는 명절로 쇤다. 그들은 집집이 월병을 만들어 돌리고 조선 동포와도 서로 선물을 교환하며 친소 대로 음식을 나누었다. 이런 풍속은 조선과 공통되는 점이 많았다.

그런데 올해는 풍년까지 들었다. 전곡보다도 논농사가 더 잘 되었다. 금년에는 비가 알맞게 온 데다가 홍수가 나지 않았다. 또한 벼가 크는 동안에도 그리 가물지도 않아서 물을 말리지 않고 고루 댈 수 있었다. 그래서 그들의 기쁨은 작년보다도 더하였고 만주사람들보다도 더하였다. 그런 것이 무언중에 명절 기분을 돋구게 하였다.

추석이 임박하자 마을 사람들은 며칠 전부터 음식을 준비하기에 분주하였다. 흔한 가리[288]라 그들은 맘대로 무엇이든지 해먹을 수 있었다.

술을 하는 집에, 떡을 치는 집에, 돼지와 닭을 잡는 집에.

그 중에도 올해 처음 농사를 지어서 햇곡으로 명절을 맞는 신덕이의 기쁨은 참으로 여간이 아니었다. 그는 올해 불과 몇 쌍지기를 안 지었건만 그래도 고향에서 영세한 농사를 짓던 데 비하면 당장에 셈평이 펼 상싶다. 어쩐지 마음이 푸근하다.

아직 타작을 다한 것도 아니다. 초련[289] 양식과 추석 준비로 우선 훑어다 쌓았는데 그것이 마대로 열 푸대나 된다. 고향에서는 기껏 논농사 지은 것을 죄다 타작을 한 대도 열 섬이 무엇이냐? 열 섬 차지를 하는 작인이라면 그는 아주 상놈이다. 두서너 섬 차지도 못 하는 게 대다수의 빈농이었다. 여복해야 타작마당에서 빗자루만 들고 돌아선다 하지 않는가.

그런데 여기서는 한 해 농사를 지은 것이 이렇게 많다. 자기네는 농사를 조금 시작한 것이 이러할 적에는 부락장 집은 물론이요, 덕성이네, 인상이네(병호의 아들 이름), 강주사집이나, 형제가 농사를 억척으로 지어서 이 동리 중에 젊은 사람으로는 제일 포실하다는 성도·성문이라든가, 그들은 참으로 얼마나 많은 추수를 할 것인가. 그런 생각을 하면 한편으로는 시쁘고 샘이 나서 견딜 수 없었다. 그러나 자기네도 내년에는 한번 농사를 잘 지어보자는 심산이었다. 그만큼 우선 지금은 눈앞에 보이는 것만으로도 당장의 만족을 느낄 수 있을 것 같다. 누구나 이곳에 처음 와서 농사를 지어본 사람은 거개 그런 생각을 할 것이다. 그 대신 흉년이 들기로 말하면 반대의 결과를 짓기도 한다지만 올 같은 풍년에는 또한 그 벌충을 넉넉히 할 수 있었다.

그래서 그전에 그들은 이 동리만 해도 한여름 농사를 지어서는 추석

---

288) 가리 : 단으로 묶은 곡식이나 장작 따위를 차곡차곡 쌓은 더미.
289) 초련 : 일찍 익은 곡식이나 여물기 전에 훑은 곡식으로 가을걷이 때까지 양식을 대어 먹는 일.

전부터 우선 진탕만탕 먹기에 볼일을 못 보았다. 더구나 치안이 유지되지 못하던 만주사변 전에는 탐관오리의 가렴주구와 비적의 횡행 등이 그들의 생명 재산을 여지없이 위협하였다. 그런 사정은 저축성을 빼앗게 하여 노아 홍수 전의 순간적 환락을 취하던 군중의 심리를 그들에게도 엿볼 수 있었다. 그래서 그들은 술 먹고 노름하고 여색에 빠지고 아편을 빨기에 삼동 내 다 파먹고는 그 이듬해 봄부터 다시 빈손으로 새잡이[290] 농사를 짓게 되는 사람이 적지 않았던 것이다.

따라서 그들 중에는 이곳으로 들어 온 제가 벌써 여러 해가 되지마는 오히려 논 한 쌍을 못 주변하고 만인의 토지에 목을 매어 허덕지덕 하였다. 이래저래 그들의 고생은 여간이 아니었다. 고향은 점점 멀어지고 생활은 갈수록 밑창만 파고든다. 애오라지 내 신세의 기박함을 한탄한들 그들을 구원할 사람은 과연 누구일까?

개양툰에도 그전에는 이러한 사람들이 결코 한두 집만은 아니었다.

남이야 어찌 되었든지 간에 귀순네는 첫 농사에 신이 났다. 그래 그는 고향에서 굶주리던 벌충으로 이번 추석은 마음껏 잘 쇠어보자 하였다. 먹고 싶은 대로 무엇이든지 해먹자고 벌써 벼가 패기 전부터 벼르고 있었다. 하긴 그들도 새해를 여기서 쇠었다. 그러나 그때는 남의 추렴에 얻어먹고 쓸쓸하게 넘기었다. 그때는 내 집 음식을 남 주어 보지 못하였고 식구들끼리도 해먹을 여유가 없었다. 그들은 누구보다도 덕성이네 집 음식으로 배를 불렀다. 이웃 사람들도 고향에서 새로 들어왔다고 그들을 안팎으로 청해서 대접했었다. 그러나 그것은 남한테 동정을 받은 것인 만큼 그리 찐덥지[291] 못한 것이었다. 그는 지금도 그때 일이 늘 걸린다. 그래 올 가을에 농사를 잘 지으면 그는 음식을 푸짐하게 해서 얻어먹은

---

290) 새잡이 : 어떤 일을 처음부터 새로 잡아 시작하는 것.
291) 찐덥다 : 마음에 거리낌이 없고 떳떳하다.

것을 갚기도 할 겸 실컷 먹으리라 별러 오던 차이었다. 그런데 뜻과 같이 농사를 잘 지었으니 그의 기쁨은 여간 크지 않았다. 그는 참으로 오래간만에 속 시원한 꼴을 모처럼 보는 듯하였다. 원래 손이 크고, 변덕은 있지마는 인정이 많은 신덕이는 무엇을 안 하면 몰라도 아니 차라리 안 하면 안 했지, 깨작지근하게 단작맞은292) 짓은 하고프지 않았다. 그는 남한테 무엇을 주어도 집안 식구는 못 먹을망정 흐뭇하게 내주는 성미였다. 그런 점도 석룡이와는 반대였다. 석룡이는 남자라도 규모가 있고 알뜰한 편이다. 그래 그는 아내가 손이 헤픈 것을 늘 성화를 댄다. 그러면 신덕이는 또한 그 남편의 좀스러운 것을 비양한다.

"아니 남 주는 것을 눈꼽재기만큼 낯간지러워서 어떻게 준담! 난 안 주면 안 주었지 그러기는 정말 싫은 걸 어째!"

"그렇지만 애들두 줄 것 없이 죄다 퍼주면 어쩌잔 말야! 누구나 다 제 식굴 더 생각하지 남을 더 주랴는 사람이 어디 있담!"

"아이구, 구만 두어요. 구접시럽게, 사내 명색이 음식 참견을 왜 하는 거야…… 불알 값도 못하지!"

언젠가 한 번 강냉이를 딥다 쪄서 온 동네를 모조리 다 돌릴 때도 그들은 이렇게 의견이 충돌되었다. 그때 아이들은 모친의 말에 모두 입을 싸쥐고 웃었다. 귀순이는 해참해서293) 귀밑을 살짝 붉히며 모친에게 눈을 흘겼다. 그때 석룡이는 속으로 치미는 부아를 꿀꺽 참고 있었다. 만일 뭐랬다가는 그보다 더 난중스런 말이 아내의 입에서 튀어나올는지 몰라서! 그러나 아내는 성깔이 유난한 터이라 그런 말로도 오히려 부족한 듯이 휘몰아대었다.

"당신은 똑 인상어머니 같은 여자를 데불구 살어야 해! 그저 저 먹는

292) 단작맞다 : 하는 짓이 얄밉게 치사스럽고 다라운 데가 있다.
293) 해참(駭慙)하다 : 매우 괴상하고 야릇하여 남부끄럽다.

것두 아까워서 발발 떨구, 남 주는 것두 눈꼽재기만큼 마지못해 주는 것처럼 주구. 어제두 보지! 떡을 했다구 겨우 손바닥만한 것을 한 쪽 보냈겠지. 그걸 낯이 뜨거워서두 어떻게 보냈는지 내 모르지. 나 같으면 차라리 안 보냈을거야!"

"또 무슨 소리를 한마디 들었나부다! 왜 남의 집 숭까지 보면서 이 야단이야! 야단이……."

석룡이는 듣다 못해서 한 마디를 불쑥 쏘았다.

"그럼 당신두 그이 같지 뭐야! 덕성어머니두 그리던 걸 뭐. 숭은 무슨, 누가 숭 보는 거야. 그이가 고향에서두 그랬다던데 뭘! 명절 때 음식을 해서두 썩여 내버리긴 할지언정 남 주기는 아까워서 그저 발발 떤다구…… 그렇게 규모를 피우고 나서두 왜 여태까지 못사는지 몰라. 그렇기에 옛말 하나 그른 것 없지! 애끼는 게 찌²⁹⁴⁾로 간다구……."

넋이야 신이야 이렇게 퍼붓는 통에 석룡은 고만 찔끔을 못하고 오직 속으로만 모댓불²⁹⁵⁾처럼 분노를 서리었다.

'저것은 만들 적에 방울을 찼는지 원…… 내 요란스럽구 수다스럽기 생기니!'

석룡이는 저 혼자만 이런 욕을 하며 속으로 웃었을 뿐이었다.

이야기가 곁가닥을 친 것 같다마는 신덕이는 본시 손이 큰 데다가 실컷 해 먹자고 벼르기까지 하였으니 그는 참으로 가당치 않게 예산이 많았다. 마치 그것은 흥부타령에 제비 다리를 이어준 은혜로 강남 박씨를 흥부가 심어서 그 해에 당장 부자가 되었을 때 여러 해 주리던 봉창²⁹⁶⁾을 하듯이, 밥을 큰 솥으로 지어서 버러기²⁹⁷⁾로 퍼다 놓고 배를 뚜드려

---

294) 찌 : '똥'의 어린아이 말.
295) 모댓불 : 모닥불.
296) 봉창 : 손해 본 것을 벌충함.
297) 버러기 : 자배기.

가며 먹었다는 셈으로, 신덕이도 그와 같이 이번 추석을 푸짐하게 쇠어 볼 작정이다. 떡쌀, 밥쌀을 유념한다, 누르미, 젬병,298) 산적 등의 부침개 질 거리를 장만한다, 또 한편으로는 돼지도 잡고 닭도 잡아서 오래간 만에 조상의 제사도 지내보고 아이들에게도 주려던 음식이 실컷 먹이고 그리고 이웃 사람까지 나누어 주면서 나도 인제는 이렇게 산다는 것을 한번 희떱게 뽐내 보고 싶었다.

그런데 또 한 가지 귀순네는 신이 날 조건이 뜻밖에 생겼다.

그것은 추석을 앞두기 삼사 일 전 일이었다. 그날 저녁 때 아무도 모르게 귀중한 선사품이 들어왔다. 그것은 부락장 집에서 보냈다.

부락장의 아내 박씨는 요전에 신덕이를 불러다가 단단히 삶아 넘기고는 은근히 갖은 궁리를 다해 보았다. 언뜻 추석이 박두한 것을 깨닫자 이런 게재를 놓쳐서는 안 되겠다고 서둘렀다.

그래 그는 영감을 졸라서 그러지 않아도 옷감을 끊으러 저자로 가는 길에 추석 비슴299)으로 귀순이 모녀의 치마 저고리 감을 비단으로 끊어 오게 한 것이었다.

신덕이가 펴보니 그것은 정말로 눈이 부시게 환하다. 그것은 시집올 때도 입어보지 못하던 비단이다. 아니 그런 것을 입기는 고사하고 이름도 여적 못 들었다. 흘보드려하고300) 윤나는 광택! 그리고 아련한 무늬야말로 잠자리 날개같이 가볍고 새뜻한 맛이 돈다.

귀순이 옷감으로는 노란 빛 저고리 감에 다홍치마였다. 신덕의 것으로는 미색 저고리에 연옥색 치마.

신덕이는 너무나 의외의 일이라 어쩔 줄을 모를 만큼이었다.

---

298) 젬병 : 전병(煎餠).
299) 비슴 : 빔.
300) 흘보드려하고 : 원문대로.

그날 밤에 그는 남편 앞에 옷감을 다시 펴놓고 자기가 한 일은 시침을 딱 뗀 뒤에,

"여보 이걸! 부락장 집에서 보냈구려! 무언지 몰라서 받아놓고 나중에 펴보니까 옷감이겠지."

석룡이는 무심코 들여다보다가 안색을 변하면서 책망한다.

"그렇거든 바로 돌려보내지 않구 왜 받는 거야. 이담 일을 어떻게 할라구!"

"글쎄, 누가 무엔지 알았어야지. 그 집 사람이 그냥 안쥔네가 보내더라구 하길래…… 신문지에 싸온 것을 난 무슨 먹을 겐 줄루만 알았구려, 문앞에다 놓구 홍 달아난 뒤에야 펴보니까……."

신덕이는 변명을 하려고 무진이 애를 써 말했으나 속으로는 발이 저려서 사내의 눈치를 슬슬 살피었다.

"허지만 저런 것을 받아두면 나중에 말썽이 생길 거 아냐? 값이나 적은 게라면 모르지만 적어두 몇 십 원어치가 되는 것을."

석룡이는 입맛을 쩍쩍 다시며 걱정하길 마지않는다.

"아따 누가 보내란 걸 받았나 뭐…… 자기네가 아무 말 없이 보낸 것을 설사 받았기로 무슨 상관이 있단 말이요. 내버려 두구 봅시다 원!"

신덕이는 사내가 도루 보내잘까 봐 겁이 나서 하는 말이었다.

"아무 말 없어두 뻔한 속이지 뭐야…… 지금은 말이 없지만 차차 말할 거리를 만들라구 그러는 심보인 걸."

"말은 무슨 말. 그런 말을 하거든 누가 보내랬더냐면 되지 않수. 아무 걱정 말어요."

신덕이는 자기의 한 요량이 있기 때문에 남편이 더 말을 못하게 윽박질렀다.

"난 모르겠소. 좋을 대로 해보마는……."

석룡이는 다시 고개를 젖히면서 무엇을 자기 혼자만 아는 속으로 응응 하다가,

"내 요전에 수상하더라니……."

"무에 수상해요?"

신덕이는 별안간 두 눈을 휘둥그러니 뜬다. 그러나 석룡이는 우두머니 한 곳을 지루떠301) 보면서,

"부락장 말야!"

"부락장!"

신덕이는 더욱 놀라는 척하며 사내의 턱살을 쏘아본다.

"정대감네 마당에 섰더라니까 전에 없이 쫓아와서 반가운 눈치를 보이더라니…… 그리고 술 한 잔을 부득부득 같이 먹자겠지."

"그것두 참, 별일이네!"

신덕이는 불안한 기색으로 두 눈을 까막인다. 그러나 속으로 알심이 있었다.

"그래 웬일인가 싶어서 따러 들어갔었지! 대감이랑 셋이 술을 먹는데 슬쩍 묻기를 내년에 농사를 더 짓구 싶으냐구 흥…… 그러면 자기 집 논을 몇 쌍지기 끌어 주겠다구 그런단 말이지."

"그래 당신은 뭐라구 대답했수?"

신덕이는 남편에 말을 재쳐 물으며 속으로 겁을 냈다.

"뭘 뭐라구…… 난 그게 웬일인지 몰라서 그저 고맙습니다 그랬지!"

"여보! 일은 당신이 저질러 놓구 됩더302) 남보구 옷감을 받았다구 책망하는구려!"

신덕이는 넌지시 자기의 발뺌을 하려들었다.

301) 지루뜨다 : 지릅뜨다.
302) 됩더 : 도리어.

"내가 무슨 일을 저질러서?"

석룡이는 아내의 무정지책303)이 가당찮게 들리었다.

"그게 벌써 꾀이는 수작 아냐? 그 집에서 우리를 뭐 때문에 논을 주자겠수!"

"그거야 우리 집 농사치가 부실한 줄 알구 이웃 간 인정으로 그런다니까 말이지!"

"아이구 참, 당신두 딱하우! 부락장이 그래 누구 인정 볼 사람이요! 그 집이 돈을 어떻게 모았다는데, 그럴 때 당신이야말로 왜 고만두란 말을 못하셨수…… 아이구 참!"

신덕이는 혀를 차며 사내에게 눈을 흘기었다.

석룡이는 아내의 말을 듣고 보니 딴은 자기가 먼저 잘못한 것 같다. 언제나 용해 빠진 그는 남의 마음도 늘 자기 마음 같으려니 하였다. 그래 그는 남이 겉 다르고 속 다른 말을 한대도 가감 없이 그대로만 곧이를 듣는다. 그때도 부락장이 동정 비슷한 눈치로 말을 꺼내기에 그저 고맙게만 들었을 뿐이었지 그 속에 딴 맘이 숨어 있는 줄은 조금도 몰랐던 것이다.

"누가 그런 줄 알았나 뭐!"

새삼스레 석룡이는 언짢아져서 입맛을 쩍 다신다. 그는 속으로 자책하기를 말지 않았다.

그러나 신덕이는 남편을 더 지청구하진 않았다. 그만 했으면 옷감을 받은 허물은 넉넉히 숨겨졌기 때문이다.

이래저래 그는 추석이 하루 이틀 임박할수록 안팎 일에 헤어날 수가 없었다. 떡쌀이니 감주쌀을 담그랴, 그것을 빻기는 누가 빻고 골고루 만

---

303) 무정지책(無情之責) : 아무 까닭 없이 책망함. 또는 그런 책망.

들기는 누가 다 해야 할지. 떡에도 송편은 물론이요, 시루떡, 설기떡, 인절미를 골고루 하고 싶다. 그런데 부침개는 누가 하고 바느질은 누가 한단 말이냐. 이런 때는 손이 네댓 개씩 달렸으면 하였다.

명절이 임박할수록 낮에는 남편과 아이들을 휘몰아서 솔을 뽑힌다, 콩을 불린다, 떡방아를 찧는다, 누르미 꼬챙이를 만든다 야단이었고, 밤저녁으로는 추석비슴을 만들기에 또한 등잔불과 씨름을 하였다.

"손이 거칠어서 도무지 물어나304) 할 수가 있어야지. 이런 손으로 비단옷을 만든다는 게 잘못이지!"

그는 손이 닿기가 무섭게 와득와득 쥐어뜯기만 하는 일거리를 속이 상해서 못하겠다.

"엿다 네가 좀 요 금대로 꺾어다구! 빌어먹을 놈의 손이 갈퀴질을 하니 어디 해먹겠니."

귀순이도 지금 하는 자기의 옷감이 부락장 집에서 보낸 줄은 잘 알고 있다. 그것이 어쩐지 마음에 꺼림하다. 그는 그 옷감이 차라리 덕성의 집에서 왔더면…… 하고 은근히 서운해 했다. 그러나 평생 처음 입어볼 비단옷을 보니 그 역시 모친만 못지 않게 마음이 흐뭇하다. 말만 듣던 정말 비단옷! 자기가 이 고운 옷을 입으면 참으로 얼마나 몸태가 이뻐 보일까? 아직 어린 마음은 그에게도 이런 생각이 먼저 앞서는 걸 자기로도 어찌 할 수 없었다.

요즈음 귀순네의 태도가 어쩐지 이상해졌다고 혼자 생각을 하고 있던 차에 하루는 인상어머니(병호 아내)가 찾아와서 묻지 않는 말을 시큰둥하게 귀띔한다.

"귀순네는 어디서 선사가 들어왔는데 추석비슴을 굉장히 하던데."

---

304) 물어나 : 거친 손에 올이 굵히거나 뜯긴다는 뜻인 듯.

"무슨 추석비슴을 그렇게 굉장히 해?"

순복이는 지나가는 말처럼 처음은 무심히 듣고 있었다.

"무슨 비단 옷감인지 아주 황홀찬란한 것을 내가 들어가니까 슬쩍 치우겠지!"

인상이네는 약간 시기가 섞인 말로 입을 비쭉거린다.

"누구 옷이 그렇게 황홀찬란하담!"

"아마 귀순이 옷인가 봐. 노랑저고리에 다홍치마인걸 보니까……."

귀순이 옷이란 말에 불현듯 어떤 예감이 찔려진다. 부락장 집에서 보낸 것이 아닐까? 그러나 순복이는 그런 사색은 내지 않고 예사로운 듯이,

"비단 옷감이 어디서 들어왔을라구, 그전에 있던 것이겠지."

하고 슬쩍 돌리었다.

"그전에 옷감을 언제 사왔어요. 그 집 역시 뭐 그리 푼푼하다구……."

"글쎄…… 남의 집 속을 누가 알 수 있나!"

순복이는 더 말대꾸를 하고 싶지 않았다. 선사가 들어왔다면 뻔히 알 노릇인데 구태여 남의 입으로 그런 말을 들을 머리305)가 없었기 때문이다.

그러나 수다스럽기로 유명한 인상이네는 하던 이야기를 좀 더 깊이 들어가서 아주 응어리를 빼놓고 싶었으나 상대방의 태도가 버성이는 눈치를 채자 실심하니 그대로 가버린다.

"왜 바로 가요? 더 놀다가지."

주인은 인사성으로 이렇게 권해 본다.

"고만 가야지요, 물을 긷다가 왔는데…… 댁에는 추석비슴을 다 해놨나베."

---

305) 머리 : 까닭이나 필요.

"추석비슴이 다 무에예요. 우리 집은 그런 것이나 할 줄 알거듸!"

순복이는 그를 보내놓고 나서 가만히 생각하니 아차 잘못했구나 하는 일깨움이 뒤통수를 친다.

그러지 않아도 선사를 할 수 있을 터인데 이 집에서는 왜 가만히 있었던가. 그러나 남편의 고지식한 성미를 미루어본다면 설령 자기가 먼저 추수를 했더라도 남편은 반드시 거절했을 것이다. 그런 생각이 들자 순복은 부지중 한숨을 내쉬었다.

그래도 여자의 마음이라 아주 샘이 없지 않았다. 그날 저녁에 남편이 마실을 나가기 전이었다. 조용한 틈을 타서 순복은 낮에 들은 말을 옮기면서 남편의 눈치를 살피다가 한 마디를 퉁겨본다.

"우리 집에서 먼저 했더면 좋았을 걸 잘못하지 않았수?"

"하긴 뭘 해여? 별소리를 다하는군."

예상했던 바와 같이 말이 떨어지기도 전에 핀잔부터 한다.

"남은 저렇게 별 시늉을 다하는데 우리 집에서는 가만히 있으면 자연 저 집으로 쏠리지 않겠남!"

순복이도 실쭉해서 좋지 않게 말을 받는다.

"뭐들 말이냐? 부락장 집에서 어쨌다구?"

아까부터 그들의 이야기를 들으려고 애를 쓰던 모친은 기어이 말참견을 하지 않고 못 배기었다.

"글쎄 듣기 싫어요. 선사를 한다구 저리 쏠리구 않는다구 안 쏠리구 할 것 같으면 그런 놈의 일을 믿을 수가 있나. 그럴 말로면 더욱 아무것두 아니지."

"다른 때두 아니구 이런 명절 때인데 그냥 있다구 섭섭히 알 테니까 말이지요. 누가 뭐……."

"그야 해두 관계치 않겠지만 난 그런 것은 안 해. 농사꾼의 자식이 비단옷이란 다 뭐냐 말야! 분수없이."

사실 그것은 순복이 마음에도 그러하였다. 옷감도 수수한 것이라면 몰라도 분에 넘치는 비단옷을 해 준다는 것은 비싼 돈을 들이는 게 아깝다느니보다도 그 집이나 자기 집 처지로는 과만한 노릇이다. 그러나 저 집에서는 벌써 비단 옷감을 사 보낸 모양인데 그보다도 낮은 것을 뒤늦게 인제 사보내잔 말도 안 되고 그대로 있자니 마음에 걸리어서 순복은 이 일을 어찌 했으면 좋을는지 마음이 초조해진다. 까닥하면 이 통에 귀순이를 영영 뺏기고 말 것만 같다.

"그렇지만 황식이네는 저렇게 갖은 수단을 다 쓰는 모양인데 우리 집은 모른 척하고만 있으면 어떻게 하우."

"뭘 어떻게 해? 내버려두구 보지. 저희들 하구픈 대로 하라구……."

"제, 그렇기루 말하면 뭘 하러 약혼은 하구 불러들인 본정이 있단 말이요. 당신두 참……."

순복이는 남편의 태연한 태도가 점점 밉살스러웠다.

"저희가 그렇게 딴 배짱을 먹을 줄 알았으면, 우리 집도 물론 잘못한 일이지. 더 말할 게 뭐 있담!"

"그럼 공연히 헛애만 쓰구 아무 생색두 없이 남 좋은 일만 시켜요."

"이 세상일이 흔히 그런 걸 어쩌겠소! 난 석룡이네가 그런 사람이라면, 도무지 상관두 하기가 싫으니까 아무 말 말구 가만 내버려 두어요. 저두 그만 하면 생각이 있을 테니까 하는 꼴이나 볼 거지, ……뭐 이편에서 몸이 달아서 치사하게 물을 것두 없단 말야……. 우리 집에서 할 일을 다했으니까, 과공이 비례로 너무 지나치게 굴어두 못쓰는 게야. 그렇다면 저희가 어떻게 하나, 꼴이나 두고 볼 뿐이지, 허튼 말 할 것은 아무 것두 없거든."

"그랬다가 혼인을 놓치면 어쩔라구 그러니?"

모친은 그제야 그들의 앞뒤 말을 종잡아 듣고 염려스러운 듯이 아들의 말에 대꾸한다.

"놓쳐두 할 수 없지요! 그럴 바에야……."

"아이구, 세상에 별 일두 참 많구나! 왜 하필 남의 정혼한 자리를 앗어 가랴구 그 야단들이람! 사람들의 심보가 그래서는 못써!"

노인은 심사가 나서 입을 씰룩거리며 좋지 못한 안색을 짓는다.

"어머니, 그래도 귀순이한텐 아무 말도 마셔요. 공연히 숙호충비306)가 되지 말게. 저희가 먼저 무슨 말을 하기 전에는 누가 무슨 소릴 옮기든지 그저 못 들은 척 하구 있어요. 당신두 알았지?"

순복은 남편의 말에 안색이 질리었다. 그러나 그는 암만해도 궁금한 마음이 키이어서 그대로 있을 수 없었다. 그 이튿날 저녁에 마실을 가는 척 하고 그는 귀순네 집으로 슬슬 가보았다.

과연 그들은 모녀가 바느질거리를 펴놓고 앉았다가 인기척을 내니까 얼른 치워놓고 딴청을 피우는 것이 수상하였다.

"뭐, 추석비슴인가 베, 무슨 물색이 저리 고와!"

순복이는 모르는 체하고 슬쩍 이렇게 중정을 떠보니까,

"저, 그전에 있던 건데, 애들한테 하두 졸려서……."

하고 신덕이는 어물어물 말끝을 흐려버린다. 그리고 어서 들어와 앉으라고 한바탕 법석을 피우는 것이 가관이었다.

김노인의 기념비는 농장으로 들어가는 봇돌307)을 쨴 옆인데 봉싯한 언덕 위에 세웠다. 그 뒤에 김노인과 같이 묻힌 합동장의 묘지가 봉분을 갖추어 있다. 그것은 행길308)에서도 빤히 건너다 보인다.

---

306) 숙호충비(宿虎衝鼻) : 자는 호랑이의 코를 찌른다는 뜻으로, 가만히 있는 사람을 공연히 건드려서 화를 입거나 일을 불리하게 만듦을 이르는 말.
307) 봇돌 : 봇도랑.
308) 행길 : 다니는 큰길. 한길.

해마다 추석날에는 거기에서 제례를 지낸다. 그것은 강주사가 마을로 들어온 뒤로부터 시작한 것이 아주 항례로 된 것이다. 그때 그는 동리 사람을 모아놓고 이 개양툰 농장의 개척자요, 우리 동포의 선구자인 은인들을 한 번 묻고 내버려둔다는 것은 산 사람의 예의가 아니라고, 그들의 끼친 은공을 추모하는 의미에서라도 연 일 차의 제향을 지내는 것이 마땅하다는 취지를 설명한 후에 그 시기를 어느 때로 작정했으면 좋을까 여러 사람과 의논한 결과, 백곡이 풍등하는[309] 가을의 명절인 이때의 추석으로 하는 것이 좋겠다고 해서 그해부터 추석마다 제례를 베푸는 것이 정례로 되어 있다.

따라서 개양툰 사람들에게는 추석 명절이 이중으로 의의를 갖게 되었다. 첫째는 원래 추석이란 명절이 농가에서는 제일 좋은 중추가절로서 고래로부터 이날을 즐겨하는 관습이 있지마는 거기에 또한 이 동네의 수호신과 같은 김노인의 영혼 앞에 제사를 드린다는 것은 마치 그들의 조상을 예배하는 것 같은, 아니 그보다도 더 의미심장한 어떤 숭고한 감정을 공통으로 느끼게 하는 무엇이 있었다.

그래서 그들은 제가끔 음식을 장만해서 추석을 쇠는 외에 이 마을의 큰 제사를 베풀게 되는데 그것은 집집마다 형세 대로 추렴을 걷어서 제물을 따로 차려놓고 성대히 제례를 거행한 후에 그 음식을 동중이 다시 나누어 먹는다. 그렇게 유쾌하고 감명 깊게 그날을 보내는 것이었다.

올 추석에도 그들은 추렴을 거두기로 하고 우선 회계가 그 돈을 선당해서[310] 제수를 유념했다. 해마다 회계는 부락장이 맡아보고 제물은 정대감 집에서 차리게 되었다.

그것도 강주사가 그들에게 맡게 한 것이다. 그는 무슨 일이거나 계

---

309) 풍등(豐登)하다 : 농사를 지은 것이 아주 잘되다.
310) 선당(先當)하다 : 먼저 충당하다.

획은 자기가 꾸며놓고 실행에 들어서는 다른 사람에게 모든 것을 내맡기는 버릇이었다. 그것은 자기가 대소사를 일일이 보살필 수도 없었지만 그보다도 일을 시키는 사람은 그것을 맡아하는 사람에게 자유를 주어야만 좀 더 일에 충실하다는 것을 잘 알기 때문이었다.

하긴 그들에게 대소사를 맡기는 데는 다소간 말썽이 없지 않다. 그들 중에는 음식도 돌려가며 차리게 하고 회계도 교대해서 보자고 불평을 말하는 사람이 있다.

그것은 회계가 돈을 떼먹기도 하고, 음식 차리는 집에서도 돈보다도 제물이 초라하다는 뒷공론이 나온다. 금년은 아직 어떠할는지 모르나 작년만 해도 그래서 물론이 분분했다.

그러나 강주사는 불평객을 달래었다. 물론 그들의 말이 옳긴 하다. 그렇지만 만일 두 사람을 떼고 딴 사람에게 그것을 시킨다면 첫째는 그들이 곧 감정을 품을 것이요, 둘째는 여러 가지 점으로 보아서 그 두 사람만큼도 적임자가 없기 때문이었다.

우선 회계를 두고 본대도, 집집이 선금을 낼 순 없다. 그것을 부락장이 선당을 해대야 되니 그만한 실력이 없는 사람은 회계를 해낼 수가 없다. 그런 즉 약간의 회계 보고가 틀린다 하더라도 그것은 돈 변리 대신으로 눈을 감아둘 수밖에 없다. 그다음 음식을 차리는 집으로 말하더라도 정대감은 기위 주식 영업을 하느니 만큼 음식솜씨가 제법이요, 또한 기구설비가 그만한 집도 수월치 않으니 제물을 차리는 데도 그 이상 더 잘할 집이 없지 않은가. 그래서 강주사는 그들에게 그대로 맡기자 한 것인데 사실 그래야만 동네가 평화롭기도 할 것 같다. 한편 생각하면 강주사도 그들의 야비한 행동을 속으로 괘씸히 생각지 않는 건 아니다. 그것도 다른 일 같으면 모르나 마을의 은인이요, 이주동포의 선배를 기념하자는 신성한 제향비에서 사욕을 채우고 몇 푼씩 눈을 기인다는 것은 얼마나 큰 죄악이며 따라서 그들의 야비한 행동을 응징할 필요가 없지 않다. 그러나 그까짓 것을 가지고 그들과 다툰다는 것은 첫째 고인에 대한 예의가 아니라 하여서 회계보고가 다소 틀리는 것도 강주사는 모른 척하고 눈감아 둘 수밖에 없었다.

기다리던 추석이 돌아오자 마을 사람들은 제가끔 명절을 쇠느라고 분주하였다.

그중에서도 큰일을 도맡아하는 정대감집은 어젯밤을 꼬박 세워가며 제물을 차리었다.

병호311)와 양서방은 따로 과방312)을 차리고 앉고 학봉이와 원일여는 밖에서 심부름을 하느라고 들랑거렸다.

그리하여 한낮이 불원할 무렵에는 김노인의 묘지에서 기념제를 거행하게 되었는데 묘지에는 건오와 학교 선생이 학생들을 인솔하고 와서 아침부터 식장을 꾸미고 있었다. 주위에는 휘장을 둘러치고 한가운데에는 국기313)를 세운 뒤에 오색이 찬란한 만국기를 달았다. 이날 일기는 청명하였으나 약간 바람이 불었다.

한편으론 제상과 병풍이며 제기를 실어오고 제물을 갖추어서 차려 놓은 뒤에 모든 절차를 보살피던 강주사를 선두로 제례를 근엄하게 거행하였다.

먼저 강주사가 분향을 한 후에 제주를 따라서 차례로 잔대에 받쳐 올렸다. 그리고 재배를 드린 뒤에 이날 축관으로 뽑힌 부락장이 역시 분향재배를 하자 무릎을 꿇고 앉아서 엄숙히 축문을 읽었다.

축관이 물러나자 마을의 유지인 이상렬, 정대감, 황건오, 김병호 등 외

---

311) 원문은 '병표'이나 문맥을 고려하여 바로 잡았다.
312) 과방(果房) : 큰일을 치를 때 음식을 차려놓고 내가는 곳.
313) 만주국의 국기일 것이다.

의 모모가 차례로 분향을 하고 그 다음으로 각 대표, 학생 대표에는 황식이가, 부인 대표에는 특히 금년에 새로 들어온 이신덕이를 뽑아서 분향을 시켰다. 그리고 끝으로는 내빈측으로 만인 부락의 왕노인이 분향을 하였다.

식이 끝나자 일동은 학생들을 앞줄로 세우고 기립한 자세로 서서 강주사의 간단한 기념사를 듣게 되었다.

강주사는 근엄한 자세로 양수거지314)를 하고 서서 먼저 개양툰 농장이 개척되던 연혁과 김노인 이하의 약력을 소개한 다음 그들의 공로로 개양툰 농장에 오늘과 같은 발전을 가져왔다는 현상을 말한 후에,

"그러니까 우리 개양툰 사람들은 누구나 물론하고 동포의 은인이요, 선구자인 그들의 유지를 본받아서 이 개양툰을 지금보다도 더욱 훌륭한 농촌을 만들어야 할 의무와 책임이 있습니다. 그리하자면 여러분이 한마음 한 뜻으로 일심 단합하여서 마을 일에 진력하는 동시에 항시에의 행동에도 허랑방탕함이 없어야 할 줄 압니다. 우리들은 언제나 위대한 개척민의 사명을 잊어서는 안 됩니다. 우리는 다만 구복을 채우기 위해서 이 황량한 만주벌판을 찾아온 것은 아니올시다. 그보다도 우리는 건실한 농민이 되기 위하여, 이 동아의 대륙을 개발하는 만주국민의 한 분자로서 개척민의 사명을 다해야 할 것이요, 따라서 우리의 자자손손까지 이 땅 위에 번영하도록 위대한 목적을 가져야 할 줄 압니다. 그것은 우리도 대지의 아들이 되고 제2의 고향을 이 땅에서 찾자는 것이외다.

여러분! 우리는 결코 자만이 아니라 그만한 포부와 실력을 역사적으로 발휘하였습니다. 우리의 선배는 만주에서 처음으로 수전을 개척한 명예스런 지위를 차지하게 되었습니다. 그러나 아무리 명예를 가졌다 할지

---

314) 양수거지 : 두 손을 맞잡고 서 있음.

라도 우리들 후배가 그것을 지켜내지 못한다면 우리는 동포의 장래를 그르칠 뿐만 아니라 이 김선생과 같이 지하에 묻히신 모든 선구자의 거룩한 정신을 더럽히는 이중으로의 죄인이 될 것입니다. 우리가 그런 생각을 한다면 조차전패[315]의 사이라도 결코 방심할 수가 없습니다.

따라서 우리가 서로 그런 마음으로 긴장할 수 있다면 우리의 개인생활은 조금도 문제가 안 됩니다. 이 넓은 땅에 아무러니 농사야 못 짓고 살겠습니까? 우리는 너무 제 한 몸이나 한 집만 생각지 말고 좀 더 큰 것을 위해 살아봅시다. 적게는 이 개양툰을 위해서 크게는 개척민의 위대한 사명을 철저하게 깨닫는다면 우리는 고난이 닥쳐올지라도 그것을 낙으로 알고 최후까지 분투 노력할 기개를 가질 것입니다.

그러면 여러분은 지금 이 자리에서와 같은 경건한 마음을 내년 이때까지 변치 마시고, 각자 직업에 충실하시기를 간절히 바랍니다.”

일동은 머리를 숙이어 정중히 예를 했다.

식이 끝나자 제사한 음식으로 어른들은 축배를 들었다. 그들은 특히 내빈으로 청해온 왕노인을 상좌에 앉히고, 술잔을 보냈다. 백수를 휘날리는 왕노인은 흔연히 잔을 받으며, 김노인의 공적을 또한 무수히 칭송하였다. 그 전에는 이 근처가 온통 버들밭으로 둘러싼 진펄이던 것이 오늘은 이렇게 옥토가 되었다고 그는 자못 감개무량한 듯이 한숨을 쉬며 말하였다.

그날 밤에는 여흥으로 젊은 패들이 한바탕 놀아 붙이는 판이었다.

작년부터 개양툰에도 농악을 준비했다.

그것은 오락물이 없는 만주의 농촌에서 그들에게 건전한 위안을 주자는 것이 첫째 목적이었다. 그러나 그와 동시에 젊은 사람들의 부랑한 마

---

315) 조차전패(造次顚沛) : 엎어지고 자빠지는 급한 순간이라는 뜻으로, 매우 위급하고 중대한 순간을 이르는 말. 또는 잠시 동안.

음을 막기 위해서 주색잡기 등의 외도에 빠지지 않도록 하자는 것이 또한 목적이었다.

그때 강주사가 그런 발론을 하자 놀기 좋아하는 정대감과 김병호가 먼저 찬동을 하고 서둘러서 각기 추렴을 하게 되었는데 실상 돈을 내자고 할 때에는 서로들 슬슬 꽁무니를 빼는 바람에 한동안 흐지부지 열이 식어가고 말았다.

그럭저럭 늦은 봄이 되었다. 강주사는 이래서는 안 되겠다고 자기가 솔선수범해서 오십 원을 내놓았다. 그 자리에서 건오가 마저 십 원을 내놓고 보니까 너도 나도 그제서야 주머니를 끄르기 시작해서 부락장 이하로 모두가 추렴을 거둔 것이 이백여 원이 되었다. 그 돈을 인편에 부탁해서 조선내지로부터 농악 한 벌을 사 들여 온 것이다.

청명한 추석 절후에는 밤에도 달이 밝았다.

정대감네 마당에는 앞뒤로 구경꾼이 둘러싸고 그 가운데는 쇠잡이들이 돌아다니며 신이 나서 풍물을 친다. 더욱 놀이판에서 솜씨가 익은 정대감과 병호가 맞붙어서 장구를 다루는데 갖은 재주를 다 부렸다. 그는 저녁술이 얼근하여 그러지 않아도 취흥이 도도한 판이었다. 그런데 병호와 마주 어울렸으니 그야말로 좋은 콤비였다. 병호는 상쇠를 치며 상모를 돌리었다. 학봉이는 장삼을 입고 춤을 추고, 성도, 성문이 형제는 소고를 들고 까치걸음을 하는 것이 또한 장관이었다. 양서방과 원일여는 북과 징을 울렸다.

이렇게 달빛을 띠고 한바탕 푸짐하게 놀아 붙이는데, 강주사와 부락장 외에 노축들은 방안에서 술잔을 들면서 부엌대문을 열어붙인 바깥을 자못 흥취 있게 내다보는 것이었다.

바람소리 빗소리와 이따금 새소리만 듣고 있던 벌판에서 난데없는 풍물소리가 요란하니 별안간 천지를 뒤집는 듯 광야의 격정을 깨치었다.

그 바람에 온 동네 사람들은 거지 반 다 구경을 나왔다. 귀순이도 낮에 입던 옷을 그대로 입고 모친을 따라와서 구경꾼들에 섞이었다.

그는 오늘 낮에 모친이 제례에 참례했을 때도 함께 따라 갔었다. 그러나 어쩐지 열쩍어서 견딜 수 없었다. 그는 비단옷을 입은 것이 한편으로 좋으면서도 마치 남의 옷을 훔쳐 입은 것 같은 죄스러운 생각이 자꾸 들었다. 그런 생각이 들수록 그는 덕성이를 보기가 민망하였고, 그 옷을 입은 것이 께름하다. 더욱 그것은 덕성이다.

"너두 호사했구나!"

하고 저녁때 집 앞에서 만났을 때 듣던 말, 지금도 무안스럽다. 그래 그전 같으면 덕성이의 집엘 이런 때는 남 먼저 갔으련만 이내 그만 두었다.

사실 덕성이는 귀순이의 비단 옷 입은 것이 얄미워 보인다. 남들이 그의 치맛자락을 들쳐보며,

"아이구 너, 웬 호사를 이렇게 했니? 아주 인물이 환해졌구나!"

하고, 놀라는 것을 볼수록 그의 감정은 좋잖아졌다. 그와 반대로 황식이는 남몰래 좋아하기를 마지않았다. 옳다! 인제 되었다…… 하고 은근히 승리감을 느끼었다.

지금도 그는 귀순이가 왔다 하여 군중 틈으로 찾아보았다. 새 옷을 입은 것을 발견하자 그는 곧 하늘에나 오른 듯 싶었다.

덕성이는 황식이의 그런 눈치를 낮에도 채고 불쾌하였다. 제향을 지낼 때 황식이는 귀순이를 곁눈질하며 초조한 빛을 뵈었다. 그는 학생 대표로 분향을 할 때에도 날 좀 보란 듯이 아주 뽐내어 걸으면서 귀순이에게 시선을 보내었다. 그때 귀순이의 눈치를 보니 슬쩍 외면을 한다. 귀순이는 여전히 황식이에게 호감을 갖지 않는 것 같으나 그 대신 자기는 어렵게 대하는 눈치 같다. 그것은 확실히 황식이네 집에서 옷감 선사가 들어온 뒤에 생겨진, 전과 다른 태도였다.

"계집애들이란 할 수 없다!"

덕성이는 지금도 그런 생각이 들어 남몰래 쓸쓸한 심정을 느끼었다. 그러나 귀순이를 황식에게 뺏기나 보다 생각하니 새삼스레 자기의 무력을 깨닫게 한다. 그만큼 분해서 견딜 수 없다. 참으로 그것은 무엇 때문이냐!

12
비적(匪賊)

그 뒤 어느 날, 귀순네도 논에다 훑어 쌓아둔 벼를 마지막으로 담아들이던 날 밤이었다. 추석을 쉰 뒤에 마을 사람들은 또다시 벼 타작을 하기에 분주하였다. 그들은 제가끔 논 가운데다 마당을 닦아놓고 안팎 없이 나와서 벼를 훑었다. 그렇게 며칠씩 훑어 모으면 벼가 집더미처럼 쌓인다. 그러면 그들은 타작이 끝나기까지 밤마다 지켜야 한다. 초저녁에는 애들이 지키다가 밤중에는 어른이 교대하는데, 귀순네는 귀순이 남매만 내보낼 수가 없어서 복술이를 며칠 동안 품으로 샀다. 건오는 덕성이 형제를 내보낼 수 있었다.

바람이 불지 않는 날은 그들은 화톳불을 놓고 삥 둘러앉아 쬐었다. 그럴 때에는 감자를 구워 먹으면 좋았다. 불을 놓기가 위험할 때는 짚가리 속으로 들어가 박힌다. 일기는 나날이 추워지고 된서리는 벌써 왔다. 미구에 눈이 올 것 같다. 그들은 무서운 겨울이 닥치기 전에 어서 타작을 하려고 서둘기 때문에 이때도 품이 한창 쨰였다.

그전 같으면 덕성이는 귀순네 짚가리로 가서 저녁마다 재미있게 놀았을 것이다. 그러나 덕성이는 요즈음 귀순이의 태도를 보고 토라져서 그를 한 번도 찾지 않았다. 그럴수록 귀순이는 덕성이 앞에서 맴돌았다. 귀순이도 실심해졌다.

"애! 늬들 요새 왜 틀렸니?"

"뭣이 틀려?"

귀순이는 복술이가 느닷없이 묻는 말에 웬 셈을 몰라서 되집어 물어본다.

"너 요새 덕성이랑 틀리잖았어?"

복술이의 빙그레 웃는 양이 달빛에 보인다. 달은 밤마다 차차 늦게 떠오른다. 그러나 한 귀퉁이가 이지러지는 달이건만 오히려 낮같이 밝다. 달밤에 비치는 넓은 들안은 낮과 다른 안타까운 정서를 자아낸다. 황량한 벌판도 달빛에 안기어서 곱게 보인다. 월궁에는 선녀가 있다더니 그의 아리따움이 온 누리를 덮어씌움인가. 끝없는 벌판 저쪽 하늘가를 둘러막은 아득한 속에는 무슨 신비를 감춘 것 같다.

귀순이는 그렇지 않아도 요새 그 일로 은근히 가슴을 태우는데 복술이의 타내는316) 말을 들으니 머리가 산란해진다.

"너보구 누가 그런 말 하라니."

하고 그는 소리를 빽 질렀다.

"뭐 그런 말이야. 나두 다 아는데."

그러나 복술이는 노염을 타지 않고 여전히 느물거린다.

"네까진 게 뭘 알어!"

"홍, 상전은 종만 업신여긴다던가. 덕성이가 너구 틀린 속 말야!"

"갠, 그런 소리 말래두!"

그러나 복술이는 귀순의 눈치를 슬슬 보면서,

"네 추석비슴 옷감을 황식이네 집에서 해왔지? 그래 그러는데 뭘!"

"누가 그라디? 그런 거짓말을! 넌 거짓말 대장이 되더니만 참 별 거짓말을 잘하는구나."

---

316) 타내다 : 남의 잘못이나 결함을 드러내어 탓하다.

귀순이는 이렇게 딴청을 써보았다.

"누가 그러긴. 왼 동네가 다 아는걸…… 정말 그것만은 거짓말 아니렷다, 허허참…… 그렇지만, 네가 황식이를 진정으로 좋아하지 않는 마음이면 덕성이도 너를 싫어하진 않을 거다. 내 그럼 그 말을 전해주랴?"

"그런 소리 하면 난 들어가겠다. 귀남아! 가자."

귀순이는 정말로 성이 난 것처럼 싹 토라져서 덕용이네 짚가리로 가서 노는 귀남이를 소리쳐 부른다.

"뭐? 볏가리는 안 보구."

복술이는 놀라운 듯이 마주 일어선다.

"그까짓 걸 누가 알거듸?"

"그렇지만 혼은 누가 나구?"

"혼은 네가 나지 누가 나? 나가 구찮게 굴어서 들어왔다면."

"내가 언제 구찮게 굴었어?"

"여적까지 한 말이 그게 다 구찮게 군 게지 뭐냐!"

"허허, 내 원…… 그럼 내 안 그럴게…… 난 느들을 서로 좋게 하랴구 하는데 됩다 누구를 귀찮게 군다구…… 그럼 고만두자꾸나."

복술이가 비는 바람에 귀순이는 도로 앉았다. 그는 말로는 이렇게 강경한 태도를 보였으나 속으로는 그렇지 않았다. 그는 복술이가 무슨 까닭으로 저를 좋아하는지 몰라서 한편으로 경계하면서도 그를 다리로 놓고 덕성이의 심중을 타진하는 것이 미더운 심복을 둔 것 같다.

그는 지금도 이즈음의 덕성의 태도를 몰라서 은근히 초조하고 있었는데 복술의 말을 듣고 보니 그렇지 않은 눈치를 대강 짐작할 수 있었다.

그 이튿날 석룡이는 일꾼 두엇을 얻어서 남은 벼를 일찍이 마저 훑었다. 그것을 바람에 날려서 몽글리기에317) 그럭저럭 한나절이 걸리었다. 점심은 먹은 뒤에 마대에 담기 시작했다. 저울로 달아서 한 단씩 묶은 뒤에 그것을 마차로 실어 날랐다.

두어 마차를 실어 나른 것이 부엌에다 쌓아놓으니, 그들먹하다. 한 쌍에 열다섯 단 남짓하게 난 셈이다.

그래 석룡이 내외는 마음이 푸근하였다. 더욱 신덕이는 엉덩바람[318]이 나서, 들락날락 부지런을 피웠다. 남편이 묻는 말도 유난히 싹싹하게 대답한다. 내년에는 부락장의 논을 더 얻어 지으면 올보다 몇 갑절 더 추수를 할 것 같다. 그런 생각이 미리부터 샘솟아서 기쁨을 걷잡지 못하게 한다.

저녁때는 짚가리를 실어다가 마당가에 쌓으랴, 북데기의 뒤쓰레질을 하랴, 또 한참 눈코 뜰 새 없이 일꾼들과 함께 안팎으로 덤비었다.

그래서 어둡게야 일이 끝났다.

일꾼들을 저녁을 먹여서 돌려보내고 나니 신덕이는 상을 치울 기운도 없었다. 그는 진종일 일에 날뛰던 피로가 일시에 닥쳐와서 온몸이 그저 나른하였다. 밥을 먹고 나자 그 자리에서 꼬박꼬박 졸기 시작한다. 석룡이는 담배 한 대를 피워 물었다. 귀순이 남매가 먼저 잠이 든 것을 보고 그들도 인해 잠자리를 보았다. 그들도 미구에 골아 떨어졌다.

그런데 밤은 어느 때나 되었는지 꿈결같이 벼락 치는 소리가 들리었다. 그것은 참으로 꿈이 아닌가 싶을 만큼 자다가 깜짝 놀랐다.

그러나 재차 호통을 치는 바람에 정신이 번쩍 나서 눈을 떠보니 밖에서는 두세두세[319] 들레는[320] 소리가 나는데 방안은 캄캄 절벽이다.

이날 밤이야 말로 웬 일로 불을 끄고 잤는지 모르겠다.

밖에서는 또 한 번 대문을 부수는 소리가 요란하다.

---

317) 몽글리다 : 곡식의 꺼끄러기나 허접쓰레기 같은 것을 떨어지게 하다.
318) 엉덩바람 : 엉덩잇바람. 신바람이 나서 엉덩이를 흔들며 걷는 것.
319) 두세두세 : 두런두런.
320) 들레다 : 야단스럽게 떠들다.

"문 열어라!"

고함을 지르는 말소리는 분명히 만인이었다.

"아이구머니!"

그들은 발가벗고 자다가 그만 정신없이 뛰어 일어났다. 옷을 찾기에 한참 쩔쩔매었다. 미쳐 불을 켤 경황도 없었기 때문이다.

"이거 큰일이구나! 내 옷은 어디로 갔나?"

석룡이는 덜덜덜 아래윗니가 떨리는 것을 딱딱 맞부딪치며 집히는 대로 옷을 더듬어서 가랑이를 꿰었다.

그리고 잠꼬대를 하는 것처럼,

"어!"

소리를 치고 나서,

"성냥이 어디로 갔나? 불 좀 켜!"

하고 숭을 떨었다. 일부러 시간을 늦추자는 것은 신덕이가 연신 옆구리를 꾹꾹 찌르기 때문이었다. 처음에는 그게 무슨 수작인지 몰라서 잠자코 있자니까 신덕이는 그의 모가지를 바짝 끌어다가 더운 입김이 확 나는 입을 귓가에다 대고 가만히 귀띔을 하는 것이었다.

"귀순이를 깨워서 달아나게 합시다, 저놈이 오기 전에."

아내의 말에 펄쩍 어떤 생각이 일깨워지자 석룡이도 겁이 더럭 난다. 밖에서 웅성웅성하는 것을 보면 여러 놈이 뭉쳐온 것 같다. 만일 그런 일이 있으면 참으로 어찌할까? 그런 생각이 드는 순간 그는 귀순이보다도 아내의 신변이 더 염려되었다. 저 무지한 놈들이 만일 아내를 붙들고 폭행을 한다면…… 그래 그는 아내의 모가지를 아까처럼 끌어안고 이번에는 자기가 가만히 소근거려 보았다.

"임자두 뒷문으로 달아나우."

그러나 아내는 그 말을 알아들었는지 못 알아들었는지 가만히 있었다.

밖에서 호통을 치는 바람에 석룡은 다시 쩔쩔매면서 성냥을 찾는 체한다.

"성냥이 어디로 갔나 원…… 예, 갑니다."

신덕이는 그러는 동안에 귀순이를 잡아 흔들어 일으켰다. 잠을 깨라고 목을 껴안고 흔들면서,

"애야, 큰일났다. 어서 옷 입고 정신 차려!"

그는 더듬더듬 일어나서 뒷문 들창문 고리를 벗겨놓았다. 그리고 달아나라는 시늉을 하며 벙어리처럼 창문을 두드렸다.

귀순이는 자다 깨었지만 그도 밖에서 두세두세 하는 소리를 들었다. 재차 대문이 와지끈 하는 바람에 고만 겁이 나서 머리맡으로 벗어 놓은 치마를 두르고는, 미처 버선도 찾아 신을 새가 없이 들창문으로 가만히 뛰어내렸다. 그러자 그는 정신없이 맨발로 달아났다.

귀순이가 뒷문으로 뛰어내릴 적에 행여나 떨어지는 소리가 요란할까 봐 방안에 있는 사람들은 마음을 졸였으나 다행히 무사한 것 같았다. 만일 쿵 소리가 크게 났다면 그래서 밖에 섰는 놈들이 그 소리를 듣기만 하였다면 즉시 집 뒤로 쫓아가서 단박에 붙들기는 여반장이었을 것이기 때문이다.

그러나 뒤창문은 그리 높지 않았다. 귀순이가 떨어지는 소리는 방안에서도 겨우 들릴만 하였다. 신덕이도 남편의 귓속말을 듣고 귀순의 뒤를 따라서 달아나고 싶은 마음이 순간에 떠올랐다. 그러나 때는 이미 늦었다. 석룡이가 대문을 열고 나가기 전에 밖에 있던 사람들은 벌써 문을 부수고 우, 달려든다.

"이눔아, 왜 문을 안 열어! 어서 불 켜라!"

한 놈이 회중전등을 얼굴로 바짝 들이대는 통에 석룡이는 질겁하며,

"네, 잘못했습니다. 지금 열러 나가는 길인데요…… 도무지 어두워서!"

하고 두 손을 쳐들며 뒷걸음질을 치다가 방문 옆 흙벽에 가 붙어 섰다.

그는 회중전등을 마치 권총을 들이대는 줄만 알고 놀래었다.

이때 방안에 있는 신덕이는 망지소조[321]하였다. 그는 방 한구석에 가까이에서 잔뜩 괴마리[322]를 쥐고 앉았다. 물건을 도적맞은 것보다도 만일 겁탈을 하려 대들면 어찌하나 하는 무서운 생각이 간을 콩만하게 하였다.

석룡이는 할 수 없이 전등불에 비치는 방문을 열고 들어와서 성냥을 찾아 등잔불을 켰다.

그 뒤를 따라서 서너 놈이 신발을 신은 채 성큼 방안으로 들어서자 전등불을 사방으로 돌려대 본다. 그 자는 그것을 신덕이의 얼굴에다도 들이대 본다.

"이건 누구냐?"

"저, 제 아내올시다."

"돈은 어디다 감추었니? 내놓아라!"

다른 한 놈이 호통을 친다.

"네 그저 돈은 없습니다. 살려줍시오! 따쓔."

석룡이가 코가 땅에 닿게 절을 하며 두 손으로 싹싹 부볐다.

"돈이 왜 없어? 벼 판 돈 있지 않냐?"

한 놈이 총개머리로 석룡의 어깨를 갈긴다.

"아이구, 없습니다…… 아직 벼…… 벼를 못 팔았어요…… 타…… 타작을…… 오… 오늘서야 다…… 했답니다…….”

라고 석룡이는 신장대 떨 듯 다 죽어가는 목소리로 엄살을 쳤다.

"거짓말이다. 이년! 네 앞에 있는 궤짝 속에 든 것을 죄다 꺼내! 거역하면 잡아갈 테다.”

---

321) 망지소조(罔知所措) : 너무 당황하거나 급하여 어찌할 줄을 모르고 갈팡질팡함.
322) 괴마리 : 허리춤.

다른 자가 신덕이를 보고 호령한다. 신덕이는 겁을 먹고 있더니 만큼 도리어 그런 말은 안심이 된다. 얼른 그들의 명령을 복종하였다.

"궤짝에 아무 것두 없어요."

하고 그는 조용히 차곡차곡 싸놓은 옷가지를 잡히는 대로 꺼내놓고 한 가지씩 털어보였다. 추석비슴으로 부락장 집에서 받은 비단옷감을 가져 가면 어쩌나 하였지만, 옷이 아까운 생각도 순간뿐이었다. 아무 게나 가 져갈 대로 가져가고 어서 나가주었으면 하는 생각뿐이었다.

그러나 그들은 옷은 본체만체 한다. 워낙 그들이 조선옷을 가져가 무 슨 소용에 쓰랴. 궤짝을 죄다 털어 뵈어야 아무 것도 안 나오니까, 그들 은 실망한 모양이었다. 서로 한참 무엇인지 중얼거린다. 그러자 윗목으 로 놓인 쌀 푸대를 가리키며 한 놈이 묻는다.

석룡이는 속일 수가 없었다. 쌀이라 한 즉 그들은 또 한참 중얼댄다. 한 놈이 우루루 가서 쌀 푸대를 끄른다. 한 웅큼을 쥐어서 전등불에 비 추어 본다. 아마 쌀이 좋은가 궂은가 그것을 검사해 보는 모양이었다.

그 자는 쌀을 묶어놓고 들어내라는 눈치를 석룡이에게 한다. 그 순간 두 양주는 쌀 한 푸대를 뺏긴다는 생각에 가슴이 쓰리었다. 일껏 밥쌀을 하려고 연자매에 잘 쓸어 두었던 것이다. 그러나 이런 경우에는 쌀보다 더한 목숨이라도 바쳐야 할 판이다. 그까짓 쌀 한 푸대가 하상 다 무엇 이랴 싶다. 그들은 이 고장으로 들어와서 유명한 비적떼의 이야기를 귀 에 젖도록 들었다. 그럴 때마다 마치 옛날이야기를 듣는 것 같이 신기하 고 흥미 있게 들렸었는데 급기야 직접으로 당하고 보니, 참으로 듣는 바 와 진배없이 그들 행동이 대담하다. 더욱 석룡이 같은 겁쟁이는 너무도 무서워서 감히 쳐다보지도 못하였다. 그래 석룡이는 할 수 없이, 쌀 푸 대를 간신히 들어서 방문 밖으로 끌어내었다.

밖에서 망을 보던 놈들이 무어라고 소리를 지른다.

"어."

방안에 있는 놈들이 마주 소리를 지르고 나가자 신덕이는 별안간 무서운 생각이 더 들어서 그 난리 중에도 코를 골고 자는 귀남이 이불 속으로 대가리를 쳐박고 들어갔다.

귀순이는 들창문에서 뛰어내리는 길로 혼이 빠진 사람처럼 일직선으로 달아났다. 그는 맨발을 벗었건만 발바닥이 찔리는 것도 몰랐다. 달은 구름 속에 가려서 어두침침하였다. 그는 향방 없이 달아나다가 무서운 생각에 질려서 더 못가고 그만 덕성이 집으로 대들었다.

그래도 뒤에서 그놈들이 쫓아오는 것 같아서 몇 번을 돌아다보았다. 그는 가만히 문을 두드렸다. 부엌에서 자던 개가 콩콩 짖는다. 그는 당황하여 이번에는 가만히 부르짖었다.

"아주머니, 문 좀 여셔요! 아주머니!"

개 짖는 소리에 잠을 깨서 귀를 기울이고 있던 건오와 순복이는 일시에 소리를 마주 질렀다.

"누구냐?"

"저유, 귀순이여요!"

그제야 무슨 일이 생긴 줄 알고 그들은 다급히 일어나서 옷을 주워 입었다. 순복이가 미처 치마끈을 맬 새도 없이 쫓아나가서 문을 열어주니까 귀순이는 그만 순복이의 치마 꼬리를 붙잡고 대들며,

"아주머니! 큰일났어요……."

하고 미처 말을 못한다.

"왜 그러니! 무슨 일이냐?"

"저, 도적놈들이 대들었어요."

귀순이는 어쩔 줄을 모르고 사지를 벌벌 떨기만 한다.

"뭐, 도적이?"

순복이도 한 번 데인 가슴이라 소스라쳐 놀라며 망지소조한다.

"방으로 들어가자!"

"아이 무서워. 여기도 올는지 모르는 데여요."

귀순이는 방으로 들어갔다가 그놈들이 또 이 집으로 닥쳐올까 봐 겁이 났다. 그래서 들어갈 용기가 없었다.

"몇 놈이나 온 것 같더냐?"

건오는 그제야 묵중한 입을 열었다.

"몰러요. 아마 여럿인가 봐요."

두세두세 하는 소리에 온 집안 식구가 차례로 다 깨고 덕용이만 잠이 깊이 들었다.

덕성이도 옷을 주워 입고, 대님을 부리나케 매었다.

"어디 내가 좀 가 볼까?"

건오는 이렇게 말하고 나서려는 것을,

"가긴 어디를 간다구 그리우, 아이들이나 데불구 뒤 밭에 가 숨으시오."

"아이구, 애야 가지 마라!"

아내의 말을 받아 모친도 질겁을 하며 만류한다. 그들은 또 언제와 같이 건오가 붙잡혀 갈까 무섭기 때문이었다.

"숨기는 뭘. 그럼 덕성아 니나 귀순이랑 어디 가 숨어 있거라. 귀순이가 혼자 가긴 고적할 테니 얼른!"

"네!"

덕성이는 귀순이가 서있는 밖으로 나왔다.

"그럼 짚동가리323)나 어디 가 숨었다가 그놈들이 가거든 나오너라.

---

323) 짚동가리 : 짚동을 가려서 쌓아놓은 큰 더미. '짚동'은 짚단을 모아 한 덩어리로 묶은 것.

날이 새기 전에 설마 물러가겠지."

"아주머닌 안 가셔요?"

"난 집에 있어야지. 덕용이두 자니까."

덕성이와 귀순이를 밖으로 내보낸 뒤에 그들은 다시 문을 닫아걸고 자는 시늉을 하였다. 모친은 또 무슨 일을 당할까 봐 구시렁거리며 안절부절못한다.

"얘야, 글쎄 달아나라니까 왜 고집을 피우느냐? 그 언제처럼 붙들리면 어쩔라구."

"괜찮어요. 가만히 계시래두!"

건오는 달아나기는커녕 무기라도 지녔으면 한 번 대항하고 싶었다. 섣불리 나갈 수는 없었지만 그래도 총소리가 안 나는 것을 보면 별일은 없을 것 같다.

그래서 그는 우선 동정을 두고 보자 한 것이다.

도적떼는 초입으로 석룡의 집을 습격하여 우선 쌀 한 푸대를 뺏아내자 놀랍게도 그것을 짊어지고 가자 한다. 만일 안 지고 가면 죽인다고 총을 겨누는 바람에 석룡이는,

"네, 그저 살려만 줍시오!"

하고 쌀 푸대를 미빵324)으로 걸머졌다. 신덕이는 그 꼴을 보고, 쫓아나와서 울었다.

"아이구, 어디를 가우?"

양식을 준비한 그들은 쌀은 더 필요치가 않았다. 그들은 무엇보다도 돈을 탐내었다. 그래 신덕이를 총으로 위협해서 소리를 못 내게 하고, 석룡이를 앞세우고 부잣집으로 가자 하였다. 석룡이는 할 수 없이 부락

---

324) 미빵 : 밀삐. '밀삐'는 지게에 매여 있는, 지게를 지는 끈.

장 집으로 그들을 안내하였다. 도적떼가 부락장 집으로 달려들자 또 한 바탕 총개머리로 대문을 부수며 호통을 쳤다. 마침 그 집에는 추석날 제 향비로 추렴을 거뒀던 돈이 몇십 원 따로 있는 것과 박씨의 금은 패물을 있는 대로, 그놈들이 대들어서 샅샅이 뒤지는 바람에 죄다 뺏겼다. 그 집에서도 자다가 별안간 당하는 일이라 안팎식구가 닭 풍기듯[325] 하고 부락장은 끌려 다니며 총개머리로 맞았다. 아이구 지구 하는 통에 박씨와 황식이도 비명을 질러서 집안이 온통 난가를 이루었다.

단둘이 집 밖으로 나온 덕성이와 귀순이는 허둥지둥 숨을 곳을 찾으며 방황했다. 마당가에 쌓아올린 짚가리 속에 숨기가 가장 손쉬웠으나, 거기는 마음이 안 놓여서 단념하였다. 그래 덕성이는 귀순이의 손목을 끌고 집 뒤 언덕 위로 치달렸다.

뒷밭에는 콩동[326]이 쭉 쌓였다. 덕성이는 그 생각이 문득 나서 호젓한 곳을 찾아 간 것이다.

그들은 콩동의 가운데 매[327]를 풀고 콩깍지를 파냈다. 그리고 그 속으로 들어가서 가만히 마주 붙어 앉았다.

귀순이는 그대로 떨기만 하며 덕성이 품 안으로 바짝 기어든다.

"여기두 그놈들이 쫓아오면 어떡한다니?"

그는 오히려 마음을 못 놓고 불안해 한다.

"설마, 여기까지야 뒤질라구…… 가만히 들어보자꾸나."

웬일인지 덕성이는 조금도 무섭지가 않았다. 귀순이는 덕성이의 그런 태도가 이상해 보였다. 그만큼 제 마음이 든든해지기도 하였다.

"그런데, 넌 어떻게 빠져 나왔니? 자다가 별안간……."

---

325) 풍기다 : 짐승이 사방으로 흩어지다.
326) 콩동 : 콩을 꺾어 수수깡으로 싸서 묶은 덩이.
327) 매 : 매끼. '매끼'는 곡식 섬이나 곡식 단 따위를 묶을 때 쓰는 새끼나 끈.

덕성이는 귀순이가 용하게 달아난 것이 신통해서 물어본다.

"어머니가 깨우는 바람에 놀라 깨보니까 밖에서 두세두세 하겠지……
그래 고만 엉겁결에 창문으로 뛰어 내렸어!"

귀순이 가만히 귓가에다 소곤거린다. 입김이 따스하게 스치도록.

"그거 참, 잘했구나. 까딱했으면 붙들려 갔을 것을."

그 말을 들으니 귀순이는 소름이 쭉 끼쳐져서 저도 모르게 부르짖었다.

"아이, 그런 소리 말어! 무서워요."

"무섭긴 뭐, 그깐 놈들!"

덕성이는 흰목을 썼다.

"그런데 우리 집에는 어떻게 되었을까?"

"뭘 어떻게, 돈을 내라다가 없으면 갔을 테지."

"정말로 그렇기나 했으면. 그놈들이 그냥 나갔을까?"

귀순이는 식구들의 신변을 염려하였다.

"그럼. 다른 식구야 아무 일 없을 거다."

"그놈들은 왜 계집애만 잡아갈까?"

"갖다가 팔아 먹을랴구."

그러자 개 짖는 소리가 쿵쿵 들린다. 귀순이는 또 별안간 샛노래지며
한 손으로 덕성이의 입을 막는다.

"쉬, 가만있어!"

두 사람은 일시에 귀를 기울여 보았다. 동리 속은 다시 잠잠해졌다.
구름 속에 들었던 달이 갑자기 환해지는 바람에 귀순이는 또 무서운 생
각이 들었다. 덕성이의 가슴속을 파고든다.

"궁금하면 내 늬 집에 가 보고 올 테니 예 있을래?"

"아니 싫어! 난 무서워."

귀순이는 질겁을 하며 덕성이를 꼭 붙든다. 덕성이는 귀순이가 어린애

처럼 무섬을 타는 것이 도리어 귀여웠다. 웬일인지 그는 며칠 내로 귀순이를 미워하던 생각이 금시에 어디로 갔다. 그리고 지금 이렇게 만나준 것을 도리어 고맙게만 여겨질 뿐이었다.

참으로 오늘밤은 뜻밖이다. 그러나 그는 심중으로는 언제든지 이런 기회가 오기를 고대하였다. 그는 아무 때나 호젓하게 만나면 한번 최후로 귀순의 심중을 타진해 보려던 차이었다.

그래 어쩌나 보려구,

"너 요새 황식이랑 좋아한다더구나."

하고 슬쩍 건드려 보았다.

"누가 그래여?"

귀순이는 금시에 음성이 달라지며 숨소리가 색색해진다.

"복술이가 그러더라."

덕성이는 시침을 따고 정색해 말했다. 그러나 귀순이는 요전에 복술이한테 들은 말이 문득 생각나서 다시 방긋 웃으며,

"너두 거짓말 할 줄 아니?"

"거짓말은 왜!"

"그만 둬요! 난 벌써 알았다나."

귀순이는 더욱 상냥한 목소리를 꺼낸다.

"아니, 그건 거짓말인지 몰라도 늬집에서는 황식이네와 좋아지내지 않니? 그러니까 말야 너두 황식이와 좋아지낼 수 있다면 그게 좋은 상싶기에 하는 말이다."

덕성이는 기위 말이 난 김이라 아주 이 자리에서 태도를 결정짓고 싶었다. 그는 집에서들 그 일로 하여 걱정하는 말을 무시로 듣기가 난중할 뿐더러 자기도 언제까지 한 다리만 걸치고 지내기가 괴로웠던 까닭이다.

귀순이는 한동안 죽은 듯이 가만히 있었다. 숨소리만 가늘게 들린다.

그는 부아가 난 모양이다. 그래서 어쩔 줄을 모르고 있는 것 같다.

　덕성이는 그런 눈치를 보고 한편으로 가엾은 생각이 들었다. 그러나 역시 영리한 귀순이는 자기의 심중을 모를 리가 없었다. 아나나 다를까, 그는 여태까지 무서워하던 기색이 없이 날카롭게 부르짖는다.

　"넌 내가 그 집에서 온 추석비슴을 입었다구 그러지?"

　"것두 그렇구……"

　"내가 뭐 입구퍼서 입은 줄 아남!"

　귀순이의 목소리는 가늘게 떨리었다.

　"그래두 네가 입지 않았나."

　"넌 그렇게 남의 속을 몰라주니?"

　"내가 몰라줘? 늬가 몰라주지!"

　덕성이는 일부러 심술궂은 웃음을 웃어 보인다.

　"건 그렇다구. 저 내년 봄에 졸업하구 중학 공부를 또 가겠지?"

　귀순이는 갑자기 새침해지며 목소리를 깔끔하게 낸다.

　"뭐 나 말이냐?"

　"그럼 누구 보구 말할까."

　"건 왜 묻니?"

　"글쎄 말야."

　"난 봉천으로 농업학교 시험을 가 보기로 했다."

　"그럼 내 기다리지……."

　"뭘 기다려?"

　"그 학콜 졸업하구 나오두룩……."

　"정말이냐?"

　덕성이는 저도 모르게 목소리를 크게 낸다.

　"그럼 정말 아니구. 우리가 무슨 물건인가 뭐. 물건두 한 번 흥정을 한 뒤는 다시 무르는 법이 없다는데!"

"그거야 점잖은 사람의 말이겠지."

덕성이는 귀순이의 당돌한 말에 은근히 놀라면서 이렇게 대답했다.

"그러니까 우리두 점잖은 사람이 되잔 말야."

귀순이의 말소리는 점점 날카롭다.

"우리가 아무리 그리 하구파두 어룬들이 반대하시면 할 수 없잖으냐?"

덕성이는 다시금 실망한 빛을 띤다.

"넌 그런 걱정은 말구 공부나 잘해라."

귀순이는 어떤 결심이 있는 듯이 아주 의젓하게 말한다. 덕성이도 차차 그의 말에 쏠리게 되었다. 그러나 그는 굳이 사정을 설명한다.

"소문을 들으니까 늬 집에서는 내년에 부락장 집 논을 얻어 한다더구나? 늬 부모가 벌써 그렇게 딴 맘을 먹구 있는데 너 혼자만 생각이 다르면 소용 있겠니. 그러니 너두 잘 생각해서 하럄! 난 그런다구 너를 원망하진 않을 테니까."

"뭘 잘 생각해? 너한테 누가 그런 소릴 듣구파 한다데 뭐!"

귀순이는 다시 분이 나서 색색 한다.

"그런 게 아니라, 나두 너와 헤어지기는 서운하다. 약혼이니 뭐니……그런 말이나 없었다면 몰라두. 그렇지만 늬 집 사정이 틀려졌으니 할 수 없잖으냐?"

"뭬 할 수 없어. 넌 그렇게두 용기가 없니?"

"용기가 없잖으면 어떻게 할래, 늬 부모가 강제로 하는 데야……."

"난 발이 없나 뭐. 그까짓 것 달아나면 고만이지."

"어디루 달어나?"

"아무 데루나…….

덕성이는 잠깐 가만히 앉았다가 그의 속마음과는 딴판으로,

"공연히 쓸데없는 생각 마라! 늬가 달아나면 어디로 가겠니?"

이 말을 들은 귀순이는 별안간 성이 파르르 나서 두 주먹을 떨며 대든다.

"고만둬요. 너한텐 안 갈 테니…… 누가 쫓아갈까 봐 미리부터 그렇게 방패막이를 할 건 뭬 있니."

"뭐?"

"고만둬요. 나두 네 속을 다 알았어…… 넌 내가 보기 싫으니까 다시 학교루 간다는 거지? 그렇지만 난 너한테 잘못한 것 없잖으냐? 내가 언제 황식이 말 한 번이나 들어준 적 있니? 보았거나 들었거든 말해 보아라…… 싫거든 그냥 싫다구 그래! 공연히 핑계를 대지 말구."

"아니 뭐?"

덕성이는 기가 막힌 듯 어안이 벙벙하였다.

"임자는 다시 공부를 하구 돌아오면 이쁜 색시가 얼마든지 있을 게니까 나 같은 건 벌써 눈에 차지 않겠지…… 그렇다면 고만둬요! 그까짓 거 나 한 몸 죽으면 그만일 거니까…… 아."

귀순이는 두 손으로 얼굴을 가리고 쓰러진다.

"아니 내가 언제 너를 싫댔니? 건 공연히…… 이게 무슨 짓이냐? 누가 듣는다, 야."

덕성이는 어쩔 줄을 모르며 그를 끌어안고 달래기에 한동안 무척 애를 썼다.

비적떼가 석룡이를 앞세우고 나서서 재차 부락장 집을 습격하여 금은 패물과 현금을 강탈 도주한 뒤였다.

그들의 동정을 살피고 있던 건오는 우선 덕성이를 불러 내려서 마을 사람들을 깨우게 하였다. 그리고 부락장 집으로 뛰어가 보니 벌써 이웃

사람들은 하나 둘씩 그집 마당으로 모여들기 시작한다.

미구에 강주사가 쫓아오고 학교선생 이상렬과 정대감, 김병호도 뛰어 왔다. 성도 형제도 자다가 영문을 모르고 깨어 나왔다.

이렇게 삽시간에 비상소집을 하자 우선 걸음을 잘 걷는 사람을 뽑아서 정거장 파견소로 고발을 하지 않으면 안 되었는데 거기는 건오와 학봉이가 뽑혀갔다.

마을 사람들의 귀 익은 목소리가 들리자 신덕이는 쥐 죽은 듯이 방 속에 가 처박혔다가 화닥닥 튀어 나오며 공연히 헛대놓고 소리를 질렀다.

"아이구, 거 누구유. 사람 좀 살려주!"

그러나 밖에서는 아무 대답이 없으니까 그는 다시 무서운 생각이 들어가며 부엌 안으로 뒷걸음질을 쳤다.

"귀순아, 귀순이 어디 갔니?"

얼결에 귀순이를 불러본다. 이때 귀순이는 덕성이의 뒤를 따라서 저의 집으로 가는 길이었다. 그는 모친의 목소리를 듣자 마주 소리를 치며 한달음에 뛰어갔다.

"어머니, 예 있수."

"아이구 넌 어디가 숨었었니! …… 아버지 못 보았니?"

"아니, 아버지가 어디 가셨수?"

"아이구 그럼 큰일났구나. 그놈들이 아버지를 붙들어 갔단다."

신덕이는 그제야 어찌 된 줄 모르는 남편을 생각하고 목이 메어서 울음을 삼킨다.

"아주머니셔요? 얼마나 놀래셨어요"

"거 누구냐 덕성이냐?"

"네."

"넌 밤중에 왜 나왔니?"

신덕이는 울음이 쑥 들어가도록 또 한 번 움찔했다가 덕성이의 목소리를 분간하고 겨우 안심하였다.

"동리 어른들 부르러요."

"건 왜?"

"아버지가 시켰어요."

"아버진 지금 어디 계시다니?"

"저, 부락장 댁으로 가시면서 그러셨어요."

"부락장 댁에?"

"네, 도적놈들이 그 댁에두 들었었나 봐요! 그래 그리로 모두들 모이라구 해서요."

"부락장 댁에두?"

덕성이는 더 말대꾸할 새가 없는 줄을 깨닫자,

"네! 아주머니 그럼 가겠어요."

하고 빨리 뛰어간다.

"응! 그럼 나두 좀 가 보아야겠군. 넌 집에 있거라, 내 잠깐 다녀올게!"

"난 싫어, 무서워……."

"무섭긴 뭐. 그놈들은 다 갔는걸. 아버지가 어떻게 되었는지 가서 좀 알아봐야 할 것이 아니냐."

"그럼 나두 같이 갈 테야 뭐……."

귀순이는 종시 저 혼자만 떨어져 있지 않을 눈치였다.

"귀남이가 깰까 봐 그러지, 누가 너 안 데불구 갈랴구 그러니."

"뭘 여적 안 깼는데. 나두 갈 테야. 캄캄한 방에 어떻게 혼자 있으라우."

귀순이는 징징 우는 소리를 사뭇 한다.

"아이 그럼 같이 가자…… 대관절 아버지가 어떻게 되셨는지 모르겠다.”

신덕이는 할 수 없이 귀순이를 앞세우고 나섰다.

“그눔들이 아버지는 왜 붙들어 갔다우?”

“윗목에 놓인 쌀 푸대를 보더니만 그것을 지구 가자구 지워갔단다.”

“그럼 져다주면 쉬이 오실 거 아녜요?”

귀순이도 약간 불안을 느끼며 대꾸한다. 그 역시 아버지의 신상을 염려함이었다.

“글쎄, 그렇기나 했으면 좋겠지만, 어서 가서 물어보기나 하자.”

이렇게 재촉하는 바람에 귀순이는 걸음을 빨리 떼놓았다.

“그렇지만 네가 안 붙들린 게 천만다행이구나! 넌 여적 어디 가 숨었었니?”

“뒷밭 콩깍지 동 틈에.”

“그런 년이 집 속에서 뭬 무섭다는 거냐.”

“거기는 아무도 몰르지 않수.”

귀순이는 덕성이와 같이 숨었단 말을 하지 않았다. 그는 그 말을 했다가 무슨 말을 들을는지 몰랐기 때문이다. 그러나 이날 밤에 뜻밖에도 덕성이를 만나게 된 것은 그의 앞날을 위해서 다시없는 좋은 기회라 싶었고 그만큼 속으로 좋아했다.

신덕이가 부락장 집으로 달려가 보니 거기에는 벌써 마을 사람들이 그득 모이고 부엌 안에는 남포등을 환하게 켜 놓았다.

“아이구 우리집 양반은 어디루 갔답니까?”

신덕이는 누구를 지목해 말할 겨를도 없다는 듯이 들떠워 놓고 물으며 여러 사람의 얼굴을 돌려가며 본다.

“글쎄요, 우리도 모르는데요…… 뭐, 쌀짐을 지구 갔다면서요”

누군지 이런 대답으로 하는 말을 귓결에 들었을 순간이었다.

이편 안방 문이 펄쩍 열리며 부락장의 아내 박씨가 문 밖으로 새파랗게 질린 얼굴을 내밀며 쉿소리를 낸다.

"아니 거기 온 게 귀순어머니요? 이리 좀 오시우."

"네! 얼마나 놀라셨습니까? 이 댁에서도 손해를 많이 보셨다니 원 그런 변이 어디 있어요."

귀순네는 그줄 저줄 모르며 우선 인사부터 분명히 한다.

"손해구 무에구 이런 일이 어디 있소? 도적을 맞으면 이편이나 혼자 맞을 게지 왜 남의 집까지 징궈328)주느냐 말이어요."

주인 마누라의 기색이 등등한 꼴을 보고, 신덕이는 비로소 그가 성이 푸독사329)같이 난줄을 알았으나, 물론 자기에게 당한 일은 아니려니 하였다.

"아니 누가 도적놈을 징궈주었어요?"

"누가 다 무에요. 댁 양반이 그놈들을 이끌고 우리 집을 쳐들어 왔으니까 말이지요."

"아니, 그럴 리가 있나요…… 원 천만에 말씀을……"

신덕이는 너무도 의외의 말이라 놀란 입을 크게 벌릴 뿐이었다.

"그럴 리가 뭐여요. 그 양반이 쌀짐을 지구 앞장서 와서 우리 집을 가리켜 준 까닭으로 그놈들이 들어왔는데요."

박씨는 여전히 펄쩍 뛰는데,

"원, 그럴 리가 있나요? 무슨 심사로 하필…… 댁에다 도적놈을 징궈 줄 리가 있겠어요? 그놈들이 알구서 가자니까 바루 할 수 없이 짐을 지구 끌려 왔는진 모르지만……"

하고 신덕은 남편 대신 변명을 해보았다. 그러나 기막힌 소리를 다 들어

---

328) 징구다 : (어떤 일거리나 일자리 같은 것을) 미리 마련하여 대어주거나 뒤에서 지지하고 도와주다.
329) 푸독사 : 새파랗게 독이 세게 오른 독사.

본다.

"아따 고만 좀 두어! 알구 왔든지 모르구 왔든지 벌써 도적을 맞을 운수가 되어서 맞은 것을 뒷소리로 하면 무슨 소용이 있다구…… 응, 그것 참!"

부락장은 이렇게 그 아내를 타이르며 입맛을 다시었다. 손해를 생각하니 그도 기가 막힌다.

도적을 맞더라도 온 동리집이 다 맞았다면 모른다. 그것은 으레 당할 일이거니 하겠지만 이건 단 두 집만 맞게 되었다는 것은 아무래도 한 까닭의 의심이 없지 않고 분하기도 더 하였다.

"글쎄 원…… 이게 도무지 무슨 신수 소관이랍니까? 우리 집에서는 사람까지 붙잡혀갔으니…… 대관절 이 일을 어찌해야 좋답니까?"

신덕이는 이런 자옥330)에 겸하여 구설수까지 듣는 것이 분하였다.

"가만 있소. 조금 있으면 토벌대가 쫓아올 테니."

장주사가 위로하듯 말한다.

그러나 신덕이는 건오가 비적한테 붙들려 가서 죽을 고비를 간신히 벗어났다는 이야기를 듣던 기억이 새로워질수록 공연히 머리끝이 쭈빗해지며 자질이331) 공포를 느끼었다.

"대관절 그눔들이 어디서 온 눔들일까? 근자에는 통 그런 일이 없었는데."

"글쎄, 이런 촌락으로 대들 적에는 좀도적으로 뿔뿔이 헤진 어떤 패의 잔당이겠지."

"뭐, 토벌대가 나오기만 하면 그간 놈들 당장에 잡을 텐데. 토막나무 끈 자리지, 제 놈들이 어디루 갈라구."

---

330) 자옥 : 형편이나 처지 또는 어떤 조건을 내세우는 경우.
331) 자질이 : '자지러지게'의 뜻인 듯.

"암, 그렇구 말구."

그들은 이렇게 서로들 지껄이는데,

"귀순아 고만가자! 귀남이가 잠을 깨서 또 놀래기 전에."

하고 신덕이는 머주해서[332] 발길을 돌리었다.

"어둔데 조심하시우!"

누군지 인사하는 소리가 고막을 울린다.

"예!"

그는 간신히 대답을 하고 시름없이 걸음을 내 걸었다. 그러나 그는 생각할수록 남편 대신 구설을 들은 것이 원통하다. 하긴 남편이 만일 똑똑한 사람 같았으면 일부러 가난한 집으로 그놈들을 끌고 가야 할 것이었다. 그런데 이 화상이 부잣집으로 가자니까 고지식하게 대뜸 부락장을 대주고 그 집으로 끌고 간 것이 아닌가 싶었다.

그는 자기 집까지 가는 동안 이런 갈피 없는 생각에 헤매면서 또한 그 남편의 신상을 염려하기 마지않았던 것이다.

토벌대가 달려오기 조금 전에 학봉이가 먼저 허겁지겁 뛰어왔다. 이제나 저제나 하고 부락장 집에서 기다리던 사람들은 일제히 인기척이 나는 바깥을 내다보다가,

"아니 왜 혼저만 오나?"

하고 의심스레 눈총을 쏜다.

"지금 곧 나올 게요. 전 전화만 거는 것을 보구 덕용이 어른이 먼첨 가래서 뛰어왔으니까요."

학봉이는 숨이 차서 씨근거린다.

"어디로 전화를 걸어?"

---

332) 머주하다 : 머쓱하다.

"아마 현 수비댄가 봐 ……."

"물론 그럴 거다."

좌중은 그 말을 듣고 모두 안심하는 숨을 돌려 쉰다.

"그러나 기차가 있을까?"

"차가 왜 없어요? 전화를 걸면 두 시간 안으로 새벽차에 올 수 있다던 데요."

"자, 그럼 누구 누구랑 갈 터인가? 토벌대가 나오기 전에 준비하구들 있다가 같이 가게 해야지. 사람이 안 붙들려 갔을지라도 길을 인도해야 할 터인데 더구나 사람까지 잡혀갔으니. 우리만 가만히 앉았을 수가 없지 않소."

강주사가 이렇게 발론하자,

"암 그 다 이를 말씀입니까? 모두들 가십시다."

하고 정대감과 김병호가 일시에 찬동을 한다.

그 말이 떨어지자 나도 나도 하고 나서는 사람이 칠팔 명 된다. 성도 형제, 양서방, 학봉이, 정대감, 김병호, 원일여 등…….

"뭐 준비할 것은 없을까요?"

정대감이 강주사에게 묻는다.

"다른 준비야 할 건 없겠지만 옷이나 가뜬하게 입는 것이 좋겠지."

"자, 그럼 여러분들 옷을 바꿔 입으시구 얼른들 우리 집으로 모이시오. 치운데 그동안 어한이나 하구 떠나게 합시다."

술 먹을 찬스가 돌아온 것을 정대감이 얼른 붙잡는 걸 김병호가 맞장구를 치며 좋아한다.

"참, 그럽시다. 어, 치워……."

그는 두어 번 어깨를 으쓱거린다.

정대감이 일어서려는 것을 강주사가 잠깐 제지하면서,

"그럼 그렇게들 하시오만…… 이번 술값은 동비로 떨게 합시다."

"네, 그게 좋습니다."

병호가 이런 동의를 하자,

"그럼 여러 어른이 다 가셔야지…… 우리끼리만 먹을 수 있습니까?"

정대감은 강주사와 부락장을 돌아본다.

"뭐! 난 아무 경황두 없소이다. 주사장께서나 같이 가시지요."

부락장이 시름없는 말을 꺼내는데,

"뭐, 나두 생각 없소. 토벌대가 곧 나온다니까 그 안에 간단하게 한 잔씩만 하시구려. 만일 술을 먹구 있는 꼴을 뵀다가는 모양이 창피할 거니까……."

"그래두 같이 가셔야지 동리 일인데요!"

강주사는 다시 생각한 결과 그들과 함께 자리를 일어섰다. 그는 가기 싫다는 부락장을 위로하기 겸하여 같이 가자고 우겼다.

만일 건오도 없는데 그들만 맡겨두고 본다면 정대감과 병호가 맞붙은 자리에서 얼마나 또 늑짱333)을 부릴는지 모르기 때문이다.

그리하여 그들의 한 패—강주사, 부락장, 이상렬은 정대감의 안내로 먼저 가고, 토벌대를 따르려는 한 패는 제가끔 옷을 바꿔 입으러 자기 집으로 돌아갔다.

미구에 그들이 정대감집으로 한데 모이자 안식구들은 별안간 자다 일어나서 음식을 준비하기에 분주하였다.

여러 사람은 방안에 빽빽하게 들어앉아서 음식이 나오기를 기다린다. 정대감은 그대로 재촉이 분분하다.

미구에 국을 끓이고 술을 데워서 들여왔다. 그들은 제가끔 국그릇을

___

333) 늘짱 : 늑짱.

들고 돌아오는 소주를 서너 잔씩 먹었을 때였다. 강주사는 다시 발론을 하기를,

"여러분, 고만들 자시구 일어납시다. 우리는 이렇게 앉아서만 기다릴 게 아니라 인제 미구에 나올 것 같으니, 우리 횃불을 해들고 마중을 나가 봅시다."

"아, 그 말씀 참 좋습니다."

벌써 얼근한 판이라 김병호가 앞장을 서며 집으로 홰를 가지러 나간다. 정대감은 술이 좀 부족하였으나 워낙 늘짱을 부릴 자옥이 못 되므로 그도 학봉이를 시켜서 홰를 만들게 하였다.

그리하여 그들은 미구에 횃불을 앞뒤로 세워들고 근감하게 신작로로 행렬을 지어가며 토벌대가 나올 길목으로 일제히 마중을 나갔다.

건오는 파견소에서 토벌대를 기다리다가 차 시간이 임박해서 경관과 함께 정거장으로 나갔다. 열차는 정각을 일 분도 어기지 않고 도착하였다. 토벌대는 잠시의 유예를 두지 않고 즉시 경관의 보고를 받고 출발하였다. 건오는 행렬을 앞서서 밤길을 안내하였다.

그런데 철둑을 너머서 서쪽 행길로 한참을 가노라니 개양툰 근처에서 난데없는 불빛이 늘어섰다.

"저게 무슨 불인가?"

토벌대장은 의심스레 건오에게 물어본다.

"글쎄올시다…… 분명히 모르겠습니다마는 혹시 저희 동리에서 마중을 나온 게 아닌가 합니다."

"응 그렇겠지. 물론 비적은 아닐 테니까!"

대장은 감심한 듯이 말을 받는다.

과연 동구 앞까지 달려오니 횃불들은 마주 쫓아 나오며 일대를 영접한다. 대장은 그들이 의심할 것 없는 주민인 줄을 확실히 알자 부대를

세워놓고 인사를 받는다.

"이렇게 토벌을 나와 주시니 감사한 말씀은 무어라 여쭐 수 없습니다."

강주사 이하로 동리 사람들은 일제히 머리를 굽히어 경례를 하였다.

"아, 그런데, 비적이 어디로 달아났는지 그 방향을 알 수 있는가?"

"네, 그것은 제가 잘 압니다."

여러 사람은 대장의 묻는 말에 서로들 돌아보며 미처 대답을 못하는데 건오가 얼른 대꾸한다.

"아, 그런가. 비적이 어디로 달아났는가?"

"이 길로 갔습니다."

건오는 서슴지 않고 손을 들어 서쪽을 가리킨다.

"저, 잠깐 청할 말씀이 있습니다."

하고 강주사는 건오를 통역으로 대장 앞에 나서서 말한다.

"무슨 말이요?"

"우리 동리 장정이 몇 명 뒤를 따라가고 싶은데요."

"뭐, 추운데 그럴 것 없겠지. 이 사람 하나만 같이 가면 좋겠소."

대장은 건오를 가리키며 말한다.

"아닙니다. 저희의 정성으로 그러하오니 소용되실 때까지 따라가게 해 주십시오. 필요치 않을 때는 돌려보내셔도 좋습니다."

"그럼 같이들 갑시다."

대장의 허락을 받자 준비하고 나온 사람들은 일제히 일렬로 늘어섰다.

"그럼 출발합시다."

"안녕히 다녀오십시오."

대장의 구령으로 일대는 다시 강행군을 시작하였다.

얼마쯤을 달려가니 큰 강은 서남간으로 휘둘러 나가고, 길은 두 갈래로 나게 되었다. 신작로는 강을 뚫고 역시 서쪽으로 쭉 곧게 났는데, 강을 건너서 얼마를 안 가면, 동북편으로 다시 샛길이 뚫렸다. 그 길로 자꾸 가면 밀림 지대로 들어가게 된다.

토벌대는 여기까지 당도하자 잠깐 주저하였다. 그동안에 날도 훤하게 새었으니 비적떼는 응당 산속으로 들어갔을 것 같다.

그래도 ·혹시 몰라서, 대장은 두 부대로 나누면 어떨까 생각하며 천천히 평보로 걷는데, 홀연 그쪽 길로 웬 사람 하나가 급히 나온다. 희끄무레한 것을 보면 그는 분명히 조선 사람 같았다.

"아, 저기 오는 사람에게 물어보자구."

"네, 그게 좋겠습니다."

일대는 행진을 정지하고 그 사람이 오기를 기다렸다. 대장은 손을 쳐들어서 어서 오라고 손짓을 했다.

그러니까, 그 사람은 걸음을 더욱 빠르게 걷는다.

"아니, 저게 석룡이 아냐?"

건오가 하는 말에,

"글쎄!"

여러 사람이 마주 소리를 친다. 과연 가까이 오는 사람은 석룡이가 틀림없었다.

"아니, 자넨 어디까지 갔다 오는 길인가?"

정대감이 묻는 말에 석룡이는 미처 대답을 못하고 대장 앞에 우선 머리와 허리를 굽실하며,

"저 산 밑까지…… 날이 새 가니까 고만 가라구 돌려보내 주더군요."

"그래 비적은 산속으로 들어갔나?"

"네, 그렇습니다."

["자, 그럼 바로 쫓아가자."

대장은 출발명령을 하려고 대오 앞으로 돌아서는데,]334)

"아니, 석룡이 자네 아래 옷 입은 게 대체 무엔가?"

건오가 석룡의 아랫도리를 훑어보다가 놀라운 듯이 묻는다.

"무에여, 바지지."

"하하하, 저 사람이 아니 웬 고쟁이 입었어!"

석룡이가 역시 들여다보다가 입을 딱 벌린다.

"하하하하."

그 바람에 여러 사람은 일시에 홍소를 터쳤다. 석룡은 어쩔 줄을 모르며 속옷 가랑이를 벌리고 섰다.

"뭐야, 뭐야?"

여러 사람이 별안간 웃으니까 대장은 무슨 일인지 몰라서 건오를 돌아보며 묻는다. 건오는 비로소 정색을 하고 사유를 설명하였다.

그 말을 듣자, 대장과 병정들도 일시에 웃으며 석룡의 아랫도리로 모두 시선이 집중된다.

"하하하, 참!"

사실 석룡이는 지금까지 마누라의 속옷을 바꿔 입은 줄도 몰랐다. 그는 도적이 쳐들어오는 통에 불을 끄고 자다가 놀라 깨서 자기 옷을 찾아 입는다는 것이 엉겁결에 마누라의 속옷 가랑이를 그대로 꿰었던 것이다.

"아니 그래 여적 속곳인 줄도 모르고 입고 있었나?"

"그럼 캄캄한데…… 누가 알았어야지."

석룡이는 병호가 묻는 말에 무안해서 어쩔 줄 모르며 머리만 긁고 섰다.

"속곳 가랑이 속으로 바람이 들어가는 줄도 몰랐어?"

"몰랐대두 그래."

---

334) [ ] 부분의 위치는 원문과는 다른데 문맥을 따져 편자가 바로잡은 것이다.

"도적놈이 무섭긴 참 무섭던 걸세그려. 그럼 내상께서는 지금 자네 바지를 입고 있겠군, 하하하."

"자, 고만들 가자구."

대장이 엄숙한 자세로 다시 출발을 명령한다.

"석룡이두 같이 가세."

"이걸 입구 어디를 가자나!"

"어디든지 가야지, 종일 섰을라나."

"하긴 그두 그래. 대낮에 집으로 들어갈 수도 없구."

정대감의 말에 석룡이는 원망스런 듯이 하소연한다. 그러나 동저고리 위에다 가랭이가 널따랗게 벌어진 속곳을 입고 섰는 석룡이의 노랑 수염이 다부룩이 난 화상이 볼수록 우스웠다.

"이 사람 여태까지 입었을라구. 상관없지 않은가 하하."

"그래두…… 집에 가서 바꿔 입구 와야지 이 꼴을 하구 어떻게……."

"대낮엔 집에두 못 들어가겠다면서?"

"하하하."

"어디 가 숨었다가 밤에 들어가겠네."

동리 사람들은 또 한 번 홍소를 터친다.

그럴수록 석룡이는 마치 똥싼 잠방이를 움켜쥐듯 속곳 가랑이를 잔뜩 움켜잡고 여러 사람의 눈총 속에서 자신의 꼴을 감출 수 없어 쩔쩔맨다. 그는 날이 점점 밝아지는 것이 원수 같았다.

"건오, 대장님께 좀 여쭤주게. 나 좀 가게 해달라구."

건오가 민망해서 그 말을 통역하자 대장은 동정하는 미소를 띠우며,

"그렇지만 우리는 비적이 간 길을 모르니까 그대가 비적과 같이 간 곳까지만 일러달라구. 그 뒤엔 돌아가두 괜찮으니!"

"네!"

석룡은 할 수 없이 일행을 따라가려고 나섰다.

"자, 그럼 예서부터 비적을 속히 추격해야 할 테니까 단숨에 뛰어가자 구."

"쓰껫!335)"

대장의 구령에 병대는 일제히 기착을 한다.

"미기무게미깃!336)"

"마에 뭇!337)"

"가께아시!338)"

대장의 명령을 받은 병대가 열을 지어 뛰어가는데 석룡이는 대장과 같이 맨 앞줄로 서서 길라잡이로 뛰어가지 않으면 안 되었다.

그래 그는 병정들 틈에 끼어서 더욱 대조가 선명하게 눈 띄어 보이는데 동저고리 밑에 속곳 바람으로 뛰어가는 모양은 참으로 요절을 해서 못 보겠다.

"아이구 배창시야! 아이구…… 저것 좀 보게! 난 못 가겠네!"

정대감은 병호의 옆구리를 찔러 가며 걸음을 못 걷도록 뱃살을 움켜쥔다.

"이 사람! 너무 웃지 말게. 남까지 죽이지 말구."

병호도 한 손으로 입을 틀어막는다. 그러니 다른 사람들은 말할 것도 없었다. 학봉이, 성도 형제와 양서방 하며 원일여까지 모두들 웃음을 참느라고 끙! 끙! 앓는 소리를 해 가며 뛰어가는 꼴이 또한 장관이었다. 그만큼 그들은 점점 대오에서 떨어져 간다.

그러나 병정들은 끄떡없이 한 대중으로 구보를 한다. 그들도 꼴은 우

---

335) 쓰껫 : 키오쓰껫(氣を付け)의 줄임말인 듯. 차렷.
336) 미기무게미깃 : 右向け右. 우향우.
337) 마에 뭇 : 前向き. 정면으로.
338) 가께아시 : かけあし. 달리기. 구보.

스울 것이다. 그것은 석룡이가 더욱 우스운 자세로 달아나기 때문이었다.

그는 겁을 잔뜩 먹고 주눅이 들린 판이었다. 그런데 체육을 받지 못한 그는 뛰어갈 줄도 모르는 데다가 가랑이가 넓은 속곳을 입고 뛰자니 거북해서 걸음이 잘 안 걸린다. 게다가 괴마리까지 자꾸 내려가서 그것을 한 손으로 붙잡고 뛰자니 더욱 뭉그적거리게만 된다. 그래 그는 울퉁불퉁한 진수렁을 짓밟은 것 같은 험한 길 위를 갈 때에는 가랑이가 흙에 걸려서 콧방아를 찧고 넘어지기가 일쑤였다. 이렇게 석룡이는 진땀을 흘리고 헐떡이며 십여 리를 간신히 뛰어가서 비적들과 갈리는 곳에 당도하였다. 거기는 길이 또 두 갈래가 졌는데 비적은 오른 편 산으로 들어갔다는 것이다. 과연 그 길로 쌀이 줄줄이 흘러 있다.

"에, 여러분 수고했소. 인젠 비적이 도망간 방향을 짐작하게 되었은즉 당신들은 돌아가시오! 그러나 당신만은 통역으로 같이 갑시다."

하고 대장은 건오를 가리킨다.

"아, 그러십니까? 그럼 안녕히 다녀 나오십시오."

"건오, 잘 다녀오게!"

"아, 염려 말게. 먼저들 가게."

토벌대는 다시 대장의 명령을 받고 산속으로 강행군을 시작했다.

정대감과 병호의 한 패는 그 길로 돌아서자 인제는 아무 기탄할 것이 없는지라 그들은 석룡이를 한가운데 세워놓고 참았던 웃음을 실컷 들입다 웃어대는데,

"이 사람들 고만들 웃게! 엥이 참!"

하고 석룡이도 빙그레 웃고 섰다. 그는 참으로 어떻게 집에를 들어가야 할는지 걱정이었다.

건오는 그 뒤 십여 일만에 무사히 돌아왔다.

그는 토벌대와 같이 비적의 종적을 더듬으며 밀림지대로 점점 깊이

들어가게 되었는데 거기는 어느덧 자무쓰339)로 가는 산 중이었다. 그런데 방향을 짐작하여 보니 의외에도 몇 해 전에 비적떼에게 붙들려 들어가던 길이 분명하였다. 그래 건오는 대장에게 그때 당하던 경력담340)과 아울러 이곳 지형을 자세히 진술하였다. 대장도 그때 비적의 계통을 잘 아는 만큼 건오의 말을 신용할 수 있었다.

"그때는 그래 비적의 소굴까지 들어가 보았나?"

"아니올시다. 소굴까지는 못 가보았습니다만, 소굴을 불과 하룻길쯤 남겨놓은 길목에서 도망질쳐 나왔습니다. 거기는 산중턱이온데 비적떼가 중간 잠을 자는 오막집341)이 있었습니다."

건오는 대장의 묻는 말에 주위의 낯익은 길을 둘러보며 감회가 깊은 듯이 대답하였다.

"아, 그런가? 그때의 비적 일당은 그 후에도 출몰하였기 때문에 거지반 토벌해 버렸지마는 아직도 그 잔당이 흩어져서 인민의 피해가 종종 있는 모양인데 그들이 이곳 밀림지대를 근거로 삼고 있는 것은 짐작할 수 있었으나 워낙 첩첩산중이라 이때까지 소굴을 발견하지 못한 것은 유감인데 그러면 그놈들이 지금도 거기에 웅거하고 있을는지 모른단 말야?"

대장은 점점 산비탈이 높아지는 지대로 건오와 함께 나란히 걸으며 무슨 생각에 잠긴듯이 문답한다.

"네, 그렇습니다. 그놈들한테 인질로 붙들려간 사람도 많다는데 하나 둘 살아 나온 사람이 없다는 말을 그 뒤에 소문으로 들었습니다. 그래서 그때 저도 살아 나온 것이 천행이라고, 동리사람들은 꼭 죽은 줄로만 알

---

339) 자무쓰 : 지명. 佳木斯.
340) 경력담 : 원문은 '경력감'.
341) 오막집 : 오두막집.

왔다는데 그놈들이 붙들어 간 사람을 모조리 죽이는 것은 저희들의 소굴이 발각될까 봐서 그것을 두려워하기 때문에 그렇다고 합니다."

"음! 그래 우리도 그리로 가보자구!"

대장은 이번이야말로 북만 일대를 한동안 소란하게 굴던 비적의 잔당을 일망타진한다 싶은 자신과 어떤 단서를 붙잡게 되었다. 그래 그는 더욱 용기를 내어 부대를 격려하였다.

장산으로 들어갈수록 길은 험하고 수목이 참차한[342] 인적부도[343]의 삼림 속이었다. 어느 날은 이런 산속으로 진종일 들어갔다. 하늘이 안 뵈는 밀림 속은 대낮에도 우중충한 것이 무시무시하다. 그러나 토벌대를 믿는 터이라 건오는 조금도 겁을 먹지 않고 길을 찾아 들어갔다.

얼마를 가자니까 과연 그때 도망질을 치던 오막집이 보이었다.

"아, 여깁니다. 저기 저 오막집이 제가 도망질을 치던 곳입니다."

하고 건오는 자기도 모르게 소리를 쳤다.

그러나 건오는 조금 전까지도 길을 잘못 들지나 않았는가 싶어서 남몰래 은근히 조바심을 쳤다. 만일 길을 잘못 들어 가지고 도리어 비적떼한테 불의의 습격을 받으면 어찌할까 하는 그런 염려도 없지 않았다.

그래 그는 정신을 바짝 차리고 주위의 지형을 살펴서 옛 기억을 더듬으며 망원경을 빌어서 위치를 상고하기까지 열심이었으나 워낙 몇 해전 일인데다가 그때는 겨울이라 눈이 더 쌓이고 또한 짐을 지고 걸었기 때문에 지형을 잘 보살필 여유가 없었다.

그러나 원래 매사에 차근차근한 건오는 어떠한 경우에서든지 방심하는 일이 없었다. 그는 들어갈 때보다도 나올 때에 자세히 보았고 또한 도망질을 치던 그날 새벽에는 밤새도록 길을 못 찾고 이 근처를 뼁뼁 돌

---

342) 참차한 : 원문대로.
343) 인적부도(人跡不到) : 사람이 사는 곳에서 멀리 떨어져 있어서 사람의 발자취가 이르지 아니함.

며 헤매던 기억이 새로운 데다가 무엇보다도 목표를 확실하게 하는 것은 멀리 보이는 강줄기였던 것이다.

그래서 이 지점이 확실하다는 자신을 가지고 여기까지 올라오기는 하였는데 웬일인지 벌써 나서야 할 오막집이 도무지 나서지 않아서 그래 길을 잘못 들지나 않았는가 염려했더니 필경 그 오막집까지 나서고 보니 인제는 더 의심할 여지가 없었다. 오막집이 여적 안 나선 것은 건오가 너무 조급히 굴었던 까닭이다.

"아, 그런가?"

대장도 건오의 말에 반색을 하며 마주 바라보다가,

"쉬!"

하고 그는 다시 주의를 시키기를 잊지 않았다. 오막집이 있다면 그 속에 어떤 준비가 있을는지 모르기 때문이다. 그래 대장은 즉시 부대를 산비탈에 조용히 매복을 시켜 일변으로 척후병을 보내서 먼첨 그 속을 살펴보도록 하였다.

척후병의 보고에 의하여 오막집 속에는 아무도 없는 줄을 알고 대장은 다시 행진을 명령하여 다다라 본즉 과연 거기는 아무도 없었다.

그러나 자세히 조사해 본즉 바로 이미 일전에 사람이 묵어간 자취가 역력하다.

"옳다! 이놈들이 여기서 자고 갔구나!"

이런 생각은 누구의 머리에서나 서슴지 않고 떠오를 만큼이었다. 그러니 인제는 더 의심할 것 없이 비적의 소굴은 이 근처에 그대로 있는 것 같았다.

이런 생각은 그놈들이 여기서 어제나 그저께 밤을 자고 갔을 것이니까 기껏 갔어야 어제나 오늘쯤 저희 소굴로 도착했을 것이라는 생각이 들게 한다. 그러면 아직도 일당이 다 안심하고 적굴에 모여 있을지도 모른다.

또한 그들의 습관상 한번 노략질을 나갔다 돌아오면 며칠씩 쉬면서 잘 먹고 논다니 역시 잔치를 베풀고 놀는지도 모를 일이다. 설령 다른 패가 나갔더라도 그놈들은 있을 것이 분명한즉 그들의 소굴을 발견하면 잔당을 섬멸할 수가 있다는 확신이 병사의 가슴을 뛰게 한다.

그러나 날은 이미 저물어 간다. 여기서부터는 더욱 험지로 들어가게 되는데 거기는 건오도 못 가본, 누구나 초행길이었다. 다만 건오의 희미한 기억을 더듬어 본다면 그때 그놈들이 지껄이는 말에 저의 소굴은 예서 하룻길이 가까운 바위너덜344) 속이라는 것이 몽롱하게 남아 있을 뿐이었다.

그래 대장은 일시가 바쁘게 적들을 추격하고 싶었으나 할 수 없이 이곳에서 밤을 자게 하였다.

이튿날 첫새벽에 일대는 다시 강행군을 시작하게 되었는데 척후병은 어제와 같이 일정한 거리를 두고 앞길을 염탐하였다. 건오는 비록 무장은 하지 않았으나 그도 자신만만하게 대오를 따라갔다. 그는 석룡이도 자기와 같이 이곳까지 붙들려올 줄 알았는데 왜 바로 십 리를 불과하게 짐을 지워가다가 돌려보냈을까, 그것은 날이 밝으니까 그랬나 보다라고 여적 생각하였으나 인제 알고 본즉 석룡이도 자기와 같이 도망질할까봐, 그것이 두려워서 안 잡아왔는지도 모른다는 생각이 들었다.

출발 전에 대장은 비장한 훈시를 내리기를, 오늘 해전345)에는 비적의 일대와 백병전을 하게 되는지도 모른다는 말과, 그리 하자면 오늘이야말로 최후의 노력을 다해야 할 것이니, 용기백배하여 강행군으로 적굴을 수사해야겠다는 명령 하에, 일대는 더욱 행군을 빨리 하게 되었다. 건오

344) 바위너덜 : 바위너설. '바위너설'은 바위가 삐죽삐죽 내밀어 있는 험한 곳.
345) 해전 : 해가 지기 전.

는 평생 처음으로 이런 길을 걸어보고, 또한 그만큼 따라서기가 힘들었으나, 그는 빈 몸인 데다가 워낙 건강한 터이라, 그리 피로를 느끼지 않았다.

그래 일대는 아무 고장이 없이 그날 한낮이 기울도록 첩첩한 천험³⁴⁶⁾ 지대를 돌파하였다.

해는 아직도 지려면 멀었으나, 빨리 온 걸음으로 따져 보면 하룻길이 무려하였다³⁴⁷⁾. 인제는 거지 반 적굴이 가까이 있어야 할 지점이었다. 그런데 올라갈수록 바위 너덜이 험해져서 길을 찾을 수가 없을 뿐더러 수림이 무성하고 보니 어디가 어딘지 도무지 모르겠다. 게다가 바람이 불어서 소란하다.

"자, 인제부터 무작정 올라만 갈 게 아니라 사방으로 흩어져서 적굴을 찾아 보자. 이 산에 적굴이 있다면 그것은 산꼭대기가 아니라 어떤 골짜기 속이나 바위틈 속일는지도 모르니까."

대장은 건오에게 들은 말을 종합해서 이런 명령을 내리자 일대는 사방으로 헤어져서 적굴을 찾게 되었다. 그런데 얼마를 더 올라가지 않아서 귓결에 언뜻 사람의 목소리가 들리는 것 같았다. 일대는 다시 걸음을 멈추며 귀를 기울였다. 척후대가 일변 소리 나는 편을 더듬어서 올라가 보았다. 거기는 산비탈로 조금 떨어진 큰 바위가 둘러섰다. 바위틈으로 간신히 기어 올라가서 내다보니 그 안에는 뜻밖에도 평퍼짐한 평지를 팽게진³⁴⁸⁾ 마치 병 속 같은 곳이었다.

그런데 과연 비적떼는 지금 한참 술을 마시며 즐기는 중이었다. 파수를 보는 놈도 없이 그들은 아주 안심하고 있는 모양이었다. 모두들 웃통

---

346) 천험(天險) : 땅의 형세가 천연적으로 험함.
347) 무려하다 : 아무 걱정이 없다.
348) 팽게진 : 원문대로.

을 벗고 앉아 있는 놈에 누웠는 놈에 가지각색의 자세로 담소자약[349]하게 환락 중이다.

척후병은 이 거동을 보고하였다. 이에 부대는 일각을 유예하지 않고 기척 없이 쫓아 들어갔다. 일대는 바위너덜을 뺑 둘러싸고 숨어 있다가 명령 일하에 일제히 사격을 퍼부었다.

아무 방비도 없이 지금 한참 놀기에 정신없던 비적떼는 별안간 총 사격의 우박을 맞고 보니 어느 해가에 미처 정신을 차릴 틈이 없었다. 그들은 제가끔 무기를 찾으려고 쩔쩔매며 바위틈으로 쫓겨 들어갔으나 워낙 불의지변인 데다가 사방에서 뺑 둘러싸고 총질을 하니 어디 가 도무지 숨을 곳도 없다. 총소리가 콩볶듯하는 대로 그들은 예서 제서 턱턱 거꾸러졌다.

그리하여 일당 팔십여 명을 황군토벌대는 한 사람의 희생도 없이 무난히 섬멸하였던 것이다.

---

349) 담소자약(談笑自若) : 근심이나 놀라운 일을 당하였을 때도 보통 때와 같이 웃고 이야기함.

13
파혼

그러나 건오가 무사히 돌아오기 전까지 그의 집에서는 만일을 염려하는 불안이 없지 않아 놀란 가슴을 더 한층 찔리게 하는 중에 뜻밖에 좋지 못한 일이 퉁겨졌다.

하긴 덕성이네 집에서도 조만간 그리 될 줄은 알았지만 하필 이런 고비에 닥쳐온다는 것은 너무도 세상인심이 각박함을 느끼게 한다.

그렇다는 것은 다름 아니라 부락장 집에서는 공교롭게 자기 집만 도적을 맞은 것이 분하였다. 한데 그것이 석룡이 때문에 당한 만큼 어떤 트집을 잡고 싶었다. 석룡의 집은 큰길에서 들어오자면 초입이니까 도적을 맞아도 무방하다. 그러나 부락장 집으로 말하면 누가 일러 주기 전에는 대번에 찾아갈 수가 없다. 그만큼 가자면 중간에 여러 집을 지나가야 된다.

그런데 도적떼를 끌고 제일 먼저 대들었으니 그것은 확실히 석룡이를 칭원할 수밖에 없다. 왜 그런고 하면 석룡이가 일러주지 않았다면 부락장 집에서도 도적을 안 맞았을는지도 모르기 때문이었다.

그래 도적을 맞던 그날 밤에도 부락장 부인 박씨는 신덕이가 채 들어오기도 전에 원망의 독설을 퍼부었던 것이다.

박씨는 그 이튿날 아침에 다시 신덕이를 불러다 앉히고 만일 다른 사람이 그랬을 말로면 당장에 손해배상을 톡톡히 물릴 것이로되 피차간 그럴 처지가 아니므로 특별히 생각한다고 넌지시 귀짱350)을 울리면서 그는 그 대신 황식이와 귀순이를 정식으로 약혼하자고 졸라대었다.

박씨는 거기에 미신까지 붙여가며 신덕이를 그럴듯하게 설복시켰다. 그것은 하필 이 개양툰의 여러 가구 속에서 우리 두 집만 도적을 맞게 한 것은 필경 두 집으로 하여금 천생연분을 삼자는 것이라고, 따라서 그것은 전화위복이라 하였다.

그런 연분이 없다면 왜 하필 두 집만 도적을 맞을 까닭이 있는가. 벌써 신명이 지시한 노릇이니 이런 자옥에 혼인을 않는다면 두 집이 다 앞으로 불행할지 모른다고.

그렇지 않아도 신덕이는 추석비슴의 비단옷 선사와 내년에 좋은 논을 주겠다는 데 마음이 쏠리었다. 그런데 남편의 잘못으로 또 뜻밖에 발목을 잡힌 것은 인제는 떼칠래야 떼칠 수가 없다는 마음을 그에게도 결정적으로 들게 한다.

그래 그는 그날 낮에 석룡이가 대낮에는 차마 속곳을 입고 들어올 수가 없다고, 원일여 편에 바지를 내보내 달라는 걸 자기가 그 길로 쫓아가서 실컷 오금을 박고 끌고 들어왔다.

석룡이는 여러 사람한테 우세를 당한 것만도 아내를 대할 면목이 없었는데, 더구나 부락장 집에서 자기로 하여 야단이 났다 한즉 뭐라고 변명할 여지가 없었다.

그야 자기가 무슨 심사로 일부러 부락장 집으로 도적을 끌고 간 것은 아니다. 그것은 지금도 양심이 증명한다. 그는 다만 엉겁결에 그들이 부잣집으로 가자는 바람에 간 것뿐이다. 이 동리에서 그 중 잘사는 사람이 부락장이라는 것은 누구나 다 인정할 것 아닌가.

---

350) 귀짱 : '귀청'의 뜻인 듯.

그러나 도적놈이 부락장 집을 알지 못하고, 그들이 먼저 가자 하지 않은 이상, 결과에 있어서는 꼼짝없이 석룡이가 끌고 간 셈이 되었다.

그는 아내의 그런 말을 듣고 보니, 미상불 일이 맹랑하게 되었다. 이 동리에서 부자가 없다고 한 번 뻣대보들 못하고 왜 고지식하게 그들을 끌고 댓바람에 갔더냐 말이다.

그러나 또한 그것은 지금 생각이지 그때는 무섭고 떨리기만 했었다. 미처 그런 생각을 할 여유가 없이 자기도 모르게 걸어간 것이었다. 그는 매사에 이와 같이 변통성이 없기 때문에 그 아내에게 핀잔을 맞기도 하지만.

따라서 신덕이도 석룡이의 고지식한 마음을 잘 안다. 그렇다면 응당 그도 남편의 편을 들어야 할 것이지만 남편은 황식이와 귀순이의 혼인을 반대하는 눈치가 보이기 때문에 그는 이런 계제351)에 아주 남편의 여기를 질러 놓자 함이었다.

그러나 석룡은 아내가 덕성이와 혼인을 정식으로 파혼하자는 말에 짐짓 난처한 모양을 지으며,

"그렇지만 한 번 작정한 일을 어떻게 뻐개자구 차마 말이 나와야지."

하고 주저해보았으나,

"아니 그럼 당신이 저 집에서 손해 당한 걸 물어줄 힘 있소? 패물만 해두 여러 천 냥 된답디다."

하는 아내의 추궁에 그는 다시 기가 질려서 말을 못하고 말았다.

신덕이는 그 길로 옷을 갈아입고 나섰다. 쇠뿔도 단김에 빼랬다. 일이란 생각난 김에 해치워야 한다고.

"그러기에 누가 당신보구 그 말을 하라는 거요. 말은 내가 할 터이니

---

351) 계제(階梯) : 어떤 일을 할 수 있게 된 형편이나 기회.

일을 그리하잔 말이지. 지금 계제가 좋지 않수? 덕성이 아버진 집에 없겠다, 일은 당신이 저지른 일이니까 내가 가서 안으로 가서 슬쩍 말해버리거든. 일상 거북스런 자옥에는 남자보다도 여자가 나서는 편이 훨씬 유리하다우. 당신은 여적 나이를 뭘루 먹었수!"

석룡은 마음이 괴로웠으나 나가는 아내를 감히 붙들 용기가 나지 않았다.

신덕이는 그 길로 덕성이네 집으로 가서 고부를 한 자리에 앉히고 천연덕스럽게 말을 꺼내었다.

그는 우선 뜻밖에 도적을 만나서 이런 일이 생겼다고 허풍을 친 뒤에 파혼을 하게 된 전 책임을 첫째는 부락장 집으로 돌리고 둘째는 자기 남편의 주변 없는 탓으로 돌리었다. 여북해야 옷을 바꾸어 입은 줄도 모르는 그런 화상이라고, 연해 너털웃음을 웃어가면서.

"참 공교로운 일두 다 보지요 성님! 그렇지 않어요? 부락장 집에서는 그래 펄펄 뛰면서 왜 도적을 징궈주었느냐구…… 생야단을 치니 어쩌겠어요. 손해를 당장 물어내든지 그렇지 않으면 약혼을 하자는구려. 꼼짝없이 둘 중에 한 가지는 당해야 되지 않겠어요? 그렇지만 성님두 아시다시피 수천 냥 돈을 어떻게 물어준답니까? 그래 생각다 못해서 내외가 의논한 결과…… 참 미안한 말씀을 이렇게 여쭈러 왔습니다."

신덕이는 여기까지 말을 끊고 고부의 기색을 번갈아 살피었다.

그러나 그들 고부는 한동안 아무 말이 없었다. 오직 그들은 실심한 태도를 보일 뿐이었다.

하긴 분한 생각대로 한다면 당장에 그의 주둥이를 찢어놓고 싶다. 속이 빤히 들여다보이는데 넉살 좋게 얻다가 핑계를 둘러씌우려 드는가.

"그렇지만 덕성이로 말하면 황식이보다도 인물이 잘났겠다 뭐 색시 없어 장가 못 들겠어요? 이 담에 공부 잘하면 신식 색시한테 장가들 수도 있을 게니까. 그러니 조곰만치도 섭섭히 아시지 마셔요."

신덕이는 다시 이렇게 야살을 떠는데 그 말이 마침내 고부의 비위를 거슬렀다.

"그까짓 말은 뭘 하러 하는 거야! 아니 언제는 그런 줄 모르고 약혼을 하쟀던가."

덕성이 조모가 먼저 성이 나서 팻대를 세우는데 순복이352)도 그 뒤를 치받고 일어섰다.

"그런 말루면 우리도 손해를 받어야지. 저 집 손해만 대단하구 우리 집 손해는 괜찮단 말인가? 어떻게 하는 말인지 모르겠네."

"손해는 무슨 손해여요?"

신덕이는 그들의 기색을 살피다가 마주 목소리를 떨며 부르짖는다.

"그럼 손해가 아니구. 여기까지 불러들인 건 누구구, 올 일 년 농사를 진 것은 뉘 덕인데? 사람들이 그래서는 못써…… 아무리 돈이 좋다지만 돈에 팔려서 이리 붙구 저리 붙구 해서는."

"아니, 누가 돈에 붙는댔어요? 원 참 그런 소린 하지 마셔요."

"왜 하지 말어! 그럼 어째 지금 와서 파혼을 하자는 게야! 파혼할 것을 약혼은 뭘 하러 했던가."

"아따 애야, 요란스럽다 고만 좀 두어라."

시어머니는 며느리가 서두는 것을 송구해서 타내었다.

"그거야 뜻밖에 파혼할 사정이 생겼기에 하는 말 아니겠어요."

신덕이도 마침내 얼굴이 푸르락 불그락 해졌다.

"흥! 뜻밖에, 그런 입에 발린 말이 어디 있어! 인제 말이 났으니 말이지, 참 그동안에 별별 소리가 다 들리는 것두 여태 참고 있으니까……

---

352) 여기서부터 덕성어머니의 이름이 '신복'으로 되어 있으나 문맥상 '순복'으로 바로잡았다. 이하 같음.

누구를 아주 깔보구서."

"아니, 깔보긴 누가 깔보구, 들리는 소리란 무슨 소리에요? 아따 우리 집 때문에 손해를 보았다면 물어주리다. 그까짓 일 년 농사치 얻어 한 것이 몇백 냥이 될 겐가, 몇천 냥이 될 겐가."

"깔보는 게 아니면 그게 뭐야? 인젠 부잣집과 혼인을 하게 되니까, 조 그만 돈은 돈같이도 안 뵈는감! 나두 뭐 당신 집 딸 아니면 자식 장가 못 들일까 봐서 그러는 게 아니라 사람들의 심사가 사나워서 하는 말이야. 왜 추석비슴을 받아 입을 때부터 마음에 없으니 〔파혼을 하지 못하구 인제 와서 도적맞은 핑곌 댈 게 뭐 있어.〕353)"

순복이는 말을 시작한 김에 전부터 서려 담았던 분통을 있는 대로 쏟아놓았다.

그들이 이렇게 대판으로 싸우는 중간에 덕성이가 학교에서 돌아왔다.

"아따 손해를 물어 준다는데 왜 이렇게 야단이야, 그까짓 지나간 소린 할 것 뭐 있기에."

"왜 없어, 왜 없어! 어째서 지나간 소리야?"

하고 순복이는 종주먹을 대며 대든다. 그러는 대로 신덕이는 말을 돌려서 픽픽 웃기만 한다. 그는 아무리 구변이 능하나, 워낙 굽은 나무를 갑자기 잡으려니 될 수 없었다.

"고만 두래두 그러는구나. 귀순네두 그만저만 해 두게…… 지금은 주인두 없구 한즉…… 그런 일이란 바깥 양반네가 주장해 할 것이지, 여편네들이 아랑곳할 건 아니거든……."

덕성이 조모는 한숨을 내쉬며 눈물이 글썽글썽해진다.

"글쎄 제가 무슨 말을 했습니까? 공연히 자기가 역정을 내 가지구 저

---

353) 원문은 '파혼을 못하지구 이제 와서 도적마진 핑곌 댈 뭐 잇서'로 되어 있는데 문맥에 맞게 바로잡았다.

러지요."

"누가 역정을 내어! 왜 그런 소리를 이런 때에 하는 게야! 주인이 없
는 줄을 뻔히 알면서두!"

순복이는 악이 받쳐서 울음이 섞인 목 갈린 소리를 내뿜었다.

"글쎄 고만 두라니까 그러는구나. 이웃이 부끄럽다 떠들지 좀 말어
라."

덕성이 조모도 울화가 치받쳐서 재떨이에 담뱃대를 뚜드려 털며 씨근
씨근 한다.

신덕이는 일껏 자기는 발뺌을 하고 교묘하게 파혼을 시키자 한 노릇
이 도리어 얽혀서 속만 보이고 만 것이 분했다. 그래 어찌 되든지 끝까
지 싸우고 싶었으나 덕성이도 와서 옆에 있는지라 까닥하다가 자기만
망신을 당할 것 같아서 슬그머니 꽁무니를 사렸다. 그날 밤에 귀순이는
덕성이를 가만히 찍어내었다.

그들은 요전날 밤 비적이 습격할 때 숨었던 뒷밭으로 갔다.

"우리 어머니가 오늘 늬 집에서 뭐라구 했지?"

귀순이는 불안한 마음을 덕성의 기색을 살피면서 우선 이렇게 물어본다.

"난 못 들었다."

"뭘 못 들었어. 나두 다 봤다는구만."

귀순이는 덕성의 능청을 아는지라 의미 있는 웃음을 생긋 웃어 보인다.

"보긴 뭘 봐."

"네가 학교에서 돌아오는 걸 늬 집 뒤에 숨어서……."

"그런데 어쩌라구?"

"어떻게 생각하느냐 말야. 우리 어머니 말을."

"뭘 어떻게? 정말이겠지! 넌 황식이와 정식으로 약혼을 했다면서?"

덕성이는 정색을 하며 귀순의 눈치를 본다.

"글쎄 그 말을 곧이 안 듣지?"

"어떻게 안 들을 수 있니."

"아이 그러지 말구……."

귀순이는 하소연하듯 원망스런 눈을 흘긴다.

"나두 늬 어머니와 싸우는 말을 죄다 들었다! 넌 내 맘만 믿어다구……."

"아니, 그럴 게 아니라, 늬 어머니의 말을 복종하는 게 좋지 않겠니? 정말 그래야만 네 신상이 편할 거니까……."

"아니, 난 정말이다! 그러나 지금 어머니의 말을 순종하지 않으면, 내가 부지할 수 없잖으냐? 난 겉으로만 순종하는 척하구 네가 공부를 다하기까지 기다리겠다니까…… 아이 속 답답해…… 만일 너두 내 속을 몰라준다면 난…… 죽을 테야!"

귀순이는 별안간 목이 메어 흘흘 느낀다.[354] 덕성이도 귀순이의 진정에는 차차 감동되기 시작했다.

"그러니 넌 무슨 말을 듣든지 못 들은 척 하고 또 내가 겉으로는 무슨 짓을 하든지 모른 척하구 있으란 말야. 그리고 어룬들끼리는 어떠한 싸움을 하든지 간에 우리는 가만히 우리만 알구 있잔 말야…… 우리들두 만일 타내었다가는 앞일을 잡칠는지 모르니까…… 응! 알았지?"

귀순이는 안타깝게 덕성이의 어깨를 잡고 흔든다.

"그렇지만 인제 정식으로 황식이와 약혼까지 하자는데 네가 어떻게 끝까지 배길 수 있겠니?"

덕성이는 기연가 미연가 해서 진심을 토해 본다.

"그때는 말야. 난 달아난대두 너한테루…… 목숨을 내걸구 죽기를 작

---

354) 느끼다 : 서럽거나 감격에 겨워 울다.

정한다면 누가 억지로 할 수 있나 뭐."

"응, 네가 그 마음을 변치 않는다면 나두 너와 약조를 하마."

"건 두구 보아요!"

덕성이는 귀순이의 두 손목을 꼭 쥐고 감격에 찬 목소리를 꺼내었다. 귀순이도 자신에 빛나는 눈동자를 반짝인다.

"그래요. 임자를 믿구 어떠한 일이 있더라두 때가 오기를 기다릴 테야!"

귀순이는 왈칵 덕성이의 가슴속에 머리를 파묻고 행복에 찬 고통을 전신으로 느꼈다. 그리하여 도적을 맞은 것은 한편 어른들의 사이를 벌어지게 한 반면에 그들은 더욱 친밀한 관계를 남몰래 맺게 하였다.

건오는 집으로 돌아와서 아내한테 그 말을 들었을 때 불같은 격노를 일으켰다.

그러나 그날 밤에 정대감네 술집에서, 동중 유지의 발기로 건오를 위하여 위로연을 베푼 직석에서 강주사는 남몰래 품고 있던 의분을 발표하자 건오는 도리어 분을 삭히고 그의 호의를 사퇴하였다.

거기에는 문제의 부락장 이하로 동리의 유지는 다 모였었다. 그들도 다만 위로연으로 알고 즐겁게 마시고 있었는데, 뜻밖에 강주사의 입으로 딴 문제가 퉁겨져서 좌석을 심각하게 만들 줄은 몰랐다.

강주사는 먼저 동중을 대표하여 기간 건오의 수고한 공로를 치사한 뒤에,

"그런데 이런 즐거워야 할 자리에서 피차에 얼굴을 붉힐 문제는 나부터도 말을 꺼내기가 싫습니다마는 일이 공교히 건오가 없는 동안에 생겼고 또한 그것이 직접 건오군에게 관계된 일인 만큼 동중 여러분이 모인 좌석에서 가부를 묻는 것이 좋을 줄 아오."

강주사는 우선 이렇게 허두를 꺼내는 것이었다.

"대관절 무슨 일입니까?"

정대감은 대강 눈치를 채었으나 다시 슬쩍 물어본다.

"다른 말이 아니라 여기 석룡이도 앉았지만 두 집이 약혼을 한 줄은 온 동리가 다 아는 일 아니겠소. 그런데 아무 이유도 없이 파혼을 한다는 것부터 말이 안 되지만 그것도 하필 건오가 집에 없는, 우리 개양툰을 위해서 토벌대와 같이 위험을 무릅쓰고 비적과 싸우러 나간 사이에 파혼선고를 한다는 것은 얼마나 박정한 일이란 말이요? 석룡이 자네부터 어떻게 생각하는가? 도적을 맞기는 누가 맞았는데 자네네가 건오를 그렇게 대접해야 옳단 말인가?"

강주사는 마침내 흥분해서 부르짖으며 두 주먹을 부르르 떨었다. 의외에 공격을 받은 석룡이는 황공해서 어쩔 줄을 모르게,

"네! 그저 제가 잘못 하였습니다. 도적놈이 돈있는 집으로 가자기에 엉겁결에 부락장 댁으로 끌고 간 것이 잘못되었어요."

하고 개개 복죄한다.

"아니, 지금 이 일에는 도적을 맞고 안 맞은 것이 아무 상관 없소. 여러분은 어떻게 생각하시나요? 도적을 맞은 것이 약혼을 파의할 조건은 못 될 것 아니겠소."

"예, 그야 그렇습지요."

그러나 아무도 대꾸하는 사람이 없다. 좌석이 너무 빽빽함에 위압을 느낀 병호가 겨우 한 마디를 토할 뿐이었다.

"그렇다면 석룡이, 지금 건오한테 파혼을 취소하고 잘못된 사과를 하소! 사람의 인사가 그럴 수 있나."

석룡이는 몸을 뭉쩟뭉쩟하며 부락장의 눈치를 슬슬 보면서,

"네…… 동리 어른들이 다 그렇게 하라시면 저두 그렇게 하겠습니다만……."

하고 난처한 기색을 보이었다. 그러나 부락장은 여전히 입을 꽉 다물고 얼굴이 흙빛이 되어 앉았다.

이때 건오는 침착하게 입을 열었다.

"잠깐 여러분께 한 말씀 드리고저 합니다. 동리 여러 어른께서 이처럼 모여 주신 것만도 감사하온데 첫째는 저로서는 다시 이 자리를 불쾌하게 하고 싶지가 않습니다. 그리고 둘째로는 벌써 한 번 파혼을 당한 이상에 저는 구태여 다시 엎지른 물을 담어 달라고 하구 싶진 않습니다. 하나 저는 석룡이가 약혼을 파의했다고 조금도 그것을 불행으로 생각진 않습니다. 물론 강선생님의 말씀은 대단히 감사하오나 저는 그보다도 우리 동리의 평화를 위해서 단연히 그 혼인은 사퇴하겠습니다. 약혼을 그대로 성립시킨다면 도리어 두 집안이 불행할 터인즉 그 약혼을 파기함으로써 세 집이 다 무사하다면 그밖에 더 좋은 일이 어디 있겠습니까. 과연 혼인이란 역시 연분인 줄 압니다. 뜻밖에 도적을 맞은 것이 연분이 되어서 두 댁이 전화위복이 될 바에는 저는 그 일을 방해하고 싶진 않습니다."

"그야 물론 나두 혼인이 파혼된다구 건오가 불행하대서 하는 말은 아니오. 다만 경우가 그렇지 않기 때문에 하는 말이니까."

"네! 그렇지만 저는 아주 단념했습니다. 벌써 파혼이 된 셈이니까요."

"뭐 그럴 것도 아닌데…… 건오 생각에 정히 그렇다면 할 수 없겠지. 자, 그럼 그 이야기는 고만두고 여러분 술이나 먹읍시다."

정대감은 그 말이 나오기를 은근히 기다렸던 것처럼 주전자를 들고 돌아다니며 수선을 떨었다.

건오의 사퇴로 약혼은 완전히 파혼되었다.

그리하여 신덕이네와 부락장 집은 사람 구실을 못한 대신에 황식이와 귀순이를 다시 정식으로 약혼한 셈이 되었다.

그들은 정작 혼인을 당자들의 의사는 어찌 되었든지 그것을 굳이 알려고도 하지 않고 인제는 아무 문제없이 일이 잘 된 줄만 믿고 있었다.

그런데 귀순이는 표면상 아무런 반대의사를 표시하지 않았다. 그것은 덕성이까지 반신반의하게 되었다.

하긴 요전에 귀순이와 단 둘이 만났을 때 서로 약조한 말이 있기는 하지마는 귀순이의 행동은 차차 그것을 의심할 만큼 소극적으로 보인다.

그렇다는 것은 근자에 귀순이가 황식이 집에 자주 드나들기 때문이었다. 물론 그는 모친을 따라서 어쩔 수 없이 가는지 모른다. 그 뒤로 신덕이는 부락장 집과 어푸러지게 친해졌다. 그래서 두 집은 서로 오고가고 음식을 보내고 하는데 인제는 남의 눈을 피할 것도 없이 어엿하게 귀순이까지 데리고 그 집으로 자주 가게 되었던 것이다.

그만큼 박씨도 성사된 것을 기뻐해서 자만심이 도도해졌다. 그는 세상에서 무엇이 옳고 그르니 해도 돈같이 좋은 것이 없다는 것을 새삼스레 느끼었다. 돈이 있으면 그른 일도 옳은 일로 잡을 수 있기 때문이다. 이번 일만 해도 동리 간에서 이러니 저러니 말이 많은 모양이나 결국은 돈 있는 자기 집에서 승리를 얻은 것이 아니냐고 …….

그래 그는 귀순이가 정말 며느리가 된 것처럼 아끼고 사랑했다. 바느질을 가르치느니 무엇을 먹으러 오라느니 하며 뻔질나게 그를 불러오곤 하였다. 그러나 실상인즉 황식이의 환심을 사기 위해서 임시로 변덕을 부린 데 불과하였다.

그는 아들의 골똘한 생각을 위해서는 지금 당장이라도 혼례를 갖춰주고 싶었다. 그러나 신덕이는 아직 나이도 어리고 하니 내년 가을에 농사를 지어 가지고 하자는 것이었다. 혼인비용은 전담할 테니 그것은 걱정 말라고 해보았으나 신덕이는 남의 외문도 사나울 뿐더러 첫째 그의 자존심이 허락하지 않는다고 사절하였다.

한편 황식이는 우쭐대는 꼴은 말할 수 없었다. 그는 음울하던 기색이 별안간 확 풀리고 의기양양하게 활갯짓을 하며 뛰어다녔다.

그는 덕성이를 만날 때마다 무언의 승리감을 느끼었다. 완력이 튼튼하다면 노골적으로 복수를 해보고 싶을 만큼.

그가 그전에는 귀순네 집에는 한 번도 안 다녔는데 요즈음에는 기도회에 다닌다는 핑계로 참으로 굳이 처갓집 다니듯 모이는 날마다 빠지지 않았다.

그러나 그는 한편으로는 안타까운 가슴을 하소연할 곳 없었다.

인제는 만사가 자기의 뜻과 같이 되었으니 다시 더 바랄 것이 무엇이랴마는, 그리고 덕성이를 넘어뜨린 그것만도 만족해야 할 일이긴 하지만도, 정작 약혼이 성립되고 보니 인제는 내년 가을을 기다리기가 더 난감하였다.

참으로 일각이 삼추 같은데 내년 가을이란 얼마나 까마득한 시간인가?

그런데 귀순이는 한 대중으로 대범한 태도를 보일 뿐이다.

그는 그전에 덕성이와 약혼을 했을 때나 지금 자기와 약혼을 했을 때나 그 사이에 조금도 차이점을 발견하지 못하겠다.

그는 아직도 덕성이에게 미련이 남아있어 그런 것인가, 그렇지 않다면 수줍어서 그러함일까?

황식이는 자기한테 당길 셈으로 전자보다도 후자로 늘 생각을 돌려본다. 그리고 이미 약혼까지 정식으로 한 바에야 조급히 구는 자기가 도리어 잘못이 아닌가도 생각해 본다.

그러나 또한 자기와 약혼을 한 이상에는 좀 더 남다른 다른 점이 있어야 할 것 아닌가? 황식이는 그 점이 남몰래 섭섭하였다.

그런데 귀순이는 여전히 쌀쌀하게만 군다. 어떤 때 어쩌다 단둘이 만났을 때도, 그런 때는 은근히 남 모르던 정을 주어야 할 터인데 이건 시선이 부딪치기가 무섭게 슬쩍 외면을 하든가 그렇지 않으면 무표정한 태도로 잠시 섰다가 고만 달아나 버린다. 사람이 질색할 노릇이다.

그렇다고 그는 뭐라고 물어볼 용기도 나지 않았다. 워낙 수가 좁은 그는 남 몰래 가슴을 태우면서도 그런 말을 했다가 도리어 저쪽의 심사를 건드릴까 무서웠다.[355] 그래서 눈치만 보고 지나자니 날이 갈수록 자기만 괴로울 뿐이었다.

이러한 번민 가운데 세월은 낮과 밤으로 바뀌면서 하루 이틀 덧없이 지나갔다.

---

355) 원문은 '무서웠습니다'이나 바로 잡았다.

14
유학

어느덧 황식이와 덕성이의 졸업기가 임박하였다.

그들은 여러 해 동안 날마다 한 학교에서 배우다가 인제는 제가끔 흩어지게 되었다.

그러나 그들은 또한 제가끔 새 생활에 대한 희망이 컸었다. 덕성이는 물론 상급학교에 들어가서 학업을 계속하는 기쁨이 앞을 섰지마는 황식이는 그와 반대로 하기 싫은 공부를 집어치우고 인제는 새 살림을 시작할 것이 다시 없는 기쁨이었다. 그것은 귀순이와 결혼을 하게 된 원인이 더 크기 때문이었다. 사실 그는 귀순이와 새 가정을 꾸며서 재미있는 생활을 누리고 싶었다.

그리하여 그들은 피차간 앞날의 꿈같은 생활을 동경하며 지나는 중 어느덧 졸업날이 돌아왔다.

이날 개양툰 학교에서는 예년대로 졸업식을 거행하게 되었는데, 동중은 또 한 번 큰일을 치르게 되었다.

학생들은 새 옷을 갈아입고 아침부터 와서 졸업식장을 꾸미었다. 이선생은 양서방과 학생들을 지휘하여 교실의 안팎을 소제하고 식장을 설비하기에 분주한 한편 정대감 집에서는 손님들을 대접할 음식을 준비하기에 역시 식구대로 분주하였다.

교실 안은 만국기로 장식하고 식순을 칠판에 써 붙였다.

이날 일기는 좋은 편이었으나 이 고장의 추위는 여전하였다. 난로를 두 대나 피웠건만 오히려 냉기가 스며든다.

정각 전부터 학부형과 구경꾼들이 몰려들었다. 양서방은 그들을 차례로 차례로 앉혔다.

내빈석으로는 만인 부락의 왕노인과 멀리는 정거장에서 역장과 분주소장이 말을 타고 나왔다.

그리하여 이상렬의 사회 하에 교장 강주사는 졸업장과 진급장의 수여식을 진행하게 되었는데 만당한 남녀노소가 둘러보는 속에서 덕성이는 우등상장과 상품을 타고, 황식이는 겨우 낙제를 면한 꼴찌를 받았다.

그래서 내빈들의 축사가 끝난 다음에 덕성이는 다시 졸업생 일동을 대표하여 답사를 낭독하게 되었는데 따라서 이날의 영광은 오직 덕성이 한 몸에 있는 것 같이 모든 사람의 시선은 그에게로만 집중되었다.

그와 같이 덕성이는 입뜬356) 이에게마다 영예의 찬사를 듣게 된 반면에 황식이의 존재는 아주 성명도 없게 되었다.

이렇게 나태한 벌을 받은 황식이는 한구석에 가 끼어서, 어디 가 앉았는지도 모르게 머리를 숙이고 있었는데 그 집안 식구들도 오늘만은 풀기가 없이 감히 내노라고 뽐내질 못했다. 다른 좌석 같으면 부락장도 활기를 띠우고 두각을 나타냈으련만 오늘만은 기가 눌려서 꿈쩍을 못한다. 그는 덕성이가 우등상을 타고 자기 아들이 꼴찌로 나오는 것을 볼 때 얼굴이 벌개져서 남몰래 면괴해 견딜 수 없었다.

그러니 그의 아내 박씨는 더 말할 나위가 없었다. 더구나 부인네들의 수다스런 틈에서 덕성이를 칭찬하는 소리가 빗발치듯 하는 것을 볼 때는 참으로 눈꼴이 틀리고 그대로 앉았기가 낯이 화끈거렸다. 그전에는

---

356) 입뜬 : '입을 가진'의 뜻인듯.

자기 아들이 이 세상에서 제일 잘나고 자기 집이 이 동리에서 윗줄 간다는 도도하던 자만심이 하찮게 여기던 덕성이로 하여 고만 여지없이 깨지고 말았다. 만일 자기 아들이 공부를 잘해서 첫째를 하였다면, 그래서 덕성이를 꼴찌로 떨어칠 수 있었다면, 그는 또 한 번 승리의 쾌감을 맛보았을 걸 다른 애도 아닌 하필 덕성이에게 영예의 자리를 뺏긴 것은 생각할수록 애달픈 일이었다. 그래 분한 생각으로 하면 당장 퇴장을 하고 싶었지만 유표하게 그럴 수도 없고 그대로 있자니 자꾸만 남들이 쳐다보는 것만 같아서 그는 어서 괴로운 이 자리를 벗어나고만 싶어 바둥거렸다.

이날 귀순네 집 식구도 모두 구경을 왔었다. 귀순이는 덕성이가 졸업생 중에 제일 뽐내는 것을 보고 은근히 좋아하기를 마지않았다.

그는 연신 덕성이와 황식을 대조해 보았다. 그런데 한 사람은 태양과 같이 뚜렷이 빛나는데 한 사람은 존재도 없이 무색함을 볼 때 그는 속으로 황식이를 비웃기 마지않았다. 그것은 비단 자기뿐 아니라 지금 이 자리에 앉았던 모든 사람의 표정이 다 그런 것 같았다.

그렇다면 이 두 사람 중에서 만일 한 사람을 고른다면 과연 누구를 골라야 할까. 그것은 묻지 않아도 뻔한 노릇인데 자기 모친은 그런 줄을 모르는 게 안타까웠다.

봉천 농림학교에 입학시험을 치르고 합격통지를 받은 덕성이는 개학기가 임박하자 길을 떠나게 되었다.

건오는 그렇지 않아도 자기가 공부를 못한 대신 그 아들은 열심히 가르치고 싶었는데, 더구나 우등성적으로 졸업을 하였으니 더 할 말이 없다. 그는 재산을 모을 생각보다 오직 자식을 잘 가르쳐 보자는 데 전 심력을 바치고 싶었다.

그러나 그의 모친과 아내는 내심으로 건오의 의사를 반대하였다. 그들은 덕성이가 공부를 잘해서 장래에 잘되는 것보다도 우선 당장에 목돈이 드는 것이 아까웠다. 더구나 귀순이와의 약혼이 파의된 뒤로부터는 항상 앙앙불락하는 감정이 고부의 가슴을 멍들게 하였다. 더구나 환, 진갑이 지나간 모친은 하루바삐 손자 며느리를 보고 싶었고 죽기 전에 증손자를 보고 싶었다.

그런데 일껏 약혼까지 해놓은 귀순이를 뜻밖에 빼앗기게 된 것은 무슨 때문인가? 만일 자기네도 부락장 집과 같이 남이 부러워할 만한 재산을 가졌다면 그들에게 결코 배신을 당하진 않았을 것이다. 덕성이의 인물이 남만 못한가, 공부가 남만 못한가? 누가 보든지 황식이를 더 잘났다고 보지 못할 것은 요전에 말다툼이 났을 때, 바로 귀순네 입으로도 그런 말을 하였다. 다만 돈 한 가지가 없기 때문이다. 그들의 이런 생각은 자기네도 어서 돈을 벌어서 한 번 분풀이를 하는 동시에 남과 같이 버젓하게 살아 보고 싶은 생각뿐이었다.

그래 그들 고부는 덕성이가 돈을 쳐들이고 또 공부를 하러 간다는 걸 그리 탐탁하게 생각지 않고 도리어 객쩍은 짓으로만 돌리고 있었는데, 이날 건오는 일평생 중에 가장 기쁜 날을 만난 것처럼 한편으로는 즐겁고 다른 한편으로는 감구지회가 없지 않았다. 실로 자기의 소년시절에 억지 공부를 하던 생각을 하면 지금도 울고 싶은 생각이 난다. 무리로 어깨너머 글을 배우려다가 선생에게 두 차례씩 매를 맞던 자기에게 비할 때 오늘날 덕성이는 얼마나 행복된 환경이며 또한 그런 생각을 미루어서라도 아들은 어디까지 공부를 시켜야 하고 시킬 수 있을 것이다.

그래 덕성이가 행장을 꾸려놓고 집안 식구한테 떠나는 인사를 할 임시에 그는 자못 감개무량한 태도로써 정중하게 경계하는 말을 주었다.

"너는 인제부터 소학생은 아니다. 그리고 너는 농림학교를 졸업하고 돌아오면 이 개양툰을 위해서 힘써 일하지 않으면 안 될 사람이다. 너는 졸업식 날 교장 선생님의 훈사와 내빈 제위의 축사를 아직도 잊지 않았을 줄 안다. 상급학교에 들어갈 수 있는 사람들은 다시 공부를 힘써 해서 각기 천직을 다해야 하겠지만 특히 바라는 것은 농촌 건설과 농사 개량에 진력하여 이 만주의 보고를 개발하는 개척민의 위대한 사명을 다 하라구 하지 않더냐? 애비는 공부를 할 수 없는 처지에서 공부를 해보랴구 악지를 써보았다. 그러니 너는 애여357) 다른 생각은 말구 오직 공부에 열심 해서 다음날 훌륭한 사람이 되어 달란 말이다. 애비의 소원은 그뿐이다. 그럼 잘 가거라!"

"네!"

그때 덕성이는 모자를 벗어들고 공손히 경례를 하였다. 그가 책가방을 들고 발길을 돌리자 복술이는 덕성이의 행구를 짊어지고 앞서 나간다. 복술이는 정거장까지 덕성이를 전송할 겸 짐을 져다 주겠다고 자청해서 나선 것이다.

그들이 문 밖으로 나가자 식구들은 골목 밖까지 나와서 섭섭히 보내었다. 조모와 모친은 눈물이 글썽글썽하니 한동안을 우두커니 서서 바라보았다.

이때 우물에서 물을 긷고 있던 귀순이는 그들이 행길까지 나간 것을 보고 쫓아 나왔다.

"복술아! 지금 가니?"

귀순이 쫓아 나오며 부르는 목소리를 듣고, 두 사람은 무심히 가던 발길을 멈추고 돌아섰다.

"저기 귀순이가 온다."

복술이는 빙그레 웃으며 덕성이를 쳐다본다.

357) 애여 : 아예.

"……."

덕성이는 아무 말 없이 마주 바라보고만 있었는데,

"난 먼저 간다!"

하고 복술이는 휘적휘적 다시 간다. 덕성이가 뭉찟뭉찟 하고 섰는 동안
에 귀순이는 지척까지 당도하였다. 그는 덕성이와 시선이 마주치자 부지
중 눈물이 핑 돌았다.

"그럼 잘 있거라!"

덕성이가 이 말 한 마디를 던지고 돌아설 때 귀순이는 새 정신이 들
며 눈물을 감추었다. 그는 어젯밤에 할 말을 다 했기 때문에 지금 다시
더 할 말이 없었다. 그게 안타까웠다. 그러나 덕성이가 복술이를 쫓아가
려고 달음박질 하는 것을 보자, 귀순이도 발길을 돌리었다. 그는 우물로
빨리 갔다.

덕성이와 복술은 그 길로 정거장에를 달려가 보니 차가 들어올 시간
은 아직도 한 시간 반이나 기다려야 된다.

덕성이는 어한도 할 겸 도로 나와서 복술이와 같이 어느 음식점으로
들어섰다. 그는 자기가 먹고 싶은 생각보다도 복술이를 대접하려 한 것
이다.

청요리를 몇 가지 주문한 후에 그들은 난로 앞으로 마주 앉아서 불을
쪼였다.

"추운데 수고했다."

덕성이는 진심으로 복술이에게 짐을 져다 준 치하를 한다.

"그까짓 게 무슨 수고될 거 있니."

복술이는 언제와 같이 싱그레 웃으며 예사로 대답한다.

"소주 한 잔 먹을래?"

"너두 먹는다면."

복술이는 덕성이의 얼굴을 뻔히 처다보며 여전히 빙그레 웃는다.

"난 안 먹겠다."

"그럼 혼자 무슨 맛으로 먹니."

복술이는 실심해서 부르짖는다. 그 꼴을 보고 덕성이는 같잖은 웃음이 나왔다.

"그러지 말구, 넌 술을 먹을 줄 아니 생각 있거든 먹어 보렴. 난 학생이 아니냐?"

"그럼 그래 볼까……."

복술이는 덕성이의 정중한 말에 마침내 수그러지고 말았다. 복술이는 나이를 더 먹었으나 덕성이를 은근히 존경한다. 그것은 웬일인지 자기도 이상한 일이었다. 거짓말 대장으로 유명한 복술이가 덕성이를 좋아하는 줄은 아무도 모른다. 그러나 그는 애적358) 덕성이를 속여본 적은 한 번도 없었다. 그것은 덕성이의 인금에 눌려서 그런지도 모르지만 …….

그래 그는 지금도 만일 덕성이가 다른 애 같았다면 한사하고 술을 같이 먹자고 졸라대서 귀찮게 굴었을 것이나, 덕성이의 한 말에 수그러지고 만 것이다.

미구에 음식이 나와서 그들은 만두와 국수를 먹기 시작했다. 복술이는 나중에 주문해온 술을 혼자 마시고 있었다.

"이번 가면 언제나 오겠니?"

"여름 방학 때나 오겠다."

"봉천이 길림보다 크다지?"

"그럼 만주에서 제일 큰 도시란다."

복술이는 덕성이가 부러운 듯이 두 눈을 지그시 찌그려 감는다. 그는

---

358) 애적 : '애저녁'의 준말. 애초.

뜨거운 소주를 마신 것이 벌써 상기가 되어서 양 볼과 눈자위가 불그레해진다.

"넌 지금 귀순이를 좋아하지?"

복술이는 따라놓은 술 한 잔을 마시고 별안간 이렇게 묻는데 눈으로는 덕성이의 얼굴 표정을 살펴보는 것이다.

"뭐?"

덕성이는 맥 놓고 먹다가 느닷없는 질문에 어색해서 마주 시선을 부딪쳤다.

"나두 늬들 눈치를 짐작하길래 하는 말야!"

복술이는 덕성이가 열없어 하는 모양을 보고 시선을 돌리며 다시 나직이 중얼거렸다.

"······."

그러나 덕성이는 아무 대꾸를 않고 쉬었던 젓갈을 놀려 국수를 먹는다.

"달리 묻는 말이 아니라…… 넌 황식이를 가만 둘 테냐 말야?"

복술이는 점점 긴장한 표정을 지으며 덕성이를 추궁한다.

"가만 두잖으면 어떡하니? 어른들이 하는 일을!"

"그렇지만 늬들 둘이는 서로 좋아하지 않니? 그럼 귀순이를 어떻게 할 테냐?"

"어떻겐 뭐…… 저 하는 대로 두구 보는 거지."

덕성이는 복술이와 그 문제로 문답하기가 싫었으나 벌써 속을 알고 묻는 말에 할 수 없이 끌리어갔다.

"그럼 됐다! 넌 귀순이를 믿구 있거라! 그 애는 황식이를 싫어하니까, 뭐 조금도 마음이 변할 리 없을 거다! 만일 황식이가 못된 짓을 하려 든다면 그것은 내가 훼방을 쳐주마……. 귀순이는 내가 잘 지키구 있을 거니까! 넌 안심하구 공부나 잘 하란 말야! 알아듣겠니?"

복술이는 만두를 먹다가 국물이 아래턱으로 흐르는 것을 한 손으로 쓱 씻으며 다시 한 번 벙끗 웃는다.

"네 말은 고맙다만, 뭐 너까지 그럴 것 있니? 가만 내버려두구 보렴!"

"아냐, 건 말 안 된다. 친구 간 정리라두."

만일 덕성이가 복술이 속을 잘 몰랐다면 저놈이 무슨 음침한 생각으로 저러는가 하겠지만 복술이는 여적까지 지내보아야 그렇지는 않았다. 그는 다른 데는 방탕하게 굴면서도 계집애들에게는 추근추근하게 굴거나 거짓말을 하는 일은 없었다. 웬일인지 그런 등사에는 아주 무관심한 것 같은 것이 참으로 이상해 보였다.

저녁을 먹고 난 뒤에 복술이는 귀순네 집 앞으로 슬슬 가서 집안의 동정을 살피었다.

부엌문 옆에 붙어 서서 가만히 한 귀를 기울여 보니 들리는 목소리에는 어른들의 기척이 없다. 복술이는 그제야 기침을 칵 하고 인기척을 내며 들어갔다.

"아주머니 계셔요?"

귀순이는 그러지 않아도 덕성이가 어떻게 갔는지 몰라서 궁금하던 차였다. 그는 부끄럽지만 않으면 자기가 쫓아가서라도 물어보고 싶었는데 먼첨 복술이가 찾아와 주는 것이 마음속으로 여간 반갑지 않았다.

"어디를 다 가셨니?"

복술이는 짐작했던 바와 같이 귀순이 남매만 집에 있는 것을 보고 은근히 좋아하며 자리에 앉는다.

"마실 가셨단다."

"어디?"

"몰라!"

"뭘 몰라, 황식이 집에 가셨겠지."

복술이는 귀순이를 힐끗 보며 빙그레 웃는다. 그는 화로 앞으로 다가앉으며 인두로 불을 헤집는다.

그러난 귀순이는 그 대답은 않고 마주 웃어보이며,

"정거장에 갔다 오느라구 추웠지?"

하고 정다운 목소리를 꺼내었다.

"뭘! 추워…… 소주를 한잔 먹구 왔더니 얼근해서 뛰기 좋더라!"

"넌 어느 새부터 술을 그렇게 좋아하구 어쩔래?"

귀순이는 잠깐 눈썹을 찡그린다.

"뭘 어떡해…… 먹으면 먹었지!"

"이 담에 어룬 되걸랑 먹어두 늦쟎지 않으냐."

"허허. 우선 당장 먹구픈 걸 어떡하구…… 그래두 덕성인 한 잔두 안 먹었다!"

하고 그는 앞으로 한 눈을 찡긋해 보인다.

"누가 그 말인감…… 넌 그저 술이 취했구나."

귀순이는 얼굴을 살짝 붉히며 잠깐 흘겨보았다. 귀남이만 옆에 없어도 다른 말로 나무라 주고 싶었다.

"취하긴 누가. 덕성이가 추운데 갈 길이니 한 잔 먹으라구 사주는데, 친구의 정을 막을 수가 있어야지…… 그래 난 혼자만 따라 먹었단다."

"호호호……."

귀순이는 복술이가 같쟎게 어른같이 말을 하는 바람에 고만 웃음이 나와서 소리쳐 웃었다. 귀남이도 덩달아서 따라 웃으며 복술이를 흘끔흘끔 바라본다.

"그래 몇 시 차에 떠났다니?"

"낮차에!"

"그 차가 내일에나 봉천에 가 닿는다지?"

"그렇단다. 너두 봉천 구경하구 싶으냐?"

"아니, 그런 게 아니라……."

귀순이는 별안간 고개를 푹 숙이었다. 복술이는 이때 귀순이의 안타까운 마음속을 읽어보고 있었다. 그는 자못 동정적으로 말을 꺼낸다.

"점심을 먹으면서 여러 가지 이야기를 많이 했단다."

"무슨 이야기?"

"왜 듣고 싶으냐?"

"기애는…… 그럼 고만두렴!"

귀순이는 잠깐 샐쭉해 보았으나 속으로는 은근히 궁금하였다.

"뭐 별 이야기가 있겠니! 그렇지만 넌 조심해야 된다. 솔개미359)가 까치집을 엿보는 것을, 알지?"

"그게 무슨 말인데!"

귀순이는 복술이의 말 의미를 대강 눈치 채었으나 겉으로는 모른 척하고 시침을 떼었다.

그러자 귀남이가 장난감을 찾으러 윗목으로 올라가서 궤짝 속을 잠착히 뒤지는 동안에 복술이는 얼른 귀순이의 귓가에다 입을 붙이고 소곤거렸다.

"황식이를 조심하란 말이다. 덕성인 너를 믿구 있겠다더라."

복술이의 말이 고막에 울리는 대로 귀순이의 두 눈은 샛별같이 빛난다.

그는 그전에도 그렇게 생각했건만 참으로 황식이를 조심해야 하겠다는 생각이 불현듯 다시 든다.

그래 그는 복술이의 노파심이 한편으로는 너무 긴치 않게 구는 것 같

---

359) 솔개미 : 솔개.

아서 아니꼽게 보이기도 하였지만 덕성이가 만일 복술이에게까지 그런 말을 했다면 그것은 마치 덕성이가 직접으로 한 말같이 귀순이의 가슴 속을 일깨우게 하는 무엇이 있었다. 아니 그보다도 더하였다.

"너 거짓말 아니냐?"

"거짓말이면 네 자식이다."

복술이의 목소리가 조금 커지는 바람에 귀순이는 고만 질색을 해서 손을 내저었다. 그는 귀남이가 들을까봐 겁이 났기 때문이다.

귀순이는 덕성이와 작별할 때 기념할 만한 인사말을 못 들은 것이 지금껏 섭섭하였다. 물론 어젯밤에 할 말을 다하고 자기는 기념으로 손수건을 주긴 하였지만 덕성이는 본래 성미도 그렇지만 왜 한 마디의 말이 없었을까? 그런데 복술이에게 자기를 믿고 가겠노라고까지 하였다니 그것은 직접으로 들은 말보다도 더 귀순이의 마음을 감동시켰다. 왜 그러냐 하면 지금은 벌써 덕성이가 이 자리에 없고 멀리 떠나 있기 때문이다.

그만큼 그는 책임감이 중하였다.

자기의 지금 생각으로 하면 죽기 생전까지라도 오직 덕성이 하나만을 기다리고 싶다. 그래 그는 덕성이에게도 장담을 했지마는 다시 가만히 따져보면 그동안이 까마득하다. 덕성이가 돌아오기까지 그동안에 무슨 일이 생길는지 누가 아는가?

매사가 말로 하기는 쉬우나 실지로 행하기는 어렵다.

더구나 하루 한 날 아니고 사면초가에 둘러싸인 자기 한 몸에는 각일각을 위험이 가까워 온다.

모친은 체면상 노골적으로 말은 못하고 있으나 기위 황식이와는 다시 약혼이 된 셈인즉 성례를 갖추기 전이라도 당자끼리도 사이가 좋기를 바라는 모양 같다.

사실 그는 덕성이가 멀리 떠난 것이 한시름 잊게 되었다.

덕성이와는 인제 파혼까지 되었으니 남과 같이 상관없다 하겠지만 그래도 약혼한 자리를 파의했다는 책임감과 그 문제로 하여 온 동리가 한동안 떠들썩하게 떨었던 만큼 마음에 찔리었던 것이다. 그래 그는 덕성이를 만날 때마다 면구스런 생각이 없지 않았는데 인제는 그런 거리낄 것이 조금도 없었기 때문이다.

그는 오늘 저녁에도 황식이 모친이 마실을 오래서 갔었는데 두 집의 어른들의 사이가 긴밀해질수록 당자들의 사이도 그렇게 붙여주고 싶은 생각에 피차간 번뇌하였던 것이다.

귀순이는 모친의 이런 심중을 더듬으며 불안한 생각을 느끼고 있는데 복술이는 윗목에서 잠착히 노는 귀남이360)의 동정을 연해 살피다가 가만가만 다시 말을 꺼낸다.

"너는 황식이한테 속지 말아야 한다. 음충맞은 그 자식이 지금은 너를 좋아하지만두…… 한 번 제 맘대루 된 뒤에는 마음이 변할지는 그 속을 누가 안다더냐! 더구나 혼인두 하기 전에…… 사내는 그리두 상관없지만 여자란 건 한 번 그리 되면 신세를 망치는 거란다…… 그러기에 여자를 뒤웅박 팔자라거든! 한 번 깨지면 버리구 마니까……."

복술이는 아주 천연스럽게 어른같이 말을 하는데 얼굴이 다시 쳐다보인다. 그리고 푸슬푸슬 거짓말이나 하고 평상시에는 미치광이같이 굴던 애가 어디서 이렇게 의젓한 말이 나오는지 놀랍다.

그것은 귀순으로 하여금 다른 때 같으면 픽픽 웃게 하였으련만 직접 자신에 당한 말인 만큼 옷깃을 여미고 듣게 하였다. 참으로 그는 누구에게도 통사정을 하지 못할 외로운 가슴속을 만일 복술이마저 없었다면 어찌할 뻔하였을까? 그것은 자기 자신으로도 모를 일이었다. 따라서 조

---

360) 원문은 '귀순이'이나 문맥에 따라 바로잡았다.

급하고 답답해 못 견디게 볶이는 나머지에 그는 무슨 일을 저질렀을는지도 모른다.

복술이가 나간 뒤에 조금 있다가 신덕이가 돌아왔다. 그는 더 놀다 가라고 박씨가 붙드는 것을 애들만 두고 왔다고 이내 뗴치고 달려왔다.

"누구 안 왔었니?"

"아니요."

"복술이가 지금 왔다 갔다우."

귀남이가 나서는 말에,

"그까짓 녀석이야 뭐……."

하고 귀순이는 웃어 보인다.

"응! 오늘 덕성이 짐을 져다 주었다지. 그 녀석은 남의 심부름 한 가진 잘하지! 저두 일평생 그 꼴일라."

신덕이는 귀순이의 눈치를 살피면서 조롱하듯 복술이를 흉본다.

"참 지금 저 집에를 갔다 왔다만…… 넌두 인제 그전처럼 쌀쌀하게만 굴지 말구…… 온 동리가 다 아는데 뭐 남부끄러울 것 뭐 있니?"

"……."

"그러니 황식이와두 사이좋게 잘 지내구…… 돌아오는 가을이면 성례를 할텐데 뭐……."

"어떻게 잘 지내란 말야! 망칙스럽게!"

"무에 망칙스러우냐?"

귀순이가 발끈 성을 내는 바람에 신덕이도 염통이 끓어올랐다.

"그럼 망칙스럽지 뭐야! 그전에 덕성이 때는 왜 그런 소릴 안 했수?"

딸이 오금을 박고 대드는 바람에 어머니는 찔끔을 해서 한동안 머주하니³⁶¹⁾ 앉았었다.

"그때는 그때구 지금은 지금이지."

"뭐 그때는 그때구 지금은 지금이야. 그렇기로 말루면 아주 색주가나 기생으로 팔아먹구려. 그러면 적어도 몇백 원은 받을 테니……"

"아니, 저년이 별안간 웬일이야? 옳거니 덕성이가 오늘 떠났다더니만 그래서 네가 그러는구나…… 이 앙큼한 년!"

신덕이는 주먹을 쥐고 대들며 이를 앙당그려 문다. 그러나 귀순이는 한 눈도 깜짝하지 않는다.

"내 그렇게 성미가 차진 년은 세상에 처음 보는구먼! 이년아 너만 나이에는 누구나 부모의 말을 순종하구 가만히 국으로 있는 게야…… 더구나 계집애년은…… 어느 부모가 자식을 잘못 징궈준다더냐? 내가 언제 네년을 색주가로 팔아먹는댔니? 그게 그래 어미 앞에서 어디 당한 말이냐? 이 육실할362) 년아!"

신덕이는 분이 나서 씨근거리며 연거푸 금속성을 낸다.

"그게나 그게나 일반이지 뭐야! 마음에 없는 짓을 자꾸 하라는 것은."

귀순이도 질 생각이 없어 마주 쫑알거렸다.

"아이구, 저년을 어떻게 죽여야 잘 죽이나…… 못된 놈의 씨알머리두 닮었지!"

이렇게 한참 분을 삭이지 못해서 신덕이가 조바심을 치는 중간에 석룡이가 정대감 집에 마실을 갔다가 돌아왔다. 그는 자기 집에로 가까이 올수록 난데없는 아내의 큰 소리를 듣고 무슨 일인지 몰라서 급히 방으로 들어갔다.

"왜 이리 떠드는 거야, 아닌 밤에?"

"뭘 왜 이리 떠들어, 온 천하에 못된 놈의 씨알머리도 닮어서 저년이 고집을 피우니까 그러지."

---

361) 머주하다 : 머쓱하다.
362) 육실하다 : 육시를 하다. '육시'는 이미 죽은 사람의 시체에 다시 목을 베는 형벌을 가함.

"고집은 무슨 고집야?"

"왜 그러니 귀순아!"

그러나 귀순이는 부친의 목소리를 듣자 훌쩍훌쩍 울기 시작한다.

"그 빌어먹을 년이 온 못된 것만 애비 성미를 닮어서…… 한 번 무슨 소리를 들으면 소귀신같이 식식하기만 하구 언제까지 한 대중이지. 이년아, 계집애년의 성미가 그래서 무엇에 쓰는 거냐? 좀 사근사근한 맛이 있어야지…… 너두 진작 그 성밀 버려야지 그렇지 않으면 남의 속 무척 썩이구 말 거다! 천하에 못된 년 같으니……"

"아니 왜 그러는 거야. 공연히 가만 있는 남까지 들먹대면서……."

석룡이가 자기에게까지 불똥이 튀는 아내의 폭백이 귀에 걸려서 불뚝하니 볼먹은 소리를 지른다.

"닮었단 말은 듣기 싫은감! 덕성이가 오늘 봉천 가지 않았어? 그래서 저년이 성이 났다는구려."

"언제 내가 그랬어? 공연히 어머니가 가…… 가만 있는 사람을 가지구 물구 뜯었지…… 흑흑……."

"요년아 듣기 싫다! 네년두 복술이한테 무슨 말을 들었지 뭐냐?"

신덕이도 독살이 나서 마주 소리를 친다.

석룡이는 그제야 비로소 모녀간의 충돌된 내막을 짐작할 수 있었다. 그래 그는 열쩍게 아래 수염을 만지며 마음속으로 탄식하기를 마지않았다.

"그렇다구 홍두깨로 소를 몰면 되나. 무슨 일이든지 순리로 해야 되는 거지."

"홍두깬 다 뭐야. 당신은 저렇게 용해빠지니까 자식들두 업신여기구 말을 씹히는 줄 모르구…… 글쎄 제깟 년이 뭘 안다구 언감생심 부모의 말을 거역하는 게야. 그리구 나두 당신네 집으로 시집을 왔지만두…… 혼인이란 마치 셋방을 드는 것 같은 거 아냐? 처음에 방을 볼 때에는 마음에 안 들던 것두 차차 살아나면 그대루 사는 건데……어디 남의 집에서 사는 사람이 처음부터 썩 마음에 붙는 것이 있을라구…… 그러기에 나두 참 임자 같은 사람과 여적지 살아왔는데 …… 아니 제 년이 뭬 그리 잘났다구 중뿔나게 누구를 싫으니 고우니 하는 게야. 이년아, 황식이가 그래 덕성이만 못한 게 뭐 있니? 그리고 덕성이는 공부를 더 가는데 그 애를 언제까지 기다리겠다구. 노처녀로 늙어죽을래? 아무리 나이가 어리지만 철을 몰라두 분수가 있어야지!"

모친의 언성이 높아가는 대로 귀순이의 울음소리도 높아갔다.

"그래두 난 싫은걸 어…… 어…….”

"아니, 무엇이 어째? 이년아 죽어라! 죽어라, 너 죽고 나 죽자!"

마침내 신덕이는 분을 참지 못하고 달려들어서 귀순이의 머리끄뎅이를 잡아 내둘리며 패었다.

15
농사강습회

음력 정초를 맞게 되자 개양툰에서도 명절을 차리고 곳곳마다 놀이판을 벌이며 즐기었다 만인들은 그믐날부터 폭죽을 터치고 앙가(秧歌)를 부르며 일년 중 제일 좋은 설명절을 환락하였다.

그런데 개양툰에는 뜻밖에 서치달이가 찾아왔다.

그가 다니는 신학교에서도 며칠 동안 휴학을 하게 되었는데 그러나 그는 이번 음력 정초의 휴가를 이용하여 다만 친구를 찾아 놀러온 것은 아니었다. 그는 그보다도 이번 기회를 이용하여 특별 전도를 목적하고 교장 선생한테 허가를 받고 나온 것이었다.

그가 해마다 경험하는 바에 의하면 만주의 명절 기분이란 굉장하였다. 그 중에도 음력'설'에 대한 만인의 명절 기분이란 대단하였다. 그들은 일 년 내 번 것을 정월 한 달에 죄다 쓰고 만다는 말인지 모르나 하여간 그들이 정초에 소비하는 것이 너무 남용인 것만은 틀림없는 사실인 것이다.

그런데 만주에 있는 조선 동포도 그들과 대동소이하다.

물론 고향을 떠나 사는 그들에게 새해를 타향에서 맞게 되니 자연 향수에 젖은 회포가 환락의 위안을 요구하기는 하게도 하겠지만 그래도 그것은 한도가 있어야 할 것이다. 누구나 남비[363)]에까지 이르러서는 안

---

363) 남비(濫費) : 낭비.

될 것인데 그들은 만인과 같이 더욱 이중과세의 폐해인 음력설에 너무 집착하여 시대의 뒤진 생활을 하는 것은 실로 한심한 일이었다.

그래 서치달은 여기에 착안을 한 것이다. 즉 그들이 이런 때에 물질적으로 낭비를 못하도록 하는 동시에 또한 정신적으로 타락을 못하게 하자는 것이다. 그것은 다만 그들한테 전도만 해서는 안 된다. 그들에게 전도를 하는 데는 또한 거기에 따르는 실리를 제공하지 않으면 안 된다. 워낙 농본주의를 내세우고 농민을 대상으로 전도에 힘쓰는 서치달은 신학생이면서 동시에 농학생이다. 학교의 취지부터 전도인은 실지로 농민이 되어서 농민과 같은 생활을 해가며 전도를 하자는 게 목적이라면, 자기가 학교에서 배운 농사법을 그들에게 실지로 알려주는 것이 그밖에 더 좋은 일이 없을 게다. 따라서 그들은 어떠한 실제적 이익을 얻을 수 있다면 전도 강연에도 귀를 기울일 것이요, 이런 명절 기분에 너무 도취하는 나머지에 남비하지도 않을 것이니, 이런 때엔 이런 기회에 농사강습회를 여는 것은 실로 일석삼조의 좋은 묘안이 아니냐 싶었다. 그래 그는 이런 의견을 교장선생에게 진정하였던 바, 교장은 그러지 않아도 간여름364) 휴가에 그의 전도행각이 많은 성과를 얻어오게 된 데 대하여, 서치달의 진실한 믿음과 자기희생적 실천행동을 은근히 감심하고 있던만큼 지금 또 그의 열심을 가상히 여기어서 특별 휴가를 준 것이었다.

이리하여 그는 제일착으로 개양툰에다 농사강습소를 개최하게 되었는데, 그가 만일 전도를 하러 또 나왔다면, 별로 신통히 알지 않을 것이나 뜻밖에 농사강습을 시키기 위해서는 일부러 나왔다는 데는 누구나 호감을 가질 수 있었고 또한 그의 수고를 사례하지 않을 수 없었다.

대관절 학교에서 배웠다는 농사법은 어떠한 것일까? 재래의 완고한

---

364) 간여름 : 지난여름.

전통에 살던 무지한 농민들은 그것을 그다지 신용하지 않았지만 그래도 서치달은 자기가 직접 농사를 지어보고 그 배운 것을 강습시킨다니 한번 들어보고 싶다는 호기심이 누구나 또한 없지 않았던 것이다.

그래서 그들은 음력 초사흗날 낮부터 사흘 동안을 강습하게 되었는데, 초사흗날인데 불구하고 마을 사람들은 거진 다 모여서 교실이 좁을 만치 성황을 이루었다.

그들이 그렇게 모이기는 물론 학교 선생 이상렬과 강주사 이하로 건오, 병호, 정대감 등 동리의 유력자가 충동인 바람도 크겠지마는 그와 동시에 만일 서치달이가 간여름365)에 와서 전도 강연을 하지 않았다면, 그래서 그에게 받은 바 인상이 깊지 않았다면, 그들은 대번에 코웃음을 치고 제각기 뿔뿔이 달아났는지도 모른다, 술판으로 노름판으로. 더구나 때가 때인 정초가 아닌가.

그리하여 서치달은 초사흗날부터 교실 안에다 그들을 모아놓고 자기가 학교에서 배운바 농사지식을 그들에게 열심히 일러주고 싶은 농사강습회를 여의하게 개최할 수 있었던 것이다.

그러나 서치달은 불과 사흘 동안의 강습 기한을 가지고는 그들에게 충분한 지식을 넣어주기가 힘들었다. 이에 그는 각 부문을 통해서 간단하게 설명하지 않으면 안 되었다. 그래 그는 미리 '수전농사개량독본'을 등사해 가지고 온 것을 한 벌씩 회원에게 나누어주고 거기에 대해 보조적으로 설명을 하게 되었다. 등사한 농사독본은 순 언문으로 썼기 때문에 누구나 언문을 깨친 사람은 자유로 볼 수 있었다.

서치달은 먼저 일반적으로 재래의 만주의 [농사법은]366) 산종식(散種式)367)으로 되었다는 말과 그것은 대개 황무지를 신간368)한 관계로 그리

---

365) 간여름 : 지난 여름.
366) 원문이 보이지 않으나 이렇게 짐작됨.

된 것이라는 것과 그러나 만주의 옥토라도 이삼 년 경작한 뒤에는 돌피와 밀풀이 번식하면 손을 댈 수 없기 때문에 그들은 개량할 노력을 생각하는 대신 다른 데로 이사할 생각부터 했기 때문에 기성답은 일방으로 황폐해가는 반비례로 그들의 생활은 언제까지 안정을 얻지 못하였다는 말과, 지금은 신간할 황무지도 그리 없고 또한 이러한 유동농민은 국책상으로도 허락되지 않는 바인즉 불가불 정착농민이 누구나 되어야겠는데 그리하자면 무엇보다도 농사개량에 힘쓰지 않으면 안 된다는 말을 한 뒤에,

"그러므로 제1 장에 씌어있는 바와 같이 우리는 먼저 종자부터 잘 가리지 않으면 안 됩니다."

하고 강사는 농사독본의 첫 장을 펴놓았다. 그가 하는 대로 만좌한 회원들도 제가끔 들고 앉았던 책자를 넘기었다.

"매사가 다 그렇지만 농사에도 씨가 좋아야 합니다. 아무리 밭이 좋다 해도 씨가 좋지 않으면 소기의 성과를 거두기가 어렵습니다. 그래서 내지에서는 좋은 이삭만 잘라서 씨를 만들어 둡니다. 이렇게 한다면 잡종이 왜 섞이겠습니까?

그러나 여기서는 그렇게까지는 못할망정 씨를 불킬369) 때에 큰 그릇에 찬물을 붓고 여러 번 휘저으면 쭉정이와 돌피는 대개 물 위로 뜨게 됩니다. 그때 그러한 잡것은 죄다 건져낸 뒤에 섬이나 마대에 넣어서 불키면 얼마나 좋은 씨가 되겠습니까. 그 다음으로 좋은 방법은 부인들이 키로 까부르면 하루에 몇 섬이라도 정선할 수가 있는 것인데 피와 쭉정이가 섞인 것을 그대로 마대에 넣어서 불키고 마니 일시의 게으름으로

---

367) 산종식(散種式) : 직파. 모내기를 하지 않고 논에 직접 씨를 뿌리는 방식.
368) 신간(新墾) : 새로 개간함.
369) 불키다 : '불리다'의 뜻인 듯.

해서 피씨를 일부러 심그고370) 그래서 그해 여름 내 돌피를 뽑기에 귀중한 시간과 노력을 허비하니 세상에 이보담 더 어리석은 일이 또 어디 있겠습니까? 물론 여러분께서는 그렇지 않을 줄 압니다마는."

하고 서치달은 좌중을 휘, 둘러봤다. 회원들은 강사의 말을 침착히 듣고 있다가 그가 말을 끊자 모두들 동감에 벅찬 웃음을 웃는다.

사실 그들 중에도 종자를 정성껏 고르지 못한 사람이 없지 않았다.

"그 다음엔 보습이올시다. 잘 아시다시피 보습에는 여러 종류가 있으나 논갈이에는 호리(日本犁), 양례(洋犁) ─ 양례는 큰 것과 작은 것이 있다 ─ 대례(만인의 루田용) 등을 쓰는데 황지에는 대양례를 쓰고 숙지(熟地)에는 소양례, 중간 양례, 호리와 대례를 씁니다. 그러나 이 한전용 대례는 절대로 쓰지 말아야 됩니다. 대례로 간 논은 반밖에 안 갈려서 벼가 잘 안 되며 피와 풀종자를 당년에 받아서 토지를 버리기가 쉽습니다."

서치달은 여기까지 말을 끊고 책장을 또 한 장 넘기자 여러 사람은 그대로 따라 넘겼다.

"그 다음에는 논판을 골라야 하는데 어디나 가보면 논바닥을 똑바르게 고르지 못한 것이 많습니다. 물론 농우가 없는 이곳에서 인력으로만 하자니까 자연 그랬겠지만 웬만한 것은 다소 힘을 들이면 될 것도 지면이 생긴 그대로 울퉁불퉁한 데다가 볍씨를 뿌리게 되니 실로 문제가 큽니다. 높은 데는 풀이 잘 돋고 뿌린 씨를 새가 까먹습니다. 낮은 데는 씨가 삭아 버리거나 그렇지 않으면 물이 깊기 때문에 뒤늦게서야 바늘 끝 같이 가는다란 놈이 내솟다가 부러지고 맙니다. 따라서 그런 논판에서는 수확이 완전하지 못할 것은 정한 이치가 아닙니까. 그러므로 잘하는 농민은 우선 어찌하면 힘을 적게 들여 가지고 어떤 흙을 져다가 낮은 데를

---

370) 심그다 : 심다.

메우면 될까 하는 것부터 잘 연구해서 논판을 골라야 할 줄 알 것입니다. 그럼 우리도 그와 같이 올해 농사에는 논판을 잘 고르도록 다 같이 힘을 쓰시기를 바랍니다."

날을 거듭할수록 회원들의 열심을 사게 되었다. 그중에도 가장 열심이 긴 황건오다. 그는 원래 동네 간에서도 실농으로 유명한 터이지만 이번 농사강습회로 말미암아 실로 얻은 바 지식이 적지 않았다. 그는 이번에 배운 것을 올해 농사에 실지로 응용해 보리라 작정하였기 때문이다.

강사는 그 다음에 논두렁을 만드는 데로부터 비료, 이종법[371]과 이종법에도 점종(點種), 건종(乾種), 선종(線種)[372] 등을 구별하여 일장일단을 각기 설명하고 이런 개량농사에 있어서는 농우의 필요함을 역설한 후에,

"우선 여러분께서도 아시는 바와 같이 농우가 없기 때문에 중간에 허비되는 돈이 얼마나 많습니까? 논판을 쪼을 때나 벼를 베어들일 때나 퇴비를 받는 데나 벼를 팔러갈 때나 소가 있으면 품을 사지 않아도 다 되지 않습니까? 그래서 간단히 말하면 이 고장 농민들은 수지가 맞는지 안 맞는지도 모르고 농사를 짓고 있습니다. 그런데 한 쌍에 대한 수지를 대략 계산해 본다면 이렇습니다.

일, 기경비(起耕費) 육 원

이, 제초비 일 회 이십 원

삼, 예임(刈賃)

사, 비료대금

오, 타장비(打場費) 십 원

육, 식량대 삼십오 원

---

371) 이종법(移種法) : 모종을 옮기는 방법.
372) 점종, 건종, 선종 모두 씨를 뿌리거나 모종을 심는 방법이다. 점종은 씨를 점점이 꽂아 심는 것(점심기), 선종은 밭에 고랑을 내어 줄이 지게 씨를 뿌리는 방법(줄뿌림)이다. 건종은 건답직파를 가리키는 듯하다.

칠, 종자대 십 원

팔, 기타 잡비 오 원

합계 금 일백육 원야

그러나 이 표는 한 쌍에 대한 지출만을 대략 적은 것입니다만, 최저액을 치기도 했고 중간을 취한 점도 있습니다. 의복대는 치지 않았습니다. 그러니 추수가 한 쌍에 십 석 이상이라면 몰라도 만일 그 안에 든다면 주자(租子)를 바치고 백여 원의 부채를 갚고 난 다음에 농호 자체는 무엇을 먹고 살겠습니까? 신풀이 시초에는 열 섬 이상 열닷 섬까지 보통 나지만, 사오 년만 지나면 모든 것을 인력으로 개량하지 않고서는 당초와 같은 수확을 낼 수 없는 것이 어디나 사실입니다. 그래서 지금은 닷 섬밖에 안 나는 논도 있습니다. 그런데 농우가 있으면 기경비를 지출하지 않고도 논을 잘 갈 수 있고 논을 잘 갈게 되면 우선 벼가 잘 되고 피와 풀이 적게 납니다. 따라서 제초비를 덜게 되며, 퇴비는 제대로 생기게 되니, 비료 대금을 지출하지 않게 되고, 운반, 타작, 벼 팔이 등, 모든 큰일이 있을 때마다 남의 품을 사지 않고도 자작자급을 하게 됩니다.

소를 놀릴 때에는 소품을 팔아서 가용을 쓸 수까지 있게 되는 것이올시다. 이렇게 되면 농민은 생활 안정이 저마다 될 수 있습니다. 요컨대 소 없이 농사를 짓는다는 것은 고생은 고생대로 하고 이익은 죄다 남을 주는 어리석은 일이라 해도 과언이 아닙니다. 그러므로 옛날 속담에도 아버지 없이는 살아도 농가에 소 없이는 못 산다 하였습니다."

이 말을 듣고 여러 회원들은 일제히 와그르 웃었다. 어떤 사람은 참으로 감심한 듯이 연신 고개를 끄덕이기도 한다.

서치달은 이렇게 열심히 사흘 동안 강연을 계속하였는데 처음 날은 안 오던 사람들도 이튿날부터 새로 와서 듣는 사람까지 있었다.

그는 낮에는 이렇게 농사 강습회를 열고 밤이면 귀순네 집에서 기도회를 열기로 하였다.

기도회에는 여자들이 많이 와서 귀를 기울였다. 거기에는 황식이가 저녁마다 빠지지 않고 와서 귀순이의 눈치를 보기에 초조하였다. 그러나 황식이는 외골수로 달뜨기 때문에 옆눈질[373]도 할 새도 없었는데 복술이는 저녁마다 와서 전도를 듣는 척하며 은밀히 황식이의 거동을 살피고 있었다.

"아이구 선생님, 어쩌면 연설을 그렇게 잘 하시우. 농사 짓는 법두 잘 아시구."

"그럼매 말이야…… 참 하나님의 은혜를 많이 받으셨군요."

기도회를 파하고 나자 그들 앉은 자리에서 설 음식으로 대접하게 되었을 때 신덕이는 병호의 아내와 마주 감심한 듯이 이렇게 말하며 서치달을 홀린 듯이 쏘아본다. 그는 요새 병호의 아내와 어푸러져 지냈다.

"뭐! 누구나 배우면 되는 겁니다. 세상에서 배워서 안 되는 일은 없으니까요."

서치달은 이상렬을 돌아보며 마주 웃었다.

"그래두 뭐, 선생님같이 다 알 수 있습니까?"

신덕이는 음식을 차리면서도 연해 입을 놀리는데, 석룡이는 벙어리처럼 한편 구석에서 빙그레 웃고 앉았다.

어느덧 농사철이 다시 돌아오자 건오는 해동무리[374]부터 날마다 들에 나가 매달렸다. 그는 괭이로 논을 쪼개기에 전력하기 때문이었다.

그는 농사강습회에서 누구보다도 배운 것이 많았지만, 그리고 될 수 있는 범위에서는 배운 것을 그대로 해보리라 싶었는데, 이런 때에는 사실 소를 세웠다면 논을 갈기가 얼마나 편리하고 품이 덜 들는지 모른다.

---

373) 옆눈질 : 곁눈질.
374) 해동(解凍)무리 : 해동무렵. 해동머리. 얼었던 것이 녹아서 풀릴 무렵.

물론 그전에도 그런 생각을 못한 것은 아니지만 다시 이론적으로 그 말을 듣고 보니 과연 농우의 필요함을 절실히 느끼게 된다.

그래 그는 올 가을에는 세상없어도 황소 한 마리를 세우기로 결심하였다.

그는 한 달 동안 논판을 고르면서 한편으로 못자리를 앙구고 집에서는 볍씨를 골라서 담그게 하였다. 그는 아내를 시켜서 볍씨를 키로 까부르게 하였다. 아내는 건오가 새빠진375) 일을 하려는데, 자기의 신역이 된 것을 꺼렸으나, 지금까지 한 번 하라는 것은 하나도 거역하지 못했는지라 그대로 할 수밖에 없었다.

그래도 완고한 모친은 그 말을 처음 들었을 때 깜짝 놀라며,

"그 많은 종자를 언제 다 까부르라구…… 어디 한두 말인가?"

하고 반대하였다.

"뭘 벼 몇 섬을 못 까부를 거 뭐 있어요! 그래두 돌피논을 매는 품보다는 훨씬 낫겠지요."

건오는 아주 자기가 실지로 해 본 것처럼 강습회에서 들은 말을 그대로 옮기었다. 그는 언제나 자기가 옳다고 생각하는 일에는 이렇게 확고한 신념을 가지고 덤빈다. 그래서 그는 간혹 남의 말을 잘못 듣고, 속는 수가 있지마는 어느 때나 진실한 편이었기 때문에 맞는 일에는 그와 반비례로 좋은 성과를 내었다. 귀순네와 약혼한 것도 그런 셈이다. 지금으로 보면 그것은 완전한 실패로 돌아갔지만.

그는 이렇게 논 갈기나 논둑을 짓는 것이나 물꼬를 보는 것이나, 김을 매고 볏단을 묶고 곡식을 거두는 것까지 강습회에서 배운 것을 죄다 한 번 응용해 보리라고 빼물었던 것인데, 따라서 돌피가 많은 논에는 이종

---

375) 새빠지다 : ① (말 또는 생각이나 행동이) 가볍고 실없거나 주책없다. ② 경우와 기대에 어긋남이 있다.

을 시험해 보려고 조그맣게 못자리를 부었다. 못자리판에는 볏겨와 구벽토[376]와 재에 인분을 섞은 거름을 내었다.

건한 논에는 건종을 해보기도 하고, 선종과 점종도 시험해 보겠다고 선언하였다. 그때 모친과 아내는 또다시 불안한 기색을 띠우며,

"그렇게 여러 가지를 했다가 김맬 때 품이 째이면 어쩌느냐."

고 성화를 하였다.

"품이 왜 째요? 산종[377]은 일찍 하고 이종이나 점종은 보름이나 뒤늦게 하는 건데…… 왜 그러냐하면 먼저 심은 것은 김이 더 나거든요. 그렇지만 점종으로 하면 김매기가 쉬울 거니까 말야. 그러나 올엔 첫 시험이니까 이종은 한 쌍만 해보는 게 좋겠지요."

"아이구, 아주 그렇게 해본 이처럼 말하시네. 남의 말만 듣구 그랬다가 한참 바쁜 때에 품이 째면 어쩔라구."

하며 아내가 또 웃는 것을,

"그럼매 말야."

하고 모친은 불안한 웃음을 따라 웃는다.

"글쎄 그런 걱정은 말아요! 선생이 어련히 알구 가르쳤을라구."

그는 자신이 만만하게 그들의 말을 이렇게 물리쳤다.

물론 그도 처음 해보는 일이라 다소의 불안이 없진 않았다. 그러나 해마다 산종만 해보다가 못자리를 해보니 연연한 모싹[378]이 한자리에서 커 나오는 것이 우선 보기에 신기하였다. 모가 커오르는 대로 그는 인분을 져다주고 콩깻묵을 주고 하였다. 그동안에 비바람이 불고 토우가 오고 간혹 눈발이 날리는데도 모싹은 봄발을 타고 거름을 먹는 대로 시커

---

376) 구벽토(舊壁土) : 묵은 바람벽의 흙. 논밭에 거름으로 쓴다.
377) 산종(散種) : 곧뿌림. 직파. 모내기를 하지 않고 씨앗을 제 자리에 바로 뿌리는 일.
378) 모싹 : 모에서 자라난 싹.

떻게 잘 되어 올랐다.

건오는 나날이 커나는 모판을 식전마다 나와서 볼 때마다 생명이 커가는 기쁨을 깊이 느꼈다. 그것은 다만 모싹이 커나는 것만 아니라 어떤 신비하고 거룩한 것이 자기의 마음속에서 커 오른 것 같았다.

건오의 이러한 생각은 자연 덕성이에게까지 미치지 않을 수 없었다. 덕성이야말로 지금 이 못자리와 같이 커가고 있지 않은가? 그는 날마다 '교육'의 거름을 받고 자라난다. 과연 못자리에 거름이 필요하듯이 사람에게는 교육이 필요하지 않은가? 그는 덕성이에게서 공부를 잘하고 있다는 편지를 받을 때마다 농민도 교육이 필요함을 새삼스레 깨달았다.

입하 전에 못자리에 볍씨를 뻬우고 다시 사오 일만에 산종 씨를 뻬우고 나자 이내 바로 점종을 심기 시작했다.

점종은 산종보다도 품이 덜 들었다. 먼저 논판을 똑바로 골라놓고 씨를 심을 때는 물을 뺐다. 그것은 정조식을 할 때처럼 줄을 띄워 놓고 불킨 씨를 그릇에 밀고 갔다 왔다하며 간점(間點)으로 열 알 내지 열다섯 알씩 떨구기 때문에 처음에 생각던 것보다는 훨씬 일이 빠르게 되었다.

이렇게 논 한 배미를 끝낸 뒤에 바로 물을 대었다. 그러나 물을 단번에 많이 대면 심은 벼가 밀려서 흩어질 염려가 있다 하므로 그는 조심해서 천천히 대었다. 일꾼들은 건오가 시키는 대로 하긴 하면서도 이 사람이 올 농사를 낭패하지 않을까 하는 의심이 없지 않았다.

벼싹이 돋아날 때 유안으로 거름을 주었다.

점종의 특징은 벼폭379)이 더 크다 한다. 따라서 결실이 매우 좋으므로 소출이 더 난다는 것이다. 못자리는 씨 뻬운지 한 달이 불원하자 그동안에 부쩍 컸다.

---

379) 벼폭 : '벼포기'의 준말.

그래 건오는 하지 전에 다시 이종을 시작했다. 그는 정조식으로 참노끈을 꼬아서 칠 조씩 간격을 균일하게 물들인 헝겊으로 표를 질러놓고 하나는 길이 삼십 미터 이상으로 또 하나는 오십 미터의 길이를 만들어서 긴 놈을 논배미 기럭지380)로 켕겨서381) 두 끝을 말뚝에 매어 박아놓고 짧은 노끈의 두 끝은 두 사람이 마주 켕기고 가로 앉아서 칠 조씩 표한 대로 선을 맞추어서 심는 것이다.

이것도 처음에는 심기가 서툴렀으나 차차 미립382)이 나는 대로 일은 빠르게 진행되었다. 일정한 간격을 두고 일꾼이 들어서서 자기가 맡은 바 구역 안을 똑같이 심기 때문에,

"자, 넘어간다 넘어간다."

하고 노끈을 넘기는 대로 일꾼은 제가끔 남한테 떨어지지 않으려고 속력을 내기 때문에 얼마 안 가서 손이 맞게 되고 따라서 능률을 잘 낼 수 있었다.

이와 같이 심어나가니 모포기 사이 사이는 십자형이 되어서 사면 팔방으로 어디나 줄이 쪽 고르다.

그것은 보기에도 좋을 뿐 아니라 통풍이 잘 되어서 벼가 배가 더 된다는 것이다.

그리고 바닥이 굳은 데는 간살이 일곱 치나 되기 때문에 제초기계를 쓸 수도 있다. 이종이 잘 되면 결실이 좋아서 산종이 잘 된 것보다 이할 이상을 증수할 수 있으며 노력은 삼 할 이상이나 절약이 되는데 또한 물을 대는 데도 유리한 점이 있으니 종래에 세 쌍을 경작하던 농가라면 절반은 산종으로 하고 절반을 이종해도 물이 넉넉하다는 것이다.

---

380) 기럭지 : 길이.
381) 켕기다 : 느슨하지 않고 팽팽하게 되다.
382) 미립 : 원문은 '미립'. 경험을 통하여 얻은 묘한 이치나 요령.

건오는 아직 그런 것은 모르나 정조식이 김을 매기가 편리할 것만은 잘 알 수 있었다.

산종답에 지심[383]이 심한 데는 한 번만 매는 데도 사오십 명씩 품을 잡는다.

그런데 이종식은 불과 십여 명으로 넉넉하다 한다.

그는 이날 허튼일[384]은 품을 사서 하게 하였다.

한가래[385] 장부 즉 만인 세 사람으로 논 고르기와 논두렁을 만들게 하고 두 사람은 모를 찌게 하였는데 이렇게 닷새 품을 들여서 한 쌍 논을 보기 좋게 정조식으로 심을 수 있었다.

모를 제대로 다 심은 뒤에 건오는 날마다 물을 대느라고 또다시 들에 나가 살다시피 하였다.

그는 논둑이 어디가 상하지 않았는가, 들쥐가 굴을 뚫지 않았는가 보살핌은 물론, 논둑이 망가지진 않았더라도 물이 너무 깊지 않은가 옅지 않은가를 무시로 조사하여 가늠을 맞춰주기를 마치 어린애에게 젖을 주는 듯하였다.

벼가 돌아설 임시에는, 배운 대로 이틀 동안 물을 낮추어 놓았다. 이틀 동안에는 풀이 그렇게 돋지 않는다 하므로. 그랬더니 과연 벼는 볕발을 보고 일제히 커 오르며 뿌리를 튼튼히 박았다.

건오는 이렇게 날마다 농장을 두세 차례씩 돌아다니며 물을 대는데, 점종과 산종과 정조식의 이종이 모두 제가끔 땅내를 맡고 커나기 시작하는 것이 하루가 새롭게 다르다. 그것을 볼 때마다 재미가 있었다.

그는 미구에 지심을 맬 것과 거기 대한 준비를 하고 있었다.

---

383) 지심 : 김. '지심이 심하다'는 '잡초가 많다'는 뜻.
384) 허튼일 : 이것 저것 닥치는 대로 하는 잡일. 허드렛일.
385) 한가래 : 한가래군. 가래질을 할 때 가래 하나에 붙는 세 사람을 이르는 말.

그런데 벼가 막 커 오를 이마적에, 날은 점점 더워지는데 비가 도무지 오지 않는다.

이제나 저제나 비를 바라던 농가에서는 차차 한소(旱騷)386)를 일으키게 되었다. 오뉴월이면 벼가 한참 커나기 시작하는 무렵인데 오월 중순경부터 가물기 시작한 일기는 유월달이 접어들어도 좀처럼 비 올 것 같지 않고 짜랑짜랑한 불볕만 날마다 계속하였다.

---

386) 한소 : 가뭄 때문에 일어나는 소동.

16
한소(旱騷)

날이 점점 가물수록 농민의 소동도 그대로 대단하다. 그것은 비단 선농뿐 아니라 만인부락도 그러했다.

아니 만인들은 한전을 짓기 때문에 가뭄에 대한 소동은 더하였다.

날이 오래 가물었다 해도 큰 강물은 좀처럼 마르지 않았다.

그래서 수전은 오히려 가뭄을 덜 타는 편이었는데 밭농사를 짓는 그들에게 있어서는 전곡이 날로 타들어가는 꼴이 정말 보기에도 참혹할 지경이었다. 콩잎은 노랗게 타고, 고량잎은 배배 꼬여간다.

그러나 날은 한대중387)으로 가물기만 한다.

만인 부락에서는 마침내 기우제를 지내기 시작했다.

이날 역시 건조한 공기 속에 햇빛이 대지를 태우는데 집집마다 나온 남녀노소의 만인은 한 곳으로 모여들었다. 그들은 일제히 맨발을 벗고 머리에는 저마다 버들가지를 꽂았다. 이렇게 차린 군중이 장사진을 치고 섰다가 큰 길거리로 행렬을 지어나가는데 선두에는 지휘자가 앞을 서서 "츄위(祝雨)" 하고 소리를 지를라치면 군중들도 그 뒤를 따라서 "츄위" 하고 함성을 지른다.

그와 동시에 한 사람은 북을 치고 행렬의 중앙에는 불상을 장대에 매어 들고 간다.

387) 한 대중 : 전과 다름없는 같은 정도.

불상을 든 사람은 물이 있는 도랑에다 그것을 정구어[388] 본다. 부처더러 비가 오게 하라는 의미인지? 또 한 사람은 장승 같은 것을 들고 가며 역시 그런 짓을 한다. 이런 때에는 행렬에 끼지 않은 사람이라도 모자를 쓴 사람을 발견하면 그들은 당장 벗으라고 권고한다.

그래도 만일 모자를 벗지 않으면 그들은 달려들어서 강제로 벗기든지 찢어내 버려도 항거를 못한다는 것이었다.

이날 아침에 그들은 가가호호마다 대문 밖에 작은 독을 놓고 냉수를 길어다 붓는다. 그 속에다 곡식알을 떨어뜨리고는 막대기를 세워놓고 거기에다 무슨 주문을 써 붙인다.

그들은 집에서도 이렇게 정성을 들이고 거리에서는 행렬을 하면서 축우제(祝雨祭)를 지내는 것인데 이번에는 그렇게 연 사흘을 계속하였다.

그러나 비는 그 뒤에도 오지 않았다. 날은 그대로 가물기만 한다. 조선 동포들은 기우제도 지낼 수 없었다.

그것은 가까이는 산이 없었기 때문이다. 그래 아이들은 만인들의 축우 행렬에 구경 겸 따라다녔다.

그런데 한 가지 이상한 일은 불과 수일 내에 강물이 버쩍버쩍 줄어드는 것이었다.

아무리 가뭄에 주는 물이라 한들 큰 강물이 그렇게 쉽게 줄 리가 없었다. 그것은 달포 가까이 가뭄을 겪어온 그들의 눈대중으로도 짐작할 수 있었다. 그동안 오랜 가뭄에도 강물은 그리 줄지 않아서 부족하나마 물을 댈 수가 있었는데 이 며칠 동안으로 별안간 쭉 빠져서 인제는 물을 퍼 올리재도 거리가 너무 멀기 때문에 두레박질을 할 수 없었다.

그래서 개양툰 사람들도 차차 소동을 일으키며 한편에서는 아무 데로

---

388) 정구어 : 원문대로

나 가서 기우제를 지내자거니 그럴 게 아니라 김노인의 묘지 앞으로 장소를 정하자커니 의논이 분분한데 강주사와 부락장과 건오 외의 몇몇 모모한 축은 기우제가 무슨 소용이냐고 그들을 제지하고 다른 방법을 강구하기 위하여 정대감 집으로 모이었다.

"대관절 강물이 그렇게 쉽게 줄 리는 없지 않은가."

"글쎄요, 매우 이상한 일입니다."

건오는 강주사가 의심스레 묻는 말에 자기도 동감하는 의사를 표시했다.

"이상할 것 뭐 있는가! 날이 좀 가물었어? 더구나 이 고장은 가뭄을 타기 시작하면 버쩍버쩍 마르는데!"

"암! 그렇구 말구요. 사흘만 비가 안 와두 땅이 돌같이 굳는 걸. 장근 한 달 지경인데 강물은 말구 바다라두 마를 것 아니냐!"

부락장의 말에 정대감도 이렇게 맞장구를 친다.

"그렇지만 마르는 문수가 너무도 빠르단 말일세! 하루나 이틀 동안에 큰 강물이 갑자기 줄 턱이 없지 않은가, 그것이 이상하단 말이지!"

건오는 종시 그들의 말을 이렇게 의심하였다.

"그래두 날이 가물어서 그렇지 달리 이상한 일이야 뭐 있겠나."

"건 혹시 모르지! 윗대389)에서 강을 막았는지……."

"그 사람, 별소리도 다하네. 여보게 강을 무슨 재주로 막나."

건오의 말을 여러 사람들은 실없는 웃음을 지으며 웃는데,

"세상일을 알 수 없지! 혹 그럴는지두……."

하고 강주사는 건오의 말을 두둔하였다.

그러나 그들은 종시 건오의 말을 실없는 소리로 흘리며 코웃음만 치고 한 번 실지 조사를 해보자는 말에도 핀잔들만 하고 있었다.

---

389) 윗대 : 일정한 곳을 기준으로 하여 그 위쪽.

그래 건오는 분연히 혼자 나섰다.

"어따 가기들 싫거든 고만 두게. 나 혼자라두 가보구 올 테니."

그가 역정을 내는 것을 보아도 누구 하나 편드는 사람은 없었다.

"그 사람 할 일두 퍽 없는가베. 아주 산 밑까지 갔다 오려나."

그들은 여전히 픽픽 웃기들만 한다.

건오는 다시 더 말하고 싶지 않았다.

그래 그는 강주사를 보고,

"기왕 말이 났으니 지금 곧 가보구 오겠습니다."

하고 자리에서 일어났다.

"아이 지금 어떻게 간다구…… 그리구 혼자 갈수야 있는가."

강주사는 좌우를 돌아보았으나 아무도 나설 만한 사람이 없었다.

"뭐, 혼자 못갈 것 뭐 있습니까…… 사실 할 일두 없구 한데 좌우간 가보겠습니다."

"그럼 공연히 멀리 올라만 갈 것이 아니라 몇십 리쯤 가보다가 아무렇지도 않거든 도로 회정하게…… 더운데 고생만 하지말구."

강주사 역시 반신반의 하는 마음에서 건오의 편만 들 수 없기 때문에 이렇게 어리뻥뻥한 말을 하였다.

"네, 내일 해전으로 돌아오겠습니다."

건오는 집으로 돌아와서 부랴부랴 길 떠날 준비를 하였다.

준비라야 별것이 없다. 몸을 되도록 가뜬하게 하기 위하여 노동복 위에 지까다비를 신고 머리에는 양테가 넓은 농립을 썼다. 그리고 강주사 집에서 빌어온 물병을 차고 지팡이를 집고 나섰다.

건오가 이렇게 차리고 나서는 것을 보자 그의 모친과 아내 순복이는 공연히 객쩍은 짓을 한다고 만류하였다.

그들도 강을 막아서 물이 준다니 그럴 리는 만무하다는 생각뿐 아니라 설령 그렇다 하더라도 자기 혼자서 나서서 애쓸 리가 뭐 있느냐는 이기지심에서 따져보고, 건오의 행동을 더욱 객쩍은 짓으로 돌리었다.

그들은 언제나 남을 따라가는 것만 옳은 일로 알았다. 이번 일에도 남들은 가만히 있는 걸 뭘하러 자기 혼자만 나설 것 있느냐는 것이 그들의 아주 상식화된 주견이었다.

"아이구, 이 더운 날에 뭔 길을 어떻게 간다구…… 그래 언제 오는 게야?"

"너무 염려마셔요. 바로 돌아올 테니요."

건오는 이 한 말을 남기고 동구 밖으로 나간다. 정대감네 마당에 모여선 사람들은 하여간 잘 다녀오라고 인사를 하였다. 그러나 건오가 신작로로 나가서 안 보일 만하자 그들은 서로를 허거픈390) 웃음을 내뿜으며 비웃기 마지않았다.

"그 사람 참, 객기두 대단하지. 글쎄 미친 사람이 아니고야."

"그 사람 고집이란 그전부터 유명하지 않은가. 한 번 한다는 것은 기어코 하구야 마는데 뭐……."

"고집두 유만부득이지…… 헛물을 켜구 오는 꼴 좀 두구 봐야, 허허허……."

그들은 한참 동안 이렇게 서서 지껄이다가 정대감네 술집으로 하나둘씩 들어갔다. 강주사와 부락장만 자기 집으로 돌아가고.

그들은 참으로 할 일이 없었다. 밭에나 논에들 나가보자니 타는 곡식이 애처로워 볼 수 없다. 그래 그 꼴을 보러 가기도 싫고 가만히 있자니 답답하다. 그런데 햇발이 퍼질수록 더위는 지독하여 금방 숨이 막히도록 안절부절못하게 한다. 아무리 덥더라도 농사일이 바쁘게 되면 일이 손에

---

390) 허거프다 : 허전하고 어이가 없다.

잡혀서 더운 줄을 모르고 골몰하겠지만 이건 진종일 할 일이 없고 보니 갈수록 맥이 풀리고 그대로 덥기는 더한 것 같다.

이래저래 그들은 화가 나기만 해서 핑계 김에 화풀이 술만 먹게 되었다.

그래 그들은 내 한 잔 내마, 너 한 잔 내라, 하고 돌려가며 술주정을 하고 앉았는데 건오는 그들을 생각할 여가는 없이 그 길로 강줄기의 상류를 더듬어 올라갔다.

큰길은 강 옆을 끼고 나가기도 하였으나 멀찌감치 비켜놓고 휘돌기도 하였다.

그런 때는 할 수 없이 강기슭을 쫓아가며 길 없는 진펄과 버들밭을 헤치고 나갔다. 그런 데는 군데군데 늪이 있었다.

건오는 길을 돌고 언덕을 기어오르며 강줄기만 찾아가자니 갈수록 곤란하였다. 그런데 강은 차츰 신작로에서 멀어간다. 멀리라도 볼 수만 있다면 바짝 쫓아 안 가도 되겠지만 구릉에 가려서 강이 안 보일 때는 불가불 근처까지 가보지 않고는 알 수가 없었다.

건오는 이렇게 진종일 험로와 싸우며 무려 오십 리를 올라왔건만 두 눈을 똑바로 뜨고 실지 답사를 한 결과는 강물이 한 군데도 막히지 않았다.

해가 저물자 건오는 길도 없는 강펄을 어둔 밤에 걸을 수도 없거니와 제일 모기 등쌀에 견디어 낼 수가 없어서 큰길로 다시 나왔다. 그는 촌락으로 들어가서 하룻밤을 자고 갈 셈이었다.

자래로 ○○현 모기는 유명하다 한다. 건오는 그런 말을 들었지만 여인네들이 저녁 때 물을 길으러 갈 때면 동아리 옆에다 쑥대로 홰를 만든 모깃불을 켜 가지고 다니지 않고는 물을 길을 수가 없다던가. 이만하면 모기도 무서운 동물이다.

그러나 건오는 이런 생각을 하고 있을 여유가 없었다. 그는 하루 종일 상류를 올라와 보아야 강이 아무렇지 않다는 데 그만 자신이 꺾이었다.

참으로 가뭄이 대단하기 때문에 그런가 보다 하는, 따라서 자기의 생각이 너무 지나치지 않았는가 싶기도 하였다. 그의 이런 생각은 내일 어찌해야 옳을는지 모르겠다.

그만 돌아가잔 말은 안 되고 무작정 더 가보겠다는 용기도 안 난다.

그래 그는 밤새도록 궁리해 보고, 주막집 주인에게 이 근처의 농장을 물어보기도 하였다.

주인의 대답은 이 근처엔 수전 개척지가 없다 한다. 사실 건오도 종일 강을 끼고 올라와 보아야 논을 풀 만한 적당한 자리가 없었다. 넓은 진펄이 없는 바는 아니나, 지대가 높아서 봇돌을 파내기가 대단히 힘들고 그렇지 않은 데는, 포자(泡子)와 버들밭이 우거져서 좀체 인력으로는 손을 댈 수가 없었다.

그밖에 구릉이 심한 데는 만인의 한전이 대부분이요, 밭을 일구지 못한 곳은 그대로 잡초가 무성하였다.

이런 생각이 들어간 건오는 내일 하루 동안만 더 올라가보기로 하였다. 사실 그는 큰소리를 하고 나선 만큼 아무 빙거를 못 잡고는 그대로 돌아설 면목도 없었다.

그리하여 건오는 이튿날 일찍이 일어나서 아침을 사먹고 나자 점심으로 호떡을 네댓 개 싸 가지고 다시 강기슭을 더듬어 올라갔다.

길도 없고 사람도 없는 강펄은 올라갈수록 더욱 험악하다. 오직 싯누런 황토물이 우중충한 언덕 밑으로 흘러내릴 뿐! 그런데 구릉의 굴곡은 심하여 한 언덕을 올라가면 다시 경사가 진 벌판이 전개되면서 강줄기는 한편으로 활등처럼 휘어나갔다!

건오는 이렇게 몇 고팽이[391]를 고개를 넘어왔는데 해는 한낮이 기울

---

391) 고팽이 : 비탈진 길의 가장 높은 곳.

었건만 강줄기는 한대중 막힌 데가 없다.

참으로 이상하지 않은가? 이 근처에는 도무지 농장도 없다. 농장이 없
으니 강물을 막을 턱이 없다. 그럼 농장이 있는 데까지만 올라가 보자!

건오는 점심을 먹으며 이렇게 생각해 보았다. 그는 주막에서 넣어온
물로 갈증을 풀었다. 그러나 그는 배가 고픈 것보다도 더운 것보다도 그
일로 초조하였다.

그러나 하여간 오늘 하루만 더 가보기로 하였은즉 그래도 가볼 생각
이 앞을 섰다. 그러나 또한 덮어 놓고 길도 없는 강펄만 헤매는 것도 미
련한 것만 같아서 그는 다시 큰 길거리로 나섰다. 한 언덕을 넘어보니,
거기에는 제법 넓은 들판이 전개되면서 평지로 내려가는 곳이었다. 얼마
안 가서 들 한가운데로 있는 촌락이 나선다.

건오는 다리를 쉴 겸 음식점을 찾아 들어갔다. 빼주 한 잔을 사먹으며
그는 주인에게 물어보았다.

"이 근처에 수전 농장이 없소?"

"예, 여기는 없지만 몇십 리를 더 가면 선인 부락이 있습니다."

주인의 이런 대답을 들은 건오는 갑자기 새 기운을 얻게 되었다.

"옳다, 되었다. 그럼 그 동네까지만 더 가보자!"

그는 입속으로 부르짖으며 다시 걷기를 시작했다.

이러한 자신이 생기자 그는 걸음도 빨라졌다.

과연 거기는 농장이 있음직하였다. 얼마를 가야 언덕은 다시 없다. 일
면으로 편한 들이 깔려있다. 강줄기도 차츰 큰길 옆으로 가까워지는 것
같았다.

그럴수록 건오는 걸음을 빨리 걸었다. 어느덧 해는 어슬핏해지며 더위
도 식어지는데 큰 동네 하나가 다시 신작로 좌우로 뻗쳐 있다.

강줄기는 이 동네에서 그리 멀지 않게 붙었다.

그런데 강 저쪽으로는 수십 호의 촌락이 있는데 그것은 묻지 않아도 선농(鮮農)의 부락 같았다.

이에 반색을 한 건오가 강펄을 쫓아가서 보니 과연 거기에는 호수와 같이 둘러막은 강물이 봇둑을 넘어서 폭포처럼 떨어지는 것이었다.

"그러면 그렇지……."

건오는 자기도 모르게 소리를 질렀다.

건오는 남모르게 고생을 해가며 이틀 동안 실지 답사를 한 결과 백여 리 밖에서 기어코 예감했던 바와 같이 강물은 막은 것을 발견하자 경희하기를 마지않았다. 실상인즉 강물을 그렇게 막은 것은 보다 더 불행한 일이 아닐 수 없다. 그러나 그는 마을 사람들이 미친 소리로 돌리는 것을 자기 혼자 우기고 나섰을 뿐 아니라 이틀 동안이나 노심초사하고 천신만고 끝에 이런 광경을 목도하고 보니 그것은 불행이라기보다도 우선 희한하고 기쁘기가 한량없었다. 그런데 거기에는 말뚝과 버들가지를 산더미처럼 쌓아놓고 파수를 보는 집까지 지어놓았다. 강 저편에서는 거룻배 한 척까지 띄워놓았다.

이런 것을 미루어 본다면 그들은 하류의 농민을 두려워함이 아니었던가? 언제 봇물을 터놓으러 올는지 모르니까 그래서 망을 보자는 것이요, 보가 터지면 다시 막기 위해서 버들가지와 말뚝을 미리 준비해 둔 것이었다.

건오는 이런 생각이 들자 그들의 소위가 괘씸하였다. 농사는 저희들 혼자만 지어야 하는가? 이 강물을 대어서 하류에서도 얼마나 많은 농사를 짓는지 모르고 저희들만 물을 쓰려는 심사가 가증하기 짝이 없다.

그래 건오는 그 길로 밤을 새워 달음박질을 하다시피 바로 돌아왔다. 그는 한시바삐 돌아가서 그것을 보고하는 동시에 대책을 강구해야 되겠기 때문이다.

그런데, 마을 사람들은 이런 사실이 있는 줄은 전연히 모르고 도리어 건오가 객쩍은 짓을 한 것처럼 생각하고 있었다. 그래 그들은 건오가 그 이튿날 오전에 발이 부르터서 절룩거리며 들어오는 것을 보고, 헛물을 얼마나 켰느냐고 모두 코웃음을 하고 있었는데, 급기야 그의 보고를 듣고 보니 여간 놀랍지 않은 동시에 남의 수고를 앉아서 보는 것이 미안하기 짝이 없었다.

그들은 맥이 풀려 앉았다가 건오의 말을 듣고 모두들 긴장하기 마지 않았다. 그들은 정대감네 술집으로 들어가서 한편으로 강주사와 부락장을 부르러 보낸다, 건오에게는 대접할 술상을 차리게 한다, 부산하였다.

"그럼 난 집에 가서 옷을 갈아입고 나오겠네."

건오가 일어서니까 정대감은,

"응 그러게. 자당께서 궁금히 아실 게니까…… 그럼 잠깐 다녀 곧 오게. 밥은 먹지 말구."

"뭐 밥 생각두 없네."

"아니 그래두…… 너무 고단해서 그러지. 얼른 다녀오게."

병호도 정대감의 말을 부축하였다.

건오가 집으로 들어가서 옷을 바꿔 입고 다시 나오니 강주사와 부락장은 물론 동네 사람들이 뜰 안에 빽빽하도록 거진 다 모여들었다.

그리고 먼저 들은 축들은 신이 나서 그 말을 옮기느라고 예서 제서 떠들썩하니 야단이었다.

"아, 어서 들어오게."

"그래 얼마나 고생을 했소!"

건오가 오는 것을 보자, 새로운 사람들은 일제히 일어나서 반가운 인사를 한다.

"고생은 뭐, 발이 좀 부르텄지."

건오는 빙그레 웃으며, 방으로 들어섰다. 그는 자기를 마치 진객이나 되는 것처럼, 별안간 그들의 대우가 놀라운 것이 내심으로 우스웠다.

"아니 그런 무지한 사람들이 있나? 강물을 막으면 밑에서 농사짓는 사람들은 어찌하라고."

한편에서는 이렇게 역정을 내는 사람이 있는가 하면,

"그 큰 강물을 어떻게 막았대여? 놈들 참 억척이군!"

하고 은근히 감심하는 축도 있었다. 그리고 건오의 보고를 오히려 의심하는 것처럼 흘금흘금 쳐다보는 사람도 있었다.

"그러니 이 일을 어찌해야 좋겠습니까?"

정대감은 자기 혼자 걱정을 도맡은 것처럼 좌중을 둘러보며 말한다.

술상과 밥상이 들어오자 그는 우선 건오에게 음식을 권하였다. 술상은 뜰에서도 한 패가 벌이고 앉았다.

"뭘 어떻게 해요…… 그까짓 것 올라가서 타 놓지요."

젊은 패들은 이렇게 분연히 말하고 나선다.

"아니 그러면 공연히 쌈만 나구 안 되지. 더구나 타도인데……."

강주사는 고개를 젖히며 자못 신중히 대책을 강구하는 모양이었다.

"그럼 어떻게 합니까? 나락은 한시가 바쁜데 그런 줄을 안 이상에 가만히 있어요?"

"암, 그렇구 말구. 그놈들의 심사가 괘씸해서두 타 놓아야지. 멀쩡한 놈들 같으니!"

정대감의 말에 김병호는 이렇게 씨운다.[392] 그러나 건오는 아무 대꾸도 않고 밥만 먹고 있었다.

"아니 그렇게 아니라, 현청으로 가서 우선 진정을 해봅시다. 그리고

---

392) 씨우다 : 우기다.

나서 만일 안 되는 날에는 다시 무슨 수를 내더라두."

강주사는 한참 생각한 뒤에 부락장을 돌아보고 이렇게 말하였다.

"글쎄요…… 그밖에 별수가 없겠지만."

부락장은 진 떨어진 대답을 힘없이 한다.

"그럼 지금이라두 당장 길을 떠나도록 하십시다. 물은 일시가 급하지 않습니까?"

성미가 괄괄한 정대감이 그 말에 바싹 서둘러 본다.

"물론 갈라면 지금 곧 가야만 내일 일이 빠르겠지."

강주사도 긴장해서 부르짖는다.

"자, 그럼 갈 사람을 뽑아주십시오. 누가 갔으면 좋을까요?"

정대감이 이렇게 묻는 말에,

"뭐! 누구 누구 할 게 아니라 되도록 많이 가보는 것이 좋지 않을까요."

하고 건오가 자기의 의견을 말하였다.

"글쎄 그 말도 옳은데요, 어떻든지 여러 사람이 가는 것이 유력할 게니까요."

정대감이 턱으로 가리키며 하는 말은 만인 부락을 의미한 것이었다.

"그야 그렇지. 일 동중(洞中)이 다 가기로 논지하면 그 사람들 보구도 같이 가재야 옳겠지."

부락장이 아래턱의 수염을 쓰다듬으며 침묵을 깨친다.

"자! 그럼 저 사람네한테도 기별을 해서 함께 의논을 하는 것이 좋겠습니다."

"그래 보지."

강주사의 대답을 듣자 정대감은 일변 좌우를 둘러보다가 복술이를 붙잡고 심부름을 시킨다.

"너 얼른 가서 왕노인이랑 모두들 오라구 해라! 급히 의논할 일이 있다구."

"누구누구를 오래요?"

"아무나 보는 대로 오라려무나. 아주 큰일난 일이 생겼다구."

"그럼 정말 큰일이 난 줄 만 알게. 허허허……."

"궐자들이 그래야만 급히 뛰어오지."

정대감은 여러 사람이 웃는 바람에 자기도 심술궂은 웃음을 따라 웃는다.

조금 뒤에 과연 만인 부락에서는 왕노인 이외의 십여 인이 몰려들었다. 그들은 참으로 무슨 큰일이 생긴 줄 알고 숨이 차게 뛰어왔다. 그것은 복술이가 호들갑스럽게 허풍을 되우393) 친 까닭이었다.

강주사는 그들을 모아놓고 다시 사정을 설명해 들리었다. 건오는 그들이 질문을 하는 대로 현장을 보고 온 데 대하여 사실대로 설명하였다.

그들도 사유를 듣고 보니 참으로 놀라운 일이었다.

큰 강을 둘러막다니 그것은 고금에 듣지도 못하던 일이다.

대관절 강을 막아서 농사를 짓는다는 것은 이상한 일이 아닌가? 밭농사를 짓는 그들로서는 도무지 상상할 수 없는 일이었다.

그만큼 그들은 자기네에게는 그리 큰 이해를 느낄 수 없었다.

그러나 그들은 하여간 강물을 막았다는 것만도 놀라운 일인 동시에 온 동리가 들고 나서서 진정을 가보는 것이 좋겠다는데 자기네만 반대할 수도 없어서 몇몇 사람이 따라 가기로 하였다. 의견이 이렇게 합치되자 그들은 불시로 길 떠날 준비를 서둘렀다.

오후의 태양은 불볕을 내리쬐는데, 더구나 노인들이 보행을 하기는 어

---

393) 되우 : 아주 몹시. 된통.

려울 것 같아서 마차 한 대를 징발하도록 하였다. 그리하여 강주사와 왕 노인, 부락장 등 노인들은 마차에 타게 하고 젊은 사람들은 걷기로 하였 다.

건오는 노독이 심할 테니 집에서 쉬라고 하였으나 그는 기어코 자기 도 같이 가겠다고 따라나서기 때문에 그러면 마차를 타라고 권하였다.

그가 실지 답사를 하고 온 사람인 만큼 현에서 만일 조사한다면 같이 가는 것이 필요한 것도 같아서 강주사 역시 굳이 집에서 쉬라고 만류하 진 못했다.

그러나 그는 건오를 누구보다도 아끼는 만큼 그의 몸을 돌보지 않는 열성이 고맙고도 한편으로는 애석하기 마지않았다. 그리하여 그들 십여 인은 선두에 마차를 앞세우고 그 뒤를 따라섰다.

마을 사람들은 모두 동구 밖 신작로까지 쫓아와서 그들을 전송하였다.

학교 선생 이상렬은 통역으로 따라갔다. 강주사와 그는 아까 진정서를 부락장과 셋이 마주 앉아서 초안을 꾸며가지고 갔다.

○○까지는 백여 리의 육로를 걷지 않으면 안 되었다. 그러나 거기까 지는 역시 질펀한 평야를 뚫고 나간다. 오랜 가뭄은 무성한 초원에도 마 른 새(枯草)만 세워 놓았다. 풀이란 풀은 모두 발갛게 타들어간다.

일행은 그날 해종일 가다가 도중에서 일박하고 이튿날 오전에 현 소 재지에 도착하였다.

그들은 전부터 단골로 다니던 여관으로 들어갔다. 행길의 먼지를 뒤어 쓴394) 얼굴을 다시 씻고 일변 현청으로 달려갔다.

수부(受付)를 찾아서 우선 진정서를 제출하니, 계원은 그것을 펴보다가 근감하게 늘어선 일행을 다시 한 번 흘려보면서 밖에서 기다리라 한다.

---

394) 뒤어쓰다 : 들쓰다. 덮어쓰다.

그리고 그는 진정서를 손에 든 채로 안쪽의 큰 집으로 들어간다.

얼마 동안 돌 아래에서 기다리자니까, 아까 수부계 사람은 또 한 사람을 대동하고 나온다. 새로운 관원은 진정서를 손에 들고, 그 사무를 담당한 것처럼 뽐내며 말한다.

"에, 그럼 돌아들 가시오. 진정서를 접수하고 사실을 조사한 뒤에 그때 다시 통지를 할 테니까!"

"네, 그러실 줄은 잘 압니다마는 일이 매우 중대한 만큼 현장 각하를 좀 면회해야 되겠습니다."

하고 강주사가 얼른 저편 말을 받아 챘다.

"현장을 면회한대야 역시 그런 말씀일 거니까 뭐…… 그리고 이렇게 많은 사람을 면회시킬 순 도저히 없으니까."

"그건 대표로 몇 사람만이라도 좋습니다. 여러 사람이 이렇게 백여 리 길을 멀리 왔다가 아무 말씀도 못 듣고 그냥 돌아갈 수야 있습니까요."

"참 그렇습니다. 농사를 일시가 시급하니까요."

강주사의 뒤를 이어서 건오도 완강히 떼를 썼다. 그 뒤를 따라서 다른 사람들도 한 마디씩 청하였다.

관원은 잠잠히 듣고 섰다가 사정이 그럴 듯싶은지 강경해 보이던 태도를 적이 눙치면서,

"응 그렇다면 다시 한 번 알아 볼 테니 가만있어!"

하고 안으로 휙 들어간다. 개양툰 사람들은 그동안을 또 한참 우두커니 서 있었다.

얼마 후에 수부계원은 긴장한 표정을 짓고 나오면서,

"그럼 대표로 두어 사람만 들어와요. 얼른 누구든지 어서 어서!"

하고 독촉한다.

이 말을 들은 여러 사람들은 잠시 어리둥절해서 서로들 돌아본다.

"자! 그럼 부락장, 왕노인, 건오, 이선생, 나서시오! 우리 다섯 사람이 들어가 보십시다."

"참 그러면 좋겠습니다."

정대감과 병호가 강주사의 인선에 먼저 찬성을 표시한다.

그리하여 그들 다섯 사람이 앞줄로 나서며 줄을 지어 들어가려 하는데,

"아니 다섯 사람씩이나 뭘 하러 들어가려구? 한 두어 사람만 고르라니까."

하고 계원은 팔을 벌리며 막아선다.

"건 그럴 사정이 있습니다. 들어보시오. 이 사람은 현지를 실지 답사한 사람이요, 저 노인은 만인 부락을 대표해서고요, 이분은 불가불 통역을 해야 되고, 또 저분은 부락장이니까, 적어두 우리 다섯 사람은 꼭 같이 들어가야만 되겠소."

강주사가 이렇게 사리를 따져서 설명하니 그도 어찌할 수 없는지,

"그럼 얼른들 들어와요! 얼른!"

재촉만 한다. 그 거동을 보면 빨리 불러들이란 명령을 받은 만큼 그는 그들과 승강하기가 싫은 모양 같다.

다섯 사람이 계원의 안내로 현청 안의 현장실로 들어섰다. 풍신이 좋아보이는 현장은 중노인으로 몸집이 뚱뚱하였다.

현장은 진정서를 펴놓고 잠착히[395] 읽어보다가 그들이 들어오는 기척이 나자 눈을 들어 일동을 둘러본다.

아까 나왔던 관원이 그 앞에 시립(侍立)했다가 그들을 지휘한다.

"이리로 들어들 오시오."

---

395) 잠착(潛着)하다 : 한 가지 일에만 골똘하다.

일동은 근엄한 자세로 실내로 들어서며 우선 허리를 굽혀 공손히 현장에게 인사를 드렸다. 현장도 머리를 숙이어 답례했다.

"진정서 이외에 무슨 할 말이 있거든 하라구."

"네, 바쁘신데 이렇게 면회를 허락해 주셨으니 대단 감사합니다."

하고 강주사는 일동을 대표하여 다시 정중히 예를 한 뒤에,

"진정서에는 자세한 말씀을 이루 다 적을 수 없사옵기에 그것을 보충하기 위해서 잠깐 뵈옵고저 한 것입니다."

이렇게 화두를 꺼내었다.

"음! 그래서!"

현장은 강주사의 말을 들으며 시선을 한군데로 쏟고 있다. 그것은 마치 그의 말을 경청하려는 것처럼 이완되었던 태도를 긴장시키는 것 같다. 강주사는 현장의 그런 자세를 보고 더욱 정신을 차렸다. 그는 이로정연396)한 말을 조리 있게 꺼내려고 노력하였다.

"각하께서도 잘 아시다시피…… 올 같은 심한 가뭄은 없사온데 강물을 제대로 댄다 하여도 물이 부족되어서 농사를 버릴 지경이 아니겠습니까? 그런데 이 사람이 참 실지 답사를 해보았습니다마는 그와 같이 강물을 둘러막았사오니……."

강주사가 말을 더 이어 가려는데 현장 옆에 섰던 관리가,

"그만."

하고 가로막으며, 통역을 한다. 그는 더 길게 말하면 통역을 하기가 어려웠던 모양이다. 그 바람에 이상렬은 같이 들어온 보람이 없게 되었다. 계원 통역을 하는 대로 현장은 고개를 끄덕인다.

통역이 끝나자 강주사는 다시 말을 이어서 개양툰 농장이 개척된 역

---

396) 이로정연(理路整然) : 의논이나 언설이 사리에 잘 통하고 정연한 모양.

사와 그의 규모를 말하며 장래의 발전상이 많은 것을 역설한 뒤에, 상류의 강물을 막은 곳은 불과 이십 호 조그만 농장인즉 국책상 견지에서 본다 할지라도 어느 편을 위하여 할 것은 뻔한 일이 아닐 뿐더러 자기네 혼자만 몽리(蒙利)를 독점하려고 장강대하의 큰 물을 상류에서 막아놓는단 것은 도덕상으로도 단연히 용서할 수 없는 불법행위라고 통론하였다. 그는 다년간 만주에서 거주하니 만큼 유창한 만주어로 도도히 열변을 토하였다. 현장도 그의 말에 감심한 듯이 끝까지 부동의 자세로 듣고 있었다.

강주사가 이렇게 힘 있는 말을 하자 다른 대표들까지 모두 감심하였다. 그중에도 왕노인은 그대로 있을 수 없어서 그는 강주사의 말이 끝나기를 기다려서 개양툰이 조선 동포의 손으로 개척되기 전의 옛날을 회고하면서 지금의 훌륭한 농장이 된 것을 말한 후에 이런 농장을 버리게 된다는 것은 국가사업을 위해서도 대단히 통분한 일이라고 자못 강개무량한 어조로 호소하였다.

맨 끝으로 건오가 실지 답사한 상황을 간단히 요령만 따서 보고를 한 연후에 일동은 시기가 시기니 만큼 급속히 해결을 지어달라고 간원하였다.

현장도 그들의 말을 자세히 듣고 보니 미상불 정당히 그럴듯하였다. 그러나 그는 사건이 자기의 관할 하에 속한 것이 아닌 만큼 단독히 처리할 수 없는 것이 딱한 사정이었다.

그래 그는 매우 동정하는 기색을 띄우며,

"에, 여러분의 말을 듣고 사정은 자세히 알게 되었소. 그러나 거기는 다른 현인 만큼 본관의 자유로는 할 수 없는 일이니까, 먼저 계원으로 하여금 현지를 조사해 보고 그것을 저쪽으로 조회해 보려면 다소의 시일이 걸리겠소, 그런 즉 현에서는 되도록 속히 처리해줄 테니까 그리 알고 나가서 기다리소."

"예! 그렇지만 날은 이렇게 가물고 물은 시급한데 며칠이나 어떻게 기다리겠습니까? 농사는 일각이 급합니다."

하고 정대감이 또다시 졸라본다.

"글쎄 아무리 급한 일이라도 관청일이란 그렇게 안 되는 법야! 내 고을 일이라도 그것을 조사해서 처리하자면 며칠씩 걸리는데 항차 수백 리 밖에 있는 타 관내의 일이 어떻게 밥 먹듯 쉽게 되나!"

하고 통역하던 관원은 정대감의 말을 분연히 핀잔준다.

"예, 황송합니다. 그렇지만 사정이 매우 딱하와서요…… 이대로 며칠만 더 가면 농사는 아주 버릴 지경입니다. 그리 된다면 수백 생명이 일시에 목숨을 잃게 되지 않습니까?"

현장은 그게 무슨 말인지 몰라 궁금한 모양으로 물어본다. 그 말을 통역으로 듣더니 다시 이편으로 고개를 돌리며,

"그것은 현에서도 잘 아니까 조금도 염려마소! 현에서도 급한 일은 급히 서두를 것이니까."

하고 호안(好顔)으로 웃어 보인다.

"네, 그럼 각하의 신속한 처분만 기다리고 물러가겠습니다."

강주사는 더 말할 거리가 없어서 이렇게 대표의 말을 막고 하직례를 하였다. 다른 사람들도 현장과 계원에게 차례로 인사를 하고 돌아섰다.

그들은 그 길로 여관에 돌아와서 점심을 요기한 뒤에 이틀이나 행역을 한 만큼 모두들 피곤하였다.

그러나 내일 해전으로 돌아가자면 불가불 떠나지 않으면 안 되겠어서서 그들은 저녁 때 서퇴397)하기를 기다려가지고 다시 무거운 발꿈치를 돌이켰다.

---

397) 서퇴(暑退) : 더운 기운이 물러감.

17
치수공작(治水工作)

그들이 개양툰으로 돌아온 지도 어느덧 이삼 일이 지나갔다. 그런데 현에서는 도무지 아무런 기별이 오지 않는다.

날은 여전히 가물고 곡식은 그대로 타들어간다. 그들은 또다시 가만히 앉아서 있을 수가 없었다.

그래 그들은 동회를 부치고 대책을 상의한 결과 동중의 대표를 뽑아서 현청에 보내보기로 하였다.

거기에 뽑힌 사람은 부락장과 이상렬이었다.

두 사람은 즉일로 마차를 몰고 달려갔다.

그들은 현청으로 들어가서 사정을 알아보니, 현에서는 그동안 계원이 출장하여 실지를 조사하고 돌아와서 즉시 그곳 관할인 ○○현으로 조회를 하였으나 아직까지 회답이 오지 않았다는 것이다. 그래도 사정이 시급한즉 하루 급히 해결을 지어주지 않으면 폐농이 되겠다고 호소하여 보았다. 그런 줄은 여기서도 잘 아는 만큼 독촉을 해볼 테니 가서 더 기다리라고 관원은 대답할 뿐이다.

그들은 다시 더 졸라보았지만 그는 그밖에 다른 말이 없었다. 먼젓번의 관원은 역시 그때와 마찬가지로 관청일이란 이렇게 간단하게 처리될 수 없는 것이라고 그 말만 되풀이한다.

그들은 할 수 없이 그 길로 돌아왔다. 그러나 오늘이나 무슨 기별이 있을까 하고 고대해 보아야 그날도 그날같이 한대중으로 넘어갔다.

마을 사람들은 아침부터 저녁까지 한자리에 모여 앉아서 초조하게 떠들고만 있었다. 이렇게 또 하루가 지나고 이틀이 지나도 현에서는 아무 소식이 없었다.

이에 더욱 초조한 그들은 더 참을 수가 없었다. 다시 등장을 가자는 축에, 그럴 것 없이 강물을 올라가 타 놓자는 축에, 차차 인심은 소동되며 험악한 공기가 괴어간다.

강주사와 부락장의 동중 유지들은 다시 모여 상의한 결과 최후로 또 한 번 독촉을 가보기로 하였다.

이번에는 이상렬이만 빼놓고 맨 처음의 대표로 뽑혔던, 강주사, 왕노인, 부락장, 황건오의 네 사람이 쫓아가서 책임 있는 말을 듣고 오기로 하였다.

그들은 계원의 말만 듣고 올 것이 아니라 현장을 면회하고 직접 독촉해보자 하였다.

그러나 계원의 전과 같은 말— 지금 조회 중이니 좀 더 기다리라는 말—을 박차고 현장을 면회한 결과도 그리 신통할 것이 없었다.

현장은 매우 동정하는 빛을 띠우며 말하기를,

"그동안 계원이 출장하여 저쪽과 사무를 타합하고 돌아왔는데 되도록 사건을 속히 해결해 달랬지만 저편에서도 실지 사정을 조사하자니까, 자연 시일이 걸리는 모양 같소. 그러나 또 독촉을 해보겠으니 그리 알고 좀 더 기다릴 수밖에 없소."
한다.

"그럼 여쭙기가 좀 황송합니다만, 저쪽과 교섭해 보신 결과 혹시 의견 충돌은 없었습니까?"

강주사가 이렇게 질문해 보았다.

"뭐 같은 관청일인 바에 그럴 리야 없겠지만, 그러나 저쪽으로 본다면 또 자기 쪽 백성을 더 생각할 수도 있는 일이니까…… 그래서 사건을 원만히 처리하자 한즉, 자연 시일이 더 걸리게 되는 것 같소. 아무리 사정이 급하다 할지라도 그것은 어찌할 수 없으니까."

"네, 건 잘 알겠습니다. 그럼 사건이 잘 해결만 된다면 동시에 강물을 타 놓게 되겠습니까?"

"그야 물론 그렇겠지. 사건이 잘 해결된다는 것은 즉 강물을 타 놓는다는 것이니까…… 그렇지만 지금도 말한 바와 같이 그쪽에서도 그 강물로 역시 농사를 짓는 터이니까 이쪽의 요구대로 즉시 강물을 타 놓아주는지 그것이 의문인 동시에 그것이 피차간 타협점을 발견하기가 곤란하단 말야…… 물론 우리 쪽의 요구가 결코 무리란 것은 아니겠지만. 그리고 작은 것은 일상 큰 것한테 희생되는 법이라 하겠지만……."

"네! 여러 번 말씀드리기가 황송합니다마는, 사정이 사정인 만큼 참, 할 수 없이 이렇게 또 왔습니다. 어련하실 건 압니다만398) 속히 논에 물을 대도록 처리해주시면 각하의 은혜를 영구히 잊지 않겠습니다."

"뭐 그게야 위정자의 마땅히 할 일인즉 은혜로 알 것두 없겠지. 하여간 그리들 알구 돌아가서 기다려 주소."

하는 현장의 말에,

"예, 감사합니다."

하고 그들은 그 자리를 물러서 나왔다.

강주사는 그 길로 돌아와서 골똘히 궁리해 보았다.

그는 현청에서 들은 말을 종합해 볼수록 사건은 도저히 속히 해결될 것 같지 않았다. 사실 문제는 간단한 성질을 띠지 않았다. 그는 지금까

---

398) 원문은 '아닙니다'인데 문맥에 따라 바로잡았다.

지 기다리고 있던 것이 도리어 어리석은 것 같이 생각된다.

그렇다면 이 일을 어찌해야 좋을까? 농사를 아주 낭패시키잔 말도 안 되고, 그러자니 언제까지 기다릴 수도 없는 일이었다. 암만 생각해도 물을 속히 대려면 그것은 비상수단을 쓰지 않으면 안 될 것 같았다.

따라서 문제는 두 길밖에 없다. 비상수단을 써서 물을 대게 하든지 그렇지 않으면 실농을 하든지.

그날 밤새도록 이렇게 궁리를 해보던 강주사는 마침내 거사를 하기로 결심하였다.

그는 건오와 부락장 등 몇몇 사람을 자기 집으로 불러 앉히고 우선 그 뜻을 발표하자 그들도 문제가 속히 해결되기를 바랄 수 없는 만큼 아무 이의가 없었다.

다만 한 가지 의점은 그런 비상수단을 써서 뜻과 같이 목적을 달할는지 어쩔지가 염려될 따름이었다.

그러나 그들이 그런 말을 할 때 강주사는 자기의 소신을 확호하게 말하였다.

"그러니까 양편에 충돌을 일으켜서는 일이 안 되겠지요 그런 불상사를 일으킨다면 첫째 관청에서 허가를 안 해줄 테니까 충돌을 안 일으키는 방법을 써야만 될 것 같소."

"하지만 비상수단을 쓰는데 어떻게 충돌을 모피할[399] 수가 있을까요." 하고 부락장은 의아한 눈치로 강주사를 돌아본다.

"그러니까 일이 매우 어렵단 말이지요. 비상수단을 쓰되 불상사는 안 일으키자니까."

강주사는 더욱 신중히 무엇을 생각하는 모양으로 말한다.

---

399) 모피하다 : 모면하다.

"아니, 선생님 말씀은 그럼 관청의 허가를 맡아가지고 거사를 해보시겠단 말씀입니까?"

정대감은 고개를 숙이고 앉아서 가만히 두 사람의 말을 듣고 있다가, 별안간 얼굴을 번쩍 쳐들며 이렇게 묻는다.

"그렇지요. 당국의 허가를 얻지 않고서는 폭력행위로 취체[400]를 받게 될 테니까."

"네? 그럴 말루면 관청에서 허가를 해줄 턱이 있습니까?"

정대감은 자못 실망한 듯이 강주사를 쳐다보며 얼없이 웃는다.

"그것은 우리들이 절대로 책임을 지는 데서 되겠지요. 그리고 우리가 규율 있는 단체적 행동을 엄중히 지키는데서만."

강주사는 한 곳을 쏘아보며 저력 있는 목소리로 조금도 주저하지 않고 굳은 신념을 역설한다.

"아니, 선생님 어떻게 하시는 말씀인지 모르겠습니다. 관청에서 허가를 해주기로 말하면, 문제가 속히 해결될 것인데 왜 여적 승강이를 하게 됩니까?"

정대감은 종시 강주사의 말을 곧이 듣지 않는다.

"그렇습지요. 허가를 해 줄 말이면 벌써 강물을 타 놓았을 것 아닙니까?"

하고 병호도 정대감의 말에 동의한다.

"허, 건 내 말을 아직두 못 알아듣는구먼. 허가를 어디 현에 가서 얻자는 것인가요? 그곳 경관에서 묵인을 얻자는 것인데."

강주사는 약간 언성을 높이며 결기를 내서 말하는데,

"경관한테요?"

---

400) 취체(取締) : 규칙, 법령, 명령 따위를 지키도록 통제함. 단속(團束).

경관에게 묵인을 얻는다는 것은 더군다나 잘 모를 말이었다. 그래 정대감은 잠깐 놀라운 표정으로 물었고 거기에 따라서 사람들은 일제히 강주사에게로 시선을 집중했다.

"그렇지요."

"원 선생님두 어림없는 말씀을 하십니다? 경관이 그런 일을 잘두 허가해 주겠습니다."

마침내 정대감은 코웃음을 치며 물러나 앉는데,

"그럼은요. 경관도 저쪽 편을 들 터인데 더구나 물을 타 놓으라구 가만두겠습니까."

하고 병호와 부락장도 실망한 표정을 짓는다. 다만 이상렬과 건오만이 아무 대꾸도 않고 가만히 무엇을 생각하고 있었다.

"그것은 우리가 옳은 일을 해보겠다는 신념만 철저할 것 같으면 무난히 될 줄 아오!"

"타 놓다가 들키면 어쩔 텐가?"

"타 논 뒤엔 들켜도 상관없겠지."

정대감과 병호가 말을 주고받는데,

"상관없다니? 그러면 문제가 크게 벌어질 텐데!"

하고 건오가 오래간만에 침묵을 깬다.

"암, 그래서는 일이 죽두 밥두 안 되지."

"하여간 어찌 되든지 해보십시다. 가만히 있을 순 없는 일이니까."

그들의 의견은 두 갈래로 갈렸으나 종래에는 강주사의 계획대로 실행해보자고 결정을 지었다.

의견이 일치하게 되자 강주사는 그 즉시로 일을 꾸미고자 서둘렀다. 그는 총지휘 격으로 있어서 주민대회를 학교마당에서 소집하였다.

양서방은 학교 종으로 경종을 쳤다.

별안간 종소리를 듣고 마을 사람들은 무슨 영문인지 몰라 쫓아왔다. 사람들이 얼추 모이게 되자 강주사는 일장의 설명을 시작하였다.

"여러분들도 대강 아실 줄 압니다만, 그동안 현청에서 대표가 수 차 가서 독촉을 해보았으되 도저히 문제가 속히 해결될 것 같지 않습니다. 어제도 현에서 하는 말은 저쪽과 교섭을 하는 중인데 아직 회답이 오지 않았다 합니다. 따라서 그 회답은 언제 올는지 모릅니다. 그렇다구 우리 는 언제까지 기다릴 수도 없는 사정인즉 불가불 시급히 대책을 강구하 지 않으면 안 되겠는데 그래서 오늘밤 안으로 거사를 하기로 대표들은 지금 의논을 한 것입니다.

에, 그런데 성공할 방법은 꼭 한 가지밖에 없습니다. 그것은 여러분이 한 마음 한 뜻으로 일치한 행동을 취하여 규율과 비밀을 엄중히 지켜야 될 것입니다. 만일 한 사람이라도 위반되는 행동을 한다면 우리의 큰 불 행을 가져오는 중대한 사단을 일으킬 줄 압니다. 그것은 여러분 각자가 십분 명심하셔야 될 것입니다. 자! 그럼 여러분의 반을 지금 노나 드릴 테니 각기 부서를 맡는 동시에 반장의 명령을 절대로 복종하셔야 됩니 다. 그것은 우리의 단체적 행동을 해산할 때까지 그래야만 되겠습니다."
하고 그는 먼저 대표들이 선정한 부서를 이상렬로 하여금 낭독하게 하 였다.

아까 그들이 강주사집에서 거사를 하기로 결정하였을 때 구체적 방법 을 토의한 결과 우선 부서를 작정하는 것이 좋겠대서 인선(人選)을 미리 해 둔 것이었다.

결사적 행동대의 부서는 일대 삼반으로 배치하였다. 총지휘에 강주사 요, 부지휘는 홍승구였다.

척후대(斥候隊)

의료반(醫療班)

식량반(食糧班)

경호반(警護班)

이렇게 부서를 조직하여 오늘밤 안으로 결사대가 출발하자는 것이었다. 대낮에 군중이 몰려가면 소문 날 염려가 있으므로 그들은 밤으로 길을 걸어야 할 것 같았다.

척후대 ─ 황건오, 학봉이, 성문이.

의료반 ─ 반장에 부락장, 반원에 이상렬, 김병호, 강주사, 왕노인.

식량반 ─ 반장에 황건오, 윤석룡, 원일여, 성문이.

경호반 ─ 반장에 정대감, 반원에는 복술이, 양서방, 진소룡(滿人).

이렇게 부서가 발표되자 반원들은 각기 반장을 따라가서 즉시 행동을 개시하였다. 의료반에서는 약과 붕대 등의 의료기구를 준비하기 위하여 이선생이 정거장으로 뛰어가고 경호반에서는 경비에 필요한 몽둥이를 제가끔 만들어 가지게 하였다. 척후대는 전등을 준비하였다. 그것은 앞으로 쓸 것이다.

그러나 그보다도 제일 시급히 준비해야할 것은 식량이었다.

이틀 동안 현장에 도착되기 전까지의 일행의 식량을 준비하지 않으면 안 되었다.

그래 식량반장 황건오는 즉시 만인 부락으로 쫓아갔다. 그는 호떡집을 총동원시켜서 밀가루를 있는 대로 호떡을 다 만들게 하였다.

그리고 부원들은 집집에 물을 끓이게 하였다. 물병을 각자가 준비할 것은 물론요, 커다란 물통까지 마련하였다.

이리하여 부원들은 해전까지 모든 것을 준비하고 있다가 저녁을 먹고 나서 바로 출발을 하기로 되었는데 대원으로 따라가게 된 사람들은 일제히 가뜬한 복장을 차릴 것과 괭이, 삽, 곡괭이, 도끼, 낫, 망치, 톱 등의 연장을 제가끔 가지고 오라 하였다. 어느덧 해가 어슬핏하게 넘어간다. 강주사와 부락장은 남포불을 켜놓고 교실 안에서 마주 앉아서 대원의 명부를 꾸미었다.

매호에 한두 사람씩 장정을 있는 대로 뽑았다. 마침 하기 방학 때가 돌아왔기 때문에 학생 중에도 굵직한 사람은 추려냈다. 그러나 부락장은 그의 아들 황식이를 쏙 빼었다. 그것은 몸이 약하다는 핑계였으나 강주사는 속으로 비웃었다. 만일 자기에게도 그런 아들이 있다면 그는 솔선 수범해서 이름을 적었을 것이다.

이렇게 안팎 부락의 인총을 모조리 적고 보니 무려 근 백 명의 대부대가 된다. 더구나 밤길을 걷게 되는 만큼 인원을 점검하기 위해서도 정확한 명부는 필요하였다.

저녁을 먹는 대로 사람들은 꾸역꾸역 모여들었다. 양서방은 또 경종을 울렸다.

길 떠날 시간이 임박하자 대원들은 운동장이 그들먹하게 거진 다 왔다.

이상렬은 행군의 지휘자로 뽑혀서 대오를 정리하였다. 그는 대원을 일렬 횡대로 늘어세우고 구령을 붙였다.

"기착!"

제가끔 연장을 가지고 노동복을 가뜬하게 차린 대원들은 일제히 기착 자세를 취하면서 지금까지 까마귀떼같이 떠들고 있던 것이 조용해진다.

그러나 그들 중에는 이런 교련을 받아보지 못한 축들도 없지 않아서 우스운 자세를 하고 섰는 사람도 적지 않았다. 그것은 밤이니까 망정이지 만일 대낮에 이런 거동을 볼 것 같으면 참으로 여간 우습지가 않았을 것이다.

"우로 나란히!"

더러는 구령을 못 알아 듣고 흐리멍텅하니 섰기도 한다.

"나란힐 어떻게 하던가?"

"이 사람아 여태 나란히두 할 줄 몰라?"

"그럼 나란히를 누가 배웠어야지 허허."

"배우쟎으면 어림 짐작두 못해! 나란히란 나란히 늘어서란 말이야!"

"하하하, 그 자식 둘러대기는……."

"선생님 나란힌 그래 나란히 늘어서란 것입니까?"

그들은 이렇게 또 한바탕 짝짜꿍을 놓는다.

"떠들지 말어요! 지금은 번호를 부를 테니 차례대로 자기의 번호를 부릅시다. 번호……!"

이상렬은 "번호"의 구령을 다시 불렀다. 그러니까, 첫째로 섰던 정대감이 "하나!"하고, 소리를 빽 질렀다. 김병호, 황건오의 셋까지는 그렇게 잘 넘어갔다. 한데 그 담에 섰던 윤석룡이가 마치 벙어리처럼 얼빠지게 있었기 때문에 군중은 와! 하고 웃음통이 터졌다.

"이 사람아! 넷, 해여."

누가 뚱겨주는 바람에 그제서야 석룡이는 "넷" 하고 하늘을 쳐다보며 소리를 지른다. 그 통에 군중은 또다시 홍소를 터친다.

"윤가는 소란 말이 정말인가부지. 이 사람아 왜 하늘은 쳐다 보구 소릴 지르나. 옆의 사람을 돌아보며 하지 않구. 허허허."

김병호가 빈정대며 웃는 것을,

"송아지가 엄매, 할 땐 하늘을 쳐다보겠다. 석룡인 속옷을 바꿔 입은 뒤부터 멍청해졌어!"

하고 정대감이 시까스른다.401) 그래서 군중은 또다시 가마솥 끓듯 했다.

"쉬, 쉬. 자, 떠들지 말구 번호를 다시 합시다. 번호……!"

---

401) 시까스르다 : 남의 비위를 상하게 놀리다. 슬까스르다.

이선생의 구령이 떨어지자, 번호는 다시 시작되었는데, 이번에는 석룡이가 정신을 바짝 차려 가지고 대기를 했었기 때문에 자기의 차례를 과히 우습지 않게 받아넘기었다. 그는 자기로 하여 또 웃음판이 될까봐 은근히 겁을 내며 가슴을 뛰었었다. 그런데 그런 보람은 없어지고 말았다. 그것은 그 다음 원일여가 잘못하기 때문에 번호는 또 잡치게 되었던 것이다.

이렇게 몇 번을 고쳐한 뒤에 비로소 번호는 끝까지 마칠 수 있었다. 번호를 끝낸 뒤에 이상렬은 대원의 명부를 들고 교실 앞에 달아놓은 남포 밑으로 가서 일일이 호명을 시작하였다.

"자, 지금은 호명을 할 테니 자기의 이름을 부르는 대로 빨리빨리 대답하시오."

이상렬은 호명을 끝내고 나서 먼저 불러본 번호 수효와 인총을 대조해 보니 서로 숫자가 꼭 들어맞는다.

거기에는 총지휘, 부지휘와 상렬이 자신이 빠졌을 뿐이었다.

상렬이가 점검을 마치고 물러서자 강주사가 대신 들어서며 출발 전의 주의사항을 지시한다.

"자, 그럼 인제부터 길을 떠날 텐데 행진을 할 때에는 대오를 정돈해서 하나두 떨어지지 않도록 서로들 주의해 가십시다. 여러분은 지휘자 이선생의 명령을 복종하여 규율을 잘 지키도록 하셔야 됩니다. 그리고 각부의 반장은 반원들을 독려해서 맡은 바 직무에 충실하도록 피차에 주의합시다. 식량반은 식량을, 의료반은 의료 기구를 참기고[402] 그밖에 경호대와 척후대도 각각 준비할 것을 준비하되 대원들도 제가끔 참길 것을 잊지 말아서 하나도 빠진 것이 없도록 잘 생각합시다."

---

402) 참기다 : 챙기다.

총지휘의 훈령이 떨어지자 각 반은 분주히 행장을 참기었다. 그들은 막 길을 떠나려 하는데 별안간 저쪽에서 떠들썩하며 덕성이 덕성이 하는 소리가 건오의 귀에도 얼핏 들린다. 과연 미구하여 덕성이는 건오에게 뛰어왔다.

식량반장인 건오는 반원에게 식량을 노나 지울 분배를 하기에 분주하다가 뜻밖에 덕성이가 오는 바람에 잠시 하던 일을 쉬고 마주 버티고 섰다.

"너 언제 왔니?"

모자를 벗고 절을 하는 덕성이를 건오는 놀라운 듯이 쏘아본다.

"지금 막 들어왔어요."

덕성이는 뛰어오느라고 숨이 차서 오히려 헐금씨금 가쁜 숨을 들내쉰다.

"그럼 넌 집에 있거라. 내 다녀올테니."

건오는 아들에게 하는 말은 이로써 마치고, 다시 반원들에게 주의를 쏟는다.

"석룡이와 일여는 호떡을 노나 지게. 나는 성문이와 물통을 번갈아 지구 갈 터이니."

"뭐, 반장님은 고만두시지요. 우리끼리 지구 갈 테니."

세 사람은 마주 쳐다보며 웃는다.

"아니 반장이라구 놀구 먹는 법이 있나."

"아버지! 저두 가게 해주세요."

이때였다. 덕성이는 기착한 자세로 한 걸음을 달려들며 엄격하게 말하였다.

"넌 고단할 테니 집에 있거라."

건오는 사실 오래간만에 지금 막 집으로 돌아온 그 아들에게 결사적 행동을 하려고 떠나는 이 길을 같이 가자고 싶지는 않았다.

"싫어요. 저두 가게 해주셔요!"

그러나 덕성이는 어디까지 강경한 태도롤 청하기를 마지않는다. 그는 다시 졸랐다.

"아버지! 작년 봄에 제가 집을 떠날 때에 아버지께선 뭐라구 말씀하셨습니까? 너는 애여 다른 생각은 말구 공부를 잘해라…… 그리고 너는 농림학교를 졸업하고 돌아와선 이 개양툰을 위해서 힘써 일하지 않으면 안 될 사람이다. 그러시지 않으셨습니까?"

덕성이의 목소리는 마침내 감격해서 떨리었다.

"……."

아버지는 아무 대꾸도 않는다. 이윽고 그 역시 가슴 속이 뿌듯해졌다. 덕성이는 다시 말을 잇댄다.

"그때 저는 '네!' 하였습니다. 아버지! 그럼 지금과 같이 우리 동네에 큰일이 있을 때에 어떻게 저더러만 편안히 쉬라고 하십니까? 저두 가게 해주십시오! 공연히 저 때문에 길이 늦어지는 것 같습니다."

덕성이의 이 말에는 건오도 감동되지 않을 수 없었다. 그래 그는 마침내 허락하였다.

"오냐! 같이 가자. 네가 진정으로 그렇게 가구프다면……."

그동안 덕성이와 건오의 문답을 듣고 섰던 사람들은 저마다 덕성이의 착실한 언동을 칭찬한다. 그들 부자는 무아몽중으로 섰다가 말을 끝내고 정신을 차려 둘러보니 어느 틈에 군중은 자기 부자를 겹겹이 둘러싸고 있는 것이다.

"덕성아! 공부 잘했나?"

"덕성이, 잘 있었니?"

사방에서 인사를 하고 대드는 바람에 덕성이는 수줍은 생각이 들어갔다. 건오도 계면쩍었다.

"선생님, 안녕하십지요!"

그는 강주사 이하로 돌려가며 어른들에게 먼저 돌아온 인사를 공손히 하였다.

"자, 그럼 대원이 하나 늘었구려. 이선생, 덕성이를 명부에 마저 올리시오."

"네!"

이선생은 명부에다 만년필로 덕성이의 이름을 적어 넣는다.

"덕성이는 의료반에다 넣는 것이 어떨까요?"

"그래두 좋겠지요."

"자! 그럼 길이 늦어지니 고만 떠날 준비를 하십시다."

"네!"

이선생은 총지휘 강주사의 명령을 받고 다시금 대원들을 정리하기 시작한다.

그는 운동장 한가운데로 뛰어나서며,

"아까처럼 일렬로 죽 늘어섭시다. 하나두 빠진 사람이 없이."

"네, 아까처럼 제가끔 제 자리를 찾아서시오."

정대감이 대거리로 명령하듯 말한다.

그리하여 군중은 출발 직전의 분잡을 잠시 동안 또 연출하게 되었는데, 집에 남아 있는 노약과 부녀자들은 좌우로 죽 둘러서서 그들의 장행하는 광경을 사뭇 긴장하게 보고 있었다.

그중에는 물론 덕성의 조모와 모친도 섞여 서서 눈물이 글썽하니 바라보고 있었다. 더욱 그의 조모는 아까 덕성이가 별안간 대들어서 미처 반가운 사랑 때움도 하기 전에 부친을 쫓아가겠다는 말을 하자, 한사코 만류해보았으나 덕성이는 군이 뿌리치고 내닫는 것이 섭섭하였다. 그는 지금도 아들에게 덕성이를 보내지 말아 달라고 청해보려다가 며느리에게 제지를 당하고 말았다. 그래 그는 애꿎은 눈물만 남몰래 흘리고 있었다.

"우향 우!"

이상렬은 행진 구령을 높이 불렀다.

"오른쪽으로 돌아서요."

그는 이렇게 설명해가며 구령을 불렀다.

"앞으로 갓!"

"앞으로 가란 말이요."

이리하여 대원들은 제가끔 기구를 들고 장엄한 출발을 개시하게 되었는데 총지휘와 부지휘는 중간에 서고 이상렬은 선두로 앞장서서 대오를 인솔하였다.

그러나 그들은 십인 십색의 갖은 행태를 띠고 있었다. 복장도 가지각색이요, 손에 든 연장도 각각이다. 어떤 사람은 망치를 들고, 큰 낫과 도끼를 가진 사람에 삽과 곡괭이를 짚은 사람도 있었다. 물병을 차고 바랑을 걸머진 사람도 있었다.

지도자 세 사람은 양복을 가뜬하게 차리고 지까다비를 신고 부락장은 빨병을 찼다. 그리고 손에는 제가끔 단장을 짚었다.

"자, 여러분들 평안히 다녀오십시오."

집에 남아있는 사람들은 동구 밖까지 따라 나오며 전송을 한다.

"예, 그동안 마을이나 잘들 지키시지요."

일대는 장사진을 치고 행길로 늘어서 나가는데 으스름 달밤이 음침하게 그들의 주위를 둘러싼다. 그들은 마치 피난민 같기도 한가 하면 무서운 적당이 한 떼로 몰려가는 것 같기도 하였다. 물을 담은 양철통이 덜커덩거리고 삽과 괭이 등의 연장이 마른 땅에 부딪는 쇳소리가 울린다. 이따금 달빛이 구름 새를 뚫고 나올 때는 그들의 형용이 분명해지는 동시에 낫과 삽날의 윤나는 쇠끝이 번뜩인다.

"이 선생, 행군을 빨리합시다. 오늘밤 안으로 한 칠팔십 리 걷지 않으면 내일 일이 어긋나기 쉽소."

총지휘의 분부다.

"선생님 그러면 밤새워 걸어야 하게요."

김병호가 불안한 웃음을 띠우며 묻는다.

"암 물론이지."

"그럼 잠은 언제 잡니까?"

누구인지 대오의 중간에서 큰 소리를 지르며 웃는다.

"잠은 낮에 자면 되지 않나."

정대감이 총지휘의 말을 부추긴다.

"아이구 큰일났군! 밤새도록 어떻게 길을 걸어가요."

"뭘 못 걸어! 우리도 토벌대 셈만 치세그려."

"암! 그 셈만 치면 어려울 것 없지."

정대감의 말에 건오가 자신 있게 대꾸한다. 별안간 정대감이 하하하 웃어댄다. 그는 건오의 말로 지난 가을의 토벌대를 따라갔던 생각이 문득 났기 때문이다.

"여보게 석룡이, 오늘밤에두 속곳을 입구 올 걸 잘못했네그려!"

정대감은 석룡이를 볼 때마다 놀려주던 속곳 이야기를 또 꺼내었다. 그 말을 듣자 여러 사람들은 일시에 웃음통이 터졌다.

그러자 이선생은 '가께아시'의 구령을 불렀다.

정대감이 별안간 놀란 황소 뛰듯 한다. 그 뒤를 따라서 여러 사람이 달음박질을 하는데 원래 평보에도 보조가 맞지 않는데 가께아시에 발이 맞을 턱이 없었다. 그래 그들의 대오는 갑자기 문란해지며 마치 무엇에 쫓겨 가는 군중과 같이 무질서한 행진을 하고 있었다.

"아이구 선생님…… 가께아신 그만 시키십시오. 가께아실 하니까 그 때 생각이 더 납니다그려…… 석룡이 어디 있나? 속곳 바람으로 가께아실 하는데…… 아하하하하…… 아이구, 배야…… 배가 아파서 도무지 볼 수가 있어야지…… 군대 앞에서 웃을 수도 없구…….”

“하하하…….”

김병호가 연달아 웃음을 내뿜는다.

마침내 그들의 웃음은 조수와 같이 밀려서 그들의 온 대오를 휩쓸고 홍소의 선풍을 일으켰다.

그 바람에 이선생도 웃었다. 총지휘와 부지휘도 웃었다.

그들이 웃는 통에 가께아시는 도리어 평보만큼도 속력을 못 내었다. 그래 이선생은 다시 큰 소리로 외쳤다.

“자, 그럼 가께시아는 고만두고 속보로 걸읍시다. 저 언덕을 넘어서 쉬일 때까지.”

이리하여 그들은 속보로 강행군을 다시 시작하게 되었는데, 웃음통의 장본인이 된 윤석룡은 호떡짐을 지고 뒤에 처져서 웃을 경황도 없이 끙끙대었다. 그러나 그 역시 토벌대 적의 기억은 새로웠다. 그것은 그들이 웃을수록 그때 일을 들춰내 주는 것 같았다.

그 생각을 하니, 지금도 낯이 후끈해진다. 다행히 지금은 밤이니까 얼굴을 감출 수 있지마는, 날이 밝아서도 그런다면 그 성화를 또 받을 일이 걱정된다. 그러나 그가 웃음거리로 된 대신, 그들 일행은 어두운 밤길도 피곤한 줄을 모르고 잘 걷게 하였다. 덕성이는 복술이와 같이 이야기를 하며 걸었다.

마을을 떠난 그들은 이렇게 밤을 새워 길을 걷는데 집에 남아 있는 사람들은 별안간 쓸쓸한 기분 속에 싸여서 궁금한 생각을 제가끔 품고 있었다.

지금은 어디쯤 갔을까? 그들은 이렇게 제 집 식구를 생각하며 밤길을 걷는 그들의 신상을 은근히 염려하기 마지않았다. 그러기에 그들도 잠을 못 이루었다.

그중에도 귀순이는 남모른 가슴을 안타깝게 태우고 있었다.

그는 덕성이가 돌아온 것을 보고 은근히 가슴을 뛰고 있었는데, 그리고 그를 오늘밤에 단둘이 만나서 오랫동안 그립던 애정을 쏟으리라 싶었는데, 덕성이는 자기를 다시 만나지 않고 일행 중에 뛰어들었다.

그 생각을 하면 지금도 속이 쓰리다. 그것은 자못 실망을 크게 하였다. 어쩌면 그렇게도 무정할까? 사내들이란 다 그런 것인가 싶었고 그렇지 않으면 그도 벌써 마음이 변해져서 자기 같은 것은 아주 잊어버렸나 보다 하여 야속한 마음이 없지 않았다.

그러나 다시 생각하면 그렇지도 않은 것 같다. 그것은 자기가 도리어 편협한 생각을 가진 것이 아닐까? 아니 그는 설사 자기를 배반하는 일이 있다 할지라도 그에게 향하는 자기의 마음은 조금도 다름이 없을 것 같았다. 그것은 참으로 이상한 일이었다.

하나 또다시 생각하면 그것은 조금도 이상할 일이 없었다. 진정한 사랑이란 것은 존경하는 마음을 띄지 않으면 안 된다. 존경이 없는 사랑은 한갓 본능적 애정에 불과하다. 따라서 그것은 천박한 동물적 사랑에 그치고 말 것이다.

만일 덕성이가 집에 돌아오는 길로 귀순이를 조용히 만나보고 그래 오래 떨어졌던 사랑을 속삭였다면 그때는 그것을 다시없는 행복으로 느꼈을는지 모른다. 그러나 그 순간이 지나서 처지를 바꾸게 된다면 어떠했을까? 황식이는 결사적 행동대를 자원해서 따라갔는데 덕성이는 집안에 가만히 앉아있다면 말이다. 그리고 모든 사람이 황식이의 의기를 칭찬하고 용기를 미뻐[403] 하는데, 덕성이는 존재도 없는 하찮은 사람이 된

---

403) 미쁘다 : 믿음성이 있다.

다면 그것을 어떻게 볼 것인가! 과연 그렇다면 자기는 그때 부지중 실망함이 컸을 것이요, 그만큼 그를 멸시하고 싶었을 것이 아닌가?

귀순이의 이러한 생각은 마침내 자기의 마음을 너그러이 돌릴 수 있었다. 덕성이는 결코 그런 옹졸한 사람이 아니었다. 존경하는 사랑에는 인내가 필요하다. 최후까지 참는 참을성이 없이는 진정으로 남을 사랑할 자격이 없다 보아도 좋겠다.

그렇다면 덕성이가 자기를 다시 만나보지 않고 그 길로 마을의 큰일을 위하여 뛰어든 것이 얼마나 사내다운 행동이냐! 그와 반대로 그가 만일 마을에 이런 큰일이 있는데도 참으로 어린애처럼 가만히 앉아 있었다면 그의 존재가 얼마나 용렬해 보였을 것이냐?

그것은 황식이의 그런 존재가 더욱 덕성이를 크게 보이게 하는 것이었다. 일상 귀순이는 황식이와 덕성이를 서로 대조해 보는 데서 두 사람의 인금을 판단할 수 있었다. 두 사람을 달아볼 때는 언제든지 한편이 너무 가볍다. 그것은 황식이가 마음에 없는 그의 배우자로서 가까운 거리에 다가설수록 그런 인식을 굳게 하였다. 그는 사랑하는 사람이 못난 짓을 하는 것은 차마 못 볼 것 같다. 그것은 자기가 못난 것보다도 더할 것 같다. 왜냐하면 사랑하는 사람에게는 자기를 희생하고 싶었기 때문이다.

그런데 귀순이는 아까 다 저녁때 덕성이가 돌아오는 것을 마당가에서 서서 보고 피차에 눈인사만 하고 헤어졌다. 덕성이는 이내 저의 집으로 들어갔다. 귀순이도 목소리를 내기를 꺼린 것은 모친이 알고 쫓아 나올까봐 두려웠다. (그는 덕성이가 오늘 낼 사이에 올 줄은 복술이를 통해서 소식을 듣고 알았었다.)

그래 그는 저녁에 다시 조용히 만나 볼 줄로 믿고 은근히 밤 되기를 고대하고 있었는데, 덕성이는 뜻밖에 어른들을 따라가게 되었다는 말을 들고 그는 실망한 나머지에 부아가 나서 쫓아가 보았다.

그때가 바로 덕성이가 그의 부친한테 같이 가게 해달라고 졸라대던 판이었다. 여러 사람은 그들의 주위를 삥 둘러싸고 잠잠히 듣고 있었다. 귀순이도 그래 한 귀를 기울였다. 감격한 태도로 부르짖는 덕성이의 진 중한 말! 그 말 한 마디 한 마디는 마치 자기의 폐부를 찌르는 것 같다.

마침내 덕성이가 부친의 허가를 받고 물러섰을 때, 그리고 군중은 와 글와글하며 입뜬 이마다 모두 덕성이를 칭찬하는 소리를 듣게 되었을 때, 참으로 그때 귀순이는 얼마나 기쁜 생각에 남모르는 가슴을 뛰었던 가. 그 순간의 행복감! 그것은 과연 다른 무엇으로도 바꿀 수 없었다.

귀순이가 이런 생각으로 열정을 덕성이에게 쏟는 줄은 모르고 신덕이 는 도리어 황식이를 그의 앞에서 칭찬하였다. 그것은 귀순이로 하여금 고소를 금할 수 없게 하였다.

"덕성이두 미친 녀석이야. 황도령처럼 얌전치가 못하구. 거기는 뭘 하 러 따라간담!"

그는 황식이를 언제부터인지 황도령이라 불러왔다. 그것은 장래의 사 위라는 위하고 싶은 마음에서 우러나온 것만이 틀림없다 하겠지만 사윗 감이 훌륭한 양반집이라는 데 더욱 존경하는 마음을 내키게 한 것이었 다. 그리고 귀순이의 마음을 황식이한테로 돌리게 하는 데는 또한 황식 이를 추어올려야만 될 것 같았다.

하나 귀순이는 모친의 이런 속을 빤히 들여다보고 있었다.

그는 지금도 모친의 말을 시쁘게 듣고 있었다.

"상관없는 일에 왜 남 보구 욕은 하우."

귀순이는 이렇게라도 모친의 말에 대꾸하지 않고서는 그냥 있을 수 없었다. 만일 기탄없이 말대답을 하잘 것 같으면,

"사내 체격이 여북 못났으면 이런 때에 집안에 처박혀 있을라구!"

하구 한바탕 대거리를 해주고 싶었다.

올부터 부락장 집 논을 새로 얻어 부치게 된 것이 물론 신덕이로 하여금 황식이를 떠받들게 한 가장 큰 조건일 것이요, 그것은 그의 남편 석룡이도 차차 아내의 생각을 닮아가게 하였다. 그런데 일껏 올에는 농사를 한번 잘 지어보자고 벼른 것이 전에 없는 가뭄으로 벼가 다 타죽게 된 것을 생각하면 앵하기가 짝이 없거니와 귀순이는 그들과 반대로 도리어 그 꼴이 잘코사니라 싶었다.

참으로 지금쯤 풍년을 점칠 수 있다면 그들은 얼마나 더 황식이를 추어올릴 것인가. 그 꼴은 더욱 볼 수 없을 것이다.

덕성이가 봉천으로 가던 날 밤에 한바탕 풍파를 일으킨 뒤로 그담부터 모친은 슬슬 구슬러만 왔다. 그는 기회가 있을 때마다 눈치 있게 황식이를 싸고 돌았다. 모친은 자기의 성미를 잘 아는 만큼 강제로 다루다가는 무슨 일을 저지를까봐 겁이 났던 모양이다. 그래 그는 슬슬 어루만져서 소기의 목적을 이루어보자는 것 같았다.

그러나 그것은 귀순이도 마찬가지였다. 그 역시 모친의 성미를 잘 아는지라 노골적으로 싸움을 걸고 싶진 않았다. 만일 그랬다가는 자기의 신세만 망칠 것 같았다. 부모한테도 불효가 더 될 것 같다.

이렇게 두 편에서 제가끔 전술을 쓰기는 일반이었다. 되도록은 피차간 상처를 입지 말고 목적을 이루었으면 하였다.

그러나 서로 그들의 심중에는 제가끔 남모르는 불안과 초조가 숨어 있었다. 모친은 모친대로 그 딸의 속마음을 몰라서 종시 안심이 안 되었다. 겉으로 천연한 척하며 아무 말이 없는 귀순이는 마치 깊은 못 속과 같아서 그의 깊이를 알 수 없었다.

그런 못 속은 여간 바람이 불어서는 아무런 요동이 없다. 언제나 잔물결이 맑은 수면을 희롱하고 지나간다. 그러나 만일 큰 돌을 던질 것 같으면 불끈 성이 나서 온 못 속을 뒤집어 놓지 않는가? 모친은 덕성이가 떠나던 날 밤에 그 딸에게서 이 못과 같은 무서움을 발견하였다. 그는 그것이 무서웠다. 과연 섣불리 잡도리했다가 그의 무서운 성미를 폭발시키면 큰일이라 싶었다.

한편 귀순이는 모친의 그런 태도가 불만이었다. 눈꽁댕이404)로도 보기 싫은 황식이를 한대중으로 추고 있는 것이 보기 싫다. 그럴수록 그는 더욱 덕성이에게로 마음이 쏠리었다. 자기는 덕성이를 약혼자로 알고 있는데 뚱딴지 같은 황식이를 내세우고 그를 사랑하라는 건 무슨 일인가? 언제는 덕성이와 약혼을 했다가 까닭 없이 파혼을 하고 또 황식이와 약혼을 했다고 사랑하라니 정말 결혼이란 이와 같이 셋집 살림 하듯 옮길 수 있는 것인가? 가난뱅이는 사랑도 셋집 살림 하듯 하란 말인가?

귀순이의 이러한 생각은 그만 오늘이라도 툭 털고 일어서고 싶었다. 그렇지만 그는 너무 조급히 굴 일이 아니라는 생각이 들어서 하루에도 무시로 일어나는 그 생각을 주저앉히고 주저앉히고 하였다. 그것은 덕성이와의 먼 장래를 염려함이었다.

지금 귀순이는 마음속으로 그런 생각에 골몰하면서 다만 내색을 않고 있을 뿐인데 모친은 남의 속을 너무도 몰라주는 것이 야속스러웠다.

어느덧 밤이 이윽하자405) 그들도 불을 끄고 자리에 누웠다. 그러나 귀순이는 좀처럼 잠이 오지 않는다.

그는 꿈같은 장래를 그리기에 여러 가지로 공상에 헤매다가 새벽녘에야 솔곳이406) 늦잠이 들었다.

이튿날 아침에 귀순이가 늦잠을 자도록 모친은 그를 깨우지 않았다.

---

404) 눈꽁댕이 : 눈꼬리. 눈초리.
405) 이윽하다 : 이슥하다. 꽤 깊다.
406) 솔곳이 : 잠이 소르르 드는 모양.

모친은 되도록 귀순이의 비위를 맞추려 들었다.

단 세 식구가 아침을 먹고 나서 치우고는 날마다 하는 말로 오늘도 또 한바탕 비가 안 온다고 푸념을 하였다. 필경 올 농사는 버리게 되나 보다. 그들은 진정으로 하늘이 야속하였다.

그런데 생각 밖에 황식이가 들어온다. 그는 아침 마실을 온 것이다.

정식으로 약혼을 한 뒤부터는 황식이는 귀순이 집으로 가끔 놀러올 용기가 생겼다. 그러나 이렇게 아침 마실을 오기는 처음이었다.

황식이는 어떻게든 귀순이와 하루바삐 친하고 싶은 사정도 있었지만 그것보다도 위험을 느끼는 마음이 더 컸었다. 덕성이가 돌아오지 않았는 가. 그는 정말 덕성이가 무서웠다. 귀순이의 태도는 지금까지도 의심을 풀게 못한다. 덕성이가 집에 없을 때도 그랬으니 과연 그들이 다시 만나보면 어떠한 일을 저지를는지 모르기 때문이다. 황식이는 그것이 두려웠다.

그래 그는 덕성이가 돌아오기 전에 귀순이와 친할 기회를 엿보고자 하였다.

그의 이런 심중은 신덕이도 잘 알고 있었다. 언제나 그는 황식이를 놀러오라고 꾀었다. 그런 일에는 부모보다도 당자간이 제일이다. 그리고 여자보다도 남자 편에서 능동적으로 수단을 부리게 된다면 아무리 싫어하던 여자라도 넘어가고 마는 것이다. 그는 지금도 반색을 하면서,

"도령이 오시는군! 아침 자셨어?"

하며 어서 들어오라고 아랫목자리를 치우는 것이었다.

"네, 진지 잡수셨어요?"

황식이는 벙글벙글 웃으며 귀순이를 곁눈질로 본다.

"이리로 내려 앉어요."

신덕이가 이렇게 뒤스럭을 떠는 대로 귀순이는 점점 더 새초롬해진다. 그는 모친의 태도가 얄미웠다.

"저눔은 아침부터 뭔 장난을 저리 해여! 누가 들어와두 모른 척하구 ……."

신덕이는 귀남에게 눈을 흘기며 건성으로 야단을 친다.

"날이 좋은데 나가 놀지 못하구 방구석에만 처박혀 있니. 이건 아는 이가 와두 인사를 할 줄 아나…… 자식두 참 못나기두 했지."

신덕이는 다시 혀를 차며 노려보는데,

"어머닌 괜히 저래!"

하고 귀남이는 부리나케 장난감을 주섬주섬 치운다. 그대로 앉았다가는 또 귀퉁이를 쥐어박힐까 겁이 나서 그는 불퉁하니 심술이 났다. 필경 그는 방문을 탁 닫치고 두런거리며 나간다.

"저런 망할 놈 보아! 어느 새부터 어미한테 쫑알거리구……."

그러나 그는 귀남이가 나가는 것을 보고 은근히 좋아하는 눈치로 웃으며 말한다.

"자! 편히 앉아요. 얘기두 좀 하구!"

신덕이는 다시 황식이의 눈치를 살피며 상냥히 말한다.

"네, 얘기는 뭐, 할 얘기가 있나요."

황식이도 그대로 좋아서 입이 헤 벌어진다.

"나하구 할 얘기야 없겠지만…… 뭐, 부끄러울 것 있나베…… 머지않아서 한 집안 식구가 될 텐데 그렇잖어! 하하하!"

별안간 신덕이는 큰소리를 내며 웃어댄다. 귀순이는 모친의 그런 말을 들을수록 소름이 끼치고 자리가 거북하였다.

"참 나 보게 정신없이 앉았네. 오늘은 댁으로 일찍 가서 버선을 박아 온댔는데."

신덕이는 깜짝 정신이 난 것처럼 일어나서 행주치마를 벗어놓으며 분주히 옷을 갈아입는다.

"아가 그럼 내 얼른 갔다 올 테니 넌 집에 있거라!"

"……."

그래도 귀순이는 아무 대꾸를 않고 고개를 숙인 채 돌아앉았다.

"도령은 놀다 갈래여? 난 댁으로 갈 텐데……."

"네…… 그럼 먼저 가셔요."

황식이가 어물어물하며 불안해서 쳐다보는 것을 신덕이는 두어 번 눈을 끔적이고 밖으로 나갔다.

방안에는 단 두 사람만 남았다. 그러나 귀순이는 여전히 돌아앉았다. 별안간 바윗돌 같은 위압이 황식이의 덜미를 내리 누른다. 그는 뭐라고 말을 붙여야 할는지 입이 열리지 않는다. 그렇다고 그대로 있을 수도 없었다. 가슴 속에서도 불같은 정열이 잿물과 같이 무서리며 타오른다.

황식이는 뛰는 가슴을 안고 귀순이 옆으로 다가섰다. 한참 동안 그는 상기가 되어서 내려다보았다. 별안간 황식이는 귀순이와 정면해서 꿇어앉으며 떨리는 목소리로,

"넌 나를 어떻게 생각하니?"

하는 말을 간신히 꺼내었다. 그는 감히 귀순이의 손목을 잡을 용기도 없었기 때문이다.

"무엇을 어떻게 생각해?"

귀순이는 시선을 마주 쏘며 열싸게 부르짖는다. 그는 매섭게 눈을 흘겨 떠본다. 찬바람이 획 도는 것이 서릿발처럼 쌀쌀하다.

"너는 내가 보기 싫으냐 말야?"

황식이는 주눅이 들어서 쩔쩔매는 표정이었다. 안청이 흐리고 무기력해 보이는 것이 언제 보아도 마치 쓸개가 빠진 사람 같았다.

"누가 보기 싫대니?"

귀순이는 여전히 쨍쨍한 목소리로 쏘아붙인다.

"그럼 왜 나만 보면 슬슬 피하는 거야?"

"피하긴. 누가 무섭다든?"

귀순이는 말대꾸를 하는 입이 비쭉거려진다. 그것은 덕성이 같으면 이런 유치한 말은 안 했을 것이란 생각이 들었기 때문이다.

"그러니 말이다…… 넌 나를 좋아하지 않는 거 아냐?"

황식이는 차차 몸이 달았다.

"몰라!"

귀순이는 더욱 앵돌아진다.

"애, 그라지 말구…… 사람 좀 살려라…… 난 정말루 너를…… 사……."

황식이는 더 한층 열중해지며 마치 숨이 넘어가는 사람처럼 말끝을 여물지 못하고 군침을 삼킨다. 그래도 귀순이가 기척도 않으니까 그는 충동을 자제할 수 없는 모양이었다. 별안간 귀순이의 손목을 덥석 잡는다.

"애가 왜 이래?"

별안간 귀순이는 발끈 변색을 하며 잡은 손목을 뿌리친다. 그는 마치 송충이가 기어오르는 걸 발견한 때처럼 몸서리를 쳤다.

그 바람에 황식이는 머주하니 물러나 앉았다. 이제껏 긴장했던 정열이 얼음같이 싸늘하게 식으며 일순간에 맺혔던 마음이 확 풀어진다.

그러나 그는 새초롬하니 앉아있는 귀순이를 지적에 앉히고 마주 볼수록 정욕의 불길은 걷잡을 수 없이 다시 날뛰었다. 그는 마침내 하소연하기를 시작한다.

"넌 남의 마음을 그리도 몰라주니? 내 말만 들어주면 네 소원대로 뭐든지 해줄 텐데."

이렇게 말을 하며 황식이는 부지중 한숨을 내쉰다.

"그따윌 소릴 뉘게다 하는 거냐! 치사스럽게."

귀순이는 눈을 흘기며 독기를 내뿜는다.

"뭐 흘길 것 있니? 너구 나군 정식으로 약혼한 사이인데."

"누구와 약혼을 했어? 그렇걸랑 가만히 있지 않구. 내가 뭐 네 놀림감이라냐?"

"아니. 그런 게 아니라…… 한 마디만…… 난 죽겠다……."

어느덧 황식이의 목소리는 떨리었다. 그는 이렇게 졸라본다. 목소리가 매우 측은하다.

"죽든지 말든지 내가 뭐 상관있니?"

"너 때문에 내가 죽으면, 넌 뭬 그리 좋은 게 있니?"

"나 때문에 왜 죽어! 얘, 그런 떼는 쓰지도 마라."

귀순이는 정떨어지는 이 말에 더욱 냉정한 태도로, 치맛자락을 휩싸며 자리를 고쳐 앉는다.

"떼가 아니라 정말이다……."

"흥!"

황식이는 말하는 입부리가 실룩실룩해지더니, 이내 훌쩍거리는 것이었다.

그는 별안간 눈앞이 캄캄해지며 눈물이 텀벙텀벙 쏟아진다.

그 꼴을 보자 귀순이는 속으로 우스웠다. 한편으로는 민망한 생각이 없지도 않았다.

"저런 못난이 보게. 울기는 왜 울어!"

이렇게 비웃어주고 싶었다. 귀순이는 사뿐 일어섰다. 그는 치마 끝을 졸라매며 눈썹이 꼿꼿해진다.

"얘, 울랴면 나가요. 왜 남의 집에 와서 우는 거냐."

"늬가 너무 야속히 구니까 그렇지야."

황식이는 주먹으로 눈물을 닦는다.

"공연히 그러지 말구 국으로 있어요! 네 말대로 약혼을 했을 말로면 진득암치[407] 점잖게 굴어야 할 것 아냐. 더구나 늬 집은 양반이라면서!"

"가만히 있으면 내 속을 알아주겠니?"

황식이는 반색을 해서 눈물이 어린 눈으로 귀순이를 쳐다본다.

"그거야 두구봐야 알지."

"얘, 그러지 말구 그 말 한 마디만, 응!"

황식이는 귀순이 치맛자락을 붙잡는다.

"얘가 왜 이래! 그럼 난 갈 테야."

귀순이는 다시 성이 나서 홱 뿌리치며 재빨리 방문을 열고 나갔다. 그 바람에 황식이는 다시 머주하니 혼자 앉았다.

이때 뒷벽 창문 뒤에 붙어 서서 엿을 듣고 있던 신덕이는 문 여는 소리에 깜짝 놀라서 뜰 앞으로 돌아 나왔다. 그는 단둘을 남겨두고 나와서 그들의 거동을 보려던 것인데 그 딸의 태도가 너무도 강경한 바람에 은근히 놀라기를 마지않았다.

---

407) 진득암치 : 원문대로, '진득하니'의 뜻인 듯.

18
망중투한(忙中偸閑)

떼를 지어 나선 개양툰 사람들은 그날 밤새도록 걸어서 예정대로 칠십 리 이상을 휘달려 갔다.

잠 한숨을 못 자고 밤을 새워 걸었으니 피로할 것은 말할 것도 없었지만 한여름철이라도 새벽녘은 선선해서 그들의 빈속을 더욱 떨리게 하였다. 희박한 이슬일망정 축축한 습기가 음산하게 전신을 음습한다.

여전한 헤멀건[408] 하늘 위로 붉은 해가 떠오른다. 그들은 이제 더 지껄일 기운도 없었다. 모두들 지친 다리를 끌며 지척지척 걸었다. 발이 부르터서 절뚝거리는 사람도 있었다.

"자, 인저 저 언덕만 넘어선 아침을 먹고 해 종일 쉽시다."

강주사의 입에서 이 말이 떨어지자 여러 사람들은 갑자기 생기가 나고 다리에 힘을 줄 수 있었다. 거기는 비탈진 언덕을 올라가는 곳인데 구릉을 넘어서니 느릅나무 한 주가 정자처럼 서 있다. 그리고 주위로는 풀이 무성하게 났는데 큰길과는 두어 마장을 떨어져 있다.

일대가 그곳까지 도착하자 이선생은 대원을 다시 점검했다. 그는 번호를 맞춰보고 나서 명부에 적은 대로 호명을 해보았다. 물론 하나도 빠진 사람은 없었다.

점검이 끝난 뒤에 총지휘는 간단한 훈사를 하기를 휴식시간이라도 대

---

408) 헤멀겋다 : 희멀겋다. 좀 희면서 멀겋다.

장의 허가가 없이는 결코 멀리 가지 말라 하였다.

휴식을 명령하자 대원들은 제가끔 풀밭 속에 자리를 잡고 둘러앉았다.

식량반에서는 그들에게 호떡을 두어 개씩 분배하였다. 척후대는 한 시간씩 순번으로 언덕에 올라 망을 보게 하였다.

건오는 반원을 독려하여 호떡을 노나 준 뒤에 물을 한 모금씩 돌리게 하였다. 그런데 정대감이 어느 틈에 준비했는지도 모르게 학봉에게 소주를 한 통 지워 왔다.

이런 때야 말로 술의 효력은 절대하였다. 여러 사람은 뜻밖에 술이 있는 것을 보자 모두가 좋아서 날뛴다.

"대감님이 그러면 그렇지 범연할 리가 있나요."

"이 사람들 말 말게. 다른 때는 왜 술 먹는 사람 험담했지! 에헴, 그런 사람은 한 잔두 안 줄테니 미리 알아차리소."

"아이구, 대감님 험담을 누가 했어요."

하고 소동패가 빌붙는 대로 정대감은 머리를 좌우로 흔들며 거드름을 부리었다. 그러는 대로 그들은 또 한바탕 웃어대고 강주사 이하로 술을 한 잔씩 삥 돌리었다.

독한 소주를 마시고 나니 술기운이 금시로 전신에 확 퍼진다. 그것은 이상하게도 기분을 좋게 하며 나무가피[409]같이 씹히던 호떡에도 새 맛이 우러나는 것이었다.

시장한 판에 일동은 술과 호떡으로 배를 불리었다.

이렇게 아침을 먹고 나니 식후의 피곤이 침노한다. 그들은 또다시 노곤해지며 졸음이 살살 온다. 혹은 눕고 혹은 앉아서 담배를 피우는 사람에, 이야기를 하는 사람에, 끼리끼리 동무를 찾아가는 사람도 있었다.

---

409) 나무가피 : 나뭇개비.

그러나 한 잔씩 더 마신 정대감과 김병호, 부락장 등은 술이 거나하게 취해서, 이야기를 하기에 똑 알맞춤이었다. 그들은 잠을 청하고 싶지도 않았다.

"심심하니 얘기나 하십시다. 선생님부터 한 마디 해주십시오."

정대감이 강주사에게 먼저 이야기를 해달라고 조른다.

"무슨 얘기?"

"아무 얘기는 못하셔요."

"그럼 한 마디 해볼까."

"네. 여러분, 졸리지 않는 사람은 이리 와서 선생님 얘기를 들읍시다."

정대감은 신이 나서 벌떡 일어서며 큰 소리로 고함을 지른다.

"쉬, 조용하소!"

강주사는 주의를 시켰다.

이야기를 한다는 바람에 제가끔 헤어졌던 사람이 모여든다. 벌써 잠이 든 사람과 파수를 보는 이 외에는 거진 다 모여들어서 강주사를 한가운데로 빙 둘러 싸고 앉았다.

강주사는 한문이 유식할 뿐만 아니라, 이 고장에서 다년간 살기 때문에 문견이 많아서 이야기를 잘하였다. 그가 이야기를 시작하면 마을에 있을 때에도 재미있게 듣는 사람이 많았었는데 더구나 이런 판에는 말할 것도 없이 그들의 흥미를 끌게 했다.

"무슨 이야기를 할까! 올같이 가무는 해니 가뭄에 대한 이야기나 해볼까!"

"그럼 더 좋지요. 자 떠들지 말구 조용합시다."

정대감이 턱을 쳐들고 강주사의 입을 쳐다보기 정신이 없다가 군중을 제지한다.

강주사는 점잖게 아랫수염을 쓰다듬으며 그제야 목소리를 굴려서 이야기를 꺼내었다.

"장성 땅에 운림지(雲林池)[410]라는 유명한 못이 지금도 있겠다. 이 못은 희한할 만큼 물이 많아서 그 부근의 주민들은 이 물로 농사도 짓고 빨래도 하고 음료수로 먹기도 하는 아주 귀중한 못이란 말야."

"아, 그러겠구면요."

하고 정대감은 벌써부터 감심하기 시작한다. 건오는 잠착히 듣고만 있었다.

"그런데, 지금으로부터 약 천 년 전에 이 운림지 근처에 일간 모옥이 있었는데, 그 집에는 운림이란 사람이 살고 있었거든."

"그래서 운림지로군! 운림이란 뭘 하는 사람인데요?"

김병호가 궁금해서 미리 묻는 것을 정대감이 돌아보며 핀잔을 준다.

"가만 있어, 이 사람아. 차차 들어보면 알 것 아닌가."

강주사는 이야기를 중단하고 빙그레 웃으면서 두 사람을 마주보다가 하던 말을 다시 계속한다.

"그 운림이란 사람은 단소를 잘 불기로 유명해서 마을 사람들에게 단소를 가르쳐주는 선생님인데 물론 그 사람이 어떠한 내력을 가졌으며 또는 언제 어디서 들어왔는지도 전혀 촌사람들은 알지 못하지만 그는 매우 아담하고 검소한 생활을 해서 마치 신선같이 살고 있기 때문에 촌사람들은 그를 단소 선인(仙人)이라고 존경하기까지 되었단 말야."

"네! 그런 사람이라군요. 참 별일인데요."

병호는 운림의 인물을 짐작하고 비로소 머리를 끄떡인다.

"이 운림선생은 달밤이면 못가 바위에 앉아서 퉁소를 부는 것이 유일한 낙인데 이 퉁소소리가 물과 같이 맑은 가을 하늘에 떠오르게 되면 촌

---

410) 운림지 : 압록강 중류에 있는 평안북도 자성군 중강진의 도마봉(刀磨峯)에 있는 연못. 이기영은 '장성'이라고 했는데 '자성'이 맞는 것 같다. 이것과 똑같은 이야기가 李弘基, 『朝鮮傳說集』, 朝鮮出版社, 1944, 271~280면에 「퉁수 소리에 매처진 刀磨峯의 雲林池」라는 제목으로 실려있다.

사람들은 새끼를 꼬던 손을 쉬고 여자들도 바늘을 멈추고 홀린 듯이 귀를 기울이더란 말야. 한데 그것은 사람들뿐만 아니라 달빛이 가득 찬 못가의 수풀 속에서 어지러이 울고 있던 버러지 소리까지 일제히 뚝 끊어져 오직 옥을 굴리는 듯한 단소 소리가 애련하게 야반의 정적을 깨치고 중천에 떠 오른단 말이지."

"아이구, 그런 단소소리를 지금 한 마디 들었으면!"

정대감이 감격해서 부르짖는다. 사실 모든 사람은 지금 강주사의 이야기를 마치 그때 통소소리처럼 듣느라고 죽은 듯이 고요하게 숨을 죽이고 앉았다.

강주사는 군중이 흥미 있게 듣는 것을 보자 자기도 신이 나서 윤택한 목소리를 낸다.

"어느 해 팔월 추석날 밤이 돌아왔는데 소위 일년 명월이 금소다(一年明月今宵多)지. 일년 중에 가장 달 밝은 밤이 추석이 아닌가. 그러니 운림선생이 더구나 이런 달밤에 어떻게 가만히 있었겠느냐 말야. 그는 언제와 같이 바위에 올라앉아서 밤이 깊은 줄도 모르고 단소소리에 딴 정신이 없었겠다. 그런데 달이 밝을수록 애련한 곡조는 더욱 애조를 띠어서 누구나 듣는 사람으로 하여금 창자를 끊게 할 만큼 가위 명곡이더란 말이야. 그런데 바로 그때였다. 운림이 언뜻 보자니까 아주 지척에 어디서 언제 왔는지 모르는 일위의 절대 가인이 가만히 서 있더란 말야!"

"야, 이건 정말……."

누군지 큰소리를 내자 여러 사람들은 일시에 선망의 웃음을 터치고 웃는다.

"쉬, 그래서요?"

정대감이 강주사의 턱밑으로 바짝 대들며 군침을 삼킨다.

"그러니 얼마나 아리따워 보이겠느냐 말야. 소복단장으로 아미를 숙이고 섰는 자태는 마치 선녀가 아닌가 의심할 만큼이지.”

“그래서요?”

‘그래서요’ 소리가 예서 제서 나온다.

“그런데 미인은 운림선생의 눈에 뜨인 줄을 알자, 수태를 머금고 얼굴에 홍조를 붉히더니만 별안간 운림선생의 발아래 꿇어 엎드리는데, 엎드리며 단소소리보다도 더한층 보드라운 목소리로 하는 말이, 나는 천상선녀올시다. 그러오나 당신의 퉁소소리를 듣노라고 밤마다 흘려 있었기 때문에 옥황상제께서 진노하시와 이 인간으로 떨어지게 하셨습니다. 하지만 나는 누구를 원망친 않습니다. 다만 당신의 옆에서 언제까지든지 단소소리를 들을 수만 있다면 나는 그 이상의 행복이 다시없을 줄로 생각합니다. 바라옵건대 나같이 방자한 계집일망정 일평생 당신을 모시게 해주십시오! 그것이 제 소원이올시다. 아! 이러면서 하소연을 한단 말이지.”

“야, 이건 정말……”

또 누구인지 아까처럼 이런 감탄사를 토한다.

“그러니 홀로 고적하게 지나던 운림선생의 기쁨이야 말할 것도 없겠지. 두 사람은 그 즉시 요샛말로 사랑의 보금자리를 쳤겠다.”

“아하하하……”

여러 사람은 모두 재미가 있어서 콧소리를 내며 웃는다.

강주사는 기침을 한 번 하고 나서 다시 이야기를 계속한다.

“운림선생이 이렇게 재미있는 살림살이를 하고 보니, 그것은 자기도 뜻밖의 일로서 그야말로 움 안에서 떡을 받은 셈이지만, 남들도 여간 부러워하지 않을 만큼이었는데, 어느덧 흐르는 세월은 그 해가 지나고 다시 여름이 되었는데, 아마 그 해도 올같이 가물었던가부데……”

“올같이 가문 해가 또 있어요?”

어디서 자는 줄만 알았던 석룡이가 튀어 나와서 이야기에 쐐기를 친다. 그는 사실 별러서 농사를 잘 지어 보잔 것이 실패하기 때문에 가문 하늘이 여간 야속하고 원망스럽지 않았다.

"지금처럼 곡식이 타 죽고 풀이 마르고 하는데, 일기는 그대로 불볕만 내리 쪼이고 보니 민심은 차차 소동이 되어서 마을 사람들은 매일과 같이 기우제를 지내건만 냇물은 물론이고 우물물까지 말라서 식수가 곤란할 지경이지!"

"허허! 그때도 강물을 막아논 놈들이 없는가요?"

"그렇게 가물었을 말로면 강물두 다 말랐겠지."

"그럼 물고기는 많이 잡았겠구만."

"저 자식은 치사하게 밤낮 먹는 타령이야."

"애 말 말어. 민은 이식위천411)이란다."

"쉬, 그래서요?"

소동패들이 이렇게 떠드는 것을 정대감이 정숙을 명한다.

"그래서 언제나 맑은 물이 호수처럼 담겨 있던 운림지까지도 급기야는 물 한 방울 없어 바짝 말라붙었기 때문에 마을 사람들은 당장 먹을 물이 없게 되어서 조석 때면 대소동을 일으키게 되었더란 말야. 그런데 이렇게 전무후무한 한발이 계속함에 따라서 운림선생의 부인은 염려를 크게 하기 때문에 병이 나고 그 신병은 날로 심해 가는데 더구나 그 부인은 밤낮으로 무슨 일인지 자기 혼자 피하기 어려운 어떤 무서운 운명에 사로잡힌 것처럼 심장을 쥐어뜯고 번민하는 모양이 한결같이 입을 다물고 있는 것이 괴이하더라거든."

"그건 또 웬일인가요?"

---

411) 민이식위천(民以食爲天) : 일반 백성에게는 밥이 하늘이라는 뜻.

여러 사람들은 눈이 둥그레서 강주사의 입을 모두들 쳐다본다.

"그런데 한발은 더욱 더욱 심해져서 그것은 이 땅이 생긴 이래로 처음 되는 대한이고 보매 곡식은 말할 것도 없고 사람까지 타죽을 지경인데 운림선생의 부인은 그대로 몸이 수척해서 인제는 피골이 상접하도록 아주 볼 수 없게 되었단 말야…… 그러니 운림선생의 심통하는 경상이야 이루 말할 수가 없겠지. 그는 전 심력을 다해서 간호를 하고 있는데 하루는 몸이 매우 피곤하므로 잠깐 병상을 떠나서 잠이 들었다가 눈을 떠본즉 천만 뜻밖에도 그 부인이 간 곳 없더라지. 깜짝 놀라서 일어나 본즉 한 장의 유서가 놓여있고 그것을 급히 떼어본즉 이렇게 썼더라지.

──대단 죄송하고 부끄러운 일이올시다. 못 속의 고기로 타고난 제 분수를 모르옵고 낭군을 모시고 싶은 일편단심이 인간으로 변하게 되어 낭군의 마음을 위로하고 오늘날까지 살아왔습니다마는 아시는 바와 같이 물귀신이 대노하여 이와 같은 미증유의 한발을 내렸습니다. 가뭄으로 고초를 겪는 무고한 사람들을 구원하기 위하여서라도 또는 내 자신이 물이 없기 때문에 죽을병에 걸린 것을 고치기 위해서라도 나는 다시 못 속의 고기로 돌아가겠습니다. 그러나 나는 영원히 낭군의 사랑을 잊을 수는 없습니다. 바라옵건대 이 보기 싫은 것이라도, 잊지 마시고, 달밤에는 언제든지 그 바위에 올라앉으셔서, 지금까지와 같이 퉁소소리를 들려주십시오. 그리고 낭군의 그림자를 물속으로 비춰주십시오. 나는 낭군의 그림자라도 바라보면서 일생을 즐겁게 살아가고 싶습니다. 아, 운림선생이 이 편지를 다 보고 나자 그만 너무도 서러워서 한바탕 엉엉 울지 않았던가베. 그러노라니까 그때 집 밖에서 촌사람들의 떠드는 소리가 들리는데 그것은 별안간 큰비가 쏟아지는 것을 보고 모두들 좋아서 떠드는 소리더라거든. 그러나 운림선생은 그날부터 미칠 지경으로 되어서 밤마다 못가 바위에 올라앉아 단소를 불기에만 시름을 잊게 되었는데 그런

때마다 못 속에서는 운림을 부르는 소리가 은은히 들리더래! 어느 날 밤도 달이 몹시 밝은데 운림선생은 단소를 불다가 못 속에서 자기를 부르는 목소리를 듣고 고만 풍덩 빠져 버렸소!"

강주사는 여기까지 말을 끊고 웃는다.

"그럼 아주 죽었나요?"

여러 사람은 실망한 듯이 강주사의 입을 쳐다본다.

"물에 빠졌으니 죽지 않구."

"아니 그라구 말았어요?"

"그 뒤로부터 달밤이 되면 지금까지도 운림선생의 단소소리가 못 속에서 은은히 들린다는데, 혹시 가뭄이 대단할 때는 이 못으로 가서 기우제를 지내면 반드시 비가 온다거든. 그리고 이 못 속에는 물고기가 많건마는 촌사람들은 그것을 운림선생의 넋이라 하여 결코 한 마리도 잡는 일이 없다는데, 이것이 운림지에 대한 옛날부터 내려오는 전설이라오."

강주사는 여기까지 이야기를 끊치고 물러나 앉는다.

"허허, 그거 참 애달픈 일인데요."

"아니 정말루 그런 일이 있었을까요?"

"있었기에 그런 이야기가 생겨났겠지."

"그럼 올에도 기우제를 지냈을 거 아냐?"

"물론 지냈겠지! 그 근처 사람들이."

"그럼 비가 왜 안 올까?"

"거기는 왔는지 누가 아나."

"오긴 뭘 와! 여기서 불과 몇백 리밖에 안 된다면서."

"그거야 알 수 있거디."

"아니 그런 게 아니라, 올같이 가문 해를 보면, 다른 운림선생이 또 생겨났는지 모르잖어? 허허허."

"참 그런지도 모르겠군. 제2의 운림선생이 생겨나서 그런지두…… 허허허."

그들은 이렇게 허튼소리를 하는 동안에 행역에 피곤한 줄도 모르고, 지루한 시간을 보내었다. 그러나 행인이 지날 때에는 파수꾼의 신호로 목소리를 죽이었다. 한숨씩을 늘어지게 자고 나니, 저녁때가 되었다. 그들은 점심 겸 저녁으로 술 한 잔씩과 호떡을 두어 개씩 노나 먹었다.

저녁을 먹은 뒤에 해가 넘어가기를 기다려서 그들은 다시 행군을 시작하였다.

거기서는 목적지까지 불과 오십 리 상거밖에 안 되었다. 인제는 천천히 걷더라도 내일 아침까지는 무난히 도착할 수 있다.

이곳의 지리는 누구보다도 건오가 잘 안다. 그것은 실지 답사를 한 경력이 있기 때문이다.

그래 그는 척후대의 선봉으로 앞장을 서서 밤길을 안내하였다.

그들은 붉은 전등과 푸른 전등을 각기 휴대하고, 신호로 비춰주기를 약속하였다. 푸른 빛이 비취면 무사하니 따라오라는 것이요, 붉은 빛이 비칠 때는 위험하니 그대로 섰으라는 암호였다.

그만큼 척후대와 후방부대와는 멀찌감치 서로 거리를 띄우고 걸어갔다. 목적지가 점점 가까워질수록 그들은 주의를 각별히 하였다. 만일 미연에 그들의 행동이 발각만 난다 하면 모든 일이 수포로 돌아간다. 행군은 절대 비밀로, 거사 전에 소문이 나지 말아야 한다. 그래 그들은 입을 딱 다물고 마치 유령의 행렬같이 찍 소리도 안 내었다. 그것은 총지휘가 천언 만언으로 신신당부를 해온 바이요, 이번 일이 되고 안 되는 것은 오직 전 대원의 규율 있는 단체적 행동에 있다는 것을 이날 밤에 떠날 때에도 엄중히 경계해 두었던 때문이었다.

사실 이번 일이 잘되고 못되는 데는 여러 사람에게 죽고 사는 문제가 달려있다. 비록 그들이 오합지중이라 할망정 서로 공통한 이해가 크게 달려있으므로 그들은 서로 주의를 열심으로 시키었다. 거기에 용의주도한 지도자가 사이사이 끼어 있었기 때문에 그들은 불식부지중에 단체적 훈련을 배우게 되었다. 총지휘 강주사는 물론이요 이선생과 같은 행군의 지휘자가 있었고 건오와 정대감 김병호 등은 중견축을 단속하였고 소동패 축에는 덕성이와 복술이가 끼어 있었다.

그중에도 건오의 책임은 중대하였다. 그는 척후대의 선봉이니 만큼 길을 인도하는 데 여간 고심하지 않았다. 마을 가운데로 길이 뚫린 데는 테 밖으로 길을 돌아가지 않으면 안 되었다.

그런 데는 길이 없는 데를 찾아가자니 여간 힘이 들지 않았다. 다행히 가문 때라, 물이 괴어 있는 도랑이나 포자를 만나지는 않았지만, 그래도 진펄의 잡초 속이나, 고량밭 속으로 없는 길을 찾느라고 헤매지 않으면 안 되었다.

그런 때는 더구나 찍 소리도 못 내게 된다. 푸섶 속에는 모기떼가 벌떼같이 진을 치고 덤빈다. 모기가 물어도 그들은 따갑다 소리를 못했다.

이렇게 천신만고를 해가며 그들은 밤을 새워 걷는데 동리를 비키고 돌아서 신작로로 나올 때는 여간 기쁘지 않다. 인제야 살았다고 그들은 제가끔 긴 숨을 돌리는 것이었다.

그 이튿날 식전에 일대는 목적지의 십 리 밖에서 강펄 버들밭 속으로 들어가 숨어 앉았다.

19

거사전후(擧事前後)

그들은 버들밭 속에서 나머지의 양식으로 아침을 털어먹었다.

식량반과 경호반이 출동하였다. 그와 동시에 강주사, 부락장, 이선생 등은 교섭위원으로 선정되어서 그곳 경찰관 주재소로 진정서를 들고 갔다. 그것은 주민 전체가 연서한 것이었다.

소장이 진정서를 다 읽기를 기다려서 강주사는 다시 핍진한 말로 사정을 설명하였다.

현청에서는 수삼 차 독촉을 해야 아무 기별이 없다는 말과 그것은 현이 다른 만큼, 처리가 잘 안 되는 모양이어서 지금까지 해결을 못 짓고 있는데 언제까지 기다릴 수도 없는 일이므로 할 수 없이 거사를 해서 이렇게 백여 명이 결사적 행동대를 조직해 가지고 밤을 새워 왔다는 말과 그러나 우리는 폭동을 일으키려고 온 것은 아닌즉 따라서 양편에 충돌을 일으킬 염려는 조금도 없을 것이요, 그것은 전 책임을 져도 좋다는 것과, 이곳 주민이 만일 수보(水洑)를 타 놓은 결과로 올 농사를 잘못 짓게 된다면 수리가 편하고 농장지대가 좋은 개양툰으로 전부 이주를 시킬 수도 있는 터인즉 그렇게 같이 살아도 좋다는 말과, 그러니 경찰당국에서만 이 일을 묵인해 주시면 오늘밤 삼경에 약차 약차 하겠다는 말을 가장 솔직하게 털어놓고 말한 후에 소장의 처분을 기다렸다.

소장은 이런 일은 처음 당한다.

그래 그는 잠시 주저하였다. 그는 묵허412)를 해주어야 좋을는지 안 해주어야 좋을는지 모르게 되었다.

강주사 등 일행은 소장의 망설이는 눈치를 보고 더욱 간곡히 호소하였다.

사실 관리로서는 공평하게 따져본다면 그들의 요구가 결코 무리한 것 같지 않았다. 대소와 경중으로 본대도 그들 편이 몇 배가 더 크다. 이런 경우에 만일 위압만 할 것 같으면 도리어 위험하지 않을까? 그들은 어떠한 폭동을 일으킬는지 모를 것이요, 따라서 그것은 어떤 중대한 사건으로 확대될는지도 모르기 때문이다. 그들은 한두 사람이 아니요, 백여 명이 결사적으로 문제를 해결하기 위하여 이렇게 단체적 행동을 취한다는 데는 미상불 겁이 난다. 더욱 안녕 질서를 유지하는 책임을 맡은 경찰관의 입장으로서는 그 미치는 바 사회적 영향을 신중히 생각하지 않으면 안 될 것 같다. 위정자로서는 이런 때야말로 정치적 수완이 필요할 것 같기도 하다.

소장은 한참 동안 가만히 앉아서 무엇을 골똘히 생각하다가 엄숙한 어조로 말한다.

"음, 이것은 대단 중대한 문제이라, 본관이 자유로 처리할 수 없는즉 상부에 보고해서 명령을 기다릴 수밖에 없소."

"네, 그러신 줄야 저희도 잘 알겠습니다. 그렇지만 일이 그렇게 확대된다면 또 현청 처리와 마찬가지로 될 것 아닙니까? 그것은 도리어 일만 크게 벌어지게 하고 아무 해결을 못 짓게 될 것입니다."

"어째서?"

소장은 두 눈을 부릅뜬다.

---

412) 묵허(默許) : 모르는 체 내버려 둠으로써 슬며시 허락함.

"우선 생각해보십시오! 백여 명의 농민이 단체적으로 습래하였다면 상부에서는 즉시 무장 경관을 출동시켜서 아무 일도 없는 우리들만 해산시킬 것 아니겠습니까? 그래서 해산을 듣지 않으면 양편에 충돌을 일으켜서 그야말로 불상사가 생기게 될 게고, 따라서 그것은 현청과 현청 사이에도 큰 문제가 생길 것입니다. 그러나 우리는 당초부터 그런 일을 꾸미자고 온 것은 아닙니다. 우선, 당장 수백 명의 인명이 실농을 하게 되면, 몰사할 운명에 빠져 있으므로, 인제는 더 기다릴 수가 없는 막다른 골목에서 죽기를 맹세하고 나선 길입니다. 금명간으로 강물을 안 타놓으면 농사는 아주 버리게 됩니다. 농사를 버리게 되는 것은 목숨을 버리는 것과 일반이올시다. 그러니 이 점을 잘 통촉해 주십시오."

강주사의 말을 들을수록 소장의 마음은 감동되었다. 사실 그들의 사정이 그렇기도 할 것 같다.

"에! 그럼, 일행은 지금 어디쯤 있는가?"

"여기서 한 십 리 밖인 강펄 버들밭 속에 숨겨두었습니다."

"무슨 흉기 같은 것은 갖지들 않았는가?"

"네, 그런 것은 절대로 없사옵고 보막이를 파헤치자면 불가불 연장이 필요하므로 약간의 농구를 휴대하게 했습니다."

소장은 강주사가 말하는 것을 점두413)를 해보이다가 마침내 무슨 결심을 하는 모양으로,

"정말 그대 등은 뒷일이 무사하도록 절대 책임을 지겠는가?"

하고 눈을 똑바로 떠서 일동을 쏘아본다.

"네, 그것은 조금도 거짓이 없겠습니다."

그들은 여출일구로 장담하였다.

---

413) 점두(點頭) : 승낙하거나 옳다는 뜻으로 머리를 끄덕임.

"에, 그럼 본관의 직권으로 묵인을 할 터이니, 그대들은 십분 주의해서 아무쪼록 뒤탈이 없도록 하라구."

이 말을 듣자 일동은 기립하여 감사한 뜻을 무수히 치사하기를 마지않았다.

우선 당국과의 교섭에 성공한 그들은 참으로 개선장군과 같이 활개를 치며 그길로 나왔다.

식량반장인 건오는 반원을 데리고 음식점을 찾아갔었다. 빵 삼백 인분을 주문하니 음식점 주인은 입을 딱 벌리며 놀란다.

이렇게 많은 음식을 한 때에 주문 받아 보기는 처음인 까닭이다.

"그렇게 많은 사람이 앉을 자리는 없는데요."

주인은 이렇게 말하며 의심스레 쳐다보는 것이었다.

"아니 앉을 걱정은 말구 만들기나 해요, 얼른."

건오는 성을 내며 재촉하였다. 주인은 그 바람에 신이 나서 큰 소리를 지르며 명령을 한다. 별안간 무슨 일이나 난 것처럼 집안이 떠들썩하여 식구들이 총동원해서 빵을 만드느라고 야단들이었다.

건오는 몇 시간을 기다려서 만든 빵을 노나 가지고 진중으로 돌아왔다. 그리하여 점심들을 먹고 나니 인제는 만사가 태평이었다.

그들은 돌려가며 파수를 보게 하고 한숨씩을 늘어지게 잤다. 자고 나니 정신이 돌고 몸이 가뜬해지며 쾌감을 느끼었다.

붉은 해는 오늘도 건조한 퇴색414) 하늘 위로 힘없이 떴다. 버들잎이 배배꼬이도록 진펄에도 습기가 없다. 대지에 널려있는 삼라만상이 모두 맥이 없이 척 늘어졌다. 모든 생명이 물을 그리워하고 목이 말라 헐떡인다. 풀 속에서 우는 여치의 울음도 가냘프다.

---

414) 퇴색 : 원문대로

이런 광경을 보고 있을수록 그들의 마음은 일치해졌다. 어느덧 해가 져서 기다리던 시간이 돌아왔다.

그들은 저녁을 든든히 먹었다. 땅거미가 되자마자 다시 그들은 출발할 차비를 차리었다.

오늘밤이야말로 최후의 결과를 가져온다. 큰일이 성사되고 안 되는 것이 이 밤 동안에 달려있다. 그러므로 오늘밤은 전원일치 일사불란의 규율식 행동을 하지 않으면 안 된다는 것이 총지휘의 엄중한 훈사였다.

그들은 복장을 거뜬하게 제가끔 졸라매고 일제히 연장을 들었다. 행진을 시작하자 척후대는 전등불을 비추며 앞길을 인도하였다.

갈밭과 버들밭 속을 헤치며 길 없는 강펄을 뚫고 나가기는 여간 곤란한 일이 아니었다. 그만큼 행군은 더디었다.

그러나 그들은 초조하지 않았다. 원래 밤중에 거사할 작정이었으므로 시간은 아직도 넉넉히 남아 있었다.

건오는 척후대의 사명을 띠고 맨 앞장을 서서 들어갔다. 한 길이 넘는 버들가지와 갈대를 더위잡을[415] 때마다 와삭와삭 소리가 난다. 얼굴을 후려친다. 캄캄한 밤 후미진 강펄 속에서 이 와삭와삭 소리와 함께 희끄무레한 긴 행렬의 일대는 마치 어떤 거대한 파충(爬蟲)이 기어가는 것처럼 처참해 보이기도 하였다. 거기에 모기소리가 무섭게 왱왱거린다.

각일각 여름밤은 깊어진다. 그대로 그들의 조심스런 발걸음도 한발 두발 목적지에 가까워졌다.

척후대의 신호가 잦아진다. 그것은 현장이 가까워지는 대로 지덕[416]이 사나웠던 때문이다.

건오는 신호를 비춰서 부대를 뒤로 세워 놓은 현장에까지 정찰을 가

---

415) 더위잡다 : 무엇을 끌어 잡다.
416) 지덕(地德) : 땅이 만물에게 주는 편의.

보았다.

강을 건너막은 데는 요전에 실지 답사를 와본 때처럼 높은 봇둑 위로 물소리가 무섭게 들린다. 유조(柳條)[417]와 말뚝이 전 대로 쌓여 있고 파수막도 여전하다. 그러나 사람의 기척은 도무지 없었기 때문에 그는 우선 안심할 수 있었다.

"옳다, 잘 되었다!"

이렇게 입속으로 부르짖자 인해 발길을 돌리었다. 후방부대가 있는 곳까지 뛰어가서 그는 들어오라는 신호를 다시 비췄다.

그들이 차차 가까이 들어와 볼수록 어마어마한 광경이 지척에서 보인다. 더 높은 지대 위로는 호수처럼 담긴 물이 밤빛에 그윽히 빛난다. 그들은 우선 이 많은 강물을 보니 심정이 뒤틀린다. 이렇게 물을 막아 놓았으니 하류에서 농사를 지을 수가 있는가? 저마다 이런 생각이 들자 그들의 소위가 괘씸스러웠다. 봇둑을 넘어 흐르는 물은 어둔 밤에도 백포를 펼친 것처럼 폭포와 같이 떨어진다. 이 장엄한 광경과 아울러 그곳에 쌓아놓은 산더미 같은 버들가지와 말뚝이라든가 또는 파수막을 지어놓은 것이 눈앞에 보일 때에 그들의 분심은 더욱 폭발되어서 이 순간에는 어떠한 무서운 일이라도 해낼 것 같다.

"자! 그럼 시작하지요!"

정대감이 다급하게 서둘려는 것을 총지휘가 제지하여 가만히 소곤거린다.

"저 건너에 배가 매여 있지 않은가."

"네, 그런가 봅니다."

그들은 일제히 그편으로 시선을 쏘아본다.

---

417) 유조 : 버들가지.

"그럼 저 배를 이쪽으로 풀어와야겠소! 누가 헤엄을 쳐 갈 텐가?"

총지휘의 이 말에는 뽐내던 정대감은 물론 모두가 죽은 듯이 섰을 뿐이었다.

주민 부락이 강 저편에 있고 그쪽 언덕 밑에 배가 매여 있다. 만일 봇둑을 파 제끼는 소리를 듣고 쫓아나오든가 그렇지 않다 하더라도 망을 보러 나왔다가 이편의 일대가 발견되는 경우에는 그 배로 인해서 양편이 충돌할는지도 모른다. 그 지경에 이른다면 목적을 달하지도 못할 뿐더러 뒷책임을 짊어질 책임문제에 있어도 여간 큰일이 아니었다.

그래서 총지휘는 여기까지 용의주도한 생각을 하게 되었는데 참으로 그래야만 안심을 하고 거사할 수 있을 것 같다. 그러나 배를 누가 풀어오느냐 하는 문제에 있어서는 저마다 신변의 위협을 느껴서 선뜻 나서는 사람이 없었다. 사실 이 어두운 밤중에 푸섶이 충충한 언덕 밑으로 우중충하게스레 마치 황천의 흐린 물이 구렁이 비늘처럼 잔 물살을 치고 번득이는 깊은 물속으로 뛰어들어 저편 언덕 밑까지 헤엄을 쳐 간다는 것은, 그리고 거기에 매어있는 거루⁴¹⁸⁾를 풀어 타고 온다는 것은 여간 곤란하고 위험한 일이 아니다. 그야말로 죽기를 겁내지 않는 일대 용맹심을 발휘하는 결사적 행동이 아니고서는 누구나 감히 나설 수가 없는 일이었다.

그래서 그들은 죽은 듯이 아무 말이 없었던 것이다.

"아무도 들어갈 용기가 없는가?"

총지휘는 약간 높은 음성으로 부르짖으며 주위를 둘러보았다. 바로 그때였다.

"제가 들어가겠습니다."

---

418) 거루 : 거룻배.

저력 있는 목소리가 울린다. 누구일까? 일동은 그게 누구인지 몰라서 눈이 휘둥그레진다. 그러자 옷을 훌훌 벗고 나서는 사람은 바로 덕성이었다.

"아! 덕성이……."

총지휘는 감격해서 언덕위로 나서는 덕성이 옆으로 한 걸음 와락 달려들었다.

"네가 정말 헤엄을 쳐 갈 수 있겠니?"

그러나 강주사는 덕성이가 아직 어린 사람이니 만큼 다소 미덥지 못한 생각이 들었다.

그는 참으로 덕성이가 나설 줄은 몰랐다. 그는 어른들 중에서 누가 나설 줄만 알았고 그게 또한 정당한 일로 알고 있었던 만큼 아무도 안 나섰던 것보담은 덕성이라도 나선 것이 장하기는 하나 그래도 어른들의 명예를 위해서는 다소 섭섭한 생각이 없지 않았다.

"네, 건너갈 자신이 있습니다."

"누구 다른 이 중에 들어갈 사람은 없는가?"

만일 이때에 나선 사람이 덕성이가 아니었다면 건오가 나섰을는지 모른다. 그러나 그는 사실 헤엄을 잘 치는 편은 못되었다. 그래도 끝까지 나서는 사람이 없었다면 자기라도 나설 수밖에 없었는데 의외에 덕성이가 들어간다고 나서니 그만큼 기쁜 생각이 없지 않았다. 마을의 큰 일을 위해서 최후로 가장 어려운 일을 담당하고 나서는 자야말로 얼마나 용사다운 명예로운 일인가? 그런 일을 남이 하지 않고 바로 자기가 할 수 있다면 얼마나 통쾌한 일이며 또한 남아의 떳떳한 일일 것이냐마는 자기 대신 아들이 한다 해도 버금가는 기쁨은 넉넉할 줄 안다.

그러나 건오는 그 아들을 사랑하는 마음에서 행여 실수나 없을까 하는 한 가닥의 불안이 없지 않았다.

"오, 그런 자신이 있거든 들어가 보아라!"

그러나 덕성이는 그 말이 떨어지기 전에 벌써 언덕 밑 강중으로 뛰어들었다.

"풍덩!"

처참한 물소리가 별안간 강중을 울리었다. 그 뒤로 철벅철벅하는 물을 헤어나가는 소리가 들릴 뿐! 여러 사람은 오직 주먹에 땀을 쥐고 눈독을 한 군데로 쏠 뿐이다. 모두들 숨을 죽이었다.

덕성이는 언덕 밑으로 상류 쪽을 헤엄처 올라갔다. 그러다가 다시 아래로 비껴 헤이며 저편으로 건너는 것이었다. 그는 아무리 막은 물이라도 흐르는 물을 곧장 건너가기가 힘 드는 줄을 잘 안다.

그는 이렇게 무난히 건너갔다. 헤엄처 가는 대로 물고기떼가 살을 스치고 지나간다. 선뜻한 냉혈동물의 감촉은 마치 뱀을 쥔 때처럼 험악한 느낌을 준다. 그러나 그는 이런 죽고 살 판에 미처 그런 생각을 할 만한 겨를도 없었다.

얼마 뒤에 그는 언덕 밑까지 헤어가서 뱃전을 붙들고 선중으로 올라갔다.

그는 배에 올라서자 두 손을 쳐들었다. 강 건너의 희끄무레한 군중이 어둠 속으로 건너다 보이기 때문이다.

뱃줄을 끄르니 배가 물결에 밀려나간다. 미구에 노를 저어 오는 삐득삐득 소리가 들리었다.

그 소리에 이편에 서 있던 군중은 작약하였다. 그들은 만세를 부르는 대신 두 손을 쳐들고 좋아서 날뛰었다.

덕성이의 대담 용감한 행동으로 강 저편의 거룻배를 이편으로 옮겨오자 그들은 다시 더 불안을 느낄 것 없이 목적하던 일을 착수할 수 있었다.

총지휘의 명령이 일하하자[419] 여러 사람은 제가끔 연장을 들고 일제히 보 막은 둑으로 대들었다.

그와 동시에 정대감과 김병호는 짚과 나무에 불을 질렀다.

오랜 가뭄에 버들가지는 성냥개비처럼 바싹 말랐다.

집더미같이 쌓인 마른 나무와 파수막은 불이 닿기가 무섭게 화르르 타오른다. 그 속에다 말뚝에도 불을 붙였다.

그래서 말뚝 수백 개와 유조 일만 곤[420]과 파수막이 한꺼번에 타는 광경은 실로 어마어마하다.

불길이 퍼지는 대로 화광은 중천하여 강펄이 별안간 대낮처럼 밝아온다. 마른 나무가 타는 소리는 마치 기관총을 수없이 놓는 것과 같이 호도독거린다. 그러는 대로 몽롱한 연기가 하늘을 찌르매 불통이 서 올라가고 그것은 다시 연화처럼 흩어진다.

그 바람에 여러 사람은 다시 고함을 치고 대들어서 보막이를 파 제꼈다.

건오는 배를 타고 들어가서 물 위로 드러난 말뚝을 톱으로 베어냈다. 뱃줄은 언덕 위로 말뚝을 간단히 박고 매어놓았기 때문에 봇물이 쏟쳐도[421] 떠내려갈 위험이 없게 하였다.

말뚝을 자르고 곡괭이로 버들가지를 파 제끼니 물이 무섭게 쏟친다. 그것은 차차 격류를 이루어서 물구멍이 크게 벌어진다.

그러는 대로 둑막이로 쌓아올린 버들가지가 무더기 무더기 구슬러 떨어지며 물소리가 굉장해진다.

강 속은 별안간 홍수가 터진 것처럼 천지를 뒤눕는데[422] 언덕 위에는 또한 큰 불이 나서 화광이 중천하다. 그것은 참으로 처참하고 장엄한 광

---

419) 일하(一下)하다 : 명령이나 분부 따위가 한 번 떨어지다.
420) 곤(梱) : 포장한 화물, 특히 생사(生絲)나 견사(絹絲)의 개수 또는 수량을 나타내는 단위. 생사는 아홉 관을 상자에 넣으며, 견사는 사백 파운드를 마포(麻布)로 싸서 철사로 동여맨다.
421) 쏟치다 : 쏟아지다.
422) 뒤눕다 : 물체가 뒤집히듯이 몹시 흔들리다. 뒤놀다.

경을 삽시간에 전개하였다.

갇혔던 강물은 마치 우리 속에 들었던 맹수가 뛰어나온 것처럼 일사천리의 기세로 분류한다.

그러는 대로 인제는 파 제끼지 않아도 봇둑이 저절로 허물어져 나갔다.

그대로 물소리는 뇌성과 같이 요란하고 불빛은 사방을 휘황하게 비친다. 물소리와 불빛! 그것은 모든 사람의 눈을 부시게 하고 귀를 먹먹하게 하였다.

아무리 밤중이라도 근처에서 이런 일이 생겼다면 모를 리가 없으리라. 그래서 강 건너 부락에서도 한 사람 두 사람씩 잠이 깨어 나왔다.

마침내 그들은 온 동리가 불 끄러 나와서 이를 갈고 주먹을 쥐어 보았으나 이 어마어마한 광경에는 손 하나를 까딱할 수도 없었다. 그야말로 닭 쫓던 개 울 쳐다보기로 그들은 멍하니 강 건너만 바라보고 있었다. 배가 없으니 강을 건너갈 수도 없었다.

"자! 고만들 갑시다. 인젠 더 할 일이 없으니!"

강주사는 일이 여의하게 된 것을 대단 기뻐하는 모양이었다.

"참 일이 잘 되었습니다."

정대감이 역시 좋아하며 말대꾸를 한다.

"그러기에 일심합력을 하면 안 되는 일이 없잖은 게지요. 여러분이 이렇게 최후까지 규율을 잘 지키고 일치협력한 결과로 무난히 성공을 하였으니 대단히 감축한 일이오. 우리는 이번 일로 훌륭한 교훈을 얻은즉 이 앞으로라도 무슨 일이 있을 때마다 이번과 같이 행동할 것 같으면 아무리 어려운 일이라도 성공할 수가 있을 것이오. 따라서 우리 개양툰을 모범농촌으로 만들기도 용이할 줄 아오. 여러분은 아무쪼록 다 각기 그 점을 명심해 주시기 바라오."

하고 강주사는 돌아가는 길에 다시 이런 말을 하였다. 부락장도 은근히 좋아하였다. 그는 대세에 눌려서 같이 따라오기는 하였어도 이 일이 어찌 될는지 몰라서 시새우고 불안한 마음이 없지 않았었다. 그런데 일이 잘 되고 보니 내심으로 강주사의 모략을 감복하지 않을 수 없었다.

일대가 호기 있게 그 자리를 떠나온 뒤에도 불은 그대로 타고 있었다. 불은 새벽녘에야 겨우 꺼지고 말았다.

강 건너 주민들은 송구해서 잠 한숨을 못자고 날을 꼬박 밝히었다. 그러나 그들은 개양툰 사람들이 물러간 뒤에도 별 도리가 없었다. 날이 밝은 뒤에 건너다보니 호수같이 막혔던 강물은 쪽 빠지고 파수막은 물론 산더미처럼 쌓였던 버들가지와 수백 개의 말뚝이 간 곳 없고 오직 빈 터전에 재가 가득히 찼을 뿐이었다.

개양툰 사람들은 그날 밤에 보막이에서 십리 밖에 있는 버들밭까지 돌아와 쉬고, 이튿날 일찍이 강주사와 몇 사람의 대표자가 주재소로 가서 간밤의 결과를 보고 [하고] 일이 무사히 된 것을 감사히 치사한 후에 돌아왔다. 그 길로 그들은 남은 빵으로 아침 요기를 하자 바로 길을 떠났다.

인제는 아무런 거리낄 일이 없었다. 올 때와는 반대로 밤에만 걸을 까닭도 없었다.

그러나 그들은 한시바삐 집으로 돌아가고 싶었다. 그래 그들은 그날 진종일 걷고, 다시 밤을 새워 걸었다.

그들은 집안일이 궁금한 것보다도 농사에 대한 관심이 더 컸다.

그런데 강물은 먼 밑에서 보아도 올 때보다는 물이 불어서 부듯하게 흐른다.

그들은 강물을 바라볼 때마다 지친 다리에 힘을 올릴 수 있었다. 그것은 과연 그들에게도 생명수였다. 버릴 농사를 인젠 물을 대게 되었다는 생각은 다리도 아픈 줄 모르고 길을 걷게 하였다. 어서 가서 물을 대자! 그리고 소생하는 곡식을 보자, 하는 생각이 누구나 마음속에 들어있었다.

그 이튿날 오전에 일대가 무사히 돌아옴을 보고 집을 지키고 있던 사람들은 동구 밖까지 쫓아나와서 그들을 영접하였다. 마을에 남아있던 사람들은 사람들보다 물이 먼저 내리닫는 것을 보고 일이 잘 되었나 보다는 미리 짐작을 했다. 그래 그들 중에는 멀리 강가까지 마중을 나간 사람도 있었는데 과연 무사히 돌아옴을 보니 여간 기쁘지가 않다. 그들은 제가끔 자기네의 식구를 붙들고 마치 전쟁에서 돌아오는 용사를 맞는 때처럼 좋아하였다.

일행이 돌아오자, 그들은 미리 준비하였던 위로연을 정대감집 안팎 마당에다 배설하였다. 천막을 친다, 자리를 깐다, 참으로 잔칫집같이 부산하였다.

사실 일행은 며칠 동안에 기력이 탈진하였다.

노독이 나서 절름거리며 촌보를 옮겨온 사람들도 있었다. 부락장과 강주사도 발이 부르터서 간신히 왔다. 그 중에는 발이 상한 사람도 있어서 번갈아 업어오기까지 하였다. 그러니 그들의 고생은 말할 것도 없었다. 참으로 생명을 내건 행동이었다.

그들은 여러 날 동안 굶주리고, 잠 못 자고 밤을 새워 길을 걸었다.

그러나 다행히 성공을 하고 돌아왔으니 인제는 지난날 고생이 도리어 즐겁다. 그래 그들은 피로한 줄도 모르고 일제히 위로연에 참석하였다.

실로 단체적 행동의 체험은 그들로 하여금 전에 맛보지 못하던 새로운 쾌락을 주었다. 혼자 즐기는 것이 여릿이 즐기는 것만 못하던 말과 같이 그들은 공동생활의 새로운 흥미를 느끼었다.

그것은 비록 며칠 동안이 아니라도 공통된 정신 밑에서 진실한 생활 체험을 얻을 수 있었다. 거기에는 아무런 불의가 없었고 욕심이나 심술이 없었다. 허위나 사기가 없었고 조금도 위선이 없는 생활이었다. 왜 그러냐 하면 생활의 정신이 같기 때문에. 그들은 한 가지 목적을 달하기 위해서 제각기 지혜를 짜내고 힘을 합치고 게으름뱅이를 격려하고 약한 자를 붙들어주고 장상을 공경하고 어린 사람들을 무애할[423] 수 있었기 때문에. 그들은 조금도 사욕이 없었다.

만일 이와 같은 정신으로 집에 돌아와서도 온 동리 사람이 합심될 것 같으면 참으로 못할 일이 무엇일까?

강주사는 지금도 그 점을 강조해서 온 동리 사람에게 충고하였다.

그리고 그는 누구보다도 덕성이의 공로를 찬양하였다.

만일 덕성이가 아니면 강 건너에 매였던 배를 이쪽으로 풀어올 수가 없었을 것이요, 배를 못 풀어 왔다면 일을 틀렸을는지 모른다. 그런데 아무도 나서지 못하는 위험한 자리에 그가 용감히 나서서 물속으로 뛰어들었다. 그러나 또한 물에만 뛰어든다고 일이 되는 건 아니다. 그도 만일 강 저편까지 헤어가지 못했을 것 같으면 아까운 목숨을 잃어버릴 뿐이었을 것인데, 덕성이는 무사히 건너가서 그 배를 타고 왔다. 그렇기 때문에 우리의 일이 손쉽게 성공되었다고, 강주사는 입에 침이 없이 칭찬하였다.

다시 그는, 이 개양툰의 용사를 그대로 둘 수 없는즉 그 공로를 표창하기 위하여 동중 재산으로 기념품을 사주기를 제의하자, 만장은 박수갈채로 모두 다 찬성하였다. 그래 마을 사람들은 끼리끼리 붙들고 덕성이의 모험담을 듣기에 긴장하였고, 그것은 더욱 덕성이의 공로를 발양하게 되었다. 이날 귀순이도 어머니를 따라와서 그런 말을 들었고 그것은 남몰래 가슴이 뛰게 하였다.

___

423) 무애(撫愛)하다 : 어루만지며 사랑하다.

20
밀회

위로연이 파하는 대로 집에 돌아오니 생각 않은 귀순이가 마실을 와 앉았다.

덕성이는 귀순이를 보자마자 가슴이 울렁인다. 귀순이는 열기 있는 눈매로 일별을 던지더니 이내 고개를 푹 숙인다. 부끄러웠기 때문이다.

귀순이는 사실 오래간만에 마실을 왔다. 파혼을 하였으니 무슨 면목으로 이집 식구를 대할 것인가. 그것은 비록 자기가 한 일이 아니라 할지라도 겸연쩍은 마음이 없을 수 없었다. 두 집안이 그 뒤로는 나날이 사이가 멀어져서 동생들까지도 전처럼 같이 놀지 않았는데 그런데 덕성이가 이번에 장한 일 — 어른들도 감히 못한 큰 일을 했다는 데는 불고체면하고 일시가 바쁘게 그를 만나고 싶은 생각이 앞을 서서 견딜 수 없게 하였다.

그래 그는 어머니 몰래 가만히 빠져 나와서 오래 안 다니던 겸연쩍은 생각도 박차버리고 온 것이다.

그것은 또한 덕성이 집에서도 의외로 생각하였다.

발을 끊다시피 안 오던 사람이 별안간 놀러온 것은 무슨 까닭인가? 그리고 다른 때도 아니고 하필 덕성이가 집에 있을 때에 왔다는 것이……. 그런 생각은 그들로 하여금 부지중 시름을 자아내게 한다. 과연, 귀순이가 지금도 약혼한 사이가 되어서 그들이 가깝게 지낸다면 얼마나 기쁜 일일까!

"귀순이가 여름 동안에 퍽 컸구나! 어서 들어온."

그때 덕성이 조모는 가냘픈 웃음을 지으며 귀순이를 바라보다가 나직이 한숨을 짓는다. 순복이도 은근히 반가워서,

"귀순이가 오늘은 웬일이래여…… 우리 집으로 마실을 다 오게!"
한다.

"왜 나는 마실도 못 오나요."

귀순이는 얼굴이 씨뻘게지도록 무안을 탔다. 그러던 차에 인해 덕성이가 들어왔으니 그는 더욱 당황할 수밖에 없었다.

한편 그것은 다시없는 행복감을 주기도 한다. 이 집 식구들을 대하면 어쩐지 마음이 든든하고, 존경할 마음과 훗훗한 인정을 느끼게 한다. 참으로 웬일일까? 덕성이를 좋아하기 때문에 그 집 식구한테도 애정을 느낀 때문인가? 그렇지 않으면 워낙 이 집 사람들의 인심이 후해서 자기도 부지중 감화를 입은 때문인가? 아니, 그렇지 않으면 먼저 약혼을 했었다는 그것이 마음속에 깊이 인(印)을 쳐서 지금도 또렷하게 남아있는 까닭인가?

그런데 정작 약혼을 하고 있는 황식이와 그 집 식구들에게는 도무지 정이 붙지 않는다. 그 집에서는 자기를 위해주어도 웬일인지 싫다.

더욱 황식이의 빙충맞은 꼴이 정떨어져 보인다. 그와 반대로 덕성이의 인금은 나날이 높아간다. 그러지 않아도 전부터 덕성이를 마음에 두고 있었는데 더욱 이번 일이 있었으니…… 만치 지남철에 쇠가 끌리듯 하는 것을 어찌하랴!

이런 안타까운 심정은 귀순이뿐만 아니다. 그것은 덕성이에게도 있었다. 귀순이는 확실히 열 달 동안에 키가 더 큰 것 같았다.

인제는 다 지나간 일을 생각한들 무슨 소용이랴마는, 그래도 파혼을

당했다는 사실은 오히려 자존심을 상하게 한다. 그것도 자기에게서 무슨 결함을 발견한 까닭이 아니라 오직 금전의 세력에 밀려서 그랬다는 것이 더 한층 가슴이 쓰라리게 하였다. 그러나 덕성이는 지금 당장 돈을 벌고 싶다든가 다른 여자에게 눈을 뜨고 싶지는 않았다. 그는 아직 그런 데서는 마음을 돌리고 싶었다. 그보다도 지금은 공부를 할 때니 오직 일심전력으로 공부에 힘쓰자고 뼈물었다.

그래서 그는 오래간만에 귀순이를 만났음에도 그를 대수롭게 보았을 뿐이었다. 복술이에게서 귀순이의 말을 자세히 듣긴 했다. 그렇지만 중간에서 전하는 말이 어디까지 참말인지 모를 뿐더러 설령 그렇다 할지라도 사내자식이 칩칩하게[424] 구구한 짓은 하고 싶지 않았다.

한데 전에는 도무지 마실을 오지 않던 귀순이가 별안간 찾아온 것은 결코 예사로 놀러온 게 아닐 것이요., 또한 그런 생각이 드니 덕성이도 가슴이 동요되기 시작한다.

그럴수록 덕성이는 이성을 잃지 않으려고 노력했다. 그는 맹목적인 사랑에 빠질까봐 겁이 났다. 그것은 어디까지 사리와 분별로 따져야 할 것 같았다. 이런 의미에서 귀순이가 만나자면 그는 피할 것도 없다 하였다. 따라서 귀순이를 원망한다든가 질투를 느끼지도 않았다.

그는 아직까지도 여자에게는 파겁[425]을 못하였다. 따라서 여자로부터 풍기는 육체적 비밀의 세계를 잘 모른다.

그날 밤에 그들은 뒷밭 고량밭 속에서 언제와 같이 단둘이 조용히 만났다.

작년 가을에 콩깍지를 쌓아놓았던 바로 그 자리였다.

으스름 달밤이 꿈속 같은 들판을 둘러쌌다.

---

424) 칩칩하다 : 너절하고 고리타분하다. 츱츱하다.
425) 파겁(破怯) : 익숙하여 두려움이나 부끄러움이 없어짐.

주위는 죽은 듯이 괴괴한데 오직 농장에서 물꼬를 보던 일꾼들의 물 대는 소리가 이따금 들려온다.

"덕남이 언니!"

별안간 귀순이는 정찬 목소리를 꺼낸다. 그는 어쩐지 덕성이의 이름을 부를 용기가 나지 않았다.

지금 귀순이의 생각에 덕성이는 그전 같은 어깨동무가 아니었다. 그는 이번 일로 말미암아 하룻밤 동안에 장성한 어른으로 버쩍 커 보이는 것이었다.

그만큼 존경하는 마음이 우러나게 하였고 그것은 자연히 말공대를 붙이고 싶게 하였다.

"왜?"

덕성이는 귀순이의 가라앉지 않은 태도가 전에 없이 수상해 보인다. 언제나 새초롬하고 있던 그가 이렇게도 열정을 쏟을 수가 있는가? 그것은 기적같이 이상스레 보이었다.

"이번에 저기 갔던 얘기 좀 해봐 응! 밤중에 강물을 헤엄치기가 무섭지 않아?"

귀순이는 고개를 똑바로 쳐들고 덕성이의 얼굴을 쏘아보는데 마침 달빛이 구름 사이로 흐른다. 별안간 주위가 환해지며 귀순이의 상기된 얼굴이 선녀와 같이 아리따워 보인다.

"무섭긴 뭐."

덕성이는 마주보며 미소를 띠웠다.

"얘기 좀 해봐…… 그동안 지나던 일을."

"아까 다 듣지 않았나."

"그래두 임자한테 못 듣지 않았어?"

"이야기 듣자구 만나쟀니? 뭐 시시한 얘길."

"복술이의 말을 들으니까 아주 굉장했다던 걸! 불을 싸지르고 강을 파제끼구…… 그리구 강선생님께서 무슨 재미있는 이야기두 하시구……."

귀순이의 열기 있는 눈알은 어둠 속에서도 그윽이 빛난다.

"너 같은 선녀 이야기 말이지."

"내가 뭐 선년가!"

"너는 개양툰의 선녀 아닌가?"

"아이, 그런 소리는……."

귀순이는 부끄러워서 몸을 흔든다. 덕성이는 넌지시 그의 손목을 잡았다. 뽀듯하게426) 쥐어지는 팔목에서는 맥이 팔딱팔딱 뛰논다.

"그까짓 얘기보다는 너 얘기나 들어보자! 넌 물론 아무 일두 없었겠지?"

"……."

별안간 귀순이는 고개를 푹 숙인다.

"왜! 이야기 않는다구 성났니?"

덕성이는 귀순이의 얼굴을 들여다보며 한 손으로 턱을 쳐든다.

"누가 뭐……."

"그럼?"

귀순이는 고개를 반짝 들며 웃는다. 그것이 혹할 만큼 귀엽다.

"내 상 줄게!"

"무슨 상?"

"아무 상이든지……."

"그렇게 말하면 알 수 있나."

"임자가 제일 좋아하는 상!"

---

426) 뽀듯하다 : 빠듯하다.

그 순간 귀순이는 덕성이의 가슴 앞에 머리를 쳐 박고 흔든다. 머릿기름 냄새와 살내가 풍긴다. 상긋한 살 냄새와 따스한 체온이 느껴진다.

덕성이는 마주 껴안고 머리를 부벼댔다. 그리고 마치 어린이가 어머니의 젖을 찾듯 그의 입술을 찾느라고 한동안 헤매었다.

얼마 뒤에 그들은 비로소 자기의 정신으로 돌아왔다. 덕성이는 다시금 귀순이를 돌아보며 약간 어색한 표정으로 묻는다.

"늬들은 올 가을에 결혼을 한다지?"

"음!"

아무 대꾸가 없을 줄 알았던 귀순이가 태연히 대답하지 않는가. 덕성이는 은근히 놀랐다. 그만큼 그는 어색한 동작을 숨길 수 없었고 남몰래 실망함이 컸다.

"그건 왜 물어?"

재차 귀순이는 당돌하게 쳐다보며 말한다. 그의 미소를 머금은 입술은 가늘게 경련을 일으켰다.

"글쎄 말야……"

"구경 오지 않을라우?"

"오지, 나두 국수 한 그릇 주련!"

"주구말구!"

이렇게 대꾸하는 귀순이는 말과는 딴판으로 다시 사내에게 몸을 앵기며 나직이 한숨을 짓는다.

"그럼 넌 잘못이 아니냐. 나두 이 자리에 있는 것이 잘못이다마는……"

"잘못?"

별안간 귀순이는 불끈해지며 독기 있는 눈매로 덕성이를 쳐다본다.

"임자는 여지껏 그런 생각하구 있수?"

"하지만 일이 벌써 그리 되지 않았나."

덕성이는 다시 귀순이의 손목을 잡는다. 살이 저절로 떨린다.

"임자는 내가 싫단 말이지? 그 말만 대답해 봐요?"

귀순이는 색을 먹고[427] 대드는 바람에 덕성이는 어쩔 줄을 몰랐다.

"그렇지는 않지만……."

"정말? 정말 그렇지!"

귀순이는 덕성이의 어깨를 잡아 흔든다. 그는 열중하였다. 달빛은 다시 구름 새로 흐른다.

복술이는 저녁을 먹고 나서 담배 한 대를 몰래 피우고 귀순네 집 모퉁이로 바람을 쐬러 내려왔다.

그 집을 지나는 길에 뒤 창문에 귀를 대고 듣자니까 방안에서 도란거리는 소리가 들린다. 먼저 귀순어머니의 가만가만 하는 말소리와 그 담에는 황식이의 띄엄띄엄 나는 목소리다.

'이 자식이 마실을 왔구나!'

별안간 복술이의 눈이 빛난다. 그러나 귀순이의 기척은 도무지 없다. 귀순 아버지도 있는 것 같지 않다.

"귀순인 어디 갔어요?"

뒤미처 황식이가 묻는 것이다.

"금방 있었는데……."

귀순어머니는 어디까지 황식이의 환심을 사려 드는 모양 같았다.

봇둑을 타 놓은 뒤로는 강물이 부쩍 늘었다. 그것은 마치 상류에서 홍수가 터진 때처럼 물이 차차 붇기 시작했다. 그래서 날은 여전히 가물었건만 논에 물을 댈 수가 있었다.

---

427) 색을 먹다 : 노여운 생각이 들어서 정색을 한다.

물을 실컷 먹은 벼는 하룻밤 동안에 생기가 돌았다. 그리하여 밭곡식은 다 타서 버리게 되었건만 논농사는 그대로 면흉이 될 것 같다. 물이 떨어지기 전에 며칠 안으로 비가 온다면 다행히 평년작은 수확을 바랄 수 있다.

이렇게 되고 보니 개양툰 사람들은 누구나 이번 거사한 것을 원망할 사람은 없었다. 현청에서는 지금까지 아무 소식이 없다. 그것을 기다리고만 있었다면 농사는 아주 버렸을 것 아닌가!

그러나 그중에서 제일 기쁘기는 귀순네였다. 그는 부락장 집 논을 새로 얻어 지은 것이 인제는 희망을 붙일 수 있다.

그 역시 남과 같이 잘살아 보자는 오직 돈 한 가지의 욕망은 다른 불만을 뛰어 넘을 수 있었다. 그래서 모든 점으로 보아 황식이가 덕성이에게 뒤지건만 돈 한 가지가 월등하다는 데 만족할 수 있었다. 그도 이번 일로 인하여 덕성이의 인금이 높아진 것을 알았다. 그만큼 모든 사람이 그를 칭송할 때마다 은근히 부러워하기도 하였지만 다시 속마음으로는 돈이 없는 네가 잘나면 얼마나 잘나겠냐는 멸시로 자위를 얻었다. 그의 이런 생각은 지금도 황식이를 떠받들기만 하였다.

"혹시 덕성이네 집에 안 갔을까요?"

황식이는 귀순이를 못 보는 것이 불안하였다.

그는 덕성이의 칭송이 높아진 만큼 더욱 그들의 행동을 의심하였다.

"그럴 리야 없지! 내 나가서 찾아볼게."

귀순어머니가 일어서는 모양이다.

"뭐 그럼 그만 두셔요!"

"아니 그래두…… 이년이 어디 갔을까? 인상이네 집으로 마실을 갔나 원…… 귀남아, 늬가 어디 갔나 찾아보구 온."

"캄캄한데…… 난 무서워."

귀남이는 짜증을 낸다.

"무섭긴, 달이 있는데. 어서 가봐요."

"아니 어련히 올라구. 어머니 공연히 그래!"

귀남이는 방문을 열고 나온다. 그 바람에 복술이는 얼른 돌아섰다. 그는 그 길로 덕성이 집으로 뛰어갔다. 덕성이를 부르니 나갔다 한다.

"얘들이 정말루 어디 갔나 보다."

복술이는 호기심이 났다. 그들은 정녕코 자옥맞이⁴²⁸⁾를 간 것이다.

그럼 어디로들 갔을까? 복술이는 그들이 갈 만한 곳을 생각해 보았다.

그러나 아무리 생각해 보아야 멀리 가지 않았을 것 같다. 집 뒤 고량밭 속은 얼마든지 숨기가 좋았기 때문이다. 복술이는 집 뒤 언덕으로 올라갔다. 인기척을 내지 않고 가만가만 걸으며 가다가는 발을 멈추고 귀를 기울여 본다. 그는 수수밭 머리에서 또 한 번 귀를 기울였다. 과연 저편에서 도란거리는 목소리가 들린다.

"임자는 공불 하니까 나보다는 세상일을 잘 알겠지요? 난 우리들의 생각이 조금두 잘못이 없는 줄 알아요."

귀순이의 또랑또랑한 목소리다.

"그렇지만……."

"뭬 그렇지만…… 그런 소린 듣기 싫대두."

"어험!"

별안간 복술이는 큰 기침을 해 보았다. 그러니까 찍소리가 없다.

"하하하, 놀래지들 마라! 내다."

복술이는 그들 앞으로 나가며 제 목소리를 내었다.

"복술이냐?"

---

428) 자옥맞이 : 자욱맞이. 남몰래 열렬한 사랑의 정을 나누려고 맞아들여 깊이 사귀는 일.

"그래!"

"그게 무슨 짓이냐 깜짝 놀랬구먼!"

귀순이는 가까이 와서는 복술이에게 눈을 흘긴다. 그는 부끄러운 중에도 성을 내었다.

"그만 얘기하구 얼른 가보아라! 늬 어머니가 찾아나섰다."

"정말?"

귀순이는 그제야 복술이의 호의를 짐작하고 마음이 풀어졌다. 그는 그 길로 뛰어 내려갔다. 뒤미처 큰 소리로 부르는 귀순어머니의 목소리가 들린다.

21
탈출

하루는 몹시 무덥더니 날이 음산해진다. 인제는 비가 오려는가 구름이 턱 엉겨진다. 별안간 바람이 일어나며 빗방울이 뚝뚝 돋는다.

오려면 이렇게 오기 쉬울 비가 그동안은 왜 그리 어려웠던가? 그럴 줄 알았다면 공연히 보막이를 타놓았다고 개양툰 사람들은 실망했다. 왜 그러냐 하면 그들이 집으로 돌아온 지 불과 삼 일만에 비가 묻어오기 때문에.

그러나 곡식이 되는 데는 하루가 새롭다. 만일 지금까지 논이 말랐다면 나락은 소생할 수 없을 만큼 불볕에 탔을 게다.

하여간 비는 잘 오는 비다. 이번 비야 말로 방울방울 곡식을 쏟아놓는 것이라고 그들은 좋아하였다.

그런데 한 번 시작한 비는 그칠 줄을 몰랐다. 오래 가물던 끝에 빼고야 말 셈인지 한대중으로 퍼붓는다. 그것은 마침내 장마가 지게 되었다.

가뭄 끝에 장마를 겪는 마을 사람들은 이제는 또 마른 하늘이 그립다. 그들은 홍수가 터질까 겁이 났다. 한해 끝에 수재를 또 겪는다면 다시는 여망도 없다.

실로 농사를 짓기처럼 어려운 일도 없을 게다. 그것은 마치 가난한 부모가 자식을 키우는 것과 같다 할까? 그들은 갖은 고생과 노력을 해가며 천재지변과 싸워야 한다.

칠월 한 달을 거의 장마 속에서 보내게 되었으나 다행히 큰물은 나지 않았다. 비가 처음에는 폭우로 쏟아졌지만 워낙 몹시 가물었었기 때문에 땅 밑까지 축이는 데 많은 분량이 필요하였다. 그래서 다른 때 같았으면 바로 홍수가 났을 것인데 그 뒤로는 오다말다 하는 동안이 잦아져서 장마는 장마면서도 큰물이 터지든429) 않았다.

그러는 동안에 덕성이는 하기 방학을 덧없이 넘기었다. 장마 속에서도 그가 즐겨하는 고기잡이는 빼놓지 않았다. 강가로 가서 낚시질도 하고 도랑을 쫓아서 그물질도 하였다.

귀순이는 그가 복술이와 함께 고기를 잡으러 가는 것을 볼 때마다 자기도 따라가고 싶은 마음이 간절하였다. 만일 어머니가 감시하지만 않는다면 그는 번번이 쫓아갔을 것이다.

그러나 위로연이 있던 날 밤에 덕성이와 자옥맞이를 한 줄을 눈치 챈 그 뒤로는 귀순이가 조금만 자리를 비켜도 어디로 가느냐고 눈을 흘기었다. 귀순이는 아무 죄도 없이 이런 절제를 모친한테 받는 것이 억울하고 분하였다. 그러나 그는 타오르는 반항심을 지그시 참고, 뒷일을 기약하였다.

서로 지척에 살면서 맘대로 만나지 못하는 안타까운 마음! 그는 밤마다 잠이 들기 전에는 그 생각에 골똘하였다. 그러나 덕성이가 한 이웃에 있다는 그것만으로도 그는 마음이 든든하였다. 한데, 그가 훌쩍 떠나고 보니 외롭기는 전보다 더하였다.

장마가 들고난 햇빛은 광채가 찬란하였다. 천지는 금시로 일신해진 것 같다. 그대로 가을은 짙어지고 곡식은 알알이 익어간다.

찬이슬이 내려서 영롱하게 풀 끝에 맺힌다.

---

429) 터지든 : 터지지는.

풀 속에서 우는 여치의 울음도 인제는 지치고 달밤에 귀뚤이 소리 더욱 처량할 뿐!

그런데 황식이와의 결혼식 날은 하루 이틀 다가오지 않는가!

두 집에서는 혼인준비를 하느라고 부산하게 서둘렀다. 아직 날짜를 받진 않았으나 추석 후 예식을 거행한다는 것이다. 그들은 추수를 끝내놓고 춥기 전에 할 모양이었다.

귀순네는 농사를 잘 지은 것을 남몰래 좋아했다. 사돈집 덕으로 이렇게 농사를 잘 지은 해에 사위를 맞게 되었으니 그의 기쁨은 더 한층 컸었다.

그래 그는 음식을 푸짐하게 차려서 한 번 잔치도 벌이고 그 덕에 혼수도 한껏 해주고 싶었다.

귀순이는 모친의 이런 눈치를 볼 때마다 속으로 고소했다. 남의 마음을 이렇게도 몰라주는가? 그러나 그는 조금도 그런 내색을 하진 않았다.

그의 태도가 이런 것을 보고 모친은 안심하였다. 그는 귀순이가 딴 속을 품은 줄은 전혀 몰랐기 때문에.

누구나 견물생심으로 가까이 보면 욕심이 난다. 그 대신 떨어져 있으면 가깝던 정도 멀어진다.

귀순이가 설령 덕성이에게 미련을 가졌다 할지라도 주위의 환경이 그들을 가깝게 못할 처지라면 깨끗이 단념하고 서로를 잊어버릴 줄만 알았다.

이렇게 모녀의 생각이 남북으로 배치되는 가운데 음력으로 팔월 그믐께의 택일한 날짜는 임박해왔다.

황식이와 귀순이의 혼인날을 앞둔 한편 마을은 또다시 부산하게 되었다.

그것은 상류 보막이 했던 곳의 주민이 개양툰으로 전부 이사를 하게 되었기 때문이다.

경찰관 주재소에서는 그 즉시 수보(水洑) 문제가 해결된 것을 자세히 상부에 보고하였다.

현에서는 비로소 개양툰 사람들이 직접 행동에 나선 줄을 알 수 있었다. 그러나 그들은 현지 경찰관의 양해를 먼저 얻었다고 하고 또한 규율적 행동을 하였을 뿐더러 조그만 불상사도 내지 않고 문제를 원만히 해결하였다는 데는 별로 책망을 할 말이 없었던 것이다. 미증유의 한해를 입은 백성들이 여북해서 그런 일을 꾸미고 나섰겠으며 상류나 하류의 주민이 결사적으로 물싸움을 하게 된 판에 이만큼 용이하게 조처를 시킨 현지 경관의 기민한 수완은 가상한 일이 아닌가.

사실 현과 현 사이에는 그동안 공문서만 왔다 갔다 하고 조사와 토의를 거듭해서[430] 시일만 허비할 뿐이었다. 그렇게 일자를 천연하는 반면에 문제를 해결할 묘안은 어느 편에도 있지 않았다.

양편에서는 서로 자기네 관내가 유리하도록 문제를 해결하려 들었고 그래 이론적으로 서로 따지려만 들었기 때문에 문제는 용이히 해결될 전망이 없었다. 그것은 도리어 복잡다단하게만 만들어서 성청으로까지 끌고 올라가지 않으면 안 될 지경이었다.

일이 이쯤 되고 보니 조만간 공평한 판결이 내린다 할지라도 개양툰 사람들이 금년에 실농할 것만은 사실이었다. 상류는 내 관할인즉 하류 백성은 모른다면 문제는 간단하겠지만 타국이 아닌 바에 그렇게도 할 수 없다.

그러므로 현에서는 개양툰 사람들이 직접 행동한 것을 처벌한다든가 현지의 경관이 상부의 허가를 받지 않고 임의로 그들의 거사를 묵인했다는 책임을 물을 것이 아니라 도리어 그것은 소위 하의가 상달되지 못

---

430) 원문은 '거듭하시어'로 되어 있으나 바로 잡았다.

하고 상의가 하달되지 못한 한계의 실례로서 좋은 자료를 제공한 듯도 싶었다.

그래 하여튼지 간에 현과 현에서는 오랜 시일을 두고 절충해도 해결을 짓지 못하던 것을 현지의 관민이 이렇게 원만한 해결을 지었다는 데는 현에서도 매우 유쾌하게 생각할 수 있었다. 그것은 오직 개양툰 사람들의 절실한 현실 문제에서 출발한 이론과 실제가 정당하게 합치된 규율적 행동을 위시하여 그들의 이와 같은 정당한 행동을 또한 정당히 인식하고 그만한 아량과 담력을 보여준 현지 경찰관의 정치적 수완이 없었다면 될 수 없는 일이었다.

그러나 일이 이렇게 된 것을 기뻐하는 [것은] 비단 승리를 얻은 하류 쪽만 아니었다. 그것은 상류 쪽의 현청에서도 마찬가지로 기뻐할 일이었다.

왜 그런고 하면, 그곳 선농은 부락도 적을 뿐외라, 농장도 좋지 못한 편이었다. 그래도 관할 내인 만큼 그들을 보호해줄 입장이긴 하나 이건 도무지 어짓발라서[431] 이럴 수도 저럴 수도 없었다. 거기는 들이 좁고 토지가 척박하니 안전농촌을 만들 수도 없고 그렇다고 갈 곳 없는 그들을 어디로 몰아낼 수도 없었다.

그래서 현 당국에서도 그들로 하여 연래로 두통거리가 되어 있는데 인제 또 물싸움까지 하게 되었으니 더욱 두통거리가 될 뿐이다. 만일 그들을 그대로 두면 가무는 해마다 올 같은 문제를 일으킬 터인즉 두고두고 화근덩어리다.

그런데 개양툰 사람들이 그들을 떠맡아 가기로까지 원만 해결이 된 셈이니 그야말로 앓던 이가 빠진 폭만큼이나 시원한 일이었지 패부[432]

---

431) 어짓바르다 : 정도가 넘고 처져서 어느 한쪽에도 맞지 아니하다. 어지빠르다.
432) 패부 : 원문대로

를 말할 자는 아니다.

한편, 이쪽 현에서는 개양툰 사람들의 비상한 활동력을 가상하게 여길 수 있었다. 그것은 현 당국으로 하여금 개양툰을 종래의 농촌보다도 한층 월등하게 재인식하게끔 되었다. 그전에는 일개 한촌으로 여겼던 것이 이번 일로 보아서 대우를 고치지 않으면 안 되었다. 더욱 그것은 상류의 주민을 전부 이주를 시켜서 호수도 수십 호가 더 늘기 때문이다. 따라서 현 당국에서는 개양툰을 안전농촌으로 만들 계획으로 내년도부터 보조금을 내려서 제방을 다시 완전하게 쌓도록 공사를 시작하고 부근의 토지를 사게 해서 농경을 확장하도록 예산을 세우게 되었다 한다.

그리하여 개양툰은 일이 많게 되고 갑자기 활기를 띠게 되었는데 무엇보다도 시급한 것은 상류에서 이주하는 농토들의 주택문제였다. 그들의 주택은 새로 지어야 하기 때문에.

그래서 개양툰은 마치 수년 전에 만주사변을 겪는 통에 피난민이 몰려와서 인구를 버쩍 늘릴 때와 같이 신흥 기분이 넘치었다.

우선 십여 채의 집을 새로 짓자니 날이 새면 뚝딱거리는 소리가 귀를 시끄럽게 한다.

건축 재료는 현청의 알선으로 사 들이고 목수는 마을에서도 구할 수 있었다.

상류의 주민 중에서도 대표로 몇 사람이 와서 건축 공사를 함께 협력하였다.

그들은 정대감 집에다 밥을 붙이고 숙식을 하며 날마다 목수들의 조역을 하고 있었다.

신축하는 집들은 우물에서 큰길로 나가는 길을 중앙에 두고 좌우로 벌려 짓게 되었다. 매호에 방 두 칸, 부엌 한 칸, 광 두 칸의 비례로 지었다. 흙이 얼어붙기 전에 토역을 해치우려고 그들은 바삐 서둘렀다.

따라서 동리 사람들도 손이 나는 대로 거들었다. 건오는 물론이요, 그 외에도 젊은 사람들이 매호에 부역을 나서고 강주사는 부락장과 이선생을 지휘해가며 역사를 감독하였다.

이렇게 운력[433]으로 일을 몰아붙이고 보니 번쩍번쩍 공사가 진설되었다.

그래 기둥을 세운 지 며칠 안 가서 지붕을 새로 올리고 수수땡이[434]로 외[435]를 엮었다. 거기에 벽을 바르고 방을 놓기가 무섭게 불을 때서 말리니 집 꼴이 되어간다.

이렇게 그들은 속성으로 집을 짓고 춥기 전에 이사를 하게 되었는데 공교롭게도 황식이와 귀순이의 혼인날이 바로 상류의 주민들이 이삿짐을 다 나르고 사람들까지 옮겨 온 뒤였다. 그날은 부락장이 일부러 성내까지 들어가서 용하다는 선생에게 택일을 한 것으로 제일 좋다는 날이었다.

한편에서는 혼인준비를 하는데 한편에서는 이삿짐이 들어왔다. 이래 저래 마을은 안팎 없이 소란하였다.

그러니 부락장 집에서는 이번이야말로 자기네가 뽐낼 판이라고 은근히 좋아했다. 그것은 거번에 보막이를 타놓던 때는 덕성이가 우쭐했기 때문에, 자기 아들은 성명도 없었지마는, 이번에는 황식이가 혼인을 하게 되기 때문이다. 더구나 덕성이와 약혼했던 자리를 뺏어서 하게끔 되었으니 그것은 더할 말이 없다. 오늘날은 덕성이의 존재가 아주 없다. 그만큼 그들은 먼젓번에 당한 분풀이를 톡톡히 하려 들었고 덕성이가 인금으로 우쭐거린 대신 자기네는 돈으로 한번 흥청거려 보자는 심속이었다.

---

433) 운력 : 여러 사람이 달라붙어 함께 내미는 힘 또는 그렇게 하는 일. 울력.
434) 수수땡이 : 수수깡.
435) 외(椳) : 흙벽을 만들 때에 가는 나무나 수숫대 같은 것으로 가로세로 얽은 것. 여기에 흙을 바르면 벽이 된다.

하긴, 언제나 돈을 쓰기는 아까웠다. 그렇지만 마침 상류의 주민들이 이사를 해 온 터이니 한 번 버젓하게 혼인잔치를 벌여가지고 온 동리 사람과 그들 앞에 호기를 보이자는 것이다.

그런 생각은 부락장보다도 그의 아내 박씨가 더하였다. 부락장은 돈도 아까웠지마는 그보담도 황식이가 서자라는 양반관념이 더 강해서 내심으로는 그러고 싶지 않았다. 그러나 자기 아들이 덕성이한테 눌린다는 앙앙한 생각은 그 역시 무엇으로든지 건오의 집을 내려 누르고 싶게 하였다.

그들의 이런 생각은 어느 정도까지 성공할 수 있었다. 세상은 아직도 어둡고 어리석은 속에 움직이고 있기 때문이다. 부락장 집에서 혼인준비를 굉장하게 차린다는 소문을 듣고 마을 사람들은 벌써부터 그 집을 중심으로 화제를 일삼았다.

누구나 그 집을 쳐다보고 부러워했다. 그것은 딸을 둔 사람들은 귀순이가 부잣집으로 시집을 잘 간다고 부러워했고 아들과 손자를 둔 사람들은 자기들도 어서 돈을 모아 가지고 한 번 저렇게 호기를 부려 보았으면 하는 시샘이 없지 않았다.

이러니저러니 해도 음식 끝에 사람이 꼬인다. 두 집에서 대사를 차린다니까 평소에 사이가 좋지 않던 사람들까지 너도 나도 하며 안팎으로 접근하려 들었다.

부락장 집에서는 말할 것도 없거니와 귀순네 집과도 그러하다. 신덕이가 변덕이 많다고 '쉰떡'이란 별명을 지어낸 사람들도 그 집으로 몰려와서는, 바느질을 거들어 준다, 떡방아를 빼준다, 갖은 일에 덥석대며 야살을 까고 덤비었다.

그러는 동안에 상류의 주민들은 이삿짐의 뒤를 따라서 남부여대한 새 집으로 대들었던 것이다. 그들은 이틀 동안을 걸어오느라고 노약436)은 노독437)이 나서 다리를 절룩거리며 대드는 것은 참으로 피난민 떼와 같은 광경을 연출하였다.

개양툰 사람들은 그들을 동구 밖까지 나와서 영접하였다. 일변 정대감 집에서 미리 준비하였던 음식으로 그들을 대접했다. 그리하여 한때는 원수처럼 적대하던 타관 사람들이 이제부터는 한 동리 사람으로 친목하게 되었는데 이날은 바로 귀순이의 혼인 전날인 저녁때였다.

이렇게 온 동리가 부산한 틈을 타서 귀순이는 복술이를 몰래 찍어냈다.

어머니가 귀순이에게 대하는 태도는 갑자기 돌변하였다. 그 역시 귀순이가 황식이를 싫어하는 줄은 누구보다도 잘 안다. 한데 귀순이는 아무런 내색을 않는 것이 차차 마음을 놓게 했다. 그것은 더 한층 귀엽고, 동정심을 내게 한다. 그래 혼인 날짜가 임박하면서부터 그는 귀순이를 위해 들어앉혔다. 낼 모레 시집갈 색시라고 요새는 아낙일도 안 시키면서.

그래 귀순이는 날마다 놀고 있었기 때문에 언제나 틈이 있었다. 지금도 그는 제멋대로 놀던 참이다.

그들은 외떨어진 짚동가리 속으로 가만히 숨어 앉았다.

"왜 불렀니?"

복술이는 귀순이가 부른 속을 몰라서 은근히 궁금해 한다.

"너 나구 같이 봉천 가지 않으련?"

귀순이는 거침없이 이런 말을 꺼냈다. 그리고 저편의 눈치를 살핀다.

"봉천!"

복술이는 깜짝 놀래며 마주본다.

"그래! 너 작년인가 언제 그런 말 하지 않았니? 봉천이든지 어디든지 대처로 달아날 테라구……."

---

436) 노약(老弱) : 늙은 사람과 약한 사람. 노약자.
437) 노독(路毒) : 먼 길에 지치고 시달려서 생긴 피로나 병.

귀순이는 복술이의 얼굴을 노리며 생글생글 웃는다.

"아, 그래…… 인제 알았다, 네 속을."

복술이는 별안간 무릎을 탁 치며 무엇에 감심한 사람처럼 고개를 끄덕거린다.

"그렇지만 별안간 갈 수 있니."

"왜?"

귀순이는 불안한 웃음을 띤다.

복술이는 머리를 긁적이며,

"차비가 있어야지."

"그건 걱정 말어! 내가 당할 테니."

"뭐? 정말이냐."

"그럼!"

"어떻게 마련했니?"

"어떻게든지. 그게야 알 것 뭐 있니?"

귀순이는 여전히 웃어 보인다. 하나 그의 눈동자 속에는 남몰래 초조하고 애원하는 기미가 들어 차 있다.

"넌 그럼 전부터 달아날 준비를 했었구나. 나두 그럴 줄은 대강 짐작했었지만 네가 요새는 도무지 아무 기색두 안 뵈기에 난 황식이한테로 그냥 시집을 가는 줄만 알았구나."

복술이도 다시금 귀순이의 얼굴을 뚫어지게 쳐다본다.

"그냥 갔으면 어쩔 뻔 했니?"

귀순이는 여전히 생그레 웃고 있다. 지척에서 그의 비단결 같은 숨소리가 들린다. 복술이는 공연히 가슴이 울렁이었다.

"그냥 갔으면 너두 사람 아니지…… 안 그러냐? 그래, 난 너를 의심하구 있었단다…… 그럴 리가 없는데 웬일일까? 암만 귀띔이 있기를 기다려야 도무지 감감 무소식이기에 그냥 넘어간 줄만 알았지…… 흠! 그래 몇 번인가 물어볼까 하다가 어디 두고 보자구 지금까지 벼르던 참이란다."

"무엇을 별렀어?"

"한 번 실컷 놀려줄랴구."

두 사람은 마주보며 웃었다.

"그럼 같이 가 주겠구나."

귀순이의 상냥한 목소리다.

"그렇지만 아주머니한테 이담에 혼나면 어쩌니?"

"혼은 무슨 혼. 나한테 졸려서 갔다면 고만이겠지."

"대관절 언제 가잔 말이냐?"

"내일 새벽에."

"뭐, 낼 새벽?"

복술이는 또 한 번 몸을 움찔하며 놀란다.

"그밖에 틈이 없지 않으냐? 여기서 떠나는 새벽차가 있다며?"

"있지."

"그 차로 가잔 말야. 나 혼자라두 못 갈 건 없지만 네가 같이 가주면 마음이 더 놓일 것 같아서……. 그런데 너두 봉천 구경을 한 번 하구퍼 했으니 동행하면 좋지 뭐냐?"

마침내 귀순이는 정색을 하며 차근차근 말한다. 이윽고 복술이는 한참 만에 결기 있게 대답한다.

"그래! 같이 가자. 네가 가면 덕성이가 퍽 좋아할게다."

"……."

그 말에 귀순이는 고개를 푹 숙인다.

그는 덕성이 말이 나올 때마다 부끄럼을 탔다.

"친구 따라 강남두 간다는데, 그만 일 못해줄 거 뭐 있겠니?"

"정말 가주지?"

귀순이는 금시로 반색을 하며 좋아한다.

"응! 가구 말구. 그럼 가기로 하는데, 넌 나한텐 무슨 상을 줄래?"

이렇게 말하는 복술이가 하하 웃는 바람에, 귀순이는 별안간 얼굴이 새빨개지며 주먹을 둘러멨다.

"아냐, 다시 안 그럴게…… 하하하. 내야 뭐 너한테 더 바라겠니? 술한 잔은 사주겠지?"

"응!"

귀순이는 가만히 부르짖고 입을 옴츠리며 웃음을 참는다.

"귀순이 술 한 잔을 얻어 먹어, 하하하."

복술이는 여전히 너털웃음을 웃는데,

"얘, 그라지 말어라!"

하고 귀순이는 달려들어서 닥치는 대로 그의 넓적다리를 꼬집었다.

귀순이는 복술이와 약속을 하고 바로 헤어졌다. 누가 보지 않았나 겁이 났으나 다행히 들키지는 않았다. 그길로 시침을 뚝 떼고 집으로 돌아오니 어머니는 여전히 안팎일을 총괄하며 분주하였다.

밤에 귀순이는 물을 데워 목욕하고 새로 머리를 감아 빗었다. 그리고 살쩍438)을 밀고 눈썹을 재웠다.439) 이웃 아주머니들은 패패로 몰려와서 희영수440)를 걸며 놀려준다.

귀순이는 그런 소리를 들으며 생각하니 내일 일이 민망하고 가소로웠다. 자기가 달아난 뒤에 두 집에서 낭패하는 꼴이 눈에 보이는 듯하다. 그런 생각은 달아났다가 만일 붙들리면 어찌할까 하는 두려운 마음도

---

438) 살쩍 : 관자놀이와 귀 사이에 난 머리털.
439) 재우다 : (더부룩하거나 푸슬푸슬한 것을) 착 붙여 자리가 잡히게 하다.
440) 희영수 : 다른 사람과 더불어 실없는 말이나 행동을 함.

없지 않았다.

그러나 그는 지금 오래 전부터 결심했던 것을 실행하자는 것뿐이다. 조금도 무서울 것이 없고 양심에 거리낄 일이 아니다. 만일 일이 여[의]치 않아서 설령 붙들려 온다 할지라도 자기는 목숨을 내걸고 항거할 것밖에 없다.

그래 그는 벌써 언제부터 생각하고 있던 편지를 식구들이 잠든 틈에 써두었다. 식구들은 연일 밤중까지 고달팠던 몸이라 드러눕기가 무섭게 잠이 들었다. 지금도 어머니는 코를 골며 잔다.

미구에 닭이 울 시각이 되어간다. 귀순이는 차차 시간이 임박하자 잠든 척하던 몸을 다시 일으켰다.

그는 옷을 새로 갈아입고 조그만 보퉁이를 싸들었다. 그 속에는 속옷가지와 수건, 비누, 분, 기름 등 약간의 화장품이 들어있다. 미리 훔쳐내고 틈틈이 모아두었던 돈은 허리끈에 맨 주머니 속에 간단히 뭉쳐 넣었다.

이렇게 준비를 가추한[441] 귀순이는 주위의 동정을 살핀 뒤에 가만히 일어났다. 그는 봉한 편지를 어머니의 손 그릇 안에 있는 헝겊 보퉁이 틈에 끼우자 방문을 비스스 열고 내달았다.

바깥은 캄캄하나 구름 속에 든 반달이 어슴푸레하다. 그는 그 길로 복술이의 집 앞으로 갔다.

"칵."

약조한 대로 기침을 한 번 크게 했다. 또 한 번 "칵." 하고 동정을 살피었다.

이때 복술이는 잠결에 벌떡 일어났다. 그는 조금 전까지도 잠을 안 자고 기다리다가 퍼붓는 졸음에 잠깐 깜빡했던 것이다. 그러나 잠이 오는

---

441) 가추한 : '갖춘'의 뜻인 듯.

중에도 정신은 바짝 차렸기 때문에 귀순이의 기침 소리를 듣고 깜짝 깨
었다.

그도 오줌을 누는 척하고 밖으로 나왔다. 아무 것도 가지고 갈 것이
없는 그는 빈 몸으로 털털거리고 나섰다.

"애, 어서 가자!"

귀순이는 가만히 부르짖고 돌아섰다. 한 팔로는 보퉁이를 껴들었다.

"춥지?"

"아니."

"인 내라, 그 보퉁인."

복술이는 귀순이의 보퉁이를 빼앗아 든다.

"무겁지 않대두."

"그래두. 넌 졸리잖으냐? 난 졸려 죽겠다."

"쉬."

귀순이는 질겁을 하며 그의 손목을 잡아끌었다.

그들은 한달음에 행길 밖까지 뛰어나왔다. 두 사람은 숨이 차서 헐떡
인다. 인제는 목소리를 내어도 겁날 것이 없었다.

미구에 첫닭 우는 소리가 새벽하늘을 쪼개며 요란하게 울렸다.

"차를 타구 가다가 붙잡히면 어찌한다니?"

복술이가 불안해서 묻는다.

"어디로 간 줄 알구 누가 찾을까봐."

"그래두."

"건 걱정할 것 없어 애. 나 혼자두 아니구 너구 같이 가는 걸. 그러구
공연히 찾느라구 애써야 소용없을 줄 알 테니까……."

"어째서?"

복술이는 종시 의심스런 생각이 풀리지 않는다.

"편지를 써 놓았어."

"누구한테? 늬 어머니한테?"

"응!"

"뭐라구? …… 난 가다가 붙잡혀 올까봐 겁이 난다. 그럼 경을 파다발[442]같이 칠 테니, 허허허."

복술이는 말을 이렇게 하면서도 쾌활하게 웃음을 웃는다.

"뭐, 그런 염려는 할 것 없지만 공연히 나 때문에 너까지 고생하는 것은 미안하다."

귀순이는 진정으로 사과하는 말이었다.

"고생은 무슨 고생. 난 네 덕으로 봉천 구경하니 좋잖으냐."

"그렇지만 늬 아버지두 우리들의 속은 모르시고 퍽 걱정하실 테니 것두 미안스럽구……."

"아버진 내가 바람둥인 줄 아시니까 괜찮어."

"그래두 무사히 잘 가기만 한다면 이 담에 너두 괜찮겠지만 난 봉천까지 잘 가게 되는지 그게 걱정이란다."

"잘 가지 않구! 어떤 놈이 우리를 어쩔 텐데."

복술이는 예의 흰목을 잊지 않고 쓴다.

"혹시 불량패가 그럴는지 누가 아니?"

"얘, 그건 시골 어리배기[443]의 말이다. 내가 그만 경험이 없는 줄 아니!"

그들은 이렇게 도란거리며 새벽길을 정거장으로 향하여 총총히 걸었다.

사실 복술이는 조선 안에서도 홀애비로 돌아다니는 그 아버지를 따라

---

442) 파다발 : ① 파의 다발 곧 파 묶음. ② '무엇에 맞거나 몹시 시달려 만신창이 되거나 형체가 볼 꼴 없이 된 상태'를 비유적으로 이르는 말.

443) 어리배기 : 말이나 행동이 다부지지 못하고 어리석은 사람을 낮잡아 이르는 말. 어리보기.

서 팔도강산을 어려서부터 헤매었다. 그만큼 여행에 대한 경험은 풍부하다. 만주로 들어와서도 도문에서부터 간도 일대를 방랑하는 동안에 인정 풍속과 언어까지 능통한 터인즉 어디를 가든지 조금도 서투른 구석이 없었다.

그래, 그는 조금도 어리대지 않고 귀순이를 마치 친누이동생처럼 데리고 차에 올랐다. 누가 물어도 태연하게 대답을 척척 했다. 귀순이가 은근히 복술이의 그런 태도를 감심할 만큼.

그리하여 그들은 일로 봉천까지 무사히 찾아 갈 수 있었는데 일이 이렇게 된 줄은 모르고 그 이튿날 식전에 귀순네 집에서는 발끈 야단이 나서 한바탕 뒤집어엎었다.

신덕이는 자리에서 눈을 떠보니 귀순이가 보이지 않는다. 그래도 아무 의심 없이 한동안을 지냈다. 아마 변소에 갔나보다고. 그런데 종시 안 보인다. 그래도 어디 밖으로 나갔거니 해서 별 염려를 하지 않았다. 그것은 귀순이가 그전부터 곧잘 일어나는 길로 밖에 나가는 버릇이 있기 때문에 지금도 그러려니 싶었던 것이다.

한데 해가 높이 솟도록 귀순이는 온데간데없이 없어졌다. 비로소 그들은 의심이 더럭 났다. 신덕이는 귀남이를 후두들겨서 누이를 찾아보라고 야단을 쳤다. 그러자 원일여도 복술이가 어디로 갔다고 찾아왔다. 이에 더욱 의심이 버쩍 난 그들은 온 동리를 헤매며 사방으로 찾아보았으나 그들은 하나도 튀겨[444] 나서지 않았다.

그제야 신덕이는 가슴을 짓찧으며 어쩔 줄을 몰랐다. 석룡이는 어안이 벙벙해서 아무 말도 못한다. 참으로 달아났는가? 신덕이는 그제야 옷가지를 뒤져보니 달아난 것 형적이었다. 궤 속에 넣어둔 돈까지 없어졌다.

444) 튀기다 : 도둑이나 짐승 따위를 건드려서 갑자기 튀어 달아나게 하다.

"아이구, 이년이 달아났구나!"

신덕이는 두 다리를 쭉 뻗고 앉아서 울음을 내 놓았다.

"여보! 이 당신아 좀 나가서 찾아보지 못하오! 이년이 정말루 달아났구려."

"찾긴 어디로 간 줄 알구 찾어? 벌써 수월찮이 내뺐을 겐데."

"그렇다구 찾아보지두 않고 가만히 있을테야? 내 저렇게 늘어지기는."

"글쎄 차를 타구 갔는지 걸어 갔는지 어디루 간 줄 알구 찾으란 말야?"

"그러니까 찾아보란 말이지."

신덕이는 애꿎은 남편만 몰아대며 성미를 부리었다. 하나 석룡이는 한숨만 내쉬며 홀아비처럼 담배만 피울 뿐이었다. 그럴수록 신덕이는 속이 상해서 초조한 끝에 손그릇을 다시 뒤져보니 뜻밖에 편지 한 장이 보통이에 꽂히지 않았는가. 그는 황급히 뜯어본즉 다음과 같은 사연이 적히었다.

어머니 저는 오랫동안 생각해 보았지만 할 수 없이 집을 떠납니다. 암만해도 저는 마음에 없는 사람과는 살 것 같지 않아서요. 어머니! 정말 저의 마음을 몰라주시는 것은 원통합니다. 한 번 허락해 주신 자리를 왜 까닭 없이 파혼하셨는지요? 저는 죽어도 다른 사람에게는 가기 싫습니다. 차라리 죽을지언정 마음에 없는 사람과는 못 살겠는 것을 어찌하라구요! 어머니! 저는 그리고…… 모든 것을 한 사람에게 바친 지가 오래입니다. 그러면 어머니! 저 같은 불초여식은 생각지 마시고 애여 찾으실 생각도 마시기를 바랍니다. 저는 지금 죽기를 기 쓰고 정처 없이 나선 몸이오니 어디로 갈는지 그것은 저 역시 잘 모르겠습니다. 그러면 내내 안녕히 계시옵소서.

떠나던 날 밤 귀순이 올림

어머님 전 상서.

신덕이가 이 편지를 보고 나니 더욱 기막히다. 그는 참으로 어찌해야 좋을는지 모르겠다. 대관절 신랑 집에서 이 일을 알면 어찌 될 것인가? 그는 덜덜 떨리는 손으로 편지를 남편에게 보이며 우는 소리를 한다.

"여보 큰일 났구려! 이거 어쩌면 좋소?"

석룡이는 잠자코 편지를 받아서 들여다 보다가,

"흥! 일이 참 잘 되는데, 그럼 찾을 것두 없군 그래!"

하고 입맛을 쩍 다신다.

귀순이와 복술이가 배가 맞아서 달아났다는 소문은 그날 낮 안으로 온 동리에 쫙 퍼졌다. 그래 구석구석에 끼리끼리 모여 앉아서 수군거리는데, 두 집에서는 혼인날 식전에 신부를 잃어버리고 그야말로 닭 쫓던 개 울 쳐다보기가 되고 말았다. 더욱 부락장 집에서는 푸짐하게 차리던 혼인잔치가 뒤죽박죽 아무짝에 소용없는 짓으로 허사가 되고, 관례를 갖추고 있던 황식이도 헛물을 켜고 두 눈이 멀뚱멀뚱하니 앉았다.

마침내 두 집에서는 대판으로 싸움이 벌어지게 되었는데 석룡이 내외는 손이 발이 되도록 부락장 집에 굴복하고 백배사죄를 할 뿐이었다.

혼인잔치는 묵주머니가 되고 두 집에서 싸움이 벌어지자 마을 사람들은 파가 갈리어서 서로 찧고 까불고 야단들이었다. 대관절 혼인 음식을 차린 것을 어떻게 처치할 것인가? 한몫 잘 먹어보자고 벼르던 사람들은 우선 그것이 궁금하고 섭섭하였다. 부락장의 논을 얻어 부치는 사람들은 석룡이가 잘못했다거니, 아무 이해가 없는 사람들은 부락장 집에 잘못이 있다거니 더욱 황식이 어머니가 천정이 얕다고 펄펄 뛰어 야단을 친 것은 누가 보든지 너무 심하다. 그는 신덕이더러 귀순이를 빼돌렸다고 넘겨씌웠다. 도적맞은 지난 이야기까지 끌어내놓으며 그 잘난 딸 하나를 가지고 남의 집안을 두루두루 망쳐놓는다는 것이었다.

"그건 너무 애매한 말씀이오. 그년이 어미한테 써놓고 간 편지를 보았으니 속을 알 수 있지 않습니까?"

신덕이는 이렇게 변명을 해보아야 그는 종시 덮어씌우려만 든다. 올 농사를 뉘 덕으로 잘 짓고 여태까지 누구의 공으로 잘 살았는데, 배은망덕도 분수가 있지, 그런 법이 어디 있느냐고 불호령을 하며 당장 논을 내놓으라는 것이었다.

논을 내놓으라는 것은 조금도 겁날 것이 없었다. 그러나 귀순이를 빼돌렸다는 데는 애매한 허물을 뒤어쓸⁴⁴⁵⁾ 수 없다. 남은 자식을 잃고 그 자식이 지금 어디로 갔는지도 모르는데 제 아들 혼인을 실패했다고 이렇게까지 사람을 모욕하는가. 그래 신덕이도 남만 못지 않은 성미를 가진 터에 한바탕 창자를 쏟아부었다.

"아니, 빼돌리다니 그게 어디 당한 말씀인가요? 말이란 어 해 다르고 아 해 다르다고, 같은 말이라도 왜 남의 없는 일까지 들씌울 건 뭐 있단 말씀이요"

신덕이가 이렇게 마주 서니까,

"그럼 빼돌리지 않구? 왜 여적 있다가 하필 혼인 전날 달아났다는 거야? 복술이란 놈을 꼬여 가지고 모녀가 무슨 짝짜꿍을 했는지 그 속을 누가 알기에…… 그러면 누가 돈을 더 줄줄 알구……그까짓 년 더러워 [서라]두 인젠 누가 눈이나 거들떠 볼까봐."

이 말을 들으니 신덕이는 별안간 두 눈에 쌍심지가 켜진다. 만일 부락장 집만 아니라면 그는 당장 머리채를 휘어잡고 누가 죽든지 사생을 결

---

445) 뒤어쓰다 : 들쓰다. 뒤집어쓰다.

단하고 싶다. 그래 그는 제 분에 못 이겨서 주먹으로 땅바닥을 치며 만 좌 중에 편론을 하였다.

"여보! 당신이나 내나 여자의 몸으로 너무 기승을 부리지 맙시다. 나는 딸자식한테도 그런 말을 들었으니까 괜찮아요. 파혼을 한 뒤로 그년이 언제던가는 기생이나 색주가로 팔아먹으라고 오금을 박습디다. 그렇지만 일이 이렇게 된 것은 당신네에게도 허물이 있지 어째서 우리보고만 잘못했다는 거요? 당초에 꾀이기는 누가 꾀였는데요? 인젠 뭐 조선이 다 아는 일이니까 툭 털어놓고 말입니다만 남의 약혼한 자리를 번연히 알면서 글쎄 당신네가 꾀이긴 왜 꾀이느냐 말야."

"꾀이긴 누가 꾀였어! 자기네가 먼저 파혼을 한다니까 우리두 그랬지."

"아니 누가 먼저 파혼을 한댔어요! 참 기막힌 소리두 다 듣겠네."

"그럼 뭐야? 우리가 맘대루 파혼을 시켰구먼!"

"에 여보! 생사람을 잡아두 분수가 있지…… 그래 내 딸이 뭐 더러워! 남과 같이 가르치든 못했소만 당신네 깨끗한 아들 못지않소."

"그럼 더럽지 뭐야?"

"뭬 더럽다는 거야!"

두 여자가 주먹질을 하며 마주 대드는 꼴이 그대로 두었다가는 두발부리446)가 날 것 같다. 구경꾼들은 그들의 주위를 겹겹이 둘러싸고 섰다.

"고만 좀 두어!"

마침내 부락장은 소리를 버럭 지르고, 박씨를 안으로 떠박질렀다. 그도 하긴 석룡이네 소위가 괘씸해 보였다. 그러나 이미 저지른 일은 다시

---

446) 두발부리 : 머리카락을 끌어잡고 휘두르며 싸움.

번복할 수도 없거니와 맥이 그들만 책하기도 과한 듯하다. 그것은 소문과 같이 귀순이가 복술이와 배가 맞아서 달아났는지, 또는 편지 사연과 같이 덕성이를 못 잊어서 쫓아갔는지, 하여간 자기 집 사람으로는 이미 버린 사람이다. 그렇다면 구태여 다툴 것도 없지 않은가. 다만 황식이가 남몰래 심통할 뿐이었으나 그 역시 끝끝내 자기를 배반한 귀순이를 인제는 그전처럼 생각할 수가 없었다. 그는 그만큼 귀순이가 원수처럼 미워졌다.

그러나 그들의 이와 같은 사단을 다시 구안자[447]가 볼 때에는 사필귀정으로 그리 되는 것이 도리어 마땅하다고 보았다. 사실 귀순이가 황식이한테 제대로 시집을 간다 한들 그들이 얼마나 행복할 것인가? 그래도 귀순이는 아직 어린 만큼 부모의 명령을 복종하고 그대로 시집을 갈 줄 알았는데 당돌한 편지를 모친에게 써놓고 혼인 전날 탈출을 한 데 대해서는 누구나 혀를 내두르며 그의 대담한 행동에 놀라지 않을 수 없었다.

447) 구안자(具眼者) : 사물의 시비를 판단하는 식견과 안목을 갖추고 있는 사람.

22
대지(大地)의 아들

개양툰 사람들은 황식이와 귀순이의 혼인이 파열되자 새로 이사를 온 상류의 주민들과 함께 눈만 뜨면 그 이야기로 시간가는 줄을 모르는데 복술이와 귀순이는 그들을 멀리 등지고 그 이튿날 식전에 무사히 봉천에 도착하였다.

과연 그들은 엄청나게 넓고 큰 들을 보고 입을 딱 벌릴 만큼 놀랐다. 그들은 간도로 들어온 까닭에 이렇게 넓은 들은 처음 와 본다. 하긴 개양툰도 넓기는 하지만 그것은 비교가 안 되었다. 그들은 어제 진종일 차를 타고 왔는데도 산 하나를 볼 수 없는 일망무제한 들 속으로만 지나왔다. 급행차가 살 닫듯 하건만 어디까지 질펀한 대륙이다. 개양툰에서 봉천까지 적어도 몇천 리가 될 터인데 한대중으로 동서남북이 탁 트인 들뿐이니 이 얼마나 넓은 들판이냐. 그런데 북쪽으로 들어가면 저 몽고사막까지 또한 수천 리가 그런 광야라니 과연 만주란 넓은 들인 줄을 다시금 깨닫게 한다. 조선 내에 이런 들이 있다면 모조리 논을 풀고 상답을 만들 것이다. 한데 여기는 그 넓은 땅이 밭이 아니라 진펄로 그냥 묵어 있다. 몽몽한 잡초가 바다와 같은 넓은 들에 덮여있다. 오직 한 빛으로 깔려있는 갈색의 초해를 바라보다가 어쩌다 개간된 옥토를 발견할 때는 마치 고향사람을 만난 것과 같이 반가운 생각이 용솟음친다. 벌써 수확을 한 뒤라 나락을 볼 수는 없지마는 벼를 베어낸 그루만 보더라도 그것은 곡식 바다를 연상케 하는 것이었다.

사실 강냉이와 고량만 심을 줄 알던 이 땅에서 옥 같은 쌀이 난다는 것은 한 개의 놀랄 만한 기적이었다. 그것은 확실히 대지의 아들이다. 고량이나 강냉이에 비교한다면 쌀은 아들이라도 맏아들 쪽이라 할 수 있다. 따라서 이 땅을 모두 논으로 푼다면 그것은 얼마나 큰 농장을 개척할 수 있을까? 그러면 그 위대한 사업은 누구의 손으로 건설될 것인가! 그것은 생각만 해도 가슴이 뻐근하게 한다.

땅이 이렇게 넓은 데 비해서는 인가는 매우 희소한 편이었다. 그러나 어제 낮에 차를 바꿔 타는 길에 길림을 내려보고 귀순이는 놀래었다. 길림은 만주의 옛 도시라 하거니와 얕은 산이나마 주위로 산이 뵈는 것이 첫째 기이하였다. 만일 송화강 물이 맑았으면 강가의 늘어진 버들과 아울러 산수의 풍경이 자못 좋을 것 같다. 복술이는 차 시간이 넉넉하니 저자를 구경하자고 졸랐었다. 그러나 귀순이는 구경할 생각도 없었지만 돌아다니다가 수상하게 보일까봐 그것이 겁이 났었다. 그때 복술이는 한곳에 우두커니 있는 것이 되려 위험하다고 해서 마차를 불러타고 거리로 나섰었다.

그들은 우선 이곳의 명승인 북산공원을 올라가 보았다. 연못가에는 수양버들이 늘어지고 천연으로 된 산이 그 안에 들어앉았다. 산에는 잡목이 제법 많이 섰다. 이 고장에서는 흔히 볼 수 있는 스무나무와 느릅나무도 있으나 버드나무가 많은 것은 희한해 보인다. 산정에는 절이 있고 문 앞에는 차점과 점장이가 늘어앉았다.

귀순이는 만인들만 보이는 거기를 조선 옷을 입고 지나기가 무시무시하였다. 그러나 검정치마에 흰 저고리를 입고 운동화를 신은 그를 누구나 색다르게 보진 않는 모양이었다. 그들은 귀순이를 나이 어린 여학생으로밖에 안보는 것 같았다.

송화강이 반달형으로 둘러있는 복판에 천년 고도가 아늑히 안겨 있다. 잔 누비질처럼 선이 가는 만인의 기와집이 눈 아래로 쭉 깔렸다. 길림은 과연 옛 도시와 같이 고색이 창연하다. 그것은 송화강의 누른 물결과 만인의 검은 기와집이 무슨 숙명적인 것처럼 영원히 서로 붙어 있는 것 같다.

그러나 미구에 날이 추우면 송화강은 얼어붙고 눈이 깔린 그 위로 이곳 명물인 썰매가 달리는 것이 또한 장관을 이룬다던가!

그들이 길림을 구경하던 눈으로 봉천을 다시 보니 마치 딴 나라에 온 것처럼 모든 것이 확 틀린다. 봉천은 완연히 근대도시의 면목을 나타내고 있다.

우선 정거장부터 복잡하다. 구내를 벗어나오니 역전 광장에서 방사선으로 갈라진 대로가 뚫리고 거기는 전차와 자동차가 연락부절하였다.

복술이는 귀순이를 앞세우고 지나가는 사람에게 서탑의 조선인 거리를 물어갔다. 봉천은 길림과 달라서 거리에도 조선말을 하는 동포들을 만날 수 있었다. 조선 옷을 입은 남녀를 간혹 발견하기도 하였다. 그것은 마치 고향을 한 걸음 다가온 것 같은 어딘지 모르게 친애한 생각이 들게 한다.

번지를 상고하며 한집 두집 찾아 헤매는 중에 그들은 어렵지 않게 덕성이의 주소를 알아낼 수 있었다. 덕성의 하숙은 바로 큰길가로 있는 학생 하숙을 전문하는 집 같았다.

"여보십시오! 여기 황덕성이란 학생이 있습지요?"

복술이가 대문 밖에서 안쪽을 기웃거려 보다가 이렇게 물었는데 그가 미처 대답을 하기 전에 쫓아나오는 사람은 바로 덕성이었다. 그때 그들은 어떻게 반가웠던지 모른다.

"늬들이 이게 웬일이냐?"

뜻밖에 두 사람이 찾아온 것을 보고 덕성이는 여간 놀라지 않는다. 그는 지금 막 아침을 먹고 난 뒤였다. 오늘이 공일이라 전보다는 조반이 늦었지만 그래 그는 어디로 산보나 나가볼까 했었는데 언뜻 귓가에 들으니 누가 자기의 이름을 묻는 것 같고 그 목소리는 매우 귀에 익은 듯해서 쫓아 나왔던 것이다. 그런데 생각밖에 귀순이와 복술이가 문 앞에 섰다. 그는 이게 꿈인가 생신가 싶어 자기의 눈을 일순간 의심하지 않을 수 없었다.

"자 들어들 가자구. 그런데 웬일들이냐? 아무 기별두 없이."

덕성이는 종시 놀라운 표정이 그의 얼굴에서 그치지 않았다.

"어디 기별할 계제가 되었어야지."

복술이는 언제와 같은 허무적 미소를 띠며 덕성이를 돌아본다. 귀순이는 수태를 머금고 그들의 뒤를 따라 들어갔다. 하여간 무슨 곡절이 있는 것 같다. 그러나 덕성이는 귀순이가 찾아온 것이 은근히 반가웠다. 그것은 어떤 행복스런 예감을 느끼게도 했다.

"대관절 집에서는 언제들 떠났니?"

방으로 들어와 앉자 덕성이는 복술이를 쏘아보며 묻는다. 귀순이는 뒤켠으로 새초롬히 앉아서 방안 세간에로 눈을 옮기었다. 고리짝 위에 이부자리가 얹히고 조그만 책상 한 개와 책꽂이가 있을 뿐이었다. 그리고 옷과 모자와 수건이 벽에 걸려 있다.

"어제 새벽에."

복술이는 수염티가 잡힌 아래턱을 만지며 대답한다.

"그래 무슨 일이냐?"

덕성이는 목소리를 낮춘다.

"뭐, 무슨 일? 자네가 보구 싶어 왔지!"

귀순이는 낯을 붉히며 고개를 돌린다. 복술이는 의미 있는 미소를 띠며 담배 한 개를 꺼내 물었다.

"그러지 말구 말해라야. 무슨 일이가?"

덕성이도 마주 웃으며 두 사람의 눈치를 본다.

"정말이래두 그래. 그만하면 알지 않겠니?"

덕성이는 그 말은 더 묻지 않고,

"아침을 먹어야 할 것 아니가. 우선 세수들 해라."

마당가에 있는 수통으로 가서 그는 세숫물을 한 대야를 떠다 놓는다.

"너 먼저 해라."

복술이는 귀순이에게 밀고 방바닥 위로 벌렁 드러눕는다. 귀순이는 마지못해서 먼저 세수를 하러 나갔다. 어제 진종일 차 속에서 먼지를 뒤어쓴 얼굴은 땀에 절어서 끈적거린다. 그것을 비누로 말끔히 씻고 양치질을 하고 나니 날아갈듯 입안이 개운하다.

복술이도 세수를 대충하고 그들은 다시 거리로 나섰다.

조용한 음식점을 찾아갔다. 이층으로 자리를 잡고 간단한 음식을 주문했다.

"여기는 들을 사람이 없겠지? 어제가 혼인날이라네."

복술이가 그제야 기탄없이 아까부터 하고 싶은 말을 꺼냈다.

"뭐?"

아래층에서는 만인의 떠드는 소리가 들리더니 아침부터 호궁을 켜기 시작한다.

"황식이 그 자식이 헛물을 켰단 말야. 그 대신 자네는 울 안에서 떡을 받구…… 허허허."

복술이는 한바탕 쾌활하게 웃는다.

"아니 정말이야?"

덕성이는 오히려 반신반의하는 모양이다.

"그럼, 정말 아니구? 귀순이한테 물어보게!"

덕성이는 말 대신 눈으로 쳐다보았다. 그러나 귀순이는 덕성이와 시선을 맞추자 다급하게 피하며 머리를 숙인다.

"정말 몰래 도망 온 게냐?"

"응!"

귀순이의 종전 태도로 보아서는 응당 있음직한 일이었다. 그는 만날 적마다 몇 번인가 그런 암시를 주었었다. 그러나 혼인 전날에 이렇게 도망질을 쳐 올 줄은 덕성이 생각에는 사실 꿈 밖이다.

"나두 이렇게 올 줄은 아주 몰랐다네. 내 그렇게 깐깐한 가시낼 첨 본다니. 그저께 저녁때서야 오늘밤 새벽에 자네한테로 같이 달아나자는구만. 그래 나두 벼락감투를 쓰고 왔다네 하하, 참."

귀순이는 복술이에게 눈을 흘기었다. 그러나 복술이는 여전히 느물거리며 전후의 사정을 토파하는 것이었다.

덕성이는 그런 말을 들을수록 더욱 감격할 뿐이었다. 과연 그는 귀순이가 이같이 자기에게 열정일 줄은 몰랐다.

"그럼 집에서들 얼마나 걱정들을 하시겠나? 곧 알려드려야지."

"뭘 괜찮어. 자네한테 왔는데."

그동안에 주문한 음식이 들어왔다. 복술이는 술병을 보더니만 또 한바탕 너털웃음을 치며,

"이게 자네들 국수를 미리 먹는 셈 아닌가…… 그렇지만 귀순인 술 한 잔을 따루 준댔겠다, 오작교를 놓아준 상급으로…… 허허허."

세 사람은 음식점을 나와서 우선 북릉을 구경 가기로 하고 마차를 잡아 탔다. 일기는 쌀랑한 편이었으나 차차 해기[448]가 퍼지는 대로 눅어진다. 길림보다도 번화한 시가지를 마차 위에서 달리는 기분은 유쾌하였

---

448) 해기 : 햇살의 기운

다. 만인의 채자449)는 긴 채찍을 들어서 마치 태기채(논에 새 몰 때 휘둘러서 소리를 내면 새가 놀라 달아나게 하는 줄)를 두르듯이 말 궁둥이를 후리면서 혀를 쯰! 쯰! 차는 것도 기이해 보인다. 인제는 아무도 겁나지 않는다.

봉천은 개양툰이나 길림보다도 먼지가 더 심한 것 같다. 바람이 일 때마다 흙먼지가 눈코를 뜰 수 없게 한다.

그들은 북릉의 장엄한 석물을 보고 놀랐다. 이름도 모를 기괴한 동물들이 전각 앞뜰 좌우로 늘어 있다. 덕성이는 북릉의 유래를 그들에게 대강 설명하였다.

북릉을 구경하고 돌아오는 길에 그들은 삼간방(三間房) 농장을 찾아가 보았다. 이런 대도회의 바로 옆에 수전을 개척한 농장이 있다는 것부터 두 사람에게는 기이하게 생각된다. 덕성이의 설명에 의하면 이 농장의 수보는 몇십 리 밖에서 끌어온 것이라던가. 그리고 여기는 북만보다 농사가 발달되었다 한다. 우선 개척되지 않은 공지가 별로 없고 농한기에는 부업을 열심히 한다는 것이었다. 집집마다 새끼를 꼬고 먹450)을 치기를 요새부터 명춘까지라고. 그래서 북만 같으면 불을 땔 줄밖에 모르는 짚을 여기서는 부업의 원료로 한 단을 허투루 쓰지 않는다고 어떻든지 볏짐이 천 근이면 이십여 원을 한다니까.

이렇게 억척인 이곳 농호들은 비료에 대해서도 여간 열심히 아니란다. 근년에는 금비를 쓰지마는 그 전에는 인분과 마분을 많이 썼다고 한다. 그래서 식리에 눈이 밝은 만인들은 인분에다 마분을 섞어서 빈대떡처럼 만들어 가지고 한 조각에 얼마씩 받았는데 그것이 잘 팔려서 똥값이 비싸게 되니까, 차차 그들은 진흙을 많이 섞게 되었다. 그 속을 알아챈 농호들은 그 뒤부턴 코에 대고 냄새를 맡아보다가 심지어는 떼 먹어가며

---

449) 채자 : 채잡이.
450) 먹 : 멱서리. 짚으로 날을 촘촘히 걸어서 만든 그릇의 하나. 주로 곡식을 담는 데 쓰인다.

구린 맛을 보고야 샀다는 말까지 났다.

이만큼 근검저축을 한 이 마을의 농호들은 한 천지(一天地)에 칠팔 단의 소작료를 무는 땅에서도 이십여 단의 수확을 낼 수가 있다 한다.

그렇다면 개양툰 사람들은 아주 거저 먹기로 농사를 짓는 셈이었다. 그것은 농사일에 등한한 복술이까지 감심하는 모양으로,

"그럼 우리 개양툰 사람들도 이렇게만 농사를 짓는다면 큰 수가 나게!"

"암, 우리 농장에서는 이 고장의 절반만침만 부지런해두 큰 수확이 날 것이다."

덕성이는 장차 포부가 많은 듯이 팔짱을 끼고 힘 있는 말을 한다. 그는 다시 말을 이어서,

"그래 이 마을 사람들은 비싼 소작료를 물면서두 제가끔 수백 원씩 저금을 하여낸다."

"자네두 어서 공부를 잘하구서 개양툰 농장을 한번 훌륭하게 만들어 보게."

"음! 내야 물론이지만 너두 딴 생각말구 농사나 같이 짓자!"

귀순이는 그 말을 들으니 미리부터 가슴이 출렁인다. 덕성이가 농림학교를 졸업하고 돌아오면 결혼을 한다. 아니 결혼은 그 전에 해도 상관없겠지, 공부에 방해만 안 된다면…… 그리고 개양툰 농장의 지도자로 나선 남편을 도와가며 이상적 농촌을 건설한다면 그것은 참으로 낙토를 이룰 것이 아닌가? 그런 생각은 복술이에게도 제 마음에 맞는 색시를 얻어 주고 싶고 어쩐지 그가 전에 없어 쓸쓸해 보이었다.

"내야 뭐 그럴 자격이 있는가? 바람둥이로 타고 났는 걸!"

그들은 다시 시내로 들어와서 제일 번화한 거리를 걸어보았다. 동선당(同善堂), 자선원(慈善院)을 구경하고, 저녁때에 하숙으로 돌아왔다.

저녁을 먹고 나서 이야기를 하다가, 한 방에서 셋이 같이 자기로 하였

다. 그래 귀순이는 아랫목에다 따로 자리를 잡고 두 사람은 윗목으로 나란히 머리를 앞문 쪽으로 향하고 자게 되었는데 오줌을 누러 간다고 나간 복술이는 웬일인지 한 시간이 되도록 들어오지 않는다.

"이 애가 어디 갔을까?"

"글쎄!"

서로 머리를 각기 두고 잠을 청하던 두 사람은 복술이로 하여 눈이 또랑또랑해졌다.

"나가 찾아볼까?"

"찾긴 뭘 찾아요? 어련히 올까봐."

귀순이는 복술이의 간 곳을 짐작하고 속으로 웃었다.

"그런데 넌 어쩌자구 이렇게 나섰니."

"뭘 어째요? 당신한테 재미없으면 다른 데로 가면 되잖우."

"다른 데 어디?"

"아무 데구……."

"그러지 말구 낼 아침에 집으로 전보를 치자꾸나. 누구든지 데리러 오겠지."

귀순이는 아무 대꾸도 안 했다. 그것은 내 몸은 인제 당신에게 맡겼으니 마음대로 하라는 말과 같았다.

복술이는 밤중까지 돌아오지 않았다. 그러나 덕성이도 별 염려는 하지 않았다. 그의 소행을 잘 아는지라 어디로 가서 술을 먹든지 그렇지 않으면 지금쯤 유곽을 헤맬 것이기 때문에. 사실 복술이는 차표를 사고 남은 돈을 가지고 밤거리로 나갔던 것이다.

하루 이틀이 지나도록 귀순이의 소식은 감감하다. 신덕이는 그럴수록 몸이 달고 조바심이 쳐졌다. 인제는 부락장 집에 한 말썽보다는 자식 생각이 앞을 서서 못 살겠다. 그것이 참으로 어디로 가서 죽지나 않았는가.

오냐, 인제는 네 맘대로 해줄 테니 죽지나 말아달라고 싶다.

그런가 하니 참으로 자기는 그 딸의 마음을 너무도 몰라준 것 같다. 그까짓 논 몇 쌍과 추석비슴이 무어라고 약혼한 자리를 파혼까지 해가며 그 잘난 황식이를 사위로 맞으려 들었던가? 그것은 자기깐에도 미친 증이 들었던가 싶다.

하긴 모든 것이 가난한 탓이었다. 원수의 가난에 돈에 홀리어서 환장까지 하게 된 것 아니었던가. 그러나 인제는 모든 것을 깨달았다. 그리고 돈 가진 사람들의 심보도 알 수 있었다. 사돈집이 부자기로 그것이 무슨 소용이냐? 더구나 출가외인이란 건데! 딸의 덕에 부원군을 한다는 것도 옛말이다.

그런 생각은 또한 덕성이네 집에 대하여 여간 미안하지 않았다. 참으로 자기네가 배은망덕을 하기는 부락장 집이 아니라 건오의 집이었다. 그 집이야말로 자기네를 이 고장으로 이사를 시켜준 은인이요, 논까지 얻어주어서 농사도 짓게 하지 않았는가. 그런데 덕성이와 약혼을 하기까지 하고 아무 까닭 없이 또 파혼을 하지 않았는가. 그렇지만 그 집 사람들에게는 오늘날까지 별로 심하단 소리를 못 들어보았다. 그런 점으로 본대도 그 집 식구들의 심덕은 여간 무던하지가 않다. 그것은 역지사지하더라도 만일 자기네가 그런 꼴을 당했어도 가만히 안 있을 것이요, 부락장 집에서 당했다면 노방 살인이 났었을 것이다.

초조한 가운데 이삼 일이 지나갔다. 그러자 나흘 되던 날 저녁때 난데없는 전보 한 장이 떨어진다.

"무사 도착, 안심. 황덕성."

석룡이가 밖에 있다가 전보를 받아들고 급히 안으로 들어왔다. 내외가 암만 뜯어보아야 도무지 의미를 알 수 없다.

귀순이가 전보를 친 것이라면 황덕성이란 이름이 적혀 있을 리 없고 덕성이가 친 것이라면 제 집으로 할 것이지 왜 남의 집으로 놓았을까? 그러나 전보를 받아볼 임자는 분명히 윤석룡이에 틀림이 없었다. 그래 그들은 생각다 못해 그 길로 건오의 집으로 갔다.

"아제, 이것 좀 보셔! 덕성이한테 전보가 왔다는데 이게 무슨 뜻인지 모르겠어요."

그는 체면을 불고하고 급한 마음으로 우선 물어보았다.

"무사 도착, 안심. 황덕성."

전보를 읽어보고 난 건오는 입맛을 다시며 도로 내준다. 그는 한참만에 입을 뗀다.

"걔들이 봉천으로 간 겝니다."

"걔들이라니요? 복술이와 귀순이 말이지요."

"그렇지요."

"아이구, 그럼 작히나 좋을까요? 난 어디 가 죽은 줄만 똑 알았더니, 선생님?"

신덕이는 금시로 변덕이 나서 정이 착착 붙게 목소리를 꺼낸다. 그것은 얼굴이 다시 처다보이도록.

"그럼 왜 우리 집으로 쳤을까?"

석룡이가 이상스레 또 묻는다.

"덕성이가 치자니 그리밖에 칠 수가 없던 게지. 상관없는 우리 집으로 치기는 무엇하니까."

"옳커니. 그래 그런 게로구먼! 별안간 대 들어서니까 우리 집으로 알려 주자구…… 성님! 그렇지 않겠어?"

"글쎄 원……."

순복이는 별안간 당하는 일이라 얼떨떨할 뿐이다. 이 변덕이 또 며칠이나 가려는가 싶었기 때문에.

"그럼 이 일을 어찌 했으면 좋겠어요! 아제? 남 공부하는 데로 쫓아갔으니…… 그년의 편지를 좀 보십시오. 난 또 그런 줄은 알았지만 복술이와 다른 데로만 간 줄만 알구 염려했었지요…… 인제 보니까 그년이 저 혼자 나서긴 길이 서니까 복술이를 꾀어가지고 같이 가잔 게지 뭐…… 내 저런 앙큼한 년 봤나!"

신덕이는 일희일비한 마음을 걷잡지 못하며 그제서야 귀순이가 써놓고 간 편지를 괴침에서 꺼내 보인다.

"일이 이렇게 된 바에야 별 수 없습니다. 저희들이 그렇게 좋아한다면 내버려두는 수밖에 없잖아요!"

'진즉 그런 생각을 왜 못했는고?'

순복이는 하는 꼴이 우스워서 속으로 이렇게 노여(노려)본다.

"그러니 아제, 수구스럽지만 그년을 좀 데려다 주실 수 없겠어요? 우리 집에서는 갈 사람도 없지마는 또 찾아가기도 열없구…… 참 별일두 다 많지유……."

그러자 그는 마치 실성한 사람처럼 별안간 가가대소한다. 그는 그동안의 모든 미안을 웃음으로 방패막이를 하자는 것 같다.

"그렇지만 내가 뭘 하러 갑니까?"

"왜 못 가실 것 뭐 있어요? 어머니 그렇지 않으셔요?"

신덕이는 사방으로 구원을 청하면서 뒤스럭451)을 떤다. 건오의 모친도 그들의 소위가 괘씸하긴 하였으나 다시 귀순이를 손부로 맞아올 수 있는 속이라 모든 것을 참고 맞장구를 쳐주었다.

그리하여 건오는 그 즉시로 의관을 갖추고 길을 떠났다. 그도 귀순이를 탐탁히 아는 만큼 한시바삐 찾아오고 싶었다.

(끝)

---

451) 뒤스럭 : 몹시 부산하게 구는 행동.

부 록

만주 견문

-'대지의 아들'을 찾아-

1. 풍토

집을 떠나는 8월 15일－서울은 그때 한참 더위와 가뭄이 계속되던 무렵이었다.

나는 화신(和信)[1] 뷰로[2]에서 만주 회유권(回遊券)을 샀다. 그래서 코스를 함경선으로 돌아가자고 정한 후에 그날 오후 4시 25분 발 나진행 급행차를 집어탔다.

두만강을 건너갈 때의 첫 감상은 어떻다 할는지. 만주를 처음 가보는 나는,

"인제 조선 땅은 다 지나왔구나"

생각하니 어쩐지 마음 한 구석이 서운하고 고적한 느낌이 없지 않았다.

그러나 국경의 도문시(圖們市)를 건너와 보아야 산용수태(山容水態)가 약간 다를망정 이국의 정조를 찾을래야 별로 보잘 것이 없음은 웬일일까?

조선인이 대다수인 도문시는 대안(對岸)의 조선 땅인 남양(南陽)이나 일반이다. 정거장의 승강객이나 가도(街道)를 왕래하는 행인이나 심지어 양

---

1) 화신 : 1931년에 설립된 화신백화점.
2) 뷰로(bureau) : 영업소

차(洋車)³⁾까지 조선사람이 끈다.

따라서 도문은 역시 조선의 어떤 도시와 별로 다른 것이 없는 조선의 연장과 같았다.

다만 한 가지 몹시 바람이 대단한 것은 확실히 만주의 특색이었다. 나는 역에서 내리자마자 대뜸 풍진의 세례를 받고 이것이야말로 정말 만주가 아니면 볼 수 없는 광경이 아닌가 하였다.

과연 만주의 풍토는 조선과 현수(顯殊)한 것이 있다 한다. 도문과 남양과는 불과시(不過是) 강 하나를 사이에 둘 뿐인데 수토(水土)는 별(別)하게도 국토를 달리하는 것처럼 판이하다 한다. 땅은 검고 물은 억세고 바람은 거세, 말하자면 대륙적이라 할까.

따라서 만주의 도로가 나쁘기로도 이 또한 명물이라 할 것이다. 나는 참으로 길이 나쁜 데 여간 애먹지 않았다. 그것은 시가지도 그렇고 촌길은 더 말할 것 없었다. 어떻게 된 땅이 비가 오면 곤죽같이 개개 풀어지고 힘이 없다가도 그것이 마르면 돌덩이처럼 단단해진다. 그러니 길이 질 때는 진수렁같이 빠지고 마를 때는 또한 요철이 심하여 발을 디딜 수가 없다. 나는 만주에 마차와 양차가 많은 까닭을 비로소 알 수 있었다. 참으로 마차나 양차를 타지 않고는 통행하기가 어렵겠다. 그런데 비가 오면 그렇게 질던 길이 비가 개이면 개이기가 바쁘게 버쩍 마르고 금방 먼지가 폴폴 일어서 눈코를 뜰 수 없게 한다. 그래서 그곳 사람들이 말하기를 여기는 하루돌이⁴⁾로 비가 오고 개이고 해야 한다는 것이었다. 미상불 나 역시 두고 보니 그 말이 정당하게 들렸다.

흙이 검은 대신 물은 누르다. 나는 두만강을 보기 전에는 강물이 맑은 줄 알았는데 그 때는 우기라 그런지는 몰라도 강물이 매우 흐리었었다.

---

3) 양차(洋車) : 자동차.
4) 하루돌이 : 하루 걸러 한 번.

그곳 사람들에게 물어 보아도 그 강은 원래로 흐린 편이라 한다.

흐르는 물이 맑지 못한 증거로는 그 후로 다른 곳을 가볼수록 더욱 입증하고도 남았다.

도문에서 목단강(牧丹江)까지는 보통 급행으로 7, 8시간이 걸린다. 그 동안에 대소의 하천이 많으나 하나도 조선같이 맑은 시내는 없다. 모두 다 흙탕물이요, 구정물이다. 나는 그곳 지명을 살펴보았는데 만주인은 벌써 그런 줄을 잘 알았다는 것이 감심(感心)된다. 만주의 지명에는 도랑 '구(溝)'자가 많이 씌어 있다. 나는 처음에 생각하기를 좋은 글씨를 놓아 두고 왜 하필 도랑 구자만 붙였는가 하여 그들의 심사를 의심하였다. 두 (頭)자로 위시하여 일, 이, 삼, 사, 오, 육, 칠, 팔, 구의 도구(道溝)라든가 대황구(大荒溝)니 노도구(老道溝)니, 모두 다 구자 투성이를 보고, 이상히 여겼는데, 미상불 그곳 물을 보고 가만히 생각해 보니 과연 도랑 구자밖 에는 다른 자를 붙일 수 없겠다. 거기에다 시내 계(溪)자를 붙였다가는 얼토당토않은 망발이 되겠기 때문이다.

그런데 지명에 대한 흥미는 동북만과는 반대의 입장에서 남만에서도 볼 수 있다. 동북만에는 어디를 가보나 도랑물같이 탁수만 있던 것이 봉 천을 지나쳐 안동현 편으로 가까워질수록 없던 산이 생기고 골짜기를 이루어간다. 본계호(本溪湖)를 접어드니 비로소 강물이 희한하게도 맑아 지는 것이었다. 참으로 그들은 경우가 분명하다. 시내 계(溪)자를 그들은 본계호의 맑은 강물을 보고야 비로소 썼구나 생각할 때 나는 다시 또 한 번 감심하지 않을 수 없었다.

2. 생활상태

도문은 경도선(京圖線)[5]과 도가선(圖佳線)[6]의 개통으로 한때 은성을 극

하였다 한다. 그러나 만주사변 직후의 밀수 경기가 꺼진 뒤로는 당년의 신흥도시로서의 시황도 좌절되어 이래 한산하기 짝이 없다 한다. 원래 도문은 병속 같은 산간의 벽지이다. 따라서 주민은 전지(田地)가 없으니 농사를 지을 수 없고 자산(紫山)[7]이고 보니 시탄업(柴炭業)[8]을 할 수도 없다.

그래서 왕년에는 일개 한촌으로서 회막동(灰幕洞)의 세민이 두만강을 의지하여 영세한 생애를 삼은 이외에는 「월강곡(越江曲)」의 옛 역사의 뒤를 이어 쪽박신세의 간도 이민의 발자취가 이 지경(地境)을 넘나들었을 뿐이라 한다.

그만큼 도문의 조선인은 생활의 근거가 오히려 박약한 듯싶다. 그것은 회막동의 초라한 조선인 부락이 그들의 생활을 여실히 설명하는 것 같았다.

도문의 경기는 신흥도시 목단강으로 옮긴 듯하였다. 목단강은 우차부(牛車夫)도 일일 7, 8원의 순이익이 있다는 것이다. 그것은 기차 안에서 보아도 도가선에는 승객이 물밀듯하는데 그들은 거개 목단강으로 간다는 것이었다. 목단강의 경기가 좋다는 말을 멀리 남조선까지 소문이 난 모양이다. 진주, 마산 등지에서 오는 남녀노소가 차멀미를 내서 북새를 놓았다.

도문에서 목단강까지도 도처에 조선사람이 널려 있다. 산속이나 들판이나 만인의 생활은 도리어 드물게 보인다. 석현(石峴)역의 동양펄프공장이 있을 뿐 대흥구(大興溝)를 지나서 낙타령(駱駝嶺)까지는 삼방협곡과 같은 산협뿐이다. 낙타령을 지나며 좌측으로는 평원의 수평을 지은 원산(遠

5) 경도선 : 新京(현재의 장춘(長春) – 圖們 철도.
6) 도가선 : 圖們 – 佳木斯 철도.
7) 자산 : 붉은 산. 나무가 없어 헐벗은 산.
8) 시탄업 : 땔나무와 숯 만드는 일.

山)이 창해와 같이 보이나 그 동안에 수전은 한 곳도 안 보이고 우거진 초원 틈에 전곡(田穀)이 섞여 있을 뿐 간간이 담배 밭이 보이는 것은 나의 어린 시절을 추억케 하는 기이한 풍경이었다. 멀리 동경성을 바라보는 두구자(斗溝子)와 마련하(馬蓮河) 부근에서야 비로소 수전이 개척된 것을 발견할 수 있었다. 거기까지의 철도 연변의 주민은 대개 화전민과 같은 산간의 외딴 집이 많았고 그로 보아 그들의 생활이 가난할 것을 물론이었다.

그러나 그들이 이역 타국에 와서 그렇게 고적한 생활을 잘도 참아간다는 데 나는 내심으로 그들의 강대한 생활력에 감탄하였다.

이런 광경만 내다보다가 목단강을 들어가 보니 넓은 벌판에 일대 문화도시가 전개된 중에 조선인도 어깨를 견주어 시가지의 한복판을 차지한 것이 우선 마음에 든든해 보였다.

조선인 상가는 마치 서울의 남촌 거리를 걷는 것과 같이 특수한 조선색을 띄운 것이 이채였다.

농촌도 수전을 개척한 데서 비로소 생활의 탐탁함을 엿볼 수 있었다. 나는 해림(海林)사건9)으로 유명한 저 사호둔(沙虎屯) 남전자(南甸子), 대둔(大屯)의 해림강 대안(海林江對岸)인 납고(拉古, 라쿠)의 자유집단농장을 가 보았는데 올해는 더욱 풍년이 들어서 주민은 농사를 잘 지었다 한다.

나는 이번 길이 농촌을 시찰함이 목적이었으므로 가는 곳마다 우선 그들의 생활을 조사해 보았는데 도대체로 조선에 비하면 소작료가 헐한 외에 소출은 많은 편이었다. 수전 한 쌍(晌)이 약 2,000평인데 이에 대한 주자(소작료)가 보통 4, 5단(1단은 약 266근 4냥쭝10)이므로 조선두량으로는 1

---

9) 해림사건 : 1934년 7월 중국 해림 부근 남전자의 조선인 농촌마을에 마적이 습격하여 약탈 방화하고 조선인 19명을 살해한 사건.

10) 냥쭝(兩重) : 무게의 단위. 귀금속이나 한약재 따위의 무게를 잴 때 쓴다. 한 냥쯤 되는 무게.

석 4두 가량이라 한다.)에 불과하다 한다. 그런데 보통 소출은 남만에는 13,
4단이나 동북만은 15단 내지 20단이요, 신푸리[11](금년 초간)에는 근 30단
을 수확할 수 있다 하니 그것을 1쌍 평균 15단씩만 쳐도 조선 석수로는
근 20석 되는 셈이다.

그 속에서 1쌍(2,000평) 소작료 5, 6석을 제하고 나면 14, 5석은 소작
인의 차지가 된다. 그런데 매호에 세 쌍 이상으로 5, 6쌍을 짓는다 하니
그들은 농비를 제하고서도 풍년만 들면 수십 석 내지 100여 석을 소득
하게 된다는 것이다. 그것을 타작마당에서 빗자루만 들고 나선다는 이곳
소작인에게 비한다면 참으로 동일의 비교가 아니건만 만주의 이주농민
의 대다수가 오히려 생활의 안정을 얻지 못하고 사처(四處)에 방황하고
있는 것을 무슨 까닭인가? 거기에는 물론 여러 가지 원인이 있을 줄 아
나 차항(次項)에서 나는 들은 말을 종합하여 보는 동시에 그들의 병폐인
부동성과 일확천금의 몽상을 깨우쳐 보려 한다.(연길, 용정촌 등지의 이주농
민의 유래 깊은 원(元)간도 지방은 그렇지 않으나 그 외에는 지금도 부동 농민이
많다고 한다.)

3. 소작관계

만일 이상과 같음이 사실이라면 만주 입식(滿洲入植)의 농사는 거개 요
족한 생활을 누릴 수 있을 것으로 말이 너무 풍을 띄워서 독자는 나를
만주바람이 들었나 의심할는지 모르나 그것이 또한 그렇지 못한 사정이
있다. 만주에는 소위 방천(半作農)이 많다 한다. 그것은 소작인이 자주에
게 직접으로 작권을 얻는 것이 아니라 중간인이 만인 지주에게 소작권

---

11) 신푸리 : 신(新)풀이. 한 번도 파헤친 적이 없는 그대로의 굳은 땅이나 밭을 새로 논으로 만듦.

을 빌어 가지고 중간작의 이득을 취함을 이름이다. 즉 토지차득인(土地借得人)은 자기가 농사를 직접 짓지 않고 소작인에게 농량을 대주어 가며 대작(代作)을 시킨 후에 수확 곡물을 절반씩 분배하는 제도라 한다.

만주에는 이러한 악덕 브로커가 많아서 직접 간접으로 우직한 농민을 농락하는 폐단이 적지 않다 한다. 그들은 교묘히 관변을 이용하여 무고한 세민을 못살게 구는 실례가 비일비재라 한다. 따라서 자유농촌을 진흥 개량하려면 먼저 이런 자들의 발호를 방지해야 한다는 것이다. 일례를 들면 그들은 만인 지주를 충동해서 소작권을 흔들게 한다. 즉 주자(소작료)를 더 줄 테니 소작권을 떼라 하고 그래서 작인이 안 들으면 재판을 걸라고 꾀인다. 지주는 그 말이 자기에게 유익하므로 소작인에게 주자를 더 내든지 불연(不然)이면 토지를 반환하라고 위협한다. 그러나 소작인 편으로 보면 그것을 매우 억울한 일이다. 그는 황무지를 수전으로 개척한 공로와 수리권(水利權)이 있음에 불구하고 일조에 작권을 떼라는 것은 억울하다고 호소한다. 그러나 지주는 다른 사람 — 너의 동족이 그 논은 주자가 너무 헐하다고 몇 단을 더 내어도 좋으니 떼어 달라는 데야 어찌 하느냐고 사정을 말한다. 이런 경우에 소작인은 할 수 없이 울며 겨자 먹기로 소작료를 그렇게 올리든지 그렇지 않으면 농지를 빼앗기게 된다.

나는 길림에서 이와 같은 재판사건의 서류를 얻어 보았다. 그것은 소작인의 변해서(辯解書)인데 그 작인 역시 만인 소유의 황무지를 수전으로 개척한 것이었다. 그는 수리권을 주장하기를 수전은 황무지를 소유한 지주만으로도 될 수 없고 수리를 개척한 소작인만으로도 될 수 없다는 것을 전제한 뒤에 그것은 마치 일가의 부부와 같이 공동결합이 되어야만 원만한 가정을 이룰 수 있다는 비유를 붙였다. 그런데 몇 해 전에 들어와서 자식을 잘 낳고 사는 아내를 일조에 축출하려는 폭군과 같이 수전의 공로 있는 소작권을 하등 정당한 이유도 없이 이동하려는 것은 아무리 지주라 할망정 몰인정한 소위가 아니냐고 간곡히 진변한 것을 나는 흥미 있게 보았다기보다도 눈물겨운 생각을 더하게 하였다. 그런데 근년에는 만주에도 비옥한 수전 가경지(可耕地)나 황무지가 차차 적어지므로 기경작권에 대한 쟁투전이 심해져서 이러한 소송사건이 작금으로 매우 증가되는 현상이라 한다.

이것은 농가를 착취하는 일부의 악덕 중간인의 폐해라 할 것이나 무자각한 농민 자신 속에도 이만 못지 않은 해악이 있음을 알아야 할 것이다.

한 말로 말하자면 그것은 부동성이었다. 만주에 들어온 사람들은 걸핏하면,

"여기가 어딘 줄 아니? 여기는 만주다!"

이런 말을 입버릇처럼 한다는 것이다. 그것은 아무렇게 해도 좋다는 막보는 말이다.

만주에서는 무슨 짓을 해도 좋으니 너는 상관 말라는 것이란다. 따라서 그들은 마치 금점꾼처럼 오늘 충청도, 명일 함경도 식으로 일확천금을 몽상하면서 넓은 만주벌판을 방황한다는 것이다. 사실 그들은 농사도 투기적으로 금점 하듯 하였다 한다. 몇 해 전만 해도 비옥한 황무지는 얼마든지 있으므로 그들은 한 곳을 발견하자 한 해의 농사를 짓는다. 그러면 조선에서는 도무지 볼 수 없는 농사를 힘 안 들이고 잘 짓게 된다.

누구나 만주의 농사짓는 방법을 들어보면 거짓말 같은 참말에 놀라지 않을 수 없으리라. 황무지 개간을 소위 신푸리라 하는데 해동 후에 물을 대 놓고 거기다 그냥 씻나락(벼종자)을 뿌려둔다. 몇 날 뒤에 낙종(落種)이 악퀴[12]를 틀 임시(臨時) 해서 작인은 물속의 풀을 윗 둥지만 예취(刈取)[13]

---

12) 악퀴 : 아귀. 겨드랑눈. 곁눈. 가지의 곁 입아귀에 생기는 눈.
13) 예취(刈取) : 곡식이나 풀을 벰.

해 버린다. 그러면 벼 싹은 물위로 커 나오고 풀뿌리는 물속에서 썩어서 그 놈이 도리어 비료가 된다는 것인데 그 뒤에는 두서너 벌 김만 매 주면 그만이란다. 자, 이렇게 쉬운 농사가 어디 있는가. 참으로 조선내지의 농가로서는 그것은 상상치도 못할 기적 같은 농경법이라 할 것이다.

4. 부동성

그렇게 짓는 농사도 소출은 조선의 몇 배가 더 난다니 만주의 수전농이야말로 금점꾼14)의 투기심을 낼 만도 할 것 같다.

그들은 비료를 하지 않고 2, 3년간 힘 안 들이는 농사를 짓는다. 그러나 아무리 비옥한 만주 땅이기로 장구히 그럴 수는 없다. 지력은 체감하여 차차 수확이 줄어들게 된다. 그와 동시에 돌피(稊)가 무성하게 되는데 그 돌피에 피사리를 안 하게 되면 익년에는 피밭이 된다는 것이다.

여기에 분기점이 갈라진다. 그 작인이 실농(實農)이라면 그는 그 전에 비료를 하여서 돌피도 덜 나게 되고 따라서 피사리를 잘했을 것이다. 그러나 그가 원래 부동성이 있는 부황한 나농(懶農)이라면 그곳을 내던지고 다른 곳으로 옮겨간다. 그들은 마치 화전민처럼 오지로 오지로 옮겨간다. 그들의 심산에는 다른 곳으로 가면 얼마든지 좋은 땅이 있으리라 싶었고 그럴 바에는 힘들여서 피를 뽑아가며 농사를 지을 것이 무엇이냐는 것이었다.

따라서 그들은 어디를 가나 마찬가지다. 몇 해를 지나도 살림은 제턱15)으로 늘지 않는다. 그래도 언제까지 그럴 줄 알고 해마다 농사를 지으면 낭비를 한다. 만주는 술이 싸고 아편과 도박이 성행한다. 주색잡기

---

14) 금점꾼 : 금광에서 일하는 사람.
15) 제턱 : 변함이 없는 그대로의 정도나 분량.

에 눈이 뜬 그들은 곡식이 채 익기도 전에 선변(장리변돈)[16]을 내다가 하룻밤에 털어 없애고 만다는 것이다.

하긴 그들이 이와 같이 타락되는 데는 외타의 원인이 없지 않다. 만주사변 이전에는 치안이 유지되지 않았을 뿐더러 정치적 환경이 불리한 것은 그들의 부동성을 조장하게 되었다 한다.

그러나 아무리 그렇다고 하더라도 그들이 만주를 제2의 고향으로 알고 영주할 목적으로써 실로 개척민적 자각을 가진 바 있었다면 비록 방천살이(반작농)를 했을망정 그래도 다소간의 저축을 했을 것이다. 그들이 선조의 분묘가 있는 정든 고토를 떠나올 적의 지난 일을 돌이켜 보라! 거의 대부분은 소작농도 할 수 없어 바가지를 차고 국경을 넘어 바람 거친 만주로 들어오지 않았던가. 그런 생각을 하면 절치부심을 해서라도 일야(日夜) 근농하여 생활을 향상하고 남는 것이 있으면 고국의 친척을 돌봄이 가하거늘 만주벌이 좁다고 뛰어다니기만 하면 무슨 소용이 있더냐. 그들은 적게 자기의 일가를 망치고 크게는 조선 이주민 전체에 악영향을 끼쳐서 동포의 신임을 추락케 하는 죄과를 면치 못하게 될 것이다. 따라서 그들은 당국에서도 크게 염려하여 선도에 전력함은 물론, 일반적으로 조선인의 자정운동을 종용한다 하거니와 이제는 더욱 전과도 달라서 일확천금의 몽상 가지고는 도만(渡滿)의 목적을 달하지 못한다 한다.

농사를 짓고자 하는 농민이라도 아무 근거 없이 들어갔다가는 중간인에게 속아서 다소 휴대했던 농자금도 없이 하는 수가 많다 한다. 황지(荒地)푸리가 수확이 많다는 바람에 소개료를 비싸게 주고 땅을 샀다가 지형상 수보(水洑)를 내지 못하면 영영 황을 그리고 마는 수가 많았다 한다. 과거에 수천 금을 쥐고 만주로 농장 경영을 들어왔다가 경험이 없어서

---

16) 선변(先邊) : 선이자(빚을 쓸 때에 본전에서 먼저 떼어 내는 이자).

거개는 그렇게 실패하고 돌아간 사람이 불소하다 하지 않은가. 그러므로 부득이 도만할 경우에는 아주 만주를 제2의 고향으로 알고 근간(勤懇)[17] 착실히 영주할 목적을 첫째 결심한 뒤에 먼저는 혼자 들어와서 1, 2년간 경험을 쌓는 것이 좋다 한다. 그래서 그곳의 언어, 풍속, 습성도 알고 지반을 닦아 놓은 연후에 가족을 불러들이는 것이 실패율이 없다 한다.

이와 같이 착실한 농민이 들어온다 하면 그는 비록 방천살이를 할지라도 수삼 년만 근고하면 제 앞가림을 할 수 있다는 것이다. 대회사의 개척민은 회사에서 모든 것을 주선해 주지만은 자유농민은 모든 것을 자력으로 해야 되기 때문에 남보다도 더욱 신용을 얻어야 될 것이다. 그것은 고용살이를 할지라도 조선보다는 낫다 한다. 일년 사경[18]이 먹이고 보통 정조 12단(조선 석수로 약 17석)을 준다 하니 환산하면 300원 내외의 연수입이 된다. 이렇게 몇 해만 근고한대도 근 천 원이나 저축될 것이요, 그 돈으로 땅을 산다면 자작농은 될 수 있을 것 아닌가. 그러나 이것은 저마다 그럴 수는 없는 것이니 일률로 논할 수는 없을 것이나 하여간 그의 자각 여하로 만주는 왕도낙토를 만들 수도 있는 반면에 타락의 구멍을 영구히 헤맬 수도 있다는 것이다.

5. 안전농촌

그래서 당국에서는 그들의 부동성을 정착시키기 위하며 되도록 집단농촌을 건설하도록 장려한다는데, 나는 약 1개월 동안에 목단강에서부터 간도, 길림 등지와 하얼빈, 신경, 공주령, 봉천, 안동의 제 도시와 5, 6개소의 농촌을 찾아가 보았다. 그 중에 개인의 자유농촌으로는 목단강

---

17) 근간(勤懇) : 부지런하고 성실함.
18) 사경 : 머슴이 주인에게서 한 해 동안 일한 대가로 받는 돈이나 물건. 새경.

부근의 납고농장(拉古農場), 하얼빈 교외의 고향툰(顧鄕屯)농장, 봉천 시내의 삼간방농장이요, 회사의 안전농장으로는 공주령 부근의 유대호(劉大豪)농장과 진가툰(秦家屯), 고려성을 가보는 길에 선척(鮮拓)의 회덕(懷德)농장을 지나며 보았다. 나의 예정으로는 만보산(萬寶山)사건이 있던 만보산농장을 꼭 보려들었는데 그리고 현재 그 농장의 이사장으로 있는 김용각(金鎔珏) 씨와는 내 고향의 친지이었던 만큼 그 분이 있단 말을 듣고 나는 더욱 가보고 싶었으나 그때 마침 비는 오락가락 하는 데다가 거기는 정거장에서도 근 30리를 도보로 갈 수밖에 없다 하므로 나는 섭섭하나 단념하지 않을 수 없었다. 그리고 하얼빈에서는 현재 그곳 협화회 조선인 분회장 황의명(黃義明) 씨가 자신으로 개척한 채화(綏化)농장이 안전농촌으로 가위 모범이 될 수 있다는 말을 듣고 그 농장도 꼭 보고 싶었으나 채화농장은 하얼빈에서도 4백여 리를 오지로 더 들어가야 할 뿐더러 그 때도 비가 와서 단념하고 부근의 순향툰농장을 가보고 말았다.

나는 납고농장을 말할 때 개인의 자유농촌생활은 대강 적은 바 있으니 이제는 끝으로 회사의 안전농촌에 대하여 한 마디 언급해 보려 한다.

나는 공주령에서 만몽산업주식회사 경영인 유대호농장을 가보았다. 동회사의 사장 공진항[19] 씨와 중역 이선근[20] 씨는 전부터 잘 아는 만큼 양씨를 이역에서 만나보매 반가움도 더욱 각별하였다. 나는 동회사의 중역인 한영창 씨 안내로 근 30리 되는 유대호농장을 지까다비를 신고 걸어갔다. 나는 본문의 초두에서 만주의 풍토를 적을 때에 길이 나쁜 데애 먹었다 했거니와 실상은 유대호를 왕복하느라고 큰 고생을 했기 때문이다. 큰길은 있으나 길이 나빠서 마차도 못 간다 하기에 불과 5, 60리쯤이야 당일 왕복을 못하랴 하고 장담하였던 것이다. 그러나 나는 그

---

19) 공진항(孔鎭恒, 1900~1972) : 개성 출생의 기업가, 행정관.
20) 이선근(李瑄根, 1905~1983) : 개풍 출생의 교육자, 역사학자, 언론인.

때까지 도보로는 10리 이상을 걸어보지 못하였다. 더구나 나쁜 길을 근 60리나 갑자기 걷자니 갈 때는 호기심으로 무난도 하고 또한 발도 덜 아팠으나 돌아올 때는 과연 한 발자국을 떼어 놓을 때마다 입이 딱딱 벌어지도록 부르튼 발바닥과 티눈이 맞춰졌다. 그러나 목적지를 도달했을 때는 고생했던 이상으로 소득이 있었다.

"만주의 진미는 촌으로 걸어 다녀 보아야 하지 자동차만 타고 다녀서는 모릅니다."

하던, 바로 회사를 떠날 때에 듣던 말이 과연 그렇구나 싶었다. 유대호에는 이주민이 불과 수십 호라 한다. 그래도 소학교가 따로 있고 올해도 벼가 잘 되어서 그들의 생활은 점차 안정되었다 한다. 우리는 방천한 보두(洑頭)에서 싸가지고 온 벤또와 위스키 한 병을 기울이고 마을의 학교로 들어가서 잠시 다리를 쉬었다.

그러나 그곳 농장은 소규모의 것이므로 별반 시설을 크게 한 것은 없다 한다. 한 가지 보암직한 것은 보를 막은 것이었다. 거기는 큰 도랑물을 버들가지로 막았는데 버들을 포갬 포갬 쌓아올린 위로 장나무 토막으로 만든 갱목을 땅 밑까지 내려박았다 한다. 그리고 보 안으로는 흙으로 막아둔다는데 그랬어도 물이 새지 않는 것은 모래가 없는 개흙인 까닭이겠다.

이렇게 보를 막아 놓고 좌우의 만주인 한전(旱田) 사이로 보똘21)을 길고 깊게 내어 논으로 물을 대게 하였으니 수전 개척지에는 도처에 물싸움으로 유명했다는 만주인과의 역사적 분쟁사건도 미상불 그럴 수밖에 없겠다는 근거가 있어 보인다.

고래로 한전만 지어 먹던, 물이 귀한 만주의 평원 광야 사람들이다.

---

21) 보똘 : 봇도랑. 봇물을 대거나 빼게 만든 도랑.

그래 그런지 만인은 물을 제일 무서워한다는 것이다. 그런데 조선인이 침입하여 난데없는 보똘을 자기네 밭 사이로 뚫고 그래서 허영 벌판에다가 별안간 물을 가득 실어서 바다같이 만들어 놓은 것을 내가 보았을 때 평생을 논이라고는 못 보던 그들의 놀라움은 여간 크지 않았을 것이다. 그들의 생각에 자기네 동리는 금방 물에 망해 버릴 것 같다. 그래서 저 참극한 해림사건도 발생하였다는 것이다.

6. 자작농

자작농 창정은 만주 농촌에 있어서도 시급한 문제인 것 같다. 나는 그 익일 100리나 된다는 회덕 부근의 고려성을 회사의 트럭을 타고 가본 후에 바로 봉천으로 나가려 하였는데 선시(先是) 선근 씨를 경성에서 만났을 때 동회사 안가(安家)농장을 가 보기로 소개장까지 얻어 가지고 왔다가 일정관계로 나는 못 가고 말았다. 그런데 마침 사장 공진항 씨가 안가농장에 볼일이 생겨서 가겠다고 나와 동행하기를 권한다. 나는 예정 일자가 늦어서 못 가겠다 하였더니 그래도 굳이 큰 농장을 한 번 보는 것이 좋다고 권해서 나는 그날 밤 새로 두 시 차로 다시 하얼빈을 향하여 출발하였다.

안가는 납빈선(拉濱線) 오상(五常)의 못 미쳐서인데 하얼빈에서 100킬로를 길림 쪽으로 나가는 조그만 역이었다. 동에는 산이 막혀 있으나 서쪽으로는 역시 툭 터진 망망한 황야가 뚫린 곳이다.

안가농장은 철도 둑을 넘어서 서쪽으로 있는 평원에 있다. 망우하(忙牛河)와 납림하(拉林河) 간에 개재(介在)한 이 농장은 만인의 한전과 하류의 저습지대를 포함한 약 4,000쌍의 대농장이라 한다. 나는 공씨와 함께 금년 개간된 구역을 순시하였다.

그런데 이 농장은 특수한 유래가 있다 한다. 동회사에서는 이 농장보다 먼저 오상현의 평안진(平安鎭)농장을 경영하고 있었는데 평안진농장은 일본내지 농민의 입식지 구역에 편입되어서 만주의 국책회사인 선척회사에 매도하게 되었다 한다. 그 대신 만몽회사는 미간지의 안가농장을 얻게 되었다는데 농장 경영비로 선척에서 100만 원을 저리로 차입하고 만주국 정부에서는 14만 원의 보조금을 받아서 작년부터 납립하반으로 제방공사를 시작하였다 한다. 연장 약 500키로의 제방에 공사비만 40만 원을 요한다는 것이다. 그와 동시에 그 회사에서는 평안진농장의 500호 소작인까지 떠맡았다는데 금년에 우선 103호를 이주시켜서 300정보를 개간하였다는 것이 벼가 줄방죽[22]같이 잘 되었다. 나는 신간답이 이렇게 벼가 잘 될 수 있는가 의심하였다. 매쌍에 17단 수확은 무려[23]한데 매호에 5쌍씩 분배하고 소작료는 1쌍 4단씩 작정하였다 한다. 즉 작인의 차지가 13단씩 될 것이다. 그러면 75단이나 소득이 되는 셈이니 조선으로 치면 거의 벼 백 석 추수나 하는 폭이다. 그런데 그 회사와 그들의 자작농창정 계획에 대하여 다년간 경험으로 이상적 방법을 안출하였다 한다. 그것은 선척(鮮拓)이나 만척(滿拓)의 장기평균상환방법과 달리하여 속성자 유상환방법을 연구 중인데 금년부터 그것을 실시하리라 한다.

즉 농민의 토지에 대한 애착심은 마치 자모(慈母)의 자녀에 대한 애정과 같아서 그들의 토지 소유와 비소유의 관념은 작농상 비상한 관계가 있다 한다. 따라서 자기소유라면 금옥과 같이 귀히 여기지만 남의 논을 소작하는 것이라면 그렇게 생각지 않는다. 그것은 언제나 생활의 불안을 갖게 하여 조만간 작권이 떨어질 것을 예상케 한다. 어시호 자작농창정

---

22) 줄방죽 : 줄을 맞추어 곧게 쌓은 방죽.
23) 무려(無慮) : 염려 없음.

이 그들에 필요한 바이나 그것을 15년이나 20년의 장기를 두고 상환케 한다면 작인의 심리는 벌써 전도요원한 감을 가지게 할 뿐더러 해마다 지력은 체감하여 소출도 감소해질 것인즉 매년 평균상환방법으로 하다가는 그 동안이 무슨 지장이 있을는지 모른다는 것이다. 그래서 그 회사에서는 우선 초년부터 작인의 여유 있는 대로 지가에 의하여 토지를 현금으로 매도할 작정이라 한다. 그러면 작인은 우선 자기가 매수한 평수만은 자기의 소유로 이전되는 동시에 내년부터는 그 땅의 소작료를 안 물게 되니 그들의 자작농창정의 완성은 불출 수 년에 가능하다는 것이다.

나는 조잡하나마 이상으로써 본문을 끝맺겠다. 처음에 3회분을 예정한 것이 배를 더 써 6회가 되었으나 횡설수설이 장황만 해지고 도리어 할 말은 못다 한 것 같다. 미진한 것은 이다음에 기회를 달리 하여 써보겠다. 참으로 지금 나의 머리는 소설을 짜내기에 여념이 없다. 끝으로 나의 이번 여행에 많은 편의를 주신 각지 조선일보 지국장과 유지 제위의 후의를 깊이 사례한다.

(조선일보, 1939.9.26.~10.3.)

국경(國境)의 도문(圖們)[1]

-만주 소감-

8월 18일 오후 4시 25분 발.

나는 오래간만에 먼 길을 떠나본다. 더구나 만주 여행은 이번이 처음
이다. 서북으로는 여태까지 평남 함남의 테 밖을 나가보지 못했던 나로
서 만주국의 대륙을 견학한다는 것은 실로 조련[2]치 못한 일이었다. 따
라서 나는 이번 기회를 기쁘게 맞았다.

그러나 나는 한편으로 주저하였다. 그것은 칩거자로서의 자겁(自怯)이
었다. 이 더운 때에 수토(水土)가 다른 이역 수 천리를 동치서구(東馳西
驅)[3] 무사히 답파할 수 있을까. 더구나 그런 자겁은 며칠 전부터 들린
감기가 염려를 더하게 한다. 그래서 나는 감기약과 위장약을 준비해가지
고 되도록 경장(輕裝)으로 나섰다.

역에는 천파(天波)형과 H군이 전송을 나왔다. 정각이 되자 싸이렌이
요란스레 울며 차가 움직인다. 이에 나는 꼼짝없이 차중인(車中人)이 되
었다.

나는 다시 시집가는 색시와 같이 원려(遠旅)의 초행이 불안하였다. 도

---

1) 도문 : 중국 길림성 동부, 간도성에 딸린 도시.
2) 조련하다 : 만만할 정도로 헐하거나 쉽다.
3) 동치서구 : 동쪽으로 뛰고 서쪽으로 뜀. 동분서주.

문(圖們)에는 학예사 최형의 소개로 현형이 있는 줄 알았으나, 얼굴은 한 번도 보지 못했다. 오직 친히 아는 친구는 목단강(牧丹江)⁴⁾에나 있는데, 거기까지 갈 일을 생각하니 까맣게 멀다.

이런 생각 저런 생각에 헤매던 중, 차는 어느덧 원산(元山)을 접어들며 날이 저문다. 나는 상단의 침대를 사다리를 타고 올라가서 무료한 여정을 꿈속에나 파묻으려 했다.

그러나 자리가 불편해서 도무지 잠을 잘 수 없다. 덜커덩거리는 굉음과 아울러 전신이 결려서 못 견디겠다. 어서 속히 날이나 밝았으면 좋겠는데 여름밤도 이런 때는 지루하다. 그런데 하필 이 차가 공교히 성진(城津)역까지에 두 시간이나 연착되었다 한다. 아직 캄캄했어야 할 성진에서 날이 활짝 새었다. 그러지 않아도 차멀미가 나서 죽겠는데, 연착까지 하다니 모처럼 내가 길을 나서니까 이런 일까지 생기는가 싶다. 나는 차 시간표를 들여다볼수록 심리가 뒤틀렸다. 다른 승객들도 투덜거린다. 나는 차 밖으로 나가보았다. 동해의 창랑이 눈앞에 굼실거린다. 바다를 보는 기쁨이 용솟음친다. 이 역시 연착한 덕이라 따지고 보매 나는 저윽히 부풀었던 마음을 가라앉힐수 있었다.

차는 어느덧 관북 2천 리를 거진 돌파해간다. 차가 회령(會寧)을 지나서이다. 회천(檜川)의 흐린 물이 탁랑을 굼틀거리며 차차 거류(巨流)로 흘러간다. 그 골짜기 사이로 기복이 중첩한 구릉형 지대가 이상히도 시선을 끌게 한다. 그것은 국경이 가까움을 암시하는 것 같다. 초행자에게도 그런 느낌을 선뜩 준다. 차가 상삼봉(上三蜂)을 지나고 남양(南陽)을 접어들매, 그런 감은 더하였다. 산세(山勢)와 수태(水態)가 내조선(內朝鮮)과 아주 판이해 보이는 것이 진기하다.

---

4) 목단강 : 중국 동북부 흑룡강성 남동부에 있는 송화강의 지류. 혹은 그 강을 따라 자리한 상공업 도시를 말함.

이제는 강 하나를 지나면 정말로 만주 땅이요, 간도의 초입이란 바람에 나는 더욱 긴장하였다.

차가 남양역을 떠나매 과연 조선에서는 듣지 못하던 말까지 들린다. 차장이 외치기를, 이 차가 지금 곧 국경인 두만강을 건너서 만주국 도문에 도착하기는 열세 시 몇 분이라는 것이다.

두만강! 이 이름은 얼마나 우리의 귀에 익은 것이냐! 석시(昔時)에는 월강곡으로 유명하던 이 강이요, 근년에는 간도 이민이 쪽박신세를 한탄하며 또한 이 강을 무수히 넘나들지 않았던가! 강수는 고금에 변함없이 흐르건만, 인사의 무상함은 이루 측량할 길조차 없다. 역사의 변천을 가만히 생각할수록 감개무량한 중에 나 또한 이 강을 건너갔다.

그러나 구태여 지난 일을 물어 무엇하랴! 도문은 만주사변 이후 급템포로 발전하였다 한다. 더욱 경도선(京圖線)과 도가선(圖佳線)이 개통된 후의 도문은 간도의 도문이요, 국경지대로서 면목이 일신하여 한때는 욱일승천의 기세를 정(呈)하였었는데, 그것은 주지하는 바와 같이 밀수(密輸) 경기가 다분히 정열을 발휘하게 하였다는 것이다.

도문은 5, 6년 전까지도 일개 낙막(落寞)5)한 강촌에 불과하였다 한다. 앞으로 두만강을 안고 뒤로 북강(北江)을 낀 도문은 전후좌우로 산이 삥 둘러싼 분지다. 산에 나무 한 그루 서지 않은 병 속 같은 이곳은 사실 주민의 살아갈 길이 없어 보인다. 전지(田地)가 없으니 농사를 지을 수 없고, 무인지경의 산속이다. 따라서 이곳을 방황하는 자로는 왕년에 있어 월경하는 이, 망명객6).

이즈음 밀수 경기가 없어진 뒤로는 회막동(灰幕洞)도 한산해져서 주민

---

5) 낙막 : 고요하고 쓸쓸하다.
6) 원문대로. 편집 과정에서 원문이 일부 누락된 듯함.

의 대부분은 이런 뜨내기장사를 하게 된 모양이다. 그렇지 않으면 자유 노동자로 팔려서 그날그날의 생계를 붙여간다. 그러나 지금은 밀수의 경기가 없는 대신 각처에 도로, 철도, 건축업의 공사가 많기 때문에 여자들이 조약돌을 고르는 일에도 근 2원을 벌 수 있다 한다. 나는 그보다도 극장의 입장요금이 보통 1원 50전이요, 그래도 늘 만원이라는 데 놀라지 않을 수 없었다. 따라서 조선내의 흥행단은 하나도 빼지 않고 이곳을 찾아온다던가. 금희좌(金姬座)[7] 일행이 불일 내연(來演)한다는 광고가 붙었다.

나는 산록으로 올라가서 도문 시가와 두만강안을 내려다보았다. 그런데 나는 뜻밖에 일이 생겨서 도문에서는 전후 주여(週餘)를 묵게 되었다. 나는 그날 하룻밤을 자고 이튿날 낮차로 목단강을 향하였으나 소제(小題)를 도문으로 붙였으니 나중 이야기도 이 자리에서 마저 하는 것이 좋을 것 같다.

나는 3일 후에 도문으로 나와서 경성 소식을 5, 6일간 기다리는 중에 두만강을 인도교로 다시 건너가 보고, 남양의 장거리를 산보하며, 조선 담배를 사 피우기도 하였다. 남양공원은 두만강반에 있는데 수림이 울창하다. 모두가 버드나무 같기에 동행한 김형에게 물었더니 유목(柳木)이 아니라 스무나무라 한다. 나는 그 말을 듣자 문득 김립(金笠)의 시구 '이십수하 삼십객(二十樹下 三十客)'이 생각났다. 스무나무의 큰 나무를 보지 못한 나는 그 글을 의심하였는데 여기 와서 대목을 보고 나니 비로소 의혹이 풀리었다.

이튿날은 혼자 두만강가를 배회하였다. 강변을 찾아가다 보니, 노방의 만인 집에서 징과 북을 울리고 새납[8]을 분다. 무슨 일인가 들여다 보니

7) 금희좌 : 인천 낙우관의 전속극단으로 1940년대 전국을 순회하며 공연한 대중극단.
8) 태평소.

그 집에 상사가 난 것 같다. 이야말로 진기한 풍경이다. 상가에서 징, 북을 울리다니 하고 나도 구경군 틈에 끼어 보았다. 처마 밑으로 명정(銘旌) 같은 깃대를 세우고, 그 앞에 제물을 차려 놓았는데 제물상 앞으로는 상주 같은 사람들이 흰 깃옷을 입고 꿇어앉았다. 이쪽으로 간격을 좀 떼어서 테이블을 놓고 테이블 위에 지필을 놓은 앞에 두 사람이 마주 앉았는 것은, 필경 조문객을 응접하는 호상소(護喪所)인 듯, 그 옆에서 한 패가 단조한 징, 북을 울린다. 나중에 들으니, 이렇게 징, 북의 풍악을 갖추는 것은 도리어 망인의 호상(豪喪)으로서 혼례 시에 예악을 갖춘 자만 한하여 상악(喪樂)을 쓸 수 있다던가.

만인의 풍속 말이 났으니 또 한 가지 들은 것을 적어보자. 만인은 관을 야외에 내던져서 소위 '풍장(風葬)'을 하는데, 어린이 주검은 그대로 시체를 내다 버릴 뿐 아니라, 죽으면 부모가 시체를 때려주는 습관이 있다 한다. 그것은 가령 인명(人命)을 60으로 한정한다면 더구나 아동으로 조사(早死)하는 것은 죄인으로 간주하기 때문이라 한다. 그래서 어른 명한(命限) 안에 죽은 사람은 시체를 묻지 않고 두었다가 그 해가 돌아온 뒤에야 묻는다는 것이다. 나는 공주령(公主嶺)에서 촌 농장을 보러 갔을 때 밭둑에 잿더미 같은 흙가리가 있기에 무엇이냐 물었더니, 그것이 가장(假葬)한 시체라는 말에 가슴이 선뜩하였다.

도문에는 왕년의 밀수 일화가 많다 한다. 그러나 그것은 지루하겠기에 여기서는 고만 두기로 한다.

(『문장』, 1939.11.)

만주와 농민문학

  나는 이번에 만주의 농촌을 견학한 바 약간의 느낀 바를 편집자의 부탁대로 문학적 견지에서 적어보려 한다.

  그러나 나는 이 졸문에서 무슨 체계 있는 이론이나 주장을 내세우려는 것은 아니다. 그것은 단지 만주의 농촌에서 현실적으로 보고 느낀 바의 생생한 소재에서 그 웅장한 스케일과 위대한 창조성을, 장래할 농민문학의 한 개의 성격으로 보아 무한히 동경한다는 데 그치고자 한다.

  과연 만주를 가본 사람이라면 누구나 먼저 대륙의 자연에 놀랄 것이다. 그것은 조선과 같이 산간 협지에서 살던 사람으로는 도저히 상상할 수도 없는 일대 경이가 아니면 안 되겠다.

  따라서 만주의 농촌은 이러한 광대무변한 대지를 토대로 삼고 건설되었다. 나는 첫째 그것이 이 자연적 조건이 조선의 농촌과는 동일의 비가 아님을 보았다.

  그러나 그보다도 또 한 가지 다른 것은 농촌의 방법이라 할 수 있다.

  종래의 만인은 수전을 개간할 줄 몰랐다. 그들은 오직 한전(旱田)을 경작할 뿐이었다 한다. 그래서 그 전에는 망망한 광야 중의 적지를 골라서 전곡을 심었을 뿐, 그밖에 광대한 저습지대는 그대로 황무한 채 내버려두었었다. 만주는 지광인희(地廣人稀)하였기 때문에, 그들은 황지를 개척하지 않아도 살 수 있었을 것이며, 또한 벼농사를 지을 줄 모르니, 그런 데는 버려둘 수밖에 없었을 것이다. 만주가 개발되지 못한 원인은 그밖에도 없지 않을 것이니, 그것은 지역이 광대함에 비하여 문화가 발달되지 못하였고, 자고로 번복 무상한 국가의 흥망이 인민의 생활을 근저로부터 파괴시킨 까닭으로, 말하자면 왕화불급(王化不及)[1]의 호지(胡地)를 만들어버린 감이 없지 않았다고 할 수 있다.

나는 이번에 남만주 요하 유역에 있는 고려성의 고적을 가 보았다. 만주에는 각처에 이와 같은 고려성지가 40여 개소나 있다 한다. 그러나 그것은 지나인이 고구려를 고려로 와전한 것인데, 그들은 고려와 고구려를 혼동하기 때문이라 한다.

이 고구려가 거금 약 2,000년 전에 만주에서 강대한 독립 국가를 건설하였다가도, 역시 멸망한 것을 보면, 대륙의 민족적 투쟁이 역사적으로 얼마나 격렬하였던가를 가히 짐작할 수 있지 않은가 한다.

그런데, 이 땅에 인연 깊은 이주동포가 오늘날 백만을 산하고 또한 그들의 손으로 수전개척사를 꾸미었다는 것은 실로 과연치 않은 유래가 있었기 때문일 것이다.

따라서 만주의 부정(富源) 개발은 수전에 있고 수전개척사업에는 금후에도 오히려 백의농민의 노력에 기대함이 클 줄 안다.

나는 동북 남만에서 도처에 수전을 발견할 때마다 기이한 감이 없지 않았다. 광막한 만주벌판에다, 석일의 황지를 변하여 문전옥토를 만들어 놓는다는 것을 더욱 만인의 안목으로 볼 때에는 참으로 기적이 아닐 수 없었다. 그래서 물을 제일 무서워한다는 그들은 조농(朝農)이 침입하여 수전을 개척함을 보고, 동리가 금방 물로 망할 것을 겁내어서, 갖은 박해와 참극을 일으킨 실례가 불소하다 하지 않았던가.

과연 만주 사변 전까지의 만주황야에 개척된 수전은, 백년간 이주동포의 열투전사를 그려온 비장한 기록이라 할 수 있겠다.

---

1) 왕화불급 : 임금의 덕화가 미치지 못함.

사정은 일변하여, 이제는 그들도 낙토를 건설하려는 개척민으로 등장하게 되었으나, 왕사를 회고하면, 다시금 감구지회(感舊之懷)가 없지 않다 하겠다.

그러나 또한 만주의 수전개발은 원시적 자연을 변개하는 위대한 창조성을 띠고 있다. 같은 농촌이면서도 그것이 다른 데서는 볼 수 없는 만주농촌의 특별한 성격으로 되어 있다. 즉 황폐한 평원을 수전으로 개척하는 것은 본래의 건조한 밭농사만 짓던 만주로 하여금, 수전수림과 제방 천택(堤防川澤)이 구유(具有)한 포실한 농촌을 건설할 수 있게 되기 때문이다. 그것은 다만 경제적 부원을 개발함에 그칠 뿐 아니라 실로 전원의 풍광을 일변하는 자연미를 가져오게도 한다. 지금 간도는 대다수의 이주동포로 인하여 완전히 조선농촌을 이룬 감이 불무한데, 그것이 기후에까지도 변화가 생기게 해서, 간도지방은 차차 기후가 온화해간다는 것이었다.

그렇다면 만일 동남북 만주의 일망무제한 광야와 황지를 모두 옥토로 개척하여 수전을 풀게 된다면, 참으로 그것이 얼마나 장관일 것이냐? 자연계의 일대변혁이 될 것이다. 물론 그것이 일조일석에 될 일은 아니나 그들은 개척민으로서의 위대한 창조력을 발휘할 수 있는 동시에 조만간 성취될 사업이요, 또한 그것은 원시적 대자연 속에 파묻힌 거인의 시를 찾아낼 수 있게 할 것이다.

한편으로 산악지대에는 지금도 오히려 비적이 있다 한다. 그런가 하면 철도연선에는 대소의 도시가 무수히 신설되고 발전되면서 있다.

이런 대륙적 신흥기분은 실로 만주가 아니고는 볼 수 없는 광경이라 하겠으나 그중에서도 만주의 농촌개발은 장대한 자연과의 투쟁 중에서 위대한 창조성(수전개척)을 띠어 있고, 그만큼 그것은 장래의 농민문학을 개척함에 있어서도 위대한 소재와 정열을 제공할 줄 안다.

과연 만주에 있어서 신흥 농촌건설 사업은 동시에 농민문학 즉 대지의 문학을 건설할 훌륭한 소재가 될 수 있으리라 생각한다.

나는 실제로 그들이 대륙적 자연풍토와 싸워가면서 농촌을 건설하는 노력과 고투의 일상생활을 좀 더 구체적으로 써보고 싶었으나 시간관계로, 조잡하고 간단한 대로 이만 각필한다.

(『인문평론』 1939.11.)

이기영 연보

이상경 작성

1895년

5월 29일(음력 5월 6일) 충남 아산군 배방면 회룡리에서 태어났다. 집안은 덕수 이씨 충무공파로서 아버지 이민창(李敏彰, 1873~1918)은 1892년 무과에 급제한 때로부터 서울에 머물러 있으면서 가계를 돌보지 않아서 가난한 살림은 더욱 몰락했다. 호방한 성격에 술을 좋아했고 개화사상가였던 이민창은 1907년 겨울 군수였던 안기선(安琦善, 신소설 작가 안국선의 형이며 문학평론가 안막의 아버지) 등과 함께 천안 사립영진(寧進)학교를 창립, 총무직을 맡아 상당한 기부금도 내는 등 열성적으로 계몽 운동을 펼친 것으로 보인다. 개화사상가로서 아버지의 모습은 이기영 소설 곳곳에 여러 형상으로 등장하며 특히 그의 자전적 소설 『봄』에서 유춘화는 직접 이민창을 모델로 했다. '을록(乙祿)'이라는 아명이 있었던 것 같다.

1897년

천안군 북일면 중엄리(현재의 천안시 안서동)로 이사하여 이곳 상·중·하 엄리가 성장기의 생활공간이 되었다. 그곳은 그 백 호 되는 세 동리에 기와집이라고는 볼 수 없고 제 땅마지기를 가지고 추수해 먹는 집이 없는 상민들이 모여 사는 '민촌'이었고 여간 양반은 이사 와서도 오래 살지 못하였다고 한다. 또한 동학농민전쟁과 의병투쟁의 근거지로서 많은 전설이 깃든 고장이기도 하다. 이기영 일가는 고개 하나 너머에 있는 고모집의 전장을 관리하는 마름 노릇을 하면서 얼마간 소작도 했으나 생활 형편은 점점 어려워갔다.

1905년

봄에 장티푸스의 유행으로 어머니(밀양 박씨, 1869~1905.3.7)가 돌아가셨다.

부고를 받고 서울에서 내려온 아버지는 다시는 서울로 올라가지 않았다. 어머니의 사망은 어린 이기영에게 '마치 광명한 천지가 별안간 암흑으로 변한 것' 같은 충격을 주었으며 가계가 극도로 곤궁해져서 서당에 수업료를 낼 수 없었고 종이 한 장, 붓 한 자루를 못 사 감나무 잎사귀를 따가지고 남 몰래 글씨를 써보기도 했을 정도였다. 서당 동무들로부터 도둑이란 누명을 쓴 적도 있었다. 이 간고한 생활환경이 작가로서의 준비시기가 된 셈인데 이기영은 어머니를 여읜 후 마음 붙일 곳을 찾아 고대소설을 읽기 시작했다. 그때 아버지는 곧 서모를 맞이했고 서모에게서 한글을 배웠던 것이다. 이후 이야기책 잘 보기로 소문이 나서 노인들한테 귀염을 받고 '소설 낭독꾼'으로 뽑혀 다니기까지 했다. "신출귀몰한 재주가 있고 초년에는 갖은 고생을 하다가 나중에는 출장입상하는" 고대소설의 주인공에 자신을 빗대면서 그 책 주인공과 함께 울었다 웃었다 했으며 거기서 한편으론 민족적 애국주의 사상을 섭취할 수 있었다고 술회하고 있다.

1907년

겨울, 아버지의 발기와 열성으로 창설된 사립영진학교에 입학하여 머리꼬리를 늘이고 소위 '신학문'을 배우기 시작하였다. 군대 해산 당시 일본의 신무기에 패퇴한 조선 군인의 이야기를 직접 듣고 새것에 대한 갈망이 솟구쳤으며, 고대소설의 주인공들에 환멸을 느끼면서 신소설 『목단화』, 『추월색』 등을 읽고 커다란 충격을 받았다. 신소설의 주인공들처럼 해외 유학을 하고 돌아와 나라의 독립과 자유를 위하여 활동하는 애국자가 될 것을 몽상하였다고 한다.

1908년

봄에 한양 조씨 집안의 조병기(趙炳箕, 1893.5.16~1957, 이기영의 『봄』을 비롯한 여러 소설에는 자기보다 네 살 많은 여자와 조혼한 사건이 나온다.)와 결혼했다. 이 결혼은 그 해 가을 할머니의 회갑을 더욱 경사롭게 하기 위한 것이었고 자신의 의사가 개입할 여지가 전혀 없었던 이기영에게는 단지 어색하고 속박만 받게 되는 사건이었다. 그의 소설에서 조혼의 폐습을 신랄히 비판하고 자유로운 연애와 결혼에 의한 이상적인 가정생활에 대한 꿈을 자주 피력하는 것은 자신의 조혼 경험에 기인한 바가 많을 것이다.

친구 홍진유(洪鎭裕, 1897~1928)가 서울에서 전학왔다. 이 홍진유의 형상은 『봄』에서 장궁이라는 소년으로 나오는데 그는 서울에서 학교를 다니다가 금광을 쫓아 다니는 그의 부친을 따라 전학온 것이다. 두 소년은 첫눈에 남다른 애정을 느꼈고 "다음날 그들의 우정이 연애의 감정을 계속"했다고 한다. 홍진유의 서울 이야기는 "신비의 나라에서 가져온 딴 세상 이야기를 듣는 것"처럼 신비하고 신화를 듣는 것 같았으며, 이기영의 최초의 가출은 홍진유와 더불어 일본에 가고자 한 것이었다.

1909년
봄, 집안 형편으로 할 수 없이 학교를 중도 퇴학하게 되었다. 아버지 이민창은 영진학교의 기부금, 이기영의 혼인비용 등으로 진 빚을 갚기 위해 금광업을 시작했으나 실패하고, 가을에는 살던 집을 일본인 고리대금업자에게 넘겨주게까지 되었다. 그래서 가족들은 유랑리의 고모네 집 한 채를 얻어 이사하게 되었다. "나는 이웃 아이들이 부러워하던 학생 생활을 집어치우고 다시 그들과 같은 초동으로 변하여 나무 지게를 지고 나섰다." 그랬다가 다른 동창들이 부친에게 재입학시킬 것을 권고하고 또 읍내 있는 어떤 하급생 집에 가정교사로 있을 수 있어서 숙식을 제공받게 되어 재입학할 수 있었다.

1910년
소학교를 졸업한 뒤, 6개월간 잠업강습소에 다녔다. 그것은 "양잠가가 되고자 해서 감이 아니라 집에서 할 일은 없고 놀기는 싫어서 들어간 것"이었고 이해부터 어디로 멀리 달아날 궁리를 했다.

1911년
아버지의 명으로 난생 처음 서울에 가서 토지조사국 기수 시험에 응시했으나 낙제했다.

1912년
4월 초순, 고원으로 취직하여 1달치 월급을 받은 것을 가지고 동경, 대만을 거쳐 태평양을 건너가겠다는 꿈을 안고 그 첫 단계로 마산으로 가서 친구 홍진유를 만났다. 그런데 20여 일 동안 마산 구경을 하고 노느라 가지고 간 돈을 다 써버렸다. 결국 걸어서 부산으로 가서 1달을 지냈다. 치과에 서생으로 취직되었으나 홍진유에게 그 자리를 넘겨주고 이기영은 고향으로 돌아왔다. 현해탄은 건너지도 못하고 두 달 만에 집으로 되돌아온 것이다. 첫 번째 가출이었다. 홍진유는 이기영을 '박지약행(薄志弱行)'이라고 놀렸다. 그 후 한 달 만에 홍진유는 일본으로 갔다. 이 여행길에서 이기영은 첫째는 낙동강의 곤곤장류를 보고 놀랐고, 둘째는 마산 부두에 정박한 상선의 돛대와 바다를 보고 놀랐고, 세 번째는 부산의 번화함에 놀랐다고 한다.

가을에 장티푸스에 걸려 두 달을 죽다가 살아났다.

1913년
다시 집을 뛰쳐나와 수년간 전라도, 경상도, 충청도 각지를 방랑했다. 돌아다니며 농촌에 품팔이도 하고 토목공사장 노가다 패의 통역도 하고 충북 단양 부근에서 중석광을 찾아다니며 일확천금의 백일몽에 들뜨기도 했다. 중간에 귀가했다가 다시 뛰쳐나가 나중에는 유성기를 들고 전라도로 약장사를 갔다가 아버지에게 붙들려 돌아오게 되었다.

1914년
스무살 먹던 해 겨울, 충청도의 서해안을 돌아다니다가 구도(舊島)에서 기선을 타고 서해의 탁랑을 헤치면서 인천항에 상륙, 서울로 갔다. 두 번째의 상경이었다. 청진동 소학교 앞 근처 여관에 있으면서 취직운동을 하다가 일본인의 필생으로 취직되었다. 경부선으로 김천에 가서 다시 상주로 가서 지적도를 복사해서 팔아먹는 일을 했다.

1915년
경복궁에서 열린 조선물산공진회(1915.9.11~10.30) 구경을 했다.

1917년
11월 첫아들 종원(種元, 1917~1986)이 태어났다. 뒤에 첫 부인 조병기와의 사이에 아들, 딸이 한 명씩 더 태어났으나 둘 다 죽고, 이종원만 남았다. 종원은 뒤에 결혼하여 상렬(祥烈, 1939~), 성렬(成烈, 1946~), 홍렬(泓烈, 1949~), 동렬(東烈, 1955~) 등의 자손을 두었다. 이들이 현재 남한에 남아있는 이기영의 유족들이다.

1918년

귀향하여 고향 마을에 기독교가 들어오자 곧 열렬한 신자가 되어 권사 직책까지 맡게 되었다. 기독교 계통인 논산 영화여학교 고원생활을 하였다.

11월 할머니와 아버지가 열흘 사이를 두고 세상을 떠나자 아버지의 장례를 치르고 기독교식으로 제청과 혼백을 불사르고 제사도 지내지 않는 식으로 미신타파의 행동을 하기도 하였다. 1918년 말 논산 영화여학교는 지원금이 끊겨 운영이 어려워지고 이기영도 집안을 책임져야 해서 천안으로 돌아왔다.

1919년

1월부터 천안군청의 고원 노릇을 했다. 3·1운동 당시 기독교 계통 단체인 혈성단의 격문을 가지고 비밀히 독립운동 기금을 모집하러 다녔고 여름에 남포까지 갔다 온 일이 있다고 한다.

11월 친구 홍진유가 혈복단 사건으로 검거되었다. 이때 홍진유의 동생인 홍을순은 논산의 어떤 지주의 첩으로 팔려갔다. 뒤에 지주집에서 뛰쳐나온 홍을순은 이기영의 둘째 부인이 된다.

3·1운동 이후 자기의 사상을 표현하고 싶은 충동을 느꼈으며, 청년회에 들어 문화계몽사업에 참가하고『동아일보』에 시사문제에 대한 단평과 창가를 투고하여 채택되기도 했다고 한다. 3·1운동을 계기로『학지광』,『태서문예신보』,『청춘』등을 우편으로 구독하면서 현대문학예술을 지향하게 되었다.

1920년

8월 20일 천안공립보통학교에서 열린 천안구락부 제1회 토론회에 '가(可)' 편 토론자로 참가했다. 토론 주제는 '생활 향상에는 지식이 승어(勝於) 금전'이었다. 모인 사람이 무려 400여 명이었다고 한다.

1921년

8월 딸 화실(花實)이 태어났으나 이 딸은 2년 후인 23년 7월에 죽었다.

9월부터 1922년 4월까지 호서은행 천안지점에 근무했다(1913년 예산에 설립되었던 호서은행이 1919년에 천안에 지점을 개설).

1922년

3월 11일 오후 7시 야소교회 예배당 내에서 천안읍내 유지 제씨가 유치원을 설립하고자 발기인회를 열었다. 박원백 목사 사회, 이기영 기도로 진행하여 설립준비위원회를 결성했는데 이기영은 준비위원이 되었다.

4월 마산 시절의 친구 -홍진유-를 먼저 보내고 뒤따라서 일본 동경으로 유학을 떠났다.

이기영은 1922년 3월 10일부터 동경 우에노공원에서 열린 평화기념동경박람회 구경을 명목으로 떠난 것 같고, 일본에서는 동경 정칙영어학교를 다니게 되었다. 그가 대서소의 필생으로 학비를 버는 동안 홍진유는 노동판을 쫓아다니다가 직업적 사회운동가로 나섰는데 홍진유로부터 처음 사회주의 서적을 접하게 되었다고 한다.

1923년

봄, 일본어로 번역된 서양 근대소설들을 읽기 시작했다. 그가 최초로 접한 것은 러시아의 아르치바셰프의 『사닌』이었다고 한다.

2월 조선 유학생들이 모인 집회에서 포석 조명희를 처음 알게 되었다. 조명희와는 동경에 있을 때부터 알던 사이였다.

9월 1일 관동 대지진으로 고생, 9월 30일 홍제환을 타고 1주일 걸려서 조선으로 돌아왔다. 그렇게 별렀던 유학생활 1년 반 만에 고향에 돌아오게 되었다. 이를 "『고향』의 주인공 김희준이보다도 더 초라하게 빈손으로 돌아왔다"고 술회하고 있다. 관동대지진의 경험은 훗날 『두만강』에서 한창복의 경험으로 묘사되고 있다. 이 해 겨울 들어앉아서 장편 『死의 影에 비하는 白鷺群』이라는 소설을 썼다.

1924년

3월 중순 그 전 겨울에 쓴 소설을 『암흑』이라는 제목으로 고쳐서 조선일보 편집국장을 찾아갔으나 퇴짜를 맞은 뒤, 4월 『개벽』 창간 4주년 기념 현상 작품 모집에 단편소설 「오빠의 비밀편지」를 응모, 3등으로 당선되었다. 당시 심사위원은 염상섭이었다. 이 무렵 인사동 도서관에서 다시 조명희를 만나고 고리키의 작품들을 접하게 되었다고 한다. 7월 말 서울로 올라와 『조선일보』학예부 기자로 있던 조명희를 만났다. 10월 아들 진우(震宇)가 태어났으나 이 아들도 2년 후인 1926년 6월에 죽었다.

1925년

4월 25일 '흑기연맹 사건'으로 체포되어 조사를 받았다. (이때 이기영의 주소는 천안군 천안면 유량리이고, 직업은 '제본업', 나이는 30세이다. 홍진유는 31세로 되어 있다.) 흑기연맹은 무정부주의자들이 연합기관으로 1924년 12월경 서울과 충주를 중심으로 조직을 준비하여 1925년 5월 3일 서울 낙원동에서 발기회를 가질 예정이었으나 경찰에 의해 사전에 홍진유, 서상경 등 10명이 체포되면서 무산되었다. 이 때 이기영도 체포되어 취조를 받았는데 열흘 정도 후 이기영만 석방 되고 나머지 사람들은 검사국으로 넘어가서 정식 재판을 받았다. 홍진유는 이 사건의 주모자로 3년형을 받게 되었다.

이기영은 풀려났으나 홍진유는 재판을 받고 복역하게 된다. 이 무렵에 오빠의 옥바라지를 위해 상경한 홍진유의 동생 홍을순(1905~)과 살림을 차리게 되는 듯하다. 서울에 정착하고 새로 가정을 꾸리면서 이기영은 고향인 천안을 찾지 않았다. 따라서 조혼한 부인인 조병기와 그에게서 난 아들 종원은 이후 가장 없이 상당히 어렵게 생활을 해나간 것으로 보인다. 뒷날 일제 말기 이기영은 강원도 내금강으로 이사했다가 해방을 맞이하고 거기서 바로 평양으로 가게 되는데, 당연히 홍을순과 거기서 난 자식들과 함께였고, 조혼한 부인 조병기와 아들 종원은 아산군 온양읍 용화리에서 계속 살았다.

『개벽』에 「가난한 사람들」을 투고하여 발표된 것(1925년 5월호)을 계기로 서울에 올라왔고 조명희는 이기영의 작품을 읽어보았다면서 앞으로 서울에 있어보라고 권유하고 『조선지광』사의 편집기자로 취직하는 것을 주선해 주었다. 조명희는 일본에 있을 때 흑도회→북성회 계열로 1923년 5월 귀국하여 『조선지광』사에 동인 격으로 관계하고 있었다. 이를 계기로 이기영은 완전히 서울로 올라오게 되었고 1932년 1월호로 폐간될 때까지 기자로 일했다.

『조선지광』사에 있으면서 이기영은 최서해, 이상화, 송영, 이익상, 이적효, 한설야 등과 접촉하게 되었고 이들과 함께 8월에는 '카프'를 창건했다. 이때 무산자에 속했던 자신의 계급의식이 카프에 가맹하는 데 조금도 사상적 주저를 않게 했다고 한다. 이는 창작생활과 세계관 발전에 중요한 전환점으로 되었다.

1926년

1월 『문예운동』 창간호에 우화소설 「쥐 이야기」를 발표하고, 『개벽』에 「농부 정도룡」을 2회 연재했다.

6월 6일 『조명희 낙동강』과 이기영의 『민촌』 출판기념회를 청량사에서 가졌다. 출판기념회 발기인은 최학송, 방인근, 박영희, 김기진, 안석주, 남진우, 이익상, 조중곤이었다. 「민촌」은 그 이전의 추상적 영웅주의에서 벗어나 농촌의 현실과 그 속에 살고 있는 빈농민의 삶을 사실적으로 그린 것으로 고평을 받았다.

10월 홍을순과의 사이에서 처음으로 딸 을화(乙華)가 태어났다. 주소는 경성부 익선동 124번지로 되어 있다.

1927년

카프의 '볼셰비키화'가 단행되었고 이기영도 이를 주장하는 평론문들을 『조선지광』에 썼다.

1928년

5월 카프의 방향전환론에 따라 노농동맹의 문제를 예술적으로 형상화한 「원보」를 발표했다.

6월 조선지광사의 김동혁, 김복진 등과 함께 종로서 고등계에 체포되었다가 수일 만인 6월 25일 석방되었다. 조선공산당 사건과 관련하여 조선지광사에 근무하던 이기영도 조사를 받은 듯하다.

1929년

4월 아들 평(平)이 태어났다. 주소는 경성부 청진동 223번지이다. 이 아들은 북한에서 광산기사로서 1989년에는 정무원 산하 채취공업위원회 간부의 직을 맡고 있다.

1930년

4월 카프 조직 개편으로 카프 중앙위원회 위원이자 서기국 산하 출판부의 책임을 맡게 되었다.

1931년

8월 10일 카프 제1차 사건으로 검거되었다가 2개월 만인 10월 15일에 불기소로 석방되었다. 이때 이기영은 너무 말라서 '말러스키'란 별명을 가지고 있었는데 수갑에 손목이 들락날락할 수 있을 정도였다.

1932년

『조선지광』이 폐간되면서 실직한 데다 『현대풍경』(1931.11.28~미완)을 연재하던 『중앙일보』도 휴간되는 바람에 극도의 경제적 궁핍에 시달렸다.

10월 아들 건(建)이 태어났지만 12월 생후 50일 만에 단독으로 죽었고 아들 평은 또 눈병을 앓아 겹으로 곡경을 치렀다고 한다. 주소는 서상동 116번지. 이때의 기막힌 사정은 단편 「돈」에 잘 드러나 있다.

1933년

그전해 겨울, 평론 「「적막한 예원」의 일절을 읽고-동인군을 박함」을 쓰고 이어서 이 해 봄에 「「혁명가의 안해」와 이광수」를 썼다. 작품 창작에만 주력해오던 이기영이 문학예술에서의 사상성과 계급성을 부정하려는 김동인과 이광수에 대해 맹렬한 이론투쟁을 전개한 것으로서 이광수의 소설 「혁명가의 안해」를 반박하는 소설 「변절자의 안해」는 검열에 걸려 첫 회분만 발표되고 원고까지 압수당했다고 한다.

카프 제1차 검거 때 옥중에서 구상한 어린 시절 고향 이야기인 중편소설 「서화」를 발표, 호평을 받았다.

8월 초순 천안으로 내려가 성불사에서 40일 동안 『고향』을 집필하여 『조선일보』에 11월부터 연재하기 시작했다.

1934년

8월 하순 '신건설사 사건'으로 서울에서 체포되어 전주경찰서로 호송되었다 (8월26일 검거 사실이 보도됨).

1935년

1월 26일 전주지방법원 검사국에 송치되어 2월 2일 예심에 회부되었고, 6월 29일 예심에서 유죄판결을 받고 공판에 회부되었다.

12월 3년 형에 집행유예 판결을 받고 1년 4개월 만에 석방되었다.

1936년
1월 감옥에서 구상한바 소시민 지식인의 과대망상증을 풍자적으로 폭로하고 그 형상을 통해 당대 사회제도의 불합리성을 폭로하는 장편 풍자소설『인간수업』을 발표했다. 이 소설은 1937년 태양사에서 단행본으로 나왔다.

2월 20일 복심에 회부되었다가 원심대로 확정되었다. 재판과정에서 이기영은 "민족주의 사상은 없는가 하는 재판장의 질문에 전연 없는 바는 아니지마는 막연한 감정을 가졌을 뿐이고 행동 여하에서까지는 생각한 적이 없었다고 대답한 다음, 공산주의 사상의 전향을 질문에는 원래 전향을 할 만한 사상을 못 가졌다고 말하자 재판장도 의외라는 듯 눈이 동글해졌다"고 하는 기사가 보인다.

8월 한 달간 마산에서 지냈다. 이기영이 마산에서 상경하자 아들이 죽었다고 하는데 이 아들은 이기영이 1934년 검거된 뒤에 태어난 아들로 출생 신고를 못한 탓인지 호적상에는 기록이 없다. 두 살에 뇌막염으로 죽었다.

10월 엄흥섭이 편집 책임자로 있던 한성도서에서『고향』을 단행본으로 출판했다(상권은 10월, 하권은 1937년 1월). 이때에 검열과 관련하여 이기영은 "서울 출판사에는 조선말을 귀신처럼 잘 아는 니시무라라는 왜놈이 검열국장으로 일하였습니다. 그자에게서 조인을 받아야 하는데 다른 수가 있나요. 그래서 여관에서 일을 하는 기생들이 있었는데 그들을 시켜서 그 왜놈에게 술을 잔뜩 먹이고 조인을 받았습니다"라고 회고했다.

1937년
『고향』이 키시야마지(貴司山治)가 주재한 일본잡지『文學案內』의 1~4월에 일본어로 번역 연재되었다.

3월 30일부터 10월 1일까지『조선일보』에 장편소설『어머니』를 연재(1941년 영창서관에서 단행본 발간)했다.

10월 아들 종화(種華)가 태어났다. 주소는 창성정 10번지로 되어 있다.

1938년
1월 19일부터 9월 9일까지『동아일보』에 식민지 자본주의화 과정에서 식민지 부르주아의 성장과 봉건양반의 몰락, 성장하는 새로운 세대를 형상한『신개지』를 연재했고 곧바로 삼문사에서 단행본으로 출간되었다.

10월 4일 난생 처음으로 금강산을 관광하고 그 기행문을 「금강비경행」이란 제목으로 『동아일보』에 실었다. 그전에도 이기영은 가보고 싶은 곳이 어디냐는 설문에 금강산이라고 대답했는데 드디어 숙망을 이룬 셈이다. 새벽차를 타고 떠나는데 이기영은 미처 등산 준비를 하지 못해 모자도 중절모를 쓰고 신발도 그대로 구두를 신고 그 위에다 스프링을 입고 보니 얼치기 등산 복장이 되어서 떠나기 전부터 '단장'이란 별명을 들었다고 한다.

1939년

7월 1일 총독부의 시국인식 간담회에 참석했다. 『조선일보』의 기획으로 8월 18일부터 2주일간 만주로 취재 여행을 다녀와 동 지면에 10월 12일부터 생산 소설 『대지의 아들』을 연재했다(1940년 6월 1일까지 연재).

10월 20일 조선문인협회 발기인으로 가담했다.

1940년

6월부터 동학농민전쟁으로부터 한일합방에 이르는 시기의 한 양반 가정을 중심으로 봉건제도의 몰락과 새로운 근대적 정신을 가진 세대의 성장을 보여 주는 자전적 장편소설 『봄』을 연재하기 시작했다.

1941년

3월 아들 종윤(種倫)이 태어났다. 그는 1989년 평양 과학자 연구소에서 근무하고 있다. 1942년 2월부터 이듬해 3월까지 『춘추』에 생산소설 『동천홍』을 연재했다(1943년 조선출판사에서 단행본 발간). 장편소설 『생활의 윤리』를 간행했다.

1943년

4월 조선문인보국회 소설희곡부회 상담역을 맡았다.

9월 23일부터 11월 5일까지 『매일신보』에 생산소설 『광산촌』을 연재(1944년 성문당 서점에서 단행본으로 발간)했다.

1944년

3월 21일 딸 을남(乙男)이 태어났다. 이 딸은 북한에서 작가로 활동하고 있는 것으로 알려져 있다.

3월 30일 강원도 내금강 병이무지리로 이사하여 자기 손으로 농사를 짓다가 해방을 맞이했다. 1940년대에 들어서면서 일제에게 창씨개명을 강요당했으나 창씨하지 않고 버티었으며 사상보호관찰소에서 일어로 집필하거나 강연할 것을 요구했을 때 자신은 소학교를 졸업했을 뿐이기에 일어를 모른다는 핑계로 버티었다고 한다. 그러다가 아무래도 서울에 있기가 어려워 산골로 소개한 것이다. 이곳에서의 경험은 이후 『농막일기』와 『땅』의 소재가 된다.

9월 전작 장편소설 『처녀지』(삼중당서점)을 발간했다.

1945년

8월 15일 병이무지리에서 해방을 맞았다. 철원에서 인민위원회 교육 담당의 일을 보았다.

9월 24일 상경하여 조선프롤레타리아예술연맹의 성립에 주도적 역할을 했다.

12월 10일 한재덕, 한설야와 더불어 상경하여 조선문학가동맹 결성에 관여했다..

1946년

3월 평양에서 북조선예술총연맹 결성을 주도했다.

4월 『신문학』에 해방 이후 최초의 작품 희곡 「해방」을 발표, 8·15 해방 1주년 기념 사업으로 철원극장에서 상연되었다고 한다.

4월 어느날 평양에서 김일성 장군과 면담. 그때까지 가족은 내금강에 있었는데 이 면담에서 "이제는 나이도 많으신데 젊은이와 달라서 혼자 생활하기가 불편하실 것입니다. 그리고 일을 하자면 마음이 안착되어야 합니다. 빨리 가족들을 올라오게 하는 것이 좋겠습니다"라는 김일성의 배려로 평양에 집을 구해 가족과 함께 지내게 되었다.

7월 북조선문예총의 기관지인 『문화전선』창간호에 북한의 토지개혁을 다룬 단편 『개벽』을 발표했다.

8월 10일부터 10월 7일까지 두 달간 제1차 방쏘사절단의 단장으로 소련을 방문했다. 이해부터 1982년까지 35년 동안 조쏘친선협회 중앙위원회 위원장을 지냈다.

11월 『문화전선』 제2호에 「형관」 연재 시작. 1947년 2월과 4월 3회 연재 후 중단. 이후 「농막선생」으로 완성됨.

1947년
4월 기행문 「인민의 나라 쏘연방의 약진상」을 발표했다.(이기영·이찬, 『쏘련참관기』, 노동출판사, 1947).

1948년
북한문학사상 첫 장편소설인 『땅 : 개간편』 발표.

1949년
『땅 : 수확편』 발표. 장편소설 『땅』은 북한에서 토지개혁에 의해 벌어진 농촌사회의 복잡하고도 거대한 변화와 발전을 대서사시적인 넓이와 깊이로 재현한 작품이다. 6월 푸슈킨 탄생 150주년 기념 축전 참가차 소련을 방문했고, 이 소련 여행 뒤 『쏘련은 인민의 위대한 벗』을 내놓았다.

1950년
4월 해방 전후 병이무지리의 생활을 토대로 한 소설 「농막선생」과 해방 후의 북한사회에서 진행된 변화를 소재로 한 소설 「개벽」, 「전변」을 묶은 단편소설집 『농막선생』을 조쏘문화협회중앙본부에서 간행했다.

1952년
2월 고골리 서거 100주년 기념 제전 참가차 소련을 방문했다.
6월 오슬로 세계평화회의 확대 이사회에 조선 대표로 참석했다.
여름 양덕의 병원에 한 달 반 정도 입원해 있으면서 『두만강』 집필을 시작했다.

1953년
10월 약 한 달간 10월 혁명 36주년 기념을 계기로 소련 대외 문화연락협회의 초청을 받은 조쏘문화협회 대표단으로 소련을 방문했다. 『땅』이 러시아어로 번역되었다.

1954년

장편소설 『두만강』 제1부 발표. 제1부는 19세기 말 20세기 초부터 일제의 조선 강점에 이르는 시기의 충청도의 한 두메 산골을 배경으로 봉건적인 양반 지주의 몰락과 근대적인 친일지주의 성장과정, 민중과 지식인의 반일의병운동 과 계몽운동을 형상했다.

1955년

회갑을 맞아 『고향』 재판(평양: 조선작가동맹출판사)을 간행했다.

4월 제2차 소련작가대회에 참석하여 보고했다.

12월 독일쏘련친선협회 제5차 대회에 조쏘문화협회 대표단의 일원으로 독일 동베를린을 방문했다.

1956년

김응교 장편 실명소설 『조국』(상권, 풀빛, 1993, 267~269쪽)에 김진계가 본 이 당시 이기영의 모습이 다음과 같이 서술되어 있다. [여름날 '전국 모범 민주 선전실장 강습회'에 연사로 나왔을 때의 인상이다. "부족한 사람을 데려다 이 렇게 환영해 주셔서 감사합니다. 그런데 …… 거 벨거이 아닌 사람 데려다가 약력 소개래 너무 거창합네다!" 극장 안에 와르르 웃음보가 터졌다. 그가 남쪽 말을 쓰다가 느닷없이 평양말을 썼기 때문이다. 그러나 그건 약과였다. 그는 팔도 사투리를 자유자재로 쓰고, 예화로 드는 얘기는 재미있으면서도 문제의 핵심을 찔렀다.]

1957년

4월 『두만강』 제2부 출간(조선작가동맹출판사). 제2부는 1910년 이후부터 1919년 3·1운동 전후에 이르는 시기 충청도, 함경북도, 그리고 만주 동북지방 을 무대로 하여 국내외의 반일의병운동과 부르주아 민족운동의 역동성, 양반계 급의 몰락과 성장하는 친일군상을 형상했다. 이 제2부를 집필하면서 이기영은 작품의 무대로 되는 무산 지구를 세 번이나 갔다 왔다고 한다. 처음은 그 지방의 지리, 역사, 풍토, 사투리를 연구하러 갔고, 두 번째는 쓰다가 그 지방의 사투리가 막혀서였다. 세 번째는 작품을 추고까지 다 해놓고 그 지방의 사람들에게 교열을 받으러 갔다고 한다.

8월 최고인민회의 평남 대동 선거구 대의원으로 피선되고 최고인민회의 부의장이 되었다.

11월 25일 조혼한 아내 조병기가 충남 아산군 온양읍에서 사망했다.

1958년
4월 최고인민회의 대표단으로서 체코슬로바키아를 친선 방문했다.

1959년
1월부터 1960년 3월까지 『청년생활』에 천리마 운동을 소재로 한 『붉은 수첩』 연재. 1961년 단행본 발간.

7월 『땅』 제2부 「조국해방전쟁편」을 『평양신문』에 연재하다가 신병으로 중단했다. 소련방문.

1960년
조선작가동맹출판사에서 '이기영 선집' 출판을 기획, 이 해에 『땅』 제1부는 일부 수정하고 제2부를 완성하여 제1, 2부를 함께 출판했다.

6~7월 『두만강』 제3부 집필을 위해 보천보, 삼지연 등지와 함경북도 무산 일대를 견학했다.

9월 『두만강』으로 '1960년 조선민주주의인민공화국인민상'을 계관했다. 이때 한설야도 『역사』로 함께 인민상을 받았다.

1961년
3월 조선문학예술총동맹 결성대회에서 중앙위원에 피선되었다. 『두만강』 제3부 발표. 제3부는 1920년대 초 노동계급 영도하의 민족해방운동부터 1930년대 초 항일무장투쟁에 이르는 시기 국내외의 광범위한 반일운동을 형상했다.

5월 『두만강』 제3부 집필을 위해 중국동북지방에 있는 김일성 원수 항일무장투쟁 전적지로 떠났던 작가 이기영이 6월 27일 평양으로 돌아왔다.(문학신문 61년 6월 30일)

1963년

천리마 칭호를 받은 작업반 반장인 실존 인물 전필녀의 일대기를 그린 실화소설 『한 여성의 운명』 제1권을 발표했다.

1965년

『한 여성의 운명』 제2권을 발표했다.

1967년

1월 조선문학예술총동맹 중앙위원회 위원장이 되었다.

1972년

조국전선 중앙위원

4·15문학창작단의 일원이 되어 '불멸의 역사 총서' 중 김일성의 아버지 김형직의 일대기를 그린 장편소설 『역사의 새벽길(상권)』을 발표했다.

1973년

『땅』 제1부의 개정판 발행.

1984년

8월 9일 사망하여 평양 신미리 애국열사릉에 묻혔다. 유고집 『태양을 따라』 발간.

이기영 장편소설 『대지의 아들』을 읽는 방법*

이상경(한국과학기술원 인문사회과학부 교수)

1. 머리말

'만주개척민소설'임을 표나게 내세운 이기영의 『대지의 아들』은 1939년 10월 12일부터 1940년 6월 1일까지 『조선일보』에 연재되었던 소설이다. 이 작품은 이기영 자신이 1939년 8월 18일에 서울에서 출발하여 약 20일 동안 '만주'[1] 지방을 답사한 것을 바탕으로 쓴 것인데, 국내에서 살 수 없게 된 농민들이 만주로 이주하여 그곳에서 삶의 터전을 개척해 나가는 과정을 그렸다. 이 소설에 대해, 필자는 일찍이 카프 출신 작가가 카프 해산 이후 일제 말기를 건디는 한 방법으로 채택한 생산소설로서, 작가 이기영의 작품 세계에서 보면 농민 영웅이 등장하는 최초의 작품이라고 평가한 바 있다.[2] 이후 이 작품에 대해서는 상반된 논의가 펼쳐졌다. '의사 제국주의적 속성'을 드러내는 '친일'의 길목에 있는 작품이고[3], 변형된 '농본주의'가 관철되

---

* 이 글은 필자의 논문 「'기획소설'과 생산소설 그리고 검열 – 이기영 장편소설 『대지(大地)의 아들』론」 (『현대소설연구』 제62호, 2016.06)을 약간 보완한 것이다.
1) 여기서 '만주'는 현재 중국의 동북 3성(遼寧, 吉林, 黑龍江) 지역을 가리킨다. 그리고 이후 자주 언급 되는 '북지(北支)'는 현재 중국의 화북(華北)지방 즉 하북성(河北省)과 내몽고 자치구를 포함하는 지역 을 가리킨다. 이하 본 논문에서는 당시의 역사적 용어로서 '만주'와 '만주국', '북지'를 특별한 표시 없 이 그대로 쓰기로 한다.
2) 이상경, 『이기영, 시대와 문학』, 풀빛, 1994, 286~299면.
3) 김성경은 『대지의 아들』이 만주유토피아니즘 담론의 자장 안에서 오족협화의 이상을 조선인의 장자

고 있다[4]고 하는 입장과 국책을 강요당하는 속에서도 틈새를 찾아 공동체의 기원을 기억하고[5] 민족주의적 지향을 보이면서[6] 국가 없는 민족공동체를 상상하는[7] '위장협력'의 글쓰기 책략을 구사하고 있다[8]는 입장이 맞서 있는 형국이다. 거칠게 분류하자면 전자의 평가가 텍스트 자체의 문면 읽기에 좀 더 충실한 방식이라면, 후자의 논의는 텍스트가 놓인 맥락-말하고 싶은 것을 말하지 못하게 하는 기존의 검열에 더해서 말하고 싶지 않은 것을 말하라고 하는, 국책에 대한 협력이 강요되는 시대적 상황-속에서 작품을 해석하고자 하는 것이다. 본고에서 필자는 기존의 필자의 연구[9]를 원용하

의식과 직분의 윤리에 기반을 두고 서사화함으로써 만주인을 인종적으로 타자화하고 가족 메타포를 통해 서열화했다고 평가했다 (김성경, 「인종적 타자의식의 그늘–친일문학론과 국가주의」, 『민족문학사연구』 24, 2004.). 유사한 관점에서 정종현은 만주국 건국 이후 만주 이주민을 소재로 한 대다수의 소설에서와 마찬가지로 이기영의 『대지의 아들』도 '밭 경작을 고집하는 만주인'을 '토인'시 하고 '수전의 기술을 가진 '조선인'을 문명적 주체의 입장에 놓는 식민주의적 의식을 투사한다.'고 평가했다(정종현, 「근대문학에 나타난 '만주' 표상」, 『한국문학연구』 제28집, 동국대학교 한국문학연구소, 2005.6.). 그러나 실제 작품에서 밭농사와 논농사 혹은 건답과 수답, 중국인과 조선인의 관계를 야만과 문명의 관계로 설정하고 있지 않다.

4) 와타나베 나오키는 지주 소작인의 갈등을 통해서 반자본주의적 입장을 취했던 일본 본토의 '농본주의'와는 다르게 '대륙개척문학'에서는 금욕적인 인간상을 이상적인 것으로 제시하면서 민족이나 계급의 차이가 국가주의에 의해서 위장적으로 무화된 유토피아로서 만주를 그리는 '변형된 농본주의'가 드러나고 있다고 하면서 『대지의 아들』도 그러한 범주에 들어가는 것으로 보았다(와타나베 나오키, 「식민지 조선의 프롤레타리아 농민문학과 '만주' : '협화'의 서사와 '재발명된 농본주의'」, 『한국문학연구』 제32집, 동국대학교 한국문학연구소, 2007.12.). 이에 대해 차성연은 이기영의 『대지의 아들』에서 그리는 것은 조선 농민의 공동체로서 국가주의와는 거리가 있는 것으로 보았다(차성연, 「일제 말기 농촌/농민문학에 나타난 일본 농본주의의 영향과 전유 양상에 관한 연구」, 『한국문예비평연구』 제46집, 2015.4.).

5) 이원동은 개양툰 사람들이 특별한 날에는 이 마을을 처음 개척하고 기틀을 잡은 김시중 노인을 기억하는 의례를 치르는 것이 민족적 공동체를 기억하는 의식이라고 해석했다. 또한, 수전 개발을 둘러싼 조선농민과 만주농민의 충돌을 바라보는 이기영의 시선은 '문명과 야만'의 논리를 '내부에서 침식'하고 있음을 밝혔다(이원동, 「만주 담론과 이기영 소설의 변화」, 『어문학』 제97집, 한국어문학회, 2007.).

6) 장성규는 개양툰 농장의 지도자격인 강주사의 경력을 통해 작가가 우회적으로 민족주의적 염원을 표했다고 보았다 (장성규, 「일제말기 카프 작가들의 만주 형상화 양상」, 『한국현대문학연구』 제21집, 한국현대문학회, 2007.4).

7) 서영인, 「만주서사와 반식민의 상상적 공동체」, 『우리말글』 제46집, 우리말글학회, 2009.

8) 김흥식은 『대지의 아들』이 국책을 홍보·계몽하라는 권력의 주문에 자신의 계몽 담론을 편승시켜 재문맥화 하는 방식으로 간접적 저항을 보이는 '위장협력 글쓰기' 방식을 구사하는 작품으로 보았다(김흥식, 「일제말 이기영 문학의 내부망명 양상 연구」, 『한국현대문학연구』 제47집, 한국현대문학회, 2015.12.).

되, 당시에는 미처 주목하지 못했던 이기영의 만주 여행과 『대지의 아들』 창작이 일제 말기 '국책'과 '만주 열'에 편승한 신문사에 의해 '기획'된 것 이라는 점에 새롭게 주목하고자 한다. 『대지의 아들』이 신문사의 기획소설 이라는 점은 그동안의 다른 연구에서도 특별하게 주목받지 못했는데 '기획 소설'이라는 태생적 조건은 작가의 창작의 자유를 훨씬 더 구속했을 가능성 이 높고, 그런 만큼 거기에 대한 작가의 대응 역시 쉽지 않았을 것이기 때문 이다.

　『대지의 아들』은 조선일보사가 '대륙문학' 창작을 위해 일부러 농민문학 의 대표 작가인 이기영을 선택하여 모든 비용을 대주면서 만주를 '시찰'하 고 쓰게 한 작품이다. '대륙문학'이란 일본에서 '농민개척문예간화회'(1938. 10)에 이어 '대륙개척문예간화회'(1939.1)가 결성되고 작가들이 만주를 '시찰 한 뒤', '대륙개척문학'을 내놓기 시작한 것과 밀접하게 관련되어 있다. 당 시 한반도에서는 조선일보사가 이런 시국에 편승하여 '대륙문학'을 내세우 고 작가 이기영을 지원하여 '대륙문학의 첫 봉화'[10]를 들게 한 것이다. 이 점에서 『대지의 아들』에 대한 독해는 이 작품이 당시의 국책과 신문사의 기 획 의도에 밀접히 연관되어 있음을 전제하고 당시의 국책과 기획 의도에 작 가 이기영이 어떻게 대응했는지를 읽어내는 것이 되어야 할 것이다. '국책' 에 발맞추고자 하는 조선일보사의 기획소설이자, 카프 출신 농민 작가가 일 제 말기를 견디는 방법이었던 '생산소설'로서의 『대지의 아들』이 가진 텍스 트의 겹과 진면목을 밝히기 위해 이 논문에서는 우선 조선일보사가 이러한 기획을 하게 된 이유와 과정을 살펴보고, 실제 작품에서 그러한 기획이 거 둔 표면적 효과와 작가가 그러한 기획 속에서 우회적으로 국책에서 벗어나 거나 국책의 틈새에서 자신의 문학적 일관성을 견지하고 발전시킨 지점을 드러낸다. 즉 이기영이 기획소설로서 『대지의 아들』을 쓰면서 말하고 싶지 만 '말하지 못하는 것'을 다른 관련 텍스트에 흘려 놓거나, 말하고 싶지 않

9) 이상경, 『이기영, 시대와 문학』, 풀빛, 1994, 286~299면.
10) 「대륙문학의 첫 봉화! 민촌 이기영 작 "대지의 아들". 만주는 기름져 가고... 여기 '개척자의 생활'이
　　있다! 신문소설계의 초유 거편(巨篇) 내월부터 본지 연재」, 『조선일보』 1939년 9월 24일.

은데 '말하라고 시키는 것'에 대해 그것을 따르는 것처럼 하면서 그 핵심을 무화시키거나, 아니면 그것에 편승하여 자신이 늘 생각해 오던 것을 한 번 말해 보는 식으로 국책을 우회하는 방법과 그 효과를 밝히고자 한다. 그리고 당시 독자에게 이 소설이 어떻게 읽히고 받아들여졌는지를 통해 이 점을 좀 더 분명히 하고자 한다.

2. 신문사 기획소설로서의 『대지의 아들』

이기영의 만주 여행과 그 결과물인 『대지의 아들』 창작은 조선일보사의 경영 전략 차원에서 기획되고 진행되었다. 1939년 1월 1일 자 『조선일보』 제1면에는 「약진, 본보의 신년 3대 계획」이라고 하여, 새해부터 초고속의 윤전기를 1대 증설하고, 통신망을 확충하며, 내외지(內外地) 특파원 진용을 정비하고 강화하여, 만지판(滿支版)을 발간하겠다고 공지하고 있다.

즉 시설과 인력을 갖추어 추가로 '만지판'을 내겠다는 사고(社告)이다. 조선일보사가 내세우는 만지판 발간의 이유는 만주 및 북지 지역에 있는 조선인 독자들과 한반도에서 장차 그곳으로 이주하려는 조선인 독자들에게 정보를 제공하는 것이다.[11]

『조선일보』 1939년 1월 1일 제1면.

---

11) "만주 급(及) 북지(北支)에 백만의 동포가 진출하고 있는 사실은 우리의 중대 관심사다. 이곳에 충분

신문사의 공지사항뿐만 아니라 1939년 1월1일자 조선일보 신년호의 지면은 만주 열기를 보여주는 기사로 도배되어 있다.

『조선일보』1939년 1월 1일 신년호 기 3.

기사의 제목만 열거해 보아도 그 열기가 느껴진다.

「대륙정책과 조선의 개장(改裝)」: 「병참기지로서의 조선-국방 전위로 돌진-괄목할 산업경제의 재편성」, 「대륙무역 무대 조선인이 등장」, 「우리 상권을 장성(長城) 너머로-기동무역(冀東貿易)[12] 이래의 조선인 진출-대

한 보도기관이 없음을 유감으로 생각하여 본사는 신춘부터 만지판을 발행하여 재주 백만 동포의 활동상황을 시시각각으로 보도하여 현주(現住) 동포는 물론 금후로 갈 수십만 이주민의 좋은 지표가 되고자 하는바, 이로써 본지는 조선 신문계의 미답경(未踏境)인 조석간 8판제를 실시하게 된다.」『조선일보』1939년 1월1일 제1면.

12) 기동(河北省 동부 지역)의 발해 연안은 일본으로부터 밀수입하는 무대였는데, 1936년 2월에 기동 정

북지(北支) 무역 진흥은 일석삼조」, 「조선인의 대륙 진군보(大陸進軍譜)」, 「만주로! 만주로!-이주 개척 1세기에 무변 황야를 옥답화(沃畓化)-80만 재만동포, 역사적 위업」, 「무진장의 자원에 기대되는 동포 활약-사변 이래 도지자(渡支者) 격증」.13)

심지어 신년호 문학관련 기획 특집의 주제는 '대륙문학과 조선문학'이었다.14) 그런데 거기에 실린 실제 기사들은 전근대 시기 문학에서 중국문학과의 관계를 다룬 것으로 『조선일보』 신년호가 표방하는 '대륙'문학과는 거리가 있는 것들이다.15) 이는 '대륙문학'에 부응하는 문학 작품을 생산해야 한다는 조선일보사의 조급함과 목적의식을 보여준 것으로 생각된다.

이렇게 1939년 초입의 조선일보사는 '만주열'에 편승하여 신문 시장을 확장하고자 하는 강렬한 열망을 가지고 있었다. 같은 날짜(1939년 1월 1일)의 『동아일보』 지면은 『조선일보』의 들뜬 분위기와는 달리 의례적인 신년호의 모습을 띠고 있지만 거기서도 만주 시장에 대한 기대를 볼 수 있다. 만주와 북지로 출판물 수출이 점차로 증가되고 있는 것을 주목하고 이것은 그곳의 생활이 안정되고 또 지식욕이 증가되어 가는 한편 고향 소식을 듣고 싶은 경향을 증명한 것이라고 했다.16)

『대지의 아들』은 이런 분위기에서 조선일보사가 만주와 북지 관련 시장을 선점하고자 하는 포석으로 기획되었다. 그래서 『조선일보』는 소설 기획의 취지와 작가 선정 경위, 그 경과 과정을 여러 차례에 걸쳐 소개하고 또

부(1935~1938)는 약간의 검사료를 징수하고 밀수를 공인했다. 그래서 인견, 설탕을 비롯한 대량 밀수품이 텐진의 일본 조계를 거쳐 중국 각지에 유입되었다(기동 무역). 아편과 마약 밀매도 성행했다.

13) 『조선일보』 1939년 1월1일, 신년호 기(其) 2, 기 3.

14) 같은 날짜 『동아일보』의 신년호 문학 특집란은 '신건(新建)할 조선문학의 성격'이라는 주제를 놓고 현역 비평가와 작가들이 가진 좌담회를 실었다.

15) 「대륙문학과 조선문학」 : 「지나문학과 조선문학과의 교류」(김태준), 「한시 절구와 시조와의 관계」(이병기), 「희곡 『춘향전』과 원곡(元曲)과의 대조」(이희승), 「향가와 국풍·고사-그 연대와 문학적 가치에 대하여」(양주동), 「언문소설과 명청소설의 관계」(홍벽초). 『조선일보』 1939년 1월1일, 신년호 기 4.

16) 「한산한 조선출판계, 시국관계로 종이 부족, 작년도 발간 수 2할 감」, 『동아일보』 1939년 1월 1일 부록.

만주 여행과 소설 창작에 임하는 작가 이기영의 소회, 각오 같은 것도 실었다. 다음은 이기영이 만주 답사여행을 떠날 즈음에 조선일보사가 그 취지와 경위를 알리는 글이다.

조선인의 만주 방면에의 발전은 멀리 만주사변 이전에로 소급한다. 이 땅은 우리 선조들로 선각자들의 피와 땀으로써 개척된 것이어서 정치적으로나 경제적으로나 우리와는 커다란 관련이 있어서 '만주'라 하면 여러 가지 착잡된 심정이 얽히는 것을 느끼게 되거니와 만주사변을 계기로 만주는 한층 더 우리와 깊은 관련 속에 들어왔다. (...) 본사는 금춘(今春) 이래 대륙문학을 주장하여 온 만큼 금번 조선 신문 소설의 처음 되는 큰 계획으로 우리 문단의 대가를 현지에 출장시켜 이 웅대한 현실을 작품으로써 내도록 하게 되었다. 이 선인(先人) 미도(未到)의 제재를 영필로써 그려낼 작가는 우리 문단의 기숙(耆宿) 민촌 이기영 씨인데 씨가 과거 다년간 농촌을 주제로 하여 다수 명작을 내어놓아 농민소설가로서 조선서 일인자인 만큼 이 제재를 살림에는 우리 문단치고 씨를 제외하고는 다시 적당한 작가를 발견하기 힘들 것이다. 이번 집필하는 신작은 과연 낙양의 종이 값을 높일 것이 기대된다.[17]

만주 사변 이후 조선 농민이 대량으로 만주로 이주하는 현실을 제재로 하는 문학작품이 필요하고 그동안 농민문학을 써온 이기영이야말로 그런 새로운 현실을 그릴 수 있는 능력을 가진 작가라는 것이다.

이런 기대에 대해 이기영 역시 여행길에 오르면서 "대중 독자 본위의 흥미 중심으로만 흘러 점점 저속하게 되어가는" 때에 조선일보사가 신문 연재소설에 대하여서 "매우 진지한 태도"를 가지고 "새로운 제재를 미리 준비하고" 또 작자가 충분히 준비할 수 있도록 기회를 만들어 준 것에 감격한다고 화답을 했다.[18]

---

17) 「대륙문학의 첫 봉화! – 재만 농민동포의 생활을 소설화, 이역 황토에서 활동한 '개척자'를 묘파! 민촌 이기영 씨, 웅경(雄勁)한 운필(運筆)을 통해 나올 조선문학사상 초유의 감격편」, 『조선일보』 1939년 8월 19일.
18) 「대륙문학의 첫 봉화! – 작일 현지 시찰 등정, 동포들이 개척한 땅을 답사코 9월 중순부터 본지 게

『조선일보』 1939년 8월 19일 제2면.

　이렇게 이기영이 매우 특별한 대우를 받은 여행을 다녀온 후 '대지의 아들'이라는 제목으로 소설 연재를 시작하기 전에 조선일보는 이것이 '대륙문학의 횃불'이 될 것을 기대한다는 홍보성 글을 또 실었다.[19] 그러고도 이기영의 기행문 「만주 견문 – 대지의 아들을 찾아–」를 무려 6회에 걸쳐 연재해서 독자의 기대를 높인 뒤 소설을 싣기 시작했다.

　이러한 신문사의 '기획 소설'은 그 이전에는 없었던 특별한 시도인 만큼 작가에게 요구하는 바는 분명했다. 작품 연재 예고를 하면서 내보내는 「소개의 말」에서 조선일보사의 편집자는 이 소설이 만주사변 전, 혹은 만주국

재」, 『조선일보』 1939년 8월 19일.

19) "문학은 생활을 그리는 것이면서도 조선의 문학은 아직 이 대륙을 개척하고 있는 동포의 생활을 그려 보인 적이 없었다. 그리하여 본사에서는 비로소 이 대륙문학의 횃불을 들고 농민소설의 권위인 민촌 이기영 씨의 붓을 빌어 이 위대한 개척자가 '생활의 투쟁과 환희와 고국을 그리는 꿈을 함께 맛보려 한 것이다. (...) 이것이 곧 조선문단의 첫 번이요, 조선문단의 앞장이 되는 대륙문학으로서의 『대지의 아들』이다.", 「대륙문학의 첫 봉화! 민촌 이기영 작 "대지의 아들". 만주는 기름져 가고... 여기 '개척자의 생활'이 있다! 신문소설계의 초유 거편(巨篇) 내월부터 본지 연재」, 『조선일보』 1939년 9월 24일 (석간 2면).

수립 이전의 '탄식과 방랑'의 상황과 그 이후의 만주국에 대한 '희망과 건설'을 대비적으로 그릴 것이라고 하였다.

이기영, 「만주 견문 - '대지의 아들'을 찾아」 제1회, 『조선일보』 1939년 9월 28일.

검은 티끌이 휘날리는 아득한 이역 벌판에 낙토(樂土)를 찾아 헤매던 조선 이주민 백여 년의 만주 이주사는 그대로 혈루(血淚)의 기록이었다. 박해와 희생의 이주 전사(前史)는 장 정권(張政權)의 몰락과 함께 흘러가고 만주국 건국의 새 군호에 맞추어 백만의 조선 이주민들은 어둠을 떨치고 일어나서 낙토 건설의 역사적 대업의 전선에 등장하였다. 이리하여 음침한 풍토를 배경으로 하고 탄식과 방랑에서 희망과 건설에로 새로운 역사를 빚어가는 그들의 사연은 그대로 일대 산 서사시다.[20]

실상 이러한 만주국 이전과 이후에 대한 대비적 묘사는 단지 『대지의 아들』뿐만 아니라 이후 만주 지역을 시공간으로 하는 모든 소설에 적용되는 '국책'이 되었고 작가들은 여러 가지 방식으로 이에 대응했다.

그런데 이런 신문사의 요구에 대해 이기영은 같은 연재 예고의 「작자의

---

20) 「소개의 말 – 근일 연재, 백만 개척민의 혈한기(血汗記) 『대지의 아들』」, 『조선일보』 1939년 10월 5일.

말」에서 황무지를 개간하고 수로를 내어서 논을 만든 조선 농민들의 노력의 위대함은 역설하지만 '낙토 건설의 역사적 대업'이라는 대목에 대해서는 말을 아끼고 있다.

> (...) 만주는 과연 넓고 크다. 만주를 처음 가서 보는 사람은 누구나 먼저 웅대한 대륙적 자연에 놀랄 것이다. 그것은 남만에서 북만으로 들어갈수록 더하다. 마치 망망한 무변대해와 같은 뭍[陸地]의 바다를 연상시킨다. 나는 이 광막한 평원에 서곡(黍穀)이 우거진 것을 보았다. 다시금 전가(田家)의 근고를 생각해 볼 때 인력이 또한 자연에 못지않게 위대함을 느꼈다. 더욱 그것은 도처에 수전(水田)을 개척하여 석일(昔日)의 황무지를 옥야(沃野)로 만들어낸 백의동포의 개척사적 노력을 상급(想及)할 때 그러하다.
> 나는 차 속에서 풍염한 수전을 발견할 때마다 향토를 다시 찾아온 듯 반가웠다. 수전이 있는 곳에는 반드시 백의 농부가 눈에 띄었다. 나는 문득 생각하였다. 참으로 그들에게야말로 만주는 '제2의 고향'이 될 수 있고 그들이야말로 '대지의 아들'이 아니냐고.21)

이기영은 좁은 한반도에서는 자기의 땅이 아니기에 그리 열성적으로 농사를 짓지 않았던 조선 농민이 만주에 가서 자기 소유의 땅에서 창조성을 마음껏 발휘하기를 기대했다. 만주 여행 후 쓴 기행문22)과 소설 『대지의 아들』은 그 이전 이기영이 썼던 농민문학의 만주판인 '대지의 문학'으로서, 그 핵심 주제는 자연을 변개하는 농민의 창조성을 찬양하는 것이다.

『대지의 아들』에서 서사의 중심은 개양툰 개척사이다. 만주 ○○연안의 개양툰(開陽屯) 농장은 일찍이 1920년 무렵 김시중 노인이 만인들과 싸워가며 논으로 일구었지만 김 노인이 죽으면서 황폐해졌다. 그 후 한말의 지사로 수십 년 만주 벌판을 방황하다가 젊었던 시절의 뜻을 단념한 후에 만주

---

21) 「작자의 말 – 근일 연재, 백만 개척민의 혈한기(血汗記) 「대지의 아들」」, 『조선일보』 1939년 10월 5일.
22) 「만주 견문 – '대지의 아들'을 찾아」, 『조선일보』 1939.9.28.~10.3. ; 「국경의 도문(圖門) – 만주 소감」, 『문장』 1939.11.; 「만주와 농민문학」, 『인문평론』 1939.11.

사변 2, 3년 전 이곳에 눌러 앉게 된 강주사와 대처에서 한약 장사를 하다가 만주사변 통에 쫓겨온 자기 잇속에 빠른 홍승구가 마을의 중심인물로 있는데 그곳에 황건오와 강석룡이 이주해 와서 가뭄과 비적 사건을 겪는 이야기이다.

'황소'라는 조소 반 경탄 반의 별명을 가진 황건오는 언제나 향상심을 가지고 노력을 아끼지 않는 농민으로 고향 친구 김병호의 주선으로 만주땅에 왔다. 첫해 농사지은 벼는 하얼빈의 유흥가에서 다 낭비하고 만주사변 후 개양툰 농장으로 옮겨 앉았다. 개양툰에 안착한 뒤 고향사람 석룡이를 불러들였다. 석룡이는 고지식한 농민이고 석룡이의 아내 신덕은 변덕이 심하고 내주장 강한 여성이다. 건오의 아들 덕성이와 석룡이의 딸 귀순이는 서로 약혼했는데 홍승구의 아들 황식이가 비단과 소작지를 주겠다는 약속으로 귀순네(신덕)의 마음을 흔든다. 그런 판에 비적이 습격하여 부잣집을 찾을 때 들어왔는데 고지식한 석룡이가 비적을 홍승구네 집으로 안내했고, 홍승구는 노략질 당한 대신 귀순이를 황식이와 약혼하게 했다. 석룡이가 홍승구에게 소작을 얻어 첫 농사판에 가뭄이 들었다. 정도 이상으로 강물이 말라붙자 황건오는 상류에서 누군가가 강물을 막아놓았을 것이라며 그것을 찾아 나섰고 상류에 사는 조선인들이 물길을 막아놓은 것을 발견했다. 개양툰 사람들 전체가 몰려가서 보를 터뜨리고 이기적으로 강물을 막았던 조선 사람들도 개양툰 마을로 이사 와서 함께 살기로 한다. 보를 터뜨리는 일에 황식이는 뒤꽁무니를 뺀 반면 봉천에서 학교를 다니다가 일시 귀향 중이던 덕성이는 큰 공을 세웠고, 귀순이의 마음은 결정적으로 덕성이에게 기울어지게 되었다. 결혼식날 귀순이는 봉천에 있는 덕성이에게로 탈출을 감행했고, 어른들도 두 처녀 총각의 뜻이 굳음을 알고 그들의 결합을 허락했다.

만주국 수립 이전뿐만 아니라 이후에도 비적도 있고, 수로를 둘러싼 싸움도 있는데 창조적 농민만이 이러한 어려움을 이기고 논을 만들고 벼를 생산할 수 있었다는 것이 작품의 핵심이다. 만주사변 이전에서 시작하여 그 이후 만주국의 생활까지 10여 년에 걸친 개양툰의 개척사를 다루면서, 만주국 이전의 '탄식과 방랑'을 만주국 이후의 '희망과 건설'에 대비시키는 것보다는 자연과 인간의 싸움, 농민 자신의 이기심과의 싸움을 겪으면서 '생산'을 하는 농민상을 창조한 것이다. 카프 시절 최고의 농민소설 『고향』을 썼던 이기영이 일제 말기 '국책'에 맞춰 쓰게 된 생산소설이라는 데에 『대지의 아들』의 문제성이 있다.[23]

농민문학에서 생산문학으로 가는 길은 한편으로는 농민이 농사를 짓고 추수하는 세부묘사를 바탕으로 하는 익숙하고 쉬운 것이지만 다른 한편으로는 카프 시절 농민문학의 핵심이라고 생각했던 지주 – 소작인 간의 계급 갈등은 배제해야 하는 낯설고 어색한 것이었다. 이기영 자신이 이 소설 창작 과정에 대해 "문장, 대화보다도 나는 구상에 쩔쩔 매었습니다."[24]라고 토로한 것에서 그 어려움을 짐작할 수 있다. 문장이나 대화 같은 디테일은 농민의 삶에 대해 누구보다도 생생한 묘사를 하는 작가로 칭송받았던 이기영으로서는 크게 어렵지 않았을 것이다. 그러나 구상이란 작품 전체의 플롯이나 방향성에 관계된 것이고 작가가 세상을 보는 눈과 밀접하게 연관된 것이기에 변화한 시국의 '기획' 의도에 맞추기란 쉽지 않았을 것이다.

조선일보사의 영업 전략에 따른 기획물인 이기영의 만주 답사길에 이기영을 만났고 또 그 결과물인 『대지의 아들』을 만주에서 읽었던 작가 현경준은 이기영이 처한 상황을 "조선문단이 저널리즘에 유린당한 것"이라고 규정하면서 이기영에 대해 불만과 안타까움을 다음과 같이 표했다.

> 『돌쇠』의 아버지, 『고향』의 아버지 이기영 씨는 (...) 역시 조용한 어조로 채견 채견 창작에 대한 자기의 태도, 신념, 따라서 솔직한 자기비판을 들을 때 나는 다시금 달밤에 들판에 나가 혼자 울며 고민하던 김희준을 생각했다.
>
> (...) 어떤 비약이나 기적이 없이는 도저히 소생할 수 없는 씨인 것을 나

---

23) 이것은 비적의 침입, 현지인과의 수로 싸움을 핵심 갈등으로 해서 만주사변 이전의 공포와 이후의 평화를 보여주는 장혁주의 「개간」, 「행복한 신민들」과 이기영의 『대지의 아들』이 다른 점이다. 장혁주의 『개간』에 대해서는 이상경, 「이태준의 '농군'과 장혁주의 『개간』을 통해서 본 일제 말기 작품의 독법과 검열」, 한국현대소설학회, 『현대소설연구』 43, 2010.04.
24) 「신문소설과 작가의 태도」, 『삼천리』, 1940.4.

도 잘 안다.

하지만 내가 여기에서 굳이 씨에 대하여 말하는 것은 너무도 억울하고 냉혹한 씨의 환경에 대하여서이다.

세대가 바뀐 지금에 와서 씨는 그 환경을 도저히 벗어나지 못할 것이고 또 환경도 씨를 놓아주지는 않을 것이다.

이것이 내가 가장 슬퍼하는 것이다.

이것은 나뿐만 아니라 씨의 생활을 아는 자들은 누구나 다 가지는 슬픔이리라.

(...) 이씨는 만주를 모른다. 산도 물도 사람도 모른다. 그러한 씨에게 집필을 요구했다는 것은 확실히 조선문단이 저널리즘에게 유린 당하는 것이 아니고 무엇이랴? 이러한 사실을 시인하며 그들은 이씨의 문학을 이러니 저러니 하고 떠드는지 심히 궁금하다.

될 수만 있다면 나는 이씨에게 생활의 여유를 주어서 당분간은 엉클어진 그 머릿속을 정돈시켜 주고 사색시켜 주고 싶다.

그런 다음에야 우리는 씨의 작품을 비로소 엄정하게 비판하며 음미할 수 있을 것이 아닐까한다.[25]

현경준은 식민지 조선의 작가로서 문단의 대선배 이기영이 만주에 와서 보여주는 것만을 피상적으로 볼 수밖에 없는, 국책에 발맞춘 신문사의 '기획' 여행길에 내몰린 상황을 슬퍼한다. 또한, 만주에 뿌리를 내리고 살고 있는 내부자의 입장에서 스쳐 지나가는 여행객 정도의 체험 정도로는 제대로 만주를 알 수 없을 것이기에 작품의 수준도 기대하기 어렵다고 비판하고 있다. 『대지의 아들』을 아직 다 읽은 것도 아닌 상태에서[26] 쓰면서도 현경준은 소설을 다 읽지 않더라도 그 성과가 크지 않을 것이라고까지 단언하는 것이다.[27]

---

25) 현경준, 「문학풍토기-간도 편」, 『인문평론』 1940.6. 1940년 4월에 집필했다고 하는 이 글은 『인문평론』의 기획 연재로 각 지방의 문단 풍토를 보고하는 글 중의 하나이다.

26) 현경준의 위의 글은 『대지의 아들』 연재가 끝나기 전에 발표되었다.

27) 그런데 이기영은 기행문에서 "도문에는 학예사 최형의 소개로 현형이 있는 줄 알았으나, 얼굴은 한 번도 보지 못했다." (이기영, 「국경의 도문」, 『문장』 1939.11.)고 짧게 스쳐 지나갈 뿐, 어디에서도 이 문단 후배와의 만남을 쓰지 않았다. 이기영에게는 그 자리가 별로 기억하고 싶지 않은, 언짢은 자리

당시 『만선일보』의 기자도 이기영의 만주 기행과 『대지의 아들』 창작에 대해 다음과 같은 불만을 토로했다.

> 바라건대 좀 더 진지한 태도로 대륙개척민으로서의 생활적 거점을 파지(把持)하여 주었으면 한다. 물론 해 작자(該作者)의 노련된 필치나 역량을 의심하는 바가 아니라 다만 화차(火車)에 몸을 싣고 차(此) 소위 주마간산 격으로 넓은 광야를 차창에서 보기만 하고 몇 군데의 개척촌(開拓村)을 방문하는 것만으로 만주의 특수성을 (…) 능히 섭취 파악할 수가 있을까 하는 점이다.
>
> 이것으로 미루어 보아 나는 해작(該作)의 건전성을 의심 아니 하고 배기지 못한다.[28]

이렇게 일제 말기의 '국책'에 따라 기획된 여행과 그 여행을 바탕으로 써야 했던 『대지의 아들』은 작가에게도 독자에게도 어떤 점에서 고통스러운 것이었다. 특히 이기영의 경우 농민작가로서 자신이 말해왔던 농촌사회의 계급문제는 말하지 못하는 반면, 말하고 싶지 않지만 '국책'을 선전해야 하는 상황에 직면하여 여러 가지 방법을 궁리하였던 것이다.

3. 대륙개척문학과 대지의 문학

일본문단에서는 1939년 2월 '대륙개척문예간화회'가 결성되었다. 이 단체의 취지는 대륙개척 목적을 가진 작품에 자료를 제공하고, 연구의 편의를 도모하며, 그런 목적을 가진 작가의 현지 조사에 편의를 제공하고 대륙개척에 관한 훌륭한 작품에 추천하고 연극화, 영화화에 협력하며 좌담회, 강연 등의 개최한다는 것이었다.[29] 당시 이런 문학운동에 적극 나섰던 후쿠다 키

가 아니었던가 한다.

28) 윤도혁(尹道赫), 「만주 조선문학의 전통성과 특이성(상)」, 『만선일보』, 1940.1.17. (윤도혁은 만선일보 기자라고 부기되어 있다.)
29) 양예선, 「일본의 만주문학 – '대륙개척문예간화회'를 중심으로」, 만주학회, 『만주연구』7, 2007.

요토(福田淸人)[30]는 대륙개척문학은 '국민문학'으로 되어야 한다고 했다.

> (...) 일본의 문학은 패혈증에 걸려 있는 것이다. 신경쇠약에 걸려버린 것이다. 진실의 이름 아래에 생활묘사의 문학이 있고, 문학애(文學愛) 아래에 국가의 운명과 동떨어진 독선이 있었다. 우리들은 그것을 더 이상 견딜 수 없었다.
>
> 물론 그러한 문학태도를 고수하는 사람들로부터, 우리는 반격을 받았다. 예를 들면 국책에 편승하는 사람이라는 것이다. (...)
>
> 한 조각의 땅을 둘러싼 부모 자식, 지주 소작인의 다툼을 소재로 한 농민작가들이, '흙'의 전통을 언제까지라도 지속하는 한, 그 작품이 한계가 있는 것은 당연하다.
>
> (...)
>
> 농민작가 중에는 역시 국가의 목적과 농촌을 떼어내서 생각하는 사람도 없지는 않았다.
>
> 그러나 그것에 대해 반성하고, 지금 국가의 운명과 결부시키지 않고는 생각할 수 없게 되었다. 농민작가는 대륙에 눈을 뜨고, 그 계통에서 늘 해오던 틀에 박힌 것을 타파했다. 농민문학의 혁신을 행했다. 그와 함께, 벼 이삭의 나라(=일본)의 생명 분류(奔流)에 자신을 던졌다. (...)
>
> 황무지를 개척하고 잡초를 뽑아서, 건강한 문화를 만들어 가는 정신, 따르지 않는 자도 따르게끔 해나가는 올바른 광피(光被) — 그것은 홀로 외지에서 퍼지는 것이 아니다. 자기의 혼(魂)만으로 스스로에게 기운을 불어넣고, 국내의 무형의 정신적 황무지나 잡초에도 미치지 않으면 안 된다.[31]

즉 후쿠타는 땅을 둘러싼 부자 간의 갈등, 지주 소작인 간의 갈등을 그리던 과거의 어두운 농민문학이 '국가의 목적'에 복무함으로써 활로를 찾을 수 있다고 보았다. 이때의 '국가'란 물론 '일본 제국'이며, '국민문학'이란

---

30) 후쿠타는 1944년에 시행된 제1회 대륙개척문학상 심사위원이었고 이때 장혁주의 『개간』이 후보작으로 올랐다.

31) 福田淸人, 「國民文學としての大陸開拓文學」, 加藤武雄 外, 『國民文學の構想』, 聖紀書房, 1942.12. 121~124. 번역은 인용자.

'일본 제국의 문학'이다. 따라서 '대륙개척문학'이란 용어도 단순하게 땅을 개간한다는 의미를 넘어서서 정신적 황무지까지 개척하는, 일본 제국의 새로운 영역을 '개척'한다는 의미를 담았다.

그런데 조선일보에서는 묘하게도 '개척'은 떼고 '대륙문학'이라고만 했다. 물론 『대지의 아들』을 '만주개척민 소설'이라고 내세우기는 했지만 그것은 언제나 농민들의 노력과 창조성이 이루어낸 농장 개척, 수전 개척, 즉 '개간'의 의미로만 쓰고 있다. 일본 제국의 차원에서 장려되는 '대륙개척'에는 거리를 둔 것으로 보인다.[32] 이기영의 경우는 '대륙문학'도 아니고 농민문학이 변형된 것으로서 '대지의 문학'이란 용어를 썼다.

> "만주의 수전 개발은 원시적 자연을 변개하는 위대한 창조성을 띠고 있다.
>
> (...) 만주의 농촌 개발은 장대한 자연과의 투쟁 중에서 위대한 창조성 (수전 개척)을 띠어 있고, 그만큼 그것은 장래의 농민문학을 개척함에 있어서도 위대한 소재와 정열을 제공할 줄 안다. 과연 만주에 있어서 신흥 농촌 건설 사업은 동시에 농민문학 즉 대지의 문학을 건설할 훌륭한 소재가 될 수 있으리라 생각한다."[33]

이기영은 그 전에 농촌을 배경으로 한 장편소설에 대해 '고향', '신개지'를 소설의 제목으로 삼았는데 1930년대 말의 상황에서 '대지'라는 용어를 쓰고 있다. '대륙개척'이나 '국민문학'이란 말은 피했지만 그렇다고 지주 소작인의 갈등을 주요 소재로 삼았던 카프 시절의 '농민문학'이나 변화하는 농촌사회에 대한 가치 판단이 포함된 '고향', '신개지' 같은 용어도 쓰기는 어려웠을 것이다. 그랬을 때 선택된 것이 '대지의 문학'이었다. 소설에서 '대지'는 대략 다음과 같은 맥락에서 사용된다.

---

32) 1939년에 접어들면서 일본과 만주국은 '이민'이라는 용어가 '재미가 없으'므로 대신 '개척민' 또는 '개척농민'이라는 용어를 쓰도록 했다고 한다. 「대만(對滿)이민국책의 고도화」, 『동아일보』 1939년 1월 14일.

33) 이기영, 「만주와 농민문학」, 『인문평론』 1939.11.

- 대지 위로는 황혼이 기어든다.
- 그러나 지금은 쓸쓸한 강변에 배 한 척 볼 수 없고 오직 성난 파도가 대지를 물어뜯고 있었다.
- 다시 서쪽을 바라보니 언제와 같이 아득히 보이는 대지가 펼쳐져 있다.
- 이날 역시 건조한 공기 속에 햇빛이 대지를 태우는데 집집마다 나온 남녀노소의 만인은 한 곳으로 모여들었다.
- 대지에 널려있는 삼라만상이 모두 맥이 없이 척 늘어졌다.
- 사실 강냉이와 고량만 심을 줄 알던 이 땅에서 옥 같은 쌀이 난다는 것은 한 개의 놀랄 만한 기적이었다. 그것은 확실히 대지의 아들이다. 고량이나 강냉이에 비교한다면 쌀은 아들이라도 맏아들 쪽이라 할 수 있다.

즉 소설 속에서 '대지'는 '땅'으로 바꾸어 써도 별 문제가 없다. 그런데 굳이 '대지'를 쓴 것은 특별히 넓은 만주 벌판을 나타내기 위해서였을 것이다. '넓은 땅'이라는 의미로. 또한 1931년 출간되어 1937년에는 영화로 제작되고 1938년 노벨문학상을 수상한 미국작가 펄벅(Pearl S. Buck)의 소설 『대지』(The Good Earth)를 의식한 것이기도 하다. 『대지』는 중국 농민의 땅에 대한 집착을 잘 보여주는 소설로 이기영 자신이 작품에 대한 감상문을 쓰기도 했다.34) 이기영은 해방 후 북한에서 토지개혁으로 자기 농토를 가지게 된 농민이 창조성을 발휘하는 소설의 제목을 '땅'이라고 붙였다. 즉 이기영이 '대지'라고 쓰면서 일본인 작가들이 '대륙', 혹은 '대륙 개척'이라고 부르면서 부여한 일본 제국의 확장이라는 의미와는 거리를 둔 것으로 보인다.

4. 농민문학과 생산문학의 사이

『대지의 아들』의 핵심은 조선에서 광활한 만주벌판으로 이주한 농민들이 외적인 억압에 굴하지 않고 자연을 창조적으로 개조해나가는 노력을 보여주

---

34) 이기영, 「명작에 나타난 아름다운 가정 -『대지』의 첫 아들 장면」, 『가정지우』, 1939.5.

고 찬양하는 것이다. 이것은 지주 - 소작인 사이의 갈등을 핵심으로 하는 그 이전의 이기영의 농민소설과 일정하게 연관을 가지면서도 완전히 달라진 생산소설이다. 생산소설이란 한 마디로 '창조적인 생산노동 찬양'을 주제로 하는 문학이다. 생산 현장을 그린다는 점에서 카프 시절 노동소설이나 농민소설을 쓰던 작가가 좀 더 쉽게 시도할 수 있는 문학적 방법이었지만 작품이 지향하는 방향은 전혀 달랐다. 당시의 생산문학론은 한쪽에서는 '생산의 사회적 관계'를 재사유하면서 리얼리즘 회복을 목표로 하는 문학적 기획으로 시도되었고 다른 한쪽에서는 '생산 확충'을 강조하면서 '국책'에 부응하는 쪽으로 나갔다.[35] 그런데 생산 장면을 그리는 것이 현실을 전체적으로 보게 해줄 수 있다는 것은 하나의 이론적 가능성이었을 뿐, 실제 창작된 생산소설은 전체 사회적 과정에서는 분리된 생산 장면 자체의 묘사와 창조적 노동에 대한 찬양에 역점을 두게 되었고 이것은 결과적으로 '생산 확충'이라는 일제 말기 전시 동원체제의 요구에 부응하는 것으로 되었다. 그런 점에서 『대지의 아들』은 과거에 했던 농민문학과 새로이 써야 하는 생산문학 사이에서 이기영이 벌인 고투의 산물이다. 이 고투 속에서 이기영은 말하고 싶은데 검열 따위로 인해 소설에서 채택할 수 없는 '말하지 못하는 것'을 기행문 같은 다른 관련 텍스트에 흘려 놓거나, 말하고 싶지 않은데 국책에 따라 '말하라고 시키는 것'에 대해 그것을 소설에 쓰기는 했지만 인물의 생각이나 행동과는 별 관련이 없는 방식으로 나열하는 식으로 그 핵심을 무화시키거나, 아니면 '생산의 확충'이라는 국책의 요구에 편승하여 자신이 늘 생각해오던 이상적 농민 영웅을 한 번 시도해 보았다.

1) '말하지 못하는 것' 나누어 쓰기

신문사가 요구하는 '대륙문학'을 '대지의 문학'으로 설정하고 농민을 주인공으로 삼았을 때 이기영은 생산소설의 형식을 취할 수밖에 없었다. 이기

---

35) 이경재는 일제 말기의 생산문학론을 최재서의 것과 임화의 것으로 나누어서 이기영의 생산소설은 '생산 확충'을 강조한 최재서의 생산문학론에 닿아 있다고 보았다(이경재, 「일제말기 이기영 소설에 나타난 생산력주의」, 『민족문학사연구』 제40집, 민족문학사학회, 2009).

영이 실제 만주 답사여행에서 파악한 만주 농민의 어려움은 만주지방에 존재하는 계급적 갈등 - 방천살이-과 일확천금을 노리는 농민 자신의 부동성에 기인하는 것이었다. 방천제도란 중간 브로커가 중국인 지주의 땅을 빌려서 다시 농민에게 소작을 주는 제도이다. 농민들이 추수를 하면 중국인 지주에게 낼 지대와 미리 빌려줬던 종자와 식량 값을 다 제한 뒤 남는 것을 소작농민과 브로커가 반씩 나누었다. 부동성이란 대충 농사를 지어도 수확량이 많기 때문이 농민이 땅을 가꾸면서 차분히 농사를 짓지 않고 한탕주의로 떠돌아 다니면서 농사를 짓고, 또 다음 해의 농사를 믿고 저축할 생각을 하지 않는 것을 가리킨다.36)

그런데 농촌 브로커가 농사는 짓지 않고 농민의 수확물만 착취하는 방천제도에 대해서 소설에서는 단지 한 회에서만 잠깐 스쳐 지나가면서37), 정대감과 홍승구가 과거에 이 제도의 브로커 노릇을 해서 돈을 벌었다고 과거사로만 서술할 뿐 이것과 관련한 이해 당사자의 형상이나 그들 사이의 갈등은 묘사하지 않는다. 소설 속에서 홍승구는 제 실속을 차려서 돈을 모은 반면, 정 대감이란 인물은 술로 다 마시는 바람에 여전히 곤궁한 인물이다. 따라서 생산수단을 소유한 것으로 소작농민들을 억압하는 지배자의 형상은 이 소설에는 아예 나타나지 않는다. 농촌 브로커로서 부락장이 된 홍승구가 돈의 힘으로 - 석룡이네에게 소작지를 주겠다는 것으로 - 소작인의 딸 귀순이와 자기 아들 황식의 약혼을 강요하는 사건이 있지만, 결말에서 귀순이가 끝내 결혼을 거부했을 때 홍승구는 이를 별로 문제 삼지 않고 화해롭게 마무리된다는 점에서 홍승구의 성격은 지주나 마름이기보다는 단지 돈으로 위세를 부리는 부화한 인간 일반으로 추상화된다.

그런데 이 소설의 집필을 위한 이기영 자신의 만주 견학을 보고하는 글인 「만주 견문 - '대지의 아들'을 찾아」에는 이 방천살이에 대한 자세한 설명과 그것이 그 당시에도 널리 퍼져 있었고 억울하게 당한 소작인의 변해서(辯解

---

36) 이기영의 만주답사기, 「만주 견문 - '대지의 아들'을 찾아」(『조선일보』, 1939.9.26.~10.3.)의 제3장 소작상태, 제4장 부동성.
37) 이기영, 『대지의 아들』 제7회, 『조선일보』, 1939.1.21.

書)까지 읽어보았다는 기록이 있다. 이전의 이기영이라면, 그리고 농민소설이라면, 당연히 주된 갈등의 소재로 이용되었을 방천살이를 이기영은 기행문 「만주 견문」에서는 자세히 썼지만 소설 속에는 쓰지 않았다. 아니, 쓰지 못한 것으로 생각된다. 만주로 이주하여 사는 조선 농민들이 놓인 계급적 억압의 문제를 소설의 핵심 갈등으로 쓸 수는 없는 시대였기 때문이다. 하지만 이기영은 답사기에 방천제도의 비합리성과 거기에 희생된 농민의 억울함을 좀 더 자세하게 써 두었기에 작가가 소설에서 '말하지 못하는 것'을 독자가 미루어 짐작할 수 있다.[38]

소설에서 방천살이에 대해서는 제대로 쓰지 못한 반면 농민의 부동성과 관련해서는 황건오가 만주에서 첫해에 수확한 벼를 팔러 하얼빈에 갔다가 유흥가에서 여자와 노름에 빠져 한해 농사를 몽땅 탕진하는 이야기를 '도시의 유혹'[39]이라는 제목으로 무려 18회에 걸쳐 길게 쓰고 있다. 황건오가 어리숙하게 첫해 농사를 날리는 긴 이야기는 그 뒤 황건오가 자각하여 창조성을 발휘하는 새로운 농민 영웅으로 탄생하는 생산소설의 밑거름이 되었다.

2) '말하고 싶지 않은 것' 대충 끼워 넣기

'말하라고 시키는 것'을 써야 하는 '국책문학'에 대한 작가의 간접적 저항은 생산소설의 이념과 그것이 구현된 '왕도낙토'를 소설 속 인물들의 삶으로서가 아니라 신학생 서치달의 지루한 설교 속에만 존재하게 하는 것으로 구현된다. 서치달은 신학생으로 방학을 이용해 농촌을 돌아다니며 전도대회, 농사 강습회를 통한 계몽적 연설을 하는데 그의 장황한 연설을 통해

---

38) 검열과 관련하여 '나누어 쓰기' 문제는 한만수, 「강경애 「소금」의 복자 복원과 검열우회로서의 '나눠 쓰기'」,(『한국문학연구』 31, 동국대학교 한국문학연구소, 2006.12.)에서 논의된 바 있다. 다만 한만수의 논문은 한 소설 작품 안에서 "삭제가 예상되는 핵심적 메시지를 한 군데에 몰아두지 않고 여기저기 분산 배치하는 방식"을 가리켰는데, 본고에서는 서로 긴밀히 연관되어 있는 기행문과 소설에서 허구화를 할 수 없는 기행문에는 사실을 밝히고 소설에서는 그 사실을 쓰지 않은 것을 가리킨다. 기행문과 소설 중 아무래도 기행문이 장르의 성격상 사실을 써야만 하는 것이고 또 파편적인 사실을 쓸 수 있는 것인데 반해 소설에서라면 전체 플롯의 문제가 되기 때문에 검열을 피하기가 쉽지 않았을 것으로 생각한다.

39) 이기영, 『대지의 아들』 제18~35회, 『조선일보』, 1939.11.3.~11.29.

서 주로 생산소설의 이념이 '왕도낙토'와 연결되고 있다. 10회에 걸쳐 연재된 '전도대회'장40)은 전체가 신학생 서치달의 일방적인 설교로 전개되는데 서치달은 소설 속의 다른 인물들과 생활상의 관계는 전혀 맺고 있지 않으며 그런 만큼 그 이념은 소설에 내재화되지 못한 상태이다. 다음과 같은 식이다.

여러분은 이런 농촌에서, 도회지에 있는 사람들보다는 문명의 아무런 은혜도 받지 못하고 날마다 거친 바람과 황량한 들 속에서 거친 먼지와 싸우는 고달픈 일을 계속 하시고 있지마는 지금 이때와 같이 여름내 피땀을 흘리고 농사를 지은 공덕이 저 곡식의 알알 속에 나타나는 것을 볼 때는, 비록 저 곡식이 이 담에는 남의 소유가 되는 소작농이 되신 분이라도 우선 지금은 창조의 기쁨과 생산의 기쁨을 느끼시지 않겠습니까? 그것은 참으로 돈으로는 바꿀 수 없는 거룩하고 귀중한 것이올시다. (…)우리는 이곳을 제2의 고향으로 알고 대대손손이 영주하는 가운데 아주 '대지의 아들'이 되어서 이 땅을 훌륭히 개척하는 동시에, 농촌마다 우리의 천당을 건설하면 얼마나 그것이 좋겠습니까? (...) 만주사변 이전, 동북 정권의 학정 밑에서는 우리 이주 동포의 생활이 그와 같이 비참하기 짝이 없어서 그때는 잘살래야 잘살 수도 없었지만 지금은 이른바 왕도낙토가 되었으니 여러분께서 노력하시면 이 동리에도 천당을 건설하기가 그리 어렵지 않으리라고 믿습니다.41)

일주일 동안 진행한 서치달의 설교의 성과는 '왕도낙토'와는 아무런 관련이 없고 귀순어머니의 이름을 '이언년'에서 '이신덕'으로 바꾼 것 정도였다. 그마저도 동네 사람들이 귀순어머니의 변덕스런 성격에 빗대어 '쉰떡'으로 바꾸어 부르는 바람에 흐지부지 되고 말았다. 즉 서치달의 설교는 일제가 강요하는 '국책'을 강조하는 발언으로 구성되었지만 실제 효과는 전혀 없는

---

40) 이기영, 『대지의 아들』, 『조선일보』, 1940.1.6.~1.18.
41) 이기영, 『대지의 아들』, 『조선일보』, 1940.1.16.~1.17.

것으로 되었다.

또한 만주국 이전과 이후를 나누는 '비적과 황군'에 대한 묘사도 '말하라고 시키는 것'을 쓰기는 하되 엉뚱한 것에 초점을 맞추어 식으로 그 효과를 무화하는 방향으로 이루어져 있다. 당시 작가들은 '전쟁'을 다루라는 요구를 받고 있었고 이기영은 『대지의 아들』에 '황군의 비적 토벌' 삽화를 넣을 수밖에 없었다.

『대지의 아들』을 연재하는 도중에 '신문소설과 작가의 태도'라는 제목으로 이루어진 설문조사에서 "금번 소설에 그 테마의 다소에라도 전쟁을 취급하여 보시렵니까? 사건의 줄거리는 아니더라도 그 인물과 장면 등에 에피소드 정도로도요. 우(又)는 전쟁의 영향이라 할는지요, 전쟁에 관계된 간접적 취급에라도 접촉하여 보시렵니까?"라는 질문에 대해 이기영은 "내가 쓰는 조선일보사 재(載)의 『대지의 아들』은 재료를 만주 농촌에서 구한 것이니만큼 성질상 전쟁과는 무관하므로 취급할 수는 없으나 삽화로 황군의 비적 토벌 같은 것을 약간 넣어보려고 합니다."[42]라고 대답하고 있다.

일본군이 비적을 토벌하고 만주땅의 치안을 확보하여 평화롭게 농사를 짓고 수확고를 높이도록 '왕도낙토'의 건설을 보장해주는 세력이라고 하는 것은 서치달의 연설 속에만 있을 뿐 소설 속 농민들의 삶과는 그리 관련이 없다. 소설 속에서 비적에 관련된 것은 과거 황건오가 마적에게 잡혀갔다가 도망 나온 무용담과 개양툰에 쳐들어온 비적이 석룡이를 윽박질러 홍승구의 집을 알아내어서 약탈하는 사건이 있다. 그런데 황건오의 무용담은 회고담으로 처리되었고 개양툰에 쳐들어온 비적의 피해는 홍승구의 집만 입었다. 나머지 비적 관련 삽화의 많은 분량은 석룡이가 엉겁결에 여자 속옷을 입고 나온 우스꽝스러운 모습을 놀려 먹는 데 할애되었다. 그래서인지 소설 속에서 비적의 출현과 비적을 토벌하기 위해 출동한 일본군 – '황군'이 개양툰에 미친 영향이란 덕성이와 귀순이의 약혼을 깨뜨린 것뿐이었다. 즉 석룡이가 비적을 끌고 들어왔다는 약점을 잡아서 홍승구가 석룡이의 딸 귀순이를 며

42) 「신문소설과 작가의 태도」, 『삼천리』, 1940.4.

느리로 달라고 하는 바람에 덕성이와 귀순이의 약혼이 깨진 것이다.

이처럼 '국책'으로 작가에게 강요되는 사항을 이기영은『대지의 아들』에 집어넣었지만 그것은 인물과 사건 속에 섞여들지 못하고 그냥 삽화로 대충 끼워진 것이고 개양툰 사람들의 삶의 양식에는 별다른 영향을 미치지 못하는 것으로 되어버렸다.

3) '말하고 싶은 것' 시도해 보기

당시 일제가 내세운 '왕도낙토'는 소설 속에서 실체가 없지만『대지의 아들』에서 생산문학의 이념을 체현하고 있는 황건오의 형상은 창조적 노동에 헌신하는 영웅의 창조라는 점에서 매우 문제적이다. 생산소설 자체가 일제의 전시 체제하에서 국민들을 모두 전쟁에 동원하기 위해 권장되고 산출된 것임은 분명하지만 다른 한편으로 민중의 창조성에 대한 신뢰가 그 바탕에 깔려 있기 때문이다.

황건오는 이전 이기영의 농민소설에서 자주 등장했던 고지식하고 성실한 농민상을 뛰어넘는 인물이다. 「민촌」의 김 첨지, 「아사」의 정 첨지, 「서화」의 김 첨지,『고향』의 김원칠,『신개지』의 강 첨지 등등은 고지식하고 성실한 농민이다. 그리고『대지의 아들』에서는 석룡이가 그러하다. 이 인물들은 고지식하고 성실한 보통 농민이고 그들의 아내는 모두 자기주장이 강하고 이해타산에 밝아서 남편의 고지식함을 비웃는다.『대지의 아들』에서는 석룡이의 아내 신덕이가 그러하다. 이기영은 농민의 보수성이 긍정적으로 구현되는 경우를 주로 이 인물들에 의해, 그리고 보수성이 부정적으로 소유욕으로 현현되는 경우는 주로 그 아내들을 통해 그려온 셈이다. 그리고 그런 고지식한 농민의 아들 세대는 반항적이기는 하지만 아직 마을 일 전체를 끌고 나갈 만한 능력이나 위상을 가지지는 못했다.

그런데『대지의 아들』에서 황건오는 그런 고지식함과 성실함에다가 남보다 뛰어난 육체적 능력과 창조성, 남다른 의지와 헌신성을 덧붙여 지닌 인물이다. '황소'라는 별명도 그렇거니와 모든 일을 솔선수범하려는 품성과 용기와 그것을 뒷받침해주는 육체적 능력을 갖추었고 개양툰 농장에서 일어나는 여러 일에서 지도자적인 면모를 보여준다. 『대지의 아들』에서 황건오가 보여주는 창조성은 농촌의 생산관계를 삭제한 상황에서 생산성 향상에만 집중된 것으로 전시체제하에서 국민들을 물자 생산에 동원하는 역할을 하는 것이다. 그렇지만 이기영 소설의 전개과정에서 보면 이기영은 농민소설을 써오면서 꿈꾸었던 농민 영웅을 『대지의 아들』에서 처음으로 형상회해 본 것이라고 할 수 있다. 그 이전 이기영의 농민소설에서 진취적인 사고를 하거나 긍정적으로 형상되는 인물은 주로 젊은 세대들이었고 그들의 진취성이나 열정은 도박이나 불륜, 폭력 등으로 외화되었다. 그래서 농촌 사회 외부에서 들어온 선진적 의식을 가진 지도자에 의해서 긍정적인 방향으로 그들의 열정이 발현될 수 있었다. 그 이전 단편소설에서의 지도적 인물의 일방성에 비하면 『고향』의 김희준은 훨씬 더 농민 속에 들어간 셈이다. 『신개지』의 윤수는 지식인 출신이 아니고 감옥살이를 통하여 바깥 바람을 쐰 인물로 되어 있는데 인물의 성격의 적극성은 약화되어 있다. 즉 이기영의 농민소설은 지식인 출신의 인물이 농민의 의식을 매개하는 틀에서 벗어나, 농민 자신이 스스로 문제를 의식하고 상황을 변화시켜 나가는 역할을 하는 방향으로 바뀌고 있는 중이었다. 『대지의 아들』에서 황건오는 그 이전 소설에서 형상화된 긍정적 인물의 특징인 남다른 열정보다는 남다른 고상한 정신과 뛰어난 육체적 능력을 가진 인물로 개성화되었고, 그런 만큼 외부의 매개자를 필요로 하지 않는다.

개인을 희생하여 공동체에 헌신하고 창조성을 발휘하여 공동체에 기여하는 『대지의 아들』의 황건오의 영웅성이 단순히 '국책'을 따른 것만이 아니고 작가 이기영이 평소에 농민소설에서 추구하고 있던 것이었음은 이런 인물이 그 이후의 이기영 소설에서 더 변주되고 강화되어 나타나는 것에서도 알 수 있다. 해방 후 삼팔선 이북에서 토지개혁을 수행하고 새로운 농법을 창안하는 『땅』의 곽바위, 그리고 『두만강』의 박곰손의 성격에 그대로 이어지고 있다. 이들의 성격은 농민의 땅에 대한 헌신과 창조성을 보여준다는 점에서 『대지의 아들』의 주인공 황건오의 성격을 이어받고 있다.[43]

이런 점에서 농민의 창조성이란 이기영이 언젠가는 '말하고 싶었던 것'에 해당되는 것으로 볼 수 있다. 이기영은 기획소설에 부응하고 '국책'을 수용하여 『대지의 아들』을 쓰면서 '말하라고 시키는 것'을 빌미로 '말하고 싶었던 것'을 시도해 본 것이 아닌가 한다.

이렇게 이기영이 기획소설로서 『대지의 아들』을 쓰면서 '말하지 못하는 것'을 관련 텍스트에 흘려 놓거나, '말하라고 시키는 것'에 대해 그것을 따르는 것처럼 하면서 그 핵심을 무화시키거나 그것에 편승하여 자신이 늘 생각해 오던 것을 한 번 말해 보는 식으로 국책을 우회했다고 하는 본 논문의 논지는 국책소설의 창작을 강요한 식민지 지배자에게 이 소설이 '만주 개척민'의 어려움을 너무 많이 담은 것으로 보였다고 하는 사실에서 다시 한 번 확인할 수 있다.

소설을 기획하면서 동시에 영화화까지 염두에 둔 듯, 소설 연재 중에 영화화와 관련된 기사가 나온 것이 있다. 최승일 제작, 안석영 감독으로 동아영화제작소에서 만들 계획인데 소설에서 어두운 면을 빼고 밝은 면만을 살려서 영화를 만들겠다고 했다.

> 원작의 대강 내용은 만주와 또는 북지에 있는 조선 농민들의 건실한 개척사로서 왕도낙토에다 새롭고 명랑한 생활을 건설한다는 것이나 이번 시나리오에 있어서는 소설에 있어서의 비교적 음산하고 우울한 장면을 제거하고 새로이 명랑한 스토리와 장면을 적당하게 넣으리라 한다. (...) 북경을 중심으로 하는 집단농장의 활발한 생활면을 입체적으로 묘사할 작정으로(...)[44]

이는 『대지의 아들』에 시국에 맞지 않는 것이 있다는 방증이다. 황건오가

---

43) 이러한 인물상의 관련상에 대해서는 이상경, 『이기영, 시대와 문학』, 풀빛, 1994, 290~291면에서 이미 언급했지만 본고에서는 검열과 관련해서 작가가 '말하고 싶었던 것을 시도해 보았다는 측면을 밝혀보았다. 나아가서 이기영뿐만 아니라 이북명도 일제 말기 생산소설을 썼다. 특히 일제 말 생산소설 공모에 『백무선』으로 당선된 윤세중 같은 신진작가는 해방 후 북한에서 사회주의 건설 과정을 형상한 대표적 작품 『시련 속에서』를 쓰는데, 창조적 노동에 대한 찬양이란 점에서는 두 작품이 일맥상통한다.
44) 「본보 연재 중의 장편소설 『대지의 아들』 영화화」, 조선일보 1940년 2월 20일.

하얼빈에서 사기를 당한 것이나 개양툰에 비적이 들어온 것, 논농사를 짓는 조선사람끼리 물 때문에 서로 다투고 전쟁하다시피 해서 보를 터뜨려야 하는 것 등은 '만주국'의 어두운 면을 보여주는 것이다. 이런 일들을 겪으면서 새로운 농민공동체를 만들어 나갈 수 있으리라는 작가의 구상은 농촌 현실을 그려온 작가로서는 당연한 것이었겠지만 '국책' 선전에 조급한 사람들에게는 쓸데없는 것으로 비춰졌다. 일제 말기, 농민소설의 대가로서 이기영이 국책의 강요와 자신의 문학적 이상과 생계 유지 사이에서 썼던 만주 농민의 삶의 실상은 여전히 우울한 것이었다.

『대지의 아들』이 실제로 영화화 되었는지 확인할 수 없다. 그러나 『대지의 아들』이 연재가 끝난 후 단행본으로 나오지조차 않은 것을 보면 영화화도 제대로 되었을 것 같지는 않다. 작가 자신 급하게 썼기에 부족한 부분이 많다고 하면서 단행본으로 출간할 때 고치고 싶다고 했으나 단행본으로 출간되지 못한 것은 『대지의 아들』이 당시 '국책문학'으로서 충분하지 않았기 때문이 아니겠는가.

5. 맺음말

이상에서 『대지의 아들』에 대해 그것이 조선일보사가 시국에 편승하면서 사세를 확장하기 위해 기획한 '기획소설'이라는 맥락에 주목하여 작품의 의미를 밝혀 보았다. 『대지의 아들』은 조선일보사가 '대륙문학' 창작을 위해 일부러 농민문학의 대표 작가인 이기영을 선택하여 모든 비용을 대주면서 만주를 '시찰'하고 쓰게 한 작품이다.

이런 환경 아래에서 이기영은 지주와 소작인 사이의 갈등을 보여주는 '방천살이'에 관련된 대목은 기행문에서는 썼으나 소설 속에는 넣지 않았다. 또한 생산소설의 이념은 다른 인물들과 전혀 교섭이 없는 계몽적 인물의 설교로 처리하되 일제가 요구하는 '왕도낙토'의 이념과 '황군'의 형상화는 소설 속에서 부수적인 것으로 처리했다. 작가 이기영이 이전 농민문학에서 추구해 오던 헌신적이고 창조적인 농민 황건오는 살아 있는 인물로 형상화하는 데 성공했다. '말하고 싶은 것'을 말하지 못하게 하는 기존의 검열에 더해서 '말하고 싶지 않은 것'을 말하게 시키는, 국책에 대한 협력이 강요되는 시대적 상황 속에서 작가 이기영은『대지의 아들』에서 국책을 비껴가거나 국책의 틈새에서 자신의 문학적 이상을 발전시키는 다양한 노력을 했다.

참고 문헌

1. 기본 자료

「사변과 동아신질서 건설, 사변의 성질 三轉 – 무한함락의 의의 중대」, 동아일보 1939년 1월 1일 부록.
「신문소설과 작가의 태도」,『삼천리』, 1940.4.
「한산한 조선출판계, 시국관계로 종이 부족, 작년도 발간 수 2할 감」, 동아일보 1939년 1월 1일 부록.
윤도혁(尹道赫), 「만주 조선문학의 전통성과 특이성(상)」,『만선일보』, 1940.1.17.
이기영, 「만주 견문 – '대지의 아들'을 찾아」,『조선일보』, 1939. 9. 26~10. 3.
이기영, 「국경의 도문」,『문장』 1939.11.
이기영, 「만주와 농민문학」,『인문평론』 1939.11.
이기영, 「명작에 나타난 아름다운 가정 –『대지』의 첫 아들 장면」,『가정지우』, 1939.5.
이운곡, 「선계(鮮系) – 만주생활 단상」,『조광』 1939.7.
임화, 「생산소설론 – 극히 조잡한 각서」,『인문평론』, 1940.4.
현경준, 「문학풍토기 – 간도 편」,『인문평론』 1940.6.
福田淸人, 「國民文學としての大陸開拓文學」, 加藤武雄 外,『國民文學の構想』, 聖紀書房, 1942.12.

2. 단행본

이상경, 『이기영, 시대와 문학』, 도서출판 풀빛, 1994.

3. 논문

김성경, 「인종적 타자의식의 그늘 - 친일문학론과 국가주의」, 민족문학사학회, 『민족문학사
　　연구』 24, 2004, 126~158면.

김흥식, 「일제말 이기영 문학의 내부망명 양상 연구」, 『한국현대문학연구』 제47집, 한국현대
　　문학회, 2015.12, 355~378면.

서영인, 「만주서사와 반식민의 상상적 공동체」, 『우리말글』 제46집, 우리말글학회, 2009,
　　323~351면.

와타나베 나오키, 「식민지 조선의 프롤레타리아 농민문학과 '만주' : '협화'의 서사와 '재발
　　명된 농본주의'」, 『한국문학연구』 제32집, 동국대학교 한국문학연구소, 2007.12,
　　7~51면.

양예선, 「일본의 만주문학 - '대륙개척문예간화회'를 중심으로」, 『만주연구』 제7집, 만주학
　　회, 2007, 69~91면.

이경재, 「일제말기 이기영 소설에 나타난 생산력주의」, 『민족문학사연구』 제40집, 민족문학
　　사학회, 2009, 36~68면.

이상경, 「이태준의 「농군」과 장혁주의 『개간』을 통해서 본 일제 말기 작품의 독법과 검열」,
　　한국현대소설학회, 『현대소설연구』 43, 2010, 173~202면.

이원동, 「만주 담론과 이기영 소설의 변화」, 『어문학』 제97집, 한국어문학회, 2007, 291~314
　　면.

장성규, 「일제말기 카프 작가들의 만주 형상화 양상」, 『한국현대문학연구』 제21집, 한국현대
　　문학회, 2007.4, 175~196면.

정종현, 「근대문학에 나타난 '만주' 표상」, 『한국문학연구』 제28집, 동국대학교 한국문학연
　　구소, 2005.6, 121~151면.

차성연, 「일제 말기 농촌/농민문학에 나타난 일본 농본주의의 영향과 전유 양상에 관한 연
　　구」, 『한국문예비평연구』 제46집, 한국현대문예비평학회, 2015. 4, 188~217면.

한만수, 「강경애 <소금>의 복자 복원과 검열우회로서의 '나눠쓰기'」, 『한국문학연구』 제31
　　집, 동국대학교 한국문학연구소, 2006.12, 169~191면.

편자 이 상 경

「강경애 연구」로 석사(서울대, 1984)를, 「이기영 문학의 변모과정 연구」로 박사(서울대, 1992) 학위를 받고 1995년부터 KAIST 인문사회과학부에서 학생들을 가르치고 있다.

근대한국문학사의 재구성, 한국여성문학사의 구축에 관심을 가지고 『강경애전집』, 『나혜석 전집』을 펴내었고, 『이기영 – 시대와 문학』, 『한국근대민족문학사』(공저), 『한국근대여성문 학사론』, 『인간으로 살고 싶다 – 영원한 신여성 나혜석』, 『임순득 – 대안적 여성주체를 향하 여』, 『경계의 여성들 – 한국근대여성사』(공저) 등의 책을 썼다.

식민주의와 문화 총서 25

대지의 아들

초판 인쇄 2016년 8월 24일
초판 발행 2016년 8월 31일

지은이 이기영
엮은이 이상경
펴낸이 이대현
편 집 이태곤 권분옥 최용환 홍혜정 고나희 문선희 박지인
펴낸곳 도서출판 역락
        서울 서초구 동광로 46길 6-6 문창빌딩 2층(우06589)
        전화 02-3409-2058(영업부), 2060(편집부)
        팩시밀리 02-3409-2059
        이메일 youkrack@hanmail.net
        역락블로그 http://blog.naver.com/youkrack3888
        등록 1999년 4월 19일 제303-2002-000014호

ISBN 979-11-5686-587-2 94800
        979-11-5686-061-7(세트)

정 가 32,000원